U0113466

交易

V

亦　客◎著

交易有无数种，但有一种交易叫『默契』

台海出版社

图书在版编目（CIP）数据

交易 V／亦客著. –北京：台海出版社，2013.4

ISBN 978 – 7 –5168 –0127 – 7

Ⅰ.①交… Ⅱ.①亦… Ⅲ.①长篇小说—中国—当代

Ⅳ.①I247.5

中国版本图书馆 CIP 数据核字（2013）第 057368 号

交易 V

著　　者：亦　客	
责任编辑：戴　晨	封面设计：天下书装
版式设计：刘　栓	责任印制：蔡　旭

出版发行：台海出版社

地　　址：北京市朝阳区劲松南路 1 号　邮政编码：100021

电　　话：010 – 64041652（发行，邮购）

传　　真：010 – 84045799（总编室）

网　　址：www. taimeng. org. cn/thcbs/default. htm

E – mail：thcbs@ 126. com

经　　销：全国各地新华书店

印　　刷：北京柯蓝博泰印务有限公司

本书如有破损、缺页、装订错误，请与本社联系调换

开　　本：787×1092　　　1/16

字　　数：400 千字　　　　印　　张：24

版　　次：2013 年 5 月第 1 版　印　　次：2013 年 5 月第 1 次印刷

书　　号：ISBN 978 – 7 – 5168 – 0127 – 7

定　　价：39. 80 元

目 录
CONTENTS

第一章 | 初露端倪

东兴大厦酒店 218 房间里,郑一凡正在宴请江西南昌漂流艇生产厂家的厂长和技术总监一行。

产品全部交齐,质量很过硬,价格又低,老郑很高兴。正好今天最后一批货交接,对方厂长和技术总监一起过来拜访,老郑热情相邀一起共进晚餐。

大家很高兴,喝得很尽兴,厂长因为是第一次见老郑,又多喝了几杯酒。

然后,大家谈起了漂流,谈起了漂流艇,自然而然又谈起了那次张伟和他们的谈判。

厂长和技术总监大加赞赏,对张伟的谈判技术和谈判技巧给予了高度评价,举杯祝贺郑总有这么好的一个副总。

技术总监喝多了,笑呵呵地说:"本来我们是要打算用糖衣炮弹轰击张总的,我给他送钱,他不要,退给我了,呵呵……后来呢,还打算给他安排个美女陪陪的,结果,第二天,我一看,幸亏没安排……哈哈……"

"咳咳!"厂长猛地咳嗽两声,在桌子底下狠狠踢向技术总监的小腿,却正踢到郑总腿上,郑总"哎哟"一声,"谁踢我啊?"

技术总监猛然醒悟过来,急忙闭嘴。

厂长很尴尬:"啊……不好意思,郑总,我一抬腿,碰到你了,抱歉……"

老郑顾不上这事,看着技术总监:"你刚才说什么?"

技术总监忙说:"哦……郑总,我是说我给张总送钱,他没要……"

"我不是问这个,我是问你后面那句……"老郑紧盯着技术总监的眼睛。

"哦……后面,没什么啊,没什么……"技术总监有些慌里慌张,忙低头吃菜。

老郑疑心顿起,他没再问技术总监,他知道如果真有这事,问得太明白等于自己给自己难堪。他心里大概已经猜到了几分,一股怒气在心里升起:"妈的,给老子戴绿帽子……"

虽然他不能确定,但是他已经开始怀疑,特别是一想到于琴对张伟的热乎劲儿,心里的疑虑更加大了。

老郑心情顿时不大好,喝起了闷酒,一会儿出去上卫生间,经过隔壁216房间的时候,突然听到里面有人在大声说话,声音都很熟悉,仔细一听,竟然都是自己公司的中层干部,里面也包括张伟。

他们在我背后拉帮结派?!老郑脑子里冒出第一个想法,靠近门边侧耳倾听。

"我还是喜欢跟张总干,张总的管理让我口服心服……"一个中层管理人员说。

"是啊,张总管理是人性化管理,很尊重我们的人格,哪里像现在……"

"老板对我们太不信任了,感觉真别扭啊……"

"老板好像害怕张总和我们在一起,那天还问我张总私下都和我们谈什么话……"

"这样下去,我感觉越来越没干劲了……"

……

大家七嘴八舌。

老郑听得怒从心起,又有些不寒而栗,心惊胆战,毕竟,这些人是自己公司的脊梁,公司的发展离不开他们。

一会儿听见张伟说:"各位,大家听我说两句,首先,我们是打工的,郑总是老板,大家要摆正位置,摆正心态,老板是当家人,考虑问题总要比我们周全,比我们长远,安排事情一定是有自己的理由的,大家暂时可能还接受不了,但是,磨合之后就好了……我们跟着老板打工,就要努力去适应老板,而不是让老板适应我们……我和大家一样,都是打工的,我对大家的管理,都是按照老板的指示来进行的,都是老板的意思,所以大家一定不要对老板有什么误会和偏见……我们脑子里应该时刻树立一个观念,那就是多为老板赚钱,多为集体谋利益,这样,我们自己才能有好的收益……所以,大家不要多想,要一心一意跟着郑总干……"

老郑心里感觉到了些许的安慰,心里涌起一阵暖流,张伟就是张伟,一个不同凡响的张伟。

老郑正在继续听着,突然身后有人碰了一下自己的胳膊,接着一个声音响起:"郑总来了,怎么不进去坐一会儿……"

老郑身体一震,慢慢回过头去。

原来是陈瑶在叫老郑。

陈瑶出来接了个电话,打完电话回房间的时候正巧看见老郑正伸着脖子在偷听。

陈瑶心里咯噔一下,他怎么会在这里?

陈瑶心里觉得很糟糕,但是很快冷静下来,沉着地过去打招呼。

老郑一看是陈瑶，很尴尬："哦……啊……哈……陈董啊，我……我在隔壁请客户的，刚好经过这里……呵呵……"

陈瑶笑笑道："郑总，张伟和我出去玩刚回来，正好你公司的那帮哥儿们进城，张伟请他们打打牙祭，我就随同来凑场子了。"

老郑也笑了："哦……呵呵……那你们玩吧，我回去照应客人。"

"别啊……"陈瑶拉住老郑的胳膊，"郑总，都是你的兵，没有外人，你来了就要进去坐坐啊。"

说完，不等老郑答应，陈瑶一推门，冲里面说道："大家欢迎郑总驾到。"

屋里一下子静了下来，所有的人都感到很意外。

陈瑶紧盯了一眼张伟："来，给郑总在上面加个座儿，大家欢迎……"

陈瑶这么一说，张伟登时醒悟过来，忙站起来，对郑总说："来，郑总，这边坐。"

其他人也都站起来，热情和郑总打招呼。

老郑骑虎难下，只得过去坐下，脸上带着和气的笑道："你们大家周末聚餐啊，呵呵……档次不低嘛，真巧，我在隔壁正好请客的……"

大家都笑着迎合着郑总，心里多少都有些不自在。

老郑对张伟说："南昌漂流艇的厂家老板来了，在216房间，你去敬杯酒吧。"

张伟答应着，端起酒杯说："我先提议大家敬郑总一杯酒，来！"

大家一起敬老郑，老郑端起来抿了抿嘴唇，放下，然后笑容可掬地看着大家。

张伟站起来去了隔壁。

郑总端起酒杯，对大家说："张总刚才提议敬了我一杯，那么我现在提议大家也敬陈董事长一杯酒。"

大家一听，都很意外，张伟的女朋友原来是董事长，和郑总熟悉，不是刚才她自己说的什么宅女啊。

看到大家惊奇的神色，老郑笑着对陈瑶说："陈董，看来你们两口子对我的人员打了埋伏啊……"

然后，老郑对大家说："各位，这位就是我们东兴大名鼎鼎的假日旅游的陈董事长，也是我们张总的女朋友。"

老郑这会儿特意称呼张伟为"张总"。

"哦……"大家惊呼一声，都用全新的眼光重新打量着这个小美人。

陈瑶微微笑了，看着大家，轻声说："不好意思，为了不惊扰大家，为了突出俺当家的张伟，俺没说俺的身份，大家多包涵……"

大家都开心地笑起来，气氛活跃起来。

"原来这就是假日旅游的老板啊!"

"张总有福气啊,找了这么一个美女老板……"

"陈姐叫张总当家的,真刺激……张总好幸福啊……"

大家七嘴八舌在那里交流彼此的心得。

老郑微笑着看着大家:"别光顾说话,喝酒啊。"

"对对对,敬陈董!"大家纷纷举杯敬陈瑶。

陈瑶一口干掉,然后倒满,看了看郑总,然后对大家说:"既然郑总揭开了俺的真面目,那俺就代表假日旅游敬龙发旅游的各位一杯酒,祝龙发旅游日日大发,各位财源滚滚,郑老板发大财……"

大家一起干掉。

然后陈瑶对郑总说:"郑总,真羡慕你啊。"

老郑笑着对陈瑶说:"陈董,何来羡慕啊?"

老郑其实很傲气,心底里瞧得起的人没有几个,陈瑶是少数几个让她从心里佩服和发憷的人之一。

陈瑶笑着指指在座的各位,"羡慕你的精兵强将啊,高素质、精通业务,而且,具有极强的集体主义责任和荣誉感,极具向心力和凝聚力……从今晚吃饭大家的言谈我听出来了,他们对你的公司,对你郑老板可都是忠心耿耿啊……"

陈瑶说的其实是实话,大家虽然对老郑的管理不满,但是无不对公司的大局和集体利益充满热爱和关注,对公司未来的发展充满信心和期待。

老郑笑呵呵地说:"是啊,我的兵我是了解的,他们都是很忠心于公司的,这些都是我特别器重的骨干,都是我准备要重点培养提拔的后备人选,以后公司的业务多了,项目多了,他们都是要准备去单挑大梁的人……"

老郑趁热打铁,端起酒杯:"来,各位,我敬大家一杯酒,大家工作很辛苦,我和大家最近沟通得少,大家对公司的发展有什么想法和建议,对我的管理有什么建议,都可以直接提,我这个人,最喜欢别人给我提意见,我知道,大家提意见是为我好,是为公司好……"

老郑的话打动了大家,大家纷纷端起酒杯:"谢谢郑总,谢谢郑总对我们的理解,我们一定好好为公司出力……"

陈瑶笑嘻嘻地看着他们:"看到你们君臣同欢,好羡慕啊……郑总真是一个心胸开阔、大肚量的老板,是做大事情的人……"

老郑忙冲陈瑶摆手道:"陈董,你可别作践我,你这是在损我呢,在你面前,我是不敢称大的……"

"郑总客气,俺们家那口子可是经常在我面前对你的敬业和勤奋佩服得五体投地……"陈瑶说道。

"是啊,张总经常也在我们面前提到郑总的敬业和执着,号召我们大家学习郑总的工作精神……"大家也附和着。

老郑心里一阵冷笑,一阵苦笑,一阵无奈,一阵发凉,脸上却堆满了笑容:"呵呵……大家互相学习,互相学习,我也是有很多缺点的……"

陈瑶看着老郑的表情和眼神,心里一阵叹息。

晚上回到家,张伟喝得有点多,一头栽倒在床上,不想起来。

陈瑶给张伟脱下衣服,拉他起来去洗澡,又给他泡了一杯茶解酒。

然后,张伟靠在床头,陈瑶在写字台前的电脑上边看新闻,边聊天。

"明天就要去上班了,今晚这么巧,请客遇见老郑。"张伟有些懊丧,"他还不知道怎么想我呢!"

"站得正行得直,咱不做亏心事不怕鬼叫门,怕什么?"陈瑶看了张伟一眼,"多大事?明天就照常去上班,照常去工作,如果辛辛苦苦、呕心沥血再赚个不信任和怀疑,那就说明老郑太没气量了……"

"我是从心里想把这个季节做完的,我是满怀信心想把这个营销做好的,可是,老郑现在似乎对我很忌讳,都是我做这个狗屁副总做的,如果当初不做这个,安稳做营销部经理,什么事情都没有……你说是不是?"张伟边喝茶边看着陈瑶。

"有些事情是命中注定的,是无法逃避无法摆脱的,别抱怨了。其实,这里面也包含着必然,"陈瑶转脸向张伟,弯腰轻轻为张伟捏着小腿,"不要想那么多,不要活得那么累,一切顺其自然吧,只要我们尽力了,有些事情并不是我们能左右的,并不是以我们的意愿为转移的……开心一点,老公……"

张伟心里轻松了一些,摸着陈瑶的肩膀说:"嗯……你放心,我会想通的,我会处理好我份内的事情的……"

陈瑶抬起头看着张伟,温柔地说:"老公,你的开心对我很重要,我不允许你做任何不开心的事情,我不允许任何人让你不开心……你要你开心,我可以去做任何事……"

第二天,张伟一大早就起床去了公司。

陈瑶睡到9点才起床,先开车去医院看了看哈尔森和王炎。

哈尔森的病情一直在好转,王炎的心里很高兴,陈瑶也很高兴。

陈瑶和主治医师谈了谈,主治医师很感慨:"九死一生,终于算是救回来了,各项指标都在向好的方向发展,目前再继续住院治疗一段时间,看病情再决定下一步的治疗方案。"

"下一步?"陈瑶问医师。

"是的,我们考虑了,根据病人的实际恢复情况,我们建议病人改变治疗环境会更好一些,其实,对于某些病来说,医院并不是最好的治疗环境,最好的环境应该是家庭和社会……"主治医师对陈瑶说。

"您的意思是……"陈瑶有些不大明白。

主治医师进一步解释道:"如果病情好转得快,我们会建议在家里继续进行下一步治疗,甚至病人都可以参加初步的社会活动,这样对病人的身心健康恢复很有好处……当然,这要看病人的身体恢复到允许的程度……"

陈瑶很高兴地说:"谢谢医师。"

陈瑶把主治医师的话告诉了王炎,王炎出了一口气:"太好了,医院这环境,我一进来就窒息,老感觉生命中充满了阴霾……苦日子终于快要熬到头了……"

"嗯……"陈瑶拍着王炎的肩膀,"苦难的日子终将过去,光明终究会来临,我们的爱情和亲情终究能战胜病魔……坚持到最后,迎接最后的胜利!"

王炎点点头,又说:"我这几天没事就和哈尔森一起畅想未来,我想等哈尔森身体好了以后,我们得找点事情做,毕竟我们两个都没有工作了,不能坐吃山空……"

陈瑶点点头:"嗯……对,让哈尔森以后多活动对他的身体很有必要和好处,太闲了,呆在家里,对恢复身体没有好处,医生刚才就这么说的。"

王炎笑了笑:"我想啊,等哈尔森恢复了,我们就办个公司,哈尔森主内,我跑外,做自己的事业,自己做老板。"

"好啊,"陈瑶拍拍手,"你也要做老板娘了,哈哈,王炎……"

"嘻嘻……老哈说公司注册我做法人,我做董事长,他呢,做总经理。"王炎笑呵呵地说。

"嗯……不错,又一个美女董事长即将诞生,"陈瑶哈哈笑着,"现在想好开哪一类的公司没有?"

"没有,我正打算征求你的意见呢。"王炎说。

"很简单,发挥自己的长处,你们最大的优势是什么,就做什么项目。"陈瑶说。

"外贸,外贸出口。"王炎脱口而出。

"那就成立一个外贸公司啊,"陈瑶笑嘻嘻地说,"到时候,专门和欧盟做生意,多好!赚欧元!"

"嘻嘻……做什么外贸生意呢? 得找好内容才可以。"王炎笑嘻嘻地说。

"嗯……这个倒是要考虑仔细,我会替你考虑着,"陈瑶沉思着说,"做好出口产品的品种选定很重要,选好了,发大财,选不好,陪光光……或许,我们可以做做强强结合的文

章……"

"什么强强结合的文章?"王炎问陈瑶。

"呵呵……我正在考虑,还不成熟,我从你哥那里得到了很大启发,脑子里正在酝酿思考,但还很不成形,等哈尔森身体允许了,等我考虑成熟了再告诉你们……"陈瑶拉着王炎的手:"小姑子,和哈尔森在一起,要多畅想未来,设计未来,这样,会让他的心里充满阳光和憧憬,充满期待和希望……"

王炎点点头:"陈嫂子,得令!"

陈瑶乐呵呵地和王炎告别,开车回到公司。

刚到办公室,于琴过来了,一进门就大大咧咧地问:"陈董,忙不忙?"

"还好,有事?"陈瑶忙着给于琴让座倒茶。

"没事,想约你出去喝茶聊天。"于琴说。

于琴今天专门来约自己去喝茶聊天,陈瑶不禁有些奇怪,笑着对于琴说:"今天咋这么轻闲了?"

"本来我就轻闲啊,公司的事情我又帮不上忙,呵呵……我今天约了一位姐姐,大家一起认识认识,交个朋友,说不定以后有什么用处。"于琴神秘兮兮地说。

"哦,一位姐姐,"陈瑶笑呵呵地看着于琴,"又是哪里的美女啊?"

"不是美女,是恐龙,哈哈……"于琴哈哈大笑,"不过这人很简单,和我关系不错,经常一起喝茶,正好刚才她给我打电话,我也好几天没见你了,想约一起去……"

"那好,"陈瑶盛情难却,对于琴说,"等我 10 分钟,我安排一下公司的工作,然后就走。"

10 分钟后,陈瑶和于琴一起去了华天茶楼,直奔三楼一个雅间。

"这是我和王姐经常一起喝茶聊天的地方,环境很优雅。"边上楼,于琴边告诉陈瑶。

"王姐?"陈瑶问于琴。

"是啊,就是我的那位朋友啊,估计这会儿她已经到了。"于琴看看时间,对陈瑶说。

到了三楼的雅间,于琴和陈瑶推门进去,一个黑乎乎的中年女人正坐在那里低头看《时装画报》。

"王姐,你早来了……"于琴热情地对那中年女人打招呼,然后拉着陈瑶的手,"王姐,这是我的小姊妹,叫陈瑶。"

中年女人抬起头来,眼里露出几分傲慢,看着陈瑶:"陈小妹,你好。"

陈瑶看到中年女人,不由一愣:"怎么是她?"

不过陈瑶很快就反应过来,忙打招呼:"王姐好!"

中年女人看了看陈瑶,眉头皱了一下,说:"我们好像在哪里见过面?"

陈瑶笑了,她在医院的病床上见过她鲁莽闯入又被张伟赶走的窘态,印象深刻,而她匆忙之中应该是不会记得自己的。

当然,这个事情是不能说的。

"王姐见多识广,见的人多,自然会觉得面熟一些。"陈瑶微笑着坐在中年女人对面,缓缓说道。

中年女人想了一会儿没有想起来,点点头道:"可能吧,陈小妹很漂亮啊,做什么职业的?"

"旅游。"陈瑶回答。

"旅游?"中年女人一听,自己老公分管的行业,表情更加傲慢了,看着于琴说,"和你同行啊,也是大老板?"

"不是大老板,是小个体户。"陈瑶不卑不亢,微笑着看着王英。

王英愣了下,看着陈瑶,突然笑了:"陈小妹讲话很风趣啊,还不是一回事?"

"小陈谦虚了,她可是东兴旅游鼎鼎大名的陈董事长呢……"于琴夸耀地说。

"哦……"王英看着陈瑶,点点头,"那不简单啊,陈小妹很谦虚嘛!"

王英讲话的口气和态度有点像领导,看来也是受了领导丈夫的影响。

陈瑶心里觉得有些好笑,暗中琢磨起于琴的用意。

第二章 | 恍然大悟

张伟早上一到公司就感觉气氛不大对劲，营销部的人都缩在办公室里不露面，李波见了自己，态度不冷不热，和自己简单打了个招呼，既没有汇报最近的营销工作，也没有说出什么问题，直接就和郑总一起去了漂流景区，临走之前说了声："我和老板出去一下，今天有个大客户要过来。"

张伟答应了一声，没说别的，突然感觉自己休假10天，仿佛成了公司营销部的局外人。

张伟有些郁闷，问于林最近的营销情况，让于林把这10天的游客统计数字报过来，包括团队和散客。

于林过了一会儿悄悄进来，把数字报表拿给张伟看，一边不停地看着门外。

张伟看着于林问："鬼鬼祟祟干吗？做贼一样……"

于林不自然地笑了一下："没事，你快看吧。"

张伟看了一会儿，把报表放下，看着于林："你先回去忙吧，这报表放我这里，我仔细看看。"

"别，你抓紧看，我得拿回去。"于林急了。

"干吗？什么意思？"张伟有些火了，"我是营销部经理，看营销部报表不行？"

"不是，不是这个意思，"于林脸都憋红了，"是……是……"

于林半天没说出什么话来。

张伟心里凉凉的，看着于林，把报表还给她："好吧，我不为难你了，拿回去吧。"

于林如释重负，急忙拿了报表回了办公室。

张伟呼了一口气，看着孤零零的办公室里孤单单的自己，妈的，搞什么名堂？

一会儿，张伟接到李波的电话："张经理，今天上午杭州来一个大客户，洽谈一笔生意，你接待一下。"

李波讲话的口气很淡，很轻松，很自然，就像在安排自己的部下一样。

安排起老子来了。张伟若无其事地回答："哦……大客户，干吗要我接待？你干什么去了？"

"我和郑总在一起接待另一帮更重要的客户，抽不出时间，所以让你去接待。"李波在电话里的声音很清冷。

"是你安排我接待的？"张伟的口气更加清冷，"好像我的工作还不需要你来安排吧？"

"我只是传达，你也可以理解为是郑总安排的。"李波说完扣了电话。

"妈的，可以理解为！什么意思?!"张伟愤怒地骂了一句，将电话扔到桌子上。

老郑不通知自己，却让李波通知，什么鸟意思？张伟的心里很窝火。

骂归骂，说归说，工作还得做，张伟还是圆满完成了客户的接待任务。

中午吃过饭，张伟去营销部其他办公室看了看，大家都趴在电脑前忙碌，见了张伟都客客气气地打个招呼，却显得有几分生分，没了以前的那种热乎和无拘无束。

张伟又看了看几个人经手的业务营销负责人联系电话，以前都是自己的名字，现在都成了李波。

转了一圈之后，张伟回了办公室。

一整天，竟然没有一个人来向自己请示或者汇报工作。

快下班的时候，郑总和李波风风火火地回来了。

李波对张伟说："张经理，郑总通知到他办公室开营销部全体人员会议。"

张伟没说什么，直接去了隔壁老郑的办公室，大家都到齐了。

老郑看人到齐了，清了清嗓子，看了看大家，然后说："最近这段时间，营销部的工作开展得不错，李经理上手很快，和大家协调一致，业务进展很顺利，新客户不断增加，老客户保持稳固，比前段时间又更上了一层楼，当然，这个和大家的共同努力是分不开的……"

李波脸上有些得意，坐在那里斜眼看了张伟一眼。

其他人都低头默不作声。

老郑看了看张伟和李波，然后继续说："根据目前公司营销的新形势，经过广泛征求大家意见，从公司的实际工作需要出发，决定对营销部的人事和内部的分工进行一下调整……"

张伟若无其事地听着，心里暗暗猜测老郑要打什么算盘。

"我们公司内部的设置一直是营销部为主，其实营销部门口挂的牌子是营销中心，我们对外的名号也一直是营销中心……为了适应以后景区增加对营销的需求，公司决定，撤销原营销部，设置营销中心，"老郑慢条斯理地看着大家，"这样呢，对营销中心的内部机构和人事就需要再重新安排一下……"

张伟心里逐渐明朗，预料到老郑会出这个新花样。

"营销中心的设置如下，"老郑拿出一张纸，"营销中心下面设置域内部、域外部、大客户开发部和策划部，分别负责域内的区域代理监管和散客开发、域外的团队和散客业务拓展接待、重点客户的开发、整个营销的创意策划工作……营销中心设一名总经理，两名副总经理，各部各设一名经理……"

大家都注意听着，李波面带微笑。

"根据公司实际情况的需要，人事任命如下，先给大家公布一下，明天办公室正式发文，"老郑拿着一张纸继续说道，"营销中心总经理由我兼任，副总经理张伟、李波，域内部经理赵淑，域外部经理阮龙，策划部经理赵波，大客户开发部经理由张伟兼任……两位副总经理分工如下，张伟分管大客户服务部，重点负责大客户的开发工作，李波负责域内部、域外部和策划部，做好整体客户的开发和日常营销部的接待工作，两位副总经理都直接对总经理负责……"

说完，老郑微笑的看着大家说："祝贺各位，经理成了总经理，小兵成了经理，就是于林空了，呵呵……"

大家都笑了，包括张伟。

大家都感觉很振奋，除了张伟。

于林一直看着张伟的神色，脸上露出严重的关切。

"大家有什么想法和意见，都说说吧，"老郑看了大家一圈，然后看着张伟说，"张总，你先说。"

"我……我无条件服从公司工作的需要，服从公司大局，服从集体需要，保证兢兢业业做好分管的工作。"张伟嘴上说着，心里明白，他妈的，自己就是一个虚名，实际上成了大客户开发部经理，跟他们部门经理一样了，所不同之处就是，自己属于老郑直接管。换句话说，自己成了属于老郑直接管理的高级业务员，大客户开发专员，今后营销部其他事情自己都不能再插手过问了，那都成了李波的管理职责了。

老郑这一招厉害，既让张伟无话可说，还又成功达到了自己的目标，张伟心里很佩服，他口服心服。

"好。"老郑满意地点点头。

散会后，大家都下班了，张伟自己留在办公室里，没开灯，他想清静一会儿。

过了一会儿，陈瑶打过电话来："哥哥，家来（回家）吃饭了。"

张伟保持正常的口气："我今晚有客户，你先吃吧，我一会儿回去。"

"哥哥少喝酒，莹莹在家等哥哥，回来给你做夜宵。"陈瑶撒娇说道。

"呵呵……"张伟笑了,在电话上亲了一口,"好,我今晚不喝酒,忙完就回去,乖,宝贝……"

"那好,乖,哥哥!"陈瑶挂了电话。

张伟放下电话,关机,靠在椅背上,重重地呼了一口气,真他妈的有意思,老子被架空了,成了高级业务员。

张伟不由得想起高强最后对自己的处置方案,好像也是走的这个路子。

为什么两个老板都这么对待自己,是不是自己做人做事情出现了问题?可问题出在哪里呢?张伟凝神检讨审视自己。

张伟想了半天,总结出一个结论:自己问心无愧,无论是做事还是做人。

既然问题不在自己身上,那么问题就出在老郑身上。

张伟心里很郁闷,在黑暗中坐着发呆。

一会儿,张伟听见隔壁的开门声,接着听见老郑和于琴的对话。

"你狗日的今天下午把张伟架空了,是不是?"于琴的声音,充满火气。

"什么话?什么叫架空了?工作需要,岗位不同而已,都是公司工作。"老郑辩解。

"老娘是董事长,你不事先给我打招呼,直接就任免管理人员,你不按正规程序走,瞎眼了你!不把我放在眼里。"于琴继续发火。

"咱们是两口子,什么董事长总经理的,就那么回事了……"老郑嬉皮笑脸。

"你少对我嬉皮笑脸,正经点,"于琴火气更大,"张伟哪一点对不住咱?给咱出了这么大的力,挣了这么多钱,你狗日的真没良心,卸磨杀驴,秋后算账……"

"我知道他给咱们出了不少力,挣了很多钱,我也没亏待他啊,奖金50万,还要咋的?"老郑不笑了,用认真的口气反问于琴。

"妈的,那本来就是人家应该得的,按奖励规定还少了一些……"于琴越说越火,"啪"拍了一下桌子。

"行了,你够了没有!?"老郑的声音突然严厉起来,嗓门也提高了:"你个女人家懂得什么?就知道你他娘的嘀咕唠叨,我这是从公司的长远大局考虑,从我们长期的战略来考虑,你以为我想这么做?你以为我不想重用他?我没办法,知道吗,我必须这么做,我是被他逼的……"

张伟一听,很新鲜,忙凝神注意往下听。

于琴好像被老郑镇住了,半天讪讪地说:"你这话什么意思,我怎么不明白?他怎么逼你了?"

"你看看公司的中层管理人员,几乎都被他笼络去了,我说十句话不如他一句话管用,都凝聚在他身边,你想一想啊,这是我们的公司,我们的骨干力量,我们自己都掌控不了,被他掌控着,你说,可怕不可怕?"

"万一哪天他起了反心,一呼百应,带着人马走了,我们的公司还不直接就死掉了?我一想这个就害怕,我半夜做梦都被这个后果吓醒了……他有能力,我知道,我不是不想用他,我很想用他,但是,我决不能让他的影响和势力范围伸得太长。我要控制使用他,既要发挥他的长处,让他尽最大可能为我们出力,还得不让他势力范围过大,隔离开他和其他人员,让他谁也管不了,直接对我负责……"老郑娓娓道来,给于琴解释。

张伟听得心里拔凉拔凉的,头皮直发麻。

"你知道吗,我很矛盾,我对他是既喜爱又害怕,他的能力太强大了,我害怕有一天他会淘空我们的家底子,带着这帮业务骨干去组建自己的公司……到时候,我们会连死都不知道是怎么死的……你知道吗,昨天晚上,他们两口子约了公司的几乎所有中层一起吃饭喝酒,正好被我撞见……昨晚回来我就痛下决心了,一定要把他拿下……"老郑继续说道。

于琴半天没说话,好像被老郑的话所打动。

张伟心如死灰。

"这个张伟还有更可怕的一点,你知道吗?最近我一直在琢磨,他和陈瑶已经好上了,陈瑶的家底子比我们厚实,公司规模也不小,为什么他从来没有流露出一点要走的意思呢?难道陈瑶就不想让张伟去假日做总经理?他不但不想走,而且好像还在公司越干越有劲头,陈瑶也表现出很支持他干下去的态度……我越想越可怕,这现象不正常,很不正常……"老郑的口气很严肃。

"不正常?不正常在哪里?"于琴问老郑。

张伟也很疑惑,老郑在怀疑什么呢?

"太可怕了!自己女人的公司不去干,好好的老板不去当,却甘愿在我这里打工,你说正常不正常?我现在怀疑,这两口子有阴谋,是在打我公司的主意,一是打人员的主意,二是盘算我的景区,可怕啊……这陈瑶可不是简单的女人,我见了陈瑶心里就发怵……"

"不会吧?"于琴有些疑惑,"你是不是溜冰后遗症?老是怀疑恐惧的……"

"放屁,我早就好了。"

"你别把人都想得太坏了,你以为都像你对高强啊,我看你是多虑了……"

"女人家懂得什么?商场如战场,我这么多年的从商经验,我会看不出?我告诉你,任何一个人,没有不想钱的,任何不正常的蛛丝马迹后面,都很可能会隐藏着天大的杀机……"老郑用警告的语气对于琴说,"我是反复考虑才决定进行这个调整的,当时我以为我这么一宣布调整任命,他肯定会不服,甚至会抗议辞职,可是,他竟然痛快地接受了这个结果！表态还很积极，好像很乐意的样子……我自己都想不通，我越想越害怕，他宁可接受这个不公平的待遇也要待在我们公司里，到底是要干什么？"

张伟直接听晕了，狠狠打了自己的脑袋一下，老郑啊老郑，你真是高手！竟然能想到这么多！

于琴半天没说话，一会儿说："反正我觉得张伟不像是那样的人，我觉得他挺好的。"

"妈的，你就会说他好话，你们去南昌买漂流艇的事我还没和你算账，你说，你们晚上干什么了？"老郑又火了。

"干什么了？我们没干什么啊，你他妈的少乱怀疑。"

"屁，妈的，你们在一个房间睡的，你以为我不知道？"老郑气愤愤地，"你动不动就给我戴绿帽子，还不许我给你戴，奶奶的……"

"你妈的，老娘什么也没和他干，是毒瘾犯了，让他过去陪我说会儿话的，我倒是想，可是人家根本就瞧不上咱，嫌咱脏，你他妈的放心了吧，少乱猜疑……"于琴恼火地说。

"你这话我信，可是别人不这么想！谁也不会相信你们在一个房间里一夜不干那鸟事，"老郑的话越来越粗俗，"就你这样的，也就我还看中你，估计张伟不会看上你……"

"滚你妈的，你就当自己好东西哪，贱种……"于琴回骂道。

"呵呵……好了，不骂了，张伟的事情就先这样吧，我今后会继续高度关注他的……今晚咱回宁州家里去，好好吃顿饭……"老郑说着，和于琴关门走了。

等到一切安静下来，张伟在黑暗中静默了许久，然后摸起电话，打给陈瑶，"我在公司办事处，你开车过来接我。"

"好，你10分钟后到楼下等我。"陈瑶说。

10分钟后，陈瑶开车到了，张伟上车，脸色阴沉，对陈瑶说："开车。"

"去哪里？"陈瑶问。

"出城，随便走，别停下，一直开。"张伟闷闷地说，边抽出一支烟，点着，狠狠吸了两口，喷出一团浓烟。

第三章 | 谋定而动

陈瑶没有说话,微微转脸看了一眼张伟,听话地开车直奔城外,上了一条山间公路。

车子在蜿蜒曲折的山间公路上保持中速,路上几乎没有过往的车辆。

张伟打开车窗,让初夏的风吹进来,带着山里清新的氧气和馥郁的芬芳。

夜色中,陈瑶开着宝马一头扎进了白云山。

张伟狠狠地抽着烟,盯着车外黑压压的群山和沉沉的夜色,山风吹过,阵阵松涛。

陈瑶一句话不说,只是专心开车。

陈瑶知道,此刻说什么都是多余的。昨晚的预测今天终于变成了事实。

张伟看着前方无尽的山路,心里涌起阵阵心痛。

陈瑶心里非常疼惜张伟,虽然她知道男人都是要经历风雨的,要在挫折中成长,要在磨难中成熟,并且这对张伟以后的成长不无好处,虽然她早就知道这一天早晚会来,虽然她其实一直在盼望这一天……但是,看到张伟的痛苦和挣扎,让陈瑶心里还是很痛。

她知道,自己的小男人今晚一定还没有吃饭,她刚一接到他的电话,就预感到那事终于发生了,所以出门前从家里带了一部分熟食、啤酒和饮料。

陈瑶打开车内的音乐,让舒缓低沉的钢琴曲悠悠地飘洒在车里……

张伟抽完一盒烟,将最后的烟头连同烟盒一起扔到窗外,关上车窗,扭头看着陈瑶:"姐,就这么定了。"

"就这么定了?"陈瑶冷静地问。

"就这么定了。"张伟又重复了一遍。

"你考虑好了?"陈瑶眼睛盯着前方,双手握着方向盘,声音微微颤抖。

"考虑好了。"张伟坚定地说。

陈瑶心里一阵心疼,一阵喜悦,一阵轻松,长长舒了一口气:"哥,还是那句话,只要你开心……"

"哎……"张伟长长地重重地一声叹息,"以龙发之大,以老郑之大度,竟无我张伟安身之地……"

前方是一块山坡的开阔地,陈瑶将车开过去,停下,然后扭过脸,轻轻伸手抚摸着张伟的脸:"哥,不开心就不要勉强自己……"

张伟没说话,眼睛直勾勾地看着前方无尽的黑暗和缠绵的夜色。

陈瑶知道张伟此刻心里的痛苦,继续下去不开心,离开会更不开心,毕竟这是他为之奋斗了半年多的事业,毕竟这是他一心要想实现理想的地方,即使离开,现在也不是时候,他的目标和计划都还没来得及实现,这样离开,会让他心中格外的遗憾……

可是,现实逼得他不得不走。当尊严和现实发生冲突的时候,张伟当然会选择尊严。

陈瑶理解张伟此刻内心的矛盾和不舍。但是陈瑶也知道,短暂的痛苦是无法避免的,或者说是很有必要的,与其继续不开心下去,与其得不到信任和尊重,不如离去,即使有短暂的不开心,现在的不开心是为了以后长久的开心。

张伟又重重地叹了口气,充满了无奈和悲哀:"姐,天不留我啊……"

陈瑶心疼地看着张伟,心里却又有些轻松,但是她绝对不能当着张伟的面表现出来,只能在心里窃喜。

"此地不留爷,自有留爷处,多大点事啊?"陈瑶装作很同情的样子安慰张伟。

"其实,我倒不是因为龙发不留我而悲哀,而是为我的抱负我的目标中途夭折而悲哀……"张伟轻轻揽过陈瑶的肩膀。

陈瑶偎依在张伟怀里,握着张伟的手:"哥哥,我理解你的心情,没关系,只要是金子,到哪里都会发光,不在龙发,或许你会更好更快地实现你的抱负的地方……"

张伟抚摸着陈瑶的头发:"莹莹,你说得对,只是我总觉得自己火候还不到,底气还不足……"

"牛犊子也怵场了?"陈瑶拍着张伟的手背,"别有那么多顾虑,大胆去闯就是了……大不了姐给你兜着,别有后顾之忧……愿意自己做,姐给你提供资金,自己去闯,不愿意自己做,就和姐一起经营咱的小公司……"

张伟摇摇头:"莹莹,你想错了,我怎么能用你的钱呢?我一定是要自己做的,我要用我自己的钱去做,宁可先做小的……不过,现在我是没有什么心思去做的,或许,我该先休养一阵子……"

陈瑶笑了,抬起脸,亲了亲张伟的嘴唇:"傻熊,只要你开心,怎么做都行,先休养生息也可以,没事到处逛逛,琢磨琢磨新的创意和思路……"

"是的,或许我现在需要的是思考……"张伟看着窗外黑黝黝的夜空。

陈瑶没说话,趴在张伟怀里,倾听着张伟心跳的声音,一会儿说:"哥,只要我们问心无愧，世事我皆努力，成败不必在我，别太放在心上了……看到你不开心，我好心疼……"

张伟笑了笑，抚摸着陈瑶的肩膀说："丫头，没事，我想通了，其实，想通了就开心了……和你在一起，和你说说话，我就很快想通了，我又开心了……"

陈瑶微微一笑，抬头看着张伟问："真的？"

"真的，不骗你，"张伟认真地说，"心里郁闷的时候，找个人说说话就好了，和你在一起，我也算想通了，不就是辞职吗，虽然我没有善始善终，但责任不在我，我没有负龙发，我没有负老郑，虽然我留有遗憾，但有些事情是没办法的，是不以我个人的意志为转移的，想通了……"

陈瑶点了一下头，欣慰地笑了："哥哥想通了，真好……哥哥，抱抱我，亲亲我……"

张伟低头，和陈瑶亲吻了好一会儿……

然后，陈瑶坐起来，从后座提出一个大袋子，边打开边对张伟说："当家的，野餐喽……"

张伟一看，问道："这么多好吃的，哪弄的？"

"咱家的呗，知道你晚上就没吃饭，还骗我说什么客户……"陈瑶边说边拿出好吃的东西，启开啤酒，"当家的，吃，喝，开始……"

张伟边喝啤酒边吃东西，一会儿看着外面："这是哪里啊？怎么像是荒野。"

"白云山腹地，"陈瑶看了看里程表，"我们在白云山腹地30公里处。"

"这山里晚上真荒凉，一个人一辆车都没有，你不害怕？"张伟笑嘻嘻的，"山里说不定有什么孤魂野鬼……"

陈瑶脸色一变："你别吓我啊……"

张伟哈哈一笑："宝贝，别害怕，有我在，就是有鬼，我也把它打死……"

陈瑶心神不定地看看外面的漆黑夜色，发动车辆："算了，犯不着，咱还是继续往前走吧。"

说着，陈瑶开车继续前行。

"这条山路最终通往哪里？"张伟边吃边说。

"经过你们的龙潭风景区，经过你们的漂流，转悠一个大圈，从城西回到东兴。"陈瑶保持着中速。

"唉，不是我们的龙潭风景区了，也不是我们的漂流的了，明天开始，我这个短命的营销中心副总经理兼大客户服务部经理就要卸任了……"张伟猛地仰头将一罐啤酒喝光。

"哦，原来哥哥又有新职务了，可喜可贺……"陈瑶半笑不笑地说。

"别笑我，我给你说说今天的事情，"张伟又打开一罐啤酒，"想不想听？"

"想，当然想。"陈瑶忙回答。

"那你这么半天干吗不问我?"张伟斜眼看了下陈瑶。

"你不说我就不问,我知道你早晚得和我说。"陈瑶笑嘻嘻地说。

"鬼丫头,真有你的,"张伟拧了下陈瑶的耳朵,"我说你听。"

于是,张伟将今天发生的事情全部详细和陈瑶说了一遍,特别是老郑和于琴的对话内容。

陈瑶仔细听着,然后点点头:"傻熊,天让你走,你不得不走,天灭老郑,老郑无处可逃。"

张伟吃了一惊:"莹莹,你说什么?"

陈瑶的表情很严肃,眼睛直视前方:"你没听懂?"

"你说天灭老郑?什么意思?"张伟问陈瑶。

"没什么意思,等着瞧好了,"陈瑶慢慢悠悠说道,"老衲观西方之天象,有股不详之云笼罩在老郑头上哦……"

"净胡扯,你就神道吧……"张伟不以为然。

陈瑶抿嘴一笑,没再说这事,一会儿又对张伟说:"打算什么时候交辞呈?"

"明天,交完辞呈,立马走人,"张伟利索地回答,"反正工作已经都被李波接管了,也没什么可移交的……"

"嗯……也好,"陈瑶点点头,又看着张伟,"小郭呢?你打算怎么办?"

"小郭我还没告诉,我这就给他打电话,征求他的意见。"张伟说。

"好,问问他吧,如果他愿意,就先来我公司,暂时先给我开车兼当保镖,我原来的驾驶员已经干专职采购兼仓库保管了,"陈瑶说,"还有,吴洁如果愿意,也可以来,我安排她做内勤……"

张伟点点头:"要来的早晚会来,我早有此意,你终于开尊口了。"

张伟拨通了小郭的电话,小郭已经睡着了,迷迷糊糊地接电话。

"小郭,是我。"

"哦,张哥,深更半夜,什么指示?"小郭一看张伟这么晚打电话,只当出了什么紧急事情,困意全消,一个激灵坐起来,把身边的小洁惊醒了。

"你在哪里?在电站还是在东兴?"张伟问小郭。

"我在东兴,和小洁住在小旅馆里,"小郭嘿嘿笑笑,"张哥,有事吗?"

"嗯…….有事,我明天打算辞职,先给你通报一声,我走了,你还打算在那里干下去吗?"张伟对小郭说。

"咱俩是一条绳子上的蚂蚱,你走了,我留在这里干吗?等人家来赶我啊?我肯定走,小洁也走……你打算去哪里?"小郭问张伟。

"去哪里还没定,我想,如果你愿意,可以和小洁先去陈瑶那边做事情,你暂时给陈瑶开车,小洁呢,做内勤……"张伟对小郭说。

"好啊,太好了,我一百个同意!"小郭高兴地从床上蹦起来,把小洁吓了一跳。

"你给陈瑶开车,不会把你当司机对待,你陈姐的性格脾气你是知道的,她对你感情是很深的,明白吗?"张伟边说边看了陈瑶一眼,陈瑶微笑着点头。

"明白,我明白,只要跟着陈姐,只要陈姐要我,我干什么都行,哈哈……其实,我早就等着这一天了,就是没说……"小郭在电话那边开心地大笑起来,"那我抓紧写辞职报告书,要不你替我写一份,我签名吧……"

"我靠,辞职报告书都要我代劳,我成你秘书了……"张伟笑起来,陈瑶也笑了。

"我文化水平低啊,要走了,这辞职报告书要写得有点水平啊,别让人家笑话咱……"小郭高兴地搂着小洁的肩膀,"对了,还有小洁的,你都代劳吧……"

"哈哈……"张伟被小郭逗得哈哈大笑,"你去死,自己弄,我没那闲工夫,要不你就别走了。"

"嘿嘿……那我就自己弄……乌拉!我早就盼着这一天了,就盼着你和陈姐开口要我啊……哈哈……"小郭开心得不得了。

"记住,以后你就是你陈姐的保镖了,陈瑶的安全就交给你了……"张伟笑嘻嘻地说,又看了陈瑶一眼。

陈瑶抿嘴微笑。

"OK!绝对没问题,有我在,绝对不让陈姐毫发受损!"小郭保证道。

"好了,就这样,不说了,先睡吧,明天办完手续,你直接到假日旅游找陈董事长报到。"张伟看着陈瑶,陈瑶点头。

"好的,好的。"小郭兴奋地放下电话,抱着吴洁一阵猛亲,"小洁,我和你以前盘算的事情明天就可以实现了,张哥开口了,呵呵……"

吴洁很高兴:"咱们一起去人家公司,好不好啊?还有,咱们三个人一起辞职,会不会不好啊?"

小郭将吴洁抱在怀里,说:"宝贝,你不懂,咱们三个人辞职和张哥一个人辞职差不多,主要是张哥,咱俩是陪衬,对于龙发来说,有没有张哥,可能会大不一样,有没有我们,没有任何妨碍,我们没有什么技术特长,又不懂管理,就是小办事员,我们走,说不定公司会拍手欢迎,因为现在正常运转了,其实不需要那么多勤杂人员了,需要的是跑业务的骨干了……"

吴洁点点头,问:"那我去陈姐那边干什么啊?"

"老本行,内勤。"小郭精神很亢奋,边亲吻小洁边说。

"嗯……行,反正你到哪,我跟你到哪……到哪里都行……只要和你在一起……"小洁被小郭弄得浑身痒痒,说话都断断续续的。

"跟着陈姐干,我们会做得很开心的,别说陈姐从不亏待员工,就是收入低,我也愿意去陈姐那里干。"小郭毫无倦意。

陈瑶和张伟开车走了两个多小时,穿过漂流景区,正在回东兴的路上。

"你辞职带走小郭和吴洁,郑老财会不会生气?"陈瑶问张伟。

"不会,我离开,小郭和小洁肯定离开,他很有数的,小郭和小洁的工种很好找,再说,他已经给小郭配备了副职,就说明已经有了打算,随时准备踢走小郭的,"张伟肯定地说,"其实,老郑担心的不是小郭,而是公司里的中层骨干,这些骨干基本都是我一手带起来的,我要是说带他们走,基本都会走,龙发就能直接瘫痪……老郑最害怕的事情是这个……"

陈瑶点点头:"这一点,刚才我也在想,恐怕你一交辞呈,会引起连锁效应,咱不能干那缺德事,不能让老郑的公司瘫痪……"

"嗯……我会安抚好他们的……当然,要是以后老郑自己不知道珍惜,不尊重不信任人家,人家离开,那就不是我的事情了……"张伟说。

陈瑶点点头:"明天你和老郑把话讲明白,该说的要说透。"

"那是一定的,必须的。"张伟摇晃着脑袋,"老婆,抓紧回家。"

"干吗这么急? 困了?"陈瑶问张伟。

"饿了!"

"别胡扯,荒郊野外的,不安全,"陈瑶笑了,"我看你是饿死鬼托生,老是吃不饱……"

"只要和你在一起,一辈子都吃不饱……"张伟笑呵呵地说。

陈瑶开心地笑了:"老公,那我就让你吃一辈子,直到来生……"

第二天一上班,张伟就来到了郑总办公室。

第四章 | 干董事长

当张伟将辞职报告递交到郑总办公桌前的时候，老郑虽然有一定的思想准备，但还是吃了一惊。他知道张伟在自己的打压下可能会走，但没想到会这么快。于是，他立刻想出了一大堆话来谴责张伟：革命尚未成功，同志仍需努力，当此用人之际，你怎么能突然就走了呢？等开发出一批大客户来再走也不迟啊。

老郑心里既遗憾又轻松，看着张伟，脸上的表情很复杂："小张，你这是……"

张伟脸上带着谦恭的微笑，带着对老郑真诚的尊敬："郑总，我想另谋发展，所以……"

老郑脸上带着巨大的惋惜和留恋，心里却感到从所未有的释然，一个包袱终于卸下了，自己终于可以睡个安稳觉了。虽然张伟的离开对自己的生意可能会有一些影响，但是主流是改变不了的，大势所趋，大局已定。

随即，老郑的神经又绷紧了，老郑绝对不想让张伟的辞职带来连锁效应，如果是那样，他的漂流帝国就会在顷刻之间崩溃，而这连锁效应的钥匙就掌握在张伟手里，只要张伟不发话，就不会产生这连锁效应。

老郑心里紧张地思考着，装作反复在看张伟的辞职报告，心里其实在想着对策。

辞职报告很简单，短短一句话：因个人原因，辞去本人在龙发旅游有限责任公司的所有职务。

张伟站在老郑面前，看着老郑反复在看着自己的辞职报告，心里充满了不舍和眷恋，他很希望老郑突然像个男人那样一把将辞职报告撕得粉碎，然后站起来冲自己胸口来上一拳，破口大骂："丫的，你小子忒不仗义了，你一甩手走了，老子怎么办？不许走，不许辞职……"

张伟就这样站在老郑面前幻想着，但他知道，这是自己在做梦。因为他看到他对面的龙发旅游的郑总突然站了起来，脸上带着笑，拍着自己的肩膀："兄弟，哥的庙小，兄弟是有才有能、目标远大之人,前途不可估量,哥知道你是早晚会有这一天的,哥虽然很不舍得你,可是,也不能耽误你的前途……"

张伟最后的一丝幻想破灭了。老郑怎么敢冲自己的胸口来上一拳呢,打死他也不会,更不敢,充其量是拍拍自己的肩膀。

"但是,你为哥做出的重大贡献,哥是不会忘记的,哥既然不能耽误你的前程,那哥就一定要好好祝福兄弟的美好未来,我会给财务安排好善后事宜的……"老郑边说边又坐下,在张伟的辞职报告上飞快地签字,好像怕张伟再反悔,将辞职书要回去一样。

签完字,老郑示意张伟坐下。

张伟坐在老郑对面的沙发上,发自内心地说:"郑总,谢谢你和老板娘对我的关爱和照顾,还有帮助和指导。"

"不要这么说,"老郑动情地看着张伟,"兄弟,其实我应该感谢你,我和于琴都应该感谢你,你做事情很有开拓性,思路很新颖,敢于创新,没有你的创造性营销新理念,没有你的危难之间受命力挽狂澜,龙发不会有今天,可以这样说,龙发的今天离不开你的付出,你在龙发旅游的发展史上,写下了重重的浓厚的一笔……"

老郑讲得很动情,张伟听得很入神,心里很感动。

"兄弟,你今天要走,对于龙发旅游,是不可估量的重大损失,哥心里其实是一万个不愿意,但是,哥知道你的鸿鹄之志,哥不能耽误你的远大前程,如果哥因为自己的私利而强行挽留你,那哥就是有罪之人……"

老郑一口一个"兄弟"、"哥",语言真切,句句在理,情深意重。

张伟挠了挠头皮,觉得老郑讲得很在理。

老郑站起来,亲自给张伟泡上一杯茶,放在张伟面前,自己点着一颗烟,停顿了一会儿,突然微笑着问张伟:"兄弟,你打算带几个人走?"

张伟早就料到老郑要问这个问题,绕了这么半天圈子,终于切入正题了。

"我谁也不打算带走,郑总,我是自己辞职,我递交的是我自己的辞职书,不是代表大家来辞职,当然,其他人如果自己递交辞职书,那是他们的事情,和我是没有关系的……"张伟慢条斯理地说着,观察着老郑的神色。

听张伟说到这里,老郑的脸色"唰"地白了,夹着香烟的手指微微颤抖着。

张伟心里暗暗发笑,端起水杯喝了一口茶,赞扬道:"好茶,郑总,好茶!"

老郑脸上勉强笑了下:"呵呵……还好,还好……"

张伟放下水杯,看着老郑,然后继续说道:"当然,如果他们打算跟随我而辞职,我是不会答应的,我是一定要说服他们留下来的,你应该知道,他们和我感情很深,我的话他们是听的……挖墙脚的事情,我是不干的……"

老郑的脸色一下子舒缓了,表情轻松下来忙说:"好,好,好,对,对,对,兄弟,哥就知道你是仗义之人,你在他们当中的号召力我是知道的,我知道,你一定不会挖哥的墙脚,你一定会帮助哥的……"

"但是,有两个人我是一定要带走的……"张伟突然又说。

老郑一下子紧张起来,问:"哪两个?"

"小郭和吴洁,一个是我亲兄弟,一个是我亲兄弟媳妇,"张伟毫不犹豫地说,"他们俩我都要带走。"

"好,行,没问题。"老郑爽快地答应,"他们俩我知道的,就是我想留,你再做工作,也不可能再留下的。"

张伟笑笑,站起来,伸出手:"郑大哥,那我现在就去找玲玲办理善后事宜了,小郭和吴洁很快就过来递交辞呈……"

老郑也站起来,握着张伟的手:"行,兄弟,你直接找玲玲,我马上给玲玲打电话,和于琴沟通好,结算一下你们三个人的工资、奖金。"

张伟笑了笑:"郑大哥,希望我们以后还会是朋友,是好朋友。"

老郑伸开胳膊,两个男人象征性地拥抱了一下,老郑说:"兄弟,我们永远是朋友,是兄弟。"

然后,张伟伸手作揖:"郑大哥,青山常在绿水长流,咱们后会有期!"

老郑也作揖:"兄弟,后会有期。"

然后,张伟开着陈瑶的车直奔公司驻地。路上,他先给小郭打了电话,询问了下他们的情况,之后,又给陈瑶通了电话,将和老郑谈话的详细内容告诉陈瑶。

陈瑶哈哈大笑:"哥,真有你的,好啊,中午我在家等你吃饭,做好吃的给你吃,还有,叫上小郭和吴洁一起来,我有份礼物要送给他们。"

"呵呵……好的,我现在去公司财务结算工资和奖金,不知道老郑咋给我结算,呵呵……给多少算多少吧,由着人家赏……"张伟边开车边说。

"呵呵……老郑如果是会办事情的人,就一定不会少给你,只会多,不会少……"陈瑶笑嘻嘻地说,"你临走之前很可能还能捞一把哦……对了,你那帮死党,你打算怎么和他们告别? 怎么做他们的工作?"

"不见面了,省得一个个生离死别的,我又不是出国,又不是留洋,不过是个辞职,还又走不远……用电话和他们挨个谈话吧,放老郑一马,给他留条后路吧……"张伟对陈瑶说。

"嗯……对,是要这样,做事情一定不要做绝了,一定要给人家留条后路,给人家留了后路,也就等于给自己留了后路……哥哥英明,我主隆恩……"陈瑶在电话里很开心,"杨杨这几天正在刻苦学习做营销,我安排他跟着徐君屁股后面跑呢,你有时间也可以带带他……"

"嗯……不需要姐夫亲自带,让我妹夫带就可以了,姐夫带小舅子,小舅子不听话,不好管理啊,到时候到他姐面前告状,别再不让上床……"张伟像真事似地说道。

"哈哈……坏蛋!"陈瑶哈哈大笑,然后说,"去忙吧,我一会儿先回家做饭。"

张伟直奔公司财务,玲玲已经接到郑总的指示,将张伟、小郭和吴洁的工资奖金结算好了,张伟签字的时候大吃一惊,除了工资多发了一个月的,奖金竟然是30万!

"玲玲姐,怎么这么多?"张伟签完字问玲玲。

"郑总亲自安排的,说是她和老板娘沟通后一致确定的,"玲玲说,"根据公司的考核管理规定,你应该得到的奖金是15万,但是,于董和郑总说了,给你发特别贡献奖,奖金加倍,小郭和吴洁和你一样,工资奖金都加倍。"

这就是私人企业的好处,奖金多少,文件归文件,规定归规定,老板一句话,说多少就是多少,老板的话就是文件,就是规定。

张伟心里很开心,自己账户上有80万了,真过瘾!同时也很感动,这两口子做事情很大度,对自己没得说。

人就是这样,矛盾的综合体。张伟觉得自己有些矛盾,被人家逼迫着辞职了还得感谢人家。其实想想老郑和于琴也是如此,把自己撵走了,还得厚礼相赠。

到现在为止,于琴始终没有露面,也没有和张伟通话。

张伟不知道于琴是怎么想的,不过,不管怎么说,她和老郑毕竟是两口子,关键时刻还是自己人,总是要先考虑自己的利益的。

张伟仍然觉得于琴和老郑两口子是好人。

结算完,张伟悄悄开车直奔东兴,没大张旗鼓和兄弟们打招呼,不能弄得老郑太难堪。

路上,张伟通知了小郭和吴洁,让他们中午到陈瑶家吃午饭,安排他们的工作事宜。

回到家,小郭和吴洁还没来,要等一会儿到,陈瑶正在厨房里忙乎着弄菜。

张伟进了厨房,从后面环抱着陈瑶,亲吻着陈瑶的脖颈,轻声说:"老婆,我失业了……老郑给我发了30万奖金……"

陈瑶回身,搂着张伟的脖子,和张伟接吻,好一会儿才分开,然后笑嘻嘻地说:"祝贺你,老郑表现不错……失业了咋的,你又不是第一次,再就业呗……我公司还缺一个职位,要不,你来干……"

"干什么?什么职位?"张伟摇头晃脑。

"干秘书,我还缺一个秘书,你做我小秘,男秘书,哈哈……"陈瑶大笑。

正说笑间,小郭和吴洁就到了。

吴洁进了厨房,嗅了嗅:"陈姐,锅糊了……"

"是啊,就顾着和你张哥说话了,耽误事,不然,锅哪能糊呢?"陈瑶似笑非笑地说着,看着张伟。

张伟装作若无其事的样子出了厨房,和小郭在客厅说话。

很快,饭菜弄好了,大家一起吃饭。

陈瑶边给小洁夹菜边对小郭和吴洁说:"辞职了也好,你张哥一走,你也无法再在那里干下去了,到我这里来干吧。"

小郭点头:"我就等你这话了,陈姐,我一直没好意思提,自从知道你在东兴,就想跟你干了。"

陈瑶点点头,呵呵笑着说:"傻小子,姐知道你的心思,呵呵,只是你和你张哥都在那边,姐也不好挖郑老财的墙脚啊,呵呵……现在好了,你和小洁一起过来了……我想这样,小洁呢,在公司做内勤,负责接待、收发、文档管理等等,还是老本行,你呢,暂时先跟着我开车,平时没事呢,在营销中心学习,办公地点在营销部,多学点营销知识,丰富完善自己……记住,我说的是暂时……"

"一切听从陈姐安排。"小郭痛快地回答道。

"至于工资待遇,你们不用多考虑,公司有完善的人事工资管理制度,按照职位来,多劳多得……"陈瑶又说。

"嗯……"小郭和吴洁点点头。

"还有,你们的住宿问题,必须要先安居才能乐业……"陈瑶站起身去了卧室,一会儿出来,拿了一把钥匙,放在小郭面前,"和我一个楼洞,下面3楼,这房子正下方,有我买的一套二手房,和我住的这个是一样大的,目前卖不出去,里面家具齐全,你们俩先住着……房租免了,物业、水电费公司代缴……嘻嘻……"

"这……"小郭高兴地看着陈瑶,"陈姐,这合适吗?"

"合适,"张伟接过来,"自己人不要这么客气,客气,就见外了,你陈姐让你住,你就去住,哪里来那么多客气话……"

小郭和吴洁不再客气,高兴地将钥匙收好。

"吃过饭,今天下午休整,你们明天正式上班。"陈瑶对小郭和吴洁说。

"我呢,我干什么?"张伟看着陈瑶。

"你啊?!"陈瑶含笑着看着张伟,话中有话,"让你干秘书,你非要干董事长,表现不好,在家歇着吧,想干吗干吗,不管你了……"

张伟心里暗乐,苦着脸。

小郭忙对张伟说:"张哥,陈姐让你干秘书,那你就先干着呗,非要干董事长不可吗?"

"不行,我不干秘书,我只干董事长!"张伟表情怪异地说。

陈瑶低头吃饭,憋住不出声。

"董事长可不好干啊……"小郭喃喃地说,"张哥,你胃口越来越多了,以后说不定你还想干更大的……"

"不,我不干更大的了,"张伟一本正经,摇晃着脑袋,"我就只干董事长,而且只干假日旅游的董事长……"

"啊……"小郭大吃一惊,看看陈瑶,"陈姐,张哥这是逼着你让位,要侵吞你的财产啊……这还了得……"

"哈哈……"陈瑶终于忍不住大笑起来,冲张伟连连作揖,"老大,求你了,让我吃完饭,行不行?"

接着,陈瑶又对小郭说:"他想干吗就干吗,别管他了,咱吃饭。"

张伟喜不自禁:"陈瑶,你先说,你让不让我干!"

"让,让,"陈瑶脸红了,瞪了张伟一眼,"吃饭,吃饭,不许再说了。"

小郭莫名其妙,一会儿咧着嘴巴笑了:"其实,你们一块干得了,反正你们俩也是一家人了……"

同一时刻,在郊外的一个温泉洗浴中心,潘唔能正在和老高一起泡温泉。

潘唔能无精打采,一会儿突然对老高说:"我想去搞定一个女人,你有没有什么好办法?"

"谁?"高强明知故问,心里很镇静。

"假日旅游的陈瑶,"潘唔能说,"妈的,死活不上套……你认识她不?"

"都是做旅游的,当然认识,"高强心里暗暗发狠,表面上不露声色,"我和他们公司比较熟悉的,和陈瑶也比较熟悉……"

"哦……那更好,想办法给我搞定这女人……我这边也继续想办法,这娘们,不弄过来玩玩,老子死不罢休……"潘唔能淫邪地说。

高强心里恨得咬牙切齿,脸上却微微一笑,道:"其实,搞定这女人并不难,关键是要摆平这女人身边的一个男人。"

"哪个男人,干吗的?"潘唔能问。

"张伟,龙发旅游的常务副总经理,陈瑶包养的小白脸。"高强平静地说。

第五章 | 幸灾乐祸

第二天,陈瑶一上班,先安排好小郭和吴洁的工作事宜,吴洁到公司办公室做内勤,小郭在营销部办公,有事就跟陈瑶出去,没事就跟着徐君和张少杨一起。

陈瑶的安排很明显,张少杨和小郭年轻富有活力,接受新生事物快,可以多接受锻炼,学习旅游营销知识,在不远的将来或许会派上用场。

对于张伟,陈瑶不发表指导性的意见,由着张伟。她知道张伟虽然说在悠闲逛游,其实大脑一刻都没有停止思考,自己的男人是个什么样子的人,陈瑶最清楚。上进、勤奋、思考,是张伟的特点,他是不会让自己闲着的。

所以,早上张伟躺在床上说要睡一天懒觉,陈瑶也痛快地赞同,她心里其实在暗笑,说不定自己一出门,张伟就立马爬起来了。

对于小郭,说是开车,其实是个幌子,陈瑶的根本想法是要把小郭带出来,绝不是一般地带,而是要把小郭扶持为一个相当级别的有用人才。小郭不但是张伟的好兄弟,更是自己的老兵,老部下,自己最信得过的部下,这种关系就决定了小郭的未来。但是,这些安排她现在不能对小郭说,她要采取先抑后扬的办法,稳步推进。

至于杨杨,陈瑶更想让他先成家再立业。想起妈妈期盼的眼神,陈瑶心里就内疚。自己在家里是老大,婚姻不如意,至今没有孩子,让妈妈操劳费神白发几许,同时,杨杨也还没有合适的女友,对于一心想早抱孙子的妈妈来说,更是火急火燎,深夜难寝。这次杨杨外出打拼失意而归,让陈瑶有得有失,正中下怀,她计划就把杨杨留在自己身边,边学习边磨练,先给他成了家,安慰好妈妈,再扶持弟弟立业。

早上,陈瑶把张少杨和小郭叫到自己办公室,当着徐君的面,勉励训诫了两人半天:"……不能因为自己是老板的什么人就搞特殊性,不得违反公司的一切规章制度,不能搞拉帮结伙,必须服从管理,必须跟着好好学习,一定要团结同事……"

陈瑶用心良苦,表情严肃,语气缓慢,和在家里时判若两人。

张少杨和小郭诺诺点头,连连称是。

然后陈瑶吩咐徐君:"……放手管理,带出新人,严格考核,一视同仁,绝不宽待……"

徐君看看这俩愣头小子,笑着点头道:"请陈董事长放心,我一定会管理好他们,也会好好带他们。"

陈瑶点点头,对大家说:"态度决定一切,每个人都想有美好的明天,明天在哪里,明天会怎样,都把握在你们自己手中,必须要树立一个学习的态度,学习学习再学习,天外有天,人外有人,学无止境,对于你们,包括我,包括张伟,任何时候都需要学习,一个自以为是,骄傲自满的人,是一定不会有多大出息的……我说这段话,是因为你们都是我的弟弟,我希望你们明天都能站立起来,这段话我和你们一起共勉,让我们一起为我们的明天奋斗!"

大家点头。

等他们出去,陈瑶打开电脑,登录QQ,小如也在。

小如:"陈姐,我正要找你,张伟怎么了?"

陈瑶:"呵呵……小如啊,张伟昨天才辞职,你这么快就知道了……"

"他们公司的于林告诉我的,说张伟昨天辞职了,为什么辞职?好好的副总为什么不干了?是不是郑一凡对他怎么样了?还是于琴拿他怎么着……"小如好像很急,一口气问了一大堆。

陈瑶一愣:"你认识郑一凡和于琴?"

"我……不认识,是于林告诉我的……"小如说。

"哦……没怎么着,他们对张伟挺好的,是张伟自己不想做了,想自己做。"陈瑶说。

"真的?真的是想自己做?"小如问道。

"是的,是啊,这年头,男人的野心都大着呢,谁不想自己做啊,大小也算是个老板啊,自己说了自己算……"陈瑶说。

小如:"张伟手里有那么多资金?你扶持他资金?"

陈瑶:"不,他手里有钱,不需要我扶持,再说了,我扶持他他也不会要的。"

小如:"他手里有钱?哦……不错,他自己以前有积蓄啊,呵呵……"

陈瑶:"不是,他没有积蓄,他只是最近从公司赚了80多万的奖金,呵呵……这点钱做他的创业基金,足够了……"

小如停顿了片刻:"哦……是这样啊,自己赚了80多万,真不错,这家伙真不简单,自立性很强啊,呵呵……好,不错……"

陈瑶:"什么好,不错?"

小如:"呵呵……没什么,对了,张伟到你公司来做,多好,自己再出去折腾,自己重新创业,有那必要吗?反正你们……你们都已经是两口子了……"

陈瑶:"呵呵……初生牛犊,他总是想自己闯荡闯荡,验证自己的自我发展能力,不想让别人以为是靠我生存的,一个男人的自尊心啊……"

小如:"不错,他确实是这种性格,男人是应该有自己的事业,他尤其应该如此……"

陈瑶:"小如妹妹,你对张伟也很了解了哈……"

小如:"……嗯……网上聊天得出的初步的印象而已,说不上了解,要说了解,还是你啊……他打算搞什么项目?"

陈瑶:"不知道,他脑子里在琢磨什么玩意,我也不清楚,他没告诉我,不过,这个人啊,有个特点,考虑不成熟是不会往外说的,一旦说出来,那就是已经决定做的事情了,也就是已经考虑成熟的事情了……我不着急,其实他心里啊,脑子里啊,一直没闲着,呵呵……我知道的。"

小如:"呵呵……你们俩真好,你对张伟真好,知夫莫若妻……"

陈瑶笑了,突然心里又一动,对小如说:"小如妹妹,你今年是26对不对?"

小如:"是啊,虚岁26。"

陈瑶:"哦,我还以为是周岁26呢,你们北方人一般都习惯说周岁的,我们这里是习惯说虚岁的,呵呵……看不出,你倒是有我们南方人的习惯,看来你和我们南方有缘啊……"

小如:"陈姐什么意思啊?"

陈瑶:"呵呵……没什么意思,喜欢你啊,就问问,呵呵……我弟弟今年25,和我弟弟一样大呢……"

小如:"啊……你弟弟?25,我也25……什么意思啊,陈姐?"

陈瑶:"呵呵……没什么意思啊,就是和你聊天嘛,嘻嘻……我弟弟可帅了,我电脑里有他的照片,发给你看一看……"

说完,陈瑶发了一张张少杨的照片给小如:"小如,看,我弟弟,帅不帅?"

"帅,真帅,好一个帅小伙。"小如赞叹道。

陈瑶:"你什么时候来南方玩啊,我请你客,让你见见我弟弟……介绍你们俩认识认识……"

小如:"啊?陈姐,干吗啊?"

陈瑶:"哈哈……就是认识嘛,不干吗啊,你以为是干吗啊?哈哈……"

小如:"哦……啊……哈……嘿嘿……没以为干吗,嘻嘻……"

陈瑶:"我弟弟现在我公司做事情的,在营销部,过些日子,我看看派他跟着团去北方跑一趟,麻烦你接待一下,照顾照顾啦……"

小如："哦……啊……哈……好，没问题，没问题，一定的，必须的……"

陈瑶："嗯……我们最近的团还是挺多的，要一直持续到年底，特别是建党节国庆节之间，红色旅游的团队会特别多，附近的井冈山和韶山都去过了，很多没去过瑶蒙山革命根据地的，到时候会增加数量，你要有个思想准备……"

小如："呵呵……没问题啊，我给我们老板汇报，我们多增加导游数量，提前和宾馆联系好，提前和景区打好招呼，保证完美接待，目前的接待你们还满意吧？"

陈瑶："从目前的情况来看，不是满意，而是非常满意，我做了这么多年的旅游，北方的旅行地接社像你们做的这么完备的，真的不多见，我觉得你们老板一定是一个旅游的行家里手，操作地接和发团经验丰富，对旅游营销很有一套，请代我转告对你们老板的谢意和敬意，有机会一定登门去拜访。"

小如："哦……好的，好的……我一定转告，一定转告……对了，陈姐，有个事，我想提前和你打个招呼……"

陈瑶："什么事？你说。"

小如："张伟不在龙发旅游做了，我想把最近发往南方的旅游团队行程改一下，不去白云山漂流了……"

陈瑶："啊?! 为什么？就因为张伟不做了？做业务和张伟有关系吗？"

小如："嗯……这个，也不是这个……我总觉得张伟在那里，心里踏实，他一走，那些人办事情我不放心，我也怕砸了我们公司的牌子……"

陈瑶："哦……你的考虑也是有道理的，不过，龙发旅游的管理还是不错的，白云山漂流也还是不错的，如果能在他们家做，还是不要改的好……"

小如："我看看吧，其实呢，从我们团队的行程时间和路线方面考虑，从经济方面考虑，白云山漂流并不是最理想的一个景点，但是那时处于对张伟的信任和支持，才把白云山漂流作为一个景点加进去的，现在张伟走了，我觉得没什么必要再加这个景点了，其实，临海的江南军事漂流更经济、更方便、更刺激……"

陈瑶："呵呵……小如，谢谢你对张伟的支持和信任，做生意首先要考虑的是经济效益，你是做计调的，更要对你们老板负责，这事情你自己看着办吧，我不强行改变你的想法，我只是觉得张伟一走，你们就撤，显得不大好，龙发那边还以为是张伟在捣乱……"

小如："呵呵……姐姐，我明白了，你考虑问题可真仔细，还是替你们家那口子考虑啊，呵呵……好的，我知道该怎么做了，我不一下子全部撤出，我会逐渐减少，慢慢退出的……我也得为我们老板负责的……"

陈瑶："你们老板要是知道你之前做的行程不是最经济实惠的，会生剥了你……呵呵……"

小如："是啊,哈哈,起码会扣发我的奖金的……"

陈瑶："如果真要那样啊,扣你多少,我给你双倍补上。"

小如："嘻嘻……好人呐,陈姐,好人……"

刚和小如聊完天,陈瑶接到于琴的电话:"哎呀,陈董,我正想找你说个事呢,你有空吗,咱们去喝茶,老地方。"

陈瑶微微一笑,知道于琴想说什么,无非就是张伟的事情回答道:"好的,我没事,我这就去。"

20分钟后,陈瑶和于琴在茶楼的单间里会面了。

于琴一见面就道歉:"陈董,真是不好意思,我昨天中午才知道你们家张伟辞职的事情,这……这太难为情了,我没有照顾好张伟,我对不住你啊……"

陈瑶忙拉着于琴的手说:"于董,你这话就客气了,张伟辞职是工作的事情,是个人发展的事情,不妨碍我们姊妹感情的,大家该做朋友还是朋友嘛,倒是另外一个事情,小郭和吴洁让我安排到假日旅游工作了,你不介意吧,我这可是有挖人的嫌疑哦……"

"不介意,不介意,我怎么会介意,正常的人才流动,到你们那里工作,我还替他们高兴呢……"于琴热情地邀请陈瑶坐下,"唉……都是这个狗日的郑一凡,做事情疑神疑鬼,心小,肚量狭窄,难以容人,我昨天和他大吵了一架……"

"别这么说,于董,郑总人很好的,对我们家张伟也很好的,还有你,对张伟更是没得说,我感谢还来不及呢,"陈瑶诚恳地说,"大家都是做老板的,都是开公司的,我都理解的,郑总也是为公司着想,你可别和他闹啊,不然我会不安的,我们家张伟也有很多缺点和不足……"

于琴这会儿一直看着陈瑶的神色,听陈瑶这么一说,心里轻松了些,说:"那就好,谢谢妹妹理解……理解万岁,老郑啊,就是这么一个人,脾气也拗得很,背着我这个董事长就先斩后奏了,这狗日的……夫妻公司就是这样啊,特别是咱这种小公司,大家都明白,说归说,做归做,程序归程序,有时候董事长还真成了摆设了……"

"呵呵……"陈瑶笑起来,"这就是家族企业的特点,都这样的,在外是董事长和总经理,在家呢,是老公和老婆,主权界限不明晰啊,哈哈……对了,我倒是要感谢你们,你们给张伟结算的奖金太高了,30万,我觉得多了,听张伟说,弄了个特别贡献奖的名义,哎,这如何使得啊……"

"唉……这也是我和老郑吵架斗争的结果,昨天张伟交了辞呈后,老郑和我通电话,我们在电话里吵了一架,我让老郑把张伟留下来,老郑不留,我就坚持要给张伟发双工资,特别贡献奖,否则我就亲自去留人,僵持了半天,老郑答应了,唉……"于琴叹了口气,"其实啊,你们家那口子给我们公司做的贡献岂是这30万可以补偿的,我知道你是不缺这个钱的,但是,我的心意我的歉意总是要表达的,这其实都是张伟应该得的,是他付出的应该得到的回报……"

"谢谢于董的高看,呵呵……张伟对龙发始终是有感情的,昨天还说,希望龙发今年发更大的财,还说,要和公司里的其他中层通电话……"陈瑶微笑着对于琴说。

"和公司中层通电话? 说什么?"于琴的表情有些紧张。

"安抚他们啊,让他们安心在龙发旅游做下去,"陈瑶边喝茶边说,"说实在的,张伟如果带他们走,带他们出去另立门户,公司的中层基本就会走光,那天晚上张伟请他们吃饭我在场,我看出来了,张伟对他们具有极高的号召力……"

于琴脸上的表情更加紧张了,看着陈瑶。

"但是,张伟和我说了,除了小郭是他亲兄弟,小洁是小郭的女朋友,一起带走外,别的一个不带,绝不挖龙发的墙脚。别说他现在还没确定发展项目,就是确定了需要人才,也不会从龙发挖人的……"陈瑶慢条斯理地说着,"他说,他会用电话的形式,一个一个安抚好他们,表明自己的想法和态度,一个也不让他们离开,然他们安心工作……"

于琴松了口气:"哦……好,好,很好! 呵呵……"

"好什么好? 什么很好?"于琴的笑声突然被人打断,王英推门进来了,看着陈瑶和于琴,"你们在说什么呢? 这么高兴……"

于琴和陈瑶忙站起来:"王姐来了,请坐。"

王英大大咧咧地坐下,边冲她们说:"于小妹,陈小妹,坐!"

陈瑶微笑着冲王英点了点头,然后坐下。

于琴看着王英,问:"王姐,你怎么知道我们在这里呢?"

"刚才到你们公司了啊,遇见老郑,老郑说你今天约陈瑶谈事情,在茶馆喝茶,我就顺藤摸瓜来了,哈哈……"王英自得地看着她们俩,"不妨碍你们谈事情吧?"

于琴有些尴尬,王英这话·挑明,暴露了自己今天的目的,忙说:"没事没事,我哪里是和陈瑶谈事情,就是一起喝茶闲聊的。"

"是啊,"陈瑶接过来,"我和于董没有事的,就是在喝茶聊天。"

话虽这样说,陈瑶心里其实明白,于琴是代表老郑和自己谈话,一是弥补人情亏欠,二是为了稳定自己的公司骨干管理队伍。

"没事就好,"王英端起茶杯喝了两口,把茶杯往桌上一放,突然很愤愤然,"妈的,气死我了!"

"怎么了,王姐?"于琴吓了一跳。

陈瑶冷静地看着王英。

"妈的,小妖精,勾引潘唔能,电话打到我这里来了……"王英气得脸色突然红起来,

"小狐狸精竟然敢给我打电话,气死我了……"

"啊?!"于琴故作惊讶状,"谁啊,这么大胆,要干什么?"

"李燕啊,小骚货,"王英恨恨地说,"小狐狸精得寸进尺,打电话给我,不知廉耻,毫不羞耻地让我和老潘离婚,说老潘爱的是她,说她也爱老潘,说她怀孕了,要把孩子生下来……狗日的老潘,竟然在外面养了个小三……"

于琴心里暗笑,又很同情王英,心想,你那狗日的潘唔能在外面做的事情多了,可怜你只知道打牌喝茶,什么都不知道啊,要不是李燕想扶正,给你打电话,恐怕你现在还蒙在鼓里。

"那潘市长你去找了吗?"于琴问王英。

"找了,我刚才给潘唔能狗日的打电话了,我警告他了,狗日的再敢这么干,我就去纪委告他,去揭发他的经济问题……"王英口气很泼,"谁得罪了老娘,我让他死……"

"哦……"于琴一个寒噤,看了看陈瑶,陈瑶面无表情,平静地喝茶。

"那潘市长咋和你说的?"于琴又问王英。

"这狗日的打死不承认,说是那女的是想敲诈他,纯属诬陷……"王英的口气稍微缓和了一些,"我也觉得老潘不可能干这样的事情,他都好几年不和我做那事了,因为工作压力太大,那活儿不举了……怎么会让骚货怀孕呢……"

于琴心里一阵悲哀,看着王英问:"王姐,那你打算怎么办?"

"找到那骚货,狠狠教训教训她,让她知道我不是这么好惹的,还敢给我打电话,还敢说让我退位,说我人老珠黄了,趁早下去……"王英的气又上来了,"我给军军说了,他说安排人去教训她,就是现在找不到她,不知道她现在躲在哪个老鼠旯旯里……"

于琴知道李燕一定住在郊区的那幢别墅里,王英和王军是不知道那别墅的。

潘唔能果然和李燕发展成情人关系了,看来这李燕也真不是善茬,干脆把这事闹大了,看潘唔能如何收场吧。

潘唔能是绝对不敢离婚的,听王英刚才的话,他一定有很多把柄攥在王英手里,得罪了王英,他是没有好果子吃的。

于琴心里感到几分幸灾乐祸,嘴巴上做出同情王英的样子,安慰着王英。

陈瑶在那里如坐针毡,心里觉得一阵恶心。

陈瑶上班后一会儿,张伟就起床了。

张伟起床后做的第一件事就是给以前的老兄弟们打电话,一个一个打。正如自己和陈瑶预料,张伟的辞职在公司中层管理人员之间掀起了轩然大波,那些中层管理人员纷纷说张伟不够意思,把他们扔下自己走了,都说要跟着张伟干,也去辞职。

张伟忙好言相劝,道理说了一大通,说尽了老郑的好话,又说自己现在是在家待业,什么事情也没做,他们辞职也只能是下岗,又说老郑其实对他们是很重视的,会信任重用他们的。

打了三个多小时的电话,好不容易一个个安抚好,张伟舒了一口气,下楼溜达到陈瑶办公室,打算带陈瑶出去吃午饭。到了才发现办公室没人,于是拨通了陈瑶的电话:"莹莹,你干吗去了?"

"哦,钱老板啊,你好,你下飞机过来了……到公司了……好,好,我马上就回公司,请稍等下啊……"陈瑶在电话里没回答张伟的问话,却莫名其妙地这样说着。

"干吗啊?神经啊,什么钱老板?我是你张兄弟。"张伟对着电话说。

话音未落,陈瑶的电话已经扣死了。

张伟莫名其妙地看着电话,突然醒悟,陈瑶一定是在某一个场合想脱身,找不到合适的理由,正好自己打电话过去,解围了。

哈哈……张伟心里一乐,歪打正着。

等陈瑶这会儿,张伟去了徐君办公室,徐君刚忙完。

"张哥,坐,陈姐出去了。"徐君给张伟让座。

"我知道,我给她打电话,她一会儿就回来,"张伟看着徐君呵呵笑着,"小郭今天都安排好了?"

"安排好了,小郭和少杨两个人一组,跟着两个老业务员出去跑去了,"徐君说,"平时老业务员带,我出去的时候轮流带他们。"

"一定要严格要求他们,该表扬的表扬,该批评的批评,不要客气,纵容他们等于是害了他们,"张伟对徐君说,"别看我和陈瑶的面子。"

"呵呵……我有数的,说真的,我还真不会怎么训人,我一般不大发火的,哪像你啊,有脾气有性格。"徐君笑呵呵地对张伟说。

"你这家伙,也很有一套的,你的管理代表了另一种方式,以柔克刚,呵呵……"张伟赞许地看着徐君,"对了,你们俩怎么样了?"

"我们俩?"徐君看着张伟,"你是说我和丫丫?"

"废话,当然了,你以为我说谁?咋样了?"张伟直截了当。

"呵呵……还那样啊,还那样……"徐君笑笑,"丫丫最近一直在王炎家里陪张妈妈,我一般下班就过去帮着做饭做菜,做点家务,然后就是和丫丫一起搀着张妈妈在附近的花园散步、溜达……"

"嗯……丫丫性格比较脆弱,容易动感情,你要多和她交流,鼓励她要坚强,不要动不动就流金豆子,干吗啊,有事说事,有话说话,老哭干吗啊?"张伟大大咧咧地说。

"呵呵……和我在一起,丫丫基本没哭过啊,"徐君笑着说,"我经常把丫丫逗得哈哈大笑的,和我在一起,她很开心的……"

"那就好,你比我强,我经常训她,一训她就哭……唉……愁人……"张伟听徐君这么一说,很高兴。

"还有,丫丫和我说了,她想辞职的事情,你知道了吗?"徐君小心翼翼地看着张伟。

"知道了,不能什么都由着她,哪能随随便便就辞职啊,这么好的工作单位,这么高的薪水,上那里去找?这死丫头,刚从学校里出来,不知道找工作的艰辛,不知道珍惜,随随便便说辞职就辞职……"张伟想起这事就不满。

"嗯……张哥,你说得有道理,"徐君看着张伟,"可是,丫丫说的话我觉得也有道理。"

"什么话?"张伟看着徐君。

"丫丫说了,做事情,不管做什么事情,开心最重要,如果不开心,挣再多的钱有什么用?做事情,开心是第一位的……"徐君字斟句酌,"哈尔森和王炎都走了,丫丫的性格又是很脆弱多愁善感型的,自己一个人留在那公司里,一定很不开心……"

张伟心中一震,自己怎么就没有想到这点呢?是啊,不管做什么事情,开心最重要。伞人姐姐曾经多次和自己说起过,不开心就不做。自己不开心可以不做,为什么就没有替妹妹考虑到呢?

张伟心里有些触动,又有些内疚不安,沉思不语。

"张哥,我觉得丫丫的想法有道理,或许应该真的站在她的立场考虑一下,我不需要丫丫挣多少钱,我最需要的是丫丫能快乐开心地生活,即使下岗失业了,我也不在乎,我有本事,我有能力,我有信心,我完全可以养活丫丫,可以让丫丫幸福快乐……"徐君继续说道。

张伟抬起头,看着徐君,说:"徐君,你说得对,我很惭愧,这样吧,这个事情,你和丫丫商议着办,现在我也辞职了,王炎和哈尔森也辞职了,加上丫丫,四个辞职的了,呵呵……不过,在你们之间,我更关注的是你们的关系,我很看重你,也很喜欢你,我就这一个妹妹,我的意思你应该明白,我希望你和丫丫能很好的在一起,有很好的明天,我很疼我的妹妹,我也希望你能一直对她好,好好疼她……"

徐君感动地看着张伟:"张哥,我有数,我明白,我知道该怎么去做,我会好好疼丫丫,我会用一生对她负责,用一生去呵护她……"

"嗯……"张伟听到隔壁有开门的声音,站起来,拍拍徐君的肩膀,"兄弟,希望我们会成为一家人,好好努力吧,我支持你!"

徐君高兴地笑了:"谢谢大哥!"

张伟微微一笑,去了陈瑶办公室。

陈瑶刚进门,张伟就进来了,随手关上门,一把就从后面搂住了陈瑶,嘴唇吻向了陈瑶的脖子,边低语:"小娘子,跑哪里去了?想死大爷了!"

陈瑶顺从地靠在张伟怀抱里,迎合着张伟的亲吻,边呵呵笑着道:"谢谢大爷,幸亏你这个电话打得及时,救驾有功,呵呵……我正琢磨给你发短信,让你给我打电话呢,可巧你就打来了,心有灵犀啊……"

"什么场合啊,让你如此急于脱身?"张伟继续亲吻陈瑶的脖子和耳唇。

陈瑶有些紧张,想摆脱张伟,急道:"死鬼,这是在办公室,不是在家里,万一来人看见……"

"先回答我问题,回答完我就放开你。"张伟说。

陈瑶哈哈大笑,忙推开张伟,坐到另一个沙发上:"别了,我不引诱你了,和你说说今天的事,真有意思……"

于是,陈瑶把于琴找自己,然后王英过来的事情,一五一十地和张伟说了一遍。

张伟认真地听着,一会儿说:"坐山观虎斗,好戏开始了,这李燕我早就看出不是个善茬,是善茬也不会在大学里混到学生干部。她心计一定很多的。潘唔能这下,哈哈……看来麻烦了……这李燕要是真的怀孕,哈哈……"

"你说,李燕会不会把孩子生下来,要挟潘唔能呢?"陈瑶问张伟。

"绝无可能,潘唔能长期吸毒,不会不知道怀孕的后果,李燕不知道吸不吸,不过我估计很难做到不吸的,潘唔能不会让她干净的,两个人都吸毒,这孩子谁敢要?"张伟肯定地说,"李燕只不过是在拿这个来制约潘唔能,逼迫他离婚罢了。"

"李燕这招很厉害啊,正中潘唔能的死穴。"陈瑶说。

"李燕这招是险棋,是在拿自己做赌注,"张伟说,"这女孩子太无知了,成功的可能性几乎为零,潘唔能只不过是在玩弄她的肉体罢了,她竟然想扶正,野心太大了,安安稳稳做个情人,什么事都没有,闹到这个地步,后果不堪设想……这潘唔能和王英,还有那王军,哪一个都不是善茬,一个女孩子,势单力薄地和他们对抗,紧紧靠一个怀孕……这可不是好玩的……"

陈瑶听得眼睛睁得大大的,看着张伟:"老公,有这么严重吗?不至于吧……"

张伟摇摇头:"唉……但愿没那么严重吧,不过这事,我觉得对李燕会很不利,李燕的下场不会好的……"

陈瑶有些心悸,有些害怕,站起来,拉着张伟的手:"不说了,不说这事了,我不想听了……老公,咱们吃饭去。"

张伟:"咱们出去吃吧。"

"不，回家吃，我想回家，在家里，感觉有安全感。"陈瑶心神不定地说道。

"好，回家吃，我做北方的疙瘩汤给你吃。"张伟跟在陈瑶后面下楼回家。

回到家，张伟让陈瑶在客厅休息，自己亲自下厨，一会儿，香气扑鼻的疙瘩汤出锅了。

陈瑶正躺在沙发上闭目养神，眉头微微皱着，在思考着什么。

张伟做好饭，收拾好饭桌，来到客厅，弯腰将陈瑶抱起，亲了一口："宝贝，吃饭了，尝尝我的手艺……"

陈瑶睁开眼，看见张伟，宽慰地笑了，紧紧地搂住张伟的脖子，说："老公，抱紧我……"

张伟把陈瑶搂紧了一些，调笑道："好了，老婆，先吃饭，吃晚饭再抱你，别说抱你，吃你都没问题……"

"嗯……"陈瑶答应着，回过神来，看着张伟，"哥哥，咱们吃饭，好香啊，一定很好吃……"

两人正吃着饭，陈瑶突然接到何英妈妈的电话。

第六章 | 蓄势待发

"莹莹，何英前几天回来了，不让我告诉你，刚才她吃过午饭走了，她留给我一个盒子，让我转交给你和小张。"何英的妈妈在电话里絮絮叨叨地说道。

陈瑶脸色微微一变，引起了张伟的注意，张伟抬眼看着陈瑶。

"阿姨，我知道了，我抽空过去拿。"陈瑶回答着然后挂了电话。

打完电话，陈瑶心神不定起来，吃饭也心不在焉。

"怎么了？什么事？去拿什么？"张伟看着陈瑶问。

陈瑶冲张伟笑笑："何英回来了……给我们带了份礼物……"

"啊……"张伟吃了一惊，心里顿时变得非常复杂，一时各种滋味涌上心头，有惊，有喜，还有不知所措。

陈瑶盯着张伟的表情，然后说："你和我一起去拿吗？到何英的妈妈家。"

"我……"张伟放下饭碗，看着陈瑶，"我……不去了，你自己去吧。"

说完这话，张伟觉得自己非常疲惫，很无力，很虚弱。

陈瑶看着张伟的样子，觉得很好笑，接着说："何英已经走了。"

"啊……"张伟又是一个意外，"已经走了？"

张伟的心里突然感到了空荡荡，一种巨大的失落和惆怅涌上心头，她来了，竟然又走了……

"是的，已经走了，"陈瑶平静地看着张伟，"她悄悄地来了，又悄悄地走了，故意不让我们知道，大约就是我们去她妈妈家看望老人的时候回来的，她不愿意见我们……她留下一个盒子，让她妈妈转交给我们。"

张伟突然痴痴地站起来："我吃好了，我和你一起去拿东西。"

陈瑶没说话，也站起来，跟着张伟向外走。

路上，张伟开车，陈瑶坐在车副驾驶位置上，两人半天都没有说话，各自想着心事。

张伟的心里波澜又起,不是自己余情未了,而是觉得何英太惨了,这个女人不论犯了多大的过错,毕竟本质是好的,毕竟对自己爱得如痴如醉,对自己好得无以复加,那么深深地爱过自己,自己没有理由不去看她,不把她当好朋友,他们之间无论如何也是有感情的。

但是,张伟清楚的知道,自己不能在陈瑶面前表现得太明显,陈瑶不是圣人,是普通的女人,一样会吃醋,一样会争风,张伟觉得自己在把握不好尺度的情况下,还是谨慎一点为好,犯不着因为这事再惹恼陈瑶。张伟摸不透陈瑶对这事的真实的态度,虽然陈瑶看上去很平静很热忱地对待这事,但是张伟一想起情人节自己做的孽就汗颜,多一事不如少一事,自己还是别太冒头的好。

陈瑶托着腮帮,看着周围连绵的群山发怔,张伟心里在想什么,她一清二楚,她知道张伟想多了,但也不无道理,自己虽然嘴巴上说起何英的时候从容自若,但是,心里一想起从高强到张伟,何英的作为,仍然一阵心悸,有些心惊。

说实在的,陈瑶被何英搞怕了。但是,陈瑶心里始终恨不起何英,何英是她小时候一起长大的伙伴,在陈瑶眼里,何英就是自己的姐妹,姐妹情仇是不合适的。陈瑶真心希望何英能找到一个好的归宿,有一个幸福的人生,但是,陈瑶也想通了,爱情是自私的,好归好,男人是不能让的,张伟现在是她的男人,谁也甭想夺去,除非张伟自己愿意离开。

两人各怀心事,一路无话。

到了何英妈妈家,陈瑶和何英妈妈说了一会儿话,脸色突变,看着张伟:"那天我们刚离开,何英就进门了,她一定是看到我们离开的,但是没有和我们打招呼……"

张伟脸色也是一变,没有说话。

"何英今天中午才走,刚走了几个小时……"陈瑶又虚弱地说道。

张伟的心中遗憾顿起,仍旧没有说话。

何英妈妈拿出一个精美的正方形蓝色纸盒,递给陈瑶。

张伟忙凑过去,陈瑶打开一看,盒子里放着蓝色的印花布,上面包裹着一对连心锁,黄金做的,不大,但是很精致。

陈瑶很感动,看了看张伟:"何英这是在祝福我们呢……"

张伟死死盯着那蓝色的印花布,心里陡然一惊,这蓝色印花布是瑶蒙山区独一无二的特产,她怎么会有?

张伟皱着眉头,没有说话。

回去的路上,陈瑶又打开盒子,看着何英赠送的礼物,感慨地说:"何英是真心祝福我们百年好合,心连心,永相随,倒是我自己心里想得龌龊了……"

"什么想得龌龊了?"张伟扭头问陈瑶。

"我老是怕何英再回来和我争老公啊,一朝被蛇咬三年怕井绳,呵呵……人有时候就是多心，我不是圣人，也不例外，想总归是要想想的……"陈瑶用奇怪的眼神看着张伟。

"我就知道你会这样想，我知道你心里是有想法的……"张伟开着车，沉声说道。

"所以，你就在我面前装，装作一副毫不在乎的样子，是不是？"陈瑶看着张伟问道。

"是，"张伟直截了当地回答，"我不想再因为这个闹什么别扭，弄得大家心里不爽……"

"我早已看出你心里的小九九了，我就是不说而已……呵呵……"陈瑶笑了，又继续看着盒子，"哎……这蓝色印花布真漂亮啊，蓝底红丝边，上面绣着一对小鸳鸯，真好看……"

"这印花布是有讲头的，"张伟慢条斯理地说，"是专门的手工作坊印染的，颜料是靛蓝，从蓝草中提取而来……"

"啊……真的？你怎么知道的？"陈瑶边爱不释手地看着印花布，边问张伟。

"当然是真的，我怎么知道的？我博学啊，"张伟呵呵笑了，"这蓝色印花布很有讲究的，还叫五色花布，是一种很古老的手艺，现在市场上能见到的很少，属于绝美的旅游工艺品。"

"哦……这么稀罕的东西，何英从哪里弄来的呢？哎……真是难得啊，何英一片苦心……好遗憾，何英没见我们就走了。"

"其实，你心里很矛盾是不是，想见何英又怕见何英，是不是？"张伟看了一眼陈瑶。

"难道你不是吗？"陈瑶反问张伟，张伟一下子无话可说。

"我想，何英也是，她也是想见我们，可是，又怕见我们……"陈瑶盘腿坐起来，"其实呢，我想了，我们总归还是要相见的，大家一笑泯恩仇，何况本来就没有什么真正的仇，爱总是多于恨，何况，本来也没有什么真正的恨……"

"即使爱情给了我无尽的苦痛折磨，还是觉得幸福更多……"张伟哼出了一句歌词，"姐，别多想了，我相信，何英总有一天会回来的，我们大家终归是能和好的，终归是能做好朋友的……"

"嗯……"陈瑶点点头，"往事如风，过去的都过去了，永远也不会再回来……希望会有那么一天……希望大家能够带着笑脸相见……"

张伟点点头："其实，何英是个好人，起码对我们来说，应该是个好人。"

"是的，是个好人，好人总会有好报的……"陈瑶说着，突然想起了什么，"对了，老公，小如今天上午找我了，她消息真灵通，你辞职的事情她知道了……"

"嗯，不奇怪，估计再过几天，我所有的大客户都会知道我辞职的事情，"张伟摇摇脑袋，"谁叫咱是名人呢？！"

"不光你的大客户，恐怕东兴宁州旅游界也会很快传开的，到时候，你的电话可能很快就变成热线了……"陈瑶笑着看着张伟。

"为什么?"张伟问陈瑶。

"邀请你加盟啊,"陈瑶说,"人才谁不想要,如果你不是我老公,我要是听说你辞职了,我第一个先去找你,一定把你弄过来……"

"我真有那么大的吸引力?"张伟笑呵呵地说。

"不相信咱走着瞧,"陈瑶看着张伟,"我敢跟你打赌,不出今天,电话打爆。"

陈瑶话音未落,张伟的电话响了。

"第一个热线打进来了,接吧,张总。"陈瑶笑嘻嘻地。

张伟将信将疑接通了电话:"喂,你好。"

"请问,你是龙发旅游的张总吗?"对方在电话里很客气。

"我不是龙发旅游的张总,我是张伟,下岗职工。"张伟回答。

"哦……对不起,说错了,呵呵……"对方讪笑了一下,接着自报家门,"我是三川旅游公司的董事长老张啊,咱们是一家子,你不记得我了?"

"哦,张董好,"张伟看了一眼陈瑶,对方正喜滋滋地看着张伟,耳朵贴近张伟的电话听着,张伟接着对对方说,"记得,记得,张董,咱们一起吃过饭的……张董今天找我有事?"

"是啊,呵呵……张老弟,咱们一家人不说两家话,我是个痛快人,我刚刚知道你从龙发旅游辞职的事情,马上就给你打电话,我们三川旅游是以开发景区为主的大型旅游公司,我非常赞赏非常佩服老弟的管理和营销才能,如果老弟不嫌弃,我想邀请老弟来我三川任总经理,咱们老张家兄弟俩共谋大业……至于待遇,老弟不必担心,年薪制和入股都可以……"对方直言相告。

张伟扭头看了一眼陈瑶,陈瑶微笑着看着张伟。

"谢谢老兄高抬,张伟何德何能,让老兄如此高看,"张伟先感谢了一下,然后说,"实不相瞒,兄弟辞职后不打算再去打工,想自己开一个小店,做点小生意,赚点小钱,养家糊口……所以,很遗憾,老大哥……"

"哎呀……太遗憾了,"对方连声惋惜,不过又说,"人各有志,也不能勉强你,要不这样好不好,张老弟,你做我的顾问,不用专门来上班,兼职就可以,我一年给你10万的报酬,你帮我出主意,做策划……"

"老哥,"张伟直截了当对对方说,"咱别提钱,既然不去你那里专职做事情,就不能要你的钱。"

"这……"对方一时语塞。

"我不做什么顾问,老哥如果看得起兄弟,以后有什么事情,直接咨询就是,兄弟免费提供智力支持,一些力所能及的主意和策划,能做的我会帮你做的,大家交朋友嘛,何况,咱们还是本家,一笔写不出两个'张'字……"张伟老到地说。

"那也好,老弟到底是痛快人,痛快,改天我专门去拜访你……"

"不用,老兄,我这电话快不用了,你找不到我的,过两天我会专门去拜访你的。"张伟告诉对方。

打完电话,陈瑶哈哈大笑:"我说中了吧,等着吧,后面电话多着呢……"

张伟关了手机,看着陈瑶说:"给你安排一个任务,马上就去办。"

"什么任务,请指示。"陈瑶看着张伟。

张伟在前面一个刹车,指着马路边的一个报亭:"你下车,去给我买一个手机卡,随便买,不用挑号码……"

"是……得令!"陈瑶又是哈哈大笑,下了车。

陈瑶下车后,张伟拿过何英的礼盒,打开,看着那块蓝色印花布,陷入了沉思……

换了手机卡,张伟重新开机,哈哈笑着:"这下就安宁了……姐,再给你一个任务。"

"什么任务,说!"陈瑶笑嘻嘻地看着张伟。

张伟把手机递给陈瑶说:"给丫丫、王炎、小郭、徐君发一个短信,昭告他们,我换手机号码了……"

"喳!"陈瑶边答应边发了短信。

他们先去了医院,去看哈尔森。

进了病房,没见哈尔森,问过护士,知道他们在前面的花园散步。

张伟和陈瑶相视一笑,哈尔森能下床走路了,不错。

两人走到前面的花园,看见哈尔森正和王炎坐在花园的圆桌前聊天,神色欢愉。

看见他们,哈尔森很高兴,要站起来,被张伟忙按住:"老哈,别激动,坐着,别起。"

哈尔森冲张伟挥挥拳头:"张伟,我身体快好了,等我好了,我就可以和你练武术,我要打败你……"

张伟很高兴地说:"好啊,到时候我们好好切磋,你争取打败我,哈哈……"

哈尔森冲张伟胸口打了一拳,张伟感觉这一拳像棉花,很无力。

"怎么样,感觉有力气没有?"哈尔森笑呵呵地问张伟。

"有,有,"张伟鼓励地拍着哈尔森的肩膀,"张子强,子强老兄,你好好恢复身体,争取到时候一拳把我打趴下……"

"好的,我一定会的……"哈尔森挥舞着拳头。

大家都笑了。

看到哈尔森的神态,陈瑶和张伟本来还想问问王炎治疗的情况的,现在感觉有些多余了。

王炎和陈瑶坐在一起,拉着陈瑶的手,看着张伟:"哥,我刚才正在和哈尔森商议,我们俩现在都辞职了,等哈尔森身体允许了,我们想做点小生意,正琢磨做什么生意呢。"

"好啊,做生意好啊,我刚辞职了,也正琢磨做点小生意,我们大家比赛,看谁赚的钱多,哈哈……"张伟笑呵呵地说。

"你辞职了?"王炎很意外,"怎么?是不是那老郑过河拆桥、卸磨杀驴?"

"不是,别乱猜,我想自己做生意,所以就辞职了……"张伟拍拍王炎的肩膀,"你们打算做什么行当?"

"我和老哈商议了,觉得以后还是办一个外贸公司吧,出口生意,专做欧盟国家,老哈还有不少客户资源,都可以利用的,现在就是出口哪一类的产品还没确定……"

"东兴是一个纺织城,就做纺织产品呗……"张伟说。

"不,不,不,现在经济危机,纺织产品卖不动,都压死了,"哈尔森摆摆手,"我们做那种成本低、冷门一点的,纺织品大家都做,成本又高,没有什么钱赚的……"

"哈尔森说得有道理,这个事情慢慢再议,都放在心里头琢磨着,别着急……"陈瑶接过话,看着张伟,"心急吃不了热豆腐。"

"你打算做什么,哥?"王炎问张伟。

"我?"张伟狡黠地笑了笑,"我还没想好,等想好了再告诉你们。"

看着张伟的笑,陈瑶不禁也笑了:"行,老大,你就慢慢琢磨吧,这几天就在家做饭洗衣服,当几天宅男……"

王炎哈哈大笑:"好啊,哥,等医生同意,我和哈尔森去你家吃你做的疙瘩汤……我好久没吃了,上次吃还是在宁州的单身公寓……"

"没问题,"张伟摇头晃脑,"绝对 OK!"

临走之前,陈瑶又去找了主治医师,医师告诉陈瑶:"病人恢复得很快,病人家属的精神辅助治疗功不可没,这个老外很幸运,遇到这么好的妻子,遇到你们这么好的亲戚……等过几天,我们再联合会诊,可以考虑让病人回家住,定时来医院检查治疗就可以……这对病人的恢复会起到更好的作用。"

陈瑶很高兴地说:"谢谢大夫,谢谢……对了,上次交的押金还有没有,治病的费用够不够?"

"这个你要去住院处问,我也不知道,不过,我估计基本是够了……"医师回答,"以后的治疗更多的是要依赖病人本身的毅力和精神支撑,配合以适当的户外锻炼,每天不活动对病人的恢复不好,当然,要是能参加适当的社会性活动就更好了……"

陈瑶点点头:"您的意思是……"

"简单一句话,给他找点事情干,别太闲,其实我们大家都有体会,一个大活人总闲着，他自己都会觉得自己是病人，是累赘，明白了吗？作为病人来讲，他最不愿意的就是别人把他当做病人……"医师直接点明。

"明白了，"陈瑶豁然开朗，呵呵笑着，"您这么一说，我就领悟了您的意思了……"

然后，张伟和陈瑶驱车离去。

路上，张伟想起了丫丫，对陈瑶说："丫丫的事情，我想通了，如果她不乐意，不开心，那就随她吧，只是，她辞职了又要去找新的工作，这年头，工作不好找啊……"

"你终于想通了，呵呵，想当年，老姐不也是这样对你说的吗？"陈瑶看着张伟，"至于工作，让她自己去找，找到合适的就做，找不到合适的也不可怕，以后你、我、王炎都还有自己的公司兜底，怕什么？她还不是想到哪里就去哪里？"

"你说得也是，对，以后我们自己就安置下岗职工了，哈哈……"张伟很开心，"以后我们就是三个企业，等我们发展起来了，我们组建一个企业集团，哈哈……你说有没有可能？组建一个旅游贸易集团……"

"不怕做不到，就怕想不到，只要有想法，凡事都有可能……"陈瑶用赞赏的口气对张伟说，"不但要敢想，而且，还要敢做，不光要组建域内的企业集团，还要组建跨行业、跨地域的企业集团……当家的，想想吧，那会是多么壮观，哈哈……就看你的了……"

"脚踏实地，从小做起，我和王炎都开始自己独立创业了，就像我们刚开始来宁州一样，从零开始打拼……"张伟信心十足。

"你打算打拼什么项目？打算到哪里打拼？"陈瑶扭头看着张伟，"可以先透个口风吗？"

"不行，我还没考虑完备，等我考虑成熟了，我会把一揽子计划一起告诉你的……"张伟神秘地冲陈瑶笑笑，"稍安勿躁，暂时保密，别逼俺硬问……"

"行，你就慢慢琢磨吧，我不干涉，你想干吗就干吗，我给你彻底完全的自由，除了找别的女人之外，"陈瑶笑嘻嘻地说道，"等你的公司做起来，我以后就让你兼并我，我委身与你，连人带公司加入你的事业中去，好不好？"

"不好，"张伟摇摇头，"人我要了，公司不能要，干吗要你的公司？"

"傻瓜，让你兼并我啊，多好的事啊，哈哈……"

"不要兼并，还是合并吧，两家联合吧，这样好听……"张伟说着突然笑起来，"现在八竿子还没影儿，就开始吹牛了，狂妄啊，狂妄……可笑啊，可笑……"

"不狂妄，也不可笑，我就喜欢你这股闯劲儿，循规蹈矩、不敢闯的人永远也不会有多大出息，永远只吃别人吃过的饭，走别人走过的路，捡别人漏下的钱，永远也不会发大财的……"陈瑶认真地看着张伟，"我就喜欢你这样的男人，我就喜欢有理想有梦想的男人，我就喜欢男人像你这样敢想敢做……"

张伟被陈瑶这么一鼓励，热血沸腾，把车在路边一停，一拉陈瑶的身体，一把搂过来，抱着陈瑶就亲吻，边说："这女人好，会说话，真有女人味，把我的男人感觉撩拨起来了……"

陈瑶挣扎着说："要死啊，这是在大马路上，大白天，人家会看见的，在路边停车违章……"

"我不管，先让我亲一会儿再说……"张伟堵住了陈瑶的嘴。

正亲热着，听见敲车门的声音，一名交警正站在车门口，两眼看着车内痴痴发愣。

两人忙分开，陈瑶脸色绯红，急忙整理头发。

张伟摇下车窗，年轻的小交警急忙回过神来，"啪"一个敬礼："对不起，请出示你的驾照，你违章停车了……"

张伟递上驾照，交警看完驾照，开始开罚单，边说："违章停车，罚款100元，请直接到农业银行去交罚款……"

张伟忙对交警说："同志，别，别，刚才我是不得以才靠路边停的，不是故意违章停车的……"

交警停下手，问："什么意思？我刚才明明看见你们俩……"

"你看见我们俩什么了？"张伟大大咧咧地问交警。

"我……"小交警有些腼腆，"我看见你们俩……"

"你看了一会儿了？是不是？"张伟质问交警，"我和我老婆在吵架呢，刚和好，我在给我老婆道歉啊，所以……所以这个停车是很重要的，必须停，因为我知道只有这会儿才能把我老婆哄好……是不是啊，老婆……"说着，张伟看看陈瑶。

"是啊，是啊，"陈瑶强忍住笑，"你看我现在好了，幸亏刚才我老公路边停车哄了我一会儿啊……别开罚单了，小兄弟……"

小交警笑了，一挥手道："走吧，真是奇怪，还有这样哄老婆的……"

"兄弟，谢谢……谢谢……"张伟连声致谢，又说，"等你娶了老婆就知道了……"

"呵呵……走吧，以后别再违章停车了……"小交警开心地冲他们又挥了一下手。

张伟忙和陈瑶开车离去，刚开车，两人乐得哈哈大笑。

"行，张老大，你有一手，我服了你，随机应变的能力真强。"陈瑶冲张伟伸出大拇指。

"交警也是人啊，这执法也得人性化啊……"张伟边开车边说，很得意。

前方经过龙发旅游办事处，张伟不由放慢了车速，扭头看了看自己战斗过的地方，心里不由一阵伤感，一阵感慨。

到了门口的时候，张伟突然看见两个熟悉的身影，肩并肩走出来。

老郑和高强，两人满面春风，正一起出门。

"看,我的两任老板,这兄弟俩感情真好,像亲兄弟一样,"张伟扭头对陈瑶说,"一个笑面虎,想着法儿整对方,一个傻了巴叽,被人家整还不知道是怎么回事……"

陈瑶"哼"了一下,看着高强和老郑一起进了一辆黑色的轿车,眉头微微一皱,没有说话。

因为陈瑶看见那辆黑色轿车的前排坐着徐主任,再看那黑色轿车的车牌,是潘唔能的车。

这时张伟也看到了,对陈瑶说:"这不是潘唔能的车吗,车前面坐的不是徐主任吗?咦,他们几个凑到一起了……快到下班时间了,他们一定是去吃晚饭的,市长的车亲自来接他们,很牛啊,老郑和老高这下可风光了……"

"市长的车亲自来接,一定有来接的理由,"陈瑶说,"风光后面一定有事情……"

"管它什么鸟事情,反正我离开了,和老郑无关了,高强被我打趴窝了,他有罪证在我手里不敢反击,和咱们无关,不想他们了,"张伟一踩油门,加速离去,"过去的就让他永远过去吧,让老郑再继续整老高去吧……"

陈瑶扭头看着张伟,又想起这几个人,突然有些心神不定,一种不祥之感涌上心头。具体是什么感觉,说不出,想不清,但总觉得不大对劲。

陈瑶心里顿时有些烦躁起来,突然想出去散散心,换个心情。

"当家的,今晚我不想在家吃饭,我想去宁州逛城隍庙。"陈瑶对张伟说,她突然感觉在东兴会让她窒息。

张伟看了看陈瑶:"好的,你想去哪儿咱就去哪儿,我现在是自由人了,这几天你可以任意差遣……"

说完,张伟拐了一个弯,向城外的高速开去。

东宁高速公路上,张伟和陈瑶一路东去,夜幕渐渐降临了。

陈瑶似乎一直在思考什么事情,身体靠着座位后背,扶着额头,身体随着车内的轻音乐微微摇晃着,眼睛半张。

"当家的,我有一个要求,你能答应我吗?"陈瑶突然坐起来,睁开眼睛,认真地对张伟说,"我希望你能答应我。"

"什么要求?"张伟看着陈瑶的神色,感觉不大正常,怎么突然这么认真,"你说吧,你只要有要求,不管是什么我都会答应你,除了你让我再去找别的女人……"

张伟努力想把气氛搞得活跃一点。

"嗯……谢谢你,当家的,"陈瑶停顿了片刻,看着张伟的眼睛,"等到了宁州,等逛完城隍庙,我想去何英留给你的房子去看一看……"

"什么?!"张伟一怔,"你去那干吗? 你去看什么?"

第七章 穷追不舍

听陈瑶突然说要去何英留给自己的房子去看一看,张伟不由感到很意外,陈瑶怎么突然来了这个兴趣了,张伟一直弄不明白陈瑶的目的。

其实,就在张伟和陈瑶驱车直奔宁州的时候,何英正在宁州的那套房子里忙乎着。

何英是中午离开东兴的,在家里居住的几天里,何英阻止了妈妈要把自己回来的消息告诉陈瑶的想法,她的心里很矛盾,是那么渴望见到张伟和陈瑶,可是,又十分惧怕,不敢面对现实,不敢在那一刻面对他们两个人。

何英听妈妈详细叙述了陈瑶和张伟每次来看她的事情,了解了陈瑶和张伟的近况,心中充满了感动,这是一种发自内心的对亲情和友谊的感动,感动于陈瑶和张伟的纯真善良质朴,以及他们宽广无私的胸怀。

何英没有告诉爸爸妈妈自己在哪里开公司,只是告诉他们自己在遥远的北方,在冬天会下雪、河流会结冰,春天会起风沙、到处都是钻天杨的北方,还告诉他们,自己已经适应了北方的气候和饮食,喜欢上了吃馒头、吃煎饼卷大葱、喝羊肉汤泡大饼的生活。

何英其实觉得自己是怀着一种赎罪的心理在最温暖的地方来赎救自己,减轻自己心中的负罪感,同时,让自己的心在对过去的缅怀中得到安慰。

当何英临走时将那个盒子交给妈妈,并请她转交给陈瑶和张伟时,何英觉得自己慢慢变成了一个好人,一个知道为别人祝福、为他们祈祷、愿好人有好报的好人。做一次好人并不难,难的是做一辈子好人,从心灵深处做一个好人。

离家后,何英先去了东兴。张伟的辞职让她在意外的同时感到几分高兴,或许张伟将从此开始自己梦的追求,自己理想的实现,张伟或许将揭开自己新的一页。何英对此信心十足,相信张伟一定会打拼出一个属于他自己的天地,走出自己的理想之路。

何英将车停在东兴大厦门口,注视着陈瑶的假日旅游。她曾以为张伟会在辞职后和陈瑶一起经营假日,现在看来,陈瑶还得独自支撑一段时间。何英有一种预感,总感觉陈瑶的假日旅游和张伟未来的公司,还有自己现在的公司,以及老郑的龙发旅游之间,有着一种说不清楚的牵连,有着一种不可预测的未来。

为什么会有这种感觉,何英也说不明白,或许这就是心灵感应吧。

何英在注视假日旅游的时候,看到张伟和陈瑶一起手拉手亲昵地从公司门口出来,转了一个弯,进了一个小区的大门。何英知道,他们是在夫妻双双把家还,一起回家吃午饭。

那一刻,何英久久地注视着,心中感到了巨大的羡慕,无比的羡慕,又感到了些许的安慰,还有一丝隐隐的温暖。这个男人自己曾经为之而绞尽脑汁,最后唾手可得,然而却在最后的关头撒手,眼睁睁看着他离自己而去,自己黯然北上,远走他乡。

何英喟然一声长叹,觉得自己在东兴真的没有停留的必要了,于是,开车离去,直奔宁州,去了这套残存着片片回忆的房子。

房子依旧在,只是人已空。何英在房子里静静地坐了几个小时,静静地将过去的美好和欢乐时光一一回忆,一一从尘封的记忆中找出,重温那美好的过程。

然后,何英开始打扫卫生,擦洗干净家具上的灰尘,将地板拖得干干净净,就连电视机屏幕也专门擦拭了一遍。

做完这些,何英站立在写字台前,将张伟留给自己的纸条又看了一遍又一遍,纸条上自己上次看时滴落的泪水模糊了部分字迹。

何英久久地看着,最后突然捂住了嘴巴和鼻子,眼泪又夺眶而出,啪啪地滴落在纸条上……半天,何英舒缓了一口气,将纸条原样放好。

外面的天已经黑了,夜幕笼罩着大地,也笼罩着高空中的小小空间。

何英收拾好自己上次忘记带走的几件衣服,用冷淡和凄然的眼神最后看了一眼房子,拉开房门,然后轻轻地关上,锁好,回身按电梯,准备下楼。

电梯在上升,一直在往上,何英刚要伸手按电梯,突然又停住了,回身一侧,站在紧急楼梯口,那里有一扇小门,何英站在了门后。

电梯停下来,从电梯里走出了张伟和陈瑶。

何英站在楼梯口的门后面,身体突然战栗起来,自己现在离他们如此之近,不到5米,自己甚至都能听到张伟呼吸的声音。

何英在门后,隔着玻璃死死地盯着张伟正在开门的背影,还有陈瑶。

何英紧紧地咬住嘴唇,生怕自己会忍不住叫出来或者哭出来。

何英终于忍住了自己突然的冲动,强压住内心的激情,眼睁睁看着他们走进去,看着房门砰的一声关上。

何英没有出来,顺着楼梯走下去,在下面一层出来,按了电梯,下了楼,开车黯然离去。

何英没有在宁州停留,直接上了高速公路,向着遥远的北方驶去。

在车上,何英的泪水滚滚而出,伴着滚滚的车轮,一路北上。

张伟虽然不明白陈瑶为什么要来宁州看房子,但是自己已经答应陈瑶了,自然也不能拒绝。

"先逛城隍庙,完了再去看房子?"张伟征求陈瑶的意见。

"不,先去看看房子吧,看完咱们再去吃饭、逛城隍庙,好不好?"陈瑶看着张伟。

"好,你说怎么着就怎么着,我是无所谓的……"张伟点点头。

到宁州后,两人直奔锦绣前程花园,直奔何英留给张伟的那套房子。

出了电梯,张伟开门,陈瑶跟进。

进了房间,张伟感觉房间里空气很新鲜,并不沉闷,空气中甚至还有淡淡的空气清洁剂的香味。

"高层住宅就是好,空气洁净,你看看,这房子这么久没来了,还很干净,都没有灰尘。"张伟指着地板和家具给陈瑶看。

陈瑶没有说话,四处看看房子,低头看看地板,伸手摸摸家具,又走进卧室,看着洁净的床,还有写字台。

陈瑶伸手拿起写字台上的纸条。

"这是我上次留给何英的纸条,很久了……"张伟指点着给陈瑶看。

陈瑶突然大吃一惊,抬头看着张伟,拿着纸条的手在颤抖:"你看……"

张伟低头一看,也大吃一惊:"上面怎么有水滴? 难道是房子漏水?"

张伟说着抬头看看房顶,好好的。

"一定是有人来过,一定是刚刚走一会儿……"陈瑶看着张伟,"这纸条上的水滴,不是水……是……"

张伟拿过纸条,伸出舌头,舔了舔水滴:"咸的,是眼泪……"

陈瑶颤抖的声音,看着张伟:"她……一定是她……她刚刚来过这里……"

"何英?!"张伟看着陈瑶。

"是的! 一定是她,绝对是她! 果然不出我所料,她一定会来这里看看,一定会……"陈瑶点点头,无力地靠在张伟身上,喃喃自语,"可是,我们还是来晚了,她走了,刚刚走,我们和她又一次擦肩而过……"

"啊……真的是何英来过?!"张伟看着纸条,看着房间里的一切,"可是,房间里什么也没有变……"

"她刚刚打扫完房间,清理完卫生,然后就……就走了,"陈瑶指着地板和家具,"这是刚刚打扫完的,还有稍微的潮气,还没完全干燥,空气中的清洁剂,也是她喷的……"

"她……真的是她……为什么? 为什么她不在?"张伟突然转身,去其他房间快速转悠了一次,又回来,眼神发怔,"为什么……为什么又一次错过……"

"她应该是刚刚离去,刚刚……说不定,就在我们上楼的那会……"陈瑶继续说道。

张伟猛地跑到阳台,低头往下看,这么高的楼层,又是在黑夜,自然看不清楚,夜色中只看见一辆白色的轿车缓缓驶出。

"说不定,这……这就是她开的车……"张伟喃喃自语。

张伟缓缓走回房间,又继续看着那纸条,突然发现了斑驳的字迹,眉头紧锁,对陈瑶说:"她……她早就来过一次了,早就看过我留给她的字条了……"

陈瑶接过来看了看,点点头:"是的,她之前来过一次了……"

"或许,她一直在注视着我们……"张伟突然转身看着陈瑶,"总以为她已经远去,可是,又感觉她离我们很近……"

陈瑶点点头:"嗯……我也是有这种感觉,总感觉她就在我们身边,虽然我们看不见,摸不着,但是,我们总能感觉到她的影子,无处不在,如影随形……"

张伟说:"可是,她不愿意见我们,不愿意……"

"那是因为她在斗争,在和我们斗争,在和自己斗争,在和良心斗争,在和过去斗争,在和现实斗争……"陈瑶扭头看着外面璀璨的城市灯火,怅怅地说。

"她不愿意和我们一起……她在逃避我们……"张伟轻轻揽过陈瑶的肩膀,一同注视着外面的夜色。

"最终,她会和我们在一起……我坚信……"陈瑶靠在张伟臂弯里,轻轻地说。

张伟和陈瑶静静地站立了许久,默默地注视着浩淼的夜空。

"姐,我们……我们走吧……"张伟轻轻地抚摸着陈瑶的肩膀,终于开口说话。

"嗯……"陈瑶答应着,但是身体却没有动。

"姐……"张伟扳过陈瑶的身体,一看陈瑶的脸,大吃一惊,"姐,你……你怎么哭了?"

此刻,陈瑶竟然泪流满面,无声地在哭泣。

"没……没什么……"陈瑶一声叹息,掏出纸巾擦擦眼睛和脸庞,然后又用双手捂住脸,一动不动,半天,抬起头,看着张伟,"好了,没事了……哭过了,就好了,心里就舒服了……"

陈瑶甚至冲着张伟还笑了一下。

"那,我们走吧?"张伟对陈瑶说。

"嗯……我们走……"陈瑶挽起张伟的胳膊,又环顾了一遍室内,突然问张伟,"她留给你的东西呢?"

"在这里。"张伟拉开抽屉,拿出那房产证和银行卡。

"唉……"陈瑶呼了一口气,"带着吧,别放在这里了,带回东兴去吧……或许有一天,会物归原主……"

张伟点点头,装好信封,放进包里:"好吧。"

张伟和陈瑶下楼离去。

然后,两人开车直奔城隍庙。

路上,陈瑶突然笑了:"哥哥,何英终于出现了,终于有消息了,这应该是个好事情,我们应该高兴,是不是?她能回来看看,能记得给我们礼物,就说明她还牵挂着我们,就说明她在祝福我们,我们应该高兴啊,是不是……"

张伟点点头:"是的,是的……应该是这样的……"

"呵呵……心情别低沉了,高兴起来吧,我们开心了,何英见了也会高兴的……"

陈瑶又盘腿坐在了座位上。

张伟也想通了:"嗯……呵呵……好吧……"

"走,去城隍庙大门口那家新疆烧烤……在海鲜大排档门口的那家……"停好车,陈瑶拉着张伟直奔过去。

"这家烧烤算是宁州最正宗的新疆烧烤了,和全雍烧烤城又是一番不同……"张伟和陈瑶站在烧烤炉旁边,吃着羊肉串和烤得热乎乎的馕,边吃边聊。

"喝点酒吧,我们今晚不回去了,就在这旁边的宾馆住。"陈瑶对张伟说。

"好的,吃海鲜,喝白酒。"张伟和陈瑶在旁边海鲜大排档的空位上坐下来,点了几个海鲜,要了一瓶高度白酒,露天吃喝起来。

"吃完饭,你还打算买什么东西不?"张伟边吃边问陈瑶。

"不,"陈瑶摇摇头,"今天以吃为主,吃完随便溜达,纯玩,不购物,呵呵……"

吃好喝好,酒足饭饱,张伟和陈瑶勾肩搭背、晃晃悠悠逛起了城隍庙,一直玩到晚上11点才到酒店。

进了房间,两人一起洗澡,然后上床,将灯关掉,搂抱在一起。

黑暗中,张伟仰面躺着,陈瑶伏在张伟的胸口。

张伟抚摸着陈瑶光滑的身体,黑暗中突然叹了一声气。

"哥哥,怎么了?"陈瑶抬起头:"又想起了那事?"

"或许她现在还在宁州,并没有离开……"张伟说。

"不要想那么多了,我们想找她是找不到的,而她却随时可以找到我们,她或许一直在关注着我们,任其自然吧……不要多想了……"陈瑶说。

黑夜宁静下来,只有外面城市的喧嚣隐约传来……

一会儿,传来张伟均匀的鼾声。

陈瑶悄悄脱离张伟的怀抱,起床披上睡衣,走到窗台前,仰头静静地看着深邃的夜空⋯⋯

陈瑶扭头看看熟睡的张伟,想起了下午徐主任带着潘唔能的车接老郑、高强的事情,他们今晚在一起会干什么呢?

张伟和陈瑶在宁州的时候,老郑正和高强、徐主任还有潘唔能一起吃晚饭。

老郑这两天一直心神不宁,张伟辞职自己虽然厚礼相送,包括小郭和吴洁也给予了很好的待遇,然后又安排于琴专门去安抚陈瑶,但是,中层管理人员的情绪还是出现了明显的波动,不管从他们看自己的眼神和自己说话的语气,还是工作的效率、对待自己安排的事情的态度上,都看得出他们对自己多了一层戒备,多了一层疏远。这让老郑心里很不安,生怕再出别的问题,虽然他相信张伟说到做到,绝对不会带人走的,但是,要是这帮人自己不愿意再干下去,总不能都归结在张伟身上啊。

老郑下午为此和于琴商议了老半天,然后召开公司中层会议,就公司最近的有关工作做了说明和解释,对张伟进行了高度的评价,对他的辞职找了一个很好的理由,那就是美女陈瑶那边也有公司,需要张伟去大显身手,这个理由大家都觉得非常合理。然后,老郑在会上做了诚恳的自我批评,对自己在工作方法、工作态度、管理方式上的问题进行了检讨,让大家很感动。大家眼里戒备的神色明显降低,气氛也活跃起来。然后,于琴趁热打铁,宣布从本月起,所有中层管理人员月薪增加30%。

大家的情绪高涨起来,士气被鼓舞了起来,大家纷纷表示要学习继承张总的优秀工作方法,学习郑总的勤奋敬业精神,尽心尽力做好本职工作。

会议最后开成了一个合家欢,在热烈的掌声中结束。

老郑的心稍微放松了下来,通过这两天,他深刻知道了张伟对他们的影响力有多大,散会后,老郑心里不由暗暗佩服张伟,确实有一手。

刚散会,老朋友高强就来了。

老郑看见高强就高兴,觉得老高真的是很可爱,貌似精明,实则愚蠢,生意被自己搅合得赔光了,女人被张伟先后征用了,还整天跑来和他混在一起,这种人真叫可笑。

"老高,我这几天刚忙完,正要去拜访你的,你倒先来了。"老郑忙着给高强倒茶、递烟。

高强看着老郑,这个让他既爱又恨还怕的老伙计正皮笑肉不笑的,便说:"你老郑这下发了,天天在家晒票子,哪里还想到我? 我可是快连西北风都喝不上了⋯⋯"

老郑心里暗乐,忙说:"可别这么说,我这边挣的这点钱啊,还不够那边填的⋯⋯手头总是不宽裕……"

"别价,我不是来找你哭穷找你借钱的,别在我面前摆酸架子,咱们俩,谁还不知道谁?"高强冲老郑直言,"南边你挺忙乎的是不是?"

老郑一听,高强进套了,故作不明白:"什么南边?"

"你少给我装糊涂,南边就是南边,广东那边,度假村那事,我被坑的那度假村……"高强瞪着老郑。

"哦……你是说那事啊,那项目啊……"老郑脸上露出巨大的惋惜,"老高啊,我可真的为你遗憾……"

高强眼睛一下子瞪圆了:"什么意思? 老郑,你遗憾什么?"

"遗憾你当初为什么那么着急放弃啊,现在那地方光地皮就增值了三倍,唉……"老郑满脸真诚。

"什么? 三倍? 你现在正搞那块地皮,是不是?"高强急了。

"唉……当初我没办法,你不弄了,那边的找我,嫌我介绍的朋友不仗义,非要让我赔偿损失……没办法,我只好赔本接过来,没想到,最近又开始增值了……"老郑看着高强,一脸无奈。

高强又恨又气:"都是你牵的好头,当初我怎么弄? 再弄连命都搭上了! 现在你倒好,捡了个大便宜,我两个月没见你影,我就估计你去南方搞那块地皮去了……"

老郑心里笑得不行,嘴巴上很无辜:"那有什么办法,我不弄不行,人家一直找我……"

"那是我先开发的,我投资了很多,你去捡了个现成,"高强很气愤,"老郑,你做朋友也做的太不地道了……自个儿失踪了两个月,去捡独食去了……"

老郑脸色一窘,说:"呵呵……老高啊,别生气,咱哥俩事情好商议,你要是还想要,我再还给你……我很奇怪啊,你怎么知道我到南方去了呢?"

"嗯……这话还算够意思,回头咱们细聊……"老郑这一说,高强比较高兴,"我怎么知道的? 你的得力干将张总告诉我的,想不到吧,嘿嘿……别以为你瞒天过海,没人知道……"

老郑不由心里暗暗感谢张伟,嘴巴上对高强说:"哦……原来是我们俩共同的老员工充当了我们的联络员啊……"

"共同的老员工?"高强有些意外,"什么意思?"

"张伟已经从我这里辞职了,不在我这里做了。"老郑说。

"啊……辞职了?!"高强很惊奇,"为什么?"

"你应该比我明白吧,老高,"老郑盯着高强,"张伟现在和谁在一起,你应该明白吧?"

高强的脸唰的红了，这事让老郑这么一说，太没面子了。

"这个兔崽子，我一定要让他知道我不是好惹的……"高强说完，看着老郑，"对了，我今天来，就是想打听一下这个张伟在你这边的情况的，没想到他辞职了……那么，你知道他去做什么了？"

"不知道，他辞职后就和我没有联系了，他是自由人，与我何干？"老郑说。

"我知道你和他关系不错，我和他打过几次架，基本是仇人了，你能不能约他出来坐坐？"高强看着老郑。

"不能！"老郑直截了当，很干脆。

看着高强的神色，老郑明白，高强一定对张伟恨之入骨，现在高强投靠了潘唔能，一定不会放过张伟。

但是，老郑心里很清楚，张伟绝对不是一般的人物，绝对不是个善茬，不论从现在还是将来，自己和张伟只能做朋友，绝对不能做敌人，得罪了张伟，自己也没有好果子吃。老郑已经很明显地觉察出张伟未来的爆发力。自己和张伟无冤无仇，不但无冤无仇，甚至还可以说是好朋友，自己绝对犯不上为了高强去得罪张伟。所以，老郑一口回绝。

"你……你太不给面子了，老郑，"高强很气恼，不过很快又神气起来，"你知道约他出来是谁要和他坐坐？"

"不知道，也不想知道！"老郑还真捉摸不透是谁。

"真的不想知道？那好，我今天过来，还附带一个邀请，潘市长邀请我和你一同共进晚餐，"老高看看手表，"徐主任这会儿带着潘市长的车已经到了，咱们下楼吧……"

老郑大吃一惊："潘市长要约见张伟？"

"狗屁，潘市长怎么会见这个穷光蛋、土包子，但是，潘市长对这事有点小安排，谁约见他？到时候你就知道了……既然我说了你不愿意，那咱们就饭桌上听潘市长训示喽……"高强有些得意，"走吧，郑总经理！"

老郑觉得这事有些复杂了，他有些想不明白，张伟怎么会和潘唔能扯上关系，难道是自己戒毒期间，张伟主持工作，得罪了潘唔能或者潘唔能的什么人？他们找潘唔能告状，要报复张伟，所以才找到自己，要自己出面？或许是张伟得罪了王军，王军要拿张伟开刀，杀鸡给猴看，警告自己？还是潘唔能想借张伟入手，给自己施压，来替王军要那30%的股份？还是高强想借潘唔能来施压，借自己的手报夺妻之仇？

老郑一时心乱如麻，跟着老高下楼上了徐主任带来的车。

车子直接开往了郊外，到了潘唔能的别墅。

一路上，老郑心里很紧张，琢磨着各种可能，思考着各种对策，权衡着多重利弊。

进了别墅,老郑顿时感觉眼前一亮,里面灯火通明,酒香扑鼻,已经备好了丰盛的酒席,潘唔能正坐在饭桌正中间。

室内,还有三个漂亮的女郎,分开坐在酒桌前,面带妩媚的笑容。

这是搞什么名堂? 老郑一愣,眼睛迅速扫视了一圈室内,一眼看到茶几上放着两个溜冰用的壶。

多么熟悉的东西,多么熟悉的场景,多么诱人的幻觉……

老郑突然一下子乱了方寸,仿佛感觉一种巨大的诱惑在召唤着自己,恨不得立刻扑到那冰壶上……

但同时,老郑又想起了于琴,想起了于琴的话,想起了即将准备要孩子的事情,想起了自己的公司和未来,想起了戒毒所里学习的东西……

老郑的心顿时矛盾而慌乱起来,强行压住心里的意念,随高强来到酒桌前。

第八章 借刀杀人

徐主任安排好他们之后就告辞了,别墅里剩下这三个男人,还有三个妙龄女郎。

潘唔能指指那三个女孩,对老高老郑说:"随你们俩先挑,一人选一个,今晚用,也可以换着用……先喝酒,谈正事,谈完正事,想溜就溜两下,想玩就玩……"

老高老郑笑笑,交叉坐在三个女孩之间。

老郑喜欢女人,对女人有着一种执着而无限的向往,但是,他有一个原则,绝不找小姐,他怕得病,觉得小姐太脏,他喜欢良家妇女,特别是少妇。但自从他从戒毒所出来,觉得自己改了不少,一直没有去弄这些事,规规矩矩的,只是脑子里偶尔也会想起过去的那种天堂般的感觉。

老高则除了陈瑶,对所有的女人都不感兴趣。一个是因为自己那方面很奇怪,只有见了陈瑶、想起陈瑶时才会有反应,对别的任何女人,包括对何英都白搭。

老郑觉得这三个女孩应该是小姐,有点败兴;老高不管是不是小姐都没兴趣。但他们不能当着潘唔能的面表现出来,都故作热情好色地搂搂摸摸旁边的两个女孩,也就意味着选了他们。

老潘一看,哈哈一笑,拉过另一个,放在自己腿上,说:"那这个就归我啦,你们是投资者,是上帝,我得好好伺候好你们啊……"

女孩在潘唔能怀里娇笑着,老郑的脸上也在笑着,心里"咯噔"一下。

一会儿,潘唔能放开怀里的女孩,对另外两个女孩说:"你们,先去溜两口去吧,看你们那样子,也馋坏了……"

三个女孩起身走到客厅的沙发上,互相点火烤冰,呼噜呼噜的声音响起来,淡淡的香臭味烟雾弥漫开来,老郑的心心猿意马起来。

老高没有任何反应,他一直拒绝吸毒,也不找小姐,他最大的愿望就是赚钱,把自己的老婆再娶回来,这是他目前最大的理想和梦想。

潘唔能举起酒杯："来，宁州来的两位上帝，两位投资者，敬你们，喝！"

老高和老郑举杯干掉。

老郑觉得今天有些奇怪，这潘唔能找自己来也并非都是张伟的事情，好像很有些情绪。

老高也是这种感觉，他不知道潘唔能刚刚在下午的市长办公会上被梁市长敲打了半天。

潘唔能放下酒杯，晃晃脑袋，看着老高和老郑说："二位上帝，我潘某人对你们俩怎么样？"

"很好，没得说！"老高说着，心里琢磨以后是不是还得给他找漂亮女人，不过，一个李燕已经基本把他放倒了。

"像自己人一样！"老郑说着，心想，狗屁，自己人还把我老婆给干了！

"嗯……算你们有点良心，还知道说这话……"潘唔能愤愤不平地说，"妈的，今天下午开会，有人不点名批评我，说我吃拿卡要投资者，利用职权霸占投资者的权益……"

老郑吓了一跳，敢不点名批评潘唔能的，非梁市长莫属，梁市长交代自己的事情还没去办，这边已经开始起风了。

"是谁这么污蔑潘市长，真的太过分了！"老郑和老高一起发表着愤怒的宣言。

"不管他是谁了，妈的，反正我没干，我从来都是一心一意为全市的旅游投资者服务，扑下身子服务，鞠躬尽瘁死而后已……"潘唔能嘟哝着，继续喝酒。

"是的，是的，潘市长是我们投资者心中的焦裕禄……"

"是啊，潘市长是廉洁奉公的好干部，怎么会这么说潘市长啊……"

老高和老郑继续阿谀奉承。

潘唔能心情好了些，看着老郑和老高说："我最信任你们俩，我估摸着可能是别的投资的去找老梁反映我什么事情了，说我坏话了……你们俩，是绝对不会出卖我的，是不是？"

"那是，我们怎么着也不能干昧着良心的事情啊……"老郑说，心里有些后怕，又很矛盾。

"我们是一心一意跟潘市长走的，绝无二心……"老高说。

"我给你们做了多少事情，你们自己心中有数，你们给我一些好处，我都是给你们加倍回报的，是不是？人啊，得讲良心，你们自己说说，你们给我的，和我给你们的，哪个多？当然是你们得到的多……"潘唔能看着老郑，眼神有些游离。

老郑心里忐忑起来，忙点点头："是，是，潘市长，我们得到的多。"

"所以，我丑话说在前头，我拿你们两个当自己人，当心腹，当好伙计，你们做事情自己要有数,别贪得无厌、忘恩负义……"潘唔能看看老高,眼神又落到老郑身上,"别以为腰杆硬了,就不把我潘某人放在眼里,拿我当猴耍……"

潘唔能的话渐渐充满杀气,老郑和老高心里都有些发怵,老郑心里打了个寒噤,他知道潘唔能指的是什么。

看着老高和老郑的表情,潘唔能满意了,他要的就是这种效果,混官场,玩权术,他是老油条,对付这两个小商人,绰绰有余。

潘唔能笑了,端起酒杯:"来,两位上帝兄弟,干杯!"

喝完这杯酒,潘唔能笑呵呵地给老高和老郑讲了个故事,说的是猴子和老虎的故事。老虎扶持猴子做大,猴子日益强大,渐渐不把老虎放在眼里。老虎不动声色,假意外出。老虎不在家,猴子做了山大王,竟然恩将仇报,想谋取老大,取老虎而代之。老虎一个回马枪,轻而易举就把猴子填入腹中……

说者笑容满面,听者心意胆寒,唯唯诺诺。

老郑和老高了脸上堆着笑,心里一阵冷似一阵。

然后,大家继续喝酒。

潘唔能装作有意无意的样子,对老郑说:"你们公司有一个叫张伟的,是不是?"

终于到主题了,老郑忙回答:"是,营销部经理,已经辞职了。"

"辞职了?!"潘唔能愣了一下,接着摇摇头,"可惜,可惜,便宜了他,他烧起来的火,看来得要你灭火了……"

"您的意思是……"老郑有些不明白。

老高也听不明白,不知道潘唔能究竟要怎样切入正题。

"很简单的事情,他在我们东兴旅游界惹出了大火,用你们龙发的名义,现在他离开了,那这火还不得你来灭?"潘唔能看着老郑。

"我还是不明白,潘市长……"老郑看着潘唔能,一头雾水,"请潘市长明示。"

"这么说吧,你们公司前段时间搞了一个营销区域代理拍卖,这事有没有?"潘唔能看着老郑。

"有,这是张伟的点子,他创意的。"老郑回答,"和这个有关?"

"是的,你们这个什么所谓的区域营销代理拍卖,肥了你们自己,把各家旅行社的利润点逼到了接近负数,给各景区的营销带来了巨大的负面影响,我最近接到很多投诉,投诉你们不正当经营,破坏大家多年来的规矩,不仗义……纷纷提出要把龙发旅游赶出东兴……"

老高和老郑都不由一震。

老郑有些发急分辨道:"潘市长,我们这是正当经营,我们没有强迫大家来竞标代理啊……"

潘唔能看着老郑:"郑总,你和我说这个很没有意思,我只是向你透风,和你说说大家的意见而已,我又没说要把你怎么着,是不是? 得罪了大多数同行,我这个分管领导就是想保护你,也不好多说的……"

老郑眉头紧皱,琢磨潘唔能的真正用意。

"那……您说,有什么好办法?"老郑看着潘唔能。

"要我说啊,你这事情已经做了,钱已经赚了,他们眼红就眼红吧,但是,得了便宜得卖个乖,得让人家出出气……"潘唔能慢条斯理地说着。

"咋个出气法? 您说。"老郑心里慢慢明白了潘唔能的意思,故作不知。

"你是老板,是我的兄弟,我得保你,我看,你得找个替罪羊啊……让大家伙儿出出气,我也好去做安抚工作……"潘唔能狡猾地看着老郑。

"嗯……您的意思是说……"老郑看着潘唔能。

"对,拿那小子开刀,找他做替罪羊!"潘唔能说。

"怎么开刀? 他已经辞职了。"老郑心里不愿意这么做,他非常不愿意惹张伟。

"一,对外宣布张伟已经被你开除,就说是因为得罪了东兴各位旅游同行,损害了大家的利益,而你一直在外忙乎,被他蒙骗,没来得及关注;二,你去找张伟单独谈话,说说你的苦衷,说他已经无法在东兴立足,劝他离开东兴,大不了再给他一笔钱,让他从此离开这里,不要再回来。必要时,带几个社会上的人去镇压一下……"潘唔能指点迷津道。

老郑一时不语,他终于明白了潘唔能的心思,是要把张伟赶走,打着不能得罪东兴同行的名义。而这所谓的得罪同行,不过是潘唔能的借口而已,与其说得罪同行,不如说是得罪了潘唔能。

老高心里一阵狂喜,这招绝,借用老郑的刀赶走张伟,自己不用露面,还达到了目的。老高不由得暗暗佩服潘唔能,到底是在官场混的,点子就是多,随便找一个冠冕堂皇的理由就把一个小蚂蚁踩死了。

"怎么? 不乐意?"潘唔能脸一沉。

"哦……不是,潘市长为我好,我感激还来不及呢,"老郑忙说,"只是,我觉得这事要慎重考虑,一,张伟已经辞职,外界基本都知道了,不是我开除的,而且,我听说其他很多单位都在和他联系,想聘他过去,但他不愿去,手机号码都换了;二,这个人性格很犟,又会些功夫,吃软不吃硬,最不怕的就是打架,就我这样的,三个也打不过他一个,所以,我觉得这事要从长计议……"

老郑打算还是采取对付梁市长的办法:拖。

"这个好办,我发一个通知,任何旅游单位不得聘用此人;你呢,可以对外宣布,他的辞职只不过是为了一个面子,实质呢,是开除……关于这个人会点功夫,不要在乎,黑白两道还绊不倒他一个小兔崽子?"潘唔能不屑地说,"我要是想让谁在我眼前消失,他多待一秒钟都不行。"

"那……我再考虑考虑……"老郑说。

"行,你琢磨琢磨,要做到天衣无缝,先软后硬,就看你的功夫了,别让我失望啊,郑总经理……"潘唔能意味深长地拍拍老郑的肩膀,突然又笑起来,"呵呵……今晚风光无限啊,那三个已经溜足了,就等着我们来采花了,哈哈……"

老郑闻听,不由自主又看了看正在溜冰的三个女孩子,心顿时又乱了,他倒不是喜欢那女人,而是被那冰壶深深诱惑着。

潘唔能起身走过去,坐在沙发上,搂住一个女孩,另一个蹲在他面前给烤冰。

潘唔能呼噜呼噜溜起来。

老高和老郑对视了一眼,老郑心里突然想到,自己是不是被老高这兔崽子给利用了,他利用潘唔能来压自己去得罪张伟,而潘唔能和张伟其实并没有什么利害关系,老高的根本目的是陈瑶。

老郑想到这里,心里不禁狠狠诅咒老高,狗日的,学聪明了,学会耍我了。

老高心里很得意,老郑你再牛,跳不出老潘的手掌心,看你这下如何收场,你就是明知老潘的理由是个牵强的借口,老潘让你去做,你敢对抗?

老高看着老郑今晚窘迫的样子,心里一阵一阵的快意。

潘唔能正溜着,接到李燕的电话,潘唔能急忙冲几个女孩挥挥手,示意他们别出声,然后笑呵呵地说:"燕子啊,宝贝,我在开会呢……没有没有,绝对没找女人,有了你,我怎么会再找别的女人呢……"

老高看了看老郑,两人不禁笑起来。

"哎呀……"潘唔能的脸色突然变得不悦,"我给你说了,大家做情人不是很好嘛……干吗非要结婚呢……傻孩子,结婚也不一定幸福的,那张纸真有那么重要……"

老郑心里有些幸灾乐祸,老潘遇到麻烦了,那女孩想扶正,不过也看得出老潘对那女孩很上心。

老高有些得意,自己给老潘介绍的这个女孩,看来把老潘套进去了,老潘既不想因为她离婚,又不想舍弃她。

老潘打完电话,有些不高兴,情绪低落起来,往沙发上一躺,对三个女孩子说:"都过来,伺候伺候我……"

老郑和老高一看,妈的,刚才还说一人一个,这会儿都霸占了,不过他们俩是不稀罕的。

老郑看着那冰壶，心里直痒痒，正在这时，接到于琴的电话："你这么晚还不回来，是不是又去哪里鬼混了？"

老郑被于琴一下子骂醒了，忙说："我和老高和潘市长在一起吃饭的，这就吃完了……"

"狗日的，你和潘唔能在一起，准没有好事，你给我抓紧回来！"于琴一听急了，下了死命令。

老郑急忙站起来，对潘唔能说："潘市长，我先回去了，来了一个客户……"

"嗯……"潘唔能正躺在沙发上享受，这时哼了一声："好吧，我给你说的那事，给我抓紧办好，别拖沓哈……"

"我明白，我一定会尽力而为。"老郑婉转地说了句，然后对老高点点头，转身离去。

"怎么样，高总？"潘唔能等老郑离去之后，看着老高，"我今晚这么给老郑说，可以吧？"

"高，实在是高，高家庄的高！"高强很高兴，冲潘唔能伸出大拇指。

"哈哈……不是高家庄的高，是你老高的高……"潘唔能舒服地闭上眼睛，"他妈的，什么时候能让陈瑶这小美人儿也这般伺候我呢……"

高强眼里似乎要喷出火来，心里恨得咬牙切齿，不过嘴巴上却淡淡地说："潘市长，您玩吧，我先回去了，我老婆刚才来短信了，催我回家……"

"哦……好的，好的，老婆的命令重要，呵呵……我还没见过尊夫人哦，改天领了见一见？"潘唔能说。

"呵呵……妇道人家，见不得大世面。"高强说道。

"那你回去吧，看来今晚我要独自享受这三个女人了，"潘唔能一边在其中一个女孩身上乱摸，一边对高强说。

高强笑了笑，点头离去。

高强在回去的路上，脑子里开始琢磨在打倒张伟之后，怎么样阻止潘唔能伸向陈瑶的魔爪。

小波是我的老婆，谁也甭想得到！高强心里恨恨地想到。

一想到今晚老郑的样子，高强心里很快意，老郑你终于也被我涮了一次。

老郑回到办事处的宿舍，于琴正坐卧不安地等他回来，一看到他，松了口气："你妈的，谁让你和他在一起的。"

"他要我去，我敢不去？"老郑翻了翻眼皮。

"过来，"于琴拉过老郑，把鼻子凑近老郑的嘴巴，"哈气……"

老郑哈了一口气："没溜，你放心……"

于琴放心了，高兴起来："不错，经受住了考验，咱们的造人计划很快就可以实施了……"

老郑无精打采，脱了衣服往床上一躺，枕着双手，看着天花板说："很烦人啊……"

"怎么了？"于琴也上床，躺在老郑身边，抚摸着老郑的胸脯。

老郑把今晚的事情详细和于琴说了一遍，然后说："潘唔能今晚找我主要就是两个事，一个是要驯服我，还是为那王军的30%股份的事；另一个，就是给老高撑腰，利用我来打压张伟，驱逐张伟，成全老高和陈瑶的好事……"

"原来是这事！"于琴来了精神，"妈的，王军那30%的股份不能给，凭什么？惹急了，我就去找梁市长，告他狗日的……至于让你驱赶张伟的事情，咱不能干！干了对不住张伟，对不住陈瑶，再说，咱也不一定能干得了，得罪了张伟，以后没你好果子吃……还有，那潘唔能和老高这下子热闹了，两个人都在打陈瑶的主意，这潘唔能盘算陈瑶不是一天两天了，都快疯了……"

老郑一下子明白了潘唔能的意图："哦，这么说，潘唔能还不知道老高是陈瑶的前夫，老高在利用潘唔能，潘唔能呢，又在利用我，妈的，这老高是捡便宜了……"

"这是阴谋，咱不当这个枪头子，"于琴对老郑说，"张伟对咱不薄，陈瑶也对我们很好，人家小两口那么好的日子，我们不能干没良心的事情……"

"嗯……得想个万全之策，先拖着再说，慢慢再琢磨……"老郑点点头。

"对，拖是个最好的办法，不拒绝，也不办，就给他拖，王军那事也这样，不到万不得已，不和王军撕破脸皮，拖就是了，肥的拖瘦，瘦的拖死。"于琴说。

"拖只能是权宜之计，最终还是要解决的，"老郑接着说，"到时候，根据实际情况决定工作方针吧，唉……我总觉得，老潘和老高不会便宜了张伟，即使我不下手，他们还会想别的办法……老高真他妈窝囊，自己不敢出手，找别人背后下手，玩阴的……"

"废话，换了你，你敢？"于琴笑嘻嘻地看着老郑，"张伟一脚就能把你踢趴窝……"

"妈的，长别人志气，灭自己威风。"老郑报怨道。

第二天，起床后，老郑正在办公室忙乎着，于琴进来了，递给老郑一个封闭的很严实的大信封："一凡，把这个收好，放到保险柜里，锁起来！"

"什么东西？"老郑接过来。

"好东西，"于琴神秘地笑笑，"足可以把老潘放倒的好东西，留着，不到万不得已，绝不要拿出来。这是我们最后的杀手铜。如果把我们逼急了，老娘也不是好惹的……"

"你什么时候弄的？"老郑又惊又喜，忙打开保险柜，放进去。

"平时搜集的，哈哈……"于琴放肆地笑起来，"你妈的以为我就会和人睡觉，别的不会了？姑奶奶我不是傻子，我做业务不行，做管理不行，玩人，我不比你差……"

"呵呵……好老婆……"老郑笑了，"你他妈玩男人是比我强，玩女人，你可比不上我……"

于琴笑了："咱俩一对腌臜货，彼此彼此半斤八两，不过，以后咱尝试着做个好人吧，不能老是做人渣啊……试试做好人什么滋味……"

"我们不是那么坏吧，张伟他们两口子可是经常说我们两个都是好人呢……"老郑说。

"嗯……因为张伟和陈瑶本身就是好人，在他们眼里，我们是好人，说明我们还没有坏得彻底，还可以救药……"于琴点点头，"其实，我很想帮陈瑶的，我介绍陈瑶认识了王英，希望能用王英来制约一下潘唔能……"

"这倒也是个好办法，不过，你得注意，别弄巧成拙，适得其反……还有，不要危及我们自身的利益，我们的利益是不能受损害的……"老郑叮嘱于琴。

"知道，我又不傻，我当然要先自保了，这年头，人不为己天诛地灭，你以为我是傻子啊？"于琴嘻嘻笑着，"你那边可以适当做做样子给潘唔能看，或者给老高看，让他们知道你出力了……"

"嗯……我抽空请张伟单独吃饭，随便聊天，看时机适当提醒他一下，不合适就不说，就单纯吃饭……"老郑说。

"约张伟吃饭，一定要让高强知道，这样潘唔能就知道咱尽力了，至于吃饭的时候谈什么内容，那还不是咱说什么就是什么，他们又不可能去跟踪偷听……"于琴提醒老郑。

"老婆高见，我发现你越来越有头脑了，这一戒毒，脑瓜子聪明了……"老郑夸赞于琴。

"一般一般，全国第三，"于琴哈哈大笑，"这年头，到处都是狼，咱们就得学会做狐狸了，不管什么时候，咱们自己的利益总是最重要的……"

第九章 | 项庄舞剑

张伟和陈瑶在宾馆里一觉睡到下午三点。

睡醒后，两人起身吃饭，然后慢悠悠地往回赶。

陈瑶虽然睡得很好，但总是有些心神不定，总感觉有点地方不得劲，可仔细一想，又想不起是哪儿。

"怎么？还没休息好？"张伟看着陈瑶的神态，对陈瑶说，"没休息好就在车上再睡会……"

"没……"陈瑶摇摇头，笑笑，"不困了，休息好了。"

"那……是你没吃饱？昨晚没尽兴，今天就弄了一次，还想要？"张伟边开着车边看了陈瑶一眼。

"去你的，自从跟了你，我就没饿着，天天都吃得饱饱的……"陈瑶看了看张伟："我就奇怪了，你性欲咋就这么旺？除了我来例假，你就没停过，你就一直吃不饱？"

"前面吃饱了，一会儿就又饿了……"张伟嬉皮笑脸地说。

"我真服了，我这把老骨头恐怕得葬送在你手里……"陈瑶心有余悸地说。

"每次弄完之后，你是不是一直吃药的？"张伟问陈瑶。

"没吃药，我一直放任自流，没采取避孕措施。"陈瑶说。

"咦……奇怪啊，你怎么没怀孕呢？照理说，你也该怀孕了……"张伟有些奇怪。

"是啊，"张伟一说，陈瑶也琢磨起来，摸摸肚子："怎么一直没见种子发芽呢？"

陈瑶心里突然有一丝不祥之感。

"嘿嘿……"张伟突然傻笑起来。

"笑什么，傻熊？"陈瑶抬头看看张伟。

"我又一想啊，其实也不奇怪，很正常。"张伟说。

"咋个正常法？说说看。"陈瑶紧盯着张伟。

"天天做，有多少小蝌蚪也存不下，出来的这些东西里没有什么优良品种，数量稀少，自然怀不上……"张伟像真的很懂一样分析道。

陈瑶不禁笑起来，心稍微宽了一下："呵呵……你什么都知道，或许你讲的有一定的道理……我可不想出什么毛病，被你妈说是不下蛋的母鸡哦……"

"多虑……多虑……"张伟大大咧咧地说道，"等我们想要孩子的时候，我们暂时休战，我休息上一周，保证一次命中……"

陈瑶被张伟逗笑了，心情变得好了起来。

快到宁州的时候，陈瑶接到郑一凡的电话："陈董，你好，我是郑一凡。"

陈瑶有些意外，郑老财怎么电话打到自己这里来了。

"郑总，你好。"陈瑶故意大声说着，同时看着张伟，按了手机免提键。

张伟一听是老郑的电话，注意听着。

"陈董别来无恙啊，呵呵……"老郑呵呵笑着，"张伟兄弟辞职了，我一直想和你解释一下，又觉得开不了口……于琴专门去找你坐了吧……我这个当大哥的没当好，对不住张伟兄弟……惭愧啊……"

张伟听老郑这话，感觉心里很受用，觉得老郑其实也是没办法，心里挺理解老郑的，所以听到这话的时候脸上不由笑了一下。

陈瑶盯着张伟的脸，对着手机话筒说："郑总，你客气了，其实啊，是我们家张伟没做好，辜负了你和于董的期望，他还年轻毛嫩，社会经验不足，管理能力不强，很多不懂事的地方，还希望你和于董多多谅解……于董为这事还专门找我解释，弄得我都不好意思，大家都是朋友，互相理解最重要，你们这么客气，弄得我和张伟都会很惭愧的……"

"哪里哪里，陈董你太谦虚了，张伟没有错，是我不好，是我不对，我在管理和用人上有偏差，于琴已经狠狠骂了我好几次了。张伟的辞职，是我们公司的一大损失啊，也是我和于琴的一大损失……不过，我也理解，张伟是个有能力、有魄力、敢于创新、勇于开拓的有志青年，他有抱负有理想，自己想做属于自己的事业，我都理解的……我也支持他自己去闯、去干，我真心希望他能事业有成……"老郑的话很诚恳。

张伟听着，很开心，又有些动容。

"谢谢郑总的祝福和期望，我会把这话转告给他的……"陈瑶对着电话说，"其实啊，俺们家张伟最佩服的男人就是你郑总了，他经常在我面前说，很敬佩你的勤奋、敬业和吃苦耐劳的精神，说你是浙商的优秀代表，他要好好向你学习呢……"

"过奖，过奖，陈董过奖。"老郑在电话里谦虚了一会儿，又说，"张伟没和你在一起？"

"是啊，我在外面跑呢，张伟在家里闲着没事洗衣做饭打扫卫生，做宅男呢……"陈瑶边说边冲张伟挤挤眼睛，"有什么指示，郑总。"

张伟也挤挤眼睛,嘴巴一咧,笑了。

"我打他电话打不通啊,老是关机,我没什么事,就是几天不见,老兄弟怪想的,想约他出去吃顿饭,聊聊天,叙叙哥们感情……"老郑在电话里说道。

"哦……"陈瑶看着张伟,张伟脸色一沉猛地摇摇头,那意思是有什么好叙的,人走茶凉,算完。

"哦……"陈瑶看了张伟的神色和动作,对老郑说,"哦……谢谢郑总对俺家张伟的高看和厚爱哈,他辞职后为了防止打扰,手机就关机了,那我打家里的座机和他联系下,问问他吧,如果他在家,让他给你回电话。"

"好,好,好,那我等他和我联系,我今天下午没什么事情,就专门安排和他叙旧聊天的……"老郑在电话里对陈瑶说。

放下电话,陈瑶含笑看着张伟说:"当家的,郑老财不知道找你又有什么事,约你吃饭呢……前主隆恩啊,哈哈……"

"我不去,你过会儿给他回电话,就说打家里电话我不在家,可能出去玩去了……"张伟摇摇头,"有什么好叙的,没什么可说的,人走了,茶就凉了,我不想像老高那样做他敌人,但是,也不想做朋友……"

"当家的,我有不同的想法……人家盛情相邀,只是吃饭,又不是做什么,吃顿饭还能吃了你?"陈瑶不同意张伟的说法,"既然他邀请了,就要去,不去,躲得了初一躲不过十五,我这次告诉他你出去了,下次还能再告诉他你出去了?你还能离开东兴,不回来了?我看,你过会儿给他回个电话吧,不就是吃顿饭吗,还多大事,不然,我给你保驾护航,我陪着你去……"

张伟被陈瑶逗笑了:"好吧,看在你的面子上,那我就去会他一会儿……这就进城了,回家我用座机和他打个电话,新换的手机号码是绝对不能告诉他的……不用你陪,我还是三岁小孩子啊……"

"嗯……听话是乖宝宝……"陈瑶凑过来亲了张伟一口,"咱宝宝是大男人,咱怕谁啊……"

说话间,车下高速,直奔市区,很快到家。

张伟稳稳神,喝了口水,然后用座机拨打老郑的电话,很快拨通。

"郑大哥,你好,我是张伟,听陈瑶说你找我了?"张伟现在不叫老郑职务了,叫大哥。

"是啊,我打你手机一直关机,"老郑在电话那边显得很热乎,"兄弟,几天不见,甚为想念……我今晚想约你吃饭的,名岛,吃西餐。"

"谢谢老大哥挂念,行,几点?"张伟看了看站在身边的陈瑶。

老郑显然没想到张伟答应地这么爽快,很高兴地回答:"好,好,6点,名岛二楼见。"

张伟看看时间,快到了:"好,我这就去。"

打完电话,张伟换衣服,准备去赴约。

陈瑶边给张伟整理衣服边说:"当家的,其实,有些话刚才路上我没和你说,郑老财不是一般的生意人,他做事情绝对不会是没有目的,这是生意人的特点,他今天找你,绝对不是简单的吃饭叙旧,刚离开几天,有什么旧好叙的? 被逼迫辞职,有什么朋友好做的? 我觉得这里面应该有些文章,但想不透是什么,你去只管听他说就是了,不要随便贸然答应什么事情,不要随便承诺什么事情,回家咱们再商量……"

张伟满不在乎地拍拍陈瑶的脸:"姐,别太多心了,我和他根本就没有什么瓜葛,就是一个前老板和前雇工的关系,他还能打我什么主意? 我还有什么可以开发的价值? 我有什么地方值得他这么操心费神? 没事的,我有数,回来我会和你汇报的……拜拜,老婆。"

一会儿两人分开,张伟晃晃肩膀:"姐,我去了,你自己吃饭吧。"

陈瑶微笑着看着张伟:"宝宝,去吧,我做夜宵,等你回来吃……"

张伟刚走一会儿,陈瑶正怔怔坐在沙发上入神,突然接到了于琴的电话。

今天这两口子是怎么了,一个接一个来电话。

陈瑶心里很奇怪,接通电话:"于董好! 下午好!"

"陈董好,下午好!"于琴在电话里的声音很轻松,里面还有轻柔的音乐声,"干吗呢? 在家和你小男人亲热的?"

"呵呵……"陈瑶笑了,"俺男人刚被你男人约出去吃饭了,他们哥俩今晚要叙旧呢……你在哪里呢?"

"哦……两个男人出去吃饭去了?"于琴好像不知道的口气,"男人出去吃饭,咱们也不能闲着啊,我在老地方,茶馆,过来喝茶啊,吃点心,聊天,一会儿王姐也来,她还挺挂念你的呢,专门让我通知你的……"

"嗯……"陈瑶沉思了一下,"好的,我换件衣服就去,很快就到。"

打完电话,陈瑶抿了抿嘴唇,凝神思虑了半天,然后下楼,直奔茶馆。

张伟赶到名岛的时候,突然在楼下发现了高强的车,停在名岛门口的马路对过,而高强呢,正坐在车里往门口方向看。

真巧,张伟心里说了一句,脸上微微一笑,冲自己的第一任老板挥了挥手,亲热致意问候。

张伟甚至想过去亲自问候一下高强。

但是高强没有给张伟这个机会,他冲张伟笑了笑,很潇洒自然的那种笑,然后挥挥手,发动车,走了。

高强不需要和张伟打招呼，他只要亲眼看见张伟来名岛，知道老郑确实在落实领导指示就够了。

张伟有些遗憾地转身进门，上楼，老郑正在楼梯口的沙发上等候自己。

见到张伟，老郑忙站起来，亲热地过来握手："兄弟，想死哥哥了。"

张伟和老郑握了握手，笑着看着老郑说："郑大哥好，呵呵……难得大哥挂念着小弟……"

"来，咱们去房间坐，"老郑对张伟说，"我订好了房间。"

进了房间，老郑和张伟各自点了饭和咖啡，等服务员出去，关上门，老郑微笑着看着张伟："你现在可是不好找啊，我还得通过你太太找你……"

"呵呵……这几天同行找的太多，都是邀请加盟的，没办法，我只好关机了……"张伟的口气颇有些自得。

"哦……在我意料之中，你一辞职，肯定会有很多家邀请你加盟的，"老郑呵呵笑着，"但是，他们哪里想到，你有鸿鹄之志，安得与燕雀说之？再说了，就是你不自己创业，你们家还有假日旅游，东兴最好的品牌旅游公司，也犯不着去别的旅游公司啊……"

张伟向老郑拱手作揖道："知我者，郑大哥也，呵呵……是啊，我以后要真是再打工的话，我们家陈瑶的公司就在这里，我何苦再去别的地方呢？再说了，我一直想自己做点事情，不想这么早就吃陈瑶的底子……陈瑶也支持我的想法，想让我多出去闯闯……"

"嗯……好，兄弟，我早就看出你是一个有远大抱负的人，我支持你的想法，男人，就得有自己的事业，即使是自己的老婆再有钱，起码也要证明自己能独闯天下，能独自打出一片天地，一个地盘……"老郑用赞赏的眼神看着张伟。

一会儿咖啡上来了，两人边喝边聊。

"我喝咖啡从来不放糖，"老郑边喝边对张伟说，"我喜欢咖啡的这股清苦味。"

"我也是，我喜欢喝原味的咖啡……"张伟突然感觉和老郑没有了上下级关系，做一个朋友，无拘无束，其实还是蛮不错的。

两人之间的气氛很轻松，房间里悠扬的小提琴音乐缓缓流淌着。

"兄弟你打算今后做什么项目？"老郑一会儿点着一颗烟，悠悠地吐出一团烟雾，装作漫不经心的样子问张伟。

"嗯……旅游吧，别的不熟悉，就还是在旅游范围内做吧。"张伟说。

"什么时间开始做？"老郑看着张伟。

"最近吧，一直在琢磨什么项目，看哪一类的旅游项目好做。"张伟对老郑说。

"哦……在东兴做？"老郑若无其事地端起咖啡喝了一口。

"是啊，呵呵……"张伟笑起来，"陈瑶在东兴，我也就扎根东兴了，和她不能分开啊，呵呵……"

老郑笑了起来,不动声色地点点头道:"哦……那不错,两口子在一起……很好……不过……"

老郑停了口。

"不过什么?"张伟看着老郑。

"呵呵……不说了,"老郑卖起了关子,"不说了,说别的吧……"

张伟的好奇心上来了,问:"郑大哥,话说到一半停住了,急死我,说啊,我听着呢。"

"呵呵……"老郑笑着,"这话说了不好听啊,怕打击你积极性……"

"嗨,老大哥,你竟这么客气,说就是,我不怕打击,你还不了解我?说,我想听呢……"张伟的好奇心被老郑勾起来了。

"那……好吧……."老郑说,"其实呢,这也就算是我的一个建议,或者忠告吧,不过,我的出发点可是为老弟着想,说了,老弟别多心……"

"没关系,郑大哥,你说。"张伟急急地说。

"于琴老家是东兴,我对东兴多少也有些了解,从我们公司来东兴投资的情况你也看出来了,就凭于琴是东兴人,就凭于琴这么硬的关系,我们龙发旅游在东兴的发展,经历了多大的磨难啊……"郑总缓缓地看着张伟说道,"东兴这地方,地方保护主义很厉害,严重排外,不管是黑道还是白道,对外来投资者盘剥欺压很厉害,我是浙江人尚且如此,你一个北方人,在这里做旅游,难上加难啊……"

张伟看着郑总的眼睛,心里开始转悠,这郑老财说这话是什么意思?怕自己在东兴做和他竞争?想让自己去外地做?

"郑大哥,你的意思是……"张伟做出一副虔诚的样子看着老郑。

"作为老哥呢,我的建议是,你最好别在东兴投资兴业,这地方投资环境太差了。"老郑直截了当地说。

张伟心里一咯噔,不露声色,笑了笑道:"嗯……郑大哥说得有道理,那你觉得什么地方好呢?"

"宁州!"老郑按照心里早已盘算好的计划说,"宁州投资环境很好的,如果你想去,我那边熟人很多,不管是白道还是黑道,我都可以帮你的……我说这话是真心想帮你,是真心为你好,你不要误会了,以为是我担心你在东兴做和我竞争,我绝对没有那个意思……"

张伟被老郑的话弄迷惑了,自己的想法原来是不对的,老郑先提出来了,那老郑到底是为什么呢,真的是为自己好?

张伟想不明白了,想起临出门前陈瑶的话,对老郑说:"郑大哥,你的建议不错,很有见地,我会认真考虑的,我自然是知道郑大哥为我好的,真的很感谢你……"

老郑看张伟眼珠子滴溜溜乱转,摸不透张伟的真实想法,但是张伟没有直接表明自己的态度,说要考虑考虑,也就算是不错了,自己也算是有个交差,起码高强是看见张伟亲自走进了名岛咖啡。

老郑知道张伟肯定要回去和陈瑶商议这事,他觉得陈瑶是明白人,应该能悟透自己今晚和张伟吃饭所讲的话的意思,至于怎么做,那是他们的事情。自己只要能先保住自己,确保自己能对上面有个交代,确保自己的利益不受损失,也就够了。

至于和张伟交朋友,只要能交还是尽量要交的,即使不能交,也绝对不能得罪他。

至于老潘提出的动用黑白道的事情,老郑手里也有一张王牌,波哥,但是老郑压根就没想去动用。他觉得,为潘唔能做这么大的牺牲而和张伟翻脸,不值得。

项庄舞剑意在沛公,潘唔能和老高要拿张伟开刀,用意在于陈瑶,这和自己有什么关系呢? 何况,潘唔能还在算计自己30%的资产,自己自保还来不及,犯得着为这俩腌臜货出这么大力吗?

老郑的心里是很明白的,他知道,即使拿下了张伟,老潘还是要算计自己的资产,老高和老潘免不了还得为陈瑶而争斗,最起码是暗斗。

老郑突然对老高另眼相看,这家伙智商越来越高了,知道借刀杀人了,自己竟然被他套了进去。

但是老郑还是用俯视的眼光在看高强,他决心把猫玩老鼠的游戏进行到底,一定要把高强手里的东西弄过来。

老郑不大喜欢潘唔能追逐女人的不择手段,自己的老婆虽然被这狗日的干了,但自己也总算是得到了物质上的补偿,况且,也是于琴那贱货半推半就。而陈瑶不同,老郑觉得陈瑶属于那种很圣洁的女子,很善良高尚的女子,这种女人落入潘唔能的手里,简直天理难容。自己从思想意识里自觉不自觉地想帮助陈瑶,当然包括张伟。

老郑知道张伟虽然心眼子也不少,但是没有歪心眼,这点和自己不同,自己其实是一个狡诈的商人,而张伟不同,这家伙心眼实在,虽然不好哄,但是绝对不会设圈套、安陷阱,和他共事,不用担心,有安全感。

老郑又想起于琴,此刻于琴正在和陈瑶在一起喝茶,还有潘唔能的老婆。老郑和于琴有一个共同的想法,在不危及自己利益的前提下,能帮张伟和陈瑶的还是要帮,也算是为自己积点德,保佑生个健康的儿子吧。

第十章 后院起火

于琴那边,是另一道防线。

此刻,在茶馆里,陈瑶和王英、于琴正在喝茶吃点心,谈笑风生。

王英目不转睛地看着陈瑶,仿佛在想什么事情,突然脸色一变,叫了起来,指着陈瑶:"我想起来了,我在哪里见过你!"

"是吗?"陈瑶不动声色,问王英。

于琴坐在旁边,脸色唰地白了。

于琴不知道王英在医院遇见张伟和陈瑶,并且被张伟骂走的事情,还以为是王英从潘唔那里发现了陈瑶的照片什么的。那张挂在墙上的被自己撕了,谁能确保别的地方没有呢?于琴听王英这么一说,心噢的紧了起来。她介绍陈瑶认识王英,打心眼里是为陈瑶好,要是好心办了坏事,那可真是窝囊透顶了!

于琴紧张地看着王英,又看看陈瑶。

王英的脸色突然缓和下来,竟然不好意思地笑了:"陈小妹,对不起哦,我那次太心急,进门就骂,结果没找到李燕那小狐狸,反倒错骂你了……"

于琴一听,虽然不知道是什么事情,但是已经基本知道不是自己刚才所想象的事情了,松了口气。

陈瑶装作刚想起来的样子:"哦……哦……你是说……我住院的时候?"

"是啊,呵呵……"王英笑呵呵地说,"小妹,你不记得了?我推门就骂,找李燕的,没想到她出院了,你坐在床上,旁边站着一个小伙子,又高又凶猛,斥骂了我一句,把我吓坏了……"

"哦……"陈瑶点点头,"是,对对对,是有这么回事,真抱歉,那小伙是我男朋友,态度不好,王姐多原谅……"

"哎……你这么说就错了,我倒是没觉得他有什么错,反倒觉得他很男人,自己的女人莫名其妙被人家骂，自己要是再不管不问，那还叫男人？"王英摆摆手，"没事的，我理解，他没错，是我错骂你了，他这样做对，那种情况下，但凡是个有血性的男人，肯定是要骂我的，哈哈……我当时是不是很泼啊……"

"呵呵……"陈瑶和于琴都笑起来，陈瑶放心了，于琴明白了怎么回事，心里也放松了。

"倒不是泼，反正就感觉王姐当时很义愤填膺，"陈瑶一连用了几个褒义或者中性形容词，"我还一直不知道和我同房的病友原来和王姐有些过节……"

"那个骚狐狸，得寸进尺，贪得无厌，"王英恨恨地说，"勾引我们家老潘下水不说，还弄了个什么视频，逼迫我们老潘休了我，要老潘和她结婚，否则就要在网上传播，这个诡计多端的臭女人，小贱货，恨死我了……"

陈瑶一听，心里大吃一惊，这李燕竟然是如此有心计，用性爱视频来要挟潘唔能了。潘唔能一世英雄，竟然被这小姑娘拿住了，如果这视频传播到网络上，潘唔能显然就死定了，必倒无疑。

于琴同时想到，这视频说不定不仅仅是视频，或许还有吸毒的镜头，那就更热闹了。

但是，潘唔能绝对不是好惹的，能在官场摸爬滚打到这个位置，绝对不是善茬，李燕稍有不慎，说不定会功亏一篑，或许会……

陈瑶心里又一阵惊惧和隐忧。

陈瑶看看于琴的脸，于琴也正看着陈瑶。

于琴此刻和陈瑶想的一样，她知道李燕是注定玩不过潘唔能的。李燕用这个所谓的视频来要挟潘唔能，把自己置于毫无退路的地步，也把潘唔能逼到绝路上了，不是个好事。

想起潘唔能的手段，于琴心里不禁打了一个寒噤。

"我们家老潘那是正儿八经的正派干部，谁要是拖他下水，勾引他，我非得整死她不可，"王英继续愤怒地发狠道，"不管是白道还是黑道，和我斗，都是死路一条，敢在老娘头上动土，真是瞎了狗眼……"

"那是的，王姐，"于琴笑着对王英说，"在东兴谁不知道王姐是黑白两道都熟悉的，谁想惹你，那是自找麻烦，我和陈瑶以后还都得靠你罩着呢……"

于琴的马屁把王英拍地笑了起来，王英说："于琴，你可真会说，把姐说成黑道上的大姐了，我还没那么风光哈，只不过是我弟弟认识几个黑道的社团头目而已，一些事情他们会出面给我摆平的……唉……我要是多有几个你和陈小妹这样的姐妹多好啊，没事聊天，唠嗑，喝茶打牌，不用操那么多的心……"

"那是的，咱们姐妹感情深啊，潘市长每次知道我和你在一起玩都很高兴，老是在老郑面前表扬我，说我替领导解除后顾之忧，他不用老是挂念你，就可以集中精力干他喜爱的事情了……"于琴半真半假地看着王英说。

"是啊,老潘每次忙工作或者出差前,都要给我打电话汇报,安排我玩好,他才去忙工作的,老潘是个心细的男人,他连我在哪里玩,和谁玩,玩多久,都过问得很仔细,生怕我遇到坏人……"王英一脸幸福受宠的模样。

陈瑶心里一阵恶心,忙伸手捂住嘴巴。

于琴心里暗暗大笑,直想吐,嘴巴上却说道:"哎呀……王姐,你们老夫老妻的还这么情深意长,真叫人羡慕哦……其实啊,关键还是你王姐魅力大,这么多年了,还叫潘市长魂不守舍、离不开哦……"

王英很开心,幸福地又笑了。

陈瑶看于琴的神色,知道于琴在捉弄王英,抬起手腕看了看时间:"哎哟,我得回家了,张伟出门的时候没带钥匙,这会儿估计快回家了。"

王英笑着说:"陈小妹真是个好老婆,这么挂念男人,呵呵……不过,你那叫张伟的男人啊,凶是凶了点,长得倒真是英俊潇洒……"

"王姐过奖了,他是粗人一个,不懂礼数,得罪之处多多包涵。"陈瑶站起来和她们告别。

"粗人好啊,有味道,比那些酸里酸气的男人好多了,直截了当……"王英暧昧地看着陈瑶笑着。

陈瑶脸红了,微笑着看着王英说:"王姐真幽默,呵呵……我先走了,你们玩……"

于琴知道陈瑶是受不了王英的做作,找借口回去,也就不再挽留,她估摸这会儿老郑和张伟也结束了。

陈瑶走后,王英和于琴继续聊天喝茶。

王英看着于琴说:"这陈瑶真是好福气……"

"怎么？什么好福气?"于琴问王英。

"好性福啊,"王英意味深长地说,"小男人的味道一定不错哦……"

"呵呵,王姐看出来张伟比陈瑶年龄小?"于琴笑呵呵地问王英。

"废话,都是过来人,我那天贸然骂错了人,那叫张伟的小男人冲我发火,我一看就知道年龄不会超过三十,血气方刚,活力很猛,啧啧……陈瑶真是好福气,找了个小男人享用,味道一定很爽……"王英羡慕地说。

让王英这么一说,于琴心中也不禁对陈瑶心生羡慕,其实她对陈瑶的羡慕不是这会儿才有的,自从得知两人的关系后就有了,只不过一直深埋在心里罢了。这世界好东西多得很,不是想要什么就能得到什么的,特别是对女人而言。

"唉……咱们女人啊,就是命苦,男人可以在外面找三妻四妾,咱们呢,黄脸婆了,只能在家干靠了，妈的，忍饥挨饿，真不是个滋味……"王英想起潘唔能在外面和李燕的事情，不禁妒火中烧，"妈的，老娘也找一个玩玩去，要不，找个小弟弟玩玩……"

于琴笑了，看着王英说："王姐，你真想找？"

"怎了？我怕这个？老潘他妈的都找，我为什么不能找，老娘有的是钱，找个小男人玩玩，咋了？"王英满不在乎地说，"就是不知道哪里有……"

"呵呵……我给你联系一个吧，保管你满意……"于琴带着一种报复的心理看着王英。

"行，找嫩的，身体结实的，书生气的小白脸不要，最好就像陈瑶那小男人那样的……"王英说着，不禁心神荡漾起来。

"嗯……那好，你稍等，我出去打个电话给你安排……"于琴微微一笑，出了房间。

20分钟后，于琴进来，脸上带着笑容："王姐，安排好了，大学生，打篮球的，1米86的个头，绝对活力旺，绝对让你满意……"

"啊……这么快啊，"王英心里又有点紧张，"这……不会出事吧？"

"哈哈……当然是很安全……"于琴递给王英一个纸条，"南苑大饭店，2316房间，一切都安排好了，你只管享受，什么也不用管……"

王英感激地看了看于琴："妹妹，你真是体贴啊，知道姐姐心里的苦闷，知道姐姐心里想什么……"

于琴笑了："王姐，咱姊妹，别见外，走，我开车送你过去……"

两人出了茶馆，于琴开车，直接把王英送到南苑大饭店楼下，然后对王英说："王姐，那房间已经开好了，那小伙已经到了，在房间等你，你直接上去敲门就可以……"

王英心里很兴奋，又有些激动，看着于琴说："对了，要是老潘打电话，咱俩统一口径，就说在一起打麻将的，在茶馆……"

"行，你放心好了，王姐……"于琴拍拍王英的手，"王姐，上去先洗个澡，然后就等着那小伙伺候你好了，哈哈……"

"哈哈……"于琴和王英一起淫荡地笑起来。

"那好吧，我上去了。"王英有点急切地下车，直奔酒店。

等王英进了酒店，于琴脸上露出了讽刺的笑容，拨通了一个电话："小明，是我，她上去了，你抓紧出来，直接回家吧，明天我奖励你一个笔记本电脑……对了，让那小伙把摄像头藏好……"

然后，于琴开车离去，消失在沉沉的夜色中。

于琴回到办事处的时候，老郑也刚刚回来。

两人见面，于琴做了一个OK的手势，对老郑说："你那边如何？"

"还算顺利，"老郑点着一支香烟，狠狠吸了几口，"那边有所交代，这边不得罪人，先这么走一步看一步吧，唉……他妈的做人真难的……"

刚说完话，高强的电话打过来了，他在电话里说："老郑，事情办的如何？潘市长在问呢？"

去你妈的老高，什么潘市长，不过是你在问罢了，老郑心里骂了一句，口里说道："一切按照计划办的，该说的我都说了，至于他是否按我们预想的去做，那要看他自己，我是做不了主的……"

老郑这话说得圆滑，老高你没在旁边听见讲话内容，我就这么说，你能咋着？

高强还真没有办法，有些无奈："那……那就是说，他没当场表态了？"

"是的，"老郑有些厌烦，口气很淡，"他说要考虑考虑……"

"那怎么行？"高强急了，"他不能考虑，他没有选择，他必须得离开……"

"你说了算？你牛！"老郑有些火，用讽刺地口气说，"那好吧，我再给张伟打电话，把你的意思转告给他……"

"别，别，别，可别，千万别……"高强在电话那边慌了，"千万不要在张伟面前提我的名字，千万不要……"

老郑听出了高强的恐惧和慌张，心里有些奇怪，高强怎么会这么怕张伟，难道是有什么把柄攥在张伟手里？

这年头，攥住别人的把柄是最好不过的事情，就像自己现在保险柜里的大信封，那是自己的底线和底气，能保证自己最后不会输得一塌糊涂，那是自己最后的杀手锏和救命稻草。老高不知有什么把柄被张伟攥住了，竟然会对张伟怕到这个样子。

老郑心里一阵快意，对高强说："你自己不敢出面，是不是？所以你就把我当枪用，是不是？老高，这么做不够哥们意思吧？"

"不是不是，"高强陪着笑，"你别误会，老郑，我这不是在替潘市长办事嘛，咱这都是给潘市长办事啊，在落实领导指示……"

老郑哈哈笑了："好的，高总，我晓得了，哈哈……那就先这样……"

说完，老郑挂了电话。

于琴一直在旁边听着，这会儿对老郑说："高强似乎很害怕张伟，他一定被张伟揍过，或者有什么致命的死穴被张伟掌握着……"

老郑点点头："嗯……我也是这么考虑的，高强没个鸟数，得罪张伟，自找苦吃，咱们和张伟陈瑶无冤无仇，没有什么厉害冲突，我可犯不着得罪他……"

于琴点头笑了，然后说："今晚我给王英安排了个男服务生……"

老郑笑了："你是不是也一起找了一个，舒服完回来的？"

"去你娘的，"于琴戳了戳老郑的额头，"你以为老娘是你啊，花心不改，我现在从良了，既然打算做个好人，就不再找别的男人了，就一心一意专心伺候你这个狗日的了……"

老郑笑了笑："呵呵……我现在也是从良了啊，我出来后，没和任何别的女人干过，天地良心，真的……"

于琴笑了："很好，狗日的，提出表扬，再接再励，可别再沾毒品找女人了，你都40多岁的人了，我都30多了，咱得抓紧要孩子了，别他妈玩到最后断子绝孙……"

老郑点点头："废话，我不会没这点数，你现在一戒毒，比以前看起来好多了，又丰满又漂亮，我哪里有精力再出去找野食……"

于琴满意地笑了："妈的，以后我就这样，把你喂饱，让你出去没力气干别的活……"

陈瑶回到家，张伟还没有回来。

陈瑶没有给张伟打电话，怕张伟不方便接。

陈瑶忙着做夜宵，她知道张伟一定在外面吃不饱，回家肯定还要再吃一顿。

陈瑶刚做好夜宵，张伟回来了，脸色有些不大好看。

张伟在琢磨老郑今晚的用意，到底想干吗？自己辞职了还阴魂不散找过来，干吗不让自己在东兴做事情？张伟越想越迷惑，又有些恼火。

张伟闷闷地关上门，进了房间。

"当家的，回来了！"陈瑶把夜宵摆到饭桌上，过来迎接张伟，"我刚做好夜宵，过来吃夜宵啦……"

张伟看着陈瑶笑了一下，问道："你晚饭吃了吗？"

"没吃啊，我也刚回来一会儿，就在外面吃了点点心……"陈瑶拉着张伟的胳膊往客厅走，"乖，宝贝，尝尝姐的手艺，我学了你的方法，做的疙瘩汤……"

"你出去了？刚回来？"张伟坐下，看着陈瑶。

"嗯……是的，你刚走，于琴就打电话约我出去喝茶了，吃了点点心……"陈瑶坐到张伟对面，边给张伟盛饭边说，"尝尝好吃不？"

"真奇怪，两口子同时约，一个吃西餐，一个喝茶……"张伟摇摇头，"有意思……"

"今天我见王英和于琴了，约了一起喝茶的。"陈瑶又对张伟说。

张伟正在喝汤，闻听抬起头问："王英？你又见她干吗？"

张伟的口气有些不大高兴。

"我……"陈瑶斟酌了一下："于琴约我喝茶，碰巧遇到她的……"

"那女人，一看就不是什么好东西，粗俗不堪，卑劣透顶，丑陋无比，盛气凌人，狗仗人势,你少和她打交道,"张伟鄙夷地说了一会儿,然后问陈瑶,"她还没有认出你来?"

"今天认出来了。"陈瑶说。

"今天认出来了?!"张伟看着陈瑶。

"是的,见过几次了,她没认出我来,今天突然想起来在医院见过我,还提到了你……"陈瑶笑呵呵地说,"她对你印象还不错啊,说你虽然很凶蛮,倒也高大英俊,还夸我有福气,找了你这个好男人……"

张伟稍微松了口气:"反正我对这女人是没有什么好印象,有那样的老公,这女人也好不到哪里去……"

"是的,素质很差,讲话很恶心……"陈瑶说,"我实在坐不下去了,借口你没带钥匙,跑回来了,真奇怪,于琴每次和我喝茶都叫上她……"

"鬼知道于琴打的什么主意,于琴心眼子不少的,表面上看只知道吃喝玩乐的主,其实心里很有数的,不比老郑差……"张伟边吃边说。

看到张伟吃得很香,陈瑶心里很高兴,托着腮帮看张伟吃饭。

等张伟吃完,陈瑶收拾完东西,两人坐到沙发上,张伟往后一躺,将脑袋放在陈瑶的怀里,舒服地打开电视。

陈瑶用手梳理着张伟的头皮,边调侃道:"在家赋闲的日子舒服不?"

"舒服,真舒服,太舒服了,真希望你也在家赋闲,在家好好陪我……"张伟乐呵呵地说着,却闭口不提和老郑出去谈话的内容。

张伟脑子里其实很困惑,他没有想明白这个事情,他在努力去想明白,没想通之前,他打算先不和陈瑶说。当然,这事肯定是迟早要和陈瑶说的。

陈瑶心里很着急,她很想知道老郑到底和张伟出去说了些什么,她觉得老郑一定是有事情,一定是有重要的事情,而这事情,不仅仅是和张伟有关,很可能和自己也有关联。

最近,她心里一直有一种隐隐的不安,却又想不出是什么原因。可是,看张伟一副若无其事的样子,好像根本不打算主动向她汇报。

陈瑶愈发觉得心里没有底了。

"郑老财约你出去,到底是什么事情?"陈瑶终于憋不住了,抚摸着张伟的脸庞,温柔地问张伟。

"没什么事情,叙旧、聊天、喝咖啡、吃牛排……"张伟若无其事地看着电视屏幕。

"少来了,"陈瑶拧拧张伟的耳朵,"说实话,不准撒谎,撒谎不是好孩子……"

张伟嘿嘿一笑:"真的……"

陈瑶扳过张伟的脸,注视着张伟的眼睛:"傻熊,看着我的眼睛再说一遍,真的还是假的……"

"嗯……哦……"张伟一看陈瑶的眼神,心里就投降了,"我交代,假的……假的……"

"嗯……说真话才是好孩子,"陈瑶低头亲了亲张伟的额头,手指轻轻捻着张伟的耳垂,"说吧,傻熊,乖宝贝……"

陈瑶连劝带哄,好不容易才让张伟把晚上和老郑谈话的内容说了一遍。

张伟慢条斯理地说着,边伸手摸着陈瑶的胸部。

陈瑶认真地听着,全然没有去体会张伟的手在自己胸部抚摸的感觉,精神很集中。

"我开始还以为这家伙是怕我在东兴干和他竞争,可是后来他自己挑明了这个事情,那就不是这个原因了,"张伟最后说,"我就是想不明白,这到底是怎么回事,我本来想等想通了再和你说的,可是你这么着急问……"

陈瑶觉得张伟讲的事情很重要,老郑找张伟果然是带着重要的目的去的,至于是什么深层原因,陈瑶也有些迷惑,她隐隐的感觉好像是和自己预料的事情有些接近,又感觉对不上。

老郑的话讲得很含混晦涩,很冠冕堂皇,很深藏不露,但又把目的表达得很明确,很明晰。

陈瑶觉得这背后一定有很深的水,绝不是老郑对张伟讲的那么简单,也绝不是张伟所能想通的……

老郑今晚的谈话,是好心相助呢,还是为了他自己的利益迫不得已呢?表面上直接针对张伟的矛头,是不是另有所指呢?

陈瑶越想越深入,越想越冒汗,心里微微有些惊惧,虽然她还没有完全想通,但是心里还是有了不祥之感,这种感觉就像刚开始种下的种子,刚刚开始萌芽,越来越大……

"对了,我想起一个重要原因……"张伟突然说道。

"什么原因?你说。"陈瑶拍拍张伟的脸。

"老郑这家伙一定是担心我拉他的人马,其实他知道我做旅游项目是不可能做景区开发的,不做景区开发,就不可能和他有竞争,但是,我做别的旅游项目,只要在东兴,他手里的那批骨干队伍,随时都有可能跑到我这边来……他一定是为之寝食不安,夜不成寐,所以才找我……所以才主动动员我到宁州去,答应我给我在宁州打通各种关节……"

陈瑶微微一笑:"别胡思乱想了,别把人家想得那么差劲,说不定老郑是真心实意为你好呢……"

"好个什么?老郑唯利是图,没有利益的事,他绝对不会干的,他做任何事情,都带着绝对的功利目的,即使不是他直接的利益,也会是他间接的背后的利益……"张伟信口开河道。

听到张伟的话,陈瑶突然心中一动,思路猛然发生了一个大的转折,张伟说得有道理,张伟的分析提醒了陈瑶,陈瑶感觉头脑有些发胀,大脑突然有些混沌,于是猛地摇了摇头,按了按太阳穴。

"你怎么了?"张伟感觉到了陈瑶的异常。

"没怎么?"陈瑶看着张伟笑了笑,"傻熊,我问你个事。"

"问吧。"张伟的手抚摸着陈瑶的大腿。

"你想好要做什么事情没有?"陈瑶敲打着张伟的背。

"嗯……还没有,等想好,我自然会和你说的,"张伟把脑袋埋进陈瑶怀里,"但是,不管做什么,不管什么时候做,我肯定是要和你在一起的,都要在东兴做的……"

"那我要是不在东兴做呢?"陈瑶抱着张伟的脑袋,低头亲吻着张伟的头发。

"虽然我们是各人做各人的,但是不能分开地域,你到哪我就到哪,"张伟抬起头,"你想到哪里去做?"

陈瑶笑了:"我就是随便说说,我公司在东兴,房地产在东兴,我还能到哪里去做?"

"就是嘛,所以我也要扎根东兴,和你在一起,在你跟前做事情,这样我才放心,不然,我自己去外地,你放心我,我还不放心你呢,万一有人欺负你怎么办?"张伟坐起来,将陈瑶搂进怀里。

"我一个大活人,你放心好了,我这么多年在社会上摸爬滚打,也不是白混的,还不至于到了这个程度,你要是想出去打拼,别找这个理由,好像我成了你的绊脚石……"陈瑶趴在张伟怀里,幽幽地说道。

"呵呵……不开心了?"张伟抬起陈瑶的脸,在陈瑶嘴唇上亲了一口,"我说的是真心话……不过,今天老郑说的事情,我很郁闷,这事我咋想咋郁闷,什么意思?就因为我是外地人,就不让我在东兴做事情?就因为东兴所谓投资环境不好,就劝我去宁州?我就不信,东兴的旅游同行黑白道还能把我吃了……"

陈瑶心里猛地一颤,随即笑着对张伟说:"这事别说了,回头再说吧,容我考虑考虑……"

"嗯……好的,一切听姐定夺。"张伟低头又吻住陈瑶,将陈瑶的身体放平在沙发上,缠绵地伏了上去……

一切都结束之后,张伟进入了梦乡,搂着陈瑶光滑的身体。

陈瑶毫无倦意,黑暗中,眼睛睁得大大的。

等张伟完全睡着,陈瑶悄悄爬起,穿上睡衣,出了卧室,来到二楼的佛堂,点着香火,虔诚地跪在佛龛前,重重地磕了几个头。

然后,陈瑶盘腿静坐在佛龛前,闭上眼睛,一动不动,开始静思。

不知过了多久,陈瑶的心中一惊,浑身猛地一抖,悚然睁开了眼睛,她突然想到了一个原因,这才是老郑出面让张伟离开东兴的真正原因。

是的,一定是的,陈瑶将前后发生的各种事情贯穿起来,又仔细推理了一遍,最后得出了肯定的结论,原来事情的真相在这里!

一想到自己得出的结论真相,陈瑶头上一阵冷汗,心中一阵巨大的惊惧,身体不由晃动了两下。

陈瑶看着窗外冷寂的夜色,看着天空中闪烁的繁星,看着天际边正在陨落的一颗流星,心中一阵剧痛……

第二天早上,陈瑶很早就起床弄早饭,其实,昨晚她根本就没有睡,在佛堂坐到天亮。

陈瑶在床上躺了10分钟,抱着张伟眯了一会儿眼,让张伟知道自己昨夜一直和他在一起,然后就起床了。

弄好早饭,张伟也醒了,起床洗漱,然后来到餐厅。

陈瑶看着张伟说:"傻熊,怎么起这么早?再睡会儿吧。"

"你不是起得比我还早?我睡足了,不困了就起床,我可不是狗熊那样喜欢睡懒觉的人……"张伟将陈瑶拥过来,亲了亲陈瑶的额头,然后看着陈瑶的脸色,"姐,你脸色不大好啊,怎么搞的?昨晚没休息好?是不是我打呼噜影响你休息了?"

"没有啊,我脸色很好啊,"陈瑶忙掩饰地笑笑,"我休息地很好啊,就喜欢你打呼噜,没有你的呼噜,我还睡不着呢……"

张伟开心地笑了,又将陈瑶抱在怀里:"姐,我看你眼圈发黑呢,好像熬夜的样子,显得有些老……"

陈瑶挣脱开张伟的怀抱,边弄早餐边说:"姐不是早就告诉你了,姐是黄脸婆,这才发现?后悔了是不是?"

"没有,没有,哪里的话,你这是什么话,"张伟忙说,又将陈瑶抱过来,亲亲脖颈和耳唇,"姐在我眼里是永远年轻漂亮的,永远不老的,就是你到80,你还是我心中最年轻漂亮的女人,我还要和你……"

"要死了……"陈瑶开心地笑了,转身抱了抱张伟,"好了,乖,宝贝,来,吃早饭。"

两人坐下吃早饭。

"吃完早饭我要去公司,今天有两个三峡团要发,我得去看看,"陈瑶边吃边对张伟说,"你今天打算干吗?"

"不干吗,在家里看电视。"张伟回答,又开始琢磨昨天老郑那事,心中突然有些烦恼。

"别闷在家里,"陈瑶看着张伟的脸色,知道他又开始考虑事情了。她知道张伟是一个脑筋勤奋的人,脑瓜子是不会闲着的,于是说,"开车出去玩去,兜风去,去野外散散心,或者,陪我去公司上班,跟我打杂……"

"不去,有什么好兜风的,没意思,给你打杂,不好玩,也不去……"张伟直截了当地说。

"那你也不能闷在家里。"陈瑶说。

"知道了,我过会儿去医院找王炎和哈尔森玩,你别操心了,"张伟心里突然有些焦躁,"我会安排好我自己的……"

陈瑶看着张伟的神色,心中更不放心了,思忖了一会儿,看着张伟说:"老公,我昨晚考虑了一下,我觉得老郑昨天和你说的话也是很有道理的,东兴的投资环境确实不好,你想想啊,老郑于琴这么硬的关系,在东兴投资都这么艰难,何况咱没有关系的呢……"

张伟停住吃饭,端着饭碗,看着陈瑶:"姐,你什么意思?"

"嗯……"陈瑶小心翼翼地看着张伟,"我的意思是,如果要是能在外地投资,譬如宁州、杭州,也不失为一个明智的选择。而且,我们离的也不远,所以,我主张你在东兴之外的地方做事情,最好不要在东兴做……"

"你……"张伟噎住了,火气开始往上涌,"你……你什么意思?你想赶我走?"

陈瑶大惊,忙说:"乖乖,你可不要这么说,我疼你还来不及,怎么会赶你走呢,我是想……"

"你……你这话意思不是很明显?你不愿意我在东兴做事情,你和老郑一个意思,你们都想让我离开东兴,是不是?什么宁州、杭州,什么投资环境,狗屁,借口而已,"张伟心里突然很难受,陈瑶为什么要让自己离开东兴,为什么不让自己在东兴投资创业?张伟觉得自己有一种被抛弃的感觉,很委屈很憋闷,把饭碗往桌子上一放,"姐,你到底什么意思,你说,你想干什么?你直接说出来……"

陈瑶一看,糟了,张伟恼了,火了,怒了。

陈瑶心里很急,可是,她无法说出真正的理由,为了自己爱人的安全,即使自己受点委屈,也不能将真相和盘托出。

可是,陈瑶不想让张伟不快乐,生自己的气。

于是,陈瑶笑着,和颜悦色地说:"干吗啊,干吗啊,当家的,这么大火气干吗,真不男人,我不就是说说而已嘛,随便说说嘛,不去咱就不去嘛,我只是说说我的想法,又不是说让你一定要去……好了,好了,当我刚才那话没说,真是的,小家子气,不许我说话了……"

陈瑶打定主意,一不告诉张伟真相,二不让张伟生气,安抚好张伟,然后看机会再说,相机而动。

陈瑶这么一说,张伟觉得自己刚才也有些过分了,但是仍觉得陈瑶的话是不对的,她不该说这话,觉得心里很憋屈,但是陈瑶主动这么说了,自己也不好硬撑,于是闷闷地说了句:"对不起,姐,我说话过头了,请原谅……"

陈瑶笑了起来,看看时间,故作轻松地对张伟说:"哎……这就对了,这才是乖孩子,乖宝宝……好了,姐要去上班了,你没事去看看王炎和哈尔森吧……"

说完,陈瑶站起来,收拾好东西,然后站在客厅里等张伟。

张伟知道陈瑶在等什么,她是在等自己去和她吻别,这是他们的习惯。

张伟心情很低落,走过去,抿着嘴唇,将陈瑶搂过来,亲了亲陈瑶的嘴唇。

陈瑶就势抱住张伟的身体,在张伟耳边亲了亲,然后轻声说:"哥哥……别生莹莹的气,莹莹说话不周,哥哥多担待……"

张伟心中一暖,冰雪消融,气全消了,搂着陈瑶的肩膀:"姐,我爱你,我不要离开你,永远不要,我永远要和你在一起……"

陈瑶心中大恸,努力微笑着,拍着张伟的肩膀:"姐知道,姐知道的,宝宝爱莹莹,莹莹也爱宝宝,我们不分开的,永远不分开……"

然后,张伟和陈瑶搂抱在一起,深情地接吻,好一会儿才依依不舍地分开。

然后,陈瑶微笑着对张伟说:"当家的,我上班去了,走了,再见……"

张伟微笑着看着陈瑶说:"再见,姐!"

陈瑶关上门,下楼。

刚下楼,陈瑶的泪水哗地流出来。

第十一章 改邪归正

陈瑶上班走后,张伟在客厅里单独坐了好一会儿。从昨晚到现在,他总觉得有些地方不对劲,哪儿不对劲,却又说不出。

辞职后的日子感觉好无聊,平时忙碌惯了,一旦松下来,一时竟不知该去做什么。

张伟不明白陈瑶今天早上怎么会突然有这个想法,虽然陈瑶后来连声的纠正,虽然张伟也不再生气,但是,张伟觉得陈瑶是在敷衍自己,表面的欢笑掩盖不了陈瑶的真实想法。

张伟怅怅地在沙发上坐了许久,感觉很郁闷,想找个人聊聊天,突然就想起了小如。

张伟打开电脑,登录上 QQ,小如在,不过在忙碌状态。

张伟很扫兴,小老乡在忙碌,算了。

正要下线,小如却突然打起了招呼:"嗨!朋友,好久不见,还好吗?"

张伟懒洋洋地发过去一个笑脸:"好,小老乡,在忙吗?"

小如:"忙完了,刚看到你在,怎么样?辞职后的日子舒服不?爽乎?"

张伟:"爽啊,舒服啊,自由人,自己说了算,真爽啊……"

小如:"怎么?自己做老板了?"

张伟:"废话,自己说了算,还不是自己的老板吗?"

小如:"其实啊,自己做也不错的……跟别人打工,一辈子都是打工的,永远都改变不了做下属的性质,永远都要看别人眼色行事……"

张伟觉得小如的话很有道理:"嗯……不错,说的好,看来你也是不愿意跟别人打工了,也是想自己做老板了……"

小如:"做老板很累的,要操心,要受累,要有资金,要懂管理,俺什么都不具备,还是做打工的省心……"

张伟无聊地笑了起来:"你不是老板,却对老板的体会很深,我看你具备做老板的潜质……"

小如:"得了吧,咱没有你那潜质,怎么样?说说打算,打算做什么样的老板呢?打算做什么项目?"

张伟:"目前暂无打算,没找到什么合适的项目。"

小如:"撒谎!就你张伟这样的人,辞职了,会没有什么打算?哄鬼去吧,估计你这话连你女人都骗不过……"

张伟心中一动,陈瑶从不问自己的打算,也不问自己的想法,竟然突然冒出让自己去外地做事情的念头,竟然就想让自己和她分开,就因为老郑说了一番狗屁理论。

张伟心里不禁有些烦恼:"唉……不说也罢……"

小如:"哟……怎么了?张大经理,怎么一声叹息呢?咋的了这是?"

张伟:"没什么,就是有些烦。"

小如:"为什么烦?因为找不到合适的投资项目?"

张伟:"呵呵……你觉得我会因为这个烦吗?还不至于吧……"

小如:"嗯…….我觉得这个不大符合你的性格,那……是因为……因为……不是你和陈姐有什么小别扭吧……"

张伟默认:"呵呵……你鬼心眼子还不少,什么都能感觉出来。"

小如:"咱老家有一句话,叫'两口子吵架不记仇,吃饭在一桌,睡觉在一头',你是男人,男子汉大丈夫,可别欺负人家啊,不然,咱山东人的脸可就让你给丢了……"

张伟:"别给我上纲上线,我没欺负她,我哪里会欺负她呢……"

小如:"那是她欺负你了?不会吧。"

张伟:"没,她也没欺负我,她更不会欺负我的………哎……"

小如:"这我可就有点糊涂了,到底是怎么回事?要是不把我当外人,就给咱说说,要是信不过咱,就什么也别说……"

张伟:"没把你当外人,把你当老乡呢,你说,两口子在同一个地方做同行业,是不是不好啊?有什么忌讳没有?"

小如:"这个……我从没有听说过,闻所未闻,这有什么不好的,应该很好啊,互帮互助,互相扶持,共同进步,共同发财。"

张伟:"嗯……我也是这么想的,可是陈瑶不这么想,别人动员我到外地去做事情,她也跟着附和,也想让我去外地,不想让我在东兴做,我正郁闷着呢……"

小如:"哦……原来是这事儿啊,呵呵……多大事儿啊,那就去外地呗,哪里不一样啊,还非得在一棵树上吊死?"

张伟:"不是这个原因,我不能去外地的。"

小如:"为什么?"

张伟："为了陈瑶的安全,我离开她,心中总不放心,怕坏人欺负她,和她在一起,在跟前,我放心……"

小如："哦……不错,你是个男人,真的不错……那陈姐让你去外地,理由是什么?"

张伟："嫌东兴的投资环境不好,白道黑道欺压外地人,说不如宁州好……我就奇怪了,我谁也不招不惹,这么多投资者,人家为什么专门来欺负我?再说了,天下的乌鸦一般黑,走到哪里没有地痞恶霸?"

小如："哦……你没有得罪当地的什么地下黑恶势力或者其他什么人吧?"

张伟："没有啊,对了,有一个,就是陈瑶以前的老公,老是纠缠她,让我修理了两次,不过,他是不敢对我怎么样的,他现在有把柄攥在我手里,我随时可以用这把柄把他送进看守所……"

小如："哦……高……"

张伟："高什么高?"

小如："高明!你手段高明啊,竟然能抓住陈瑶前夫的把柄,看来她这前夫也真是够窝囊的……"

张伟："是的,是个废男人,让我揍了好几次了,就是不改,不过,现在好像改好了……"

小如："是吗?不过,你小心点啊,人啊,本性难移……"

张伟："你倒是很了解他的,这家伙确实是有点本性难移,那次我差点要把他活埋了,才算让他老实了这么久。"

小如吓了一跳："老天,你竟然要活埋了他,真够狠的。"

张伟："谁让他欺负陈瑶,为了陈瑶,我豁出去命也无所谓,谁要是敢动陈瑶一根头发,我就废了他的爪子……"

小如："唉……你不要这么冲动啊,其实啊,我觉得陈姐是一个考虑问题很周全的人,做事情都是深思熟虑的,她这么对你讲啊,一定有她的理由,你应该好好对待的。"

张伟："不管她多少理由,都没有理由撵我走,都没有理由让我离开,我怎么能离开呢?我要是走了,万一……除非,她说她不爱我了,说不喜欢我了,说讨厌我了……"

小如："我感觉,陈姐永远都不会对你这么说的,我感觉得到,陈姐爱你爱得那么深,那么纯……"

张伟有些开心："呵呵……是的,彼此彼此,我知道她的心的,所以我早上冲她发火之后,感觉很后悔,很烦恼,很郁闷,我从来没有冲她这么凶过的……"

小如："呵呵……没关系,两口子嘛,吵了也就吵了,过去就没事了,你这几天没事在家,多干点家务活,多照顾照顾陈瑶,也就好了……生活还在继续,明天的太阳照常升起,好好过日子吧。"

张伟："谢谢你,和你说了会儿话,感觉好多了,我一会儿去她办公室坐会儿去。"

小如："嗯……去吧,去吧,俺要忙了,别占用俺宝贵的上班时间了,老板发现了,要开除俺……"

张伟："不怕,开除你,你下岗再就业,到我这里来干,跟我干,我给你加官进爵……"

小如："呵呵……多谢多谢,小女子故土难离,舍不得这二亩三分地,这把老骨头还是留在瑶北吧……"

和小如聊天,张伟感觉很轻松,没压力,心里的疙瘩也解开了一大半,感觉舒服了些。

张伟换上衣服,去陈瑶办公室看看陈瑶。

陈瑶这会儿正和徐主任在 QQ 上聊天。

徐主任："我去给你拍照片的事情上头催得紧,我一直在拖着,得想个办法……"

陈瑶明白徐主任话中的意思："徐主任,这样吧,你就给个回复,说我拒绝宣传,拒绝拍照,说你来了几次,除了我不在,就是被我严词拒绝……你就这么说好了,我有这个权利,也有这个自由……"

徐主任想了想,别的也确实没有更好的办法,于是说:"那好吧,也只能这么说了,另外,我再给你透个信儿,你们假日旅游已经被纳入重点监测的单位,旅游监察重点单位,从局长到科长都在盯着你们,注意规范经营啊,别出哪怕一丁点儿的漏洞,别让人家抓住一点把柄,一定要小心,特别是游客投诉、服务价格和质量等等……"

陈瑶心中一凛,忙说道:"谢谢徐大哥提醒,我一定会注意的。"

徐主任:"唉……陈董,有些话我也不能多说,我只能和你说到这个份儿上,我也很为难的,人在江湖,身不由己,人在仕途,同样身不由己啊,一些事情你自己把握好分寸,注意上下沟通协调,既要注意保护自己,又要注意别硬顶撞,记住,鸡蛋是永远碰不过石头的,多小心,多注意吧……"

陈瑶:"嗯……我知道了,谢谢老兄的好意,我理解老兄的难处,就这样就已经很感谢你了……"

徐主任:"嗯……对了,还有你那个小朋友张伟,年轻气盛、血气方刚,容易冲动,你注意多提醒他,做事情一定要三思,最近一段时间最好不要多出头露面,特别是你们俩,最好减少一起公开出头的机会,注意不要刺激某些人,所谓明枪易躲,暗箭难防,安全很重要,特别是小张……"

陈瑶一惊:"徐大哥,你这话的意思是……"

徐主任:"陈董,你是聪明人,我话的意思你应该明白,我不可能再多说了……其实,我很想帮你们的,小张是个不错的兄弟,善良、热心,但是,他有得罪的人,也有不喜欢他的人……你也是个好人,但是,这个社会很乱很复杂,什么人都有的,好人未必能有好报……"

陈瑶默然:"嗯……徐大哥,你说的我都记住了。"

徐主任:"小张自己想创业,很好,不过,我觉得世界很大,外面的世界很宽广,未必一定非要在东兴,毕竟,东兴这地方……当然,小张要是不愿意离开东兴,目前这段时间,我觉得好像不大适宜做事情,多休息休息也不错……"

陈瑶心里更加坚定了自己的判断:"嗯……徐大哥说得很有道理,我会注意的。"

徐主任:"呵呵……当然,要是你们两口子一起出去闯,那最好不过,谁也怎么不了你们……不过,这显然是不现实的,你的家底子都在东兴,这么好的一个公司,扔了多可惜……"

陈瑶:"呵呵……是啊,要是没有这个公司拖后腿,那就轻松多了。"

徐主任:"小张辞职的事情在东兴旅游界引起不小的轰动,连局长都惊动了。"

陈瑶一听,很意外:"怎么惊动了大领导了?"

徐主任:"嗨,还不是你们家的小张太能干? 这一辞职,消息一传开,那些旅游公司都纷纷找他,却又都找不到,电话总是关机,就都到局里来打听,有找局长的,有找副局长的,也有找我的……"

陈瑶笑了:"呵呵……真不好意思,小张的事情让这么多领导操心……"

徐主任:"你们俩可也真是东兴旅游界的金童玉女了,两个人才啊,可惜,没遇到明主……呵呵……"

陈瑶:"徐主任过奖,我们不过是两个普通的小民,小生意人,做点小生意养家糊口而已,哪里敢称什么人才……"

徐主任:"先这样吧,以后有什么事情我会尽量帮你的,能帮上也别高兴,帮不上也别生气,我尽力而为吧。"

陈瑶:"就这样我已经对徐大哥感激不尽了,真的……"

徐主任:"我告诉你的话,任何时候都不要和第三者说,包括小张,我是担了风险的。"

陈瑶:"请徐大哥放心,小妹一定谨记。"

徐主任:"QQ 聊天记录,随时删掉。"

陈瑶:"好的,一定。"

和徐主任聊完天,陈瑶把聊天记录全部删掉,刚弄完,张伟推门进来了。

看见张伟,陈瑶脸上立刻换了一副表情,矫情地站起来,扑过去,抱着张伟说:"老公来视察工作了,来,抱抱……"

说完,陈瑶就在张伟怀里扭动摩擦着,搂着张伟的脖子亲了两下。

张伟被陈瑶的样子逗笑了,乌云顷刻之间消散殆尽,阳光洒满心田,笑嘻嘻地抱着陈瑶说:"你不忙了？忙完了？"

"嗯哪……"陈瑶拉着张伟的手来到沙发上坐下，紧挨着张伟，"老大来检查工作，再忙也要接待啊，嘻嘻……"

"呵呵……你先忙吧，我没事，就是过来看看你的，"张伟开心地挠挠头皮，"别耽误正事。"

"放心好啦，我忙完了，这会儿专门伺候你，陪你聊天，"陈瑶笑呵呵地摇晃着张伟的腿，"咦，你不是说要去看王炎和哈尔森的吗，怎么还没去？"

"去啊，先看看你啊，老婆任何时候都是第一位的啊。"张伟拍着陈瑶的手。

"嗯……"陈瑶认真地看着张伟，"我今天突然想起一个很重要的事情，正好你现在辞职了，又不想单纯玩，又有时间，需要你辛苦辛苦……"

"什么事情，不辛苦，只要老婆吩咐的，上刀山，下火海，在所不惜。"张伟看陈瑶的表情很认真，连忙表态。

"呵呵……倒没有那么严重，"陈瑶站起来给张伟倒了一杯茶，放到张伟面前，"先喝口水，我再和你说。"

"嗯……你说，你边说我边喝，少婆婆妈妈的……"张伟端起水杯，看着陈瑶。

"是这样，"陈瑶斟酌地说道，"我想啊，这哈尔森啊，这段时间以来，一直是王炎在看护着，王炎的身体我怕吃不消了，丫丫呢，女孩子又不方便，我想，正好你现在有时间，想辛苦辛苦你，和王炎轮流看护哈尔森，精神陪护……医生刚才也和我打电话说了，说精神陪护现在是进入关键阶段了，哈尔森很快就要回家进行治疗，家里有妈妈，有女朋友，却没有一个男人来交流，这对病人的康复不利，不好……"

陈瑶表情严肃，说得像真的一样，张伟认真的听着，点点头道："哦……医生说得很对，精神陪护确实很重要，哈尔森这家伙一直喜欢和我切磋武术的，一直没机会，现在倒是一个交流的好机会……我这人太粗心，咋就没考虑到王炎的身体呢，这段时间王炎确实是太累了……行，没问题，我今天就过去，我之前一直忙，没尽到责任，现在也该我来尽尽当哥的责任了……"

陈瑶心里大大出了一口气，抱着张伟亲了又亲："乖宝宝，你真好，真听话，只是要辛苦你了……"

张伟一翻白眼："这是哪里话，王炎我现在是当自己的妹妹看的，哈尔森就是我妹夫，虽然他比我大……自己家的事情，怎么能说辛苦呢？应该的，必须的！"

陈瑶连连点头道："对对对，自己家的事情，应该的，必须的。"

"可是，"张伟又想起一个事情，"我陪护哈尔森，是不是晚上也要陪护啊？"

"如果在医院住院，那就需要晚上陪护，如果回家治疗，睡觉前需要陪护，睡觉的时候好像就不用你陪了吧,嘻嘻……"陈瑶笑呵呵地说。

"那也是,那我就等他睡觉了再回家,早上再赶过去,正好我这段时间闲得屁股疼,嘿嘿,有事情做了……"张伟开心起来。

"不用来回折腾,干脆,你就在哈尔森家里住好了,他家房子那么大,那么多房间,还有丫丫也在那里……"陈瑶说。

"我在那里住,那你呢?"张伟傻乎乎地看着陈瑶。

"傻熊,你在哪里住,我就在哪里住,我白天上班忙生意,晚上也去那里住啊,陪你啊,呵呵……正好我在这边住也腻歪了,换个环境,住住老哈的别墅,过过瘾,你说,好不好啊……"陈瑶看着张伟。

"好,好,好,很好!"张伟乐呵呵地说,"这样哈尔森家里就热闹了,就更像一个大家庭了,就更其乐融融了,对哈尔森的身体恢复就更有利了,一举三得,妙哉!"

陈瑶看着张伟的样子,很开心,抱着张伟又疼爱地亲了一会儿,然后说:"那你这会儿先过去吧,我这两天一直没过去,多多操劳,老公!"

"必须的! 不辛苦!"张伟站起来,和陈瑶抱了一会儿,然后直接开车去了医院。

张伟走后,陈瑶重重地松了一口气,然后把徐君和小郭、张少杨叫进来说:"你张哥有事情,最近不在东兴,注意,不管谁找你们问起他,就一律回答说张伟离开东兴了,去了哪里,不知道。"

三人觉得有些奇怪,不过看到陈瑶冷峻的神色,也都不敢多问,连连答应。

用哈尔森把张伟拴住,不让他有抛头露面的机会,这是陈瑶的权宜之计。

陈瑶疲惫地坐在办公桌前,揉揉太阳穴,先走一步看一步吧。

徐主任在办公室正忙着,突然接到潘唔能的电话:"小徐,你过来我办公室一趟,带着相机。"

徐主任不敢怠慢,急忙带着相机去了潘唔能办公室。

自从潘唔能交给他这个差事以来,老徐一直在想办法拖着,找各种理由解释,弄得潘唔能很不满意。

老徐其实很紧张,最近局里一位副局长要退二线,他正忙乎着找潘唔能做工作,运作自己提拔的事情,而潘唔能也说了,会给有关部门做工作,让他先进局党组。进了局党组就是局领导了,这可是老徐多年来梦寐以求的事情。所以,潘唔能是无论如何也不能得罪的。

但是,老徐又不愿意助纣为虐,协助潘唔能伤害陈瑶,他觉得自己已经跟着潘唔能做了不少坏事了,弄得老婆也离婚了,孩子也带走了,这代价太大了。他不想再继续作恶,想做点好事,为自己积积德。为此,老徐就选择走中庸之道,采取蘑菇战术——拖。但这绝对不是长久之计,拖久了,潘唔能肯定会烦的。

不过,老徐上午和陈瑶聊天,陈瑶的答复让他轻松不少,他觉得也只能给潘唔能这样回复了。他知道潘唔能肯定是要问自己这个事情的。

果然,潘唔能一见老徐第一句话就是:"那事还没办好?"

"这个……"老徐慢吞吞地说道,"我找到陈瑶了,没想到她软硬不吃,拒绝宣传,拒绝拍照,说怕树大招风……"

"嗯……妈的,真是棘手,"潘唔能摇摇头,心里像猫抓一样,一会儿拉开抽屉,拿出一本杂志封面,递给老徐,"还好,我找了这个……"

老徐一看,是前年的一本华东旅游杂志,陈瑶是封面头像人物,这潘唔能也真是能下功夫,竟然能找到前年的杂志,这杂志这么久了,老徐都没把握能找到。

"拍下来,找一家专业的制作机构,给我移花接木,"潘唔能用命令式的语气对老徐说,"弄个少妇的裸体放在下面……"

老徐接过来,点点头说:"我这相机不行,不是专业的,效果不好,要不,我去找一家专业摄影机构……"

"也好,注意别声张,保密,"潘唔能点点头道,"还有,这杂志一定要保存好,这可是我费了很大气力才找到的,只有这一本了……"

潘唔能这话老徐相信,换了自己,真不一定能找到。

"弄不到人,先将就看看照片解解渴吧,他妈的,这个带刺的玫瑰还真是难搞,越难搞味道就越好,老子就越要搞到手,"潘唔能坐在宽大的转椅里晃动着发狠,又像是自言自语,一会儿又说,"不知道老郑办得事情效果如何……"

老徐好像什么也没听见,拿了杂志,恭敬地朝潘唔能点了下头:"潘市长,我先出去了。"

"嗯……去吧,"潘唔能说了一句,然后又喊住老徐,摸出一个信封递给老徐,"对了,老徐,你去下东兴大厦的棋牌室,王英在那里打牌的,这信封里有张卡,你把这卡送给她,他妈的她又输光了……"

老徐笑了笑说:"好的,我这就去。"

说着,老徐当着潘唔能的面,把信封夹在杂志里,出去了。

老徐倒是真有点佩服潘唔能了,竟然能拐弯抹角找到这本杂志,鬼知道他怎么知道陈瑶上过这杂志的封面了。

一想到潘唔能安排自己做的这个事情,老徐心里就别扭,觉得老潘太过分了,心理有些变态,女人多的是,干吗非要盯着人家这个良家妇女不放,还弄个移花接木的伎俩,弄个淫荡的女人身体放上去。

老徐心里觉得很对不住陈瑶，无论如何不能干！

老徐心里暗暗下了决心，琢磨着找个什么好办法，既不损害自己的利益，又能打破老潘的诡计。

老徐边往东兴大厦赶，边想这事。

路上，老徐接到了陈瑶的电话："徐大哥，我是陈瑶。"

"嗯……陈董，有事吗？"老徐有些冒汗，幸亏是这会儿打过来，要是刚才自己在潘唔能办公室的时候打过来，那可就糟糕了。

"是这样，徐大哥，"陈瑶在电话那边的语气很平静，"这段时间找张伟的很多，张伟的手机一直关机的，不是有很多人到你们旅游局打听吗？"

"是的，"老徐回答，"每天都有。"

"嗯，所以啊，我想和你说一下，张伟呢，今天回老家去了，如果再有打听张伟的，就麻烦你这么说吧……"陈瑶话里有话地对老徐说。

老徐立刻会意，暗暗赞叹陈瑶办事的效率高，脑子转换快，忙说："好的，陈董，我明白的，我会和局里的人说的，这个事情你办得很好，不错……"

陈瑶笑了："徐大哥，真的很感谢你，有空你来公司坐坐，一起吃顿饭。"

"我忙啊，哪里有时间啊，呵呵……"老徐也笑了，又对陈瑶说，"陈董，既然张伟回北方了，那你自己就要照顾好自己，多注意一些事情……"

"嗯……我会的，我会注意的，"陈瑶对老徐说，"另外，徐大哥如果有什么事情需要小妹帮忙出力的，小妹义不容辞，尽管吩咐，不要客气……"

"好的，谢谢陈董，到时候再说吧……"老徐手里捏着印有陈瑶头部特写封面的杂志，心里一阵阵发颤。

老徐觉得自己好像汪洋中的一条小舟，在宦海里沉浮漂泊，自己已经不再是自己，自己已经是一个工具，为了所谓的功名和级别，自己失去了很多很多。

老徐觉得自己其实真不是一个好人，但是他知道自己以前是一个好人，自从做了这个办公室主任就开始变坏了，开始趋炎附势、追逐更高的名利，为了目的，经常可以昧着良心去做事情。

如果不是赵淑的离去，老徐或许还不会醒悟。现在，老婆和孩子都走了，当昔日温馨热闹的家里空荡而冷清的时候，老徐猛然领悟到，一辈子的追逐，家庭才是根本，事业的基础是家庭，没有家庭的事业不是成功的幸福的事业。

虽然自己并不会放弃往上爬的理想，但是，不能以良心和良知为代价，已经失去了老婆孩子，不能再让自己的良心被狗彻底吃掉。

老徐痛定思痛，决心走出一条既不危害别人，又能确保自己往上爬的路子。

潘唔能是提拔自己的关键人物，自然是不能得罪的；陈瑶是一个良家女子，优秀的女企业家，东兴新涌现出的风云女浙商，也不能就这么看着她被潘唔能摧折。

老徐决意要帮助陈瑶和张伟，但是一定不能得罪潘唔能。

和陈瑶通完电话，老徐给办公室打了电话，告诉接电话的办事员："再有旅游公司老板来这里打听原龙发旅游副总经理张伟的，就告诉他们，张伟辞职回北方了。"

打完电话，老徐思忖了一下，给老郑打了个电话："郑总，这两天来局里查询你原来的职工张伟的人很多啊，呵呵……你的这个老部下很吃香啊，我打他电话一直关机，今天刚通过陈瑶才知道，这个张伟今天启程回北方了……"

"啊……"老郑很意外，他没有想到张伟这么顺从就走了，不由感觉太顺利了，有些怀疑，"不可能吧，这么快就走了？"

"老狐狸！"老徐心里骂了一句，然后对老郑说，"是真的，今天我专门派人核实的，他的确是回北方了……"

老郑基本相信了，觉得这事太过顺利了，觉得太便宜了老高，这狗日的可算高兴了。不过一想到老高可能有把柄攥在张伟手里，那张伟临走之前说不定会把这把柄移交给陈瑶，一样能制约老高，想到这里，不由心理又平衡了起来。

"真遗憾啊，这可是我的好兄弟啊，"老郑情真意切地说，"早知道，我怎么着也得给他送行啊……"

"呵呵，还是你这个老板好啊，张伟的成长离不开你的呵护和培养，"老徐呵呵笑着对老郑说，"另外，我和赵淑虽然离婚了，但她毕竟还是我孩子的妈妈，在你那边工作，郑总多多照顾……"

"徐主任，你放心好了，没问题。"老郑说。

"另外，对那个小阮，"老徐说，"那小伙子其实不错，对赵淑很好，对孩子也很好，不要为难他，只要他们好好过日子，我也就放心了……"

老徐这话说得有点悲壮，听得老郑不禁动容："徐主任，我佩服你，你是个男人，一个真正的男人，有爷们的气度……"

老徐凄然笑了，对老郑说："唉……老伙计，别夸我，我能做个一般的男人就行了，没有别的更高的要求……"

老徐边打电话边马不停蹄赶往东兴大厦。

棋牌室在19楼，名字叫茶馆。说是茶馆，其实都是打牌的地方。各个房间都有安放的自动麻将桌。

来这里的人没事都喜欢搓麻将，有钱的大赌，没钱的小赌，特别是赋闲在家的女人们，每日垒长城成了一个重要内容。

王英就是这样，自从潘晤能做了副市长，她就辞职了，专门和一帮阔太太们一起打麻将。

王英长得难看，脑子也笨，虽然麻将瘾很大，麻龄也不短了，却从没见赢过钱，一直往里填窟窿。

为此，王英也成了麻友们最喜欢的人，大家没事都打电话找她打麻将。

老徐到了19楼的时候，王英正坐在外面的茶桌上吃黑芝麻糊，见了老徐，忙招呼过来："来，老徐，过来。"

老徐忙过来坐下，看王英吃得嘴角黑乎乎的，一阵恶心，不过还是笑呵呵地说："嫂子，加餐呢?"

"休息会，输光了，吃点东西，再上去。"王英对老徐说。

老徐从杂志里拿出信封递给王英，顺便把杂志放到桌面上："嫂子，这是潘市长让捎给你的银行卡，你看一下。"

"不用看，他刚才给我打电话说了。"王英收好银行卡，边吃边说，随即又看了一眼那杂志。

"王姐，要开始了，你还玩不玩?"里面开始喊王英。

"玩，玩，等我!"王英一听忙了，急忙站起来，一下子将刚吃了几口的热乎乎的芝麻糊碰翻了，正好倾倒在杂志封面上，黑乎乎的芝麻糊正好把陈瑶的头像盖住。

"哎哟……"老徐心中大喜，忙装作吃惊的样子叫了一声，掏出纸巾暗中用力搓擦封面。

王英看了看："这杂志没用吧?"

"这是潘市长要的杂志，有用啊!"老徐故作一脸苦状，边继续用力擦杂志封面。

擦完后，杂志封面的人头像已经全部模糊掉色了，什么也看不出来。

"嗨，多大事，不就是一本杂志嘛，就封面模糊了一下，里面的字还一样能看见，"王英大大咧咧拿过来翻了翻，"没事，我一会儿给老潘打个电话说一下，是我弄的，和你无关，他不会说你的……"

老徐内心狂喜，连连感谢王英，一语双关："嫂子，真的，我真的很感谢你!"

王英笑了："小事一桩，不用谢，我还没感谢你呢，大老远跑过来一趟。"

说完，王英转身进了房间，开始了新一轮鏖战。

其实你真该谢谢我，臭娘们，老徐心中暗暗说道。

老徐将搓坏了的封面杂志收好，出了东兴大厦，心中一阵轻松，仰天长叹：这是天意啊……天意不可违!

老徐正在东兴大厦门口感慨不已，突然背后有人拍了一下他的肩膀："徐主任。"

老徐回头一看，是张伟。

第十二章 祸不单行

"咦,是你?!"老徐心里很意外。

"是啊,呵呵……怎么? 见了我很意外?"张伟笑呵呵地说道。

"哦……呵呵……没,听说你辞职了,是不是?"老徐问张伟,心里暗想张伟怎么还在露面,不知道陈瑶怎么安排的。

"是啊,我辞职了。"张伟大大咧咧地说。

"怎么? 这会儿有事吗? 没事一起吃饭去,我请客。"老徐说。

"不,别了,改日吧,我去陈瑶那边拿点东西,然后就要去医院陪朋友,这段时间恐怕是不行了,我以后没得机会出来了,等我朋友康复了,咱们再玩。"张伟对老徐说。

老徐明白了陈瑶的安排,原来是将张伟"软禁"到医院里去了,这倒确实是一个好办法。

"哦……那好。"老徐心里踏实了不少,和张伟告别离去。

和老徐分手后,张伟直接去了陈瑶办公室。

"咦?! 当家的,不好好去陪护哈尔森,咋跑回来了?"陈瑶见了张伟,心里咯噔一下子,表情却很轻松地对张伟说,"也就才一个小时,就坚持不住了?"

"谁说的? 我这是回来拿笔记本电脑的,哈尔森要和我一起商讨事情,需要到网上查资料,"张伟不服气地说,"哼哼,以后你可就只能在晚上见到我了,让你白天想死我……"

"哦……"陈瑶放心了,呵呵笑着站起来,"走,咱回家吃饭去,吃过饭,我和你一起去医院,我送你去,顺便我也看看哈尔森……"

两人回家吃饭,陈瑶下厨房,张伟在旁边有一搭没一搭地和陈瑶说话。

"我刚才在对过遇到徐主任了,"张伟对陈瑶说,"他正站在东兴大厦门口看天空,傻不拉几的,这天上就只有几朵白云,有什么好看的?"

"哦……你刚才遇到他了?"陈瑶忙着做饭,闻听张伟此言,不由扭头看了张伟一眼,

"别这么说人家,老徐是好人,很忠厚的一个人。"

"呵呵……我也就开玩笑说说而已,我知道这人不错的,他刚才还要请我撮一顿,让我回绝了。"张伟笑嘻嘻地说。

"他和你有没有谈别的?"陈瑶装作漫不经心地样子问张伟。

"没有啊,就是说要请我吃饭,我回绝了啊,我说我要看护住院的朋友,这段时间是不行的,等我朋友好了,我才有时间的。"张伟告诉陈瑶。

"哦……不错!"陈瑶冒出一句。

"什么不错,干吗说不错?"张伟看着陈瑶问。

"说你回答得不错哦,哈哈……"陈瑶笑了起来,"老徐对你很关心的,他专门给我打电话过问你的事情……对了,你现在很抢手啊,很多东兴旅游公司的老板在找你,打听你,找不到你,就到旅游局去打听你……谁知道你现在被我金屋藏娇了呢,哈哈……"

张伟呵呵笑了起来:"幸亏你提醒得早,我手机及时关机了,不然烦死了,妈的,我老婆自己有公司,我要是想应聘,还用去他们那边吗?"

"就是,就是……"陈瑶附和着,"咱家自己的活不干,再去帮别人做,除非咱神经不正常……"

"其实,我去陪护哈尔森,正好也利用这空闲清理头脑,梳理思路,另外,哈尔森这家伙有很多先进的营销和管理理念,我从他那里正好学点东西……"张伟对陈瑶说,"没事好和他切磋切磋,倒也不失为一件快事。"

"嗯……你一定要稳住,别到处乱跑,好好陪着人家,没事就在医院的花园里和哈尔森散步、交流、切磋,别满大街乱窜啊……"陈瑶紧盯着张伟的眼睛。

"废话,你以为我是猴子啊,到处乱跑,我不会乱跑的,保证好好陪他,不管是在医院还是在他家。"张伟说。

陈瑶脸上露出不相信的表情:"我不大相信,我不相信你能蹲住不乱跑……"

张伟急了:"姐,你一定要相信我,我说到做到,绝对不乱跑,保证陪护质量……"

"那,拉钩!"陈瑶伸出小指头,"暂且相信你一次,看你实际行动。"

"郁闷,被人怀疑是最大的悲哀……"张伟和陈瑶拉钩,然后说,"事实胜于雄辩,不信你看着,你看我能不能稳住,咱也是快奔三的人了……"

陈瑶心里踏实了不少,笑着看着张伟:"乖宝宝,姐相信你,姐相信你一定会说到做到……来,吃饭。"

说完,陈瑶把饭端到桌上,给张伟盛好,两人吃饭。

"医院那边陪护条件很好,晚上你就在医院住吧,别来回跑了,瞎折腾……"陈瑶边吃边对张伟说。

"嗯……"张伟答应着，"可惜，回不来不能伺候你了，要是你想了怎么办？"

陈瑶呵呵一笑："老大，你让我歇两天吧，这几天自从我例假结束你就没停下，像饿狼一样，我这身子骨再让你这么折腾，早晚得被你弄死……"

陈瑶又说："不说了，吃饭，吃饭……"

吃过饭，张伟提着手提电脑，和陈瑶一起去了医院。

哈尔森住的房间很大，两张床，房间和宾馆的摆设没有什么区别，还有一个阳台，前面就是鸟语花香的花园，房间里的空气充满了绿色的掩映和鲜花的芳香。

王炎这段时间明显瘦多了，虽然精神还算好。

张伟认真看了看王炎，觉得很内疚，王炎这段时间吃的苦太多了，最紧张的时候，经常是几天几夜不睡觉，一直趴在哈尔森床前。

"当家的，你这几天全程陪护，我带王炎回去住几天，给王炎补充补充营养，调理调理身子。"陈瑶也有些担心王炎的身体，又想把张伟拴在这里，找了一个最冠冕堂皇的理由。

"好好好，没问题，"陈瑶的话正合张伟心意，连连点头，"要得，要得，你带王炎回家住吧，让王炎好好养养身子，一是休息好，二是吃好，三是带她出去玩玩，散散心，她这段时间一直在医院里，也憋闷坏了……老哈交给我，你们放心吧，我保证让他很爽……"

"我没事啊，不用这么大动干戈吧……"王炎看着张伟和陈瑶，"哥，你还是多陪陪陈姐吧……"

"小屁孩，听安排，我这几天辞职了，没事干，正好想和老哈交流切磋，还能修身养性，你乖乖回家去，跟着你嫂子，放松几天，把身体养好……"张伟拍拍王炎的肩膀，"傻丫头，看你，瘦得还剩一把骨头了……放心，我会照顾好我妹夫的，洋鬼子妹夫……"

哈尔森也说："炎，你这段时间太辛苦了，回家休养休养吧，我在这里和张伟在一起，两个大男人，你放心好了，再说，我的身体恢复得很快，我基本能自理了……"

王炎笑了，又嘱咐了张伟一通注意要点，然后才收拾东西，跟着陈瑶走了。

王炎走之前，和哈尔森拥抱吻别："亲爱的，乖一点，别让我担心……"

哈尔森拍着王炎的肩膀："炎，你好好休养，你的健康就是我最大的快乐和安慰……"

张伟看着陈瑶："陈董事长，过来。"

"干吗？"陈瑶说。

"人家吻别，咱也吻别，过来……"张伟一把将陈瑶拉过来。

"呵呵……"陈瑶有些不好意思，脸红红的，推脱着张伟，"别胡闹……"

不过，说着，还是侧过脸，让张伟亲了亲脸颊。

哈尔森和王炎都笑了，两人分开。

王炎和陈瑶走后，张伟拍拍手，看着哈尔森："哈哈……老哈，咱这是等于在疗养院里避暑啊,这么好的环境,就像个森林氧吧,我们来养生哈……从现在开始,你小子归我管了,抽空我教你武术……"

哈尔森傻呵呵地笑着:"我现在气功已经练得很好了,抽空表演给你看看……"

张伟突然想起一件事:"对了,每天我给你按摩一个小时,保证爽死你……过来,趴下,先开始今天的……"

说着,张伟拍了拍哈尔森的屁股:"兄弟,我教你找穴位……"

哈尔森听话地趴在床上:"张,我比你大,你是我兄弟,你得叫我大哥。"

"狗屁,你是王炎的老公,王炎是我妹妹,你就是我妹夫,妹夫就是兄弟……"张伟笑嘻嘻地边给哈尔森推拿边说。

"哦……是这样的啊,我年龄大也要做兄弟的啊……"哈尔森一知半解地答应着,边说,"那我应该叫你大哥了?"

"当然……"张伟得意地说。

"嗯……"哈尔森闷声答应着,一会儿又说,"我总感觉不大对劲呢,我比你大,却要叫你大哥……你说,是不是不大对劲啊……"

"哦……"张伟也琢磨着不大对头,想了下,"那这样,你别叫大哥了,叫我大舅哥,对,大舅哥,哈哈,不错。"

"大舅哥?什么意思?叫你舅舅?"哈尔森又懵了。

"大舅哥和舅舅不一样。"张伟哭笑不得。

"那大舅哥是什么意思?舅舅的哥哥?"哈尔森又问。

"晕!我晕!大舅哥就是你老婆的哥哥,就这么称呼,闭嘴,不准再问了……"张伟也解释不清了,干脆堵住哈尔森的嘴巴。

"哦,很简单啊,我老婆的哥哥,为什么叫大舅哥,不叫老婆哥呢……"哈尔森还是不停地嘟哝着。

张伟忍俊不住又笑起来:"张子强,今后咱俩有的是时间交流,中华文明深奥博大,你不知道的多了,我慢慢说与你听。"

哈尔森说:"好的,我对中国和日本都很感兴趣,你们都是东方文明的典型代表。"

张伟拦住了哈尔森的话:"东方文明指的就是中华文明,日本,那算个鸟啊,别在我面前提日本,日本我一听就恶心,他那是什么文化啊,整个一扭曲的文化意识形态,根本就不算什么文明……"

哈尔森:"张,你好像对日本人很有成见……"

张伟:"废话,不光是我,我们中国人都这样,我老家那地方,当年被日本人烧杀抢掠了好几年,几乎家家户户都有血债,我爷爷的爸爸就是被日本人杀害的,我们中国人,人人都痛恨日本鬼子的……"

哈尔森说："可是，我对日本人没有那么大的成见啊……"

张伟："可以理解，你们没有血债，自然也就没有仇恨，就好像我对你们德国鬼子也没什么成见一样，你们和我们没有什么血仇……幸亏王炎找了个德国人，要是找个日本人啊，那就把我气死了……"

"我们德国人反省战争很彻底的，我们的总理勃兰特在波兰下跪……日本人反省不彻底，所以你们还有仇恨……"哈尔森说。

"也有道理，不过，我真的对你们德国人有好感，你们到处无偿做好事，我老家那地方，有德国粮援项目，你们德国人无偿帮助山区建设水利项目，我们当地人都对你们德国人没有坏印象……"张伟说。

"呵呵……德国在全世界很多这样的项目，我们日耳曼人对人类犯下了弥天大罪，我们要用很长很长的时间来赎罪，来求得世界的原谅……."哈尔森说。

"不错，我喜欢你，哈尔森，因为你，我喜欢德国人，我喜欢德国，王炎的父母也喜欢你，欢迎你加入中国，做中国的女婿，"张伟呵呵笑着，"你看，陈瑶的车都是宝马，你们德国造的，等我买车，也买德国的，价格贵点，耗油大点，也买德国的……"

"很荣幸你这样看我，我和王炎本来要最近结婚的，可是我的身体……看来只好再推迟一下了……"

"没关系的，大不了，咱们一起结婚，等春节，你就全部好了，咱们一起到我老家结婚，哈哈，来个集体婚礼……"张伟乐呵呵地说道。

"哈哈……"哈尔森很开心，"好啊，春节好啊，喜庆，放鞭炮，贴对联，多好……."

两个大男人在一起喜滋滋地憧憬着幸福和未来。

老郑接到老徐的电话，首先想到的是给潘唔能去个电话，不能被老高抢了先，自己做的事情，自己的功劳，和潘唔能说一下也算是有了一个交代，也算是一个事情了结了。

老郑知道老高一定在紧密关注着张伟的动向，决意要抢在老高前面。同时，老郑还和老高保持着密切的伙伴关系，两人约定过几天一起去广东，再去洽谈那块地的事情。

老郑心里暗暗得意，先和广东的伙计打好招呼，安排好计划，就等脱钩的鱼儿再来上钩。老郑一直觉得老高的智商没自己高，他觉得老高这次一定还是被自己套进去了，因此，老郑对老高的提防心理几乎没有。

老郑给潘唔能打电话的时候，潘唔能刚和李燕通完电话，正擦额头上的冷汗。

潘唔能的心里比较烦，妈的，这个李燕玩起来是不错，风情万种，体贴柔情，就是一点不好，非要想转正。

潘唔能的意思是让李燕做自己的长期情人,地下情人,只供自己玩乐发泄,这不是很好嘛,没曾想李燕偷偷在房间里做了手脚,录下了两人做爱吸毒的视频,拿来要挟自己。

潘唔能很恼火,感觉事情有麻烦了,妈的,自己一世英名,一世功名,不能毁在这个小贱货手里。潘唔能玩过无数女人,还是第一次遇到像李燕这么有心计的,以前那些女人顶多给点钱也就打发了,这个李燕不光要钱,还他娘的要做大。

这做大可不是闹着玩的,自己的发迹史王英知道得一清二楚,惹恼了王英,惹恼了老岳父,那是自己找死,活腻了。

无论如何也不能让李燕有这个念头,一定要让她安心做二奶。

潘唔能很不理解李燕,干吗非要和自己结婚啊,做个情人,有吃有喝有玩,多好啊。

潘唔能玩女人,最怕的是产生感情,最怕的是女人说:"我爱你,我要嫁给你……"

不行,李燕这个问题一定要好好解决,这事情处理不好,自己就要毁在这个小骚货身上,潘唔能心里阴冷地琢磨着。

潘唔能正烦恼着,老郑来电话了:"潘市长,您吩咐的事情我已经落实了,今天结果出来了……"

"我吩咐的事情? 什么事情?"潘唔能吩咐的事情太多,忘记了。

"就是找张伟的事情啊,您不是安排我去找他谈话吗?"老郑说。

"张伟……"潘唔能这几天溜冰过大,脑子有些混沌,"张伟是干吗的? 哪个单位的?"

老郑一听,这狗日的潘唔能早把这事忘记了,肯定是溜冰大了,药劲还没下去,正发懵呢,于是说:"张伟是我以前的副总,陈瑶的男朋友……"

"陈瑶!"潘唔能一个激灵,"哦,对对对,陈瑶,对对对,张伟是陈瑶的相好,对,那张伟的事情你办得咋样了?"

"老高没和你说吗? 我第二天就和他谈话了,按照您的吩咐,落实您的指示……"老郑说。

"哦……老高……"潘唔能咕哝着,"老高有没有和我说过,我记不清楚了,好了,你说,办得怎么样了?"

"办妥了,那张伟今天离开东兴,回北方了……"老郑说。

"好,很好,"潘唔能很高兴,一想起陈瑶娇嫩欲滴的样子,他就身体起火,恨不得立刻把陈瑶弄过来成其好事。这会儿,老郑要是能扫清自己采花路上的一个障碍,比送给他一个小姐还要让他高兴,于是他对老郑说,"你这家伙办事效率真高,不错,有速度有质量……"

老郑听潘唔能这么一说,心里终于轻松了,忙说:"领导满意就好,领导满意就是我最大的光荣和幸福!"

潘唔能很满意老郑,赞扬道:"郑总,辛苦了……对了,最近生意怎么样啊?"

"还凑合吧,勉强凑合。"老郑心里一紧,谨慎地回答潘唔能。

"凑合?勉强凑合……哈哈……老郑,你说话不实在,"潘唔能呵呵笑着,"我可是听说超级火爆啊,呵呵,要不要我通知我地税稽查局的兄弟去帮你整理账目啊……"

"呵呵……潘市长您开玩笑吧,"老郑有些紧张了,"呵呵……最近多亏了您的关照,生意还可以吧,还不错……"

"开玩笑?!呵呵……老郑,你觉得我是喜欢开玩笑的人吗?"潘唔能半真半假地说道,"生意好就好啊,我这个分管旅游的副市长,就盼着你们生意好啊,你们挣钱越多,生意越好,就说明我的工作越出色,我的政绩也就出来了……"

"是,是,是,潘市长说得是。"老郑的额头开始冒冷汗,潘唔能的话中有话,老郑不是傻瓜,自然听得出来。

"咱们是朋友,你还是我的上帝,我是你的子民,怎么着,上帝先生,自己发财了,可别忘了你的子民啊……"潘唔能的声音有些阴阳怪气,"大家做朋友,过河拆桥可是不好的哦,就好像老虎和猴了的故事……"

老郑紧张了,潘唔能的话里的意思再明白不过,你老郑答应的那30%的股份什么时候兑现?

老郑知道,名义上是给王军,其实姐夫和小舅子是一伙的,得罪王军就是得罪潘唔能。

30%!这数字太大了,老郑一想到钞票滚滚而出,就挖心一般的疼痛,这可都是自己的血汗钱,自己的命根子啊。

"潘市长,你的话我明白,我老郑怎么会是那种人呢,我早就有打算回报老兄了,不过,最近牵扯内部财务清理,账目还没有理顺,一直没来得及办理,我会抓紧考虑这事的……我是绝对不会过河拆桥,忘恩负义的,您放心……"老郑急忙说。

老郑打算继续拖,拖到不能拖为止。

"哎……我可没有什么别的意思啊,我只是关心关心你的经营和生意,你看看,你老郑想到哪里去了……"潘唔能看敲山震虎的目的已经达到,装作若无其事的样子,"好好做生意,我会继续关照你的,投资者是上帝啊,更何况,我们还是朋友……"

老郑唯唯诺诺,放了电话。

对今天敲打老郑的效果,潘唔能很满意。

妈的,生意人都是吝啬鬼,自己给他帮了那么大的忙,出了那么多力,竟然不知道报恩,不知道回报,不吓唬他一下,他还不知道这东兴有个潘唔能了!

想起前几天市政府办公室有人悄悄告诉他,说老郑和梁市长走得很近,潘唔能心里有些恼火,又有些发怵,这梁市长对自己态度一直不冷不热的,别是利用老郑想捣鼓自己什么事。不过,想想自己的坚强后盾,潘唔能又感觉腰杆硬了很多,想把自己扳倒,没那么容易的,别搬起石头砸了自己的脚就不错了。

对于老郑,潘唔能觉得他没这个胆量敢捣鼓自己。

想起老郑,潘唔能就想起了于琴,这个骚娘们最近越来越水灵了,好久没和她玩了,今天得给老郑戴下绿帽子。

想到这里,潘唔能身体发热,有些蠢蠢欲动,摸起电话打给于琴,不管三七二十一,上来就说:"骚货,马上到我那别墅,老子要玩你……"

于琴在那边慢声细语地说:"潘市长啊,您好,我和嫂子正在一起打麻将的,您有什么指示吗?"

潘唔能一听,吓坏了,诅咒了一句,忙挂了电话。

这于琴最近和王英老在一起,搅了老子的好事。

潘唔能脑子又开始迷幻了,闭上眼,想像着以前和于琴在一起的场景,不禁心猿意马起来。

正想着,电话突然想起来,潘唔能拿过来一看,吓了一跳,王英打过来的。

是不是自己刚才打电话找于琴,让王英听见了?! 潘唔能吓得不敢接电话。如果让王英知道了,自己又要倒霉了,一个李燕还没折腾完,再出了一个于琴,自己就真的死定了。

潘唔能越不敢接电话,电话越是不停地响。

是福不是祸,是祸躲不过。

潘唔能咬咬牙,接通了电话:"喂……老婆!"

"老公啊……"王英那边的声音竟然很柔和,"老徐刚才来了,把卡送过来了,不错,很及时,呵呵……"

潘唔能松了口气,王英不是为这事,没听见自己刚才和于琴打电话,于是咳嗽了一声:"嗯……我在忙,还有事吗?"

"有,有事,"王英忙说,"刚才老徐来的时候,手里拿了一本杂志……"

潘唔能心里一紧张,问:"杂志,杂志怎么了?"

"那杂志被我不小心吃东西弄脏了,把黑芝麻糊倒在那封面上了,呵呵……封面给泡烂了,老徐紧张得不得了,着急坏了,我看了看,倒是没问题,里面的字儿都没损坏,一样看……"王英慢条斯理地说,"别责怪老徐啊,不怪人家,是我弄的,我怕你嫌人家,所以专门和你说一下的……"

潘唔能一听,差点晕过去,竟然会有这么巧的事情,自己千辛万苦好不容易托人找到这本杂志,上面有小美人儿的头像,想移花接木用的,竟然出了这种事……

"哦……没事,没事,那杂志我是想查阅一个资料的……"潘唔能强压住内心的难过和怒火,对王英说。

"那就好,没事就好,我看老徐那神态,吓我一大跳,以为这封面还很重要呢……"王英说完,挂了电话。

王英刚挂了电话,老徐推门进来了,神情沮丧,手里拿着那本杂志。

"你……你……"潘唔能见了老徐,气不打一处来,指着老徐,手直哆嗦,"你……你干的好事!"

老徐一看,知道是王英打电话和潘唔能说了,心里轻松了下来,脸上做出一副难过和愧疚的神态,低着头说:"潘市长,对不起,我,我……您狠狠批评我吧,我没有做好您安排我的事情,我失职……"

潘唔能没说话,一把抢过老徐手里的杂志,心疼地看封面:"啊,一点都没有了……眼睛、鼻子、嘴巴、耳朵、脸蛋都不见了,怎么都不见了,啊……"

潘唔能的怒火上来了。

"我……我忙着用纸巾擦,想擦干净,这黑芝麻糊黑乎乎的,结果越擦越……"老徐紧张地解释着。

"混蛋!"潘唔能气得将杂志扔到废纸篓里,指着老徐,"你……你抓紧,你抓紧再去给我找这本杂志,去你们局各个科室、档案室、资料室,去给我找,一定要找到……"

老徐忙说:"可是,潘市长,这……这时间太久了,旧杂志都处理了啊,没有保存的,资料室也不一定保存的……"

"我不管,你抓紧去给我找,局里找不到,你就开车去上海,到他们杂志社去找,反正你得给我找到,要不你就去给我拍她的照片,这事就压在你身上了,办不好,进局党组的事你就别想了!"潘唔能盛气凌人,气势汹汹。

"是,我尽力去办,我想办法……"老徐心里连连叫苦,苦着脸退出了潘唔能办公室。

这活儿成了自己的政治任务了,已经和自己的政治前途挂钩了。

老徐神情沮丧地走出市府大楼,无精打采地走着,唉……做人难,做好人更难啊,自己既想做个好人,还想往上爬,真不容易啊。

老徐琢磨了半天,局党组调整还得两个多月的时间,干脆就拖吧,拖久了,潘唔能说不定就又忘记了。他溜冰溜得记忆力不大好,希望这段时间能有新的女人让他转移注意力。

正走着,李燕背着一个小包从自己眼前晃过去。

李燕,现在就在局里营销中心上班,其实根本就不大过来,对谁都不在乎,除了局长之外。局长见了她也一直很客气,很热情,专门嘱咐营销中心主任,对李燕不下达指标任务,不考核,工资奖金一律按最高标准。

　　不过,李燕好像也没把那工资和奖金放在眼里,自己整天开着一辆白色马6到处溜达。老徐知道这车是老潘给李燕买的。老潘很少对女人这么上心,都是玩够了就换,李燕看来真的是有一手,迷住了老潘,老潘竟然给她下了这么大功夫。

　　对于李燕的野心,老徐隐隐知道一些,他很替李燕担忧,这孩子太贪婪了,不知深浅,不知利害,妄自尊大,一心要做大,她这点资历和阅历想和老潘斗,后果不堪设想。

　　老徐郁郁地走着,突然背后有人叫他:"徐主任。"

　　老徐回头一看,是地税稽查局三科的科长,自己和他以前喝过酒,在潘市长及地税稽查局长的餐桌上。前几天老徐还找他了,为自己的表弟的公司税务被查的事情,当时给他送了1万块钱。

　　"科长好,"老徐和他打招呼,"好久不见,我前几天托你办的事咋样了?"

　　"办好了,我正要和你说呢,"科长轻松地说,"证据不足,撤销稽查。"

　　老徐一听,很高兴,要知道,按照稽查时候地说法,要补交罚款共20万的。

　　"走,我请你喝酒去,"老徐正郁闷,拉了科长去喝酒。

　　两人找了一家小饭店,在一个小单间,要了酒菜喝起来。

　　几杯酒下肚,话多起来,科长突然对老徐说:"妈的,我前段时间被你们旅游系统的一单位给整了!"

　　"怎么了?"老徐说,"你们是税务老大,谁敢整你们啊?"

　　"就是那什么叫假日旅行社的,妈的,"科长喝得脸红扑扑的,"给老子送了一张5000的购物卡,东兴商城的,妈的,前几天我给老婆去买东西,里面竟然只有10元……"

　　老徐一听,看着科长说:"你们干税务的,别人送的卡多了,你手里恐怕不会只有一张东兴商城的5000的购物卡吧……"

　　"嗯……那倒是,我手里5000的东兴商城的购物卡多的是,不过,别人谁干这么缺德的事情啊,除了假日旅游那陈董事长,"科长气愤地说,"就因为我扣了她几天的账目,就因为和我吵架了,就要我!一定是她,别人没有可能的……就是她,陈瑶干的!"

　　科长一口咬定是陈瑶给她送了张花光的购物卡,恨恨地说,有机会一定要去整整假日旅游。

　　看着科长发狠的样子,老徐心里一阵担忧和不安,可又无可奈何。

　　和科长分手后,老徐急忙拨通了陈瑶的电话……

第十三章 北国佳人

陈瑶知道这段时间王炎很疲劳,心疼坏了,带王炎出来先去量体重,轻了14斤。

"乖乖,减肥效果可真好啊。"王炎笑嘻嘻地看着陈瑶说。

陈瑶拍拍王炎的肩膀:"受苦了吗,辛苦了,好好放松两天吧,让你哥这几天顶上去,你跟着我玩两天。"

"呵呵……好的,我在医院里可是憋闷坏了,"王炎笑呵呵地说,"哎呀,我好久没去逛商场了……"

"好的,咱先去逛商场,叫上丫丫一起去。"陈瑶说着,开车去哈尔森家接了丫丫。

丫丫也正在家关着闷得慌,一听逛商场自然是喜出望外,和张妈妈打了个招呼就急忙跑到别墅门口等陈瑶。

丫丫一上车,见了陈瑶和王炎就急不可耐地说:"告诉你们一个消息,我辞职了,上午去办了手续。"

"啊……"王炎吃了一惊,"这么快?干吗啊这是,这么着急干吗?"

"还快啊,你和哈尔森不在那里了,我在那里待一天都憋得慌,闷死了,好不开心啊,我一进公司就想起你俩,我就没法好好工作。"丫丫搂着王炎的肩膀,乐呵呵地说。

"那你下一步怎么打算?这下可好,咱家人都辞职了,集体下岗。"王炎笑嘻嘻地捏了捏丫丫的脸蛋,"丫头,你刚毕业,还没就业,就先失业了……"

"我啊,打算到前程无忧去看看,或者去人才交流中心,应聘吧,不过不着急,这几天先在家陪张妈妈,等哈尔森回家治疗,你和我哥都在家,我就自由了,哈哈……"丫丫说。

"嗯……也好,先去找找看,找不到合适的就跟我打工吧,我过段时间打算成立一家外贸公司,"王炎看着丫丫说,"愿意不愿意?"

"到时候再说,看我能不能找到更好的单位,找到了就不跟你打工,你个小个体户……"丫丫调侃王炎。

"呵呵……妹妹跟姐姐打工,好啊,或者也可以到我这里打工啊,去做美女导游……"陈瑶边开车边乐呵呵地说。

"哦……那也可以,看来我的就业形势很乐观啊,一个姐姐,一个嫂子,都可以收留我。"丫丫开心地说。

"还有一个哥哥呢,"陈瑶说,"你哥哥下一步也快要出动了,现在正在蛰伏期……"

"哈哈……那我还是跟我哥,我哥一定能做得比你们俩有出息……"丫丫故意要气陈瑶和王炎。

王炎和陈瑶哈哈大笑。

"丫丫,你和那位咋样了?"笑完之后,王炎看着丫丫问。

"哪位?"丫丫明知故问。

"你嫂子的部下,徐总啊,你装什么装?"王炎又伸手要捏丫丫的腮帮。

"嘻嘻……个人隐私,无可奉告……"丫丫笑着躲开王炎。

"少瞒我,你以为我什么都不知道?"王炎看着丫丫,神气地说,"我可是听说,小徐同志经常很晚还在你房间里啊,有时候第二天才走哦……"

"你……"丫丫脸红了,"你胡说,不理你了……"

"呵呵……丫丫长大了,自己的事情知道自己做主了,徐君真的是不错呢,是不是啊,丫丫,你哥哥和我都很喜欢他的,他对你也很喜欢的……"陈瑶笑着说,"好好发展,呵呵……我们都支持你们……"

"我也很喜欢的,哈尔森也很喜欢的,我婆婆也很喜欢的,"王炎急忙补充,"徐总可是那种典型的南方好男人,知冷知热,会疼人,很体贴的……"

丫丫脸色红扑扑的,开心地听她们说着,一会儿对王炎说:"你那老哈也不错啊,日耳曼纯种的,又高大威猛,又英俊潇洒,还彬彬有礼温文尔雅,多优秀的一个男人啊……"

丫丫的口气里,好似还带着几分羡慕和向往。

陈瑶笑了:"丫丫,还不死心啊。"

"死心? 什么不死心?"王炎不明就里地问。

丫丫嘿嘿一笑,看了看王炎,然后对陈瑶说:"不死心啊,永不死心,嘿嘿,不过,现在不死心,倒是没那想法,是希望他做我的好朋友,未来的姐夫不死心哦……"

陈瑶呵呵地笑了,王炎听明白了,看着丫丫问:"怎么? 打我男人的主意了以前?"

"那是,好好看住啊,别再让别的女人钻了空子……"丫丫看着王炎说,"你一直没发现我的打算?"

"没有啊,我咋不知道呢?"王炎傻乎乎地看着丫丫说,"你什么时候打的主意呢?"

"在你不曾发觉的时候,我悄悄地算计上了你,在你仍没有发觉的时候,我悄悄地撤退了……"丫丫搂着王炎的肩膀说,"幸亏咱姐和咱哥发现了,及时灭火,否则……"

"晕……我竟然一直都不知道,"王炎拍拍脑袋说,"你可真够隐秘的啊……"

"好男人谁不喜欢,正常,"陈瑶接过话来,"王炎,老外在我们这里属于稀有动物,特别是日耳曼纯种的白人,好好看护着啊,别弄丢了……"

王炎嘿嘿笑了:"你放心,老哈现在是谁也抢不走,经过他这一场病,他对我已经是死心塌地了,唉……患难见真情,爱情经历了沧桑,才知珍贵和真诚……"

"说真的,哈尔森能活过来,我当初都没想到,"陈瑶说,"总算是从死神面前把他拉回来了,多亏了你啊,远隔重洋,万里迢迢寻郎,可见,爱情的力量多么伟大,多么神奇……你这段时间太累了,休息几天,等回家后,白天也交给你哥,让他多忙乎忙乎……"

"不用的,我休息两天就可以了,再说,哈尔森再有两天就可以回家治疗了,这两天,让我哥辛苦辛苦,等回家后,我陪着就行,我哥该忙啥就忙啥好了,别耽误正事……回头我和我哥说……"王炎对陈瑶说。

"别,别……"陈瑶忙说,"你记住,这几天全部交给你哥看护,等过两天回家后,白天全部交给他看护,我已经都和他说好了,你可不要和你哥说……"

"为什么?"王炎很奇怪地问,"我以后白天有时间的啊。"

"别问为什么,"陈瑶认真地说,"以后你白天没事就和丫丫出去玩,逛街,买菜,做饭,做菜,收拾家务,打扫卫生,陪张妈妈散步,哈尔森就交给你哥,不要问为什么,听我的安排好了……"

王炎看陈瑶的神色很认真,很严肃,虽然不大明白,也只好点点头道:"好吧,听你的。倒也好,哈尔森一心想跟着我哥学中国功夫,白天他们俩在一起,时间很充裕,那就让他们多交流切磋吧,两个大男人,别弄成同志就好……"

"哈哈……"陈瑶大笑起来,笑毕对王炎说,"对了,还有个事,白天你哥在那里,晚上再回来,来回很折腾,干脆,你把你们家收拾一个房间,让你哥住那里……"

"啊……"丫丫看着陈瑶,"我哥住那里,那你呢? 你住哪里?"

"是啊,我哥住我家,你呢?"王炎也问。

"嘻嘻……你们说呢,两个傻丫头……"陈瑶看了看她们俩说,"夫唱妇随,我自然是要跟着你哥过来住了,俺那六楼,天天爬多累呀,俺也想住别墅……"

"哈哈,好啊,好,好,好……"丫丫拍手欢迎,"好,人多热闹……"

"真的啊?"王炎看着陈瑶说,"你不是蒙我的吧?"

"真的,不骗你们,"陈瑶说,"我和你哥说过了,他也同意住你家,这样一个和睦热闹的大家庭,对哈尔森的身体恢复一定有好处的……怎么? 不欢迎?"

"欢迎,欢迎,热烈欢迎……我明天就回去收拾房子,"王炎很高兴地说,"是啊,哈尔森从小没了父母,一直和张妈妈相依为命,他非常非常渴望家庭的感觉,经常和我说起东方家庭的天伦之乐,很向往那种大家庭和睦热闹生活的场景……我相信,这对他的精神一定会有很好的效果,对他的身体康复一定会很好的……"

"那是的,必须的,"陈瑶笑嘻嘻地说,"以后,你哥白天专职陪护哈尔森,你和丫丫呢,除了陪护张妈妈,就是操持家务,我呢,每天上班,下班就回来吃现成的,哈哈……好舒服啊……"

三人到了东兴商城,一起疯狂购物买东西,一个小时功夫,每人两手都提得满满的,除了吃的,就是衣服,还有化妆品。

王炎好久没逛商场了,买得最多,都是各种零食,还有衣服。

然后,三人去菜市场买了很多菜,直奔哈尔森家,陈瑶主厨。

陈瑶又让丫丫给徐君打电话,通知他带张少杨和小郭两口子过来吃饭。

很快,徐君和小郭、吴洁、张少杨来了,别墅里顿时热闹起来。

王炎和丫丫还有吴洁给陈瑶做下手,小郭和徐君、张少杨在客厅陪张妈妈聊天。

一会儿,张少杨进了厨房,尾随在陈瑶身后默不作声,眼睛不停地瞟向丫丫和王炎。

陈瑶一扭头:"干吗啊,杨杨,小贼一样……"

张少杨嘿嘿笑笑,又看了丫丫和王炎一眼,悄悄把嘴巴贴到姐姐耳边说:"大姐,这两个小姑娘好漂亮啊……"

陈瑶"扑哧"笑出来,拧了拧张少杨的耳朵说:"傻弟弟,漂亮吗?"

"是啊,是啊,好漂亮,"张少杨摸着耳朵傻乎乎地看着陈瑶,"大姐,她们有没有男朋友啊……"

这时,王炎和丫丫都听见张少杨和陈瑶的对话了,都笑嘻嘻地看着张少杨。

"唉……杨杨,晚了,这是你大哥的两个妹妹,都已经名花有主了,一个是你徐君大哥的女朋友,一个是老外的女朋友……"陈瑶拍了拍张少杨的肩膀,"别着急,大姐一定给你找个比这俩妹妹还漂亮的女朋友,抽空到姐办公室,姐给你看张照片,保证迷死你,再给你一个QQ号码,然后,剩下的就是你的功夫了……"

王炎和丫丫都笑了,王炎说:"杨杨哥哥,你这么潇洒的小伙儿,一定能找个很漂亮很漂亮的小女孩的……"

"是啊,杨杨哥哥,你到现在还没女朋友,是不是挑花了眼啊……"丫丫抿嘴笑着,也说。

"嘿嘿……"张少杨挠挠头皮,"其实啊,我找女朋友是挺急的,关键是我妈急,老催,我妈一急,我大姐二姐就急,就老在我耳边唠叨,唉……我容易吗……"

"陈姐,你给杨杨哥哥找了个什么样子的女朋友,还要用QQ聊天,你还有人家照片……"王炎问陈瑶。

"呵呵……你们老家的美女,才貌双全,北国佳人,倾国倾城,我的同行,"陈瑶笑呵呵地说，又看看张少杨，"大姐给你介绍了，剩下的可就看你的了……"

"哟……杨杨哥哥要网恋了，哈哈……网恋好啊，虚拟中的现实，到时候和俺们一起回老家见网友，见见那北国佳人……"丫丫笑嘻嘻地看着张少杨。

大家很开心，边聊天边忙乎，很快一桌丰盛的晚餐弄好了。

正在吃饭，陈瑶的电话响了，老徐打过来的。

这几天，陈瑶一看是老徐的电话就心跳，不知道又会有什么让她心惊肉跳的消息。

"陈董，是我，你在哪里？"老徐问。

"徐大哥好，我在吃饭，有事吗？"陈瑶问老徐，边把手机弄了免提，边吃饭和老徐说话。

大家看陈瑶接电话，都安静下来，静静地吃饭，边听着老徐的大嗓门。

"市地税稽查局三科的科长，你认识不？"老徐问陈瑶。

"认识，打过交道，"陈瑶说，"他们前段时间到我们公司来查过账，结果没查出什么结果，扣了一段时间的电脑主机和账本，最后算完了。"

"你给那科长送过东兴商城的购物卡吗？"老徐又问。

"是啊！"陈瑶有些莫名其妙，赶紧回答。

"是不是5000元面值的？"老徐说。

"是的，怎么了？"陈瑶问老徐。

"你和那科长吵过架吗？"老徐不回答陈瑶，继续问。

"是的，吵过架，冤家宜解不宜结，为了不惹他们，我安排人员给他们科全部人员都送了购物卡……"陈瑶说。

"哦……"老徐沉吟了一下，把自己遇见科长，那科长说话的内容告诉了陈瑶，然后说，"我觉得这事很蹊跷，他就一口认定这卡一定是你送的，是为了耍他啊，报复他……"

"哈哈……"陈瑶听了忍不住笑起来，"徐主任，我不可能干这种事啊，我犯得着吗，呵呵……那科长就因为我和他吵过架就认定是我，呵呵……那我也没办法，这种事，越解释越迷糊，越解释人家越以为你是此地无银三百两……"

"嗯……也是，我是绝对不相信这事是你干的，不知道是哪个缺德鬼耍弄那科长，结果栽赃到你头上了……我只是告诉你这事，提醒你，那科长在发狠呢，说要抓住你把柄，要狠狠整你们公司，这年头，别惹这些部门……"老徐说。

"嗯……好的，谢谢你，徐大哥，我会注意的，我会小心做事情，如果有机会，我会想办法尽量消除误会……"陈瑶忙感谢老徐。

打完电话，陈瑶看看大家，都在面面相觑。

"呵呵……没多大事，误会，误会，"陈瑶看着大家笑了笑说，"吃饭，咱没做亏心事，不怕鬼叫门……"

"这事很有意思,不知道是谁送了还剩10元的空卡给那科长啊……结果算到你头上了……"徐君有些气愤,"这个缺德鬼……"

"不能这么说,那科长本来就不是个好人,收受贿赂,被算计,活该……"王炎说,"只是,这事不能记在咱们头上,咱可不能戴这顶黑帽子……"

"他要是敢来公司没事找事,故意刁难,我砸断他的腿……"张少杨一撸胳膊,"我看看他要怎么整咱们……"

"呵呵……大家吃饭吧,"陈瑶瞪了张少杨一眼,然后招呼大家说,"小事一桩,不必放在心上,他怎么认为是他的事,我们管不着,我们没做亏心事,不用怕的……"

吃过饭,小郭、吴洁和张少杨先回去,徐君陪丫丫收拾餐桌,打扫战场,陈瑶和王炎给张伟和哈尔森带了一部分菜,开车直奔医院。

张伟心疼王炎这些日子的付出,又把哈尔森当成自己的妹夫看,心里就安分多了,决定安安稳稳看护好哈尔森,多替王炎分担一下,让王炎好好休养几天。

哈尔森对中国的气功、武术、按摩都特别感兴趣,张伟呢,气功不大懂,别的还可以,下午把哈尔森按在床上,边给他推拿,边教他找穴位,哈尔森学得津津有味,兴趣盎然。

"大舅哥,我发现我在中国净遇上好人了,你、陈瑶、丫丫、王炎……"哈尔森趴在床上,边让张伟推拿,边感慨道,"还有,我的中国妈妈,我的中国妈妈给了我第一次生命,你们,给了我第二次生命,没有王炎去找我,没有王炎陪伴我,没有你们在后面的大力支持,我说不定早就去天堂找我的父母去了……"

"其实,关键还是你自己的意志在支撑,关键还是你自己对于生命对于未来的执着渴望在支撑,否则,别人是无论如何也帮不了你的……"张伟对哈尔森说,"只要精神不滑坡,办法总比困难多,哈哈……"

"你说得对,是我自己在支撑,但是,我的支撑点来自于你们,没有你们,我的精神世界可能早就已经轰然倒塌,我早就已经在精神上死亡……"哈尔森说,"在我最接近崩溃的时候,我始终有一个信念不停鼓励自己,为了大家,为了你们,为了你们的期望和真诚,为了你们的无私奉献和付出,为了你们的善良真诚,我一定要活下来,我一定要活下来回报你们,回报你们这些好人,来自古老东方国度的好人……"

"嗯……有道理,你现在终于熬过来了,最困难的时候终于过去了,哈尔森,阳光已经洒进来,明天在向你召唤,好好珍惜每一天,努力快乐每一天……不要想着去回报我们,记住,我们为你做这些事情,不是为了你的回报,当然,如果说回报的话,你好好生活,好好做人,好好对待我妹妹王炎,好好赡养你的中国妈妈,好好孝敬王炎的爸爸妈妈,就是对我们最好最大的回报,就是我和陈瑶最大的欣慰……"

"我记得了，"哈尔森说，"我会的，我一定会的，等我康复，我要开始做事情，我要挣钱养家，让王炎过得开心快乐……王炎这段时间为我受了太多太多的苦……"

"你这么想，我很高兴，陈瑶也一定很高兴，"张伟笑呵呵地说，"打算什么时候成立新公司？"

"我过两天就回家治疗了，等在家里休息一段时间，等医生说身体允许，我就出山，成立新公司，开一个夫妻公司，让王炎做董事长，我做总经理，王炎在家掌舵，我外出奔波赚钱，呵呵，王炎一定很开心……"哈尔森憧憬地说道。

"又一个美女董事长呼之欲出啊，"张伟哈哈笑着说，"我从来南方，尽遇到美女董事长了，看来这女人啊，比咱们男人厉害啊，我家的陈瑶就是特厉害的一个……"

"你家的陈瑶怎么了？背后说我什么坏话……"张伟正眉飞色舞地说着，陈瑶和王炎提着饭菜进来了，陈瑶笑盈盈地看着张伟，"晚饭都还没吃，还这么大精神劲头，真有你们俩的，来，吃饭，尝尝我的手艺……"

王炎笑呵呵地看着哈尔森说："老哈，你洋鬼子欺负我哥啊，让他给你出苦力推拿，得付报酬的，不能白干……"

"不是啊，我是在向他学习找穴位呢，他边给我推拿边指点我的，哈哈……"哈尔森坐起来，笑着对王炎说。

然后，陈瑶打开饭菜，放在床头柜上，招呼张伟和哈尔森吃饭，陈瑶还给张伟带了几瓶啤酒。

哈尔森也想喝，王炎不答应："听话，洋鬼子，等你出院了，等你身体恢复了，咱们好好喝……"

"今天怎么想起下厨做菜了？"张伟边吃边问陈瑶。

"今天带王炎出去逛街了，回来买了几个菜，在哈尔森家里做的，把几个人都叫来，饱餐了一顿，呵呵……"陈瑶突然想起张少杨，对张伟说，"对了，我想把小如介绍给张少杨做女朋友，你看咋样？"

"小如？"张伟看着陈瑶，"小如多大了？张少杨多大了？"

"同年的，一样大。"陈瑶回答。

"长什么样子？你见过没见过？"张伟又问。

"见过照片，妙龄少女，看起来比杨杨小好几岁，很漂亮的小姑娘……才貌双全，呵呵……回头我让杨杨和她网聊……"陈瑶得意地说。

"这个……这个网络啊，没见过真人，你什么都信？你敢保证那是她真人？你敢保证她就是那么大？网络很虚拟的，我们都还没亲自见过她本人，就凭这 QQ 聊了这么几次，你就敢确认？"张伟瞪着陈瑶说。

"怎么？你不相信网络？不相信虚拟的空间？我记得可是有人对伞人姐姐说：'姐姐，网络是虚拟的，但是，人是真实的，敲击键盘的手是真实的……'是不是？哈哈……"

陈瑶笑看张伟说道。

张伟笑起来，挠挠头皮："呵呵……那是我们，不是这个，这个，我觉得还是要……"

"呵呵……没问题的，我的感觉这女孩子很成熟很内秀，素质不错，当然，成不成要看杨杨和她聊得怎么样，看他们俩的缘分……"陈瑶说。

"嗯……缘分很重要，"王炎接过来说，"就说我和老哈，跑回德国去，都让我揪回来了，这就是缘分呢……"

"是啊……就像我和张伟，网聊出了事，到了现实了，哈哈……"陈瑶哈哈笑着。

"虚拟和现实并不遥远，网络并不虚幻，很多一个劲强调网络虚幻的人，其实只不过是在为自己的某些行为开脱和辩解，借以减轻自己的心理压力，为自己卸下思想的包袱，其实啊，这网络，真实得不能再真实了，只要是放纵自己的思想，什么事情会发生……"张伟感慨地说，又看着陈瑶，"谁知道我随便撒了个色子，组合了个号码就会遇到你呢？谁知道你几句话就可以让我南漂了呢？谁知道网聊竟可以走到咱们这一步呢？谁知道虚拟和现实其实仅仅一步之遥呢？只有走过了才知道，尝试过了才会相信……"

"呵呵……我早就知道我们刚认识的时候你一个劲上网聊天就有事，那会我还说你在网络上泡 MM，没想到泡了个大姐姐，"王炎呵呵地笑着，"原来我们在长途卧铺车上的邂逅，是源于你的撒色子，源于陈姐的几句话啊……人生啊，真的是太奇妙了，一切都是那么巧合，一切都是那么必然，一切都是那么偶遇……"

"缘分天注定，偶然之中是必然，冥冥之中已经注定我们要相遇，我和你，我和张伟，你和张伟，你和哈尔森，大家的相遇看似偶然，其实，都是必然的，"陈瑶搂着王炎的胳膊说，"茫茫人海看似渺茫，其实很近，我们都很近，一抬头，不经意间遇到了你，或许就是我一生的追寻，是我梦中的期待，是我渴望已久的缘分！"

"宿命论，典型的宿命论……"张伟不以为然地边吃边摇头，"悲剧啊，我娶了一个老婆是佛教徒，一个神婆……"

陈瑶笑着打了一下张伟的肩膀："坏蛋，不许这么说我。"

"我觉得姐说得有道理，看似是宿命，其实包含着人生的必然和规律，"王炎经历着人生的这么一番波折和起落，思想成熟多了，对人生自然多了几分感悟和情怀，看着张伟和哈尔森，又看着陈瑶，缓缓地说，"其实，我觉得，不管现实中我们过得如意不如意，不管我们遇到什么风雨，都是命中注定的，人呐，得认命……其实，命都是性格决定的，性格决定命运……性格融入到命运之中，就是命运的必然性和规律性……"

"啪……啪……"陈瑶拍了两巴掌，"说得好，王炎长大了，成熟了，会思考了，会总结了，王炎说的和我想的是一样一样的……要走的早晚会走，该来的总会来到，想躲也躲不掉，是福不是祸，是祸躲不过……"

张伟微笑着看着王炎和陈瑶,对哈尔森说:"你看你老婆和我老婆,哪个好?"

"都好!"哈尔森说。

"哪个漂亮?"张伟又问。

"都漂亮。"哈尔森笑呵呵地看着张伟。

"切!"张伟咬牙切齿,"这么快就学会了中国的中庸之道了,不得罪人,两面讨好,真有你的……"

大家哈哈大笑,王炎一会儿说:"是福不是祸,是祸躲不过,这话说得对,姐,我看你今晚遇到的那事,福祸难说啊……"

王炎嘴快,陈瑶想阻止王炎已经晚了,于是笑笑道:"小事一桩,没什么大不了的。"

"什么事?"张伟一听,放下筷子,抬头看着陈瑶,"说,什么事,老实交代。"

陈瑶一看瞒不过去,就一五一十交代了购物卡的事情,说完后幽默地说了一句:"不知道是哪个老先生这么有点子,这么大胆,敢戏耍国家干部,却让我背了黑锅……倒也佩服那老兄的智谋和勇气……要是知道是谁啊,我得当面拜他为师……"

陈瑶说完,张伟一下了站起来,对陈瑶说:"来,拜吧,是磕头呢还是作揖……"

大家都愣了,陈瑶看着张伟说:"你干吗,神经病啊……"

"你不是要拜师吗,来啊,拜啊……"张伟大大咧咧地说。

"什么?! 你……你……"陈瑶看着张伟,"当家的,是你?"

王炎也直勾勾地看着张伟,愣了。

"是啊,"张伟傻呵呵地说道,"给那科长的卡是俺送的啊……俺是想要要那狗日的,没曾想搬了石头砸了咱自己的脚啦……你要拜师,就先拜俺吧……"

"啊……哈哈……"陈瑶和王炎都笑起来,陈瑶笑得前仰后合,半天才停下来,看着张伟,"这事真的是你干的?"

"废话,假了包换。"张伟摇头晃脑地说。

"有才! 你真有才!"陈瑶朝张伟竖起大拇指,"你作恶,你老婆给你背黑锅……"

"这事好办,改天我抽空去处理,很好处理的,咋也不能让老婆背黑锅啊,要是有可能的话,我把这黑锅转嫁一下……"张伟狡猾地转着眼珠子。

"不可,不可转嫁,我看你眼珠子滴溜溜转,就知道你又盘算什么事情了,"陈瑶对张伟说,"咱自己做的事情,咱自己承担,你做的事情,我承担也是应该的,可别转嫁到别人身上啊,丧良心……"

"嘿嘿……那就不转嫁,这事我去处理好了,不会让他危及咱们的,不会让他把矛头指向假日旅游的……"张伟笑着说,"小事,好办,那科长是个小菩萨,好打发……再说,反正我已经辞职了,他也奈何不了我……"

"你打算怎么办?"陈瑶问张伟。

"不要问这么多,反正我有办法,你们尽管放心好了,我不会做什么出格的事情的,"张伟安慰陈瑶,"这事你们不用管了,包在我身上……"

"你最近没时间啊,你要陪哈尔森的,"陈瑶说,"你不能随便离开这里。"

"我知道,我有数,好了,这事不要你多操心了,"张伟很男人地摆摆手,"我知道怎么处理,怎么? 你对我不放心? 不相信我?"

"相信,相信,我当然相信你,"陈瑶忙说,眼里却有透着担心,"你可别胡来啊……"

"废话,哪来这么多话,真啰嗦,"张伟有些不耐烦,"你以为我没你能耐大……"

"呵呵……"陈瑶打了张伟的肩膀两下,笑呵呵地说,"不许说我,不许训我,俺还不老呢……对了,说说,你这卡是怎么回事?"

"没怎么回事,就是我看着这科长不顺眼,代表公司去拜访他,将公司里一个快用光的购物卡当做新卡送给他,他还专门请我搓了一顿海鲜……"张伟大大咧咧地说。

"看不出,你还有两手,竟然会干这事,要是把你曝光了,以后那些领导保证都不敢要你的东西了,你老蒙人家,不实在……哈哈……"陈瑶忍俊不住又笑了。

陈瑶本来不想让张伟知道这事的,没曾想王炎说了出来,更没想到这事竟然是张伟干的,陈瑶本来一直在琢磨着这事应该怎么去处理,张伟却一下子揽了过去,想一想张伟去处理倒也不无好处,解铃还需系铃人,不过又担心张伟太肆无忌惮,越惹麻烦越大,本想好好嘱咐张伟几句,看他有些不耐烦,也不敢再多说了,毕竟,哈尔森和王炎在面前,她不能让张伟太没面子。

吃过饭,大家又聊聊天,然后陈瑶和王炎离去,哈尔森休息,张伟不困,就打开电脑上网。

刚登陆QQ,就看到小如正挂在网上。

张伟想起陈瑶说的张少杨的事情,直接和小如打招呼:"小如姑娘,晚上好。"

小如:"哦……张总,晚上好。"

"俺不是张总了,你叫俺张哥吧。"张伟说。

"张哥? 哈哈……"小如笑起来。

张伟:"严肃点,你笑什么?"

"嗯……没什么,呵呵……好,张哥!"小如回答。

张伟:"小如,发个你的照片我看看。"

小如:"干吗?"

张伟:"不干吗,我就是想看看,发不发?"

小如:"你老婆那里有,她向我要过。"

"她那里有我这里没有,我没看到,我现在不在她电脑旁边,我想看看你,发!"张伟半真半假命令道。

"咋这么凶? 你再这么凶,我就不发!"小如说。

张伟:"嘿嘿……发吧,小老乡,看看你……"

小如:"干吗想看我? 想红杏出墙?"

张伟:"俺是想给你找个男朋友……"

小如:"谢谢,不需要,俺不想让你帮俺找男朋友,不过,你要是想看照片,可以满足你……先告诉你,看了别吃惊啊……"

一会儿,小如将照片发了过来。

张伟打开图片一看,大吃一惊。

第十四章 得寸进尺

　　小如不是张伟想像的那种成熟女人,竟然是一个年轻漂亮青春靓丽的小姑娘,充满了蓬勃的活力和朝气。

　　张伟大为意外,赞赏道:"老天,小如,你这么年轻,这么漂亮啊,想不到……"

　　"嘻嘻……"小如只笑不回答。

　　"你这么年轻,这么漂亮,和你聊天,感觉你思想很成熟,不大相称……"张伟问小如,"给陈瑶发的也是这张吗?"

　　"俺不是小孩子啊,俺是成年人啊,俺26了啊,俺给陈姐发的也是这张美人照啊……"小如回答。

　　"还有没有?"张伟又问道。

　　"干吗? 还要看?"小如说。

　　张伟:"是啊,美好的东西,多看看嘛。"

　　"不给了。"小如回答。

　　"为什么?"张伟问,"没有了? 只有这一张?"

　　小如:"当然有,俺电脑里多着呢,别的照得不好看,不发了。"

　　"哦……"张伟自言自语了一句,"这个回答天衣无缝……"

　　小如:"什么……"

　　张伟:"呵呵……没什么……"

　　小如:"问你个问题。"

　　张伟:"问吧。"

　　小如:"干吗突然要看我照片?"

　　张伟:"呵呵……没什么意图,就是突发奇想,突然想看,于是就看。"

　　小如:"是吗? 你在撒谎吧? 该不是想给我介绍男朋友吧?"

张伟:"呵呵……你不是不需要我介绍吗?"

小如沉默了一会儿:"嗯……是的,不需要你操心……你管好你自己就可以了……"

张伟:"咦,小如,你好像不是很开心,咋了?"

小如:"呵呵……没咋了,我很开心啊,怎么不开心呢,呵呵……对了,你和陈姐现在没事了吧……"

张伟:"没事了,解决了,我现在被软禁了……"

小如:"晕,软禁? 什么意思?"

张伟:"哈哈,我现在在医院里……"

小如:"啊……你在医院里,咋了? 为什么在医院里,快说,怎么回事!"

听小如讲话的语气,竟然是对张伟好似非常关心,张伟有些感动,这老乡做的,可真是够意思,忙说:"没事,没事,是我妹妹的男朋友身体不大好,我在医院陪护的,我是没事的……"

"哦……老天……"小如好似喘了一大口气,"你吓死我啊,没事就好。"

张伟愈发感动:"哦……我没事的,你干吗这么害怕啊,好似我的身体健康对你很重要……"

"嗯……大家是老乡,是朋友,关心一下难道不应该?"小如反问了一句,然后又问,"你妹妹的男朋友? 你妹妹多大了?"

"呵呵……我两个妹妹,一个是我亲妹妹,叫丫丫,一个是我义妹,叫王炎,得病住院的是我义妹的男朋友,我义妹和我情同亲兄妹……"

"王炎……"小如说,"王炎的男朋友咋了?"

张伟听小如的口气有些奇怪,问:"你认识王炎? 她家也是瑶北的,和你差不多大……"

"唔……不认识,不认识,"小如忙说,"我就是随便问一下,她男朋友咋了?"

"得了绝症,几乎丧命,不过,在王炎的爱的感召下,从死亡的边缘又回来了,现在恢复很快,康复良好,我这是接替我老妹来医院看护我未来的妹夫的……"张伟说。

"哦……那就好,那就好,王炎是个好人,应该得到好报的……"小如又说。

"你倒是很明白,王炎是个好人,不错,她确实是个好人,"张伟说,"好人应该有好报的……"

小如:"嗯……对了,陈姐那天说要给我介绍男朋友,发了一个小帅哥的照片给我,你知道这事不?"

张伟一听,明白了,哈哈大笑道:"知道知道,这小帅哥不错吧,哈哈……"

小如:"不错,嘿嘿,是陈姐的弟弟,是不是?"

张伟:"看出来了?"

小如:"看那相貌就看出来了,和陈姐有些相似,哈哈……她要把自己的弟弟介绍给我做男朋友……哈哈……"

张伟有些不悦:"咋了,很可笑吗? 配不上你?"

小如:"不是,没那意思。"

张伟:"那你笑什么?"

小如:"没笑什么,我愿意笑,你管得着?"

张伟:"她弟弟就是我未来的小舅子,这小伙很好的,说不定明天他就和你 QQ 联系,加你好友了……"

小如:"哦……这个事情,这个……嗯……好吧,欢迎来联系,嘿嘿……只要他能看中照片上的美女,就尽管来联系吧,哈哈……"

张伟:"刚才还说不需要介绍男朋友,这会儿儿又高兴得忘乎所以,虚伪,真虚伪……"

小如:"哈……随你怎么说好了,不和你计较……俺要睡了,明天俺要安排 QQ 相亲的事情啦,看小帅哥了……"

张伟笑了:"呵呵……好吧,祝你们交好运。"

小如:"同样的祝福也送给你。"

和小如聊完天,张伟接到了陈瑶的电话:"老公,还没睡?"

陈瑶的声音在电话里格外温柔。

"嗯……刚上了一会儿网,正要睡呢,你还没休息吗? 王炎呢?"张伟拿起电话上了阳台。

"我刚忙完,王炎在隔壁客房里睡的,刚洗完澡,"陈瑶在电话里幽幽地叹了口气,"自己一个人躺在床上,睡不着,想你……"

张伟嘿嘿一笑:"发春了是不是?"

陈瑶轻轻地笑了:"去你的,人家感觉一个人好寂寞呢,旁边没有打呼噜的声音了,没有熟悉的男人味了,没有熟悉的胳膊可以枕了……"

张伟听了很开心:"不要紧,再过两天哈尔森就出院了,到时候我们就可以在王炎家里住了,到时候我就又可以搂着你睡觉了……"

"嗯……喜欢你搂着我睡,喜欢躺在你怀里睡觉的感觉,"陈瑶温情地说道,"你上网干吗了刚才?"

"和小如聊了一会儿天,我告诉她明天少杨要和她联系的事情了,她听了好像很开心啊……"张伟说。

"呵呵……"陈瑶在电话里轻笑起来,"杨杨今晚见了丫丫和王炎,眼都直了,直向我打听!这家伙,见个美女就走不动……"

"青春发育期,雄性发情期,正常,"张伟呵呵笑起来,"丫丫和王炎要是真的没有男朋友啊,我倒是说不定真考虑呢……我很喜欢少杨的……"

"那我们不成了转亲了,傻瓜……"陈瑶笑了下,又说,"对了,丫丫和徐君现在进展好像很快啊,我听张妈妈说,徐君晚上已经开始留宿在丫丫的房间了……"

"哦,是不慢,"张伟考虑了一下,"你抽时间和丫丫说一下,提醒她一下,注意安全……"

"嗯,好的,我明天就和她说。看不出,徐君这小子勾引小姑娘还真有一手啊,这么快就到手了……"陈瑶笑了。

"徐君不仅仅是勾引小姑娘有一手,我看他做事情也很有特点,此人持重,稳健沉着,管理有方,基础扎实,以后可以派大用场,可以担当重任的,"张伟说,"你今后注意培养他啊。"

"怎么?开始护着未来的妹夫了?走后门讲情了?"陈瑶笑嘻嘻地说。

"呵呵……哪里,哪里,我这是向你推荐人才呢……"张伟也笑了。

"你的人才就是我的人才,本来就是我的人才,还说什么推荐啊,你说了就算啊,傻瓜,我是你的人,我的所有都是你的……"陈瑶温柔地说道,"人已经给了你,所有就都给了你……"

"你是我的,我也是你的,我们是互相拥有,爱是你我……我的人也给了你,我的所有也都是你的,可惜,我现在一无所有,而你,应有尽有,我们太不对称……"张伟说道,"真遗憾……"

"傻哥哥……有了你,我应有尽有,没有你,我一无所有,你就是我的所有,我们是对称的,完全对称的,纵有万贯家财,没有你,我的世界也是一无所有,我的生命也没有一丝光芒……"陈瑶喃喃地说,"哥哥……你是我的全部精神世界,你是我生命的支柱,有了你,我就拥有了全世界……"

张伟很温馨地听着陈瑶的喃喃私语,答道:"宝贝……这会儿儿真想抱抱你……亲亲你……"

陈瑶温顺地说:"嗯……哥哥,让你抱,让你亲……让你随心所欲……"

张伟不由心神荡漾:"受不了了,不行,我得回家……"

陈瑶"扑哧"笑起来:"馋猫,一天不吃就受不了了,乖,听话,忍两天,你养养身子,我休息休息……听话,小别胜新婚,等过两天的……"

张伟强压住心火:"嗯……别引诱我,你一引诱我,我就忍不住……"

陈瑶呵呵地笑起来:"好的,不引诱你了,你这几天,除了陪护哈尔森,也当自己在家里修养好了，梳理头绪，整理思路，别乱跑，要尽职尽责……还有，那购物卡的事情……"

"你放心好了，我会处理好的，你别管了，我有数的，我不会乱跑的，"张伟对陈瑶说，"我不是小孩子，我做事情知道该怎么去做的。"

"嗯……那好吧，只要你不乱跑，坚守岗位，你怎么做都好，都随你……"陈瑶说，"辛苦几天，姐到时候好好疼疼你……好好伺候你……"

"呵呵……自己家的事情，谈何辛苦，"张伟笑起来，"倒是你，这几天工作别太累，注意休息，身体是第一位的，挣钱不能太拼命，咱挣钱的目的就是为了更好的生活，如果不能快乐的生活，挣钱有什么用？"

"相公所言极是，奴家听着便是了……"陈瑶怯怯地口气，"相公说什么，奴家就听什么，就去怎么做……"

张伟笑了："呵呵……好乖的小娘子，休息吧，好梦……"

"傻哥哥，好梦，吻你……"陈瑶轻柔的口气。

"吻你……宝贝，晚安……"张伟挂了电话。

挂了电话，张伟一看，有一个未阅短信，刚收到的，打开一看，是王炎的，问："哥，哈尔森睡了吗？"

张伟忙回复："睡了，你放心好了，有我在，尽管放心。"

王炎一会儿回复："辛苦了，哥。"

张伟："丫头，说外人话呢，和哥客气呢，自己人，别说外家话。"

王炎："真的，哥，我说的是真心话，知道吗，我特喜欢叫你哥，我在家是独生女，我没有哥哥弟弟，也没有姐姐妹妹，我做梦都想有个哥哥来疼我，我好欢喜有这个哥哥，虽然我们有过一段那种关系，可是，在我心里，你现在是我最亲最亲的亲人，我最喜欢的哥哥……"

张伟很感动："丫头，哥现在有两个妹妹，丫丫和你，哥和陈瑶都把你和丫丫当自己妹妹看的，哥一直把你当亲妹妹看的，过去我们是有过一段，但是，都过去了，哥现在心里只想你能和哈尔森好好过日子，快乐生活，幸福生活，哥会好好疼你的……"

王炎："哥，从咱们一起南漂到这里，经历了这半年多的时光，我觉得自己长大了很多，很多……特别是最近的这些事情，我觉得自己好像很沧桑了……如果说哈尔森的精神支柱是我的话，那么，我的精神支柱就是你们，陈姐和你，还有丫丫和徐君，是你们一直在鼓舞、支持着我……每当夜深人静，当哈尔森睡了以后，我就经常辗转反侧，想起南漂以来的一幕一幕……想起你，想起陈姐，想起何英姐，想起高强……唉……哥，何姐……何姐其实也很可怜，一个女人，纵有百万家产，没有人爱，一样是可怜的，爱，是没有价值的……有我的爱，哈尔森很满足，有你们的爱，我很满足，也很幸运，还很幸福……"

张伟："丫头，你真的长大了，学会思考了，学会总结了，学会用自己的大脑考虑问题了，你有很正确的价值观、人生观，不错……"

王炎："刚来的时候，我最大的梦想是拥有财富，拥有足够的金钱，拥有丰裕的物质享受和创业条件，向往国外的天堂般的生活……可是，当这些我都拥有，当我的梦想都可以实现的时候，我却突然发现，其实，人世间最珍贵的不是这些，我梦寐以求的不应该是这些，还有比这更珍贵更值得追求的东西，那就是真爱，是真情……"

张伟："你能这么说我很高兴，这一段时间，哥一直比较忙，你也一直在医院陪哈尔森，咱们一直没有好好交流谈心，你成长的程度超出我的想象，好好生活，我们永远在一起，哥永远和你在一起……"

王炎："嗯……是的，哥，我在考虑创办公司的事情，我想，等过一段时间，我就把公司先弄起来，我想让丫丫在我这里做，她是学国际贸易的，正好对口，而且，她那边已经辞职了……"

张伟："可以，丫丫虽然和你差不多大，但是做事情、考虑事情比你差远了，还很幼稚，你没事多带带她……"

王炎："呵呵……我知道的，丫丫是咱妹妹呢，嘿嘿，我也有妹妹了，南漂以后，也还是有收获的，找了一个老公，找了一个哥哥，还多了一个妹妹，还找了一个嫂子……"

张伟："一切都是在偶然之间发生的必然，一些都是在不经意间的缘分……"

王炎："是的，一切都是天注定……"

张伟和王炎好久没有谈心了，这次短信交流，感觉王炎短时间内思想成熟了很多。挫折和磨难可以让人成熟，生活和波折教会人很多东西。王炎经此大难，变得愈发坚强，愈发坚韧，越发理性。

人，总是在经历中增长阅历，在阅历中学会归纳、总结，成就自己的思想。

成长的过程总是充满了酸甜苦辣，总是让人那么心悸和疼痛，可是，那是一种痛苦的享受，一种痛苦的欢乐，一种收获后的痛并快乐着。

成长，总是要付出代价的。

和王炎结束了短信交流，张伟躺在床上，脑子里开始考虑如何处理那购物卡的事情。

第二天上午，张伟和哈尔森在花园里比划招式，讲解武术的动作要领。哈尔森身体初愈，不能进行剧烈运动，就站在旁边看，轻轻模仿。

休息的时候，张伟给小郭打了个电话："你到医院来一趟，给我去办一件事情。"

"好的，我30分钟后到。"小郭答应着。

然后，张伟从口袋里摸出一张银行卡，眼珠子转了转，狡猾地笑了，到医院的门诊大厅提了 500 元钱。

30 分钟后,小郭到了医院,张伟将 500 元钱交给小郭,对他说:"交给你一项重要任务,你拿这钱,到东兴商城服务总台,去买一张面值 500 元的购物卡,卡上不要贴标签注明钱数,然后,你去购物,买各种吃的、用的,随便买,花光这卡里的钱,把东西送到哈尔森家里去……然后,你买一个精致的红包,把这卡放进去,送到地税稽查局三科,给科长……"

小郭已经知道了昨晚的事情,听张伟这么说,摸不清头绪,问:"张哥,这是啥意思啊,那科长昨天还不依不饶说是陈姐送空卡给他呢,你这又送一张空卡去,不是自找麻烦吗……"

张伟哈哈笑了,拍着小郭的肩膀:"兄弟,我自有安排,你只管去办好了,你先去办,然后我给你电话……"

小郭懵懵懂懂地答应着出去了。

小郭走后,张伟拨通了地税局三科那科长的电话:"老兄好,科长好,我是原龙发旅游的副总,张伟……"

"哦,张老弟啊,"科长的口气很热情,"怎么? 你跳槽了? 不在龙发旅游干了?"

"不是跳槽,是辞职啊,"张伟轻松地说道,"今天因为一个事情,突然想起老兄了……"

"哦……"科长一听张伟辞职了,自己对人家没有约束力来还能想着自己,不由更加热情,"谢谢老弟挂念,什么事情啊?"

"是这么回事,"张伟慢条斯理地说,"我记得上次给你送过一个东兴商城的购物卡,你还记得不? 5000 元面值的……"

"记得啊,咋了?"科长有些莫名其妙。

"我今天才刚知道,从内部人员那里知道的,那卡是空的! 我被人骗了!"张伟愤愤不平地说,"我刚听说就急忙给你打电话了……"

"啊……"科长呆了,一会儿说,"谁把你骗了?"

"高强,大地旅游的总经理。"张伟说。

"啊……"科长又是一呆,"他前几天还找我办事了,牛哄哄,我没搭理他,他为什么骗你呢?"

"不光是骗我,也是骗你啊,"张伟一本正经地说,"那天我在他面前说要去东兴商城买购物卡拜访你,他一听,忙掏出一个崭新的购物卡,说他手里正好有一张没用的,我也没多想,就安排财务给了他 5000 块,把卡拿过来送给你了,结果今天早上,他那边一个被辞退的会计悄悄打电话告诉我,说那卡是空的,他花光了的……你说,他是不是既骗我,也骗你啊……"

"哦……"科长半信半疑道,"还有这种事?他之前找我办过事,想私自开几张空白发票,我没给他开,难道是因为这事……"

"哦……果真是有原因啊,这家伙,利用我当枪去骗你,真不够意思……"张伟生气地说,"我可不能干这不仁不义的事情,我虽然辞职了,但是咱还是要讲仁义,我刚才安排我一个兄弟去买了一张新的 5000 的购物卡,一会儿给你送过去……"

"哦……原来是这么回事啊,我差点错怪了别人,这老高,哼哼……"科长发了几句狠,又很感动张伟的仗义,"别了,兄弟,你有这心思我就知足了,别这么客气……"

"那不行,不然我心里不安的,我的兄弟已经出发了,一会儿就到你办公室,都是自己家兄弟,别客气,"张伟真诚地说道,"我心里可是一直把你当老大哥看待呢……"

科长更加感动了:"兄弟,你真不错,是个好兄弟,我在办公室的……"

张伟呵呵笑着:"大家出门在外,靠的就是兄弟感情嘛……你在办公室稍等一会儿,一会儿人就到……"

和科长打完电话,张伟给小郭打了电话:"我都安排好了,那科长正在办公室等着,你去到什么也不用多说,直接提我的名字,给他就行……办完后,给我来个电话……"

小郭答应着挂了电话。

张伟得意地在草坪上翻了几个跟头,嘿嘿,这卡和那科长手里的其他卡一掺和,又混进去了,还不知道会被他送给谁呢,说不定就给了他上司,哈哈,那就热闹了。

张伟很满意自己的安排,一箭双雕,想占老子的便宜,没门儿。

哈尔森看张伟得意的样子,问:"张,什么事情这么高兴?"

张伟呵呵笑着,拍了拍哈尔森的肩膀:"张子强,我用没肉的骨头去喂狗,狗呢,不但不咬我,还感激我,你说我高兴不高兴?"

哈尔森没大听明白,看着张伟,问:"我没看见狗啊,骨头呢?也没见啊,再说了,这狗和你有仇?你这么高兴。"

张伟点点头,又摇摇头:"不能说是仇,但是有过节,是因为他惹了我的人,触犯了我的利益,凡是咬了我的人的狗,我绝对不放过他……"

哈尔森似懂非懂地点点头:"哦,张,看来你很善于和狗打交道……"

张伟笑着说:"不能说善于,是学着和狗打交道,慢慢学,在学中干,在干中学,在实践中成长……"

哈尔森说:"那我是不是也要学……"

张伟哈哈大笑:"我看你学着去对付外国的狗吧,中国的狗你对付不了的……"

哈尔森也哈哈大笑。

张伟边和哈尔森在亭子里悠闲地下棋,边等小郭的电话。

第十五章 ┃ 待宰羔羊

从医院和张伟分手后,小郭并没有直接去东兴商城,而是按照陈瑶事先的嘱咐回了公司,去了陈瑶办公室。

陈瑶正在办公室里,刚安排完一天的工作,王炎刚离开,回家去收拾房间,以备张伟和陈瑶晚上住宿之用。

小郭进来,拿出 500 元钱,然后将张伟嘱咐自己的事情一五一十地告诉了陈瑶。

听小郭说完,陈瑶笑得前仰后合,直夸张伟足智多谋,真是个人才,弄得小郭有点莫名其妙,傻呵呵地看着陈瑶笑。

"陈姐,张哥的这个办法可行? 要不我去办?"小郭看着陈瑶问。

"不,不,不,"陈瑶好容易止住笑,摇摇头道,"这个冤家是继续给我添麻烦,惹事呢,冤家宜解不宜结,别听他的,还是多花点钱保平安吧,多一事不如少一事……"

"那你的意思是……"小郭看着陈瑶。

"我的意思是用钱去摆平这事,别听你张哥的馊主意,他想继续耍人家呢,没事惹事,我怕以后再弄出什么漏洞来……"陈瑶边说边拉开抽屉,取出 4500 元钱递给小郭,"你抓紧去办吧,买个 5000 的卡给他送去吧,别弄什么花招了……"

小郭点点头问:"要不要告诉张哥这事?"

"不要,可别,千万别,"陈瑶忙冲小郭摆手,笑嘻嘻地说,"让张哥自我满足一阵子吧,别穿帮了,不然他又要生我气,嫌我多事……此事你知我知,别让外人知道哈……"

小郭呵呵笑了:"行,好的,那我就去了,陈姐。"

"去吧,办完后,先给你张哥打个电话报喜,然后给我说一下。"陈瑶笑嘻嘻地说。

"好的。"小郭说完离去,直接去了东兴商城,买了一张 5000 元的购物卡,直奔市地税稽查局三科科长办公室,科长果真正在办公室里候着。

小郭将装有购物卡的红纸包递给科长:"您好,张伟大哥吩咐我送一个东西给您。"

科长微笑了,接过来,打开看了一下,然后包好,拿起笔在红纸包上做了一个记号,自言自语地说:"这会儿儿得好好标记上,别弄错了错怪别人……"

小郭站在那里一阵后怕,幸亏陈姐神机妙算,不然按张哥的方法办可就出大事了。

科长冲小郭点点头,笑着说:"谢谢……你代我谢谢张老弟……"

小郭告辞,出门后先给张伟打了电话:"老大,一切办妥了,一切顺利!"

那边张伟的声音充满了得意:"哈哈……好的,去忙你的吧,兄弟辛苦了。"

小郭挂了电话,又打给陈瑶,将情况仔细说了一遍,然后说:"陈姐,幸亏没按张哥的办法,不然,这事大了,非出漏子不可。"

陈瑶一直坐在办公室等小郭电话,闻听也有些后怕,抚了下胸脯:"唉,张伟大哥差点又弄点事出来,幸亏你报告及时,呵呵……行了,这事就算过去了,别给张伟说,让他得意去吧。"

和小郭打完电话,陈瑶松了口气,自言自语说了句:"冤家,总算没让你再作事。"

陈瑶暗自庆幸自己提前做了安排,提前和小郭打了招呼,她估计张伟要是不离开医院,很有可能安排小郭出动,果不其然。

一想起张伟老老实实在医院陪着哈尔森,陈瑶就忍不住想笑。

当然,陈瑶对可能来临的来自潘唔能和高强的侵扰,也做了思想准备。对于潘唔能,还是坚持韧性的战斗策略,大人物,得罪不起;对于高强,陈瑶心里有底,他有把柄在张伟手里,随时都能制约他。陈瑶知道高强最大的弱点,就是贪生怕死,外强中干,枉为一大男人。

陈瑶估计,暴风雨很快就要来临,恶狼也许随时都会出击。

人生就是战斗,就是无休无止的斗争,和天斗,和地斗,和人斗,无穷无尽。

一会儿,陈瑶接到一个电话,是一个年轻的小伙的声音:"假日旅游陈董事长吗?"

"是的,"陈瑶回答,"你是?"

"旅游局办公室,下达一个通知:下午3点,在东兴大厦二楼第三会议室,召开全市旅游单位负责人季度例会,请准时参加。"

"好的,知道了。"陈瑶放下电话,把张少杨叫进来,让他过来看电脑,"杨杨,看这美女,好不好看?"

张少杨一看,忙问:"大姐,这美女是哪里的? 干吗的?"

陈瑶呵呵笑了:"姐介绍给你做女朋友,咋样?"

张少杨挠挠头皮:"呵呵……好啊,就是不知人家……"

"傻样,先认识做朋友,合适就继续发展,顺其自然嘛,不用大姐教你怎么谈恋爱吧,估计你也不是新手了,也很有经验了……"陈瑶打了张少杨的屁股一巴掌。

张少杨嘿嘿笑了："大姐，没问题，给我她 QQ 号码，我这就回去加她好友。"

陈瑶在张纸条上写了号码，递给张少杨："聊天不准耽误工作，不准上班时间聊和工作无关的事情，不过，她也是做旅游的，对旅游计调和营销都很有经验……"

张少杨意会了陈瑶的意思，呵呵笑着说："明白，明白，我明白的，我先和她聊业务，聊工作，谈共同的爱好……"

陈瑶眼睛带着笑，看着弟弟说："杨杨，去吧，剩下的就是看你的自己的本领了，别给大姐丢脸哈……"

"是!"张少杨一个立正，"大姐放心，保证拿下。"

陈瑶笑了："去吧，待会中午咱一起去乡下咱妈家吃饭去，妈中午炒竹笋吃。"

"好的，我先去加好友去。"张少杨急不可耐地跑回自己办公室，打开电脑，登录 QQ，输入号码，点请求加好友。

果然，一会儿对方加自己好友了，张少杨迫不及待打字："你好，东兴假日旅游张少杨，奉董事长陈瑶之命前来接洽，认识同行，互相学习，互相进步!"

小如："哦……哈哈……你加我另外一个 QQ 号码吧，这个是我工作 QQ。"

张少杨："OK，好的。"

然后，张少杨加了另外一个号码，这个号码名字叫夏花，不错的名字。

张少杨对对方说："我来了，夏花，这个名字不错嘛。"

对方半天没说话，一会儿说话了："嘻嘻……谢谢，你是谁啊?"

张少杨一愣："咦，我不是说了吗? 我是东兴假日旅游张少杨，奉董事长陈瑶之命前来接洽，认识同行，互相学习，互相进步!"

夏花："哦……原来是这样，嘻嘻……你网名叫杨杨，是不是你小名啊?"

张少杨："呵呵……是，是，你是瑶北天马旅游的计调，是不是? 那个名字叫小如，很好听啊，这个夏花，也不错的……"

夏花："哦……哦……啊……哈哈……"

张少杨："咦，你笑什么? 嘿嘿……"

夏花："没什么，呵呵，以后你和我联系，就用这个号码好了，不要和那个联系，我可以以后叫你杨杨吗?"

张少杨感觉这女孩讲话很直爽痛快，答道："好，当然可以，我叫你什么? 叫你小如还是夏花?"

夏花："叫我花花吧，嘻嘻……这也是我的小名。"

张少杨："好，花花，不错，名字好听，人更好看，我刚才在我大姐那边看过你照片了，真漂亮啊，小美女。"

夏花:"哦……是这样啊,怪不得……"

张少杨:"怪不得什么?"

夏花:"没什么,嘻嘻……你是做什么的?"

"旅游啊,做营销,刚开始学,跟我姐学的,"张少杨说,"听我大姐说,你是做计调的?"

"是啊,我在天马旅游做计调。"夏花说。

"我大姐说,你经验很丰富,计调知识和营销知识都很丰富,我想认识你,向你学习,请你指教,嘿嘿……"张少杨说。

"啊……想我学习,向我请教?"夏花显然是吓了一跳,"有没有搞错啊,我哪里经验丰富了,我还在学习呢,我们老板啊,那才是经验丰富呢,我一直在向她学习……"

"哦……你这人不但漂亮,还很谦虚哈,不错,交个朋友吧。"张少杨发过去一个握手的表情。

"谦虚? 我晕,我这人从不谦虚,嘻嘻……好吧,交个朋友,同行之间,多多指教啊……"夏花说。

张少杨:"我看你长得比实际年龄要小啊,不像是26的人。"

夏花:"哦……我本来就不是26,废话!"

张少杨:"哦,我大姐告诉我说你和我一样大,不是啊,那是她记错了……"

夏花:"嗯……肯定是你姐记错了,俺才23岁呢,咋就成了26了?"

张少杨很高兴地说:"哦……哈哈……小妹妹啊,不错,不错。"

夏花:"嘿嘿……杨杨,和我聊天的事,别和别人说啊,我们私聊的内容,也别和你大姐说啊……"

张少杨:"为嘛? 怕人还?"

夏花:"你哪来那么多废话,答应不答应? 不答应,立刻拉你黑名单!"

张少杨:"哦……答应,答应,行,行,行,听花花的。"

夏花:"嗯,这才乖,发照片过来,我看看南方的小男人长得啥样……你看过我照片了,我还没看过你的,不公平……"

张少杨立马发了自己的几张照片过去,一会儿夏花说:"原来是个小帅哥啊,长得蛮俊俏的嘛,嘻嘻……"

张少杨:"嗯……花花,我咋感觉你像个小太妹啊,野蛮小妹妹……"

夏花发过来一个冒火的表情:"死杨杨,再说一次,拉你黑名单!"

张少杨吓了一跳:"别,别,不说了,不说了。"

夏花:"叫姐姐。"

张少杨:"啊!? 为啥?"

夏花："叫不叫？不叫……拉你黑名单……"

张少杨忙说："叫，叫，花花小姐姐……"

夏花："嘻嘻……这还差不多，好了，俺要去吃午饭了，不陪你聊了，后会有期，拜拜！"

张少杨："拜拜！"

刚关上电脑，陈瑶推门进来说："杨杨，走了，抓紧，我下午还得赶回来开会。"

路上，陈瑶问张少杨："杨杨，和小如联系了没有？"

"联系了。"张少杨回答。

"咋样？"陈瑶问。

"挺好。"张少杨回答。

"咦，怎么这么简单，具体说说嘛……"陈瑶笑嘻嘻地看着张少杨。

"不说，花花说不可以告诉别人的，包括你，否则就拉我黑名单，我答应她了……"张少杨严肃地说。

"哈哈……咋叫花花了，不是叫小如吗？"陈瑶笑起来。

"她用另一个 QQ 和我聊的，让我以后和她用那个 QQ 聊天，那个是私人 QQ。"张少杨骄傲地说。

"哦……"陈瑶点点头道，"那好吧，不告诉大姐就不告诉吧，我也不问了，不勉强你了。"

"不过，我可以告诉你一个事情，纠正你的一个基本错误，"张少杨笑着说，"花花年龄不是 26，是 23，比我小 3 岁。"

"啊？"陈瑶大为意外，"是这样啊，我记得她告诉我是 26 岁的啊，怎么又变了……奇怪，真奇怪……"

"这有什么稀奇的，打错一个键盘，就说错了呗，估计是失误，或者是你老眼昏花，记错了……"张少杨嘻嘻地对陈瑶说，边开着车。

"鬼小子，不许说大姐老，"陈瑶笑着打了张少杨的头皮一下，"大姐年轻着呢……"

"嘿嘿……得令！"张少杨忙答应。

张少杨专心开车，陈瑶琢磨着弟弟刚才的话，陷入了沉思。

在妈妈家吃过饭，陈瑶又带着张少杨去何英妈妈家坐了一会儿，然后赶回市区，回到公司，稍事休息，准备去开会。

这时，张伟打电话过来，洋洋得意地说："姐，那地税局的事情办妥了，没事了，我已经搞定了！很完美，那科长刚才又专门给我电话表示感谢，说过些日子请我吃饭……"

陈瑶嘴巴半张，耐着性子听张伟得意洋洋地把经过说了一遍，然后对张伟说："不错，真不错，你办事确实是厉害，高招，佩服，有才！"

张伟被夸得不大好意思："呵呵……我这不是学会用脑子办事情了嘛,学会动脑子了……"

"嗯……"陈瑶笑嘻嘻地说,"当家的,你真行,提出口头表扬……好了,安心陪护工作,不要再分心了……"

"哈尔森明天下午就可以回家了,刚才医院那边通知我了,说哈尔森可以回家住,定期来医院检查治疗……"张伟说。

"好啊,太好了,明天下午我去医院接你们,王炎今天在家为我们收拾宿舍的,明天我把家里的一些衣服什么的带过去一些,我们以后就在王炎家住一阵子……"陈瑶说。

"嗯,好的,你晚上还过来不?我想死你了……"张伟说。

"呵呵……我一会儿要去开旅游局的一个旅游单位负责人例会,估计开完要晚上,看情况吧,如果不在那里吃饭,我就去医院陪你一会儿,乖乖哦,宝贝……"陈瑶柔声对张伟说着,边下楼穿过马路去了对过的东兴大厦。

下午3点钟,全市旅游单位负责人例会开始,参加会议的是东兴各旅游公司和星级酒店的老板,100多人的会议室坐得满满的。

旅游局长主持会议,先听取大家自由发言,每人发言不超过5分钟。

老徐今天没来,一个陌生的小伙子拿着照相机来回拍照。

陈瑶坐在会场角落,本来是不打算发言的,但是话筒放在了她面前,大家一致要求她讲几句。

于是陈瑶就站起来,例行公事地讲了一些套话,她知道,这样的会议不过是旅游局的一个程序性工作,解决不了什么实际问题的。

陈瑶讲话的时候,那照相的小伙子拿着相机对着陈瑶一阵猛拍,从各个不同的角度,弄得陈瑶有些反感,但也不好多说什么。

自由发言结束后,局长作总结讲话。

局长先是回顾了半季度全市旅游工作的成绩和不足,然后对下一步的全市旅游工作提出要求,最后,局长突然话锋一转,口气变得严厉起来："今天,我想敲打一下个别人,个别旅游公司的老板,自恃做大,自以为了不得,目无领导,不尊重市里分管的领导,极端自由主义……不要忘记了,你这个旅游公司再牛,你是在东兴的地盘上,是在政府的领导和管理下,你再能,也跳不出政府的手掌心,不听话是要后悔的,本局已经将该公司列入局长重点监察名单……"

会场顿时哗然,老板们面面相觑,不知局长说的是谁,在敲打谁。

陈瑶坐在那里,面无表情,心里一沉。

第十六章 | 气急败坏

局长还在继续敲打,他说道:"我们旅游局是代表政府对全市的旅游业主行使行业管理职能,是在市政府的领导下行使这种职能,这种职能既包含着服务,更包含着管理和监督,我想提醒各位旅游公司的老总,大家在赚钱的同时,做事更要三思,大家互相配合支持最好,不要走对抗的路子,胳膊拧不过大腿,任何一个单位或者个人,如果想和政府对抗,那是自寻末路,自找苦吃,在强大的政府和国家机器面前,任何个体的力量都是渺小的,都是在拿鸡蛋碰石头!我们旅游局,是代表政府对大家行使管理职能,而市领导是代表市政府对我们行使领导职能,不尊重领导,就是蔑视政府,就是敌视政府,就是和政府作对,就是自寻死路……"

会场里绝大多数旅游公司的老总都莫名其妙,除了高强和老郑。

老郑和高强坐在陈瑶不远处的侧后方,局长一开始讲这话,高强立马就反应过来,他知道这是局长在为潘唔能开道,在敲打陈瑶。他心里恨得咬牙切齿,恨不得拿刀劈了局长和潘唔能。

不过,高强也确实是只能想想而已,他和潘唔能有着千丝万缕的联系和利益,他不可能拿刀去砍他,再说了,他也没这个能力和胆量。

高强两眼死死盯着陈瑶,有些担心陈瑶,可是,陈瑶坦然自若、面无表情的神态让他不禁有些发毛,从侧面看,陈瑶的表情好像充满了倔强和不服,还有坚定和自若。

高强觉得自己正在站在十字路口上,张伟已经被排挤走了,老潘很快就会对陈瑶动手,自己应该何去何从,要怎样想办法阻止老潘的兽欲呢。

高强脑子里突然冒出一个念头,可不可以买一种药,悄悄下给老潘,让老潘吃了之后变成阳痿,比自己还阳痿,彻底丧失掉性欲呢?

高强为自己的这个计划不禁一振,觉得这计划十分可行,就是不知道能不能搞到这种药。

老郑呢,局长一讲话,也立刻反应过来,认定局长是在敲打自己和陈瑶。敲打陈瑶,是因为潘唔能一心想把陈瑶弄到手,但一直未得满足,故特意秉承局长旨意进行威胁点拨。而敲打自己,一定是因为王军想要那30%股份的事情,借局长之口来警告自己,再次提醒自己不要做聪明而愚蠢的猴子,去得罪山中大王老虎。

老郑紧盯着台上讲话的局长,死死记住局长的每一句话,琢磨着每一句话的含义。然后,老郑看着高强,看着高强盯着陈瑶的眼神和表情,继而又看着陈瑶,看着陈瑶冷峻而不卑不亢的神色,脑子里开始翻江倒海,不由自主按住了手里的公文包。

包里放着今天中午于琴刚给自己的一个光盘,刚刚刻录了王英那晚在南苑大酒店和篮球运动员销魂的全部内容,心里不禁又有些踏实起来。

自己和陈瑶不同,陈瑶是一只羔羊,虽然倔强,但在强大的潘唔能及其御用工具面前终将无能为力,只能任其宰割,因为她手里没有潘唔能的任何把柄。

而自己,除了潘夫人的这个销魂视频,还有办公室保险柜里于琴搜集的更强大的证据,足以保护自己的利益不流失,因为这些都是足以扳倒潘唔能的证据。

面对局长的这种讹诈和威胁,陈瑶都能不慌不忙,自己又有什么可害怕和畏惧的呢?!

想到这里,老郑心里安慰一下,安稳下来,又看了高强一眼,悄声说:"局长这是对着谁来的?"

高强正失魂落魄地看着陈瑶,压根儿也想不到局长这话会和老郑有关,他以为只是单纯对着陈瑶来的,听老郑这么一说,忙缓过神来:"哦……这个啊,我也不知道哦,谁知道呢,没看出局长对谁不满啊……不过,我感觉啊,一定不是我,也不是你……"

说完,高强甚至冲着老郑勉强挤出了一个笑容。

老郑点点头,看着微微骚动的会场,对高强说:"局长在敲打谁,或许只有心里有事的人才会知道,外人是不知道的,说不定,同时敲打了好几个人……"

高强敷衍地点点头,眼睛还是不时看着陈瑶。

陈瑶这会儿心里明镜似的,知道局长的话里的含义和意图,心里充满愤怒和悲哀,助纣为虐,假公济私,可悲!可恨!同时,陈瑶又充满了蔑视,觉得好像是看一帮跳梁小丑在表演。

陈瑶心里唯一没有的是害怕,她被激怒了,心里的叛逆和倔强被充分挖掘出来,她两眼盯着台上大讲特讲的局长,眼里充满了嘲笑和怜悯。

陈瑶用眼光寻找照相的那个小伙子,想起他在自己讲话的时候拍了很多照片,心里突然感到隐隐不安。可是,看遍了会场,发现那小伙子竟然不见了,他应该早已提前走了。

陈瑶心里有些烦躁不安,似有不祥之感。

陈瑶在扭头寻找照相的小伙的时候,看到了坐在一起的高强和老郑,看到高强关注的眼神,她心里一阵厌烦,随即移开眼神。

接着,陈瑶被老郑惶恐不安的面部表情所吸引,老郑是怎么了?难道局长的讲话也在敲打老郑?

陈瑶敏锐的眼神看了几眼老郑,心里立马做出了一个判断,局长是一箭多雕,不仅仅是在敲打自己,也包括老郑,只是,不知道老郑是什么原因让老潘动这番心思的,或许是张伟之前告诉自己的王军的股份的事情?对惜财如命的郑老财来说,这无异于剜心一般疼痛。

会议结束时,主持会议的副局长告诉大家,东兴大厦今晚安排了晚餐,请大家留下吃饭,同时,潘市长也将于百忙之中专门赶过来和大家共进晚餐。

会议结束,大家起立开始往餐厅走去。

陈瑶起身径直向外走,看见老郑和自己一起向外走,微微一笑:"郑总好!"

"陈董好!"老郑也笑着回答,眼里刚才的不安眼神已经消失了。

高强也站在老郑旁边,看着陈瑶,脸上带着笑。

陈瑶应酬似的冲高强微微点了下头,随即将眼光转走。

老郑在旁边,高强自然不会有任何别的表示。

大家慢慢往会议室出口走去。

走到门口,老徐不知道什么时候出现了,正和局长站在门口说话。

局长看见老郑、高强、陈瑶三人,冲老徐说了句什么,老徐随即冲他们招手。

三人走过去。

老徐说:"潘市长一会儿过来吃饭,特意提出你们三位和他一桌吃饭,在368,豪华单间,你们直接过去吧,潘市长一会儿就到。"

局长站在那里,脸上露出大度而和气的笑,说:"市长亲自点名,你们三位可是很有面子啊,呵呵……"

高强忙点头道:"好,好,是啊,呵呵……这就过去。"

老郑意味深长地一笑,冲局长点点头道:"面子也是局长大人给赚来的,没有局长大人,哪里有我们的面子呢?"

陈瑶笑容可掬,冲徐主任和局长微微示意,然后说:"对不起,我还有事,不在这里吃晚饭了,谢谢潘市长的关照,谢谢局长的重视……"

"啊……"老徐脸上有点变色。

"什么……你……"局长有些羞恼,没想到陈瑶在自己敲打之后,竟然依然无视和蔑视,竟然依然走对抗的道路,脸色憋得红了起来。

"陈董……"老郑也颇感意外,他做梦也想不到陈瑶敢这么不给潘市长面子。

"哦……"高强很意外,很惊讶,又很欣慰,他刚才还在想,吃饭的时候自己如果潘唔能借酒调戏陈瑶,自己会不会很尴尬,又应该如何避免尴尬,现在听陈瑶这么一说,心里顿时轻松了起来。

"你……你怎么可以?"局长憋了半天,嗓门有些高,"你怎么可以这样,又不给潘市长面子? 上次大地旅游开业,就因为你,潘市长连饭都没吃就走了,这次,你又……"

老徐紧张地看着陈瑶,额头上开始冒汗。

"局长,我吃不吃饭有这么重要吗? 我是一级领导还是一级政府? 我有何德何能值得诸位领导这么高抬? 一顿工作晚宴,难道因为缺了我一个小女子就不能吃了?"陈瑶不紧不慢地看着局长。

"你……你怎么可以这样说,小陈,潘市长点名邀请你吃晚饭,这是领导的关心和爱护,是领导的重视和关照,是体现了市政府对假日旅游的特殊照顾,你怎么可以这么说呢……"局长的表情有些气急败坏。

"呵呵……谢谢,谢谢领导的垂青,但是,好像这和吃一顿饭无关吧……再说了,敝公司小门面,小生意,实在是够不上级别让领导这么重视和关照……"陈瑶微笑着,不卑不亢地说。

"你……你自己心里要有数,我会上讲了那么多,你不要当耳旁风……"局长的火气渐渐加大,"这饭,你必须留下吃,别人谁都可以不吃,你必须留下吃……"

"笑话,难道吃饭也要绑架?"陈瑶的火气上来了,"局长,明人不说暗话,大家心里打的什么算盘,各人心里都明白,我知道局长权力大,得罪不得,但是,不要逼人太甚,我只是一小民女,只想自己做点小生意赚钱,只想安安稳稳过日子,何必非要和民女为难呢? 再说了,请问局长,如果我不是一个女的,是一个男的,还会一定要邀请我留下吃饭吗? 如果会,那好,我打电话安排公司一副总来,代表公司陪领导吃饭,接受领导的指点和关照,接受领导的垂青和关爱,多给领导端酒敬酒,好不好?"

陈瑶一番话,伶牙俐齿,说得局长半天反应不过来,脸色已经憋成了猪肝色。

老郑、老徐和高强都暗暗赞了陈瑶一个,心里又都很担心陈瑶。

局长半天反应过来,手指着陈瑶说:"好,好,小陈,我是说不了你,我是说不过你,你……你……看来,这个面子,你是一定不给了,是不是?"

局长的话里的语气明显带着威胁和恐吓。

"不是不给,局长,其实,有些事情大家心里都很明白,"陈瑶不紧不慢地说道,"我从小到大做事情就有一个原则,这是我父母教给我的原则,相信局长您在教育子女的时候也会教他们的,你肯定不希望自己的子女违背这个原则,也不想自己的女儿在外面被别人改变这个原则吧? 将心比心,您换位思考一下,也替我想想吧……有些饭,不管我有多大的事情,我是一定会吃的,但是有些饭,即使我没有事情,我是一定不会吃的!这是我的原则,我绝不会改变。局长您是明白人,我想您心里比谁都清楚。"

局长被陈瑶说得脸上挂不住了,手指哆哆嗦嗦指着陈瑶:"你……小陈,你……"

"对不起,我说多了,但是,这是你们逼的呀,"陈瑶神色冷峻,"一帮大男人欺负一个女人,算什么英雄?我知道你们位高权重,不能得罪,但是,官逼民反,民不得不反,你们硬逼着我说这话,我不得不说,如果您看着我不顺眼,看着我这公司不顺眼,您干脆就下个指令,关掉我的公司算了……"

局长这会儿慢慢恢复了情绪,勉强笑着说:"小陈,你刚才的话说得太重了,我怎么会借权压人呢,你的公司开得这么好,又很合法,我怎么会官报私仇呢,再说了,咱们是朋友,哪里有什么私仇呢?我就是局长,也不能随便就关掉你的公司啊……呵呵……其实啊,没什么大事,就是大家一起吃顿晚饭嘛,交流交流,谈谈心,你可不能这么恶意攻击领导啊……"

陈瑶也恢复了微笑,说:"谢谢领导的关爱,呵呵……我知道局长是一个好官,奉公廉洁,公正清明,鞠躬尽瘁,绝对不会打击报复的,只是我这小民意识落后,思想龌龊了……至于吃饭,请转告领导,十分感谢,真的十分感谢,只是恕难从命……"

说完,陈瑶不想再和他们做无谓的纠缠了,只是礼貌地点点头道:"各位,祝你们晚餐愉快,我告辞了……"

陈瑶从容地走了,留下一串高跟鞋在地板上清脆的敲击声。

高强心里终于松了一口气,心里暗暗高兴。

老郑心里暗自好笑,幸灾乐祸,等着看局长如何收场。

老徐擦擦额头的汗,心里既宽慰又着急,替陈瑶宽慰,又一次脱身成功;替局长着急,局长没留住陈瑶,如何向潘市长交代呢?恐怕又少不得挨潘市长一顿臭骂。

老徐还有一个心事,那就是今天开会,自己有事外出,没能来照相,局长专门安排了一个办公室的小伙子负责照相,并专门嘱咐,要给会上每一位发言者多照几张个人特写,照完发到自己的电脑里。

老徐心里有些着急,但是很无奈,这办公室的小伙子是局长的亲外甥,自己平时根本就管不了。

局长面如死灰,潘市长交代给自己的任务,完成了一件,另一件泡汤了。他知道自己很快就将面临潘市长的一顿劈头臭骂。

局长抬起头,看着老郑和高强,有气无力地说:"你们去单间吧,今晚好好给潘市长敬酒……"

陈瑶边往楼下走,边回味起局长刚才讲话的内容和神态,心里充满了愤怒、鄙视,做人,做官,到了如此无耻和卑躬屈膝的地步,悲哀!

如果触及到了自己的底线,即使被他们公报私仇,也绝不屈服!陈瑶心里狠狠地鼓励自己,大不了关掉公司,也绝不让小人的无耻行径得逞。

一想起潘唔能的嘴脸,陈瑶心里就一阵恶心。

陈瑶边走边给张伟打了个电话,告诉自己一会儿过去和他一起吃饭,路上会买了吃的带过去。

张伟要陈瑶买点烤肉带过来,在电话里向往地说:"好久没吃烤肉了,食欲很强烈哦……"

陈瑶笑着答应:"呵呵……馋鬼……先吃烤肉吧,我买了带过去……"

医院通知,明天哈尔森就可以回家住了,王炎今天已经收拾好了张伟和陈瑶住的房间。

和张伟打完电话,陈瑶的心情好起来,一天不见张伟了,还挺想的,想这个小馋猫,小傻熊。

陈瑶轻松地下楼后,直接步行到大厦门口,刚要出大厅门,正好看见潘唔能的专车开进来,停在大厦大厅门口。

陈瑶忙回身,退到大厅门右侧的帷幕后面,侧身看着外面的街景。

潘唔能下车后,习惯性地左右扫视了一下,表情矜持而傲慢,带着惯有的俯视一切的目光,在秘书的引导下,慢悠悠地进了大厦大厅,然后直奔电梯。

陈瑶站在帷幕侧后方,等潘唔能下车步入大厅,上了电梯后,才疾步出门。

离开东兴大厦后,陈瑶重重地呼了一口气,穿过马路,回到公司,简单收拾了一下办公室,然后开车出门,买了晚饭,直接去了医院。

路上,陈瑶又想起了那照相的小伙子,给老徐拨通了电话。

"徐主任,你现在讲话方便不?"陈瑶边开车边说。

"哦……饭菜在冰箱里……中午剩下的……"老徐在电话里夸张地说道。

陈瑶听到电话里还有别人讲话的声音,明白了,不说话,继续听着电话。

几秒钟后,电话里的嘈杂声音没有了,传来老徐的声音:"陈董,好了……刚才在吃饭的单间里呢。"

"理解,我明白,呵呵……"陈瑶笑着说道,"刚才讲话多有得罪,还望局长大人和你老兄不要见怪。"

"呵呵……没关系,我是没有什么关系的,"老徐说,"你刚才那话讲得很重,很有分量,很有力度,很有意味,你走后,局长的脸一阵红一阵白,一阵青一阵紫,我还是第一次见有人敢这么对局长讲话……"

"唉……徐大哥,下午的事你也都看见了,我这是逼得没有办法,难道我想得罪局长吗?他助纣为虐,丧志了良心和道德,无耻之至,我没办法,只得那么说他……"陈瑶对老徐说道。

"嗯……"老徐无语地接过话头,一会儿说,"唉……人在江湖,有时候也身不由己啊,像我,也是助纣为虐啊……三尺红尘,总也看不破……其实啊,看透了,也就好了……"

"徐大哥,你是好人,我没有说你的意思,你别误会,"陈瑶忙说,"我知道你有时候很无奈,很无力,我没有责怪你的意思……"

"陈董,我也不是好人,哎……只要你那天不记恨我就好……"老徐自嘲地说了一句,又说,"你给我打电话,有事吗?"

"嗯……今天你怎么没来参加会议呢?"陈瑶谨慎地问道。

"我下午在办公室忙着赶一个紧急材料,急着要报省局的,没过来参加会议,怎么……"老徐问道。

"嗯……哦……下午开会的时候,我看到一个照相的小伙子,很陌生呢。"陈瑶说道。

"哦,那是我们办公室的小王,局长安排他照相的。"老徐说道,"怎么?有什么问题吗?"

"嗯……这个,我发言的时候,他特意对着我照了很多照片,各个方位的都有,我觉得夸张了一些……"陈瑶说。

老徐心里有数了,停顿了片刻,对陈瑶说:"哦……这事啊,你不要多想,局里准备出一期内部期刊,多拍了做资料用的……"

"哦……"陈瑶稍微有点放心,"那就好,那就好。"

"还有事吗?"老徐问道。

"没事了,徐大哥,打扰了,你去忙吧。"陈瑶忙对老徐说道。

挂了电话,陈瑶直奔医院。

挂了电话,老徐直接去另外吃饭的房间找到小王:"小王,我看看你相机里今天拍的照片……"

小王忙拿出相机给老徐:"徐主任,拍得不好,您审查筛选一下。"

老徐打开相机后开始浏览下午拍的那些照片,边浏览边删除一些拍得不好的,浏览到陈瑶的部分时,老徐全部给删除了。

然后,老徐将相机还给小王:"不错,小王,拍得不错,很有进步,抓点抓角度很到位,重点突出,人物和景物搭配得当……"

"徐主任夸奖了……"小王得意地说了一句。

"照片都存电脑了吗?"老徐刚要走,又突然问了一句。

"没有,"小王回答,"不过,我复制了一份,存到U盘里给局长了,他要的……"

老徐心一沉,一阵沮丧,自己行动还是晚了。

老徐拖着沉重的步伐回到吃饭的房间,潘唔能吃饭的房间。

房间里气氛有些冷,潘唔能无精打采地坐在中间,漠然看着陪坐的各位局领导和老高、老郑他们。

局长表情紧张,凑近潘唔能跟前说着什么,一会儿掏出一个U盘递给他。

潘唔能脸上的表情缓和了一下,接过U盘,然后瞟了老徐一眼。

老徐心里明白是怎么回事,心里又升起一丝希望。

又过了一会儿,局长另外找的女人到了,局里一位漂亮的少妇,刚离婚几个月,和局长关系比较暧昧,穿得花枝招展,专门过来陪潘唔能吃饭喝酒。

少妇的到来,让房间里的气氛稍微缓和了一些,空气开始变得活泼起来,少妇坐到潘唔能旁边,给潘唔能倒酒递烟。

潘唔能瞟了几眼少妇高耸的乳房和洁白的皮肤,还有妩媚而姣好的面容,点了点头:"会喝酒不?"

"会一点,不过,比潘市长可差远了……"少妇讨好地对潘唔能说。

"倒上,喝白酒。"潘唔能说,语气不容置疑。

少妇不敢不从,忙给自己倒上白酒。

"喝!"潘唔能举起酒杯,看了看大家,然后一饮而尽。

大家忙举杯,也一饮而尽。

少妇也连忙跟着干了,喝完,忙站起来弯腰给潘唔能倒酒。

潘唔能从少妇的领口看到少妇丰满的乳房外围,心中一荡,对局长说:"你们局的?"

"是,是,我们局秘书科的小宋。"局长忙回答。

"小宋,我怎么以前没见过,叫宋……"潘唔能看着少妇婀娜的身材,不禁心猿意马。

"宋佳!"少妇忙回答,冲潘唔能莞尔一笑,"潘市长,您贵人眼高,哪里会看见我们这等小职员呢。"

潘唔能笑了,随手亲切地拍拍宋佳的大腿:"坐下吧,嗯……不错……"

局长会意了,心里一阵酸涩的感觉,看着宋佳。

宋佳这会儿看都不看局长一眼,一直围着潘唔能转悠,又是干杯、又是倒水倒酒,又是点烟。

潘唔能高兴起来,招呼大家喝酒,然后又不时和宋佳悄悄耳语着什么,宋佳满面春风,不时点头。

局长有些后悔让宋佳来了，可是已经如此，也没办法了，心里一阵懊丧。

老徐看着局长的表情，心里暗暗好笑，局长的女人看来要飞了，要成潘唔能的盘中餐了。

席间，老郑和老高也分别给潘唔能敬酒，潘唔能看着老郑问："郑总，今天会议收获大不大？"

老郑看着潘唔能犀利而迷幻的眼神，心中一震，潘唔能的眼神之所以犀利，是因为多年的官场生涯造就，之所以迷幻，是因为长期的溜冰所致。

老郑知道潘唔能问自己这话的意思，他知道局长一定把自己开会的内容以及自己讲话的内容给潘唔能汇报了，知道潘唔能是想再巩固一下会议的成果。

老郑看了一眼局长，笑呵呵地对潘唔能说："大，会议收获很大，特别是局长的讲话，高屋建瓴，高瞻远瞩，切中要害，分析得当，阐述明晰，很有意义，很受教育……"

潘唔能微微一笑道："郑总悟性很强，我想你一定对局长的讲话理解很透彻，我想，理解是一回事，关键还是要抓落实，尽快抓落实，你说呢？"

老郑心一横，说："嗯……是的，我看也是，是应该抓落实了，早晚都要抓落实的，不抓不行了……"

潘唔能没有听出老郑话里的意思，他也不可能听出来，他不相信老郑会有这么大的胆子敢向他的权威挑战。除了陈瑶，目前还没有一家旅游公司的老板敢于挑战自己。

"那就好，郑总不愧是宁州大地方过来的老板，识时务，懂大局，有眼光，明事理……"潘唔能用只有自己和老郑才明白的语言说着，举起酒杯，"郑总，干一杯。"

老郑恭恭敬敬地和潘唔能碰杯，喝掉。

潘唔能然后看着高强说："高总，我们也来干一杯，你虽然来东兴比郑总晚，但是革命不分前后，投资者都是上帝，你融入东兴的速度还是很快的……"

高强忙站起来碰杯："感谢潘市长栽培关照，希望以后继续得到潘市长的关照。"

"好说，好说，"潘唔能放下酒杯，看着老高和老郑，"你们俩是来东兴投资旅游的优秀代表，我准备推出你们两个典型，我已经安排局长了，很快就上报你们的材料……"

局长一愣神，潘市长什么时候和自己说过了？不过很快就反应过来，忙点头道："是的，是的，潘市长专门批示过这事，我们局里正在抓落实，很快就落实下来。"

潘唔能显然对局长的反应很满意，点点头说："安排专人跟进这件工作。"

局长忙点头。

老郑和老高又一次举杯感谢潘唔能，说："感谢潘市长高看一眼，厚爱一层。"

潘唔能呵呵笑着，说："哎……别客气了，你们，是上帝，我得感谢你们来东兴投资兴业啊，还有，这都是你们自己努力的结果，事在人为嘛……"

然后,潘唔能就又开始和宋佳喝酒说笑,一会儿扭头对局长说:"以后你们局里给我送材料的活,就让宋佳干吧,我看她办事说话很利索,蛮合适的……"

局长有苦说不出,只能点头。

然后,潘唔能把手伸进宋佳的裙子,轻轻摸着她的大腿,笑着说:"好不好啊?小宋。"

"能为潘市长服务,是我的光荣。"宋佳忙红着脸回答。

潘唔能满意地点点头,一会儿悄悄贴着宋佳的耳朵,说:"晚饭后你等我电话,别回家了。"

宋佳默不作声,含羞地点点头。

局长看在眼里,急在心里。

老徐看在眼里,乐在心里。

饭后,宋佳直接先告辞离去,潘唔能看着老徐,说:"你跟我到办公室来一趟。"

局长看宋佳先走了,心里稍微安慰了一下,然后对老徐说:"去吧,跟潘市长去吧。"

老徐心里大概能猜到是什么事情,也就上了潘唔能的车。

上车后,老徐坐在前排,才发现宋佳已经上了潘唔能车的后排了。

路上,潘唔能和宋佳在后座都没有出声,但是发出了一些暧昧的声音,宋佳间或发出一声轻微的呻吟。

老徐知道他们俩在干嘛,干脆充耳不闻。

驾驶员显然是司空见惯,将观后镜一扭,缓缓地开车。

到了市政府,潘唔能用纸巾擦了擦手,径直下车,老徐也下车,宋佳留在了车上。

老徐知道今晚潘唔能是要带宋佳过夜了,宋佳是在车上等潘唔能的。

老徐突然觉得很悲哀,不知道是潘唔能的悲哀,还是局长的悲哀,还是宋佳的悲哀,抑或,是自己的悲哀……

进了潘唔能办公室,潘唔能打开电脑,掏出U盘,示意老徐坐过去,说:"这里有陈瑶的照片,你给我挑一张好的,设置为电脑桌面。"

老徐知道潘唔能不会操作电脑,电脑对他来说,就是打扑克和看视频的工具,他连字都不会打。

老徐默不作声,插上U盘,找出照片,设置为电脑桌面。

潘唔能满意地看了半天,说:"真好看,真他妈漂亮,唉……要是能弄到手,爽死了……"

老徐站起来,问:"潘市长,还有事吗?"

"嗯……你那个,"潘唔能指指U盘,"你带着,找一家制作机构,去给我做一张放大的裸体照片,换头像……"

老徐默然点头,转身要走。

"等等,"潘唔能又叫住老徐,"对了,那个宋佳,是不是和你们局长有一腿?"

老徐吃了一惊,问:"潘市长,您为什么这么说?"

"我看出来的。"潘唔能狡猾地笑了。

"我不知道啊,我平时不注意看的。"老徐回答。

"嗯……好吧,这事,我带宋佳出来的事,不要告诉任何人,特别是你们局长……"潘唔能说。

老徐点点头离去。

潘唔能下楼,上车,搂过宋佳,边对司机说:"走,老地方。"

到了郊区别墅,潘唔能和宋佳下车进去。

潘唔能对每一个新到手的女人总是充满着兴趣和情欲,对宋佳也不例外。等第一轮过后,潘唔能才满足地坐起来,边抽烟边对宋佳说:"你和你们局长有一腿,是不是?"

宋佳脸色绯红,躺在沙发上,看着潘唔能,一愣,问:"怎么说?"

潘唔能抽了两口,说:"我看出来了,这局长真他妈混蛋,雪藏了你,要不是今天我生气,恐怕他还不把你叫出来,妈的……这样,我和你的事,不要让你们局长知道……"

宋佳默默点头。

"还有,以后你不准再和他有任何关系,一刀两断,听见没有?"潘唔能说道。

"嗯……"宋佳又点点头。

"和我好,好处比你们局长大多了,他算个鸟啊……"潘唔能不屑地说,"以后,你就做我的情妇吧,有事,我会给你打电话的……"

宋佳乖乖地点头。

潘唔能更满意地点点头,拍拍宋佳的臀部,说:"过来,和我一起洗澡,伺候我。洗完澡,我叫你见识个好东西,今晚爽死你……"

说完,潘唔能拉着宋佳脱光衣服进了卫生间……

享受完宋佳在淋浴中的服务,潘唔能心满意足出来,从抽屉里拿出一个冰壶,还有烤好的几条锡纸,对宋佳说:"过来,老子给你吸几口……"

宋佳带着不解和好奇,凑了过去……

第十七章 又见新欢

老徐出了市政府大门,没有回家,直接去了办公室,打开电脑插上 U 盘,打开照片,看着会议上陈瑶发言的那些特写,盯着电脑屏幕发呆,盘算着怎么应对潘唔能。

正发愣,局长推门进来了,脸色不大好。

"局长,你还没回家?"老徐忙站起来。

"嗯……我来办公室看个文件……"局长说着看看老徐,"你不是去潘市长那里去了吗?"

"潘市长有点小事,让我帮他调试电脑,弄完了,我就回来了。"老徐说。

"宋佳是不是在潘市长车上?"局长紧盯着老徐,"我打她电话,一直关机。"

"这个……我……不知道……"老徐看着局长的眼神,一时有些慌乱,"我没注意啊……"

局长明白了,颓然出了一口气,说:"好了,我知道了,你别说了……"

局长脸色阴沉,冷冷地看着窗外,骂了一句,然后扭身出去了。

老徐不知道局长是在骂潘唔能还是在骂宋佳,但是此刻老徐理解局长的心情,自己的女人被别人征用了,心里的滋味一定不好受。

就好像老徐有时候会想起赵淑和小阮一样,那种剜心的感觉。

老徐心里深深地同情局长,又觉得很好笑。

老徐对自己婚姻的命运感到很悲哀,又觉得很解脱。

想起潘唔能和宋佳在车里的动静,老徐突然觉得身体阵阵发热。

老徐点燃一支烟,抽了几口,然后摸起电话:"晓华,你在哪里?"

"我在宿舍,你呢?"

"办公室,刚忙完,今晚有空吗?"老徐问。

"嗯……有空,阿龙出差还没回来……去哪里?"对方的口气很爽快。

"来我家吧,我一会儿就回家。"老徐说道。

"好的,我一会儿关机,不然阿龙会打我电话,我直接在你家楼下等你……"对方说。

"好的,一会儿见。"

老徐说完,挂死电话,关上电脑,起身关门离去。

不用说,和老徐打电话的这个女人是顾晓华。

30 分钟后,老徐和顾晓华一起出现在老徐的家中。

老徐一进门就有些按捺不住,抱着顾晓华又亲又摸……

顾晓华让老徐摸了一会儿,等老徐稍微平静下来,然后挣脱开,环顾了一下房间,皱皱眉头说:"这房子都成了猪窝了,你就不知道打扫一下……"

老徐往沙发上一坐,说:"唉……单身汉的日子,没精力,没兴趣打扫……"

顾晓华没说话,急忙开始收拾房间,直干了 20 多分钟,才将房子初步打扫干净,出了一口气,问:"徐哥,离婚的日子不好过吧?"

老徐伸手把顾晓华拉过来,放躺在沙发上,边继续抚摸顾晓华的身体边说:"是啊,没有女人,很难熬的,今天实在是忍不住了,才叫你来……"

顾晓华对老徐说:"你就是因为想女人了,才想叫我来供你发泄,是不是?平时你理都不理我……"

"不是,"老徐坐在沙发上,"我其实很喜欢你的,但是,我年龄比你大 10 多岁,又是结过婚的,我没什么资格对你提别的要求的……"

"你是不是觉得我就是因为求你办事才让你弄的?"顾晓华又说。

"不是的,我知道你不是那种女人,你不是乱来的女人。"老徐说。

"可我觉得我也不是什么好女人呢,我有男朋友,却在外面和你这种关系……说实在的,我和你的第一次,真的是因为想求你办事,才……可是,后来的几次,都是我自愿的,我觉得你这个人挺好的,很宽厚、成熟、稳重,阿龙呢,心胸狭窄、度量小、自私……唉……老男人有老男人的好处,知道疼人……"顾晓华轻轻地抚摸着老徐。

老徐一下子来了精神,问:"晓华,我问你,你愿意不愿意和我结婚?跟着我?"

顾晓华看了看老徐,说:"老徐,我问你,你愿意不愿意娶我?要我做你的老婆?"

老徐兴奋起来,说:"当然愿意,我是求之不得,就是不敢说,怕你不愿意,自己讨没趣。"

顾晓华说:"其实,自从和你有了那事之后,我和阿龙做那事就没感觉了,只有闭上眼,把他想象成是你,才会有激情……阿龙不在的日子,我自己一个人感觉就很舒服,很悠闲,他一回来,我就紧张,他性欲太旺了,每天都要,就是我来例假,也不放过我……我也受够了,他除了和我做爱,基本就不和我说话……"

老徐把顾晓华搂过来,说:"晓华,我很喜欢你,我和你在一起,感觉自己又年轻了,又自信了,又找回活力了,我不光是喜欢和你做爱,我还喜欢和你待在一起说话,一起聊天……要不,你和他分手吧,搬到这边来住……等时机合适,我们就结婚……"

顾晓华点点头，说："我会找个时间专门和他谈的，其实，我觉得他对我也没感觉了，除了做爱，基本不谈别的，我成了他发泄性欲的工具了……好无聊，好没意思……"

老徐呵呵笑了，说："可是，晓华，我和你在一起，也是一个劲儿地想……一直想不停地……"

顾晓华笑了，说："徐哥，你和他不同，我喜欢你弄我，我喜欢你和我一起……"

老徐很高兴，把顾晓华抱起来，进了卧室，放到床上，又压了上去，"晓华，我又想了……"

饭后，老郑回到办事处，于琴正在宿舍等他。

于琴刚洗完澡，穿了一件薄如蝉翼的睡衣，里面什么都没穿。

老郑先去了办公室，从保险柜里拿出那大信封，然后去了宿舍。

一进门，老郑顾不上欣赏于琴的风骚，先打开大信封，仔细查看那里面的东西。

于琴看老郑的样子，心里有些意外，问："一凡，咋了，干吗这么紧张？"

老郑不说话，仔细翻看于琴准备的那些东西，好一会儿才长长出了一口气，看于琴，说："老婆，你他妈的真厉害，这些东西很具有杀伤力，很硬，看不出，你还有这么一手……"

于琴得意地一笑，说："狗日的，你以为老娘傻啊，老娘不是废物，嘿嘿……"

老郑满意地点点头，将那些东西重新装好，钉上，放进床头柜里。

"怎么？要用了？"于琴看着老郑。

"嗯……我看，快要到揭盖子的时候了，我本善良，豺狼当道，事出无奈，只能如此了……"老郑叹息了一声，"这些东西很好，很有杀伤力，我看，得随时准备让它出动……"

"你要考虑周全，防止留下后遗症。"于琴半躺在床上，看着老郑。

"凡事不可能十分周全，只要能比较周全也就可以了，"老郑也脱衣坐到床上，打开床头电视，边说，"老潘步步紧逼，老梁一个劲地催，我本无意去放老潘，但是，老潘太贪婪了，他逼我，我只能自卫……官逼民反，民不得不反……"

"防止老潘反咬你一口，他可不是这么容易就能被放倒的，我看，这材料啊，现在暂缓用。"于琴看着老郑说。

"什么意思？你有更好的主意？"老郑扭头看着老郑。

"咱们手里还有一个杀手锏啊，傻蛋，老娘给你的那个光盘呢？"于琴对老郑说。

"在我包里，"老郑说着下床拿包，拿出光盘，"这个怎么用？"

"呵呵……你想不出了？"于琴接过光盘，小心地看了看，边放进播放机里，"看看效果如何，咱们看看市长夫人的现场直播……"

"快说，你什么打算，骚货，就知道看现场直播……"老郑有些着急，伸手摸着于琴的前胸，"老子给你摸着，你快说……"

于琴舒服地半躺在老郑怀里,暂时没有播放碟片,按了暂停,对老郑说:"你他妈的聪明一世,鬼点子这么多,没想出用这碟片下手吗?"

"没有,你说吧。"老郑催促着于琴,"少他妈的卖关子,说。"

"从这碟片入手,我带着碟片去找王英,从王英切入……"于琴边说边看着老郑,"狗日的,明白了吗?"

"呵呵……"老郑迅速反应过来,"知道了,明白了,你的意思是用这碟片要挟王英,让王英给老潘施加压力,逼老潘放弃这股份的事情,是不是?"

"算你狗日的还有脑子,正是如此,他老潘不仁,但是咱还不能和他发生正面交锋,起码目前,尽量避免,不然风险太大,咱们用这碟片,王英有把柄在我们手里,官太太最怕的是名声坏了,一定会屈从,然后,我让王英去找潘唔能,让他放弃这股份,而且,还要说得很冠冕堂皇,不能让老潘知道是我们逼迫王英去办的,当然,我们也要为王英做好保密工作,不让碟片外流……这也算是我们的绝地反击,他们逼的……"说着,于琴按了播放键,开始播放碟片。

"老婆,真有你的,我爱死你了。"老郑很高兴,心里轻松起来,"这样好,尽量能在不伤大家和气的情况下,保全咱们的财产。"

"是的,即使伤了和王英的和气,也无所谓,一个臭娘们,有把柄在我们手里,也不敢做声的。"于琴看着电视里播放的王英和男生胡搞的录像说道。

"于林和赵波谈恋爱的,你知道吗?"老郑对于琴说。

"知道,我早就知道,他们俩已经有那事了,"于琴说,"赵波我看不错,很老实,性格和于林正好互补,一个内向,一个外向……"

"你早就知道了啊,赵波这小子可这有福气,于林可是很鲜嫩的……"老郑调侃道,伸手摸着于琴的身体。

"狗日的,别打我妹妹的主意了,你就好好在我身上用力气吧,妈的……""老娘伺候你还不够好?"

老郑呵呵地笑了,说:"女人,从来不嫌多的,多多益善……"

于琴有些恼火,打了老郑一巴掌,说:"你也该玩够了,收收心吧,有过这经历就行了,别玩起来没头……我也玩够了,咱们都收心,开始做好人,开始过正儿八经的日子……我郑重警告你,郑一凡,如果以后再给我吸毒找女人,我就让你下岗……到时候你后悔都没得地方,我知道你不是老高,但是,我也不是何英,相信不,我有足够的能力掀翻你……"

老郑心里又是一紧张!

第二天,老徐刚进办公室,潘唔能的电话到了,他说:"两个事,第一,宋佳今天不去局里上班了,和我一起有事情,你们不要记考勤;第二,我交代你的事,抓紧落实,那裸体照片一定要找年轻的,清晰度高的……"

老徐心里一阵呕吐感,强压住,对潘唔能说:"我知道了。"

打完电话,老徐插上U盘,打开照片,看着陈瑶的几张特写,脑子里思考起来。

昨晚,老徐和顾晓华谈了很多,谈到了他们自己,谈到了婚姻,谈到了将来,谈到了阿龙,谈到了各自的真实感觉。老徐性欲并不强烈,可能是因为体胖的缘故,只是偶尔会有冲动。或许是因为顾晓华年轻活力的身体激发了他的力量和冲动,三次对老徐来说几乎是破天荒了。

对于老徐来说,重新组建一个家庭是很重要的事情,赵淑带走了孩子,也带走了昔日家庭的欢声笑语和温馨和谐,每每自己回到空荡荡的房子,想起往日的一幕一幕,就不禁寂寥起来。

顾晓华和自己保持地下情人关系已经一个多月了,他们的第一次也是在他的家中,那是顾晓华因为办事情请他吃饭,然后搀扶喝醉酒的他回家,他借酒劲撩拨了几下,而顾晓华也就半推半倒在了他怀里。

事后,老徐很后悔,觉得自己很对不住人家,卖力地给顾晓华办完了事情,打算将此事过去算了。没曾想,顾晓华却喜欢上了自己,说自己忠厚成熟,值得信赖,特意又在外面开房间约自己出去了几次。

男追女,隔座山,女追男,隔层纱,对于单身的老徐来说,很难拒绝这种诱惑,何况顾晓华长得并不难看,甚至可以说是风华正茂,青春靓丽。

昨晚,两人揭开了盖子,捅破了那层纸,自然更加亲密起来。顾晓华决意要和老徐走到一起,走入婚姻和事实的爱情。

顾晓华对男女之事也看透了,现在的男人,有几个能不在外面找女人的呢? 只不过隐藏有深有浅罢了。她觉得像老徐这样的人,不贪色,做老公最保险,而且做事情稳重,人到中年,思想成熟,知道疼女人,珍惜女人,不容易。相比自己的那个阿龙,除了一味在自己身体上享受,别的几乎什么都不管不问,二者简直是天壤之别。

两人昨晚一夜没睡,更多时间是在一起交流谈心,谈各自的心里感受,谈现实中的生活和婚姻,谈实际的不远的将来,谈大家共同熟悉的人和事……当然,老徐也自然地谈起了陈瑶,谈起了张伟,谈起了潘唔能,谈起了潘唔能对陈瑶的罪恶图谋和不测之心,谈起了陈瑶舌战局长的精彩片段。

顾晓华认真地听老徐说完,对老徐说:"徐哥,说实在的,我早就看好张伟和陈瑶,他们俩就是前生的一对,今生的缘分,命中注定他们是要走到一起。我对他们是印象很好的,张伟性格粗鲁直率,典型的北方人的豪爽性格,讲义气,重情义,人品不错,喜爱结交朋友,做事情敢作敢当;陈瑶呢,善良热心,乐善好施,为人正直,息事宁人,但不依附权贵,洁身自好。

"我觉得,你要是能帮他们呢,一定要尽量帮他们,他们是好人,咱也做点好事,就算是给自己积德了。积德多了,下半生就会有好报,后代就会有好报……潘唔能作恶太多,不是不报,时辰未到,最后总会有一天得到报应的……你跟随潘唔能,被动之下也做了一些违心的事情,抓紧改过弥补吧。

"张伟、陈瑶和我们之间,没有什么利益冲突,我们和他们是可以做朋友的,帮助他们,对我们有百利而无一害,既积善成德,还交了一对好朋友……当然,你要根据你的实际情况来做,不能因为这个损害了你的仕途和前途,要尽量处理好和潘唔能还有你们局长的关系……"

顾晓华的一番长篇大论,正说到老徐的心坎上,老徐觉得自己真的是找到了知音,不由一声长叹:"唉……宦海浮沉,你争我斗,功名利禄,只为那一顶红帽子,只为那一阵衣锦荣华富贵,50岁以后,一切皆无,烟消云散,退居二线……想一想,很空,很没有意思。"

顾晓华很赞同老徐的看法,沉思半天,给老徐提出了一条建议:走中庸之道,给自己留好后路,确保自己任何时候都可进可退。

老徐茅塞顿开,顾晓华的建议正是自保的前提下谋求进步,典型的以守为攻。

老徐觉得顾晓华正是自己要找的知己,因此昨夜也就格外的温存,竭尽全力伺候好顾晓华,倒是顾晓华主动提醒他不必这么卖力气,注意自己身体要紧,顺其自然就是。

老徐记着顾晓华昨晚的话,今天一上班就打开电脑,插上U盘,盯着陈瑶的照片在琢磨。

老徐将陈瑶的照片集中剪切到了一个文件夹里,30多张,拍的质量很高,很清晰。

老徐将鼠标移动到文件夹上,按动右键,将鼠标移到"删除"位置上,心里举棋不定,犹豫了片刻,思忖再三,咬咬牙,点击鼠标左键,将文件夹删除。随后,一不做二不休,又直接清空回收站。

做完这事,老徐像是卸下了一个包袱,重重地舒了一口气。不过,他心里也还有一丝遗憾,昨晚潘唔能的电脑桌面上留下了陈瑶的头像特写,自己昨晚没办法,只能这么做。

老徐觉得很遗憾,希望能有机会去删除掉,当然,要是能把他的电脑破坏掉最好。

删掉了图片,老徐心里又感到不安,自己如何向潘唔能回复呢?

老徐去局长办公室送材料,局长看着老徐,问:"宋佳今天电话还是打不通,她来没来上班?"

"潘市长刚才来电话了,说宋佳今天不来上班了,说和他一起有事情。"老徐看着局长,同情地说道。

局长的脸色一下子变得很难看,心里暗暗诅咒潘唔能:狗日的,老子的女人也不放过!

145

第十八章 绝地反击

　　一想到自己的女人被潘唔能在别墅里肆意玩弄，任意蹂躏，局长心里就怒火中烧；一想到宋佳主动投怀送抱巴结潘唔能，局长就恨得咬牙切齿：小贱人，攀上高枝了，不把老子放在眼里了；可一想到潘唔能是自己的顶头上司，分管市领导，局长又感觉很无奈很无力很悲哀很伤感……

　　局长很快恢复了正常的神色，说："哦，我知道了，潘市长既然安排了，就听他的吧，另外，根据昨晚潘市长的指示，以后局里和潘市长之间的材料送达工作，由宋佳来担任吧，也不要再给宋佳安排别的工作了……"

　　老徐点点头，说："行，我这就安排。"

　　"还有，关于假日旅游……"局长脸色铁青，心里恨得痒痒的，要不是昨晚陈瑶的离去，自己也不至于找宋佳过来填补空缺，也不至于把自己的女人送给潘唔能去霸占，想起这一点，局长就把怒气发到陈瑶身上了，对老徐说，"你通知行管科，全面审查假日旅游的所有工作项目，对我们旅游局能监察的项目进行全面监察。先不要惊动他们，从内部电脑资料上审核……今后，所有关于假日旅游的事项，没有我的批准，一律不得放行！"

　　局长的眼里充满怒气和杀气，老徐看了心里一跳，局长要下手了，要把自己的女人被别人霸占的怒火转移到陈瑶身上了，要拿假日旅游开刀了。

　　老徐唯唯诺诺地答应着，局长的座机突然响了，一接，是潘唔能打过来的。

　　局长的脸上瞬间堆满了笑容，口气也变得谦恭起来："潘市长，您好，您有什么吩咐……"

　　潘唔能接下来的话让局长大吃一惊，他说："昨晚吃饭，那假日旅游的陈瑶蔑视本市长，狂妄之极，气焰嚣张，今儿个，我越想越气，这对此，决不能姑息纵容，你，你们，作为主管部门，有没有责任？"

　　"我们管理失职，我们有责任，"局长忙说，"我们正在讨论这个事情，决意要加强对旅游单位的管理……"

"我建议,"潘唔能的声音在电话里听起来很响,老徐坐在旁边听得清清楚楚,"既然这是你们工作的失职,我建议,你们从局内部,结合你们局本身的管理和监察职能,对全市的旅游公司来一次清查,当然,如果时间紧张,可以先列出几个或者一个重点单位,重点监察,重点摸排,重点清理,我的意思你明白没有?"

局长很意外,潘唔能的话里的含义竟然和自己刚才的意思如此巧合,忙说:"听明白了,明白了……"

"对重点单位的清理监察,我要亲自过问,要直接将情况报给我,没有我的批准,重点单位的任何项目不得批准,不得放行,不得开口子……"

潘唔能的话里充满了腾腾的杀机。

局长一个寒噤,明白潘唔能的意思,他比自己更直接,更狠,更明确。

局长知道潘唔能是不把陈瑶弄到手不罢休了,他最大的爱好就是敛财玩女人,此次被陈瑶如此冷落,自然不肯算完,这次他是下了狠心要拿假日旅游下手,逼陈瑶就范了。

局长放下电话,看着老徐,说:"行了,刚才我说的话等于没说,这回是潘市长亲自过问了,亲自下指示了,和我刚才基本一个意思,估计你刚才也听到了,昨天陈瑶拒不陪酒,把潘市长惹怒了,这次是真的怒了……去吧,去落实我刚才的安排,这次要直接上报潘市长了……"

老徐心里一阵惊惧,一阵冷缩,看着局长,说:"局长,这……这按照工作程序,直接报市长是越级啊,得先报分管副局长,再报您,然后,局里再……"

"嗨!你真是个榆木脑袋,怎么就想不通呢?怪不得潘市长老说你脑筋转弯慢,开窍慢,这事你还想不通吗?什么工作程序,什么越级,狗屁,都是狗屁,领导的话就是工作程序,就是最高指示,就是工作规定,我们做下属的,不要问这么多为什么,不要想那么多为什么,只管去努力工作就是……"局长耐心地开导下属,"这次局里要提拔一个党组成员,这可是副县级职位,我往上推荐的是你,你可要自己把握住,潘市长那边,我会多多说好话的……市政府在征求意见的时候,潘市长是分管领导,意见很重要的……"

老徐头上冒汗,连连点头,说:"谢谢局长栽培,我知道该怎么去做了,我会努力工作的……"

局长点点头,说:"这就对了,记住,服从是下属的天职,和领导对抗,绝没有好下场,官大一级压死人,这句老话说的真有道理啊……你是聪明人,这官场你混了也不是一天两天了,局里这么多中层正科级,都在眼巴巴看着这个副县级职位,都在往上找人,托关系……外单位也有一些人瞄着呢,想调进来,我一直顶着坚持要从本单位内部提拔,我其实就是为了你……就是宋佳的哥哥,在文化局干科长的,老正科级了,一心想借此机会调到我们局里做副局长,在走关系,我都坚决顶住没答应……"

老徐心里一愣,这宋佳对潘唔能这么主动热情,是不是和她哥哥的提拔有关系呢?这么一想,老徐心里突然就很落寞起来,不过在表面上还是对局长很感激,忙说:"谢谢局长,我不会忘记局长对我的关照和栽培的……"

出了局长办公室,老徐心里翻江倒海,局长无意中说出宋佳哥哥的事情,让他顿时警觉起来,宋佳是个很有心计的女人,她会不会……

老徐心里顿时感觉很凄然。

不过沮丧归沮丧,工作还是要做的。

老徐回到办公室,刚坐下,潘唔能的电话又打过来了,是他办公室的座机,他去办公室了。

潘唔能上来劈头就问:"照片开始做了没有?"

"哦……潘市长,"老徐强压住内心的厌恶,用尊敬的口气说道,"我刚进办公室,刚刚送到一家专业制作机构去做了,对方说,要慢一点,因为要搜集高质量的图片资料,要精心制作放大,达到最好效果……"

老徐想了,先拖一下,稳住他再说,拖上几天,再想办法。

"嗯……好,好,好,"潘唔能显然是比较满意,"质量是第一位的,慢一点也可以,不过,也别太慢了,太慢了,或许就用不上了,哈哈,难保她不乖乖上了老子的床……"

老徐"嗯"了一声,没说别的。

挂了潘唔能的电话,老徐点燃一支烟,站到床前,慢悠悠吐出一口浓烟,思考了一会儿,然后回来摸起内部电话,说:"行管科吗,李科长,我是老徐,刚才局长有安排,你让你的人把有关假日旅游的所有相关资料报给我,和我们监察监理有关的资料,包括各项文件和手续,以及证件和批准文件……"

"管这事的工作人员不在,请假了,要明天回来,明天再报给你,可以不?"

"可以,你安排好就是了,明天让他直接和我联系。"老徐说。

放下电话,老徐皱着眉头,凝神思考了半天。自己在官场混了接近 20 年,这 20 年,为了往上爬,为了所谓的荣耀和级别,为了所谓的光环和面子,为了所谓的地位和层次,自己一直在做别人的工具,一直没有自己的意识,一直无原则地依附别人,习惯了谦卑和奴性。可是,老徐觉得,今天,自己或许应该开始为自己活了,应该找机会去做自己该做的事情。

老徐又站到窗台前,看着局办公院子里进进出出的车辆。

一会儿,一辆红色的奥迪 A4 开进来,车上走下了穿着入时、戴着墨镜的李燕。

又换车了,老徐一阵感慨,这老潘真舍得为李燕花钱,看来是动了真格的了。

英雄,再牛的英雄,也过不了美人关! 自古以来就是这样,何况,这老潘还不是英雄!

今天是哈尔森出院回家的日子,也是陈瑶和张伟搬到哈尔森家住的日子。一大早,陈瑶就把家里自己和张伟的随身衣服收拾好,先送到了哈尔森家里。王炎已经给自己和张伟收拾好了一个房间,二楼,朝阳,带独立卫生间,很不错。丫丫的房间在自己的隔壁。张妈妈和哈尔森都住在楼下。

陈瑶告诉张妈妈说,哈尔森今天出差外派结束了,要回家来长期休假一阵子。

张妈妈这段时间一直蒙在鼓里,听说洋儿子要回家常住,格外高兴,一大早就来回收拾房子,打扫卫生,又去做西餐。

一切准备停当,陈瑶开车带着王炎和丫丫,直奔医院,去接哈尔森。

天气很晴朗,初夏的阳光很明媚,万物都在勃发出无限的生机,一切都是那么充满生命力和活力,空气中洋溢着绿色和青春的气息。

路上,丫丫去买了一大束绽放的鲜花,交给王炎,说:"王炎,送给你夫君的,给你,你亲自递给他!"

"谢谢,丫丫考虑问题很周全哈,"王炎这两天基本恢复了精神,今天气色更是特别好,正是应了那句人逢喜事精神爽,"我觉得今天我们别墅周围树林里鸟儿的叫声都像是在唱歌……一大早就有喜鹊在喳喳叫唤……"

陈瑶今天也很高兴,看到王炎和丫丫兴奋的样子,说:"今天就像是过节啊,呵呵,丫丫,你通知徐君和小郭两口子,还有杨杨,今晚咱们在家一起给哈尔森接风洗尘……记住提醒大家,在张妈妈面前,不要说哈尔森生病的事情,就说是哈尔森远出归来……"

"嗯……知道了,我这就打……"丫丫拿起电话就给徐君说了,又嘱咐他通知另外三个人。

打完电话,陈瑶问丫丫:"丫丫,你最近这几天忙乎得咋样了? 找到新工作了吗?"

丫丫摇摇头,说:"联系了几家,都不理想,现在金融危机还没过去,外贸企业都还不行……"

王炎拍拍丫丫的肩膀,说:"喂,丫丫,我组建一个外贸公司,到我这里来打工,好不好?"

丫丫看着王炎,说:"你? 就你?"

"是啊,咋了?"王炎瞪着丫丫。

"不是我小瞧你,王炎,我觉得你没这能耐,你懂什么国际贸易啊,还不如我呢,我还是学这专业的,你做个翻译还差不多……"丫丫嘲笑王炎。

"嘿嘿……我不懂不要紧,老哈懂啊,到时候我学,他坐镇指挥,不然,要你来干吗呢?

就因为你专业对口哈……"王炎也不生气,哈哈地笑着。

"嗯……"丫丫眨眨眼睛,晃晃脑袋,"跟你打工,这个事情,我得考虑一下,我得跟徐君和我哥商议一下啊……我不能擅自做主的……"

"哈哈……知道请示家长了,"王炎笑着,"我已经给咱哥说过了,他没问题,同意,你还是和你未来的当家的商议吧,看他有什么想法……"

"丫丫,你怎么不和你嫂子商议下呢,也太不把俺放眼里了吧?"陈瑶故作不高兴状,"虽然是没过门的,可也算是半个呢……"

"哎呀……我忘了,我忘记问你了,"丫丫大惊小怪地说,"陈嫂子,我现在问你,不晚吧,哈……嫂子,你说说,我要不要去王炎这个资本家那里打工呢?"

陈瑶笑呵呵地开着车,说:"这就要看你信任不信任这个小姐姐了,你要是相信她能做一番事业呢,就去做,你要是觉得她没什么能耐,不会有什么作为呢,就不去做……"

"嗯……"丫丫敲了敲额头,"王炎我是不看好,她是个垃圾股,不过嘛,这哈尔森嘛,是个绩优股,能力蛮强的,那看在小姐姐老公的面子上,我暂且答应吧,不过,还是要征求徐君意见之后……."

王炎努努嘴巴,说:"哼哼,瞧不起我,死丫头,我非得做出个样子给你看看不可,等着瞧……"

"等着瞧就等着瞧……"丫丫冲王炎做了个鬼脸。

陈瑶呵呵地笑了,说:"丫丫别不服气,以后王炎可就是老板娘了,呵呵……你看你多幸福,你小姐姐是老板娘,美女董事长,你未来的嫂子,也是美女董事长,你哥,下一步也要创办一个公司,也要做董事长了,帅哥董事长,到时候,王炎那边你要是干得不舒服,就随便挑单位啦……"

丫丫听了有些兴奋,说:"嘻嘻……我哥也要做老板了,呵呵,真好,不过,好奇怪啊,他和你一起做就是了,干吗要自己另起炉灶……"

"傻丫头,你不懂男人的,男人有自己的想法……"陈瑶微笑着说,"另外,你哥这公司办起来,等于是咱家有增加了一个新企业,不是更好吗,或许以后,咱家可以组建一个企业集团……"

"好啊,"王炎高兴地接过话来,"组建企业集团好啊,组建的话,俺也加入,嘿嘿……"

"呵呵……"陈瑶笑了,"我这是纸上谈兵,说说而已……"

"有梦想就会有理想,有理想就会去实现……"王炎说,"嫂子,要是真有那一天,你带着我们干……咱们抱成团,做大做强……"

丫丫兴奋地眼睛都发光,看着陈瑶,说:"老天……嫂子,你真有这想法啊,这可是宏伟蓝图啊……你呢,就是总设计师了……"

"哈哈……走一步看一步了,路,不是那么平坦的,只要我们有这个心,有这个想法,我觉得,早晚会实现,当然,艰苦的努力和艰辛的付出是不可避免的……"陈瑶说。

"吃苦咱不怕,受累咱也不怕,只要能赚钱,咱愿意吃苦受累……"王炎摇头晃脑。

"我怕,我怕吃苦……"丫丫叫起来,"我讨厌赚那么多钱,我不喜欢吃苦受累,我喜欢玩,我喜欢吃好东西,我赚够花的钱就行了,不要那么多……"

"吓!"王炎弹了下丫丫的脑壳,用大人的口吻说道,"小屁孩,胸无大志,这就是为什么我能做老板,你只能跟我打工的原因,知道了没有……"

丫丫嘿嘿笑了。

陈瑶也笑了,说:"丫丫是活得很轻松的女人,逍遥型的,我和王炎呢,属于操心的命,想松闲也松闲不了,老天造就的,唉……性格决定的,性格决定命运呐……不过,不管我们是操心的命也好,享福的命也好,我们要好好地活着,为我们自己活着,就是为大家活着,为我们爱的人和爱我们的人活着……"

"说得好,嫂子,为自己活着,就是为大家活着……"王炎点点头,"经历了哈尔森这个事,我很理解赞同这句话。"

"你们还年轻,生活还会教会你们很多东西,你们还会在生活中成长、成熟……幸福,永远属于那些笃信它并为之执着奋斗的人!"陈瑶意味深长地说。

到了医院,陈瑶和张伟去了医师办公室,丫丫和王炎帮哈尔森收拾好东西,先去车里等候。

陈瑶再一次感谢医师的关照和帮助,又仔细询问了下一步的治疗方案。

主治医师说:"目前,病人已经创造了一个奇迹,可以说是死而复生,而且,恢复得很快,出乎我们的意料。病情的好转和病人的配合密切相关,病人的精神一直很乐观开朗,这对病情的治愈起到了不可替代的作用。而病人的情绪之所以这么好,和他的妻子的呵护关照精心陪护紧密相关,可以说,没有亲人的体贴和照顾,就没有这个病人的新生……呵呵……祝贺你们,看得出,你们都是好人,好人应该有好报,这是理所当然……"

陈瑶笑着说:"主要还得感谢你们的精心治疗,没有你们,就没有他的第二次生命,真的,太感谢了……回家后,下一步该怎么办呢?"

"定期回医院接受检查,一个月回来一次,同时,和我们保持密切联系,"主治医师说,"不要让大家把他当病人看,要把他当做正常人一样对待,吃喝拉撒、衣食住行和常人一样,这对病人的更好康复很有意义。另外,特别重要的一点,让他多参加社会活动,可以考虑去做一些工作,非剧烈体力劳动的工作,让生活充实起来……"

"嗯……好,我记住了,"陈瑶点点头,"能不能喝酒?"

"白酒、啤酒都不可,可以少量喝一点红酒……"医师说。

"能不能进行武术对打?"张伟贸然问了一句。

"呵呵……"主治医师笑了,"你说呢? 开什么玩笑? 千万不可啊……不过,模拟比划是可以的……"

陈瑶笑了,打了张伟一拳,说:"你就知道打,笨死了!"

张伟不好意思呵呵笑笑,挠挠头皮。

然后,大家告辞医师,开车回家。

回到家里,哈尔森和张妈妈亲热地拥抱,哈尔森说:"妈妈,我外出回来了,呵呵……"

张妈妈呵呵地笑着,说:"我的儿,想死娘了,呵呵……回来就好,回来就好……"

丫丫和王炎还有哈尔森一起陪着张妈妈说话,陈瑶和张伟上了二楼。

陈瑶推开二楼客房的门,对张伟说:"看,我们的宿舍。"

张伟一看,说:"这么大,比我们的那卧室还好,这地毯颜色真好,深蓝色,我好喜欢……"

陈瑶说:"我也喜欢呢,这卧室好舒服啊,今天晚上,我们就可以在这里住了……"

张伟将陈瑶抱过来,手伸进陈瑶的胸口,"老婆,想起我了,来,让我亲亲……"

陈瑶让张伟抚摸着前胸,和张伟接吻。

一会儿,张伟的手摸到下面去,陈瑶忙挣脱开,脸色微红,"别了,下面有人呢,看见不好……"

张伟看着陈瑶,"我想的不行了……"

陈瑶噗笑了一下,"乖,听话啊,这会儿不行,都是人,等晚上,晚上,好人,听话……晚上姐好好伺候伺候你……"

张伟不再坚持,一伸手从口袋里摸出一个盒子,"姐,你看。"

陈瑶一看,是避孕套,笑了,"你买的?"

"是啊,我买的,在医院附近的药店买的,以后咱就用这个了,得防止中弹……前段时间,我们太大胆了,太大意了,幸亏天天做,我没有存货,否则……"张伟环抱着陈瑶的后腰,边亲吻着陈瑶的脖子,轻声说道。

陈瑶没有说话,抚摸着张伟的手,脸向后仰,和张伟的脸颊紧贴在一起互相轻轻摩擦,眼神突然变得有些不安。

一会儿陈瑶对张伟说,"要不,咱不用 TT 了,这以前没用,不也是没事吗,用 TT,你不是感觉不舒服,说像穿了袜子吗?"

"以前是侥幸,傻瓜,"张伟隔着衣服轻轻摸着陈瑶,"我想,等我们结婚了,休养休养身体再要孩子,优生优育嘛……再说了,戴上 TT 也有好处啊,可以延长时间……"

陈瑶笑笑,没有再坚持,可是,心底深处的一层阴影又开始浮现出来。

中午,大家简单吃了一点饭,然后午休。

午休前,陈瑶把王炎叫到房间里,悄声把医生的嘱咐告诉了王炎,然后对她说:"你们是不是一直没有同房?"

王炎笑着点点头,说:"一直没有,不过,哈尔森最近开始想了,或许一会儿他就要……这家伙那方面很强的……"

陈瑶笑了,"注意体位和方式,还有时间,不可让他活动太剧烈,不要太激动,具体怎么做,你自己把握,我只是提醒你,还有,次数不要太多……"

王炎呵呵笑了,"行,我有数的,医生也专门嘱咐过我的……"

陈瑶,"那就好,休息去吧……"

晚上,大家都来了,很热闹,陈瑶做了满满一大桌菜,大家痛痛快快吃了一顿,一起欢迎哈尔森回家。

席间,大家都很注意措辞,没有人提及哈尔森的身体和病情,大家都把哈尔森当做一个健康人来看待。

饭后,收拾完毕,大家聊天,看电视,其乐融融,哈尔森显得很开心。

大家告辞之后,各人回房间休息。

别墅区静悄悄的,窗外高大树木的叶子随风发出轻微的飒飒声,不知名的小虫在草丛中轻轻地鸣叫。

第二天一大早,张伟还在酣睡,陈瑶就起床做早饭。

大家吃过早饭,丫丫和王炎出去购物、买菜、逛街,张妈妈在阳台看书,哈尔森和张伟去别墅外面的树林里交流武术,切磋心得。

陈瑶在洗衣服,将张伟的脏衣服洗完,已经接近10点了,然后准备去公司。

走之前,陈瑶再次叮嘱张伟,"当家的,别忘记你的职责,陪护着哈尔森啊,坚守岗位……"

张伟此刻意气风发,"是,老婆,遵命,放心,我哪里都不去,就在这里陪洋鬼子玩,我活动筋骨,表演武术,他跟着我比划……"

陈瑶笑了,歪着脑袋问张伟,问:"哈尔森要是学完你会的武术,需要多久啊?"

"嗯……"张伟考虑了一下,"按目前的进度,还有他的理解能力,我估计,最快得一个月,这个东西要从基本功开始学,开始练的……"

"好,好,很好……"陈瑶拍拍手,"那你就慢慢教,不要着急,教到什么程度就算什么程度……"

张伟点点头说:"好的,你放心上班去吧。"

"老公再见!"陈瑶上车,坐在车里,摇下车窗,含笑地看着张伟。

张伟弯腰,捧起陈瑶的脸蛋,狠狠亲了一口陈瑶的嘴唇,说:"娘子,去吧,晚上等你回家吃饭。"

然后,陈瑶开车直奔公司。

路上,陈瑶接到于琴的电话,口气很急:"陈董,你在哪里?"

"我在去公司上班的路上,有事吗,于董?"陈瑶听出了于琴的声音不大正常。

"你现在千万不要去你公司……"于琴松了口气,又急火火地说,"我在我公司办事处,你抓紧到我这里来!"

"怎么了?! 出什么事了?!"陈瑶心里一紧,急忙问道。

第十九章 | 醋瓶打翻

"先不要问,电话上一句两句说不清,你抓紧到我这里来,快!"于琴的口气很紧张,很焦急,"先别问,快过来! 快!"

陈瑶从于琴的口气中感觉出事情非同小可,心里一下子紧张起来,也就不再多问,前方一个转弯,直奔于琴的公司办事处而去。

来到于琴公司办事处,直接上了二楼办公室,于琴正在老郑的办公室里,老郑不在。

一见陈瑶,于琴忙站起来拉住陈瑶,让陈瑶坐下,说:"赶紧来,坐下。"

接着,于琴又关上办公室的门,

"咋了? 什么事啊? 这么紧张。"陈瑶坐在沙发上,看着于琴,脸上带着笑。

多年的风风雨雨让陈瑶养成了处事不惊的习惯和心理,看于琴紧张失措的样子,陈瑶知道一定是出事了,而且是不小的事,而且和自己密切相关。不过,陈瑶也想了,再大的事还能多大,天是塌不下来的,只要天不塌下来,就没什么大不了的。

看着于琴严重的表情,陈瑶又补充了一句:"别着急,慢慢说。"

于琴看陈瑶镇静自若的神态,心里稍微安慰了一下,调整了一下情绪,端起水杯猛喝了两口,然后对陈瑶说:"出事了,王英到你公司找你去了……"

陈瑶心里一惊,随即冷静下来,看着于琴,问:"她带人去我公司干吗? 找我干吗?"

"不是,是出事了,王英刚才打电话找我,问我你的电话,我没告诉她,她恼了,说要带人去你公司找你,还说要……"于琴说不下去了。

"要什么? 说吧。"陈瑶平静地看着于琴。

"要砸烂你的公司!"于琴说。

"哦……好厉害,"陈瑶不紧不慢地说,"无法无天了,为什么,凭什么? 我哪里得罪她了?"

"因为,因为今天上午,王英去潘晤能办公室了……"于琴说。

"去办公室和我有什么关系呢?"陈瑶看着于琴,"慢慢说,别着急,王英都和你说什么了?"

于琴晃了晃脑袋,理清思路,说:"是这样的,刚才王英给我打电话,声音很愤怒,很火,气势汹汹的,问你的电话号码,我说我不知道,存在手机里的,手机刚换了,没有号码,我问她怎么了? 她不停大声骂你,说了一大堆污言秽语,说要找你算账⋯⋯"

陈瑶注意听着,看着于琴,说:"继续说⋯⋯"

"⋯⋯我就问她,到底是怎么回事? 她嘟哝了半天才说清,原来是昨晚潘唔能一夜没有回家,上午她去潘唔能办公室拿东西,顺便找潘唔能,结果,倒是在办公室找到了潘唔能,但是,在潘唔能的电脑桌面上,看到了你的特写头像,很大,充斥整个屏幕⋯⋯"于琴看着陈瑶的神色,谨慎地说着。

陈瑶的脸一寒,心里的怒气上涌,紧盯着于琴,努力让语气平静,说:"嗯⋯⋯你继续说⋯⋯"

"王英立马就认出了你,恼了,大骂潘唔能玩女人,和你有一腿,当即就撒泼了,砸了潘唔能的电脑主机和显示器,抓破了潘唔能的脸⋯⋯潘唔能吓得连声解释,可又解释不清楚,干脆跑了,躲起来了⋯⋯王英有气没处撒,约了几个娘们,气势汹汹去找你了⋯⋯我怕会对你不利,赶紧给你打电话,她现在正在气头上,又蛮不讲理,冲突了不好,所以⋯⋯"于琴一口气说完。

陈瑶气得浑身颤抖,脸色发白,嘴唇哆嗦,说:"不要脸,无耻,无赖⋯⋯"

于琴忙起身给陈瑶倒了一杯水,递给陈瑶,说:"陈董,这种人,垃圾,不值得生气,更不值得和他们闹,脏了自己的嘴巴⋯⋯你先在我这里坐一会儿⋯⋯"

陈瑶摇摇头,站起来,说:"不行,我去公司等她,我得当面和她讲清楚,这事不能这么样子,我不能背这黑锅⋯⋯"

于琴忙拦住陈瑶,说:"万万不可,陈董,你绝对不能去⋯⋯"

陈瑶看着于琴,问:"为什么?"

"你想想啊,这王英是什么样的人我最清楚不过,你想去和她讲理,给她解释清楚? 你想去告诉她潘唔能是个什么货色? 关键是这王英根本就不会听! 这种人,官太太,趾高气扬惯了,自以为是惯了,她不会听你说,只会让矛盾更加激化,白白被她辱骂羞辱⋯⋯她带过去的几个娘们都是平时和她一起搓麻将的麻友,都想借此机会巴结她,你去了,见了她们,纵有几张嘴也说不清楚的⋯⋯况且,这种事,男女之间的事情,越讲越不清楚,反倒让她以为是此地无银三百两⋯⋯干脆,清者自清,先避其锋芒,待其锐气下挫再慢慢说⋯⋯你说呢?"于琴看着陈瑶说。

陈瑶经于琴这么一说,感觉是这个理,秀才遇上兵,有理讲不清,何况,这是一个泼妇。

陈瑶重新又坐下,看着于琴,说:"嗯⋯⋯谢谢你,于董,我想一想⋯⋯你说得有道理,那好吧,先在你这里坐一下……"

于琴舒了口气,说:"好,没什么大不了的事情……先喝口水,我们一起琢磨琢磨怎么解决这个事情……"

陈瑶有些忧心忡忡,说:"我觉得,这事没那么简单能轻易解决,这王英一脸恶相,蛮横不讲理,这事,恐怕……"

"别想多了,陈董,她一个女人家,就是让她闹,还能闹到什么程度……"于琴说,"今天我给她解释,说陈董绝对和潘唔能没那事,这一定是误会,她死活不听,非认定是你勾搭潘唔能,非说昨晚潘唔能没回家,就是和你在一起……"

"无耻!人渣!不要脸!"陈瑶激愤地说。

"所以,你既然知道她是垃圾人渣了,就不要和她一般见识,别理她就是了……"于琴劝慰道。

陈瑶喝了几口水,摸出手机,打给徐君,说:"徐君,我在外面有事情,如果有人到公司找我,就说我去外地出差了。去哪里了不知道。问我手机号码,不要告诉……不管是谁,不管是男还是女……"

徐君忙答应着:"好的。"

"还有,有事情随时和我保持电话联系……"陈瑶又嘱咐道。

打完电话,于琴拉陈瑶去喝茶,陈瑶看着于琴,笑了笑,说:"咱们去我的老点吧,去喝咖啡,台湾真锅咖啡屋……"

"好啊,去喝咖啡……"于琴痛快地答应,她也觉得去老茶馆喝茶不好,容易和王英再碰上。

于琴知道王英这个人虽然头脑简单,但是心狠毒辣,得罪了她,什么报复手段都会使出来。一想到自己和潘唔能好了那么久,没被王英发觉,于琴就很侥幸。

一想起王英那天发狠说要对付李燕的手段,于琴就心里发颤,不由有些害怕。但同时,于琴心里又不由想起了那个视频碟片,王英再发狂,也不过是个女人而已,也一样有自己的死穴,只要抓住她的死穴,就不愁制服不了她。

只是,这视频碟片是自己自保的法宝,不可随意外用。

同时,于琴又后悔自己不该介绍陈瑶和王英认识,如果不认识,王英上哪里知道那照片是陈瑶呢?好人办了坏事,于琴的心里感到很难受,觉得很对不住陈瑶。

陈瑶感觉心里沉甸甸的,她知道这事绝对不会简单结束,王英来闹事并不可怕,可怕的是自己心里一直隐隐预感的不详之物好像就要出现,具体是什么事自己不知道,只是心里那种不祥感越来越强烈。

或许,一场风暴就要来临,不可阻止地来临了。

陈瑶此刻格外紧张,心里紧紧地绷着几根弦,但是,她不知道什么时候哪一根会先断……

王英正坐在去陈瑶公司的车上，带着几个平时打牌的麻友，几个局长太太，彪悍的泼妇。

　　王英被愤怒燃烧着，她自从第一次见到陈瑶就感觉哪里有点不对劲，一种本能的对漂亮女人的妒忌和羡慕，让她打心眼里不喜欢陈瑶，只是给于琴面子，没说出口。特别是知道了张伟，那天粗鲁骂自己的小伙子，竟然是陈瑶的男朋友，心里更是增加了几分恶感。在她眼里，漂亮的女人都是狐狸精，都是她的不共戴天的敌人，所以她的麻友都是长相平庸的老娘们，她们在一起，一概把漂亮的女人叫做小妖精、狐狸精。

　　昨晚潘唔能一夜不归，电话关机，她安排的马仔跟踪李燕的回报说，李燕自己独自一人过的夜，让她疑心又起，怀疑潘唔能又泡了新女人。

　　其实潘唔能昨夜继续和宋佳在一起鬼混的。宋佳一个白天、两个夜晚的表现让潘唔能非常满意，当然，作为回报，潘唔能也答应了宋佳的一个要求。

　　今天上午，王英直接摸到了潘唔能的办公室，结果看到潘唔能正坐在办公室里，还振振有词说昨晚加班一夜，在办公室里间睡的，手机没电了。

　　王英刚要相信，突然发现潘唔能坐在办公桌前，眼睛直勾勾地盯着电脑屏幕，露出几分色色的感觉，于是站起来过去一看，电脑屏幕上是一个女人的脸部特写，再一看，竟然是陈瑶。

　　显然，陈瑶和潘唔能有一腿，俩人一定是勾搭在一起了。王英想当然地这样认为，心头火气顿生，醋意大发。

　　"潘唔能，狗日的，你说，你和这个骚娘们是不是有一腿？"王英指着潘唔能就骂。

　　"哎呀，老婆啊，你晕了，吃醋咋能这个样子啊，这个女的是电影明星，台湾的，我上哪里去认识她呢？这是胡闹啊你……"潘唔能急中生智，打算蒙混过关。

　　潘唔能这么一说，王英更加怀疑他们的关系了，破口大骂："去你妈的电影明星，这个是假日旅游的陈瑶，你以为老娘不认识？老娘和她喝过好几次茶，狗日的，老实交代，你们多久了？是你勾引她的还是她勾引你的……说！"

　　王英伸手就去拧潘唔能的耳朵。

　　"啊……"潘唔能做梦也没想到王英认识陈瑶，能认出这是陈瑶来，此刻一旦被识破，立马没了勇气，慌里慌张地小声说，"没……没什么多久啊……我……我可没有勾引她……"

　　"狗日的，那就是她勾引你了，是不是昨晚你们在一起的……说！你昨晚不回家，是不是搞女人了……"王英越说越气。

　　"这……这……"潘唔能更加说不清了。

　　王英愈发恼了，当时就撒泼了，大骂潘唔能流氓，伸手就抓破了潘唔能的脸。

　　潘唔能吓坏了，这可是在办公室，在市政府机关，闹出事来，像什么话？可是，面对这个醋意大发的娘们，又没法解释。干脆，潘唔能落荒而逃。

潘唔能跑了，电脑成了王英发泄的工具，王英搬起电脑主机，重重摔在地板上，又把显示器也砸烂，然后对着闻讯赶来的潘唔能的秘书说："你们潘市长忙工作不要家，这日子没法过了……电脑是我砸的，要赔，找我！"

说完，王英从包里掏出一万块钱，摔在地上，扬长而去。

最后时刻，王英突然有点清醒，还算有大局意识，还顾及官太太的面子，还顾及潘唔能的脸面，没说出真正的理由。

出了市政府，满肚子火气的王英把矛头对准了陈瑶，在找于琴询问未果的情况下，王英约了自己的几个麻友姊妹，杀奔假日旅游而来，要找陈瑶算账。

"妈的，这个小狐狸精，到时候非抓破她的脸，撕烂她的衣服，让她丢人显眼不可！"

"把她衣服都扒光，在公司里示众，让她再发骚……"

"给她拍裸体照，发到网上去，作践作践她……"

"敢勾搭潘市长，敢给王姐戴绿帽子，好大的胆，不想活了！"

路上，几个娘们为了讨好王英，纷纷出着主意。

王英听着这些添油加醋的话，火气更加旺盛，对几个娘们说："到时候，你们听我的，我说上，你们就上，撕烂她衣服，使劲抓烂她的脸，用力踢她，让她再发骚，让她勾引我男人……"

"行，王姐，听你的，你放心，这气咱们姐妹们帮你出……"

"没得说，王姐的事就是我们的事情，咱们女人啊，就得维护自己的利益……"

"一定要狠狠教训她，让她知道勾引我们老公的下场……"

女人们纷纷向王英表达着自己的同情和决心。

"另外，我们是有身份的人，不能显得太没有涵养……"王英说，"在她公司员工面前，我们要装得很文明，进了那骚货的办公室，你们锁上门，一起上，不要大声骂，就使劲打她……"

"嗯……好好，还是王姐想得周全，咱不能和这种下贱人一般见识，咱都是官太太，她是小民，不能太掉咱们的架子了……"

"嗯，王姐这办法好，既出了气，还有不失咱们的面子……"

"行，就按王姐说的办，到时候我把门，你们一起上……"

女人们又纷纷夸赞王英的素养和涵养。

到了陈瑶公司，几个女人在王英带领下，进了公司。

"您好，请问我可以帮您什么吗？"接待员过来有礼貌地问。

"呵呵……我们是你们陈董的朋友，来找她坐坐的，董事长办公室在哪里？"王英竟然笑得很和气。

"董事长办公室在二楼,"接待员礼貌地说,"不过,陈董事长今天还……"

接待员话音未落,王英已经带着几个女人离开,直奔二楼。

一行人鱼贯上楼,来到陈瑶办公室门口,王英回头看看大家,用眼神示意了一下,然后伸手敲门。

一连敲了几次,没有动静,王英烦躁了,用拳头用力敲击房门。

这时,徐君听见动静出来了,看见这几个女人,过来问:"干吗的,砸门干吗?"

王英见了徐君出来的门口,副总经理办公室,于是换了一副口气,说:"我们找你们老板的,她不在吗?"

徐君看这几个老娘们一个个奇丑无比,眼里都带着凶光,感觉有些厌恶,问:"你们是干吗的?"

"我……我们……"王英转了下眼珠,"我们是你们陈董的朋友啊,今天路过这里,来看看,找她坐坐,聊天……"

"是啊,是啊……"几个女人也附和着。

徐君看这几个女人来者不善,又想起陈瑶的电话叮嘱,心里格外警惕,说:"哦……真遗憾,陈董今天一大早就出远门了,不在公司,我是公司副总,你们有什么事情,我可以负责转告……"

王英一听,很丧气,接着问徐君:"那……那陈董的电话号码是多少,手机号……"

"你们既然是陈董的朋友,就应该不会不知道陈董的电话号码,怎么还问我呢?"徐君毫不客气地说道,"对不起,没有老板的允许,我们是不能随便对外说我们老板的电话号码的……"

王英被徐君噎了一下,恨得直咬牙,可又说不出什么,呆了一下,问:"那你们陈董什么时间回来? 去了哪里?"

"无可奉告!"徐君已经看出这几个女人不怀好意了,他跟了陈瑶好几年,陈瑶是绝对不可能有这等人做朋友的,于是冷冷地回答。

王英一看这种情形,知道再待下去也不会有什么结果,也就怏怏地带领几个女人下楼,回到车上。

几个人刚走,徐君就急忙回到办公室,给陈瑶打电话。

王英回到车上,越想越觉得窝囊,这口恶气无论如何也不能咽下。

王英恨恨地看着生意兴隆、装饰华丽的假日旅游的门面和营业厅,看着川流不息的客人进进出出,越想越恨,牙根咬得咔哧响。

一想起这个一口一个王姐热情称呼自己的小妖精,背后竟然去勾搭自己的老公,给自己戴绿帽子,王英肚子都快气炸了。

一个李燕还没摆平，又出来一个陈瑶，王英突然感到自己的地位有些岌岌可危，危机感油然而生，紧迫感随之而来。

和李燕相比，陈瑶要可怕得多，杀伤力也大得多了。

决不能再任这种情况继续下去了，必须要奋起自卫，维护自己的利益，保卫自己的婚姻和地位。王英眼珠子发红，盯着陈瑶的公司门面看了半天，摸起电话拨号，然后对着电话说："军军，我是姐姐……"

真锅咖啡屋214房间，轻柔的音乐洒满屋子，咖啡的香味弥漫在空气中，陈瑶和于琴边喝咖啡边聊天。

虽然陈瑶有些心神不宁，总觉得今天会有什么意外发生，但是，总也想不出究竟是什么事情。

或许是自己多虑了，想得严重了，或许事情没有那么糟糕……陈瑶安慰着自己，开始集中精力和于琴说话。

"你们家老郑呢？"陈瑶问于琴。

"出差了，今天一大早走的，去了广东，和高强一起走的……"于琴边喝咖啡边说，"不知道两人去搞什么名堂……"

"哦……"陈瑶点点头，"老郑做生意有一套，高强和他比，差远了，不在一个级别一个档次上……"

于琴笑了，说："呵呵……能得到你的夸奖，不容易，老郑这个人啊，做生意是有一套，心眼子很多，起码比一般人多，呵呵……唉……我就怕啊……"

"怕什么？有什么好怕的……"陈瑶笑着看着于琴。

"我就怕这狗日的心眼子用不到正道上去，别天天老想着算计人，靠算计人发财，不谋正道……"于琴说。

"不会的，不至于，老郑我看这人挺好的啊，讲话和气，办事利索，为人真诚……"陈瑶言不由衷地说。

"他心眼子多着呢，和老高一起做生意，介绍老高做生意，结果，他越做越火，老高呢，越做越赔……越赔，老高还和老郑走得越紧，唉……我都不知道，他们俩之间到底是怎么回事，我总觉得老郑把老高糊弄了，但是，我总也想不出老郑是怎么糊弄的，这狗日的方法可能是比较高明，我看他没事的时候，总抱着《孙子兵法》看……"

"商场如战场，男人的事，做生意的事，一个愿打一个愿挨，别人说不清楚的。男人嘛，总是把赚钱当做实现自己人生价值的一个目标，总是把赚钱多少当做事业是否成功的一个标尺……其实，男人也很累的……不光身体累，心也累……"

"嗯……倒也是,老郑在赚钱上没得说,很能吃苦、拼命,赚的钱都老实交公,上缴财政,呵呵……"于琴笑嘻嘻地说。

"那也就算是一个好男人了,这年头,这样的男人还真不多。"陈瑶附和着笑了。

"我现在就靠这个来制约他了,我紧紧抓住财权,我还是公司的法人,如果他再吸毒,再胡来,再去乱搞女人,我就让他下岗,炒他鱿鱼……我们年龄都不小了,该正儿八经过日子了,不能再天天浑浑噩噩过日子,我正打算下半年要孩子……"于琴看着陈瑶说。

"嗯……是的,是该要孩子了,有了孩子,家才像一个完整的家……"孩子……陈瑶说着,心中突然一动,涌出几分苦涩和酸楚,还有几分期冀和幻想。

"呵呵……"于琴笑着问,"你和张伟打算什么时间结婚?"

"嗯……年底吧,对,年底。"陈瑶说。

"那你们结婚后打算不打算要孩子? 是马上就要还是等等再要呢?"于琴又问陈瑶。

"哦……这个,"陈瑶心里闪过一丝慌乱,笑了下,"这个,我得问问张伟啊,征求他的意见,我说了不算的,我听他的……"

"你可真是个好老婆,这么乖,这么听老公的话……依我看,能早要还是早要,我们年龄都不允许再等了,说实在的,我们现在就属于大龄产妇了……"于琴继续说道。

"是啊,是啊……"陈瑶答应着,"不能再等了……"

陈瑶一时觉得心里空荡荡的。

"陈瑶,说真的,你能找到张伟这个男人,真的是好福气……"于琴停顿片刻,看着于琴,毫不掩饰眼里的羡慕,"知道吗,有很多女人都羡慕你啊,你男人可是很优秀的……"

陈瑶笑了,眼里露出幸福和憧憬,说:"他啊,就是个大孩子,长不大,老是担心他惹事……"

于琴说:"男人嘛,都是有一个从幼稚到成熟的过程的,总会长大的,张伟成长算是很快的了,在同龄人当中绝对属于佼佼者,能力特别强,驾驭全局的能力,综合协调的能力,管理创新的能力……没得说,一流的,我们家老郑,我看都比不上他,白比张伟多吃这么10 多年的米饭……"

"呵呵……不能这样说,张伟在我面前可是一个劲夸你们家老郑的,佩服得很,这张伟啊,就是有一个最大的好处,善于学习,善于归纳,善于总结,善于吸取别人的长处……"陈瑶的口气里充满自豪和骄傲,"对了,俺们家小男人可不是吃米饭长大的,他吃的可是正宗山东煎饼卷大葱……"

两人正谈笑着,徐君来电话了。

"陈姐,刚才来了几个女人,找你的。"徐君在电话里说。

"哦……什么情况,你具体说说,"陈瑶用平静地语气对徐君说,"越详细越好,全面具

162

体地说……"

陈瑶边说边对于琴使了个眼色,按下了手机免提键。

于琴忙屏住呼吸听着。

于是,徐君把王英来公司找陈瑶的情况具体描述了一遍,包括所有的对话和神态,包括他能记得的细节。

陈瑶和于琴仔细认真地听着,陈瑶不时提问。

等徐君说完,陈瑶对徐君说:"按部就班正常开展公司各项工作,维持公司正常工作秩序……"

"好的。"徐君回答。

"有什么事情继续随时和我联系。"陈瑶说。

"嗯,好的,陈姐,"徐君好像感觉到有些不对劲,小心翼翼地问陈瑶,"出什么事情了吗?"

"没有什么大事,不要多想,不要乱猜,好好做你的事情就是了。"陈瑶对徐君说。

挂了电话,陈瑶看了看于琴,说:"幸亏你提前给我电话,不然,对付这种泼妇,我还真没有什么好办法……"

"咱姊妹俩别说外人话,"于琴摆摆手,"没事就好了,这一关总算过去了。"

看看时间已经接近中午,陈瑶叫了服务员点餐,又对于琴说:"咱们在这里吃午饭吧。"

两人继续边等午餐边说话。

陈瑶心里在反复回味徐君说的事情,反复回味每一个细节,从王英上楼到离开,从眼神到说话内容,心里越琢磨越觉得这事不会就这么简单结束。

"还在想这事?"于琴看着陈瑶若有所思的样子,"别想了,过去就好了,这王英啊,头脑简单,这会儿说不定早就又去打麻将去了,她啊,赌博上瘾,一听搓麻将,什么都忘记了……"

陈瑶皱皱眉头,又冲于琴笑笑,说:"我总觉得心里不大踏实,倒不是王英,总觉得还有个事儿放不下……"

"什么事放不下?难道王英还能不算完?难道她就不知道家丑外扬丢人?她那个李燕还没摆平呢,够她喝一壶的,这臭娘们,不要怕她!"于琴不屑地说。

"不是怕,是觉得这事真的太无聊,太低级,太恶心,"陈瑶说道,"真的想不出,这潘唔能竟然会恶心无耻到这个程度,这王英会傻和无知到这个程度……"

"知道吗,这潘唔能一直想占我们家老郑的便宜啊,一直打着他小舅子的名义,想要我们公司30%的股份,凭什么啊,一分钱不掏,白占便宜,吃白食,平时我喂他的不少了,还不知足,"于琴愤愤地说,"前天老郑去开旅游局的会,潘唔能指使局长在会上敲打点拨

163

他,在会后的饭桌上,潘唔能还不依不饶……妈的……"

"哦……"陈瑶心中一动,原来那天局长在会上的发言并不是单纯对着自己来的,是秉承了潘唔能的旨意集体敲打啊,不知道除了自己和老郑,还有没有别的人在敲打的范围之内。

"那天老郑回去后和我说了你舌战局长的事情,老郑对你很佩服,很赞赏,"于琴对陈瑶说,"局长他妈的就是潘唔能的走狗,为了保住官位,什么昧着良心的事都干,不过,这狗日的也算是栽了,找了自己的情人来陪潘唔能,结果被潘唔能征用了,哈哈……局长估计是气死了……"

"呵呵……"陈瑶笑了笑,心里陡然想到,局长的情人被潘唔能霸占,他不敢对潘唔能怎么样,一定会迁怒于自己,自己等于又加深了和局长的隔阂。

陈瑶心里不由得很不舒服,心绪有些乱。

陈瑶静下心来琢磨最近的事情,梳理头绪,又结合今天的事情,心中那种不祥之感又强烈地冒出来,在脑海里挥之不去。

是什么? 到底要发生什么? 陈瑶心中有些惶恐不安,脑子乱纷纷的。

陈瑶想起了公司,不由又摸起电话,打给徐君问:"有什么动静没有?"

"没有什么动静啊,一切正常啊,"徐君说,"怎么了? 陈姐。"

"哦……没什么,"陈瑶心里稍微安慰了一下,又说,"小郭和杨杨呢,干吗去了?"

"出去了,出去送一份报价表,小郭开公司的办公用车带少杨去的,两人这几天一直在一起跑业务,干得可欢呢,"徐君说,"估计一会儿他们就回来了,我让他们回来吃午饭的……你不来吃吗?"

"哦……那就好,"陈瑶放下心来,"你们好好吃吧,我在外吃午饭,吃完下午回公司。"

"呵呵……好的……你不回来吃午饭啊,今天中午的午饭可是很好吃的。"徐君说。

"咋了? 什么好吃的?"陈瑶问道。

"今天的午饭是特供啊,"徐君笑呵呵地说,"张哥在家做的午饭,说专门炒了一盘辣子鸡,做好后给我们送过来,说不让我告诉你,到时候给你一个惊喜,唉……你不回来吃,那就可惜了……"

"什么? 辣子鸡? 给你们送过来?"陈瑶心中一沉,不由失声,"他送过来了吗?"

"没有啊,还没到啊,从王炎家到公司开车最快也得半个小时啊……"徐君说。

"不要让他送,你们自己去拿!"陈瑶急忙说,"你抓紧给小郭去电话,让小郭开车去王炎家拿,你抓紧给小郭去电话……不要问为什么,抓紧打。"

"哦……啊……好吧。"徐君很奇怪,听陈瑶这么说,也不再多问,给小郭打了电话。

放下电话,陈瑶有些心神不定。

"怎么了？"于琴问陈瑶，"看你，不就是张伟给送个饭吗，多大事……"

话音未落，于琴突然想起了什么，心中一惊，看着陈瑶，问："咦，张伟没走？没离开东兴？我听老郑说他回北方了，没走吗？"

陈瑶一看于琴听出自己电话的意思了，只得点点头，回答道："嗯……没走，还有点事没处理完，还没走，很快就走的……"

"哦……"于琴点点头，又笑着对陈瑶说，"是不是不舍得你这个大美人啊……"

陈瑶应付地笑笑，没说话。

一会儿饭上来了，陈瑶和于琴开始吃饭。

陈瑶吃不下饭，又摸起电话打给张伟，问："你在哪里？"

"呵呵……老婆好……"张伟笑嘻嘻地，"我刚离开王炎家啊，炒了一盘正宗的辣子鸡，给你们送去做午餐，刚坐上出租车呢……"

"你……你……"陈瑶突然莫名有些激动，"不是不让你乱跑的吗？你不是答应我不乱跑的吗？"

"我……我……"张伟有些委屈，"我把哈尔森都陪得很好啊，丫丫和王炎忙完了，再陪哈尔森打扑克，我抽空跑出来给你们送饭啊，送完饭就回去，不耽误什么的……"

"小郭没给你电话吗？他要去拿的。"陈瑶心里还是有些说不出的发急。

"打了啊，哈哈，我告诉他不用过来了，这么远，上下班高峰期，又堵车，再说，我已经打上出租了……等着哈，我30分钟就到……"张伟在电话里对陈瑶说。

"我不在公司的，我在外面吃饭的，"陈瑶对张伟说，"你回去吧，别送了，晚上我回家吃。"

"唉……真可惜，你不在啊，"张伟说，"算了，我干吗要回去啊，我兄弟妹夫和小舅子都在那里等我呢，晚上我再炒一只专门给你吃，呵呵……"

陈瑶听了，有些无奈，说："那好吧，你送完就抓紧回去。"

"遵命！老婆。"张伟说道。

打完电话，陈瑶开始吃饭。

吃过饭，和于琴又聊了一会儿天，看看时间不早了，估计张伟也到公司了，陈瑶和于琴站起来准备结账离开。

正在这时，陈瑶的电话急促地响起来，是徐君的电话。

"陈姐，不好了！出事了……"徐君电话里的声音很惊慌。

陈瑶的身体不由晃了一下，心中刚才的不祥预感顿时又急速涌出来，说话声音和口气也突然变得有些低沉和虚弱，她说："你……说吧……"

第二十章 山雨欲来

"一群社会上的混混来寻衅滋事，耍流氓，张哥和他们打起来了，还有小郭和少杨……"徐君紧张地说，"打得很厉害，都出血了……"

"现在呢？那帮人还在吗？"陈瑶问。

"张哥他们把那帮混混打跑了，公司里乱套了……"徐君说，"要不要先报警？"

"不，不，不要报警，"陈瑶下意识地说出这话，"先不要报警。"

"为什么？"徐君说，"这些可都是社会上的混混啊，一看就不是好东西……"

"社会上的混混……"陈瑶重复了一句，和于琴对视了一下，然后说，"不要问为什么，就是先不要报警……好了，我知道了，我马上赶回去……"

"你……你不能回去……"于琴急忙拉住陈瑶的胳膊，"陈董，我觉得这事很蹊跷，弄不好是对你来的……"

"不……"陈瑶摇摇头，"我必须得回去，即使是针对我来的，我也要回去，这不是王英几个娘们来闹事这么简单的事情了，现在闹大了，流血了，我的男人，我的兄弟，我的员工都在，我必须要回去……"

于琴说："那好吧，我陪你一起。"

陈瑶感激地看了一眼于琴，说："谢谢你，不过，你别去了，别再有什么危险……"

"没事的，多大事！"于琴满不在乎地说，"不瞒你说，当年我在夜总会什么样的人没见过？什么架没见过？无所谓，我才不怕这玩意儿呢，呵呵……"

"那好吧，我们走吧。"陈瑶和于琴结账后匆匆离去。

张伟打出租车到假日旅游门口的时候，发现门口很乱，里面一堆人在吵闹，他疾步下车进了店门，心头一紧，七八个留平头或剃光头的小伙子正在里面闹事，摔板凳砸桌子，骂骂咧咧，把顾客都吓跑了，店里的女工作人员都吓得不敢做声，缩在角落里，徐君被打倒在地上满脸是血,两个小伙子正踩着他胸口。

为首的一个留小胡子的光头,30 岁左右,坐在柜台上,正抓住吴洁的头发按在桌面上,满脸淫笑,手正要往吴洁领口伸进去……

张伟血往头上涌,几步冲进店里,把铁饭盒一轮,对准小胡子的光脑袋狠狠砸了下去,边怒声喝骂:"你耍流氓!"

小胡子的脑袋登时就见血了,血噗嗤就冒出来,溅了张伟一手。

"哎哟!"小胡子一下子松开吴洁,回过头来,一摸头上的血,蹲下身子,大叫一声:"敢打老子,给我上!"

"四哥被打了,上!"小胡子的马仔们刚回过神来,纷纷叫着。

屋子里的小伙子都亮出家伙,有的是马刀,有的是铁棍,有的干脆抢起办公室里的铁凳子,一下子就把张伟围起来。

张伟迅速拉开架子,迎接围攻。

"上! 砍了他个狗日的!"小胡子发出了命令。

三个马仔冲过来,拿着铁棍,张伟伸出胳膊,猛地一档,一拳打倒一个马仔,接着一脚,踹到另一个的肚子,顺势转身,一把抓住一个马仔的铁棍,猛地回力一戳,捣在那个马仔的胸口。

打退了三个马仔的进攻,张伟的背后也同时曝露出来,被其中一个拿马刀的在背部划了一刀。

一阵剧痛,张伟回身用手一摸,血口子 10 多厘米,血正涌出来,瞬间湿透了衬衣。

张伟牙根一咬,劈手夺过马刀,反手用刀背冲那马仔的胸口狠狠一下子敲击,将那马仔击退。

刚打退那马仔,其余被打倒的几个又摸起家伙围攻过来,在营业厅里一片混战。

张伟退缩到墙角,独自一人战他们。混战中,张伟的头部又被铁棍打中了两次,脸上被划出了几道血痕,胳膊也被打破了,浑身成了一个血人。

但是,张伟依然奋力抵御着。

"打! 给我狠狠打!"小胡子用手抱着头,站起来,指着张伟,恶狠狠地叫道:"兄弟们,给我打死这个北方佬,往死里打!"

徐君躺在那里站不起来,吴洁吓得不敢动弹。

马仔在小胡子的鼓动下,继续疯狂对着张伟进攻,几个马仔用马刀吸引张伟的注意力,另一个马仔绕到侧面,举起铁凳子,对着张伟的脑袋狠狠砸了下去……

正在这时,小郭和少杨回来了。

小郭一看室内的情景,二话不说,大吼一声,飞跃上前,一个飞腿,直接踢在拿铁凳子正要砸向张伟的马仔的后颈……

小郭的这一脚很狠,力气很大,那马仔立时被踢晕,软绵绵倒了下去。

张少杨一看,张伟已经成了血人,怒吼一声,抢起铁凳子,也加入了战团。

小郭和张少杨一回来,立时改变了战局,马仔们开始占了下风,几个马仔被打得连连败退。

张伟满脸是血,眼睛被头部流出的血模糊了,擦了一把,睁开眼,正好看见小胡子正一把把附近的吴洁抓过来,搂在怀里,大声吼道:"住手,不然我废了她!"

说着,小胡子将一把弹簧刀顶在了吴洁的眼睛部位,"再不住手,我挖了她的眼珠子……"

吴洁吓得花容失色,顷刻晕了过去。

小郭吓得一呆,停了手。

张少杨和张伟也呆住了。

那群马仔趁机举起铁棍,对准三人开始殴打。

"好,算你有种,"张伟顶住背部的铁棍,指着小胡子说:"抓女人算什么本事?有种单挑!"

"干你娘,老子给你单挑?"小胡子狠狠地看着张伟,对那些马仔说,"给我狠狠揍这个狗日的,断了他的胳膊……"

马仔们得到老大的指令,立时放开小郭和张少杨,目标又转向了张伟。

说时迟那时快,就在小胡子有些得意,对准吴洁的弹簧刀歪斜了一下,离开吴洁脸部的一刹那,小郭突然飞起一脚,迅速狠准,直接踢中了小胡子的手腕,弹簧刀掉在了地上。接着,小郭欺身而上,迅速贴近小胡子,一把将吴洁抢了过来。

那边张伟一看,立马来了力气,胳膊一抢,打开马仔的包围,直接攻向小胡子,用上了力气,一脚踢在小胡子的胸口。

"咔嚓……"只听一声脆响,小胡子的肋骨估计是断了,跌在地上,杀猪一般大叫。

头儿受重创,马仔立时没了勇气。

"快救四哥……"

马仔们不敢再进攻他们,抬起小胡子,一溜烟上了门口的面包车,窜了。

一场混战,营业室一片狼藉,张伟、小郭和张少杨身上都是血。

徐君勉强爬起来,招呼大家不要惊慌,关上店门。

然后,徐君给陈瑶打了电话。

然后,张伟他们上楼,在洗手间洗去血迹,找出急救箱,包扎、清洗伤口。

边包扎,张伟边问徐君:"报警了吗?"

"没有,陈姐不让报警,她马上就赶回来。"徐君清洗完伤口,对张伟说。

张伟有些奇怪,为什么不让报警,地痞流氓骚扰,属于扰乱社会治安,干吗不报警?

张伟的头部被打得有些发晕,背部的伤口也很痛,就是他受伤最重。

小郭和张少杨基本没受什么伤,就是一些皮肉之苦,没有流血。

小郭忙着给张伟包扎伤口。

正在这时,陈瑶和于琴来了。

陈瑶一进门,看见遍地狼藉,看见员工一片惊恐不安,迅速安排大家收拾营业厅,打扫卫生,擦洗地面,然后她和于琴上楼,进了自己办公室,正好看见小郭在给张伟包扎伤口。

陈瑶一看张伟浑身是血的样子,身子不由晃了一下,心中剜肉一般的痛,手里的包一下子掉在地上,眼泪唰就出来了,急扑上去,抱着张伟,问:"怎么样?弟弟,你怎么样?伤到哪里了?啊……伤到哪里了?痛不痛……快说,告诉姐……"

当着这么多人的面,张伟有些不好意思,安慰地拍拍陈瑶的肩膀,说:"姐,没事,没事的……就是一点皮毛,没有深度受伤,就是一点皮肉伤……没事,别哭,呵呵……"

"真的没事吗?"陈瑶松开张伟,仔细查看张伟的伤情,"真的不要紧吗……都是血……我们抓紧去医院……"

"没事,真的没事,咱们自己这里有消炎药,有绷带,有酒精棉,呵呵……我这都让小郭包扎好了,没事了……"张伟站起来,笑呵呵地转了转身子,"没事的,好了……"

陈瑶看张伟的样子,真的没事,稍微放下心来,对着徐君说:"怎么回事?那帮混混是干吗的?"

"不知道啊,我正在楼上办公,听到楼下一阵嚷嚷,我急忙下楼,一看,一个小胡子光头带着一帮马仔在砸办公室,我刚说了两句,两个马仔就把我打倒了……然后,他们边砸边骂,边侮辱员工,让大家都滚蛋……那个小胡子还……还把吴洁的头发抓住摁在桌面上,要侮辱吴洁,正在这时,张哥进来了,把小胡子的头打破了……然后,就是混战,他们一群人围攻张哥,手里都拿着家伙……然后,小郭和少杨就回来了……"徐君向陈瑶详细说了一遍情况。

"他们为什么要来砸我们的店?"张伟问徐君,"他们说了没有?"

"没有,进来就砸,什么也不说。"徐军回答。

"我们得报警,这是扰乱社会治安的违法犯罪行为……"张伟看着陈瑶说。

陈瑶和于琴又对视了一眼,陈瑶对张伟说:"这事你别管了,你抓紧去换衣服,你和杨杨、小郭,开公司的办公用车,直接去哈尔森那边,去好好清理伤口,换上衣服啊……"

"不用,我在这里,万一他们再来……"张伟执意不肯走。

"再来我就报警,听话,"张伟的话反倒提醒了陈瑶,陈瑶语气逐渐加重,"你们马上走,快!这里我会安排……"

"可是……"张伟不想走。

"听话,张伟!"陈瑶的语气严肃起来,很冷峻,"没有什么可是,立马走,快!"

陈瑶的语气里甚至充满了严厉,张伟和陈瑶认识一来,还从来没有见过陈瑶这样的神态,不由一呆,心里不敢再对抗。

小郭一见,也吓住了,忙拉了张伟,说:"是啊,张哥,你浑身都是血,叫人看了会怎么想,走吧,先回去换衣服……"

于琴和徐君也在旁边劝张伟,说:"是啊,你们走吧,这里没事的。"

"那小胡子的肋骨估计被大哥踢断了好几根,这会儿应该进医院了,他们不会再来的,再来,大姐你就报警……"张少杨对陈瑶说。

陈瑶冷着脸,点点头,说:"我有数,你们……抓紧走!"

三人不敢再对抗,急忙下楼,上了公司的办公用车,直接去了哈尔森家。

陈瑶站在窗口,看车了离开,松了口气,对徐君说:"你到下面,安排大家把营业厅打扫干净,收拾好,正常营业。"

徐君答应着下去了。

徐君一走,陈瑶邀请于琴坐下,对于琴说:"这事你说是不是会和王英有联系?"

于琴皱着眉头,说:"王军就是混社会的,如果是王英安排的,那王军应该会来,可是,听刚才他们说的,没有王军,王军没出现,似乎和王英没有牵扯……可是,如果和王英没有牵扯,这事又太巧合,这边王英刚走,那边就来砸店的……你平时有没有得罪的黑社会的……"

陈瑶摇摇头,说:"没有,我上哪里去得罪黑社会啊,我连认识都不认识他们……"

于琴皱皱眉头,说:"嗯……王英……砸店……这事很巧合,我觉得王英的嫌疑不小……是不是这娘们安排的呢?"

"我觉得几乎就可以说是,我开始一听,立马就想到了王英,所以,我没有让徐君报警,不报警还好,一报警,说不定倒打一把,给我们带上一顶扰乱社会治安的帽子,将张伟他们三个抓进去……"陈瑶说。

"完全有这个可能。"于琴说。

正说着话,楼下传来一阵警车的声音,还有一阵紧急刹车声,陈瑶和于琴忙站起来,从窗口往下看。一辆白色的警车停了下来,车上下来几个警察,直接进了店里。

陈瑶心里一紧,自己没有报案,难道是那帮混混报的案?

陈瑶要下楼,于琴拉住她,说:"别下去,先等等看。"

过了10多分钟,警察离去。

徐君快步上楼,进来说:"陈姐,刚才警察来了,说是接到报案,我们店里有三个人殴打顾客,顾客被打伤住院,肋骨断了,让我们迅速找到打人凶手……"

陈瑶看着徐君,问:"你怎么说的?"

"我当然不能认可,我把事情经过简单说了一遍,那警长蛮横不讲理,说我胡扯,说我再乱说就把我带走去蹲铁笼子,还推了我两下,说必须让打人凶手今天晚上8点前到派出所去报到,自己去算是自首,不去,逾期被抓到,从重处理!"徐君气愤地说。

于琴看了看陈瑶,说:"他妈的,恶人先告状……"

陈瑶冷静地思考了一下,对徐君说:"好的,我知道了,你下楼去吧,都收拾好了吗?"

"嗯……已经基本打扫干净了,马上就开门正式营业……"徐君说。

"好,让吴洁先不要工作了,让她上我办公室来坐一会儿。"陈瑶说。

徐军答应着下去,一会儿吴洁进来。

陈瑶安抚了吴洁几句,让后就让吴洁在办公室坐一会儿。

于琴看着陈瑶,突然说:"刚才徐君说领头的小胡子光头叫什么'四哥',是不是?"

陈瑶点点头,又看看吴洁,问:"小洁,是不是?"

吴洁点点头,说:"是啊,那些马仔都叫他四哥四哥的……"

于琴沉思了一下,说:"等下,我打个电话,打听一下,问问这事……"

说着,于琴拿了电话出去。

10分钟后,于琴进来了,脸色很严峻,看着陈瑶说:"陈董,这事大了!"

陈瑶一看于琴的口气,心里紧张起来,问:"说,怎么大的? 你咋问的?"

"我刚才给波哥打了电话,问了下那个叫什么四哥的,委托他打听下,他很快就回复我,那个四哥叫四秃子,是东兴新出现的社团头领,这伙人不做生意,专门收钱替人消灾解难,类似于职业打手。他出手一向很狠,东兴的社团,包括波哥,都不敢惹他们,对他们都敬而远之。波哥和他基本是彼此客客气气……还有,四秃子的把兄弟是公安局治安科的科长,和你们辖区的派出所长也是很好的朋友……"

于琴对陈瑶说:"波哥刚才去医院看望四秃子了,他正在医院拍片,肋骨断了两根……这种人,横行霸道惯了,哪里吃得了这个亏,他正躺在医院发狠,召集全部人马,发了追杀令,要摸遍东兴城,翻遍大街小巷,也一定要抓住张伟和小郭、杨杨,要报仇雪恨……"

陈瑶打了一个寒噤,没做声。

"还有……"于琴看着陈瑶,"四秃子的把兄弟是公安局治安科的科长,而这个治安科的科长是潘唔能的表弟,通过这层关系,四秃子和潘唔能两口子挂上了勾,经常一起吃饭……而且，潘唔能刚刚好像已经知道了张伟还在东兴的消息……"

陈瑶点点头，说："嗯……事情到这里，基本已经是真相大白了，你说是不是？"

于琴点点头，说："陈董，现在当务之急不是王英，这个臭女人发泄了，满足了，暂时不会找事，关键是四秃子，他们是不会罢休的，发了追杀令，他吃了这么大的亏，一定会撒遍人马满东兴城找张伟他们三个，特别是张伟……"

"一定是王英找的四秃子。"陈瑶说。

"嗯……我估计也是，她可能是找了王军，完后王军找了四秃子，也可能是直接找了四秃子……"于琴说，"这事儿很明显，但是，我们没有证据，这样的小事情没法告，而且，还没等我们告，公安已经上门了，我们已经成了被告了……我们成了嫌疑犯了……没天理了……"

"嗯……我考虑下该怎么做。"陈瑶坐下来，敲敲脑门。

于琴也低头沉思着。

一会儿徐君过来，说："陈姐，马路对面出现了两个形迹可疑的人，一直盯着我们店……"

陈瑶站起来，从窗口看过去，马路对过果然有两个小马仔，边抽烟边摇头晃脑往这边看。

于琴也看见了，对陈瑶说："四秃子开始行动了，他的人马已经开始布置了，这两个马仔是专门来盯梢的，说不定还盯你的梢，通过你找到……"

陈瑶点了点，说："嗯……行动很快啊……"

"你下去吧，安排大家正常工作，"陈瑶对徐君说，"如果再有骚扰，立马报警，不管派出所的来不来，都报警……"

徐君答应着下去。

"我估计他们来骚扰的可能性不大了，因为他们的目的已经达到，砸店，干扰生意，警告你……"于琴说，"现在，他们的关键是想发泄被打的怒气，给他们的老大报仇……这东兴，我看他们三个都不宜久留……黑社会的手段特别狠……你的车、你们公司的车，都会成为盯梢的目标……"

陈瑶点点头，站起来看着窗外的天气。

这夏天的天气说变就变，刚才还阳光灿烂，这会儿就突然变了，乌云密布，狂风大作，天色昏暗，暴风雨就要来了。

陈瑶站在窗口，看着跑进东兴大厦门卫室里躲避狂风的两个马仔，看着自己停在门口的宝马，脑子里盘算了一会儿，反复最终下了决心，转身看着于琴，说："于董，我想请你帮个忙。"

"你说，陈董，只要是我能做到的，一定帮。"于琴看着陈瑶。

"你公司里还有没有工作用车？"陈瑶看着于琴。

"有，刚买了一辆切诺基，四轮驱动的，跑了不到 3000 公里，还没挂牌……"于琴说。

"卖给我，好吗，我按新车的价格买……"陈瑶急切地看着于琴。

"啊……你要买我的车？"于琴有些意外，接着说，"当然可以，没问题，咋能按新车价格呢，别说卖给你，就是送给你，也没问题，咱们姊妹关系，没外人，别提钱……"

"那就好，你等于是帮我大忙了……太感谢了……回头我给你写个东西。"陈瑶对于琴说。

"别客气，我说了，只要我能做到的，我一定帮你……"于琴说，"这车什么时候要？"

"现在，马上，马上就开过来！"陈瑶说，口气很利索。

"好，我现在就打电话，让司机开过来，带齐买车手续。"于琴说。

"好的，你让驾驶员不要把车停在我公司门口，停到后面家属院，我们从公司后门出去，直接上车……"陈瑶说。

"好的，没问题。"于琴答应着拨打电话，安排完毕，对陈瑶说，"20 分钟后，车来到。"

陈瑶答应着点点头，从办公抽屉里拿出一个信封，捏了捏里面，然后放进包里。

"等车来之后，我开车送你和驾驶员回去办事处，然后这车就归我了，回头咱们办手续……"陈瑶说，"明天我安排财务把钱给你拨过去……"

"哎呀，陈董，别提钱啊，多少你看着给，咱们姊妹，提钱伤感情……"于琴真诚地说道，"你的事就是我的事，张伟是你兄弟，也是我兄弟，你爱他，我喜欢他，他有事，我当然义不容辞，千万千万别给我客气了，不然，我就恼了……"

陈瑶感激地冲于琴点点头，说："嗯……大恩不言谢，我知道了，那就不客气，不多说了……"

"这就对了，安排好他们要紧，安全是第一位的……"于琴说。

陈瑶凝神思考了一会儿，点点头，神情坚毅。

一会儿，于琴的车来了，停在办公楼后面的家属院。

陈瑶和于琴还有吴洁从公司后门下车，直接上了车，一辆崭新的军绿色切诺基吉普。

驾驶员按照于琴的吩咐下车，陈瑶开车，然后掉头出家属院。

车刚掉头出门，"哗……"暴雨如注，倾盆大雨从天而降。

陈瑶先开车把于琴和驾驶员送回办事处，然后和于琴告别。

于琴看着陈瑶说："陈董，我明白你要用车干吗，我不多问了，你办事小心点，注意安全，有事情及时和我联系，还有，现在手机定位很简单，社会上办理这种业务的很多，不仅仅是手机卡，手机本身有物理属性，换了卡，不换手机，一样能找到……"

陈瑶很感谢于琴的提醒，说："好的，于董，我明白了。"

然后，陈瑶开车，带着吴洁离去。

陈瑶先开车去加油站，加满油，然后去银行，提了两万块钱，放在车里。

随后，陈瑶在一家手机店门口停下来，买了4部诺基亚手机，又随便买了4个手机卡。

接着，陈瑶去了超市，买了一大堆吃的喝的，放在车后排座位。

狂风暴雨依然在肆虐，天色很暗，接近黑色，大街上的积水逐渐加深，切诺基在积水里疾驶而过，激起高高的水浪。

然后，陈瑶和吴洁开车直奔哈尔森家。

张伟和小郭、张少杨都已经换了干净的衣服，张伟的伤口又进一步被王炎和丫丫进行了清理和包扎，大家正在客厅里讨论今天的事情。

丫丫心疼地抱着张伟的胳膊，一个劲哭，张伟拍着丫丫的胳膊轻轻安慰着她。

"哭什么，哥这不是好好的嘛，多大事？别哭……"

正说着，陈瑶和吴洁进来了。

陈瑶几进几出车里去办事情买东西，浑身都湿透了，头发湿漉漉的搭在肩膀上。

一见陈瑶，大家都站起来，小郭忙拉着吴洁过去说话。

"怎么样？有什么事情没有？"张伟问道。

"没什么事情，"陈瑶疲惫地坐下来，端起水杯，喝了几口水，"公司里没有什么事情，已经正常开始营业了……"

张伟稍微安下心来。

陈瑶站起来，身体摇晃了一下，然后说："我上去换衣服，当家的，你跟我上来。"

张伟搀扶了陈瑶一下，两人上楼，进了卧室，张伟急忙找出陈瑶的干衣服。

陈瑶去卫生间洗了一个澡，然后出来换上干衣服。

然后，陈瑶坐在床沿，看着张伟，用平静地口气说："当家的，出事了！"

"什么事？"张伟紧盯着陈瑶的眼睛。

"那帮人是东兴的黑社会，职业打手团伙，你打的那个是他们的头子，叫四秃子，他们关系很广泛，黑白两道都有人，今天公安已经去公司要人了，找你们三个，还有，于琴找人打听了，他们已经在黑道发了追杀令，正在到处找你们三个……"陈瑶看着张伟，静静地说道。

"我不怕，追杀我？黑白两道，好啊，来啊……"张伟冲动地挥舞着拳头，"打……打他狗日的……"

"你真勇敢，你真厉害，你真能打……你去打吧，去吧……去打去杀吧……"陈瑶冷静地看着张伟，"去吧，继续杀，带着小郭和杨杨，继续打……"

张伟一看陈瑶的神色,脸上没有一丝笑容,不由愣了,心里有些发怵,闭口不言。

"唉……"陈瑶叹息了一口气,"有句话叫做好汉不吃眼前亏,或者说要坚持韧性的战斗,我和你说过没有? 嗯?"

"说过,说过!"张伟忙回答。

"还记得吗?"

"记得,我当然记得!"张伟说。

"那就好,记得就好……"陈瑶说。

"姐,你的意思是……. 我们躲避一下?"张伟说。

"嗯,"陈瑶点点头道,"你带着小郭杨杨,连同吴洁,要出去避开这个风头,现在东兴满城杀气,到处都在找你们,你们必须马上要离开东兴……"

"什么? 要离开东兴?!"张伟叫起来,"要我离开你? 离开东兴?! 我不,我坚决不,我绝不离开你,这个时候,我绝不能把你扔在这里,自己出去躲避!"

"当家的,"陈瑶用委婉的语气说,"不是要你离开我,是暂时出去避开,现在东兴很危险的,你们都很危险……"

"那也不行,我就待在这个别墅里,不出去,他们怎么找我,我不离开东兴,我这个时候离开你,算什么男人?"张伟口气很硬,"你不要多说了,安排他么几个出去避风头,我哪里都不去,我就在这里,我绝不离开你……"

"听话,我的安排是有道理的,你走了,我会安排好自己的,我会安全的,他们不会拿我一个女人怎样的,再说,我也不是小孩子,我知道该怎么做的……"陈瑶轻轻抚摸着张伟的脸。

"不用多说了,少废话,我是不会走的,"张伟甩开陈瑶的手,"你是我老婆,我生死都要和你在一起,再大的灾难,我和你一起担当……别讲那么多废话了,我这就安排他们出去躲一躲,或者可以去你妈妈家,乡下安全……"

说着,张伟就自作主张地要出去安排。

"你……你回来!"陈瑶的口气突然变得异常严厉,比下午在办公室的时候还要严厉多了,"你给我停住,回来!"

张伟一愣,停住,回转身。

"你……你……"陈瑶的胸口剧烈起伏,"我给你好说歹说,你怎么就不听,你知道现在形势多么危急吗? 你知道黑道的手段有多狠吗? 你知道你留下来不仅会连累大家,还无法保护我吗? 如果你爱我,如果你真心为我好,你就听我的,听我的安排……你留下来,不但保护不了你自己,同样保护不了我……你们离开,我自然会有自我保护的办法,我不是小孩子,我不是没阅历没经历的人,我对社会的了解比你要多得多……"

陈瑶一阵反问,让张伟无法辩驳。

"你不是小孩子了,不要总让我揪心,你得听话,听我的安排,平时,你要怎么着我都随你,但是,在这事上,你必须听我的……你留下来,只会让我更加揪心,让我们都不安全……"陈瑶的口气很果断,"爱我就听我的……我都已经安排好了,你必须马上带着他们三个离开,迅速离开……"

两人相识以来,陈瑶第一次如此严厉地和张伟说话。

"那……那你……"张伟抬起眼皮,看着陈瑶,口气变得有些怯,"我还是放不下你……"

陈瑶看张伟已经被自己压倒了气势,口气缓和了一下,说:"我,你放心好了,我是本地人,我不是小孩子,我会安排好自己,他们抓不到我的把柄,不会把一个女人怎么样的,而你,你是男人,是外地人,就不同了……知道吗?"

"他们为什么找我们的麻烦?"张伟又问陈瑶。

"这个……我也不知道,"陈瑶用平稳的语气说,"或许就是地痞流氓敲诈勒索吧……别问了,再有这事,我就报案……"

"那……我们到哪里? 去哪里?"张伟又问陈瑶。

"去北方,去瑶北,去你家!"陈瑶看着张伟说,"那里最安全,现在家里住一阵子……"

"哦……去我家……"张伟说,"你一起去不好吗?"

"我……这个时候,我是一定不能走的,"陈瑶站起来,拉开窗帘,看着窗外的狂风暴雨,"这个时候,山雨欲来,我不能走,我的公司,我的员工,我怎么能走呢? 不过,你放心,等风头过了,我去接你们回来……"

"嗯……"张伟闷闷地坐在床沿。

"乖,好弟弟,听话,你听我的话,我很高兴,这次你一定要听我的话……"陈瑶站在张伟面前,将张伟的头搂在怀里,轻轻抚摸着张伟的头发,看着张伟的遍体鳞伤,心疼地说,"到时候,姐亲自去接你,去瑶北接你,接你回来……"

"现在就要走吗?"张伟抬起头,看着陈瑶。

"是的,马上就走,我都安排好了……"陈瑶说着从包里拿出信封,递给张伟,"这里面是银行卡,你的奖金,带着,或许回去后会有用处……另外,车我已经准备好了,车里我放了两万,给你们留着路上以及回去花销用,吃的喝的也都买好了,车的油也加足了……"

"开你的车?"张伟接过信封,装好,然后说。

"不……我的车已经被盯梢了,公司的车估计都有可能被盯梢了,"陈瑶说,"我从于琴那边买过来一辆新的切诺基,你们开这个走,这个车以后就做你的私人用车……时间紧迫,来不及了,你先用着,回头姐给你另外买好车……"

张伟听出了情况的严重性,对陈瑶说:"你的车呢?"

"在公司门口,他们的马仔已经在公司门口盯着了,我是从后门出来的……"陈瑶说,"他们的意图在于找你们,你们找不到,就不会有什么问题,如果发现了你们,大家都会受牵连,明白我的意思了吗? 不仅仅是因为你的安全,还有小郭和杨杨……"

"知道了,"张伟站起来,"那我们下楼去和他们说下吧,收拾东西,马上就出发。"

"等等……"陈瑶深情地看着张伟,伸出胳膊,搂住张伟的脖子,温柔地笑了,"哥哥,我爱你……"

张伟抿抿嘴唇,搂住陈瑶的身体,低头吻住了陈瑶的唇,一会儿才放开,说:"姐,我爱你……我会想你的……"

"亲爱的,暂时的分别是为了持久的永恒,想开一点,没什么大不了的……"陈瑶笑起来,"哥哥……抱抱我,搂紧一点……"

张伟用力将陈瑶搂进怀里,紧紧地,低头吻住陈瑶的唇,两人深情地接吻……

一会儿,两人分开,陈瑶温情地看着张伟,说:"亲爱的,我会想你的,很想很想你的……多保重自己……"

张伟看着陈瑶,说:"姐,你是我的生命,为了我,一定要保护好我的生命……"

陈瑶点点头。

两人又紧紧拥抱在一起,疯狂接吻……

张伟和陈瑶在楼上房间里又缠绵了一会儿,才依依不舍地分开,然后下楼。

楼下客厅里,大家都在等着他们。

室外,风声雨声依旧疯狂,暴风雨依旧在肆虐。

陈瑶神色严肃,简单和大家说了下情况的危急性和她的安排,然后看着张伟,说:"当家的,你说说。"

"就按你说的办,"张伟看了看陈瑶,又看看小郭和张少杨,"从大局考虑,从长远考虑,从大家的整体利益考虑,从大家的整体安全考虑,我带着你们去北方,暂且一避,他们人多,我们人少,他们是黑白两道……小郭、吴洁、少杨,跟我走,立刻就走,什么都不要带了,到时候现买……"

小郭和张少杨见张伟和陈瑶已经决定了,也就表示服从。

吴洁自然是服从的。

哈尔森和王炎、丫丫也一致赞同,哈尔森说:"陈瑶的安排是对的,这就叫智斗……避其锋芒……没有必要做无谓的牺牲的……"

陈瑶拿出手机和手机卡,分给他们四个人,说:"为了保证绝对的安全,你们的手机和手机卡统统不要再用了,一律用新手机和新号码,另外,你们不要和我们联系,这新号码只限于你们四个人之间联系,或者和你们新结识的朋友用,不要和这边的熟人联系……你们的号码我都有,如果万一有紧急事情,我会找公用电话给你们打……"

"手机也要换?"张伟看着陈瑶问。

"是的,我也刚知道,手机本身会留下原卡的物理属性,换卡不换手机,一样可以定位找到……"陈瑶说,"网络上卖这种软件,提供这种服务的很多……"

大家点头答应,将新手机安好手机卡,互相留下号码。

"以后,我们通过网络联系,QQ 联系,还是用老 QQ 号码,伞人……"陈瑶对张伟说。

"嗯……"张伟点头答应,站起来,提着自己的手提电脑,"我随时带着它的。"

"另外,你照顾好杨杨,"陈瑶搂着张少杨的肩膀,"我把他交给你了……回头,你再给他买个手提,没事他好上网玩……"

"放心吧,我知道了……"张伟答应着。

"杨杨,小郭,出门在外,一定要听你大哥的话,"陈瑶又嘱咐张少杨和小郭,"不许任性,不许调皮……"

小郭和张少杨点头答应着。

大家开始互相告别。

正在这时,陈瑶接到于琴的电话,于琴说:"波哥刚刚告诉我,有人发现你们公司的那辆桑塔纳 2000 中午开进了一个别墅区里,王军怀疑张伟在那里,带着一大帮人,正在往那边赶……看来,这事王军也参与了……"

空气一下子紧张起来。

第二十一章　走为上计

陈瑶挂掉电话,对张伟说:"不要耽搁了,马上出发,快走,不要从东兴上高速,走辅路奔萧山,从萧山再上高速……"

张伟起身带着他们出门,冒雨上车。

大家出门相送,依依惜别。

上车前,张伟一回身,陈瑶正站在风雨中痴痴地看着自己,脸上流下的不知是泪水还是雨水。

张伟一阵心痛,咬咬牙扑身回去,抹了一把陈瑶脸上的雨水和泪水,将陈瑶紧紧抱在怀里,狠狠地亲着陈瑶的嘴唇,在陈瑶耳边大声说道:"我爱你……"

"爱你……"陈瑶深情地说着,一边用力把张伟推走。

然后,张伟松开陈瑶,转身上车。

切诺基很快消失在昏暗的夜色和狂风暴雨中。

小郭开车刚到别墅区门口,两辆面包车疾驶而至,冲进了别墅区。

此刻,大家都进了屋,坐到客厅里。

陈瑶独自上了二楼卧室,没有开房间的灯光,拉开窗帘一角,注视着风雨中的别墅马路。

刚拉开窗帘,就看见两辆白色的面包车疾驶过来,在别墅周围转来转去,其中一辆甚至停在了别墅门口,有人摇下车窗向外看了看。

陈瑶屏住呼吸,紧张地注视着外面。

大概是没有看出什么,或许这几个人也不能确定到底是哪座别墅,两辆面包车像无头的苍蝇,在别墅区里转了半天,最终快快离去。

陈瑶松了口气,放下窗帘,抬手看了看表,下午5点整。

刚刚5点,外面的天却早就黑了。昏暗的夜色中,暴雨如注,狂风席卷着附近的大树和雨水,发出阵阵吼声。

陈瑶心里默默祈祷着。

突然,陈瑶觉得身体有些冷,打了一个寒噤,随手找了一件外套披上,缓步下楼,此刻,大家都坐在客厅里,电视没开,灯光昏暗,饭菜没做,寡言少语。

陈瑶迅即换了一个坚定而自信的表情,安稳而轻松地走下楼。

陈瑶微笑着看看大家,说:"呵呵……你们,这都是怎么了? 他们走了,安全了,是好事啊,怎么都垂头丧气的……好了,都振作起来,都想点好事! 打开电视机! 哈尔森陪张妈妈看电视,王炎、丫丫过来,帮我去厨房,今晚咱们做好吃的……"

陈瑶这么一说,气氛渐渐活跃起来,王炎打开电视机,然后拉着丫丫随同陈瑶去了厨房。

厨房里还有一只杀好的鸡,是张伟准备晚上回来炒给陈瑶吃的。

陈瑶鼻子一酸,随即用手捏了捏鼻子,笑着对王炎丫丫说:"看,你哥准备晚上孝敬我的辣子鸡,可惜啊……鸡还在,人却跑了,呵呵……看来我没那口福,只能亲自动手做喽……我来做辣子鸡给你们吃……好不好? 中不中?"

"中,好!"王炎勉强笑着,看了看丫丫,说,"陈姐最适合做北方的媳妇了,北方菜做得最拿手了……"

丫丫一直情绪比较低,心里很难过,这会儿还是忍不住想抹眼泪,听王炎这么一说,抬眼看着陈瑶,"姐,徐君呢,咋还不过来?"

"徐君在公司里善后,估计这会儿该忙完了,你没有给他打电话?"陈瑶问丫丫。

"没有,我怕暴露情况,哪里还敢随便打电话啊……"丫丫说。

"呵呵……风声鹤唳、草木皆兵,"陈瑶笑了,"没那么严重,他们走了,我们照常生活、工作,不要搞得太夸张了,我这就给徐君去个电话,让他过来吃晚饭……"

说着,陈瑶拨通了徐君的电话:"徐君,公司打烊了吗?"

"马上就下班,大家都走了,我正在关店门。"徐君说。

"外面暴雨,有台风,提醒大家注意安全了没有?"陈瑶说。

"提醒了,陈姐,"徐君说,"陈姐,你的车还在门口呢……"

"那盯梢的马仔还在不在?"陈瑶问徐君。

"还在,正蹲在对过的警卫室里,趴在窗口往这看呢……"徐君对陈瑶说。

"嗯……那好,让他们替我看车吧,这车就先放在哪里,晚饭后我去开……"陈瑶对徐君说,"你下班后直接打个出租车来哈尔森这边吃饭,路上注意盯梢的,看有没有尾巴……"

陈瑶不想让张妈妈和哈尔森受到额外的干扰。

"好的,我现在关上店门了,我这就打出租车过去。"徐君在电话里对陈瑶说。

打完电话,陈瑶对丫丫笑笑,说:"丫丫,没事的,徐君一会儿就到。"

王炎和丫丫放下心来,一起帮陈瑶做菜。

做好菜,接近一个小时了,徐君还没到,陈瑶有些沉不住气,给徐君打了电话:"怎么了? 到哪里了?"

"到小区了,到门口了……"徐君说,"妈的,出门就被盯上了,我打车一直跑到柯桥,转了好几个小巷子,才把他们甩掉……"

话音未落,徐君开始敲门。

丫丫忙跑过去开门,徐君湿漉漉地走进来。

陈瑶笑着出来,问:"是不是像地下党啊,摆脱特务的盯梢……"

徐君笑着说:"呵呵……这几个傻家伙,现在还盯着你的宝马呢……"

"让他们给我看车吧,免费的……"陈瑶笑着说,又对丫丫说,"到我和你哥的卧室里,找你哥的衣服,给徐君换上干衣服,别冻感冒了……"

话音刚落,徐君接连打了几个喷嚏。

丫丫忙拉了徐君上楼去换衣服。

陈瑶招呼大家吃饭。

徐君浑身都湿透了,丫丫让徐君在自己房间里将湿衣服都换下来,自己去陈瑶卧室找了张伟的衣服,拿来给徐君穿上。

徐君脱得光光的,正在丫丫床上坐着等丫丫拿衣服。

丫丫拿了衣服进来,一看徐君的样子,脸色不禁红了起来,说:"你……你干吗脱这么光……"

"咋了? 都湿了,不脱怎么办?"徐君对丫丫说,"呵呵……我就是喜欢看你害羞的样子,咱俩都已经那样了,你还害羞……"

"去你的……换衣服吧,这是我哥新买的内衣,没穿过的,这是他的外套……"丫丫将衣服递给徐君,"抓紧换吧,换完下去吃饭……"

徐君趁势拉住丫丫的手,将丫丫搂在怀里,温存了一会儿,弄得丫丫脸色通红。

一会儿丫丫挣脱开,站起来,整理了一下衣服和头发,对徐君说:"快一点,我先下楼了……"

徐君换好衣服下楼,坐到吃饭桌前,突然问陈瑶:"陈姐,张哥、小郭、杨杨他们呢? 怎么不在这里?"

陈瑶边吃饭边把情况简单和徐君说了一遍,然后说:"这几天要注意小心点,我看这边暂时不能住了,经常过来会牵连哈尔森的,就是没有什么事情也会让他们扰得不安宁……我看这样，这几天，我和你都尽量少过来，即使过来，也要十分注意后面，最好是不要过来……"

徐君点点头："嗯……好的。"

"我晚饭后回去住，暂时不在这里住，"陈瑶又对王炎说，"那辆车，就先放你们家车库里吧，等几天我安排人来开走……"

王炎点点头，又对陈瑶说："陈姐，你不在这里住，你自己一个人住那边……我担心……"

"呵呵……别担心，没什么担心的……"陈瑶笑着说，"这么多年，我独自一人都习惯了，呵呵……我怕什么……不怕的……"

"陈姐，要不……"丫丫看看徐君，又看看王炎，然后看着陈瑶说，"要不，我和你一起回去住，起码也能和你作伴……要不，你晚上也没人说个话……"

"我看可以，"王炎说，"哈尔森在家里很安全，很健康，很舒适，我和张妈妈陪着他就可以了，再说，过几天，哈尔森就准备出去活动一下，筹备办公司的事宜，不用专人在这里陪了……"

陈瑶斟酌了一下，看着张妈妈，张妈妈笑呵呵地说："孩子，让丫丫陪去吧，我有王炎和哈尔森就够了，我不寂寞的……"

"再说了，丫丫住你那边，徐君过去也方便……"王炎又补充了一句。

陈瑶端着饭碗，又看了看徐君和丫丫。

徐君不好意思地笑了，丫丫脸又红起来。

"那好吧，"陈瑶决定了，对大家说，"丫丫跟着我回去住，今晚吃过饭就走。"

晚饭后，陈瑶和丫丫收拾好东西，徐君出门去叫了一辆出租车，三人打车直奔公司。

外面的雨还在下着，出租车里的收音机正在播报天气："'卡里云娜'台风今晚到明天开始影响我省中部和北部，台风将带来暴雨和8级以上大风，请各单位注意做好防台风工作，山区尤其要做好防山洪和泥石流暴发的工作……"

陈瑶眼神里闪出几分担忧，从东兴到萧山的低速公路正是山路，不知道他们现在到了哪里……

车到公司，直接进了家属院，陈瑶让丫丫和徐君先上楼，她去开车。

陈瑶开开车门进去，扭头看看东兴大厦警卫室，果然看见两个马仔正伸头看着自己的车。

陈瑶心里一阵冷笑，发动车辆，直接开进家属院，开进了车库里。

然后，陈瑶自顾下车回家。

上楼时，陈瑶随意一扭头，看见两个马仔正鬼鬼祟祟地跟在后面。

陈瑶装作没看见，上楼进门，关上房门。

随即，陈瑶从猫眼里往外看，两个马仔抬头看了看门牌号，接着下楼走了。

陈瑶不屑地笑了一下，坐在沙发上。

丫丫和徐君也坐在沙发上，丫丫正在给徐君的额头抹药水。

"丫丫，在你没有找到新工作以前，在王炎和哈尔森的公司没开张以前，你白天不要自己待在家里，"陈瑶对丫丫说，"跟着我去公司，在我办公室玩，或者在徐君办公室玩，跟着徐君学习学习营销知识，好不好……"

"嗯……你们去上班，我自己在家没人陪，闷死了，我跟你们一起去上班……"丫丫给徐君抹完药水，对陈瑶说。

"陈姐办公室客户多，你老在里面也不方便，这样吧，少杨的办公桌正好空着，你就在少杨的地方坐吧，在我的营销部里学习点营销知识，我带你……"徐君说。

"行，好的。"丫丫痛快地答应着。

"你刚毕业，理论的知识比较丰富，但是实践的东西太少，这实际工作中，主要的还是实践的东西，你要多学习，多虚心学习……"陈瑶对丫丫说，"营销部的业务员很多都是实战老手，大道理讲不出多少，但是做业务，一个顶一个……"

"那徐君是不是最厉害的？"丫丫问陈瑶。

"呵呵……徐君做业务不是最厉害的，但是，做综合管理，徐君是最棒的，"陈瑶笑着说，"适合做业务的不一定适合做管理，就好像一个将军的枪法不一定比士兵准，但是，将军的指挥能力一定比士兵强……"

得到陈瑶的褒奖，徐君笑了。

丫丫也笑了，看了看徐君，说："别骄傲啊，陈姐夸夸你，你要谦虚的……我觉得我哥比你厉害呢……"

陈瑶笑了，说："丫丫是不是有点偏心啊，偏向自己的哥哥……"

丫丫笑嘻嘻地说："不是啊，我真的是这么感觉的，我觉得我哥好厉害，做工作厉害，打架也厉害，小时候，在俺们村里，没人敢欺负我，我哥经常为我和小朋友打架……"

"呵呵……"陈瑶和徐君都笑起来，陈瑶说，"以后你的保护人就是徐君了，你哥哥不能呵护你一辈子，你哥哥以后得保护我了……"

丫丫笑了，突然又问陈瑶："陈姐，你说，我哥做工作是不是比徐君厉害……徐君，你说是不是？说……"

"当然了，"徐君心悦诚服地说，"你哥那是厉害，我很佩服的……我要向他学习呢……"

丫丫得意地笑了，拍拍徐君的肩膀说："算你小子会说话，在我眼里啊，我哥就是最好的男人,最厉害的男人,我最最最佩服的就是我哥了……"

陈瑶沙发上一盘腿,说:"丫丫真的偏心呐,自己的哥哥咋看咋好啊……"

丫丫不服气,说:"陈姐,难道你不这么认为?"

陈瑶摇摇头,说:"这从工作上来讲啊,我觉得你哥和徐君是各有千秋,各有所长,属于不同的类型……"

"此话怎讲? 说说听听……"丫丫看着陈瑶问。

"你哥和徐君都属于管理型的人才,都比较善于做企业营销管理,这是他们的相同点……"陈瑶慢条斯理地说着,"但是呢,两人又有不同,你哥呢,管理方面除了战术筹划,更注重战略的谋划,比较注重宏观的管理,大处着眼……徐君呢,善于钻研战术,微观入手,事无巨细,注重细节管理……这就好比一个国家,你哥呢,善于做总统,徐君呢,善于做总理……"

"呵呵……那还是我哥厉害,总统管着总理呢……"丫丫很开心。

徐君笑呵呵地搂着丫丫的肩膀,说:"我看你眼里啊,除了你哥,才会是我,是不是?"

"废话,当然了,怎么? 你吃我哥的醋了?"丫丫手指戳了下徐君的额头。

徐君刚要说话,突然传来急促的敲门声。

晚上了,谁敲门呢? 大家互相看了一眼,陈瑶站起来走到门边,问:"谁,干吗的?"

"派出所的,查流动人口的……"门外人回答。

陈瑶从猫眼看了看,是两名穿警服的警察。

陈瑶开门,两名警察站在门口,彬彬有礼地说:"对不起,我们是辖区的片警,来查流动人口的,这是我们的证件……"

说着,两人掏出警官证递给陈瑶。

陈瑶接过来看了看,对他们说:"请进吧。"

两位警察进来,站在客厅里环顾了一下,对陈瑶说:"请出示一下你们的身份证件。"

陈瑶和徐君、丫丫给两位警察看了看身份证。

两位警察草草扫了一眼,将证件还给他们,然后说:"请问,我们可以看一看你们的房间吗?"

"你们……"徐君叫起来,"你们干吗? 想搜查住户? 你们有没有搜查证?"

两位警察不做声,看着陈瑶。

"不要乱说,徐君。"陈瑶冲徐君使了个眼色,然后对两位警察说,"当然可以,来吧,我领你们看……"

在陈瑶带领下,两位警察在楼上楼下各个房间都转了一遍,包括厨房和卫生间、储藏室。

两位警察看得很仔细,甚至于阳台、窗帘帷幕后、壁橱里面都查看了一下。

看完后,两位警察互相对视了一眼,然后对陈瑶说:"谢谢配合,打扰了,再见!"

陈瑶客气地将两位警察送走。

"这一定是别有目的的,"陈瑶刚关上门,徐君就说,"很明显,是来找人的,找他们的……"

"我知道的,"陈瑶在沙发上坐下,"让他们仔细看一遍,没有人,他们也就死了心,不然,还会来骚扰。早晚得有这么一遭,早来早利索……"

"不知道我哥这会儿到哪里了?"丫丫看着陈瑶和徐君,"这暴雨越下越大了,他们走的不是高速,低速是不是山路啊,山路上可是容易……"

"不要说了,"陈瑶心里一紧,拦住丫丫的话,"不要胡说八道,不要乱想,你哥他们没事的,都是很有经验的老驾驶员,特别是小郭,开车很熟练,经常跑山路,没问题的……都睡觉吧,休息吧,时间不早了……"

丫丫和徐君去丫丫的房间休息。

陈瑶独自在客厅坐了一会儿,然后来到阳台,看着夜色中疯狂肆虐的暴风雨,心里沉甸甸的。

我的爱人,你到哪里了? 你此刻可好……陈瑶心里一遍遍轻声念叨着,呼唤着张伟的名字。

小郭开车,张伟坐在副驾驶位置,张少杨和吴洁坐在后排。

车子驶出哈尔森家别墅区大门的时候,迎面开过来两辆白色的面包车。小郭立刻将车灯变换成远光灯,直射对方,这样对方就看不到车里的人面孔。

对方看不到自己,小郭和张伟却在交错的一刹那看清楚了对方驾驶员的面孔。

"妈的,就是他们一伙的,开车的是今天来打架的其中一个……"车辆交错而过之后,小郭对张伟说。

"这群狗日的能耐不小啊,这么快就能知道我们在这里……"张伟点点头,回头冲吴洁笑了笑,"小洁,怕不怕?"

吴洁笑了笑,说:"不怕,和你们在一起,我不怕。"

张伟笑了,小郭和张少杨也都笑了。

张伟看着小郭和张少杨,说:"从现在开始,一切行动听指挥,听我的命令,知道了吗?"

"是,听大哥的!"小郭和张少杨异口同声。

"好,先去高速入口。"张伟说道。

"啊?!"小郭有些意外,"陈姐不是说不让我们走高速的吗?"

"我知道,我是想走高速入口附近,不靠近,我看看那帮小子到底多大能耐……看看有没有他们的人……"张伟对小郭说,"逐渐靠近,不要太快……"

小郭答应着,风雨中疾驶而去,直奔东兴高速入口。

到达离高速入口300多米的地方,眼尖的小郭一指前方,"警车,有一辆警车停在入口前方……"

张伟凝神看看,对小郭说:"靠近点,我看看……"

小郭缓缓驶近,张伟低头看去,果然是一辆警车停在入口前面,下面站着几个人,打着雨伞,拿强光手电筒往进入的车上乱照。

"干他娘的,果然有两下子……"张伟自言自语了一句,对小郭说,"兄弟,抓紧掉头,走哇……别让狗日的发现了!"

小郭哈哈一笑,车一掉头,开车往北,直奔出城的普通公路而去。

"还是我老婆高明,预料真准!"张伟对大家说。

大家都笑起来。

出城走了5公里,前面马上就要进入山区,风雨仍旧很大,路上的积水也开始深起来。

"幸亏咱这是吉普车,还是四驱的,要是换了桑塔纳,可就趴窝了……"小郭对张伟说。

张伟正沉思着想事情,突然对小郭说:"前方是不是有一个收费处?"

"是的……"小郭说着一指前方,"呶,那不就是嘛!"

"停车!"张伟对小郭说,"你看看前面……"

小郭一个刹车,往前方定睛一看,"他娘的,这里也有人,他们的人……"

"你知不知道有能绕过收费处的小路?"张伟问小郭。

小郭想了想,"没有,以前有一条小路,后来被堵死了。"

"掉头,"张伟对小郭说,"回城,找没有收费处的出城马路,先出城再说,往南走……"

小郭大力转方向盘,切诺基掉头回去。

张少杨想了一会儿,说:"大哥,我知道一条路,没有收费处,但是向南的,通嵊州的……"

"行,改变计划,不从萧山上高速了,先折返向南,奔嵊州,从嵊州上高速……"张伟果断地说,"妈的,老子给他来个南征北战……"

"对,对,我想起来了,是有这么一条公路,不过,那条路是县乡公路,不是很宽,而且,都是山区,山路……"小郭说。

"是不是柏油路?"张伟问。

"是,是柏油路,很平坦……"小郭说。

"走!"张伟对小郭说,"兄弟,杀进山里去,党考验你的时候到了!"

"这么大的雨,就怕掉石头……"小郭说。

"小心一点,注意听着山上的动静……"张伟说。

"我会听的,我姐小时候就教过我,"张少杨说,"到时候走慢点,听我的指挥。"

"那好,少杨负责监听,小郭负责开车,走,进山!"张伟发出了动员令。

茫茫雨夜中,小郭开着切诺基,顶风冒雨,绕过东兴外环路,一直往南,一头扎进了连绵的黑黝黝的群山之中。

山里的路很黑,很陡,很蜿蜒,小郭紧张地小心翼翼驾驶,张少杨竖起耳朵仔细听着外面的动静。

山路上不见一丝灯光,偶尔在山谷中见到散居的村落的灯火,萤火虫一般闪烁。狂风在山间呼啸,山里的树木被卷得东倒西歪,风声、雨声,夹杂在山谷的呼啸之间……

雨点飞快地抽打在车玻璃上,夹带着树叶和枝条。

路左边是陡峭的山坡,路右边是垂直的悬崖,马路就像是一条挂在半山腰的带子,迂回盘旋,不时出现急转弯。

黑乎乎的大山里,一切人活动的踪迹都消失了,除了自然界里风雨的狂暴肆虐,没有过往的车辆,没有路上的行人,没有路边的灯光,没有路边的村居……

大家都默不作声,只有雨刮器在车玻璃上来回刮动的声音,还有就是自然界的声音……

切诺基在盘山公路上迂回前进。

张伟心中突然有点后悔,早知道这路这样,还不如先找个地方休息下,等风雨停了再走。

可是,已经走到这里了,已经没法后退,这马路,倒车是绝对倒不过来的,再说,这种恶劣天气下,路边就是悬崖,也不敢倒车。

张伟也竖起耳朵听着外面的动静。

"停车!"张少杨突然大喊一声,"快停车!"

小郭一个急刹车。

张伟仿佛也听到了一种隆隆的类似闷雷的滚动的声音,越来越近。

张伟看看张少杨,张少杨凝神听着,说:"前面大约 20 米,山上滚下来的大石头,这就下来了……来了!"

话音刚落,只听轰隆隆一阵响声,山上滚落了一块一米见方的大石块,夹带着很多小石块,砸在马路上,接着随着惯性,滚落下了马路,直到山谷,隆隆的响声在山谷回荡……

大家都抽了一口凉气,吴洁吓得捂着嘴巴,半天合不拢。

"走吧……"张少杨对大家说。

小郭开车小心翼翼绕过那堆石块,继续前行。

绕过一个山峰,前面的山势缓和,张少杨松了口气,说:"这地方安全,石头下不来,都被树木挡住了……"

大家闻听,也都松了口气。

"少杨,真有你的,我也集中精力听,愣是没有听出来。"张伟赞扬张少杨。

"我这是跟我大姐学的,"张少杨说,"我大姐小时候经常跟我爸出山干活,经常顶风冒雨,我爸经常教她躲避山石,后来,我大姐就教给我了……"

"哦……"一听张少杨提起陈瑶,张伟心里一阵暖意,心中涌起对陈瑶的无限眷恋和爱恋。

虽然外面的风雨没有减弱,但是山势缓和,就没有那么危险了,张伟对大家说:"饿了吧,都没吃晚饭,后面有陈瑶买的东西,吃的喝的都有,大家吃点吧……"

于是,小郭将车停在一个平缓的坡顶,吴洁拿出吃的东西,大家边吃边喝。

"这山里怎么没有人家啊?这么荒凉?"小郭问张少杨。

"都走了,都出去挣钱了,有老人的还留居,没老人的就走光了,很多村就这样名存实亡了,空了,"张少杨说,"在山里走个一天半天的不见车,很正常,特别是晚上……"

小郭看着前面,说:"现在,弄不清东西南北了,前面是个岔路,没有路牌,不知道该往哪里走了……"

"车上有没有地图?"张伟开始翻前面的空盒,除了陈瑶留下的两万块钱,别的没有。

吴洁在后面找了半天,也没发现地图。

"怎么办?怎么走?张哥!"小郭看着张伟。

"嗯……"张伟沉吟了一下,"不管走哪条,只要是马路,就一定能出去,走左边的吧……反正我们只要顺路走,就一定能走出山里的,即使到不了嵊州,也能到别的地方……"

"好,"小郭吃完东西,开车前行,从左边的岔道下去。

越往前走山越多,黑压压的,一层一层,但是,道路却没有那般陡峭了,不是那么急转,路左边的山体也没有那么陡峭阴森。

"看来我们走左边的是对的,起码安全性要高一些……"小郭对张伟说。

"现在,安全是第一位的了,呵呵……"张伟看着这外面黑乎乎的山体,"妈的,好像越往里走山越多,我们是不是进入山的腹部了啊……"

张少杨看看外面,说:"这地方我也没来过,搞不清这是什么地方,晕了,哈哈……"

"反正我们在这个钢铁家伙里面,走就是了,"小郭笑呵呵地说,"只要有足够的油,就不怕事……我们的油足足的,没问题……"

张伟看看时间，说："12 点了，我们在山走了接近 5 个小时了……小郭，累不累……我来接替你开一会儿……"

"没事，我还行，山路我经常开，还是我开吧，到了平路你再开，"小郭说，"我觉得越走越不对劲啊，呵呵……好像我们是在往深山里面走……"

"呵呵……那就走吧……"张伟说。

"嵊州往左的方向，是四明山脉，是奉化边界，往前呢，是天姥山脉，是新昌边界……"张少杨说，"如果我们走过了，前方就可能会从新昌出来，如果我们走偏了，前方就可能会从奉化那边出来……"

"行，管它是嵊州还是新昌还是奉化，只要能出来，咱就能奔高速，只管走吧……"张伟说。

于是，小郭开车顺着马路一直走，走到岔路口，张伟就随便一指，跟着感觉走。

到了凌晨两点，吴洁和张少杨在后面都打了瞌睡，张伟也朦朦胧胧闭眼。

外面的风小了，雨还在下，山势一直比较缓和，没有什么险情。

小郭转过一个大弯，突然指着前方的一个巨大山门，喊起来："哎呀，妈呀……"

张伟一个激灵，晃晃脑袋，往前一看，前方一个巨大的山门，上面写着：四明山。

"我们杀进四明山了，我们今晚可能要纵穿四明山脉了……"张少杨也被惊醒，揉揉眼睛，看着外面，"老天，我们真厉害，跑到这里来了……"

"杀……"张伟说道。

小郭一踩油门，切诺基又冲进了莽莽四明山脉。

下半夜，风停了，雨也渐渐变小了。

凌晨 4 点半，张伟看雨消停了，终于放下心来，叫小郭停下，他来开车。

"好了，你们都休息一会儿吧，少杨坐到前面，让人家两口子在后面方便一些……"张伟乐呵呵地说。

张少杨跑到前面坐，小郭和吴洁坐在后面。

张伟一踩油门，在山路上继续前行。

四明山属于宁州，山间的公路修得质量很好，虽然不宽，但是很平坦，路边的安全标识也很齐全。

山里静悄悄的，风声雨声都停止了，只有山间溪水的溅鸣声音，还有树林里发出的各种虫子的叫声。

黎明之前的黑夜特别的静，特别的黑暗。

小郭累了，倒在吴洁怀里，两人抱在一起，互相依靠，很快就都睡着了。

"少杨，你也休息一会儿吧，"张伟对张少杨说，"前面很好走了，我就慢慢往外开就是了，走到哪算哪……"

"嗯……好吧，"张少杨也实在是撑不住劲了，往后一仰，也迷糊了过去。

张伟开着车往前顺路直走，走了半个多小时，前方的路突然宽起来，而且，前方还出现了一个大的空场，还有房子和灯火。

终于见人烟了，张伟心里快活起来。

张伟随意往路左边一看，一个高高的石牌坊式的大门，上面四个大字：蒋母墓道。

我的天！到奉化溪口了，到蒋介石的老家了！张伟以前来过这里，知道这里距离溪口很近了。

跑了一夜，从溪口出来了。张伟心里一阵轻松，看着外面微明的天色，看看时间，早上5点多了。

然后，张伟开车直奔溪口，在溪口镇的中心街一个早点铺前停下，对大家说："同志们，醒醒，用早膳了！"

大家纷纷醒来，张少杨一看外面，说："呀！这是溪口，我们到溪口了！到蒋介石老家了……"

"是啊，溪口！"张伟说。

张少杨想了一下，说："大哥，咱们今晚是纵穿了四明山啊，300多公里啊，我的老天，咱们跑到宁州地界来啦，离宁州很近了……"

"下车，吃早饭，吃完早饭，咱们去宁州，从宁州小憩一会儿再走！"张伟笑嘻嘻地对大家说。

吃完早饭后，张少杨接替张伟开车，张伟睡了过去。

再次醒来，车到宁州，停在一个停车场里，旁边就是天一广场。

张伟对大家说："我在车上休息一会儿，过会买点东西补充养分，午饭后出发！"

张伟拿出5000元钱给张少杨，说："自己去买台手提电脑，5000元以内自己随便挑，去吧。"

张伟又掏出1000元给吴洁，说："走得匆忙，什么都没带，和小郭去超市买点生活必需用品，再买点吃的喝的，我们路上用，还有，再买一本交通图……"

大家答应着去了，张伟在车上一仰，沉沉睡去。

两小时后，张伟醒来，雨过天晴，阳光普照。

张伟打开手提电脑，上网，登录QQ，找到伞人的头像，点击，打开对话窗口，将昨晚的情况简单告诉了陈瑶，最后说："姐，我们现在宁州，很安全，吃过午饭就北上，你不要担心……你自己一定要保重自己，你是我最大的牵挂，亲爱的……以后，我抽空就会上来的，上QQ和你联系……吻你，爱你，亲爱的……"

刚给伞人留言完毕，大家都回来了，东西都买好了。

张伟带着他们去了味千拉面。

吃过午饭，张伟坐在车副驾驶位置，张少杨开车。

张伟看看时间，回头看看小郭和吴洁，最后看看张少杨，说："兄弟姊妹，咱们出发，回家！少杨，我带你去我家……咱们走东部，走杭州湾跨海大桥，奔上海，奔京沪高速……"

张少杨哈哈一笑，一踩油门，说："好，出发！"

军绿色的切诺基在江南夏日阳光的灼晒下，开始驶出宁州，直奔慈溪，直奔杭州湾跨海大桥。

张伟靠在车后背上，掏出陈瑶昨天给自己的信封，一看，两张银行卡，除了自己的，还有那张何英留给自己的，里面有100万元的银行卡。

张伟抬眼看着窗外，看着繁华的都市，看着熟悉的宁州，想起了曾经那样熟悉又那样陌生的何英，想起了过去的一幕一幕，眼睛里透出了迷惘和忧郁……

何英，在哪里呢？

第二十二章 不速之客

出了宁州，车子就没有再停，三人轮换开车，穿过雄伟壮观的杭州湾跨海大桥，进入京沪高速，穿越长江大桥，一路往北，向着家乡的方向，前进。

吴洁是第一次到江北，很好奇，不停地问小郭。

小郭家在瑶北市郊区的一个乡镇，小郭在路上给家里打了电话，告知带媳妇回家的事情，让父母收拾收拾，又一再叮嘱去买点大米，说新媳妇吃不惯面食，咬不动山东煎饼卷大葱。

张伟告诉小郭，让他和吴洁先回家住几天，然后等候他通知。

"大哥，我呢？"张少杨边开车边问张伟，"我到哪里？"

"你？你跟我下乡，住我家，跟着我在山里逛游，玩！"张伟对张少杨说。

"好，你们那山里有没有狼，咱去山上套狼……"张少杨兴致勃勃。

"前几年有，现在不多了，人烟多了，动物就少了……"张伟说。

"我有一个战友家就是瑶水县的，他爸爸好像是一个工艺品进出口公司的老板……"张少杨继续说。

"哦……"张伟眼前一亮，"少杨，你和你那战友还能不能联系上？"

"当然能，是我在部队的铁哥们，上下铺，是睡在我上铺的兄弟……"张少杨乐呵呵地说，"等有空咱们一起去看看他……"

"好，咱们一起去，"张伟心中一动，点点头，"带上礼物，去他家拜访……"

"抽空我还想见见网友啊，小花哦……"张少杨继续调侃。

"小花？你在瑶水还有个网友？"张伟乐了。

"哪里啊，就是小如啊。"张少杨说。

"咋成了小花了？小如改名字了？"张伟问道。

"不是，小如的另一个QQ的名字，叫夏花，我简称为花花，小花，哈哈……"张少杨哈哈大笑。

"感觉咋样?"张伟问道。

"真好啊,小姑娘真好看,大大的漂亮,看起来,不像是北方女人,倒有南方女人的白皙和细腻。"张少杨眉飞色舞。

"不过,我和她聊天的时候感觉她很老成,没想到一看照片,竟然是个小女孩,这人啊,不可貌相啊……"

张伟点点头,问:"她对你咋样?"

"还好,"张少杨说,"态度还算好,估计是看在你和我大姐的面子上,比较热情,比较友好,比较认真……哈哈……对了,大哥,我在这方面没经验,不知道如何讨女孩子喜欢,也不会在网上讨女孩子欢心,你有没有经验,传授两招,说说,你是怎么和我大姐谈恋爱的……"

张伟笑了,说:"这个……这个东西,没有什么规则,也没有什么经验的,呵呵……关键是你要把握住两个字:真诚。只要彼此真诚相对,真诚交往,就一定会有好的结果……"

"嘿嘿,我和小花这几天白天晚上都聊,很开心呢,就是我问她要手机号码,她就是不给我……郁闷……改天,咱们直接去她的天马旅游,看看大活人……哈哈……"张少杨开心地憧憬着。

"那你打算提前通知啊还是偷袭?"张伟问张少杨。

"嗯……偷袭吧,这样才刺激啊,咱们突然出现在她面前,哈哈……她喜欢浪漫的,一定会刺激死了,对,先不能告诉她……"张少杨乐呵呵地说。

"怎么? 还打算拉着我一起去?"张伟说。

"嗯,是啊,我自己不敢去,万一人家不理我,那我多难看,姐夫陪小舅子相亲,义不容辞,你就辛苦辛苦吧,大哥……老大……"张少杨看着张伟说。

"呵呵……好吧,那我就陪你走一遭,打算什么时候去?"张伟说。

"先休整两天,不着急,我再继续网上聊天,加加温……"张少杨说。

"你这不是很懂嘛,还要我教你啊,臭小子……"张伟拍了拍张少杨的脑袋。

"比起你,还不行啊,我大姐那么大的美人儿都被你追到手了,足以说明你功夫了得,所以才让你传授经验呢……"张少杨说,"看得出来,我大姐对你真好啊,比对我还好,哼……我还从没有见过我大姐对哪个男人如此上心过,包括对那个高强……"

听张少杨提起高强,张伟不由上了心,回头看看小郭和吴洁,两人正抱在一起,打瞌睡,定定神,对张少杨说:"对高强咋了? 说说听听……"

"这话说来就长了,我大姐那时年轻,幼稚,算是被高强蒙了。高强很有办法,天天去医院陪我老爸,比亲儿子还亲,我老爸就喜欢的不得了,坚持要收他做女婿,我大姐那时根本就没谈过恋爱,高强追得又紧,我老爸老妈催得又急,我大姐是个孝子,加上那时对高强也没有恶感,最后一跺脚,就跟高强结婚了……"张少杨边开车边扭头看了一眼张伟,继续说,"我那时还小,不懂大人的感情的事情,但是,我经常发现大姐的眼神里露出忧郁的神色,对高强很客气,一直是不好不坏的,彬彬有礼……现在想来,我大姐那时心里是不爱高强的,但也不厌恶,面对我父母的压力和高强的紧追,她也就认命了……我大姐这人很认命的,我曾经偷看过她的日记,她写了这么一句话:'不管我幸福不幸福,不管我快乐不快乐,一切都是上天安排的,我只能去认命,这辈子就这样吧,怎么过不是一辈子……'那时起,我知道大姐是真的不快乐的,但是,她习惯了婚姻,默认了婚姻,是想过下去的……直到出现了阿英姐和高强的事情,我大姐身心备受摧残,忍无可忍,才……我当兵回来,知道了这事,肺都气炸了,我是要想狠狠揍高强一顿的,大姐拦着不让……哼……高强现在还想和我大姐复婚,真是瞎了眼了,当年他和阿英姐差点没把我大姐害死啊,我大姐离婚回家在我妈妈家躺了三个月,才恢复过来……重新振作。"

张伟认真地听着,他知道张少杨说的阿英姐是何英。

张伟又想起了陈瑶,不知道此刻陈瑶在干吗,不知道那伙人找不到自己,会不会去找陈瑶的麻烦。

张伟心里很困惑,这帮人为什么要来砸店?依照陈瑶的处世风格,是不会得罪人的,究竟是谁要这么做?还是有人在背后指使?是冲着陈瑶来的呢,还是冲着自己来的?或者是冲着两人来的?

难道是高强?还是老郑?

高强不可能啊,他恨的是自己,不恨陈瑶,他要是报复,绝对不会砸陈瑶的店,只会找自己的麻烦,背后放自己的黑枪。

老郑呢,也没有必要砸陈瑶的店,何况他和自己现在关系还好,还没有激化矛盾,自己目前在东兴开公司,不会动摇老郑的队伍根基,他没必要下手。

难道是同行嫉妒报复?张伟脑子里又冒出这个念头。

同行是冤家,东兴这么多同行,会是哪一家呢?到底有多大的仇恨,要这么大动干戈,动用黑社会参与?

还是……张伟脑子里又冒出潘唔能、王英的影子,问题会不会是出在他们身上呢?王军是小混混,和黑社会素有来往……

张伟脑子里翻江倒海一般,琢磨来琢磨去……

晚饭后,换了小郭开车,张少杨跑到后面去捣鼓新买的手提电脑,吴洁也在旁边跟着捣鼓。

沉沉的夜色中,车子继续往北疾驶。

"张哥,前方就到山东地界了,收费处边卡到了,"小郭对张伟说,"到家了。"

"嗯……过了收费处,我们从瑶南出口下高速,"张伟看看时间,深夜10点了,"先找地方住下,好好休整一下,明天再回家。"

半小时后,张伟一行住进了瑶南宾馆,老地方。

开了两个标准间,张伟和张少杨住一间,小郭和吴洁一间。

这是张伟第三次住瑶南宾馆,前两次是和陈瑶。

旧地重游,物是人非,张伟心中感慨万千。

看着院子里停放的车辆,张伟突然想起上次擦肩而过的白色轿车,那开车人貌似熟悉的面孔……

世界之大,芸芸众生,人海茫茫,人生何处不相逢?

吃过夜宵,小郭和吴洁进房休息,张伟和张少杨回到房间,都不困,各自打开电脑上网,登录QQ聊天。

张伟急于和陈瑶取得联系,张少杨呢,一直挂念着夏花,急于见到他的小花姑娘。

张伟登录QQ后,伞人正挂在哪里。

"当家的,你到哪里了? 是到家了吗?"

"姐,你今天如何? 有没有人找你麻烦?"

两人几乎同时打过来一句话,代表了对方彼此最关心的问题。

说完,两人又都笑了。

"你是男人,你先说! 老公!"伞人说道。

张伟:"刚到瑶南,刚住下,老宾馆,休息一晚,明天到家。"

伞人:"哦……好,好,终于到家了,我下午看到你的留言了,后怕死我了,你们在深山里迷路走了一夜,暴风雨……后怕死我了……好危险……"

张伟:"姐,没事的,这不都过来了嘛,你呢,姐,快给我说说你那边的情况,是不是有人今天找你麻烦了?"

伞人:"呵呵……我这边啊,没事的,什么事情也没有的,很平静啊,没有任何人找我麻烦,除了两个小马仔每日在公司对过站岗放哨,别的没什么,一切正常,你放心好了……"

张伟稍微放下心来,又说:"说说你今天都干吗了……"

伞人:"干吗? 傻熊,查岗?"

"差不多,说,快说。"张伟说道。

伞人:"今天啊,我起床、吃饭、下楼、上班……哈哈……"

张伟："上班后呢?"

伞人："工作啊,丫丫跟着我上班,在徐君办公室帮忙,我呢,上午谈客户,下午做计划,最近往瑶北发的团越来越多,我都担心小如那边接待不了……"

张伟："呵呵……很好,让丫丫跟着你一起住,很好,我放心多了……"

伞人："幸亏你们走了,昨晚你们刚走,我刚把车藏到车库里,那帮人就来了,在院子里到处转悠,没找到,走了……我带丫丫回到家,刚一会儿儿,派出所的就来查户口,查流动人口,把家里仔仔细细看了一遍才走……"

张伟："妈的,这帮人势力不小啊,出城的收费口都有他们的关卡,逼得我一头扎进了深山……姐,今天我在路上一直在想,你说这帮人是谁指使的? 目的是要干什么?"

伞人："不知道,也别多想了,过去就过去吧,不要问这么多了,反正再有捣乱的就报警!"

张伟："冲我来的不要紧,关键我担心他们是冲你去的,比如,同行破坏报复、高强阴谋诡计、潘唔能阴险使奸……我琢磨着,这事没那么简单,我想啊,把小郭和少杨他们安顿好,我马上再赶回去,把你自己留在那里,我无论如何不放心……"

伞人立马有了反应,发过来一个生气的表情,说:"张伟,你怎么回事? 道理我给你讲了无数遍,你怎么就是不听?! 你想要干什么! 为什么就是不听话! 难道你要把大家都害死嘛!"

张伟一下子懵了,忙说:"姐,你干吗发那么大的火,我没想害大家啊,我就是不放心你啊,我想回去保护你啊……"

伞人:"道理说了千千万,磨破了嘴皮子,你就是想不通,就是那么犟,你离开了,你安全了,就是大家的安全,就是大家的安稳! 我比你办事稳当,我混社会比你经验丰富,我办事比你成熟,不需要你担心……我告诉你,张伟,没有我的同意,你老老实实给我待在瑶北,不许进入东兴一步……咱们俩,我什么都听你的,我什么都依你,什么都由着你……唯独这事,你必须听我的,如果你不听我的话,以后你就别想再见到我! 听见没有? 回答!"

张伟被伞人彻底训懵了,彻底吓倒了,忙说:"听……听见了……听见了……"

伞人:"你听不听我的话?"

张伟:"听! 听……一定听……"

伞人:"重复一遍!"

张伟:"没有你的同意,绝不踏进东兴一步! ……姐……你别……你别这么凶嘛……"

伞人:"嗯……那就好,你不是小孩子了,我相信你说到做到,听话,就是乖孩子,乖宝宝……姐刚才训你,是因为你不听话,你听话,姐不训你……姐疼你……姐疼宝宝……"

张伟:"嗯……姐,我听你的……"

伞人:"刚才让姐吓着了?"

张伟:"嗯……姐,你好凶啊……我被你吓住了……"

伞人:"姐刚才是急了,姐一急,就凶了,姐脾气不好……别生姐的气啊……"

张伟:"姐,我哪里会生你的气呢,我只是心疼姐姐,牵挂姐姐……"

伞人:"嗯……姐知道的,姐知道宝宝是为姐姐好,但是,宝宝一定要听姐这次的话……"

张伟:"嗯……姐,我想抱抱你……一天不见,好像很久很久的别离……"

伞人:"嗯……好的,傻熊,抱抱姐,姐让你抱,姐喜欢在傻熊的怀里……"

张伟:"姐,你这么晚还不休息?"

伞人:"没有,一直开了电脑等你的消息呢……我知道只要你一有时间,一定会和我联系的……"

张伟:"丫丫呢?"

伞人:"丫丫睡了,早就休息了……"

张伟:"那就好……"

伞人:"杨杨呢?"

张伟:"在上电脑呢,我在宁州让他买了笔记本,估计这回他正在和小如聊天呢……小如还有个名字叫……叫什么来着……"

伞人:"夏花……呵呵,杨杨早就告诉我了,杨杨喜欢叫花花、小花……看得出,杨杨很喜欢这个小如……"

张伟:"是的,很喜欢,他路上和我吹嘘了半天了,还非得让我给他介绍介绍经验,问我是如何把你弄到手的……"

伞人:"哈哈……这个小家伙,找你取经啊,我看啊,别问你是如何把我弄到手的,问你以前是如何网上钓鱼的,如何泡妞的,就可以了……"

张伟:"呵呵……过去的事情,就不要提了嘛……"

伞人:"嘻嘻……不揭你伤疤了,对了,这次回去,打算如何安排……"

张伟:"我先问你,这次回来,你打算让我们在家待多久?"

伞人:"三个月两个月的回不来。"

张伟:"哦……我知道了,我想呢,最近几天先休整,小郭和吴洁回家,明天送他们回去,然后,我和少杨走亲访友,少杨有个战友是瑶水的,他老爸是工艺品出口公司的老板……"

伞人："哦,呵呵……我明白你的意思,呵呵……你还在牵挂旅游产品营销那事,是不是?"

张伟："正是,老婆明鉴,我脑子里最近其实一直在琢磨这事,我去拜访那老板,希望能找到外销的路子,只要外销的突破口打开,我就可以放开手脚大干,我能把这事做得很大……"

伞人："嗯……多大?"

张伟："市场有多大,我就能做多大!"

伞人："好! 有气魄,这事我支持你,放手去做,先从小处着手,慢慢做大,别心急,另外,哈尔森和王炎他们,今天也开始筹备成立公司的事情了,专做出口贸易……"

张伟："嗯……双管齐下,多渠道入手,我脑子里其实已经有个基本的方案了,呵呵……等我完善了,再告诉你……"

伞人："呵呵,我知道的,知夫莫若妇,我知道你这些日子脑子就没闲着,嘻嘻……我就故意不问,等你主动告诉我……"

张伟："呵呵……其实,我前段时间是有点和你赌气的,我本来呢,就有回乡创业,带领家里的乡亲一起致富的念头,但是,你主动说让我走,我就偏不走……"

"哟! 哟! 啧啧! 一说你还来劲了,嘻嘻……"伞人笑呵呵地说,"傻熊,好好做吧,塞翁失马焉知非福,坏事和好事都是可以互相转化的,这事促进了你回家创业的决心,也不见得是坏事……"

张伟："嗯……我在反复斟酌考虑呢……"

伞人："对了,明天送小郭两口子回家,别忘记给他父母买点东西,走得太匆忙,空手回家不好……"

张伟："好的,我明天记着这事。"

伞人："还有,有空去看看小如,拜访拜访天马旅游的老板,毕竟,他们是我们的大客户……"

张伟："是啊,过两天少杨要去看小花,让我陪他去,顺便就拜访他们老板了……这小如真不错,少年老成,我没想到她这么年轻,办事却如此老练。"

伞人："人不可貌相,这小如……夏花……小花……呵呵……我总感觉怪怪的……"

张伟："哪里怪怪的?"

伞人："说不出,总感觉好像很突兀……呵呵……或许是我犯神经了,想多了……"

张伟突然想起一件事："对了,你怎么把何英给我的卡也一起装进来了?"

伞人："这是你的东西啊,当然要给你带着,万一用得着呢……"

张伟："这是何英的钱,不是我的,我见了她是要当面还给她的……放你那里就是了,等我以后回去,见了她好还给她。"

伞人:"那你要是在北方见了她呢？还给她不是更加方便？"

张伟:"这……这……在北方遇见她？北方很大啊,大姐,哪里这么容易就遇见她呢？"

伞人:"世界很大,但是又很小,天涯和咫尺,仅仅是一步之遥。"

张伟:"姐,我要很久见不到你了吗？我好想你啊……"

伞人:"姐也想你的,宝宝,等过了这段时间,我会去看你的,看你们的,呵呵……亲爱的,耐心等待,等待我们相会的时刻……"

张伟:"没有你,我晚上会睡不好的……我想搂着你睡……"

伞人:"没有你,我晚上也睡不好的,昨晚我一夜没睡……但是,我想了,从今晚开始,我想着你入睡,这样就能让你进入我的梦里,在梦里,我和你搂在一起睡觉,我枕着你的胳膊,偎依的你的胸膛……你也可以这样的,想着我的名字入睡……"

张伟:"嗯……今晚,我就想着你入眠,想着搂你在怀里,闻着你的芳香,入眠……"

伞人:"亲爱的,暂时的分离是为了永久的在一起,振作起来,乐观起来,要奋发图强……"

张伟:"我明白,姐!"

伞人:"杨杨是我弟弟,也是你弟弟,我把他交给你了,你要好好疼他,别让他受委屈……他从小可就是我们一家的宝贝蛋……不然,我妈会骂我的……"

张伟看了看正和小如埋头打字聊天的张少杨,笑了笑,说:"呵呵……你放心,我会把他当做亲兄弟看的,我不仅仅是要疼他,我还要培养他,把他训练成一个真正的男子汉……一个顶天立地的男人……"

伞人:"亲爱的,我相信你一定能做到,一定能把杨杨带出来,锻炼成为一个男子汉,一个像你一样顶天立地的男子汉……你就是我心中最男人的男人!"

张伟:"会的,姐,你放心吧!"

伞人:"对了,你二姨的钱还了吗？"

张伟:"还了,我自己的卡上还有钱,我给丫丫了,她打回家去了。"

伞人:"嗯……那就好,还有,我把你的那8万也一起存到你的银行卡上了,你卡上现在有58万,在家里做事情,需要资本,如果钱不够,不要动用何英的那100万,我给你打钱……"

张伟:"啊……那8万？"

伞人:"是啊,风行服装公司给你的8万啊……"

张伟:"姐,你还在瞒着我,别演戏了,我知道那10万块钱是你给的,我们从海南回来的那天,宋主席打电话告诉我了,我知道这事是你干的,那8万是你的,不算是我的……我还倒欠你2万呢……"

伞人:"啊……哈……哦……坏蛋,原来你早就知道了!? 你还一直瞒着我呢! 嘿嘿……既然你知道了,那就不瞒你了,哈哈……当年的伞人姐姐,现在的陈瑶姐姐,嗨……现在都是一家人了,别给我弄什么西湖龙井了,嘻嘻……"

张伟:"唉……你以为我就那么傻啊,嘿嘿……我就故意不说,逗你玩……"

伞人:"坏蛋,逗我玩……被揭穿了,不好玩了,丢死人了!"

张伟:"哈哈……"

伞人:"少杨还在忙?"

张伟:"是啊,在忙着泡小花呢……"

伞人:"别胡说,你叫他过来,俺和俺弟弟说说话。"

张伟:"好的。"

然后,张伟关掉对话窗口,又重新打开,叫过张少杨,说:"少杨,过来,你姐和你说话。"

张少杨点点头,边噼里啪啦地打字,边说:"好,我这边这就聊完了,等30秒钟。"

张少杨急忙和夏花聊完天,跑到张伟的电脑前和陈瑶继续聊。

第二天,起床吃过早饭,张伟先开车去了当地一家医院,把身上的伤口重新清理了一遍,把脸部伤口进行了轻微的掩盖,尽量避免回家让爸爸妈妈看见吓一跳。

弄完之后,张伟又开车到了一家超市,买了一大堆礼品,准备送给小郭父母的。

之后,张伟回到宾馆,接上他们三人,直奔瑶北。

"大哥,你这么一清理,脸上的伤口基本看不见了。"张少杨乐呵呵地对张伟说。

"那就好,那就好!"张伟边开车边回答。

两小时后,车到瑶北郊区,直奔小郭家的村子,将礼品给小郭和吴洁带上,让他们先回家。

"在家等我消息,手机24小时开机。"张伟对小郭说。

"好的。"小郭说。

"好好招待小洁,不准亏待了人家!"张伟又说。

"一定!"小郭笑了,揽着吴洁的肩膀。

"走了,回头见!"张伟一踩油门,离去。

下午3点钟,张伟和张少杨抵达张瑶村,抵达家门口。

张伟此次回来,事先没有和家里说。

妈妈正坐在门口的石凳上缝衣服,听见车子响,摘下老花镜,抬眼一看,车上下来了张伟和张少杨,愣了,半天才站起来,说:"俺的个娘来,这不是俺儿吗? 俺儿回来了……"

妈妈接着冲院子里喊开了,说:"当家的,咱家宝宝回来了!"

老爸闻声也出来。

张伟乐呵呵拉着张少杨,说:"妈,爸,俺又回来了,这是陈瑶的弟弟,叫少杨!"

张少杨忙招呼道:"叔,婶子,您们好! 叫我杨杨好了……"

一听这帅气的小伙子是陈瑶的弟弟,爸爸妈妈分外热情,妈妈拉着张少杨的手,左看右看,说:"嗯……杨杨,好! 长得是和陈瑶有点像,有他姐姐的样子……呵呵,到底是一个娘生的……小后生,真俊啊,和他姐一样……"

妈妈这么一夸,张少杨被弄得有些不好意思。

妈妈左看右看,又问张伟:"咦,宝宝,小陈呢? 怎么不见下车,就你们两个?"

"是啊,妈,陈瑶忙,回不来,我和少杨一起回来的……"张伟边和父母进屋边说。

"咋的? 你这次回来有事?"大家坐定,妈妈边泡茶边问张伟。

"没什么大事,就是回来看看,顺便有工作的事情,这个说了你们不懂,别问了……"张伟大大咧咧地说道。

妈妈也就不再问,对张少杨说:"你们坐一会儿,玩玩,我和你叔包饺子给你吃……"

"好,好,我最喜欢吃水饺……"张少杨很开心。

爸爸妈妈开始到锅屋里忙乎做饭做菜。

张伟和张少杨开始从车上往下搬东西。

张伟把东西放在东屋里间的炕上,突然发现,炕席旁的柜子上放着一堆礼品,仔细一看,竟然都是南方的土特产,还有很多年糕……

张伟很奇怪,这年糕一看包装,是东兴产的,一看出品时间,竟然就是最近的时间。

家里最近来客人了,还是南方的客人。

张伟出去,推开锅屋的门,问妈妈:"妈,咱家最近来客人了吗?"

"是啊,来了啊,一个女的,你看到那柜子上的年糕了吧,就是她送的……"妈妈看着张伟说,"我还没来得及给你说呢……"

"哦……"张伟问道,"这女的是那家的亲戚啊,还送年糕,没想到咱家在南方有亲戚啊……"

"什么那家的亲戚,不是咱家的亲戚,"妈妈边揉面边说,"人家是你的朋友,冲你来的,冲你来看俺和你爹的……"

"啊……"张伟傻了,"什么? 妈,我的朋友?"

"是啊,你的朋友!"妈妈说。

"这到底是怎么回事?"张伟有些摸不着头脑,搬了个凳子坐下,"妈,你好好给我说说。"

"大概3天前,刚过晌午,我正在门口纳鞋底,咱家门口停了一辆车,白色的小轿车,下来一个女的,年龄和陈瑶差不多大的样子,说是你的朋友,说话也和陈瑶似的,软绵绵的,说是路过,来看看俺们,接着从车里提溜出来一大堆东西,说是专门从南方买了送给俺的,"妈妈看着张伟说,"你爹问她认不认识陈瑶,她也说认识,说都是好朋友……我和你爹留她吃饭,她没吃,在家里坐了一个钟头,和俺们聊天,又仔细看你的奖状和挂在墙上的相框,还听我和你爹说你小时候的事,听得哈哈大笑的,很开心……然后就走了……"

张伟一下子呆了,问:"妈,她长得什么样?"

"很俊的丫头,很白,个子也不矮,笑起来很好看……"妈妈说,"唉……多好的闺女啊……要是能娶两个媳妇,妈巴不得把这个也娶过来……"

"妈……你说什么啊,这都说哪里去了?"张伟心里一沉,"你没问她叫什么名字吗?"

"问了啊,她说叫她阿英吧,"妈妈笑呵呵地说,"这闺女,一看就是南方的,和陈瑶一样,水灵着呢,就是长得稍微比陈瑶差点……"

张伟的头嗡的一下,何英来了,何英来看自己的父母了,何英带来的年糕一定是上次回南方买的……何英怎么会知道自己家在这里的?难道是从身份证上知道的?何英为什么来到这里?她路过这里,她去哪里路过这里?

张伟脑子里翻腾起来,又问妈妈:"妈,这个……这个叫阿英的,你有没有问她在哪里做事情?"

"问了啊,你爹问了。"妈妈指指爸爸说。

张伟看着爸爸,问:"怎么问的?爸。"

"我就是问她做什么事情,她说和你做一样的,做旅游,我问她在哪里做,她说不远……别的,就没说什么了,只是说路过这里,来看看……"爸爸说。

"不远?多远?"张伟看着爸爸。

"没说啊,就说不远,谁知道多远啊。"爸爸说。

"那……她那车是什么牌子的?车号多少?"张伟又问。

"不知道!不认得!就看着是白色的小轿车!"爸爸妈妈一起摇头。

张伟站起来,点点头,说:"嗯……好吧,就这样!"

张伟出来站在院子里,头懵懵的,何英又出现了!真的像陈瑶所说,何英好像总是离自己不远,总是好像若即若离地在自己身边,从东兴到宁州,从宁州到老家,在不经意间,总是会突然闪过她的踪影。

何英在哪里呢?不远是多远?山东省内?省外?济南?青岛?潍坊?淄博?莱芜?

瑶北？瑶南？瑶水？

张伟猛地摇摇头，皱皱眉头，何英好像一直在刻意避着自己，但是，又好像是一直在随同着自己，如影随形，不远不近。

为什么何英不露面和自己见面呢？为什么不和自己和陈瑶见面呢？她的心中还在痛苦吗？她肚子里的孩子打掉了吗？她的生意好吗？她还想见自己和陈瑶吗？她和陈瑶还有自己，还能做朋友吗？她在北方，能适应北方的气候和水土吗？

一连串的问题在张伟脑子里转，张伟的心中突然感到了一种钻心的痛，又隐隐有一种预感，他觉得何英一定在自己身边，一定就在自己不远的地方，或许，在不经意的一瞬间，何英会突然出现！

看着张少杨在院子里转悠，张伟突然冲张少杨说道："少杨，你打算什么时候去看小如？"

"不是小如，是小花，哈哈……"张少杨笑着说，"我打算突然袭击去看小花，正在和她预热呢，等热得差不多了，就去看。"

"什么时候预热好？"张伟说。

"干吗啊，我的女网友，我说了算，你着急什么？"张少杨挤眉弄眼地看着张伟。

张伟笑了，看着张少杨问："少杨，你和何英熟悉不？"

"阿英姐啊，熟悉，当然熟悉，"张少杨说道，"小时候阿英姐和我大姐经常带我一起出去玩的，我经常跟在她们屁股后面……唉……其实阿英姐挺好的，她是独生女，没有弟弟，对我可好了，经常从家里偷好吃的给我……她和我大姐的关系，那是一个铁，可惜……要不是阿英姐和高强出了那事……"

张伟没说话，看着即将落山的太阳，看着夕阳下翠绿的青山，看着门前潺潺的瑶水河……

"唉……"张伟重重地出了一口气。

第二十三章 擒贼擒王

吃过晚饭,张伟安排张少杨住堂屋西里间,就是陈瑶住的房间,自己仍旧住西屋。

山村的夜晚很宁静,张少杨累了,早早歇息。

张伟和爸爸妈妈坐在门前的石凳前乘凉聊天。

"宝宝,你这次要在家里待多久?"爸爸问张伟。

"嗯……说不准,或许要待上一段时间。"张伟回答。

"哦……怎么?外面的工作不忙了?"爸爸问。

"忙,我这次回来是要准备在家里做个项目的,先回来做准备,所以一时半刻不会走的。"张伟说。

"做项目?做什么项目?"爸爸问。

"嗯……还是和旅游有关吧,我想利用咱家这一带的资源优势,做旅游产品外销……不过,还在琢磨中……"张伟说。

"哦……那好,慢慢琢磨吧,我也不懂……"爸爸说。

"我问你,宝宝,陈瑶咋没和你一起回来?是不是你们吵架了?"妈妈显然对张伟白天的回答一直不满意,琢磨了一下午,又提出来了。

"妈……你想到哪里了?什么吵架啊,没吵架,她那边忙呢,公司里业务很多的……"张伟说,"我带她弟弟一起来,就是打算一起做点事情的……"

"真的没吵架?"妈妈看着张伟,还是不大相信。

"真的没有,要不你明天问问杨杨……"张伟对妈妈说。

"哦……那就好,没吵架没闹别扭就好,"妈妈喜滋滋地说,"我可是真想这个儿媳妇啊,就等着你们赶紧定亲,过年就办婚事,明年下半年就抱孙子了……"

妈妈布满皱纹的脸上充满了憧憬和希冀。

"妈,丫丫有男朋友了,陈瑶的部下,陈瑶公司的副总经理。"张伟对妈妈说。

"啊……副总经理,这么大的官,年龄很大了?"妈妈吃了一惊,爸爸也有些疑问,一起看着张伟。

"哈哈……"张伟笑起来,"没我大,你说大不大?"

"哦……"爸爸妈妈松了口气,妈妈说,"这么年轻就做副总经理,不简单啊……"

"那有什么啊,都是自己的公司,都是个体户,自己使劲封呗,赶明儿我成立个公司,让俺爸做总经理,妈您做董事长,哈哈……"张伟乐呵呵地说。

爸爸妈妈都开心地笑起来,妈妈说:"宝宝,妈不做什么那个长,你爸也不做什么总经理,你自己做吧,都归你了……对了,陈瑶就是个什么长,是不是?"

"是啊,董事长,就是老板,自己的公司,自己做老板,陈瑶就是老板……"张伟说。

"啧啧……咱这个儿媳妇可真厉害,比宝宝还厉害……"爸爸赞叹道。

"啧啧……这媳妇啊,不能比男人厉害,比男人厉害了,看不住……"妈妈对张伟说,"宝宝,妈这心里啊,老是担心啊……"

"呵呵……妈,您放心,您这儿媳妇,是板上钉钉,绝对跑不了的,现在她是比我厉害,以后,我就比她厉害了……"张伟对妈妈说,"她现在啊,最想的事情就是结婚后没事在家陪你唠嗑做家务……生孩子,看孩子……"

"哦……真的? 好,好,真是个好闺女,好媳妇,"妈妈连连点头道,"对了,陈瑶多大了,到底多大了,以前你一直没说明白……"

"陈瑶比我大,大3岁……"张伟说。

"什么? 比你大3岁?"爸爸一听有些急了,"怎么搞的,怎么比你大呢?"

"咋了?"妈妈冲爸爸一瞪眼,"大了好,大了知道疼人,女大三,抱金砖,女的大三岁才好呢,知道疼咱家宝宝,你们看到这陈瑶对宝宝多好吗? 没关系,大了好!"

张伟听了很高兴,说:"是啊,妈,这大了就是好,陈瑶很会照顾人的,对我很好的……"

爸爸听了,摇摇头,也就不再说什么。

"对了,宝宝,丫丫找的那男朋友,长得咋样? 哪里人?"妈妈又问。

"南方人,长得很帅,脾气很好,很疼丫丫,俩人好着呢。"张伟说。

"哦……那就好,等过年带回来看看……"妈妈说。

"你见过的,"张伟说,"就是上次和陈瑶一起回来的那个小伙子啊,小徐。"

"哦……"爸爸妈妈一起反应过来,妈妈点点头道,"细皮嫩肉的小南方后生,呵呵……挺好的,咱家丫丫还挺有眼光的,呵呵……"

"小徐很能干,人品也不错,很板正,是个过日子的人,"张伟说,"我也看中了,才答应丫丫和他交往的……"

"嗯……你们几个人啊,都在外地,不容易,要抱团,别闹别扭,抱成团,力量大,好做事情。"爸爸对张伟说。

"嗯……是的,我们很团结的,"张伟说,"对了,妈,二姨的钱我已经都给丫丫了,丫丫打给她妈妈了……"

"哦……"妈妈抬起头,看着张伟,"宝宝,你咋挣了这么多钱呢?"

"这还算多啊,"张伟有些得意,"爸……妈……我现在手里还有很多钱呢,很多的……都是我今年挣的……"

"多少?"爸妈一起看着张伟。

张伟笑了,做了一个"8"的手势,说:"这么多。"

"8万!"爸爸妈妈吃了一惊,"你手里还有这么多! 老天!"

"两个8!"张伟得意地说。

"88万!"爸妈吃惊得不得了,爸爸对宝宝说:"孩子,你咋弄了这么多钱啊,是不是你的? 要不是正道来的,咱可不能要!"

"爸……您说什么啊,"张伟对爸爸说,"这钱除了陈瑶的8万,其余的80万都是我挣的,第一次奖金50万,第二次30万,嘿嘿……正儿八经挣来的,别看这奖金多,我给我们老板挣的更多呢,这都是我应该得的……"

"哦……"爸爸妈妈放下心来,妈妈眼里都在发光,"宝宝,那你有这么多钱了,能压住陈瑶了吧?"

"压住她?"张伟嘻嘻一笑,"妈,你知道陈瑶手里有多少钱吗?"

"多少?"妈妈看着张伟。

张伟笑笑,把手掌翻来翻去,"妈,我手里的钱,翻四翻,也没陈瑶的钱多……"

"老天爷!"爸爸妈妈吃惊地叫起来,"这闺女手里咋这么多钱啊……啧啧……可了不得了……"

"哈哈……"看着爸爸妈妈吃惊的样子,张伟开心地笑起来,"有什么大惊小怪的,南方这样的大老板多如牛毛,一抓一把,等我做好了,保证赚钱比陈瑶多……"

"你手里这么多钱了,留着娶媳妇盖房子吧,还要再做生意?"妈妈看着张伟。

"当然了,我这钱是要用来投资的,要赚更多的钱,妈……"张伟对妈妈说,"不做生意,这钱是死钱,做生意,这钱就活了,就能钱生钱……"

"宝宝说的是个理,你不懂少掺和,扯后腿……"爸爸责怪妈妈。

妈妈笑呵呵地说:"呵呵……宝宝,妈一心指望你早娶媳妇早生娃,妈和你爸都急着抱孙子呢……"

"这个不耽误的,妈,生意该做的做,结婚不耽误,今年过年就结婚,明年过年让你和俺爸做爷爷奶奶……"张伟笑嘻嘻地说。

"好,好……"妈妈高兴地直抹眼泪,"妈做梦都盼着这一天呢……"

"丫丫也不小了,操持完你的事才能操持丫丫的事,这女大当嫁,可是,做兄长的不能在妹妹后面结婚的……"爸爸说。

"是的,是的,你二姨也在盘算丫丫成家的事情呢……"妈妈说。

"嗨!我看你们啊,这辈子除了养孩子就是操持给孩子成家,盖房子,然后抱孙子,就完了,没事干了……"张伟笑嘻嘻地说。

"是啊,咱庄户人,不就是把孩子养大成人,说上媳妇,盖好房子,然后抱孙子,看孙子,这一辈子不都是这么过的吗?"爸爸说。

妈妈笑呵呵地对张伟说:"宝宝大了,走出去了,以后有点出息,别像你爸这点出息,以后啊,你要是能在外面立足,有房子,爸妈就可以去大城市住两天了,听说,那大城市的人住的房子,吃喝拉撒睡都在一间屋子里,茅房和吃饭在一起,不出门……那不臭死了……"

"哈哈……"张伟笑得前仰后合,"妈,等过些日子,我接您和俺爸去南方,去住那种茅房在屋里的房子,您就知道啦……"

夜深了,大山沉寂下来,山村充满了静谧和柔和,静静的瑶水河缓缓地流淌着,小虫在黑暗中发出各种奏鸣曲,门前大树下的石凳上,张伟和爸爸妈妈快乐开心地交谈着……

第二天一大早,起床吃过早饭,张伟先登录电脑QQ,伞人不在,陈瑶估计还没上班,张伟给伞人留言:"姐,一切顺利,平安抵家,昨晚和咱爸咱妈聊天甚晚,没和你汇报,今天我带张少杨出去游山玩水,特此报告!"

然后,张伟带着张少杨,开车出去,在附近的各个山村穿行。

一个上午,走了十几个村庄。

张少杨边欣赏北方山区的春景,边有些疑惑,问:"大哥,你老进这些村子干吗?不好看,山里的风景多好啊!"

张伟笑笑,说:"呵呵……我这是工作游玩两不误,你发现这些村子老百姓家里有什么特点?"

"很多人都在街心门口坐着刮柳条啊,还有坐在门口编筐的……"张少杨说。

"呵呵……这里面有道道啊,兄弟。"张伟神秘地笑笑,边在一户正在编筐的住户门前停车,过去和正在忙乎的一个中年妇女打招呼,"大姐,忙着呢!"

"是啊,大兄弟!"中年妇女虽然不认识张伟,但山里人特别好客,热情邀请张伟进屋里坐,"进来喝口水吧!"

"不用,大姐,你忙,我没事,就是过来随便看看……"张伟边说边搬了个马扎坐在旁边,"你这是编了筐往哪里卖?"

"赶集啊,逢五逢十去镇上赶集卖,换几个零花钱!"大姐边忙乎边说。

"好卖不? 一个集能卖几个?"张伟问。

"不好卖,一回卖个三五个,多了卖不动,要是能碰巧遇上县里或者外地来收购的,还能多卖几个……"

"收购的? 收购了干吗?"张伟问。

"俺不知道,听说是出口,咱们家里编的这东西还能出口? 呵呵……他们这么说,俺觉得是诓人的,出口的东西,啧啧……那得是很金贵的东西……"

张伟笑了,又问:"大姐,咱这村里编筐的多不多?"

"多啊,家家户户都会编,娘们编的比爷们的好看,哈哈……就是不好卖,挣不着钱,不想干,要是能卖个好价钱,有销路,那咱周围这些村可就有福了,柳编,草编,都会啊,呵呵……"

张伟点点头,问:"镇上来收购的多不多?"

"不多,一个月不见一回,听说是外地的,赶不巧……价格也太低,不挣钱呢……"

张伟站起来,说:"大姐,别小瞧咱这手艺,别小看咱这柳编,咱这琅琊草编,真的能出口挣大钱呢,外国人、城里人都喜欢着呢……"

大姐抬头看着张伟,问:"大兄弟,你是哪庄的? 是不是俺山里的?"

张伟点点头,说:"大姐,俺是张瑶的,离你们这宋瑶不远的……"

大姐点点头,说:"哦……听你说话就是咱这里人,呵呵,张瑶的啊,大兄弟你对这编筐有兴趣? 看你也是在外面混过的,能不能帮咱们找找销路,咱这山里啊,柳条琅琊草多的是,要是有人买咱的筐啊,咱可就发了……"

张伟笑了,说:"大姐,会的,只要有想法就会实现……我先走了,下次还回来拜访你的,呵呵……"

告别大姐,张伟开车出了宋瑶村,又去附近的山地里看了看,然后对张少杨说:"杨杨,和你城里的战友联系一下,咱去拜访他去……去瑶水吃午饭。"

张少杨一听来了精神,说:"好,我好久没见这家伙了,我这就给他打电话。"

张少杨很快就和瑶水县城的战友联系上了,战友一听是张少杨到了,格外激动,盛情邀请中午来他家吃饭。

张伟和张少杨直奔瑶水,到了县城,先去商场买了礼物,然后去了战友家。

战友相见,格外激动和兴奋,张少杨和战友少不了一番激动。

战友的父母都在家,见儿子的战友从远方来,忙置了酒席,热情款待张伟和张少杨。

张少杨给战友及其父母介绍张伟："这是我姐夫，叫张伟，家是你们瑶水的……"

战友的爸爸点点头，问："小张家是新瑶镇的？"

张伟忙说："是的，叔叔，俺家是新瑶镇张瑶村的……"

战友的爸爸笑了，说："呵呵……你们村以前我搞社教去过，很好的村庄，你爸爸叫什么名字？"

张伟说了爸爸的名字。

战友爸爸想了想，说："哦……我记得，记得，村头上那家，靠近瑶水河的，门前有一棵大椿树……"

张伟很高兴，说："是的，叔叔记得很清楚，呵呵……是的，门前有棵大椿树……"

战友爸爸笑了，说："我在你家吃过饭的，那时你应该还在城里上学，没见过我……你父母身体还好吗？"

张伟忙回答："还好，谢谢叔叔，叔叔有时间再回去看看……"

"你们那里是个好地方，就是经济发展慢了点，可惜了漫山遍野的资源啊……"战友爸爸说，"那一片方圆几十里我都熟悉的，那地方有传统的柳编和草编手艺，就是没有开发出来……"

"叔叔不是做工艺品出口的吗？"张伟问。

"呵呵……我以前是县工艺品出口公司的经理，现在企业改制了，我就下来了，"战友爸爸说，"现在的人啊，急功近利，看不到开发的前景，这柳编和草编，是咱们这里的传统工艺，近年来国际市场前景很广阔，特别是欧盟市场，需求量很大，非常受欢迎……"

"那为什么不开发呢？"张伟心中越来越敞亮。

"原因复杂了，有主观的因素，比如人的创新意识、捕捉市场的能力；也有客观因素，比如政策机制、资金因素等等……其实，关键还是脑筋不行，这要是放在浙江啊，早就开发出来了，当地的老百姓也早就富起来了，不用千里迢迢去青岛、烟台打工了……"

张伟边听边琢磨，心里不由兴奋起来。

从战友家出来，张伟开车直奔县工商局，找到自己的一个高中同学，咨询快速注册公司事宜。

同学给了张伟一个电话号码，让张伟和这个人联系。

张伟迅速和对方取得了联系，谈妥了价格，要求以最快的速度帮助注册一家贸易公司，以经销旅游产品为主。

对方答应保证快速办妥。

然后，张伟和张少杨往家赶。

"大哥，你要在瑶水开公司？不回去了？"张少杨对张伟说。

"呵呵……开公司也一样回去啊,咱们三个月两个月不能回东兴,总不能天天玩吧,总得找个事情做啊,"张伟笑嘻嘻地说,"我注册一个公司,咱们做点小买卖,你跟着我,干不干?"

"哈哈……干!"张少杨哈哈大笑道,"干!跟着张姐夫做下属,当然干了,给我安排什么职务,副总?"

"哈哈……就想着当官了,兄弟,"张伟哈哈大笑道,"到时候我自然会有安排的,服从指挥……"

"是!"张少杨乐呵呵地说。

"从明天开始,咱们就搬到县城来住,明天过来租房子,安排好住宿的事情,然后你开车去接小郭两口子,大家都过来,咱们就开始行动,进行前期的筹备……"张伟说。

"啊……这么快啊?"张少杨有些意外,"真的说干就干啦?"

"是啊,少杨,记住,以后做任何事情都要养成说干就干,不拖拉的习惯,只要考虑好了,考虑完善了,该出手的就立马出手,没有什么好耽搁的,我们不但要敢想,更要敢做!"

"你都考虑好了?"张少杨问张伟。

"呵呵……我脑子里已经都反复考虑了一个多月了,每一个环节和步骤我都考虑好了,今天是最后的完善和决心了,"张伟笑嘻嘻地说,"这事我还没给你大姐具体汇报呢,具体的计划和环节都还没给她说,晚上告诉她吧……"

"我大姐一定会同意的,我发现你做事情的风格和我大姐很相似,出手很果断,"张少杨看着张伟说,"而且,事先考虑都很周全……"

"呵呵……我是被她潜移默化了,受她影响很大,跟她学的。"张伟对张少杨说。

路上,张伟给妈妈打电话,让她准备一桌酒菜,晚上有客人。

然后,张伟给几个堂兄打了电话,告知自己回来的事情,邀请他们晚上去他家喝酒。

下午3点钟,于琴正坐在茶馆的老房间里等王英,她觉得摊牌的时候到了。

在这之前,于琴已经和波哥打了招呼,波哥保证会协调好黑道的关系,不会有人来找她的麻烦,包括王军。

其实,于琴也不怕王英指使人找她麻烦,她手里攥着她的把柄呢。

本来,于琴打算是要等老郑回来再动手的,但是,出了陈瑶这事,形势变得复杂了。

王英昨天和于琴喝茶的时候,竟然还不满足,还骂骂咧咧不放过陈瑶,说非要让陈瑶身败名裂不可。

于琴感到情况严重了,自己开始是好心介绍陈瑶认识王英,以便遏制潘晤能,没想到事情却往自己意愿相反的方向发展,好心办了坏事。

于琴心里感到很抱歉,觉得对不住陈瑶,也对不住张伟。

于琴决心借着这事,一举两得,将两件事一起摆平,既解脱了自己,也解脱了陈瑶。

不管结果如何,这事必须要办了。

于琴坐在茶馆里等王英,脑子里一遍一遍考虑待会儿讲话的细节和步骤。

考虑周全后,于琴放下心来,摇晃着二郎腿,喝着刚泡好的茶,等待王英的到来。

对于琴来说,几年的夜总会生涯,使她见识了不少人间的世态炎凉和黑白丑恶,官场、黑道、流氓、地痞,见得多了。说实在的,她自己心里其实也认同一点,那就是,她更善于同这些下三烂式的人物打交道,对这些人的外强中干、狗仗人势、得寸进尺的心理,她琢磨得很透。

而在陈瑶和张伟面前,于琴总是不时有一种自卑的心理,觉得自己和他们不是一类人,自己属于品格上的低贱人群。她常常在深夜里拿陈瑶和张伟同自己比较,拷问自己的良知和道德。

看看这会儿王英还没来,于琴摸起电话打给陈瑶:"陈董,还在办公室?"

"是啊,在办公室呢。"陈瑶回答。

"这两天没事吧?"于琴明知故问地说,"王英有没有再找你?"

"没事啊,没有,她凭什么找我? 她无耻啊!"陈瑶一说起来就很气愤。

"无耻的人哪里都有,呵呵……"于琴对陈瑶说,"她没找你就好,你没事就好,公司下面四秃子的人还在不在?"

"在! 现在干脆坐在我的营业室大厅里呢,喝茶看报纸,抽烟聊天,要不是流里流气的样子,还以为是我客户……"

"啊……这个样子,那不是要影响客人了吗?"于琴问到。

"是的,客人都被吓跑了,"陈瑶无奈地说,"他们又不闹事,就坐在那里晃悠,疤儿吧唧的,我也不能撵他们,总不能因为他们我关店门吧,我要关门停止营业,正中他们下怀……"

"嗯……可恶,卑鄙……"于琴说,"先不管他们,或许他们自己厌了,也就走了……"

"但愿吧,"陈瑶说,"来的都是客,进门都是客,我这边是彬彬有礼把他们当客户接待的,好茶好水伺候着,看他们能待多久……"

"嗯……那好吧,希望他们能走,"于琴说,"对了,晚上有没有事,咱们一起吃饭,我请你……"

"晚上没事啊,要不这样吧,晚上你来我家,我请你吧,尝尝我的手艺。"陈瑶邀请道。

"行,那好,晚上去你家,尝尝陈大美人的手艺!"于琴调侃道。

刚和陈瑶打完电话,王英趾高气扬地进来了,一进门就一屁股坐下,端起一杯水猛地喝光,然后抹了一下嘴唇,说:"他娘的,输了,又输了!"

于琴笑呵呵地边给王英倒水边说,"输了多少?"

"三个,输了三个,妈的,点子真背!"王英的语气有些沮丧。

"嗯……是的,你点子是很背,你老是输,干什么都是输……"于琴笑嘻嘻地看着王英,"王姐,我怎么觉得你就从来没赢过啊……"

"你……什么意思?"王英瞪着于琴。

"没什么意思,就是和你聊天啊,王姐,"于琴还是笑呵呵的样子,口气却在逐渐收紧,"我觉得啊,你不光打牌输,别的也一直输,你总是赢不了的,一个李燕就能把你一扫光……"

"你……"王英没想到于琴用这种语气和自己讲话,"你这是什么意思,要干吗?李燕关你屁事,我还没找李燕算账呢,还有陈瑶那个婊子……"

"住嘴!"于琴带着讥讽的口气对王英说,"人家陈瑶是清白的,和李燕截然不同,你不问问你家老公是怎么回事,就冲人家大耍淫威,你觉得你家男人是个板正人?"

"我家男人怎么样关你屁事?!"王英勃然大怒,"怎么?你今天约我喝茶就是为了这事?你胆子突然大了,敢这么和我说话,敢说老潘,我看你是吃了豹子胆……"

"哼……胆子不大,还是那么大,"于琴冷笑着看着王英,"我这胆子都是你们逼出来的,被你们家男人逼出来的,我今天约你来,当然不是为了请你喝茶……"

"干吗,你想干吗?"王英看着于琴,"你还有理了,你早就答应给我们家30%股份的,一直没兑现,我还没找你呢,你倒对我牛起来了……"

"说得好,"于琴一拍桌子,"潘夫人,潘太太,说得好,我且来问你,为什么我要把我们辛辛苦苦赚来的30%股份给你们,说出个理由我听听?你们注资一分钱了没有?"

"这……你……"王英瞠目结舌,半天说,"就因为你答应过要给的,你就得给,怎么?你想要赖?!"

"废话,老娘当然想要赖,老娘当年在夜总会干,什么样的鸟没见过?就你们这样的,依仗点小权势,就想吃白食,还步步紧逼?!给你们送了那么多钱,还不知足呀,还非得要股份?!太贪了你,逼得我们家老郑没有退路……"于琴口气硬起来,斜眼看着王英,"不是你们这么逼,我是不想翻脸的,你们胃口太大了,就是喂不饱!没办法,老娘不伺候,不喂了……"

"好啊,好你个于琴,我看你胆子越来越大了,好,好,你有种!咱们走着瞧,你等着,老潘让你的公司明天关门,你要是能开到后天,我给你磕头……"王英发起狠来,瞪着于琴,眼睛似乎要喷火。

"牛！真牛！"于琴反倒不发火了，悠闲地靠在后背上，拍了拍手，"到底是副市长的老婆，讲话就是牛，到底是狗仗人势、夫唱妇随啊，大人物就是牛啊！"

"你……"王英气得满脸通红，"臭娘们，你真是不想好了，我看你是想从东兴滚蛋了，我一个电话，就能把你扫出东兴！"

"哈哈……更牛了！"于琴呵呵笑着，伸手从包里摸出一个光盘，放到桌面上，推到王英面前，"这是我复制的一个碟片，要是发布到网上，或者送给潘副市长，潘太太就更牛了……"

王英愣了，"这是什么？"

"浪漫而疯狂的南苑之夜啊，篮球运动员和副市长夫人精湛的表演啊，哈哈，堪称是性爱经典教材啊……真好看……"于琴阴阳怪气地对王英说。

"啊……什么！你……"王英脸色一下子发白，抓起碟片折成几瓣，"臭婊子，你真不要脸，敢对老娘下黑手，我看你是不想活了……"

"你也敢称老娘！"于琴笑容收起来，口气很冷，"对付你这等腌臜货色，就得以毒攻毒……不错，我是臭婊子，可在我眼里，你连婊子都不如，你顶多算只母狗，别看你平时像个人，可我从来就没把你看做一个人，老娘再卑鄙肮脏，也比你们干净！老娘给你专门录制了视频，不舒服？折了有什么鸟用，我复制了两张，还有一张……老娘一高兴，直接给你发布到网上去……总之，就是看你怎么给高贵的副市长戴绿帽子的。"

王英脸色煞白，眼睛发直，浑身发抖，气焰顿消，一下子被于琴吓住了，半天哆哆嗦嗦地说："你……你想怎么办？你想干什么？"

"我本不想这么做，是你们逼的，我实话告诉你，我不单单掌握着你的这个事情，我还掌握着你男人的证据，这证据足以叫你男人进去蹲个十年八年的！只是，我还不想这么做，我不想把事情做得这么绝，毕竟，你男人帮过我们，虽然我们也付出了很多……"于琴语气硬邦邦的，"只要你们别逼我，我不会做那么绝的。如果不是你们做事太狠，我也不会拿出来为难你……"

"我知道了，我知道了，我回去就给老潘说，那30%的股份我们不要了，不要了……"王英沮丧地说。

"你有什么理由给老潘说？说我手里有你们的证据？"于琴说。

"我不用你教我，我知道该怎么说，"王英一翻白眼，"我就说这几天打百家乐输了，借了你100万，欠了你人情，这钱不用还你了，这股份也不用要你的了……"

"聪明，到底是官太太，确实是聪明！"于琴赞赏地点点头，"行，这事就这么办！以后咱们还是好朋友，相安无事最好！大家彼此心知肚明！"

"那……那光盘……"王英说。

"那光盘我给你,你会相信我手里就没有了吗?"于琴说,"我可以把那张给你,但是,我担心我手里可能还会有,或者有储存的视频……"

"你……"王英脸色发紫,"你还要怎么样?"

"放心,这光盘我会好好替你保存好的,只要大家相安无事,这视频绝对不会流传出去,绝对不会,"于琴拍着胸脯,"你要这光盘没意义的,谁能保证我手里就没有了呢? 所以,你必须要信任我,我呢,绝对会讲信用!"

王英心里恨得咬牙切齿,可是又无可奈何,半晌恨恨地说:"还有事吗,没事我走了!"

"等等,还有,"于琴说,"我告诉你一件事,潘唔能一直想对人家陈瑶图谋不轨,陈瑶是清白的,一直不肯搭理潘唔能,你无礼纠缠人家陈瑶,打砸人家的店铺,纯属无赖,我想,你以后最好不要再借这事去找她的麻烦了……"

"这事与你何干?"王英反问于琴,"我承认我是去她店里找她讲理了,但别的事情,和我无关……"

"当然有关系,因为陈瑶是我介绍你认识的,如果我不介绍你们认识,你就不会知道那照片是陈瑶,就不会出这么多事……"于琴说,"傻瓜都知道四秃子是你指使去的,你敢再说这事和你无关……"

"好吧,我以后可以不找陈瑶的麻烦,但是,陈瑶的男人打伤了四秃子,这事我不好多说,四秃子这么狠,吃了苦头一定会报复,这事我管不了,真的管不了……如果不想惹麻烦,最好让他男人避一避……"王英说。

"那好,这事你管不了,那就不用你管,"于琴想了一下,王英说得也有道理,张伟打了黑社会的,他们肯定要报复,这事已经超出了王英的能力范围,干脆先把店里的人赶走再说吧,于是半软半硬地对王英说,"但是,有个事你能管了,你通知四秃子的小弟,不要在陈瑶的店里看门,那里不需要看门狗,不难吧这事……"

王英思忖了一下,说:"好吧,这事我给说,撤人!"

"今天下午就得撤!"于琴说。

"好吧,我一会儿就给四秃子打电话!"王英说。

"行,今天就这两件事,办好了就行了!"于琴口气稍微缓和了一下,"其实,我也不是不讲理的人,我也不会用这个视频一个劲要挟你,关键是你们欺人太甚……好了,以后我不会再用这视频没完没了要挟你了,我之所以保存着视频,也是出于对我自己的安全考虑,我也是出来混社会的,大家彼此都理解就最好……"

"我答应你的事情就一定会做的,也希望你遵守你的诺言,第一,不许拿这视频再要挟我,第二,不许对外泄露……我想你也不想落得个鱼死网破的结局……大家彼此都留条后路……"王英对于琴说。

"明白,明白,都是自己人,都是明白人,"于琴笑呵呵地对王英说,"放心吧,王姐,咱们还是好姊妹啊……"

"呵呵……呸……"王英站起来,狠狠地往地上吐了一口,摔门而去。

王英走后,于琴拍了拍胸口,说:"妈的,终于解决了。"

于琴刚歇息一下,喝了两口茶,接到波哥的电话:"于董,告诉你一件事,王军在暗地找人打听买雷管,还有定时启动器……"

于琴一愣,问:"他弄这个干吗?"

波哥说:"我也弄不清楚,我怕对你不利,就先通知你一声……"

波哥最近从于琴手里又接下了二期景区开发的活,对于琴很上心。

第二十四章 绿帽疑云

于琴和波哥之间现在是典型的互惠互利,互相依存,波哥需要于琴这个景区的大项目来赚钱,养活小弟发家致富,于琴则需要波哥来摆平道上的事情,他们之间的关系现在是越来越亲密了。

波哥今天告诉于琴的这个事情让于琴心中一动,这王军弄雷管弄定时器,到底想干吗? 他是准备自己用呢,还是别人委托他弄的? 弄来要炸谁?

王英想报复自己? 于琴突然打了个寒颤,妈的,这女人要疯? 想炸死我? 于琴心里一阵冷意,不过想一想觉得又不大像。

"波哥,你尽量想办法打听下,看看王军弄雷管干吗?"于琴对波哥说,"是不是因为我不给他股份,他要恐吓我……"

"不大可能吧,他不敢,有我在,他大小也要给我这个面子的,在东兴,道上的人没有敢动你的,你放心……"波哥说道,"不过,为了保险,我还是安排小鬼去打听下,看能不能打听到……"

"嗯……只要不是针对我的,他爱炸谁炸谁去,只要别是对着咱们来就行。"于琴声音稍微安稳了一下。

"说不定是四秃子要的,这家伙吃了这么大亏,一门心思要报仇,老潘也不敢硬阻拦他。这家伙说翻脸就翻脸,今天认你是大哥,明天你就连狗屁都不是,翻脸不认人……"波哥说,"如果是四秃子要的,那他可就真要作死了。王军我知道,他没那么大的胆子,就是狐假虎威罢了……"

"嗯……一直盘算我呢……"于琴说。

"还是想要你那30%的股份啊,你打算咋办? 要不要我出面找王军谈谈……"波哥说。

"别,不用,"于琴知道这不是波哥能办的,便对波哥说,"不用了,我自己办就行,这事估计我能办得了的,办不了再和你说……"

"行,于董,在东兴有什么事情你尽管吩咐,咱们之间,别客气,我的小鬼都归你和郑总使唤……别分什么你我……"波哥慷慨地说。

于琴听了这话很受用,说:"这话说得够意思,波哥,这话妹妹爱听,呵呵……"

和波哥打完电话,老郑给于琴打电话过来:"这两天公司咋样? 运转正常吧?"

"妈的,你还记得老娘啊,走了好几天也不来个信,"于琴上来就骂,"老娘就故意不给你打电话,看你还知道往家里打电话不?"

"呵呵……"老郑笑了,"骚货,又想老子了? 才几天啊……"

"滚! 狗日的,说正事!"于琴笑呵呵地说,"公司这几天运作一切正常,生意兴隆,财运滚滚……倒是外面出了不少事……"

"什么事?"老郑问道。

"张伟没有离开东兴,王英发狂,派四秃子砸陈瑶的店,张伟把四秃子肋骨打断了,四秃子派人追杀张伟,潘唔能在后面推波助澜,这几天,很热闹啊……"

"哦……"老郑一听心里很紧张,"原来张伟没走? 打起来了? 闹大了……"

"是啊,出事了我才知道的……"于琴接着把闹事的情况前前后后详细和老郑说了一遍,然后说,"张伟这次是真离开了,唉……"

老郑心里并没有轻松多少,他这下可是背上了欺骗领导的罪名,这潘唔能要是怪罪下来,自己又得喝一壶。

"怎么会这样,郁闷!"老郑有些沮丧。

"郁闷个屁啊你,有什么郁闷的,我刚才把咱家那事给办理了,没等你回来,我提前把王英办了,"于琴不屑地说,"妈的,软皮蛋,吓得差点尿裤子……"

"什么? 股份那事? 你找王英了? 急什么? 这么急干吗?"老郑很关注,"咋样了? 什么个情况?"

"不急不行,我顺便帮了陈瑶一把,陈瑶是我介绍了给王英认识的,没想到反而好心办了坏事,我干脆一不做二不休,奶奶的,办了咱的事,也解决了王英纠缠陈瑶的问题……"于琴对老郑说。

"小心点,这王英不是吃素的,王军混社会,手下也有人,你别把王英逼狠了……"老郑说,"咱们那股份的事,你咋和王英说的?"

"按我们原计划说的,一切按计划实行,很顺利,我没逼她太厉害,就用这东西要求他们放弃股份,不许王英再纠缠陈瑶。这王英很聪明啊,理由不用我替她编,自己编得很完美,说是输了 100 万,借了我的钱不想还了,也不想再要股份了。我估计这潘唔能啊,听了得气死,哈哈……不过,气也只能生他老婆的气啊,对我们,只能是无可奈何……"于琴很得意。

"好,那就好,只要他不再逼我们,我们是绝对不想惹他们的,这视频保存好,千万别让别人看到,咱们做生意,讲的是个信誉,可不能对人家不守信用……相互制衡,别打破均势最好……"老郑叮嘱于琴。

"废话,不用你教我,我比你有数,妈的,这两天出去,找女人没有?"于琴问老郑。

"没有,我现在很纯洁,我华丽的纯洁,"老郑呵呵笑道。

"你带着高强去广东,是不是又捣鼓什么度假村的项目,你非要把高强坑死啊,狗日的,得饶人处且饶人,别太过分了……"于琴说,"高强现在可是和潘唔能走得很近,比我们还近,得罪了高强,他会找潘唔能算计你的……"

"你他妈的说什么啊,高强又不是小孩,我又不强迫他做任何事情,我又不主动拉他做任何事情,都是他主动找我求我,我才带他来的,至于他最后成败与否,关我屁事……"老郑嘿嘿笑着。

"狗日的,你手段越来越高明了,我知道你心里一定没好点子,你一定在想办法整高强的,我不懂做生意,也想不出来,奶奶的……可怜高强这么大一男人,被人玩死了还不知道怎么死的……"于琴无可奈何地说道,"我警告你,得饶人处且饶人,凡事都要有个度……"

"臭婆娘,胡说什么,老子的事你少管,管好你自己就行了……"老郑发狠道,"妈的,把你放在家里,我还不放心呢……"

"滚你娘的蛋……"于琴笑骂道,"有时间多在家里打点公司,弄弄秋季开发的事情,少在外尽弄那些坑蒙拐骗的事,我摸不透你生意上的鬼心眼,别的我可知道!在我面前,少耍花招!把我惹烦了,我解聘你这个狗屁总经理……"

"妈的,翻脸不认人了,老子还是你男人呢,敢解聘我?!你这个董事长不还是老子封的……"老郑骂道。

"那又咋样,老娘现在是法律上的一把手,法人代表,现在是法律社会,你让我做董事长,我就要依法行使权力,你不听话,老娘先撤你的职,再给你戴了绿帽子,让你双下岗,哈哈……"于琴半真半假地说道,"只要你好好过日子,老娘就好好伺候你,下半年,必须把老娘肚子搞大……"

"知道了……"老郑无精打采地说着,心里有点后悔当初不该让于琴做董事长,不该以此作为和于琴结婚的交换条件。但是,木已成舟,后悔已晚,只能好好干了,别惹恼这个婆娘了。

其实,出来这几天,老郑也没少找女人,他在广东有两个固定的小情人,这几晚都是她们俩轮流陪自己的。

玩女人归玩女人，老郑却始终没敢再碰冰毒。

但是，老郑心里有一条不能逾越的红线，那就是，打死也不能让于琴知道。他知道于琴现在是玩真格的了，真想要孩子想过日子了，如果在这方面真的惹恼了于琴，自己的后果或许真是不堪设想。

其实，老郑也想好好过日子，生个孩子，让家庭真正完美起来。但是，老郑有一点和于琴想法不同，他觉得自己在外面找女人和做个好丈夫并不矛盾，只要自己不吸毒，好好养家养孩子，在外面玩个女人，实在不是什么大事情。

况且，自己又不像潘唔能，什么样的女人都找，自己找的都是板正的女子，不是小姐。

但是，老郑打死也不敢找于琴说这个道理的，他知道于琴的社会经历比较复杂，见识得多，发起狠来绝对不会对自己手软的。

不过，想想也不错，好歹还有个人管着自己，自己要是没人管，一味在私生活上放纵，或许现在早就吸毒吸死了……老郑知道于琴不管怎么警告自己，怎么骂自己，心里都还是为自己好，为这个家好的。

唉，不论外面的女人多好，最终还是自己的老婆好啊。老郑挂了电话，看着小情人，心里一阵感慨，拍拍小情人的脑袋，说："起床穿衣服，我们吃晚饭去。"

"给你老婆打完电话了？"小情人爬起来，"我看你干脆把她休了算了，听电话里对你这么凶，看我对你多好，伺候你……"

"放屁，少他妈乱说，你他妈就是给老子玩的，你还想转正？做梦去吧，你让老子玩，你自己愿意的，就是这么回事……"老郑突然冲着小情人一阵骂。

骂完小情人，老郑突然想起了潘唔能和李燕，想起了李燕强逼潘唔能离婚的事情，不由心里一颤！妈的，玩女人一定要注意，不能被人留下把柄。

李燕竟然神不知鬼不觉给潘唔能弄了个视频录像，潘唔能要是和李燕撕破脸，李燕要是把这视频一公布，潘唔能的政治生命也就到头了。

这李燕，一个小丫头，刚毕业的学生，竟然会有此精明手段，真是不能小视。不过，看潘唔能最近好像真的是被李燕制服了，又给李燕买房子，又给李燕换车，格外亲热。

看着李燕怡然自得的样子，老郑心里总是隐隐约约感到不安，总感觉潘唔能绝对不会这么服服帖帖的，他从来都是老大，从来都是驾驭别人的，怎么会容忍别人来要挟自己？他绝不可能容忍自己有把柄攥在别人手里，绝不会容忍一个初出茅庐的黄毛丫头挑战自己的权威！

老郑总感觉在潘唔能的笑脸和亲热背后，隐藏着可怕的阴谋，具体是什么阴谋，老郑无法想象，但从潘唔能和李燕亲热的眼神里，老郑心里隐隐感觉到了几分杀机！

老郑和小情人出门，敲了敲隔壁房间的门，说："老高，出去吃饭去。"

老高正独自在房里看电视。

老郑有时候很奇怪，妈的，这老高不喜欢找女人，顶多就是抱着摸一摸，亲一亲，从不带了过夜，这狗日的难道是阳痿？

老郑一想到这里，就心里只想乐，老高这么大的男人守不住女人，两任老婆都让张伟给用了，真他妈的窝囊。

不过，一想到这里，老郑就不由想起漂流艇技术总监说的话，想起于琴和张伟的南昌之夜，张伟是不是给我也戴了顶绿帽子呢？

一想起两人在房间里过夜，老郑心里就一阵怒火和羞辱。妈的，两人一起出差，于琴这骚货还能忍住？张伟十有八九是玩了自己的女人。

你玩了我的女人，老子一定要报仇！老郑心里恨恨地想到。

一想起陈瑶，老郑的心里突然涌起一阵淫邪的念头，身体竟然有了一阵骚动。

老高开门出来，看着老郑和情人，说："整个一下午，都你俩办事了，正经事没办……"

老郑心里暗暗一乐，拍着老高的肩膀，说："老高，别着急，咱们的正事不耽误，明天，咱们继续办正事，这叫有劳有逸，适当放松一下还是很有必要的嘛……"

老高微笑着看着老郑，说："郑总，此次南行，你很辛苦啊，我心里真的很过意不去……"

"咱们兄弟俩说什么外人话啊，你的事就是我的事……"老郑说道。

老高脸上一阵感激地笑，心里发出阵阵冷笑。

老高下午已经通过东兴的人知道了张伟和陈瑶这几天发生的事情。

老高觉得心里放松多了，张伟这会儿是真的离开了。

老高开始盘算着回去的计划。

于琴和老郑打完电话，直接去了陈瑶家，陈瑶正在做菜，丫丫和徐君正在看电视。

于琴见了陈瑶，在厨房里边帮陈瑶择菜边说："你店里的看门狗今天下午还在吗？"

"对了，我正要和你说呢，"陈瑶说，"下午5点多左右，那俩小混混接到个电话，冲我们的工作人员点点头，说了声：'打扰了，以后不来了……'然后就走了，我正想问问你呢，咋回事呢？"

"呵呵……那就好，"于琴放心了，看来王英真的开始办事了，这个事情能办，那股份的事情就更能办了。于琴笑着看着陈瑶说，"我也不知道啊，大概是他们自己也觉得无聊了吧，总这样，多无聊啊……"

"也是，"陈瑶说，"这俩小混混在我们这边，我们一直以礼相待，当做顾客接待的，他们自己都感觉不好意思了……"

"唉……我觉得很抱歉，"于琴说，"要不是我介绍你认识王英，也不会出这么多事，都是我害了你……"

"别这么说,于董,我可没有责怪你的意思,我心里感激你还来不及呢,"陈瑶诚恳地看着于琴,"这不怪你的,你是好心,你是想帮我,这都是注定的,注定有此一劫,躲不过去的,不管是坏人还是好人,不管是坏事还是好事,注定有此一劫……"

"张伟和你弟弟他们还安全吧?"于琴说,"那天你要我的车,我知道你的打算的,我知道你想要他们抓紧离开这地方……我就特地嘱咐波哥盯紧四秃子和王军那边的动静……"

"他们现在已经远离东兴,在一个安全的地方,"陈瑶对于琴说,"真的很感谢你,真的,那天要不是你的那个电话,说不定张伟他们就被堵住了,一个也跑不掉……他们刚离开几分钟,王军的人就到了,两辆面包车……好悬……"

"告诉张伟,这段时间暂时不要回来,等风头过了再说,"于琴说,"四秃子在医院估计是要躺一些日子了,张伟真厉害,硬生生踢断了三根肋骨……这小后生,真有劲……"

"呵呵……他啊,天天力气多得没处使,到处惹事……"陈瑶笑着说。

同一时刻,瑶北张瑶村,张伟家。

堂屋里热闹非凡,八个堂哥都来了,爸爸和妈妈弄了一大桌菜,张伟专门请堂兄们来喝酒。

堂兄们见到张伟都很高兴,知道张少杨是张伟未来的小舅子,对张少杨更加热情,纷纷和张少杨碰杯喝酒,招呼吃菜。

张少杨很少参加这种北方人的酒场,看到大家喝酒这么热情豪爽,很是刺激,也大口喝起了白酒。

张少杨的酒量好像和陈瑶相似,中午在战友家喝了半斤白酒,晚上竟然还能喝一斤白酒,和各位堂哥频频举杯,竟然就不见醉意。

张伟看了心里颇为吃惊,对张少杨说:"少杨,你酒量有多大?"

张少杨正喝得高兴,一抹嘴唇,说:"大哥,我喝酒很奇怪,不高兴了,一两就醉,高兴了,一斤不倒,嘿嘿……"

"哈哈……"张伟乐了,"厉害,少杨,呵呵……反正是在咱自己家里,今天放开喝吧,在座的都是我们族里的兄长,都是我的哥哥,没外人……"

"是啊,我今天很高兴啊,我喜欢和你们北方人喝酒,你们北方人喝酒真的太爽快了,豪爽,"张少杨说着又举起杯子,"各位大哥,张伟是我大哥,也是我未来的姐夫,你们是张伟的大哥,就是我的大哥,我恭敬各位大哥一杯酒……你们姓张,我也姓张,天下一笔写不出两个'张'字……来!小弟先喝,干……"

大家都很高兴,连说张少杨性格豪爽,像北方人的性格,酒量也大。

大堂兄问张伟:"弟妹怎么没和你们一起回来呢?"

"她忙,我先回来,打头阵……"张伟对大堂兄说,"我这次回来,是要在家里多待阵子……"

"哦……"立志哥精神一振,看着张伟,"兄弟,这次是要来落实投资计划了?"

"呵呵……"张伟看着立志哥,"是的,立志哥,这次回来,我计划做点事情……"

"好啊,你们计划先投资度假村呢还是承包景区呢?"立志哥兴致勃勃地说,"我明天就给领导汇报……你这下子可是大爷了……"

"不……"张伟摇摇头,"立志哥,我这次回来,打算先不搞大规模的工程项目,我想先抓短平快的小投资项目,先把大家伙一起拢合起来,一起做点事……"

"哦……"立志哥有些失望,"那……那你打算干什么?"

"我啊,"张伟看了看大家说,"我今晚把各位大哥请来吃饭,就是想和大家商议这个事,商议一下,怎么利用咱们当地的资源优势,一起找个挣钱的好路子,我带头,我投资,大家伙出力出人,咱们一起挣钱……"

"好!"各位堂兄精神一振,酒意顿醒,大堂兄拍着张伟的肩膀说,"兄弟,哥早就盼着你说这句话,上次你和弟妹回来,哥就有这个想法,哥一直就希望着你和弟妹能带着咱找条路子一起致富呢……太好了,你今天终于说出这话,太好了……俺们兄弟们没什么文化,有的是力气,兄弟你领着俺们干,大家伙都听你的……"

"不仅仅是咱们兄弟几个赚钱,我还想把咱们周边的村子的闲散劳力尽可能发动利用起来,大家伙都赚钱,能比外出打工挣钱多,在家门口赚外国人的钱……"张伟端起水杯,喝了口水,看着众位堂兄说。

大家一听都愣了,这在家门口赚外国人的钱,想都不敢想,有点天方夜谭了,一时都愣愣地看着张伟,七嘴八舌议论起来。

大堂兄也不明白,但是觉得张伟这么说,一定心里有小九九,拍着张伟的肩膀,说:"兄弟,别卖关子了,把你的计划说出来,俺们好好听听,开开眼界……"

"好,那我就先简单说一说我的想法,大家伙有什么建议都可以提,毕竟我不常在家里,情况不是很了解……"张伟对大家说。

"行,好的,你说,俺们听着!"大堂兄冲众位兄弟摆摆手,示意大家安静,"都别吵吵,听咱宝宝兄弟说说点子……"

大家安静下来,一起看着张伟。

张少杨忙着给张伟水杯里倒上水。

张伟咳嗽了一下,看着众位堂哥,说:"简单说下吧,我和陈瑶上次回来的时候就有这个打算了,本来是打算投资景区或者做度假村的,但是考虑到投资资金量大,周期长,风险大,我琢磨了,咱们这地方的资源优势,我觉得并不是非要做大项目才能赚大钱,小项目,做好了,一样赚大钱……"

众位堂兄凝神仔细听着。

张伟端起水杯,喝了口水,然后说:"我琢磨了,咱们山上遍地都有琅琊草,到处都可以种柳条,咱们祖辈就有草编和柳编的手艺,咱们这手艺,自己觉得不起眼,到外面可是很吃香,城里人,外国人,都喜欢着呢!只要咱们在这花色和品种上多做改进,提高质量,咱们当地的家庭妇女在家里不出门就能生产,家家户户都是咱们的生产车间,不耽误农活,不耽误看孩子做饭做家务,一样能赚钱。而且,赚的绝对不比出去打工少……"

大家听了脸上都很兴奋,大堂兄点点头,说:"可是,兄弟,这销路……咱们这里的手艺都是祖传的,多少代了,现在没有干的,就是因为找不到销路,小贩子来收的压价太厉害……只要能卖出去,价格合理,谁不愿意在家门口挣钱啊,别说比出去打工赚钱多,就是少点,可能在家门口,也都愿意呢……"

"销路没问题,我想办法,我明天就到瑶水城里,成立一家公司,做内贸,然后,我联系我朋友,让他们负责对外销售,直接联系欧盟,出口欧洲,我朋友手里现在就有很多客户资源,我已经提前打过招呼,他那边也正在筹备成立外贸公司,专做出口生意,这个应该不成问题……"张伟自信地说。

"收购的资金……还有,原材料提供……"立志哥看着张伟,"以前乡柳编站收购的时候都不给现金,打白条,一拖就是一年,老百姓拿不到现金,没钱再生产,也是这个行业萎缩的主要原因。"

"资金我出,收购资金绝对当场支付,绝对不打白条,咱绝对不能坑乡亲……"张伟保证说。

"嗯……有销路,有资金,那就好办了!"大堂兄一拍大腿,"宝宝兄弟,你说,咱们兄弟们能干啥?你安排!"

"对,你安排!咱们兄弟们听你的!"大家唯恐落后,纷纷对张伟说。

张伟看了看大家,说:"除了立志哥有正式工作不能参与,大家都可以参加进来,咱们爷们不会编筐,那就跑腿啊,一个大哥负责几个村,到时候我给分工,去做发动、收购、运送工作,统一收购运送到县城公司,然后我再统一发货到外贸公司……大家都是我们公司的员工……"

"呵呵……好啊,那你是老板,俺们做员工,"大堂兄乐呵呵地说,"以后俺们也是上班的人了……"

"以后你们就是开发部的区域经理啊,一人管一片区域,负责产、供、销一条龙,我给你们按件计工资……年终咱们再分红……"张伟乐呵呵地说。

大家一听很高兴,摩拳擦掌,跃跃欲试,都恨不得现在就动手。

立志哥看了有些眼红，说："呵呵，我看你们这样子，我都想辞职来下海，和你们一起干！"

"哈哈，别，立志哥，你那是铁饭碗，俺们这是泥饭碗，你可得寻思仔细了……"张伟笑着对立志哥说，然后又转向大家，"我先给大家打个招呼，大家心里先有个数，先做前期准备工作，等手续一办下来，公司一成立，咱们就马上开张……你们先准备你们的，我呢，先把外销的工作确定好，我和陈瑶已经提前打了招呼了……咱们这开发部啊，以后就让大堂兄领头，做开发部主任，负责管你们这些区域经理……"

"哈哈……以后咱们都是区域经理了，咱大哥是主任了……"大家兴高采烈，七嘴八舌，"那咱们以后也要印名片啊，配手机……"

"那是当然的，以后统一给你们印名片，统一配手机，电话费统一报销……等咱做大了，票子大大地发……"张伟笑哈哈地说。

"行！兄弟，咱们就跟你干了，咱们没文化没水平，有的是力气，你咋说咱咋干，保证出死力干，保证不给你丢脸……"堂兄们被酒精刺激激红的眼神里迸发出幸福和快乐的光芒，脸上充满了对未来的憧憬和期待。

"来，各位兄弟，为了咱们赚更多的钱，为了咱山里人能发财，为了咱们乡里乡亲找到一条挣钱的路子，咱们敬宝宝兄弟一杯！"大堂兄举起酒杯，对大家说。

"来！干杯！"大家一起举杯。

张少杨也举起酒杯，兴奋地看着张伟，说："大哥，敬你！"

干杯后，张伟放下杯子，看着大家说："我只是牵头，关键还得有各位大哥支持，大家伙抱成团，心往一处想，咱们的力量就大了！"

"你放心，咱们保证听你的，保证维护咱们的利益！"大家说。

"丑话说在前头，以后咱们是公司了，是企业了，家有家规，公司也有公司的规定和规矩，大家都要遵守，咱们在家里是兄弟，在公司就是同事，就是上下级，必须要遵守各项规矩的，不然，大家各人按各人的性子办事，那就乱套了，就成一锅粥了，"张伟认真地看着大家说，"如果哪位大哥想不通这个道理的，可以现在提出来不干！"

"没有规矩不成方圆，兄弟，你说得对，是应该这样！"大堂兄对大家说，"以后咱们在公司里了，不是在家里了，得像个样子，不能这么松松散散、拖拖拉拉的，要板板整整的，谁坏了规矩，就按规矩处理，绝不宽容，不然，咱兄弟如何管理？"

"对！对！"

"是这个理！"

"就得这样办……"

大家纷纷赞同。

立志哥也说："宝宝兄弟的考虑是对的，你们都比他大，在家里都是大哥，如果以后你们不自觉遵守规矩，事先没给你们打招呼就处分了你们，脸上都不好看，以后出来干了，在公司里，没有什么大哥二兄弟的，咱兄弟以后就是你们的领导，咱家里怎么叫都行，在外面，都得叫……叫……董事长，张董！"

说完，立志哥看着张伟，问："是不是这样叫，兄弟！"

张伟点点头，答道："是的，呵呵，以后呢，我就是公司的董事长兼总经理，咱们呢，在家是兄弟，在外是同事。"

大家纷纷赞同，都说："对、对、对，以后咱们要叫咱兄弟张董事长了……"

张伟很开心，招呼大家继续喝酒，然后吃饭。

饭后，送走大家，张少杨回屋和小花上网聊天去了，张伟急不可耐地回到自己房间，打开电脑上网，登录QQ，找伞人姐姐。

陈瑶刚送走于琴，刚刚打开电脑，正在线。

"姐，晚上好！"张伟对陈瑶说。

伞人："当家的，刚来啊，我也刚来，呵呵……今天家里来客人了，你前老板娘来了……"

"前老板娘？"张伟一愣，"哪个前老板娘？"

伞人："哦……对了啊，你有两个前老板娘啊，俺差点忘记了……是于琴来的，呵呵……"

张伟："哦……我也刚招待完客人呢，呵呵……"

接着，张伟把自己今晚的事情和自己的打算全部向陈瑶和盘托出。

伞人听张伟说完，沉默了一会儿，说："嗯……非常好！立项非常好，考虑很周全，机遇加人和，天时加地利，干！老公，大胆干！我百分百支持你！"

张伟："哈尔森那边咋样了？"

伞人："我和哈尔森谈过了，他正愁成立了外贸公司没有好的项目出口，远期目标是做纺织品，但是目前市场不景气，我给他说先做民间工艺品出口，他联系了他欧洲的老客户、老朋友，结果那边市场需求量很大，那边很快就给他传需求产品类型和品种……"

张伟很高兴，说："太好了，我现在万事俱备，就是需要销路，哈尔森能找到销路，他的外贸公司也就活了，即使不做纺织品，也能赚大钱的……"

伞人："呵呵……哈尔森的胃口很大的，他主要还是想做纺织品出口贸易，他觉得工艺品出口好像成不了大气候，因为他现在对你的生产能力以及产品质量有怀疑，所以……不过，他答应公司成立后先接你的活儿，是因为他目前没有更好的产品，就先做做看看……只要你的产品质量和品种花色以及生产能力跟上，那就好办了……品牌和信誉来自于实力和质量……"

张伟："嗯……我有数，我会让这个洋鬼子相信我的能力的，我保证让他满意，让他对我们刮目相看……"

伞人:"呵呵……努力吧,小伙子,哈尔森的外贸公司已经开始组建了,王炎找了一家代理公司,正在紧锣密鼓筹备……"

张伟:"哈哈……我的公司也在筹备中啊,也是找的代理给办的,代理办省事,很快我的公司就成立了……"

伞人:"公司名字核完了吗?"

张伟:"还没有。"

伞人:"打算起什么名字?"

张伟:"嘿嘿……暂时对你保密……我起的名字啊,和咱俩有关,你喜欢,我更喜欢,保证全国没有重复的,保证能核准通过……"

伞人:"说嘛,我想知道嘛,急死我了,说啊,好老公,别保密了,咱们两口子,保什么密啊……呵呵……乖,听话,说给我听听……俺想知道呢……"

张伟乐了,说:"这么着急啊,你猜猜……叫××贸易有限责任公司……这××是什么呢?"

伞人:"啊……哈……坏人,你故意叫我着急,我咋猜啊?"

张伟:"你猜三次,猜不到我再告诉你。"

伞人:"好吧,嗯……全国没有重复的……和咱俩有关的……什么呢……宝宝?"

张伟:"晕倒!错!"

伞人:"我想想……要不就是……丫丫?!丫丫贸易有限责任公司?"

张伟:"继续晕倒!错!"

伞人:"嗯……还有一次机会啦……莹莹……"

张伟:"终于晕倒……"

伞人:"我猜对了,是不是?"

张伟:"哈哈!错……"

伞人:"我也晕倒!到底是什么?"

第二十五章　咫尺天涯

张伟哈哈大笑："姐,还想猜不?"

伞人："哎……猜不到啊,俺笨啊,该不会是用俺的网名做公司的名字啊……"

张伟："我又晕倒!"

伞人："死鬼,咋了又?"

张伟："恭喜你,答对了!"

伞人："啊……哈……哦……真说对了?伞人贸易有限公司?"

张伟："哇哈哈!是的,伞人贸易!好不好?"

伞人："哇哈哈!伞人贸易……哈!有创意,竟然把网名用上了……为什么?"

张伟："因为我喜欢,我喜欢伞人这个名字,这是我妻子的名字……难道你不喜欢吗?"

伞人："废话,我当然喜欢,不喜欢干吗起这个名字。"

张伟："姐,伞里的世界很小,小到只能容纳两个人,伞里的世界又很大,大到足以容纳下两个人的世界……我的世界里只有伞人,伞人引领我人生的方向!是伞人在我迷失的时候,牵着我的手走出泥沼;生命中,伞人是我不可分割的一部分……"

伞人："老大在抒情哦……说得真好,我喜欢听……"

张伟："我南漂的每一步,都烙印着伞人的痕迹,流动着伞人的影子。伞人,和我灵魂肉体都不可分割!所以,我在成立公司的时候,第一个念头就是伞人贸易,这是我对你最好的思念和爱恋,最能表达我的心。我要你的名字永远镌刻在我的心里,镌刻在我的家乡,镌刻在我的故土,镌刻在我的父老乡亲的心里……"

伞人："嗯……哥哥,你说得真好……我真的被感动……"

张伟："呵呵……不仅仅是公司的名字叫伞人,公司的产品,所有的柳编和草编产品,我准备全部注册商标,全部叫伞人牌,我以后就是要打伞人品牌,让你的名字走遍全世界,让全世界都知道我的妻子是伞人,让全世界都来见证我们的爱情……"

伞人:"呵……壮观……五洲四海……全世界啊……哈哈……"

张伟:"明天我就委托代理去给我办,抓紧注册,以后,伞人就是我的品牌了……以后,伞人还会是我们的品牌,我的伞人贸易要不断扩大,强势扩张,要很大很大……"

伞人:"哥哥……好啊……以后,就叫伞人集团……"

张伟:"对,是要有这个打算,没有做不到,只有想不到,有梦想才会有理想,有理想才会去奋斗!伞人旅游贸易集团以后会成为我们的标志,我要用它来让我们发家致富,让我的家乡父老乡亲增加收入,让他们不用辛苦外出打工,带富一方区域,造福桑梓……"

伞人:"好,当家的,有气魄!有责任,有社会责任!其实,所谓社会责任,就是爱心啊,我们佛教所倡导的爱心和善心,和现在所倡导的社会责任,是相辅相成的,互补的,你能有这份爱心,且不说能不能实现,只要有,就足矣……哥哥……我们做一个好人,我们一辈子都问心无愧,我们一辈子都心安理得……"

张伟:"嗯……我明白,我会好好去做的……"

伞人:"咱爸咱妈身体还好吗?"

张伟:"好着呢,都特别想你,见了杨杨,都夸杨杨长得漂亮,说有你的模样,呵呵……妈现在就是一门心思念叨着过年咱们结婚,明天抱孙子的事情了,别的没心思了,就想着这个了……"

伞人:"呵呵……我也很想咱爸咱妈,忙完这段时间,我坐飞机去瑶北,去看看你们大家……带点东兴的土特产年糕给你们吃……"

张伟:"好啊,快来吧……"

伞人:"我问你,手头资金够不够?这一开始收购,资金需求量可是要很大的……"

张伟:"一开始肯定够了,以后只要哈尔森那边能及时给我回笼,也应该问题不大……"

伞人:"嗯……如果不够,就给我说……"

张伟:"我估计你现在手头的现金也没多少了吧,公司现在资金还能正常运转开就不错了……"

伞人:"嗯……是的,现在手头流动资金基本没剩余了,不过没关系,大不了我处理几套房子,现金不就又出来了……"

张伟:"不可,你这是杀鸡取卵,现在处理房子肯定都得赔本,现在的房市这么低迷,估计你手头的房子现在都缩水了吧……"

伞人:"嗯……缩水30%……投资不善啊,亏大了,呵呵……老公,我做生意很失败啊……"

张伟安慰陈瑶："没关系,这是国家大环境造就的,政策造成的,缩水就不出手,放那里就是,价格还会回来的……别灰心丧气……"

伞人："嗯,不灰心,不丧气,我不怕的,就是全部赔掉了我也不怕的,大不了我穷光蛋了还有老公养我呢……是不是? 俺家男人厉害着呢? 是不是? 嘻嘻……"

张伟："啊哈哈,是的,老婆所言极是……"

伞人："哎……幸福的日子千年万年长……找个有能力的男人真好,一座坚强的靠山,又能挣钱,又能养家,还能打架……哈哈……"

张伟："哎……别哪壶不开提哪壶啊,我可不是故意寻衅滋事啊,我是正当防卫,呵呵……对了,我听我妈说,何英前几天来我家了……"

伞人："继续说下去……"

张伟一看,陈瑶对此事特别关注,估计她一定感觉很意外,很吃惊。

在张伟和陈瑶之间,何英是他们经常提起又都不愿提起的话题,心里既渴望着大家的和谐团结,又矛盾着过去的一幕一幕,既充满了希望和期待,又饱含着隐忧和不安……

在这种矛盾中,两人都小心翼翼地在何英的边缘走动,都小心翼翼地提及并展开这个话题,都避免触及对方的痛处,都避免对对方造成伤害,都避免对大家造成伤害……

于是,张伟将爸爸妈妈告诉自己的情况全部告诉了陈瑶,末了说:"就是这样来去匆匆,偌大的北方,她说就在不远处做事情,这不远有多远? 多远才是不远? 路过,到哪里去会路过这里? 她仿佛就是我们的影子,一直在尾随着我们……总是在我们不经意间的时候,出现在我们的视线里……"

伞人沉默了,半天说:"不远……真的是不远……咫尺天涯,天边眼前……茫茫人海,如影随形……她注定是要和我们有此缘分,她和我们没有断了缘分,我们,一定会和她重逢的,我们,一定能和她做好朋友的……相逢一笑泯恩仇……这世间,多大的仇恨,多大的恩怨,也都能被时间所流逝,也都能被时间所冲淡……忘掉别人的坏,记住别人的好,做个永远安心的好人……就不会有烦恼,就不会有忧愁,就会永远开心快乐……或许,我们相见的日子不远了……或许,她就在你的身边……"

张伟："嗯……分久必合,合久必分,一切都是缘分,一切都是天注定,不必去强求改变,随她去吧,该出现的时候,她会出现的,该泯恩仇的时候冰雪会消融的……"

伞人："是的,哥哥,你真的是越来越理性了……"

张伟："被你潜移默化改变的效果,说句实话,南漂以来,你对我的影响和改变太大了,我生活中的每一个细节和习惯,脑海里的每一个念头和思维,都随时有着你的痕迹你的影子,你充斥了我生命思维的每一个空间……做梦也没有想到,辞职的不经意间随便撒的一个色子,竟然会牵出这么一段姻缘……人生啊……"

伞人:"呵呵……抽空你不去看看你的老东家？衣锦还乡了,现在的张伟已经不是以前的落魄落难公子了,而是大老板张伟了,哈哈……"

张伟:"呵呵……有时间去瑶北,是要看看我的那帮死党的,我的老部下,老兄弟们,不知道他们现在咋样了？至于那狗屁老板,我是不会看的……如果要是遇到嘛,也还是可以和他打个招呼的……在北方,我也是当地人了,地头蛇,哈哈……不怕人欺负的……"

伞人:"呵呵……哥哥,送你一句话:失意莫气馁,得意莫猖狂。记住,任何时候都要保持低调,低调做事,低调做人,任何时候,做任何事情,都要给别人留有余地,别把人家逼上绝路……给别人留有余地,就是给自己一个余地,一个机会……"

张伟:"知道了,你少教训我,我知道的……"

伞人:"啧啧……俺哪里是教训你啊,俺哪里敢教训你哦……宝贝,姐这是在提示你呢,建言,进谏……"

张伟:"嗯……这话还不错,我听了很舒服……"

伞人:"相公在上,贱妾伺候相公安寝吧……"

张伟:"哈哈……小娘子,同睡,同睡……"

伞人:"是……相公,你搂着我睡……"

张伟:"好的,我搂你……"

伞人:"哼……不许挑逗我……晚安,老公……"

张伟:"晚安,姐!"

和陈瑶再见后,张伟正打算关机,退出 QQ,随意一瞥,却发现小如的头像正在线。

张伟大奇,这么晚了,隔壁的张少杨也已经睡了,她还挂在这里干吗?

张伟:"喂,小如同学,你还不睡啊?"

小如一会儿回复道:"哦……是你啊,你不是也没睡嘛?"

张伟:"原来你早就看见我了啊,看见我,为什么不和我打招呼呢?"

小如:"你不和我打招呼,我咋敢打扰你呢,谁知道你在忙什么呢?你不和我说话,我是不敢打扰你的……"

小如说话的这语气,似曾相识,让张伟心中突地动了一下。

张伟:"呵呵……我刚才和陈瑶聊天呢。"

小如:"聊天?你们不在一起,要 QQ 聊天?"

张伟:"是啊,是啊,我回老家了,在老家的……"

小如:"哦……什么时候回来的?"

张伟:"刚回来两天。"

小如："陈姐咋没和你一起回来呢?"

张伟："她忙啊,我自己回来的。"

张伟本来想说和张少杨一起回来的,一想,先不告诉她,到时候好让张少杨给她一个惊喜。

小如："哦……回来探亲?"

张伟："不,回来开公司,做生意。"

小如："咋了? 出什么事了?"

张伟："嗯……没什么事,没什么事,就是回乡创业啊,做生意啊,赚钱啊……"

小如："为什么不在南方做,为什么要回这穷山僻壤?"

张伟："不为什么,就因为这是我的家乡,我的故乡,我要在家乡创业,带富一方经济,为家乡经济建设出把微薄之力……"

小如："真的? 真的没有别的事情? 你别蒙我! 大家好歹是朋友一场……"

张伟："不蒙你的,绝对不蒙你……"

小如："那好吧,暂且信你一回,回来做什么?"

张伟："我马上成立公司,在瑶水县城,做旅游产品贸易,开发旅游产品……"

小如："不错,真好! 你真的是要回来做了! 真的是要长期待在瑶北市了……这难道是真的?"

张伟感觉小如的情绪好像有些激动,问:"小如,你怎么了? 我当然是真的回来做了,不过,不一定长期待在瑶北,到时候要到处跑的……"

小如："我……我这是为你高兴啊,自己创业,难道不值得高兴吗? 回乡创业,难道不值得祝贺吗? 老乡回来了,难道不值得欢迎吗?"

张伟："呵呵……谢谢,谢谢小如妹妹,改天,我要专程去登门拜访你……"

小如："哦……欢迎……欢迎拜访……登门拜访……对了……你自己回来的?"

张伟一怔,张少杨看来还在保密,说:"哦……嗯……啊……我带了一个小老乡一起回来的……对了,我未来的小舅子,咋样?"

小如："谁是你未来的小舅子?"

张伟："晕倒,张少杨同志啊,他今晚没和你聊天吗? 他可是整天小花长小花短的挂在嘴上的,他好像特别喜欢你那个 QQ 的名字,夏花,小花,花花……哈哈……"

小如："哦……啊……呵呵……杨杨啊,你是说的他啊……"

张伟："哟! 杨杨! 这称呼好亲热啊,直接叫小名了,我都不好叫小名的,你倒是很直接啊……看来你们聊地进展很快啊……"

小如："呵呵……哈哈……"

张伟："丫头,笑什么?"

小如："没什么,嘻嘻……"

张伟："这么晚了,你咋还不睡?还在加班?"

小如："是啊,你们的假日旅游今天下午来了三个团,150人,我正在安排落实明天进山的接待计划和细节呢……"

张伟一听很高兴,陈瑶的团明天来这么多人啊,忙问小如:"明天去哪里游玩?"

小如："你们老家那一片,森林氧吧,然后去孟良崮,然后……哎呀,好累啊……"

张伟："辛苦了,我代表假日旅游感谢你……"

小如："客气了,我们应该感谢你们,我现在的旅行社凭着你们的稳定客源,已经一跃成为瑶北最大的地接社了,呵呵……在经济不发达的地方做旅游,主要靠地接挣钱啊,发团是不行的……"

张伟："我们大家是彼此共荣的,互惠互利,合作愉快……"

小如："对了,你原来在瑶北的工作单位是不是叫天宇旅游公司,开发了一个地下大峡谷的?"

张伟："是啊,是的,那公司老板很牛,发迹就是在那里,后来把营销做起来了,结果老板就……那公司营销部的很多人都是我的铁杆,都是我带出来的……那老板现在不知道咋样了?那地下大峡谷不知道生意咋样了?"

小如："哦……那老板是很牛,很霸道的,蛮不讲理……"

张伟一听,很警觉,他对自己的前老板简直是太熟悉了,软的欺,硬的怕,贪财贪色,吃喝嫖赌,无所不为,那景区的开发也是官商结合,谋取暴利。

张伟："咋了?他们找你们公司麻烦了?"

小如："那一片山区地下溶洞有好几个,我们地接安排的点是那个地下画廊,因为那地下画廊的景色最优美,价格也合理,结果他们一开始没说什么,后来看我们客人多了,就找上门,要求我们把客人带到他们那里去,价格还很硬,不降,比地下画廊高……我们当然拒绝,那老板就打电话到我们公司,又是大骂,又是威胁……真烦人……"

张伟："哦……有这种事情?那老板叫韩天,以前是混社会的,不过,在北方,混社会的太多,也无所谓,我那时根本就不点他……不用理他,到时需要我帮忙,你尽管说,别看我不在老家这么久,当地的势力也还是认得几个的,我一初中同学就在瑶北带小弟,混社会,手下也有那么几个人……"

小如："算了,这种人,不讲道理,不理就好了……我就是担心他骚扰你们的客人,那样就会毁坏我们和你们的信誉……"

张伟："嗯……也不得不防,看来我得抽空去拜访拜访我的这位前老板了,韩天!"

小如:"我今天就是和你说说,发发牢骚而已,你可别弄出什么事情来……我们是做生意的,不是打架的,现在倒也没什么事,你拜访你前老板,不要提这事……我只不过随便和你说说……"

张伟:"嗯,我有数的,我知道的……呵呵……对了,你和杨杨谈得咋样了?进展咋样了?"

小如:"哦……这个,这个……这个属于个人隐私,不能说的,嘻嘻……"

张伟心里暗笑,鬼丫头,看你有多鬼,再鬼也没有张少杨鬼,过两天带着张少杨突袭你,吓你一跳,呵呵……

想到小如说的和天宇旅游打交道的事情,张伟不禁摇摇头,妈的,这世界真的很小,陈瑶的客人竟然会成为天宇的揽客目标,为了天马旅游,为了假日旅游,看来自己弄不好又得和天宇旅游公司,和自己的前老板韩天打打交道了……

不过,能不打交道,还是尽量不打交道。张伟一想起前老板以前对自己的样子,心里就别扭,要不是他把他妹夫安插进来,自己哪里会辞职呢?现在想来,张伟感觉韩天好像是故意安插自己的妹夫进来的,就好像是郑一凡安插李波到龙发旅游营销部做副经理,两者非常相似。

真有意思,转了一个圈,又回来了。

人生啊……

第二十六章 特别顾问

第二天早上起床吃过早饭，张少杨在外面擦车，张伟在堂屋里收拾东西。

爸爸坐在堂屋里喝茶，看着张伟，又叫妈妈进来，坐下。

"宝宝，爸爸和你说几句话。"老爸看张伟收拾好了东西，对张伟说。

张伟忙坐下来，说："爸爸，您说吧。"

爸爸又看了看妈妈。

妈妈点头，说："你就说吧，孩子也要走了。"

"嗯……"爸爸点点头，"宝宝，昨晚你和你那些堂哥在喝酒时说的话，我和你妈妈都听见了……"

"哦……"张伟点点头，"这事刚开始运作，我打算弄完再给你们说的，这才是刚刚启动，昨晚我也才告诉陈瑶……"

"我不是责怪你没告诉我们，"爸爸摆摆手，"我们不是这个意思，你想做事情，想出去闯，我和你娘都支持你的。昨晚你和你堂哥说的那事，我坐在门外都听见了……我觉得这事不错，很有道道，这事我和你娘都支持你，不拦你，我和你娘是有几句话要嘱咐你……"

"嗯……您说。"张伟看着爸爸妈妈。

"宝宝，咱是穷人家的孩子，咱是庄户人出身，咱祖祖辈辈都是庄户人，"爸爸看着张伟说，"咱穷也好，富也好，都是靠自己的本事去挣钱，不偷不抢不坑不拐不骗，挣得都是良心钱，踏实！你做的这个营生，和咱四村八乡的老少爷们都紧密关系着，牵扯着大家伙的家口和生计，你记住，不管咱挣钱不挣钱，咱都不能对不起老少爷们，对不起乡亲们，咱不做昧着良心的事……这钱当然要紧，但是，咱的脸面更要紧，咱不能为了钱就不要脸面，咱要做生意，就做正正经经的生意，咱绝不走歪门邪道……"

爸爸说得语重心长，张伟表情严肃，认真地听着。

"你这些堂哥都是你本家哥哥,跟着你干,都图着能挣点钱过上好日子,人家都有家有口,上有老下有小的,不容易,"爸爸继续说道,"我知道你开公司有公司的规矩,他们是要遵守,昨天他们也都答应得很好……可是,这说归说,这些人都是打庄户儿十年习惯了的,就是一头牛上套也还要有个适应期,到时候,万一,我是说万一,你哪个堂哥坏了你的规矩,你要全乎(全面)寻思下,要注意处事的方式,摆(别)弄僵了,这亲戚啊,在一起做事情有好处,也有坏处,好处是心齐,抱团,坏处呢,就是能来不能走,进来容易离开难,你说,到时候你要是真的把你堂哥开回来一个,我和你娘咋见你那些大爷大娘啊……在家族里,你爹你娘还咋抬起头来……"

　　张伟认真听着,凝神思考,一会儿点点头,说:"爸,我知道了,您说的我会记住的,我会处理好的,到时候万一真出了事,我不会让那些堂哥们难堪的,宁可我自己多受点损失,我也不会让他们……但是,该讲的还是要讲,该说的还是要说,不然,这些堂哥平时就懒散惯了,不管,那就更懒散了。我给他们讲,还是要很严格的,得让他们逐渐改变这习惯……当然,我这话是给您和俺妈说,你们可别对外说,要保密,真要有事,我会考虑周全的……"

　　爸爸妈妈放心了,爸爸点点头,说:"你这几个堂哥都是我从小看大的,都很板正,心眼都很实在,没有歪歪心眼,跟着你,绝对会出死力的,会拼死维护你,你是他们的小兄弟,但是,他们都打心眼里服你,愿意跟你干,这就很好,他们别的我都很放心,就怕他们乡下人第一次出去干,不懂规矩,坏了规矩……将忙(刚才)你这么一说,我就放心了……唉,亲不亲,一家人啊,别忘了,他们可都是和你一个老爷爷的,还有的是和你一个爷爷的,你们都是一个血脉的……上阵父子兵,打虎亲兄弟……别的话都是假的,这话是真的……"

　　张伟笑了,说:"爸爸妈妈,你们放心,我会考虑完善的,我绝对会处理好和堂哥之间的这些关系的……"

　　爸爸妈妈笑了,笑得很欣慰,妈妈起身去了里间,一会儿出来,拿出一个布包包,递给张伟,说:"宝宝,这是上次准备用来还你二姨的3万块钱,既然钱你已经代俺还了,这3万你带着,也算是爹娘对你的一点支持……爹娘没文化,也没能力,别的帮不上你,家里也就这点积蓄,你带上,会用得着……"

　　张伟不要,推回去,说:"妈,不用,我手里有钱,80多万呢,您这钱留着吧,我不要。"

　　"傻孩子,你的钱再多那是你挣的,不是爹娘给你的,爹娘的钱再少,是爹娘对你的心意,不许再犯犟,拿着!"妈妈又硬塞到张伟手里,"这在外面做买卖不比在家里,在家里没有一分钱饿不着冻不着,有饭吃有屋住,在外面,一分钱难倒英雄汉,没有钱,吃住都没得解决……"

张伟心里热乎乎的,将钱装起来。

"宝宝,你现在是自己做生意了,和以前跟着旁人(别人)干不一样了……"妈妈又说,"陈瑶不在你身边,管不到你,你这熊脾气要管好自己,遇事情摆(别)上火,好好先寻思寻思,不要动不动就跟人打架,听着木(没有)?"

张伟连连点头,说:"嗯……我知道了,妈,您放心,我走不远,就在县城,我没事经常家来(回家)的。"

"嗯……县城也是大地方,累了就家来(回家)歇歇,摆(别)挣钱不要命……"妈妈又嘱咐着。

"嗯……嗯……"张伟不停点头。

爸爸这会儿在凝神思考着什么,张伟站起来正准备要走,看爸爸的神态,又停住,坐下来,问:"爸爸,你还有话要说吗?"

爸爸敲敲额头,说:"宝宝,我想起一件事,想起一个人,这个人或许对你做事情会有帮助……"

张伟很感兴趣,说:"爸爸,你说。"

"这个人姓段,年龄和我差不多大,大家都叫他老段,大约在10年前,老段在咱们村搞过什么社会主义思想教育,叫社教,老段是社教工作队的队长,他在咱们家吃过饭呢……这个人,在县二轻局上班的,听说还是个领导,后来做了县工艺品出口公司的经理,那时,他们公司来咱们这里收过几次柳编和草编……"爸爸边想边说,"他这人很有思想,很懂这方面的生意,特别是对柳编和草编很有研究,你要是能找到他,和他多聊聊……"

张伟一听乐了,说:"爸,我夜来(昨天)进城,就在他家吃的饭,他小孩(孩子)和杨杨是战友,我早就认识他了,他说了,他还记得你呢,说在咱家吃过饭……"

爸爸妈妈一听都很高兴,妈妈说:"那老段同志现在还好吧?"

"好,很好,已经退了,在家赋闲,"张伟说,"他还专门问你们好呢……"

"呵呵……难得,难得段同志还记得咱,"爸爸很高兴地说,"你邀请他,有时间来咱家做客……"

"一定,"张伟笑呵呵地说,"您还不知道,我正打算等公司成立后,专门上门聘请他担任我的顾问呢,特邀顾问,高薪诚聘,我这正琢磨着怎么向他开口呢,我怕他不答应,一口回绝,那我就没退路了……您这一说,倒提醒我了,改天我请他和他老伴进山游玩,来咱家吃饭,到时候,你们帮着我撮合撮合,呵呵,说说情,让他来我这里做高级顾问……这也算是他和咱家有缘,注定的缘分啊……"

"成,成,有他给你掌舵,我也放心不少,"爸爸痛快地答应下来,"没问题!"

其实,昨天张伟在张少杨战友家吃饭,和战友爸爸也就是老段攀谈的时候,心里就有了这个想法,老段做过多年的二轻工作,又做过工艺品出口公司的经理,对柳编草编这一块的情况非常熟悉,而且,他对县里的政府部门也很熟悉,社会关系很广泛,甚至市里相关的部门他都了解,这是一个不可多得的优势。

同时,在攀谈中张伟敏锐地感觉到,老段这人经验丰富,为人耿直,讲话办事很直爽,很利索痛快,这个很对张伟的脾气。

当时,张伟就有了想把老段聘请到公司做顾问的想法,帮助自己出谋划策,监督质量,建议营销,对外协调……但是,张伟没敢贸然提出,如果老段一口回绝,就没了回旋的余地了。

这会儿,老爸一说这事,一下子启发了张伟的思路,动用老人家,走曲线救国路线,请老段和老伴来山里兜风,来家吃吃饭,然后伺机提出……张伟觉得这样做比较保险,有长辈压阵,老段应该不会不给面子直接拒绝吧。

张伟心里踏实了许多,提起行李,出了家门。

爸爸妈妈出门相送。

张少杨已经擦洗干净了车子,正在等他。

张伟辞别父母,上车离去。

张伟和张少杨走在山里弯弯的柏油马路上,春天的山里,景色旖旎迷人;空气中充满了鲜花的芳香,微风吹过,松涛阵阵,显露出山的深沉和宽广……

路上,不时有自驾游和团队游的车子驶过。

走到一处地势宽敞的地方,旁边是悬崖和瀑布,很多游客在这里玩耍、照相,路边停着三辆豪华大巴。

张少杨开着车,突然在附近停下,指着大巴驾驶台前的标牌对张伟说:"大哥,你看,你看,天马旅游,哈哈……小花的客人……"

张伟看了看,又看了看客人,指了指前方,说:"少杨,这客人是咱们的客人啊,是假日旅游的,呵呵……你看看那全陪导游,那不是咱们假日旅游导游部的导游吗?"

张少杨顺着张伟的手指看去,两个小姑娘正在旁边玩耍,说:"哇,那是咱们导游部的小许,还有小田,哈哈……"

张少杨兴奋地不得了,摇下车窗刚要冲她们喊,张伟赶紧一碰张少杨的胳膊,说:"别,少杨,别喊,不要和他们见面!"

"为什么?!"张少杨扭头问张伟。

"为了安全!"张伟说道,"我们回来的事情,公司里都不知道的,还有,这些客人,都是东兴的,万一有认识我们的,再碰巧和那些人认识的……总之,小心为好……"

张少杨点点头,遗憾地看着他们,说:"大哥,三辆车,150多人,都是咱们的客人啊……"

张伟点点头,说:"是的,你听他们讲话,都是东兴方言……"

张伟和张少杨坐在车里,离他们大约50米的距离,靠在路边,静静地看着欢乐的游客。

一会儿,大家玩完了,天马旅游的地接导游举着导游旗,拿话筒招呼游客上车。

游客意犹未尽,纷纷慢吞吞回到各自的大巴车上。

游客上车差不多的时候,第一辆大巴车上最后一个人上车,一个穿着黄白相间的连衣裙的年轻女人,头发齐耳,正抓住车把手,抬脚进车。

张伟突然觉得这女人的背影非常熟悉,相当熟悉……

张伟揉了揉眼睛,忙定睛看去,可是那女人已经进了车子,车门已经关上了。

随后,车队出发,直奔孟良崮方向而去。

张伟怔怔地看着车队消失在前方拐弯处,脑子里定格在刚才那女人的背影上,心中一阵翻腾,这背影竟然如此像她!难道这女人是她?!

张伟痴痴地想着,头懵懵的,一时竟忘记了旁边还有张少杨。

"大哥,你怎么了?"张少杨看出了张伟的异样,问道。

"哦……"张伟醒悟过来,忙晃晃脑袋,"没什么,咱们走吧,走吧!"

张少杨发动车子,车子转过前面的山路,直奔县城而去。

张伟托着腮帮,看着车窗外的碧水青山,万般思绪涌上心田,心不由地怅惘起来……

第二十七章 | 违章经营

老徐坐在办公桌前,死死地盯着电脑,电脑屏幕上是他刚从行管科那边要来的关于假日旅游的所有行业管理资料。

老徐拖动鼠标,点击着假日旅游的各项手续和证件……

这几天,老潘好像比较忙,起码是心思比较忙,见了自己几次,竟然没有问自己制作裸体照片的情况,自己去他办公室几次,每次都看见他抱着手机,神情诡秘地小声打电话,一见自己进来就连忙挂死。

有时候,王军经常神秘兮兮地在他的办公室里出没,显得比较匆忙。

四秃子和张伟的事情让老徐感到很意外,一是四秃子何以拿陈瑶开刀?是潘唔能指使的还是别人指使的?二是张伟竟然还在东兴没有走,危险性陡然增加;三是潘唔能对四秃子被打伤之事竟然给予了格外的关注,委托自己和王军去医院两次探视。

最近一次自己去探视四秃子的时候,发现王军也在那里,手下人在门外,屋里只有他们两人正小声商议着什么,见了自己进来,随即停止,若无其事地和自己打招呼。

从潘唔能到四秃子再到王军,老徐隐隐觉出有些不对劲,至于是哪里不对劲,却又说不出。

最近,李燕和潘唔能之间的气氛似乎有些缓和,潘唔能突然对李燕好起来,换车、买房,带着出去游玩……听李燕私下炫耀的时候说,潘唔能好像给了她一些承诺,答应尽快离婚,和她结婚。虽然不是马上兑现,但是有指望总比绝望好,李燕于是在阳光和憧憬中一天天快乐起来,也不吵了,也不闹了,甚至还对潘唔能说,要把那视频资料从自己电脑里销毁掉。

看到李燕幸福的神态,老徐感觉心里不大踏实,因为他几乎天天都接触潘唔能和王英,看不出他们俩有什么离婚的征兆。而且,他知道潘唔能的发家史,潘唔能即使敢得罪王英,但绝对不敢得罪老丈人,老头子虽然退了多年,但底盘扎实,一句话就能掀翻他的乌纱帽。何况，潘唔能当官这么多年，手里有大量的事实在王英手里攥着，惹恼了王英，就等于自掘坟墓。

女人不过是用来玩的，既然是玩玩，那就不能当真；老婆，是用来过日子、当摆设的，既然是摆设，那喜不喜欢都无所谓，放那里就是了。

老徐了解潘唔能，这是潘唔能的口头禅，他觉得潘唔能最近的表现很异常，不管是对李燕还是对王英，包括对自己，以及要求自己做的事情，竟然没有像以前那样催问，似乎是遗忘了似的。

老徐知道，以潘唔能的秉性，他是绝对不会忘了这件事的，一定是有更重要的事情在思考。

潘唔能现在和宋佳打得火热，宋佳被他金屋藏娇放到那别墅里去，也学会了溜冰，每日晚上陪着潘唔能在那里吞云吐雾。

老徐从宋佳那里算是长见识了，平时温文尔雅、略显风骚的一个同事，私下的生活竟然会如此放浪。

局长对宋佳的背叛无比愤怒和痛心，但是，又不敢怎么着，只能把一腔怒火转到了陈瑶身上，指令老徐找假日旅游的毛病和问题，找到后亲自给他汇报，然后再给潘市长汇报。

老徐知道局长是想官报私仇，潘唔能是想利用职权要挟陈瑶就范。

二人目的不同，但是手段一样。

顾晓华已经和男朋友分手，搬到老徐家里住了。

昨晚，顾晓华对老徐说一定要想办法帮助陈瑶，多做点善事积德。

老徐以前觉得男人一定要有事业，事业第一，家庭第二，并为此开始了努力的追求和拼搏。对老徐而言，事业显然就是提拔，只有不断被提拔，才能证明自己的事业成功了，才会体现出自己的人生价值。所以，为了被提拔，就要绞尽脑汁、阿谀奉承、溜须拍马、尔虞我诈……老徐觉得很累，但乐此不倦。

赵淑离去，和顾晓华在一起后，老徐的心理开始发生了变化，他开始觉得，或许有个幸福和谐的家庭是比事业更重要的事情，家庭是永远的，是一辈子的，事业，混官场，顶多也就 20 年，55 岁以后，烟消云散，统统完蛋，在这家庭和所谓的事业之间，到底哪个重要？

想起自己这些年为了所谓的事业所付出的良心和道德的代价，老徐不禁汗颜，扪心自问，自己敢正视自己吗？自己敢说自己是一个好人吗？想起纪委和检察院，老徐就心惊肉跳。

想一想，还是顾晓华说得对，多做点好事，积善成德，不仅可以弥补自己心里的愧疚感，还能找到平衡。

这两天，老徐没有和陈瑶联系，他知道陈瑶最近的麻烦不少，光张伟这一件事就够她折腾的。

昨晚顾晓华还告诉自己，最近假日旅游的生意火得要命，不管是地接还是组团，特别是组团去瑶北的红色旅游，独家经营，独家线路，别人无法竞争，引来不少同行的嫉妒，就连顾晓华的国旅——旅行社中的老大，也被假日的火爆生意所吸引，暗中眼红得要命。

木秀于林，风必摧之，老徐很明白这个道理。

老徐在电脑上慢慢翻看着假日旅游的相关管理资料，突然，老徐的手停住了，眼睛死死盯着电脑，脸色一变。

老徐眼神发愣，看了一会儿，摸起内部电话，打给行管科长，说："我想看一下假日旅游的经营许可证和相关书面资料文件……"

"对不起，徐主任，"科长的口气很淡，"局长刚才专门吩咐了，所有关于假日旅游的实体文件，没有他的批准，一律不得外漏外传，你要看，先找局长批准吧，抱歉……"

老徐一怔，局长难道是针对自己来的？局长防备自己了？局长不信任自己了？

老徐的心里忐忑不安起来，在办公室内来回踱步走了几趟，猛然站定，看了看手表，关上办公室的门，下楼，出了旅游局大门。

陈瑶正在办公室里忙乎业务。随着夏季的到来，假日的生意越来越火爆，除了正常的长线旅游之外，瑶北红色旅游线路呈现井喷之势，已经超过了井冈山红色旅游线路，单位、企事业组团的络绎不绝，市民散客咨询报名的很踊跃。

生意好当然是好事，公司上下都很忙乎，导游部的导游不够用了，又从社会上临时招了几个兼职的。

陈瑶现在有些担心小如那边天马旅游的接待能力，一上班就安排徐君和天马旅游那边搞好对接，让他们有足够的接待准备，如果实在不行，就在瑶北再开辟一家地接旅行社。

安排完徐君，陈瑶又登陆电脑QQ，想和小如再落实一下，可是，小如不在线，对话窗口一行签名：今日东兴红色旅游团，三个团，俺带队地接去了。

陈瑶看完不由笑了，这小如是计调，都亲自出马带队去地接了，看来这天马旅游对接待工作是很重视的，这小如的能力还蛮全面的，计调、导游都能干。

想到张少杨正在和小如交往，如果两人能成，倒也不失为一件好事，陈瑶觉得这小如做事很稳重，思想比较成熟，性格也很贤惠，要是两人在一起，杨杨正好能有个人管管，套上缰绳。

张伟一走，陈瑶突然感觉到了极大的失落，仿佛天塌了一半，做事吃饭睡觉都怅然所失的，幸亏有丫丫作伴。

王炎这几天很忙，忙着和哈尔森一起办理成立新公司的事情，丫丫也过去帮忙了，三个人外语都很好,得天独厚的优势。

陈瑶知道王炎和哈尔森的目标很远大,哈尔森在德国甚至欧盟都有很多客户资源,关系很广,成立外贸公司,专做中国商品出口贸易,一定会有很广阔的前景。

哈尔森的身体恢复很快,一开始筹备公司,有事情做,精神更加振奋,好像完全变成了一个好人。

陈瑶和哈尔森说起张伟的公司产品的时候,哈尔森满口答应,但眼神里明显流露出不以为然,他一定觉得这种山村里农家产出的东西,外销不会有多大的赚头,他正一门心思盯在轻纺工业品的出口上。

陈瑶对哈尔森的这种认识没有反驳,也没有过多说明,只是微微一笑,她知道这个时候说什么都是白搭,关键还是要用事实来说明,事实是最有说服力的。毕竟,实践是检验真理的唯一标准。

上次陈瑶跟随张伟考察之后,就感觉到了这个项目的广阔前景,山窝窝飞出金凤凰,土疙瘩变成金元宝,资源在于开发,在于利用,在于创新,绿色的、生态的、无污染的旅游工艺品,开发的潜力是很广大的。

其实,自从张伟辞职,陈瑶就知道张伟心里在琢磨什么事情,虽然张伟嘴巴上很硬,说坚决不离开东兴,那更多的是一种赌气,一种怄气,张伟心里其实想独自创业的一个主要目标,就是瞄准了这旅游产品开发。

陈瑶对张伟的想法,心里一百个赞同,做生意,开发新产品,就是要有自己的特色,打自己的特色品牌,大家都有的,再去跟从,绝对不会赚大钱。这是一个必然的规律。

王英事件平息了,四秃子的爪牙也撤走了,公司一切恢复了正常,一切都显得风平浪静,一派和谐。

陈瑶还不知道于琴给自己帮忙的事情,于琴那天在家里吃饭的时候没有说。所以,陈瑶对事件突然很顺利地平息下去感到有些奇怪,甚至有些意外,总觉得这事有些蹊跷,在她看来,事情本不会就这么简单结束,但是,事实就是事实,陈瑶只能心里暗地猜测。

陈瑶忙完业务的事情,刚想站起来倒水喝,有人敲门。

"请进!"陈瑶说。

来人进来,是老徐。

"徐大哥来了,请坐,"陈瑶热情招呼,忙去给老徐倒水,端过来说,"请喝茶!"

老徐坐在沙发上,冲陈瑶摆摆手,说:"陈董不要客气,老熟人了,客气什么……"

"领导大驾光临,难得啊,"陈瑶呵呵笑着说,"大忙人,难得见你有空闲时间呵……今天怎么有空来这里了?"

老徐笑笑,没有回答陈瑶的问题,却反问了一句:"最近生意怎么样?"

"还好吧,比较忙。"陈瑶说。

"嗯……那就好,"老徐思忖了一下,对陈瑶说,"你去关好办公室的门。"

陈瑶看老徐的神色,忙去关好门。

老徐端起茶杯,指指旁边的沙发,说:"陈董,坐。"

陈瑶不说话,在老徐旁边的沙发上坐下。

"这几天出的事情我都知道了,闹得满城风雨,说什么的都有……"老徐慢条斯理地说着,"张伟现在安全了吗?"

"谢谢徐大哥关心,张伟现在是安全的,他已经真的离开东兴了。"陈瑶看着老徐说。

"那他们几个呢?"老徐显然指的是张少杨和小郭。

"也都很安全,都离开东兴了。"陈瑶说。

"唉……"老徐叹了口气,"怎么会出这种事呢? 真是想不到,一波未平一波又起,这王英,你是怎么和她打上交道的?"

"喝茶认识的,于琴介绍的,于琴也是一片好心,谁知道王英在潘唔能电脑上看到了我的照片,就……"陈瑶说,"潘唔能真不要脸,把我的照片设为电脑桌面……"

老徐心里咯噔一下,一阵愧意,原来事情的起源是因为自己,要不是自己把那照片设为电脑桌面,哪里会出这事!

老徐觉得自己心里很对不住陈瑶和张伟,又是一次助纣为虐。

"现在王英和四秃子他们还找公司的麻烦吗?"老徐又问。

"今天开始就没有了,"陈瑶说,"他们把留在公司里监视捣乱的人都撤走了……王英一直没有再来找我……"

"那就好,"老徐也想不透是什么原因,也只能说好,"这段时间是非常时期,外出做事都小心一点,除了必须的应酬和业务,一般不要外出,特别是晚上,不要单独外出……"

"谢谢提醒,"陈瑶感激地看着老徐,"我会注意的。"

"告诉张伟他们,最近不要回来,安全第一。"老徐继续说。

"嗯……他们不会回来的,"陈瑶说,"他们在外地要待一阵子,短期内不会回来。"

"还有,"老徐看着陈瑶,"有事和我联系的时候,不要打我办公室电话,最好也不要打手机,发手机短信,因为我很多时候不方便接电话的……"

"好的,我知道了,"陈瑶说着看看时间,"徐大哥,中午时间了,咱们一起吃饭吧,我请你吃西餐,去名典。"

"嗯……"老徐看看时间,对陈瑶说,"吃饭不忙,说了这半天,我今天找你的正事还没谈呢……"

"你说。"陈瑶其实感觉老徐今天找自己一定是有重要的事,刚才谈的不过是皮毛,她一直在等着老徐谈正题。

老徐喝完一口茶，放下水杯，然后看着陈瑶，说："陈董，你公司的内部文件、档案、资料、营业手续都是谁管理的？"

"以前是办公室的内勤管理的，后来内勤请假生孩子，交给吴洁管理，吴洁呢，前几天和小郭一起走了……"陈瑶说，脸上一阵不安，"怎么了？徐大哥。"

"你把你公司的旅游经营许可证拿来我看看，"老徐说，"是挂在外面墙上的呢还是锁在抽屉里的？"

"没挂，正本以前是挂在外面的，副本锁在柜子里，前段时间粉刷墙壁，都收起来了，锁在柜子里了，"陈瑶说着，脸色有些异常，"不过，吴洁前几天走的匆忙，柜子钥匙没有交接，带走了，打不开柜子……"

"找开锁匠，马上找，撬开柜子，把经营许可证正副本都拿出来，给我看。"老徐语气很严肃。

"行！"陈瑶马上打电话给徐君，让徐君马上安排这事。

然后，陈瑶看着老徐，问："这……这是怎么回事？"

"你的许可证的经营期限你还记得不？"老徐问陈瑶。

陈瑶摇摇头，说："具体时间记不得了，难道……"

陈瑶的心突突地跳起来，这段时间乱七八糟的事情太多，管理人员又交接变换，再加上吴洁刚来，不熟悉这块，业务内部资料管理出现疏忽是有可能的。

"如果我没有看错，你们的旅游经营许可证很可能是过期了，过期10天了，"

老徐神色认真地看着陈瑶，说："我刚从局行管科内部管理资料上看到的。"

"啊……"陈瑶脸色微微一变，"过期了？！"

陈瑶和老徐都知道，旅游经营许可证过期，就意味着你这个旅行社没有经营国内旅游的资质，没有资质，就不能开展各项相关的地接、组团、车辆、机票、导游等相关旅游业务，如果继续经营，就是非法经营，工商部门就可以依法查处。

如果真的是过期10天，也就意味着假日旅游已经非法经营10天了，而且还在继续非法经营中。

旅游经营许可证是旅游管理局管理制约旅游公司的一个极为重要的法宝，是旅行社开展旅游活动的必须证件，办理旅游经营许可证，需要持市旅游局的证明，先经市旅游局批准，然后到省旅游局行业管理处办理，到期更换，也是这样。

在这种时刻出了这种事，意味着什么，陈瑶心里很明白。陈瑶的脸色一下子煞白。

一会儿，徐君进来，柜子撬开了，证件正副本都送了进来。

徐君关上门出去后，老徐和陈瑶忙打开证件，一看，果然是这样，经营期限到期了，过期10天。

陈瑶心里一怔,看着老徐,问:"徐大哥,这咋办?"

老徐看着陈瑶,说:"其实,以前出了这种事一般都不声张,和局里通融一下,行管科的开个证明,抓紧到省局去办理,顶多训斥一顿,请他们吃顿饭也就行了,也不需要旅行社停业,大家都睁只眼闭只眼,抓紧补上就是了……可是,现在,现在……"

"现在怎么了?"陈瑶盯着老徐。

"现在……现在局里刚出台了规定,要严格加强对旅游公司旅游资质的管理,要求严格执行各项监察管理规定,"老徐看着陈瑶,"就怕……就怕现在管得严了……"

"我们自己犯了错误,我们自己承担责任,该罚的罚,该停的停,"陈瑶下了决心,"然后,我们抓紧写一份自查检讨和换证申请,抓紧去换新证,换新证很快的,我听别的一家旅行社说,他们去年也是过期一周多,抓紧找人换新证件,省局行管处一般不卡的,当天交上去,当天就给换……"

老徐现在担心的不是省局,而是市局,还有潘唔能,他低头思忖了一会儿,说:"陈董,这事除了我和你,别人没有发现的,市局行管科的也没有发现,这事一定不要声张……"

陈瑶点点头,问:"那你的意思是?"

老徐其实心里也没有底,其实经营许可证逾期的事情以前经常有,最多有逾期一个月的,市局一般也就是让他们写一个情况说明,写一份检查,附上去,开一个证明给省局,然后旅行社自己去省局找人,很快都能办了,还从没有因此真正处罚过一家旅行社。毕竟,本地的旅行社还是要保护的。

但是,现在的情况是,假日旅游被潘唔能和局长专门点名关注,特别关照,上了黑名单,原本无所谓的小事变得非同小可。

"我看这样,陈董,"老徐边思考边说,"主动总比被动好,自己主动自查和检讨就比被发现了追究下来好,先在态度上找个主动。你们呢,抓紧写一个情况说明,附带一个检讨,再写一份申请,报市局的换证申请,然后,今晚,你到南苑订一个豪华酒店单间,我约行管科的科长去吃饭,在饭桌上提提这事,让科长给通融一下,只要行管科盖了章,在行业管理电脑上点击审核通过,你们就直接去省局办理就是了……"

"行,那徐大哥你多费心……"陈瑶稍微松了口气,"我马上通知公司,所有新业务暂停,老业务还没有办理的,转交给其他同行,收款的抓紧退款……"

"其实,如果办理得快,三两天就可以把证换下来,外人都不知道你们过期的事情,不用停办业务,"老徐说,"你这样做,会影响你们的声誉,也影响你们的生意,少赚不少钱的……他们那些旅行社逾期在换证的时候都继续营业的,没有人会认真追究的……"

"没办法,我认了,亏就亏吧,"陈瑶说,"咱们理亏,该罚的罚,该停的停,我都认了,只要能按程序给我们换证,只要能让我们重新正常营业,我损失也值得……"

"那公司员工你怎么解释?"老徐说。

"内部就说集中培训,正好利用这几天进行内部培训,加强业务学习,加强法律学习,认真学习旅游管理条例,我也带头学习,我也需要学习……"陈瑶说。

"嗯……按说这事是个很小的事情,每年都有很多家旅行社经营许可证逾期的,只要及时补上,不超期太长,都没事的,"老徐说,"虽然现在是非常时期,但是,我们还是要努力重视起来。"

"徐大哥,那就好,我们先去吃午饭,晚上还得麻烦你帮忙啊……"陈瑶说。

然后,老徐和陈瑶一起出去吃午饭。

午饭时,老徐给局行管科的科长打了电话,约好了晚上的饭局。

午饭后,老徐回局里上班,临走前再一次嘱咐陈瑶一定要保密,不要外传。

陈瑶点头答应,然后回到公司,叫来徐君和计调部经理,仔细询问了一下正在开展的业务,以及正在洽谈的业务,还有已经收款的和已经签约的团队。

弄清楚之后,陈瑶看着徐君,指指手里的合同和出团单,说:"抓紧进行完已经接的团,新业务一律暂时停止,组团和地接也全部暂时停止……"

"啊……"徐君和计调部经理都大吃一惊,徐君问陈瑶,"为什么?"

陈瑶看了看他们二人,笑了笑,说:"没什么,别问这么多,就按我说的去做。"

"那公司内部员工?"徐君问陈瑶。

"开展集训活动,加强业务学习,每日上班时间就在公司里以部室为单位开展业务培训,"陈瑶说,"具体多长时间,先不确定……"

徐君的神情很震惊,觉察出一定是出了什么大事,但是计调经理在旁边,他也不好多说,默默点了点头。

"你告诉各部室负责人,这是公司正常集训活动,没有什么可大惊小怪的,明天就开始。"陈瑶轻松地对徐君说。

徐君答应着和计调经理出去了。

徐君他们一出去,陈瑶急忙开始打印检查和情况说明,还有换证申请。

弄完这些,打印出来,盖上公司的公章,陈瑶重重叹了口气,深深自责自己,自己竟然会犯下如此愚蠢而低级的失误,竟然会如此疏忽。

陈瑶知道经营许可证逾期是一个可大可小的事情,想查办你就是大事,不想查你,鸡毛蒜皮的小事,就看想不想治你。

从老徐的严肃神情里,陈瑶觉察出这事可能要有点麻烦,毕竟自己得罪了局长,那天局长在大会上公开说了,不点名暗示假日旅游已经进了旅游监察的重点名单,既然是重点"关照",那就不会简单了事。

陈瑶想起这一点,心里不安起来。

不过,陈瑶想起老徐晚上的安排,心里又升起了一层希望,只要这科长金口一开,就大事化小,小事化了。到时候自己主动承认错误,主动要求旅游局按照旅游管理条例的规定对假日旅游依法进行处罚,一切都依法办理,那么,自己换证也就属于情理之中。因为旅游管理条例对逾期办理也有规定的,只要态度好,资质合格,具备条件,是可以给换证的。

陈瑶知道旅游局不可以吊销自己的营业执照,不可以关掉自己的公司,但是可以勒令自己停止经营旅游业务。这和关掉公司又有什么区别呢?

陈瑶考虑了半天,拉开抽屉,摸出一张卡,装进信封里。

晚上,南苑大酒店的一个豪华小单间里,陈瑶、老徐和局行管科的科长三人就座。

大家觥筹交错,边喝边谈天说地。

科长和陈瑶虽然不是很熟悉,但是也认识,并不陌生。

酒过三巡,老徐给陈瑶使了个眼色。

陈瑶会意,端起酒杯,又给科长敬酒。

科长喝了不少,酒意渐浓,看着陈瑶,说:"陈董客气了,今天这么盛情请我和徐主任,不敢当啊,呵呵……俗话说,这天下没有白吃的筵席,这陈董是不是有事情啊……"

"呵呵……"陈瑶笑着说,"科长您说对了,正是有事要请科长帮忙呢……"

"嗨,陈董,你太客气了,咱们又不是第一次打交道,大家都认识,有什么事情你直接说好了,我们行管科就是专门给你们服务的嘛,呵呵……别客气,说吧……"科长态度很好,"只要我能办到的,没问题……"

"呵呵……你们可是领导啊,哪里是给我们服务的,是来管理我们的哦……"陈瑶说,"我这事呢,放在您这里不是大事,小事一桩,可是,放在我这里呢,就是很大的事,对我很重要了……"

"陈董真会说话,这年头领导就是服务,为人民服务……"科长醉醺醺地说,"国家给咱的权力,咱就用,这权力啊,就得及时用,不用,过期作废……你说是不是,徐主任……"

"是啊,权力不用,过期作废……"老徐附和着。

"就是,就是,"科长大手一挥,"陈董,你们都是做老板的,我们呢,小公务员,就是这么点狗屁权力,再不用,你说咱上哪里体现人生价值去?哈哈……说吧,什么事,说吧……"

"科长真是豪爽之人,"陈瑶说着,掏出一个信封,里面装着下午弄的材料,还有一张5000元的购物卡,递给科长,边将自己公司旅游经营许可证过期的事情简单说了一下。

科长边听边打开信封,眼睛斜着往里看,首先看到了那张购物卡,接着抽出材料,简单看了下,又重新装好,放到自己包里,一拍胸脯,说:"我还以为是多大事,就是许可证过期啊,才10天?没问题,上个星期,四海旅行社的也是这情况,都过期一个月了,我给办了手续,去省局当天就换了新证了……这样吧,明天你到我办公室,我给你盖个章,在电脑上给你点击审核,然后你们直接去省局办理就是了……"

老徐和陈瑶闻听科长大大咧咧的一通言论,互相对视了一眼,心里松了口气。

然后大家继续喝酒。

"就这点小事啊,还用徐主任亲自出面,还用这么破费招待……"科长继续猛侃,"咱们东兴啊,每年都有个10家8家的旅行社经营许可证过期的,都是这么办理的,很简单啊,哈哈……我这行管科,说实在的,就是给你们这些旅游公司盖章的部门,走走手续就是了,哪里能真管理你们呢……"

老徐看着科长满不在乎的样子,心里有些不踏实,提醒他:"假日旅游一贯遵纪守法,这次是因为一些意外事件,导致疏忽,刚发现,就立刻自纠,停业整顿,主动要求接受处罚……"

科长摆摆手,说:"停业?干吗停业?不用,继续经营就是了,谁没事检查你这个?不用不用啦,继续营业就是了,你这一停业,损失就大了,少赚多少钞票啊,特别是你假日旅游,这么红火的生意……整个东兴,最火爆的就是你们了……还有,罚款?罚个鸟啊,不罚了,罚什么罚?大家都是自己人,徐主任老大哥专门出面,我要是真罚了你陈董,我还有什么脸面见徐主任?"

"呵呵……科长真是爽快人,太感谢了。"陈瑶笑着说道。

不过,陈瑶还是有自己的打算,这罚不罚款是科长的事,这暂时停业几天却是必须的,不仅仅是因为自己已经在非法经营,还有一层原因,陈瑶不想被别的旅行社抓住把柄。

吃过饭,送走科长,陈瑶对老徐说:"徐大哥,今天的事情多亏了你,太谢谢你了!"

老徐眉头微微皱着,显得不是很轻松,对陈瑶说:"陈董,别客气,明天一大早你抓紧去行管科办理这事,如果行管科盖了章,电脑审核点击通过了,就立马去省旅游局行管处,一刻也不要耽搁,越快越好……"

陈瑶点点头,看着老徐的表情,问:"这科长已经答应了,应该没问题吧?"

"对他来说,这是很小的事情,"老徐眉头又皱了下,看着陈瑶,没有说出心里深层次的担心,"看他今天的态度,应该没问题……明天办办再说吧,希望一切顺利……"

和老徐告别,陈瑶回到家中,丫丫和徐君正在看电视。

陈瑶把今天的事情和徐君交了底,嘱咐他这几天一定要时刻注意公司的动静,严格把握各项工作程序,抓紧办理好暂停营业的后续事宜。

"暂时停业几天,正好大家也充充电,不要让大家想多了……"陈瑶对徐君说。

徐君连连答应。

然后,陈瑶洗了一个澡,进了卧室,躺在床上,琢磨今天的事情,眼前又浮现出老徐那眉头紧锁、心事重重的表情……

张伟今天很忙,到县城之后,自己去找房子,张少杨开车去瑶北郊区接小郭两口子。

张伟跑了半天,终于在县城闹市区找到了一处合适的房子,一幢三层小楼,带后院,每层面积100多平方,一楼是大厅,二楼和三楼各有五间房子,以前是个家庭旅馆,现在空出来了,房间都是按宾馆标间设计的。

张伟看了很满意,一楼做客户接待室,二楼办公,将床搬走就可以,三楼正好做宿舍,都带独立卫生间,住宿和办公条件很好,很方便。而且,房子很干净,刚装修了不久,因为没有客人,就转让了。

谈好了价格,张伟直接就办理了租房手续,拿到了钥匙。

下午,小郭他们来了,大家又一鼓作气,去购置办公桌椅、办公文具等用品,到晚上6点,全部收拾完毕,一个像模像样的办公场所出来了。

"万事俱备,只欠东风,等公司手续下来,咱这公司就算是正式开张了……"张伟轻松地对大家说,"兄弟姊妹们,咱们的航母就要起锚啦……"

大家都很高兴,眼里露出兴奋的表情,和张伟一样,心里充满了创业的冲动和激情。

大家一起出去吃过晚饭,回来分配好宿舍,张伟住了里面有一张大床的房间。

张伟舒舒服服地洗了一个澡,然后,打开电脑,上网,登录QQ,想找伞人姐姐汇报今天的战况。

登录之后,张伟一看,伞人姐姐不在线。

第二十八章 直撞枪口

张伟看看时间,晚上8点多。

陈瑶在干吗呢?怎么没上线呢?这个时候应该在家的啊,现在是非常时期,她应该知道电话联系不方便,应该晚饭后乖乖在电脑前等自己啊。

张伟摇摇头,或许,陈瑶在招待客户,还没回家吧。

张伟将QQ状态设置为忙碌,在电脑前开始忙乎工作,修改伞人贸易公司的组建方案草稿,从公司架构到经营内容,从管理制度到营销策略,从人员招聘到考核管理。

这草稿是张伟辞职几天后弄出来的,当时是想做完方案给陈瑶以后备用,反复斟酌修改后再拿出来,没想到计划不如变化快,先给自己用了。

看着方案中公司的名字:瑶水伞人经贸有限责任公司,张伟笑了,伞人,多好的名字啊,多有创意啊,哈哈!

张伟很为自己的创意而得意,这是他心中蓄谋已久的名字。今天那代理注册公司的回话了,说伞人的名字已经审核通过了,商标注册也应该没有问题的。

北方的小县城夏天的夜晚分外热闹,摆夜市的、卖小吃的、在马路边谈天说地的、街头唱卡拉OK的……喧闹声不绝于耳。但是,由于县城地处大山之中,周围被群山包围,夜晚的空气非常清新,很凉爽,张伟甚至不用开空调。

每个房间都有电视,隔壁小郭和吴洁看电视的声音隐隐约约传过来,张少杨在电脑上放音乐的声音也传进张伟的耳朵。小小办公楼的宿舍区充满了欢乐和祥和的气氛。

张少杨边听音乐边和夏花在QQ上聊天,小郭和吴洁则躺在床上看电视。

夏花:"杨杨,你们公司昨天发过来三个团,150人……"

张少杨边喝啤酒边笑了,噼里啪啦地敲击键盘,问:"是吗?你们接待得咋样啊?"

夏花:"当然是接待得很好啦,我们董事长亲自带队,亲自出马,你想想这待遇还能差了吗?我们董事长对你们的团队一向是特别特别重视……"

张少杨："嘿嘿……那是应该的,我们的人多啊,大客户,对大客户就应该高看一眼嘛……你们董事长是个山东大汉吧,纯爷们……"

夏花："晕倒! 什么啊,俺们董事长是标准的美女,美女董事长……漂亮着呢……"

张少杨："哦……真的? 比你还漂亮?"

夏花："嗯……不好比啊,她比我大,不是一个年龄段的,如果她在我这么大的时候,一定比我漂亮,现在呢,她比我大了七八岁,虽然没有我靓丽,但是呢,比我成熟,比我有气质,所以说,我们是不好比的……"

张少杨："哇! 小花,你们董事长是美女少妇啊……她老公可真有福气,找了个富婆美女……"

夏花："嘻嘻……你少乱说了,俺们董事长还是独身呢,俺们从没有听说她提起老公……"

张少杨："呵呵……没提起不代表没有啊,你懂什么啊,小丫头片子……"

夏花："不是的,俺们董事长真的是没有老公的,不过,她貌似有意中人的,一个英俊高大的小伙子,看起来很像山东大汉的,嘻嘻……"

张少杨："小花,你就吹吧,反正不用纳税的……"

夏花："不是吹的,是真的,我在俺们董事长的桌子上见了,装在一个精致的相框里,董事长天天在那里看呢,有时候经常托着腮在那里出神……."

张少杨："哦……那小伙子好有福气,说说,长得啥样子……"

夏花："不好说啊,反正就是很英俊,很魁梧,鼻梁高高的,眼睛大大的,很有神,笑起来很开心的样子,头发是平头……反正一看就是山东人,典型的山东人……"

张少杨："你就那么肯定啊,不过听你这么说,应该是山东人,我姐夫就是你描述的样子,他就是瑶北人,典型的山东人……"

夏花："你姐夫?"

张少杨："晕倒,你又忘记了,张伟啊,你们不是经常聊天的吗?"

夏花："啊……哦……哈……嘻嘻……对,对,你姐夫,张伟,山东人,瑶北人,他长得也不错吧?"

张少杨："就你说的那样,典型的山东大汉,和你描述的啊,真像哈……"

夏花："该不会俺们董事长的意中人就是你姐夫吧,哈哈……"

张少杨："死丫头,胡扯什么啊,这都哪跟哪的事啊,俺姐夫和俺大姐感情好着呢……俺姐夫和俺大姐还不认识你们董事长呢,天马旅游,就认识你,小如……夏花!"

夏花："哦……啊……嘻嘻……是啊,是啊……我不过随便说说而已,你现在还天天在你姐的公司跑业务?"

张少杨："嘿嘿……是啊,还在东兴跑业务,边做边学,在学中干,在干中学,我大姐还要我多向你请教呢,说你对旅游营销很有见地……"

夏花："……大哥,有没有搞错,向我学?我自己还在学呢,我只会做线路报价,还做得不好,老是出错,我哪里懂什么旅游营销啊,饶了我吧……"

张少杨："咦!不对吧,我大姐可是说你很有思想,很有见地的,说你对旅游营销和导游都很了解的,你咋这么谦虚啊,不好,过分的谦虚就是骄傲……年轻人,不要这么谦虚嘛……"

夏花："哦……我明白了……啊哈……我知道了,嘻嘻……好的,杨杨,既然你想学习,好啊,先拜师,来,叫师傅!"

张少杨："你明白什么了?呵呵……还来真的啊,真的叫师傅啊,你小丫头片子,还没我大,我为嘛要叫你师傅呢……"

夏花："向我学习,让我指点,就得叫我师傅,就要拜师,俺们北方的规矩,叫不叫?不叫?别后悔啊……我数三声,一……"

张少杨："呵呵……占我便宜,呵呵……好吧,拜师,叫你师傅,小花师傅……"

夏花："师傅就是师傅,干吗还要带个小啊,不好听,不要带小……"

张少杨："哈……那叫什么?不带小,那叫花师傅?花心师傅……花和尚……哈哈……"

夏花："坏哦……你耍我,你不尊敬师傅,不准叫花师傅,难听死了,更不准叫花心师傅、花和尚……"

张少杨："那叫什么?"

夏花："就叫花花师傅吧,显得严肃一些……"

张少杨："花花师傅……花花世界……哦……好吧,那就叫花花师傅……"

夏花："啊……哈哈,哇哈哈,我成师傅了,哈哈……杨杨,俺们这里的风俗,拜师是要有拜师礼物的,来,有什么好东西孝敬为师的……"

张少杨发过去一个心的表情,说:"师傅在上,徒儿能献给师傅的只有一颗赤诚炽热的心,一颗真诚真挚的心,请师傅笑纳……"

夏花捂嘴直笑说:"杨杨好乖哦……既然杨杨徒儿这么诚心,为师的也就笑纳了……哇咔咔!"

张少杨看夏花很开心,自己也很开心,问:"小花,今天开心不?"

夏花："开心,开心啊,好开心……你真有意思,真幽默……"

张少杨："喜欢浪漫吗?"

夏花："喜欢,好喜欢哦,好向往浪漫的感觉,好向往那种浪漫而刺激的感觉……"

张少杨得意地笑了,说:"嗯……好的,小花,你喜欢浪漫,我带你去浪漫,或许,在你不经意的一个时刻,我会突然出现在你的面前,从天而降,刺激死你,浪漫不?"

夏花:"啊哈哈……我知道你的鬼主意,你是想跟你们的团来这里,是不是? 嘻嘻……不过,我觉得你近期是不可能喽,你的如意算盘要打不成喽……"

张少杨觉得有些奇怪,不明白夏花为什么这么说,问道:"小花,你这话的意思是……为什么说我近期不可能呢?"

夏花:"嘻嘻……你还在你们自己公司呢,消息还没有我灵通,我下午接到你们公司的通知啦,近期你是不可能来这里喽……"

张少杨更加好奇,问:"什么通知啊,难道是通知你最近我不离开东兴?"

夏花:"那倒不是,下午你们公司发过来一个传真文件,说近期将暂停发往瑶北红色旅游线的所有游客项目,何时发团,另行通知,原因没说,唉……我正奇怪呢,为什么都停止了呢? 好好的生意……是不是你们嫌我们服务不好,另外找地接社了啊……"

"哦……"张少杨很意外,忙问夏花,"有这等事? 我咋不知道呢? 你们公司的地接一直做得很好啊,我大姐经常夸的,怎么会突然和你们解约呢,不会的,一定是别的原因……"

夏花:"嗯……我也是这么想的啊,我们一直合作非常愉快的,我们的服务一直很周全的……或许是你们那边有什么新的情况出现吧,呵呵……董事长还没回来,我还没给她看传真件呢……"

张少杨很奇怪很疑惑很不解,不过他刚到旅行社不久,对旅行社的运作流程和营销内容刚入门,还不是很熟悉,对这种情况除了不解,别的也想不出什么道道来,他想,大姐这么做一定是有道理的,虽然自己想不出是什么原因来。

张少杨:"嗯……我大姐是老旅游了,她这么安排一定是有道理的,但是,不管是什么原因,我觉得绝对不是因为你的服务,你们的服务是第一流的,我们公司上下公认的,或许是外部客观条件发生了改变,呵呵……暂停,又不是永久停,没关系的,很快就能恢复的……"

夏花:"我想也是,回头等董事长回来,给她看看传真再说吧……"

和夏花聊完天,张少杨还在兴奋中,出来在走廊里逛悠,小郭两口子的房间不好意思进去,怕打扰人家,就跑到张伟房间里。

张伟正在电脑上专心工作,听见张少杨推门进来,头也没抬,问道:"咋了? 这么晚了还不睡,是不是一换新地方睡不着?"

"嘿嘿……刚和小花聊完天,兴奋中……"张少杨进来,自顾坐在沙发上,摇晃着二郎腿。

"哦……"张伟边看着电脑边调侃了一句,"原来是幽会花姑娘去了,怎么样? 爽乎? 进展顺利否?"

"还好,比较顺利,刚才和她聊了会他们天马的董事长,原来天马的董事长是个女的,美女董事长啊,还没有老公……"张少杨眉飞色舞道。

"嗯……女的……美女董事长……没老公……"张伟心不在焉地重复着,"你小子好好对待小花就行了,别在人家老板娘身上下功夫了……没老公也没你的份儿……"

张少杨哈哈大笑道:"大哥,你想哪里了,呵呵……这老板娘没老公,但是不代表没有男人啊,听小花说,有个意中人啊,照片天天摆在桌子上,英俊潇洒、浓眉大眼的,听小花那说法,我觉得倒和你挺像……哈哈……"

"哈哈……你胡诌什么呢?"张伟终于抬起头,扭头看了一眼张少杨,"小心这话让你大姐听到打你……"

"嘿嘿……"张少杨无聊地半躺在沙发上,"小郭和吴洁两口子忙乎自己的事,你忙乎工作,我没事干,聊完天就闲起来了,好无聊啊……"

"无聊?"张伟看了一眼张少杨,"没事干就学习,多看书,多看业务书,只要脑子里充实,就不会无聊了,趁年轻,多充电……"

"大姐天天这么说我,你也这么说我,你们俩好像是商量好的一样……"张少杨嘟哝了几句,站起来,"咦,大哥,你今天和我大姐联系了没有?"

"没有,她QQ不在线,"张伟对张少杨说,"时间不早了,你休息吧,明天还有很多事情要做呢……我再忙一会儿……"

张少杨走了两步,又停住,看着张伟,说:"大哥,有个事,我刚听小花说的,关于假日旅游的……"

张伟抬起头,盯住张少杨,说:"什么事?说!"

"咱们假日旅游从明天开始,暂停往天马这边发团了,发了个传真通知,说暂停发团,别的原因什么的都没说……"张少杨说。

"哦……有这种事……"张伟思忖了一下,"是不是合作方面出了什么问题?"

"不知道,不过我觉得可能性不大,天马的服务质量很好的啊,我大姐还经常夸呢……"张少杨说。

"呵呵……"张伟笑了,"公司之间的合作,经常会有意外情况出现的,合作成败的关键不是友谊,而是利益,今天是朋友,明天是敌人,也很正常的,呵呵……这事你不要掺和,只管和你的小花网恋好了,我回头问问你大姐……你回去休息吧……"

张少杨走后,张伟停下了手头的工作,扶着额头,低头沉思。

在这种时候,任何微小的异常和变化,都可能意味着后面有惊天的变故,此时此刻,张伟可不敢轻视。

张伟心里有些着急,电话不能联系,QQ不在线,陈瑶是不是出事了呢?

张伟的心里胡思乱想起来。

夜深了,县城逐渐安静下来,小郭和张少杨也都歇息了。

张伟站起来,走到窗前,看着夜色中美丽的山城,静谧的群山,夜风吹来,微微凉爽,透着山里清新的空气。

张伟仰望璀璨的夏日夜空,遥望深邃无尽的南方,在那千里之遥,自己的心上人在那里。

此刻,陈瑶在干吗呢?

张伟的心中充满了思念和牵挂,心中隐隐有些不安。

正在踟蹰间,忽听电脑发出"啾啾"的声音,这是有人在给自己 QQ 发起对话。

张伟急速转身,回到电脑前,打开一看,呼了一口气,是伞人在和自己说话。

伞人:"你忙完了吗?"

张伟:"急死我了,我 8 点多上来看你不在,就开始修改方案,你什么时候上来的?"

伞人:"哦……我吃过晚饭在床上躺了一会儿,没想到睡着了,刚醒过来,知道你会在电脑前等我,我就起来打开电脑,看你正在忙碌状态,就斗胆打扰你一下……"

张伟:"我忙完了,这会儿没事,正站在窗前想你呢,可巧你就找我了……见不到你,我心里很着急的……"

伞人:"嗯……我知道的……你今天忙得咋样了?"

张伟:"安居了,办公、住宿都安排好了,就等乐业了……我宿舍一张大床,标间配置,就等你来侍寝呢……"

伞人:"呵呵……先安居,再乐业,好……抽空去你那里,去侍寝……"

张伟:"办公和住宿条件都不错,地理位置也不错,我正在修改公司的一系列组建方案,从结构到人员,从管理到考核,从营销到收购,各个环节都在完善……"

伞人:"嗯……很好,修改完,我看看,行吗?"

张伟:"行,我修改完,发给你,你再给我完善一遍……"

伞人:"是……老公。"

看陈瑶兴致不错,张伟放心了,看来应该是没有出什么事情。

"姐,为什么把咱们和天马旅游的团队暂时停发了? 又找到新的地接旅行社了?"张伟问到。

伞人:"嗯……这个事情啊,你咋知道的?"

张伟:"刚才杨杨告诉我的,他从夏花那里听说的。"

伞人:"哦……呵呵……没找新的旅行社,停发是暂时的,牵扯到咱们这边一些手续上的问题,没什么大事的,估计很快就解决了,咱们不能非法经营啊,是吧……"

"哦……"张伟说,"真的没什么大不了的?"

伞人:"嗯……是的啦,小事情,很快就能解决,呵呵……"

看到伞人轻松的样子,张伟心里放松下来,说:"那就好,我还以为是我们和天马产生了利益纠纷呢……"

伞人:"嘻嘻……当家的,别这么多虑,你只管做好你自己的事情就可以了,好好把公司组建起来,好好管理运营好公司……我这边你不用操心……"

张伟:"不操心? 不由人啊,能不操心吗? 谁让你是我女人呢? 就像我这边,让你不操心,你能吗?"

伞人:"呵呵……不能,谁让你是我男人呢……"

张伟:"这就是了,咱俩啊,我看都是操心的命,活一辈子,操一辈子心……不过,我是很不愿意让你多操心的……"

伞人:"是啊,当家的,我其实呢,一点都不想多操心,我现在啊,最向往的日子就是男耕女织,你在外面挣钱,我呢,在你老家生孩子、伺候公婆,没事就和你妈坐在门前的大椿树下的石凳上聊天,看翠绿的青山,听潺潺的流水,闻清鲜的空气,相夫教子……多好啊……"

张伟:"姐,你描绘了一幅幸福动人的美妙画卷,好一副田园生活的美丽图画……"

伞人:"傻熊,不是图画,要成为现实,我要做一个小妇人,小女人,安静、清闲、舒心、雅致……"

张伟呵呵笑了,心里充满了温馨和感动,说:"姐,会的,一定会的,我一定会满足你的愿望的……"

伞人:"哎……其实,我要的真的不多,我只需要那一份温情,那一份真情,那一份真实……世间纷扰太多,找一个清闲的地方,和自己心爱的人儿在一起,是多么幸福的事情……其实,幸福很简单,沧桑过后才知道,原来平凡和宁静是最大的幸福!"

张伟:"姐……你要的实在是不多,你要的是人间最珍贵的情义,我一定会给你,给你全部……"

伞人:"乖乖宝宝,你真好,你真是姐的好人儿,姐喜欢你……"

张伟:"呵呵……别挑逗我,我会忍不住的……"

伞人:"那不挑逗你,说点正事……对了,马上就要当老板了,感觉如何?"

张伟:"怎么说呢? 任重道远,路漫漫……唉,我生平最不喜欢家族企业,但是,我们却总是不能脱离这个怪圈,你的公司,我的公司,都跳不出家族企业的圈圈……我这边,一大帮堂哥,我也不想弄家族企业,但是,我不能不弄,我必须得弄,我的堂兄们都指望我带他们有个出路,他们都把希望寄托在我身上,我无法拒绝,我不能拒绝,我必须要组建这个家族企业,明知山有虎偏向虎山行……"

伞人:"是啊,理想与现实总是有很大的差距,理想是浪漫的,但是,现实是残酷的,是无奈的,我当年也曾有和你一样的想法,但是,在现实面前,我最终妥协了……现在,你也一样,你必须得妥协,你没得选择,这就是现实,必须要正视现实,现实,就是客观事实,不要妄想去改变客观的东西,多在主观上努力吧……存在即合理,多在完善企业的管理制度上下功夫,只要管理完善了,大家一视同仁,不分亲疏远近,也一样能管理好……"

张伟:"嗯……我也是这么想的,我在修改公司的整套方案,就是朝这个方向努力的……"

伞人:"不管别人怎么说,不管别人怎么看,我始终支持你,我是你最坚定的支持者,好好做,放开手脚干,不要有任何顾虑和压力……我相信你一定会成功,你一定能成功,你一定会有大的作为……"

张伟听了很开心,说:"姐,你为什么这么相信我一定会成功?"

伞人发过来一个心的表情,说:"因为……因为你是我男人,因为我是你女人,我必须信任你,我没有选择,我只能信任你……你不管做什么,我都相信你,信任你,你是我最坚强的支柱和靠山……"

张伟心里很欣慰,说:"姐,我不会辜负你的信任,不管有多大的困难,我都会挺过去,我一定要成功的……"

伞人:"傻熊,你不是一个人在战斗,我和你一起战斗,我随时都和你在一起……还有我们,我们和你一起,包括小郭、吴洁、杨杨、王炎、哈尔森、丫丫、徐君……大家都在后面支持你,都在和你一起战斗……"

张伟热血沸腾,说:"好,很好,战斗的青春,战斗的友谊,战斗的爱情,战斗的老婆……"

伞人:"嘻嘻……很冲动很激情吧……"

张伟:"是啊,创业的冲动和激情,还有对未来美好的期望和憧憬……"

伞人:"有梦想就会有理想,有理想才会去奋斗! 老话重谈!"

张伟:"仍有新意!"

伞人:"乖,宝贝儿,吻你……"

张伟:"吻你……亲爱的,好想抱抱你……"

伞人:"哥哥……抱着我睡,我累了,我困了,我想休息了,想躺在你怀里睡……"

张伟:"好的,我抱着你睡……我喜欢摸着你睡,也喜欢你摸着我睡……"

伞人:"啊呸……不害羞……嘻嘻……"

张伟："别害羞啊,两口子呢,说床上话呢,来吧……喂……你,你,还有你……两口子说私房话呢,都别看啊……"

第二天一大早,起床吃过早餐,张伟开始给大家分工:吴洁坐镇家中,负责整理内务、采购必须的生活用品和昨日遗漏的办公小用具;小郭负责和代理注册公司的人对接,快速办理公司组建事宜;张少杨和自己一起去他战友家,再次去探访战友,主要是探访战友爸爸老段,代表爸爸妈妈邀请老段和老伴在合适的时间故地重游,去老家做客。

分配完毕,大家分头去忙乎了。张伟和张少杨去超市买完礼品,就径直去了战友爸爸家。

战友不在家,战友爸爸在家。

"段叔,俺们又来了。"张伟和张少杨乐呵呵地进门。

老段两口子忙迎接客人进门,老段说:"二位小张,请进。"

张伟和张少杨进门将礼品放下,老段免不了一番客气,说:"来就来吧,还带东西,这么客气干吗?"

"段叔,我是代表俺爹俺娘来的,"张伟坐下,恭敬地对老段说,"我家走(回家)和俺爹俺娘说起您,俺爹俺娘很激动,很高兴,说您搞社教的时候在俺家吃过饭,俺爹俺娘特地让俺来邀请您和婶子回去看看,这很多年过去了,现在俺村变化可大了,您看您什么时间方便,我开车拉着您和婶子,故地重游,去您当年战斗的地方,看一看,走一走,见见乡亲们,乡亲们可都挂念着您呢……"

张伟一席话,说得老段心里热乎乎的,很欣慰,很激动,说:"啊……哦……呵呵……是啊,是啊,好多年没回去了,很想念那里的乡亲们,感情你爹你娘还记挂着我,感情乡亲们还记得我……难得,难得……要的,要的,是要回去看看……我这内退在家,没什么事情,时间很空闲,别看我的时间,你看你的时间吧,你什么时候方便,提前告诉我,我带着你婶子,去大山里看看,看看乡亲们……"

张伟一听,分外高兴,说:"好啊,段叔,我看咱们就安排在这几天吧,我先和我爹我娘说下,然后,我开车拉着您和婶子,咱就进山……"

"行! 好,那就这么办!"段叔是行伍出身,说话也很利索!

"段叔,我看您这身板,结实着呢,爬山没问题吧?"张伟又说。

"那是,当然没问题,我今年才53岁,这当官不让当了,企业改制了,不让管了,属于老龄了,其实,我哪里老了? 我这是人生阅历经验最丰富的时候,正是处世办事最稳重的时候,党就不要我了,把我闲置在家里……"老段很是不服气,"哼……我这人生第二春还没开始呢……"

"夕阳无限好,只是近黄昏……"老伴在旁边说老段,"一把年纪,半百的人了,发什么狂啊……"

"女人家,老婆子,你懂什么?"老段一撸胳膊,"什么夕阳？我这是下午两点的太阳,一天中热量最多的时候,温度最高的时候,老夫聊发少年狂……"

"哈哈……"张伟和张少杨都被老段逗笑了,张伟说,"段叔,您到底是当兵出来的,精气神就是好。"

"呵呵……"老段被张伟夸了一下,有些不好意思,"你段叔当年在部队是侦察连长,那时候啊,精气神旺着呢……嘿嘿……现在,不行喽,老喽……"

"不老,不老,段叔,这人啊,就是活一口气,就是活一个精神气儿,只要精神不滑坡……"张伟忙赞扬鼓励老段。

"嗯……小张这话我爱听,很励志……"老段满意地笑了。

看到老段笑了,张伟心里也笑了,脸上笑得更加灿烂。

老段不服输,还想干事,这让张伟心里很踏实。

从老段家出来,张伟一蹦老高,说:"嘿嘿……这事儿差不多了,十拿九稳了!"

陈瑶昨晚几乎就没有睡觉,脑子里一直在盘算去旅游局的事情。

一大早,陈瑶就起床做好早饭,安排丫丫和徐君吃完早饭,送他们出门各自去上班,然后自己直奔市旅游局三楼行管科。

进了行管科,科长办公室在里间,陈瑶敲门,没人。

外间坐了个女同志,对陈瑶说:"科长让局长叫去了,你坐吧,一会儿就回来。"

于是,陈瑶就坐在外间的沙发上等科长。

等了一会儿,老徐推门进来了,也是找科长的,见了陈瑶,例行公事地点点头说:"陈董在啊……"

陈瑶知道老徐不想让别人知道他们之间的关系,也就客气地站起来说:"徐主任好,我来找科长办事的,他去局长那里了,我等他一会儿。"

老徐看了看陈瑶,点了点头,然后微笑着说:"那好,你坐,我等会再找他。"

说完,老徐就走了。

陈瑶坐在那里继续等科长。

又过了10分钟,科长回来了,一见陈瑶,热情地招呼进里间自己的办公室坐,又泡上茶,还顺手将办公室的门关死了。

门一关死,科长的脸色立刻就变了,变得严肃而为难。

"陈董,对不起,你这事好像有点麻烦,"科长对陈瑶说,"昨晚我喝酒喝多了,疏忽了一个重要事情,今天一上班才发现……"

陈瑶冷静地看着科长说:"什么重要事情,你说!"

"前几天,局长开会的时候,确定了一批重点监察名单,要求凡是这名单之内的来局里办理相关业务,必须得有局长的签字审批才可以,分管副局长都不行……"科长说,"今天一上班,我看了下名单,第一个就是你们假日旅游啊……这事我不能直接办了,得有局长签字批准才可以办的………"

陈瑶心中一沉,看着科长,问:"这事一定得找局长吗?"

"是的,"科长回答,"刚才局长把我叫过去训话,就是专门强调这事,说名单上的重点监察旅游公司,是市分管领导签批审核同意的,是市领导专门点了名的,这市领导,谁敢得罪啊……不过,只要手续齐全,理由充分,我觉得领导也是会理解的,也不会为难的……"

"哦……那你的意思是下一步……"陈瑶问科长。

科长拿出陈瑶昨天提供的材料,夹在一个文件夹里,在申请书上签上"请×局长审批"的字样,然后对陈瑶说:"我把你的这三份相关材料提供给局长直接审批,得等局长审批同意之后,我这边才能盖章、电脑点击审核通过……"

"局长审核大概需要多久?"陈瑶问科长。

"这个……我也不好说啊,领导的事情,咱不好问……"科长挠了挠头皮,"不过,我这边是绝对不耽搁的,我现在就把这文件给局长送过去……"

说着,科长站起来。

陈瑶也站起来说:"科长,这样好不好,你送文件的时候,我和你一起去见局长……"

"行,这个没问题,"科长哪里会想到局长对陈瑶愤恨的心思,一口答应,"这样更好,省得局长到时候问我一些具体事情我弄不明白,你在旁边,倒省事了……"

陈瑶看着科长,笑了笑说:"那好,咱们过去吧。"

局长办公室在二楼,陈瑶和科长一起去了局长办公室。

局长自己在办公室,科长先进去,让陈瑶在门口等一下。

片刻,科长出来了,对陈瑶说:"陈董,你进去吧,局长让你进去,我先回办公室了。"

陈瑶点头致谢,推门进了局长办公室。

进了办公室,局长正坐在宽大的老板桌后看材料,陈瑶礼貌地向局长打招呼:"局长,您好!"

局长抬起头,像突然才发现一样,热情地招呼陈瑶:"哟,小陈来了,稀客,贵客,来,坐,坐……"

说着,局长指指自己对面的椅子。

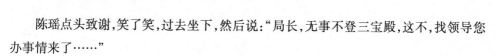

　　陈瑶点头致谢，笑了笑，过去坐下，然后说："局长，无事不登三宝殿，这不，找领导您办事情来了……"

　　局长和蔼地笑了笑，说："小陈啊，你的材料我刚才看了，这事是小事，很简单，不过呢，最近潘市长出于对优秀旅游企业的爱护，指示局里出台了一个重点旅游企业监察名单，说是监察，其实是保护，是市领导亲自保护，这是市领导的关心和重视……潘市长呢，对假日旅游是十分重视的，第一个提出来要重点保护的就是假日旅游……根据重点保护监察的要求，名单上的旅游企业相关的事宜，都要潘市长亲自审阅签批……"

　　陈瑶心中一寒，看着局长，问："局长，您就直说，这申请报告您能不能签？"

　　局长微笑了一下，说："签，我这就签，当然能签，我现在就给你签，签完后，你直接拿着文件去办下面的好了……"

　　说完，局长在报告上写了一行字，然后将文件夹交给陈瑶，用暧昧的眼神看着陈瑶说："后面的你可以自己直接去办理的……"

　　陈瑶接过文件夹一看，脸色倏地变了。

第二十九章 请君入瓮

局长签署的意见是："请潘市长审批！"

陈瑶抬眼看着局长，问："局长，您的意思是，这事还必须得潘市长同意才可以？"

局长点点头说："是的，办理公务，是必须要讲究程序的，一级对一级负责，不能乱了程序，既然领导有要求，就要按领导要求办……不过，这事也不是什么大事了，你拿着这申请直接去找潘副市长吧，他一定会给你签批的，没问题，他今天上午没什么事情，就在办公室，你现在直接去找他好了……"

局长的眼神里充满了意味深长的鼓励。

陈瑶淡淡一笑，将文件夹还给局长说："局长，这文件属于你们的公务，就像您说的，办理公务，一级对一级负责，不能乱了程序，既然领导有要求，就要按要求办……这应该是由局里去送吧，我送显然是不合适的……"

局长一愣，随即尴尬地笑了一下，说："哦……啊……呵呵，是啊，是啊，呵呵……那好吧，先放我这里吧，回头我安排人送给潘市长……回头你等通知吧……"

陈瑶笑了笑，彬彬有礼地站起来说："那就多麻烦局长了，不打扰了，再见……"

"再见！"局长也站起来。

陈瑶冲局长微微一笑，平静地离开了局长办公室。

目送陈瑶离开办公室，局长摇了摇头。

局长心里虽然很恨陈瑶，但是今天对陈瑶很客气，很热情。

多年的为官经验告诉他，敌人和朋友是随时可以转化的。这陈瑶也是不好得罪的，现在是敌人，如果一旦因为此事而屈服于潘唔能，立马就会成为潘唔能的新宠，立马就成为了自己的仰视对象。凡事还是留有余地的好，不能不给自己留后路。

局长现在把握不准陈瑶在公司和操守之间会选择什么。依照他多年的经验，在巨大的经济利益面前，很少有女人会坚守得住，特别假日旅游现在是这么红火的一家旅游企业。

所以，局长拿定主意，不得罪陈瑶，但是，更不能违抗潘唔能。

所以，局长就把文件签给了潘唔能，把皮球给踢了过去。

局长不会得罪陈瑶，也就同样不会得罪自己的老情人宋佳，虽然心里无比的幽怨。

一般来讲，男人和男人之间的矛盾不外乎有三种原因：权力、女人和金钱。对于不同的男人，这三者的轻重各不相同。在局长眼里，女人排在了第三位，远远比权力要弱，虽然心中有痛，但是，毕竟官大一级压死人，自己的顶头上司更是得罪不得的，玩了自己的女人就玩吧，反正女人有的是。

局长拿起内线电话，拨通，说："宋佳，你到我办公室来一趟。"

一会儿，宋佳推门进来了，进门后随手关上门，问："有何吩咐？"

宋佳自从那次跟潘唔能走了之后，局长就没有再和她正式说过话，宋佳心里觉得有些不安，又很愧疚，但是，作为一个女人，一个男人手里的棋子，她也无可奈何。谁让局长打电话让自己出头呢，结果被潘唔能看上了，也算是局长倒霉。

想一想潘唔能的丑态，宋佳当然是喜欢仪表堂堂的局长，局长不但长得魁梧，还很知道疼人……但是，有得必有失，宋佳很快就俘虏了潘唔能，并顺势让潘唔能答应，把自己的哥哥调到旅游局做副局长。

局长看了宋佳一眼，拿起桌上的文件夹，递给她，不冷不热地说："去吧，把这送给潘市长，请他审阅。"

宋佳接过文件夹，看着局长，眼神里充满了期待，问："你……还有别的事情吗？"

局长心里一阵酸楚，语气努力平静，说："没有了，你去吧。"

宋佳看着局长，问："你在恨我，是不是？"

宋佳不想得罪局长，毕竟县官不如现管，自己以后还得在局里混呢，何况，以后要是自己的哥哥调到局里来，也同样需要跟局长搞好关系。

局长面无表情地看着宋佳说："你说呢？"

宋佳的表情突然变得很幽怨，说："这……你能怪我吗？谁让你打电话让我来陪酒的？你明明知道他是那样的人，见了女人就走不动的，你还要让我出头露面，他要我跟他走，我能不走吗？我不去，你会同意吗？你敢和他对抗吗？你保护不了自己的女人，还反过来怨我……"

说着，宋佳竟然掉下了眼泪。

局长心中一阵羞愧，不由长长叹了口气，口气中充满了无奈和气愤。

潘唔能今天上午没有什么繁忙的公务，一直坐在办公室里发呆。

潘唔能觉得很丧气,怎么搞的,王英怎么会认识陈瑶的,照片刚放到电脑桌面上,就被发现了,电脑都被砸了。

后来,潘唔能回家对王英好一阵哄,才将王英哄好,随即得知,原来是于琴介绍陈瑶和王英认识的,而且,于琴一直对自己说和王英在一起打牌、喝茶,原来都是幌子,十有八九是在糊弄自己。

潘唔能在王英面前什么都没说,若无其事,心里气得炸了肺,妈的,敢耍老子!

女人耍自己,男人也耍自己。昨天晚上,潘唔能气得打电话将郑一凡痛骂一顿:张伟不是消失了吗,不是离开东兴了吗,怎么还出现了? 怎么还打伤了四秃子? 郑一凡看来是在和自己玩阴阳两面,当面一套,背后一套,耍阴谋。

不管老郑如何辩解,潘唔能已经认定,老郑两口子都在耍自己。

更让潘唔能打掉牙齿往肚子里咽的是,昨晚,王英竟然告诉自己,不准再要老郑公司的股份了,说自己玩百家乐输进去了 160 万,借了于琴 100 万,这钱不还了,作为交换条件,潘唔能就放弃了对龙发旅游的股份要求。

潘唔能气得差点晕过去,这娘们越赌越大了,快赶上自己了,可又不敢骂王英,只得咬咬牙答应了。

"咱们都是有身份的人,咱们不能和那些人搅为一团,那点破股份,老娘还没瞧上眼呢……"王英装作满不在乎的样子对潘唔能说。

潘唔能无可奈何地点点头说:"嗯……瞧不上眼,不要了……便宜了他们两口子,哼……"

"你少给我哼来哼去的,"王英突然想起了李燕,一把拧住潘唔能的耳朵,"那个小骚狐狸的事你处理得咋样了?"

"哎哟……"潘唔能忙挣脱王英的手,揉着耳朵,陪着笑脸说,"那个狐狸精老是勾引我,我坚决不理她,她就想办法勾引我,那次实在是我喝醉酒,被她引诱了,我酒醒后,无比难过,无比后悔……可是,那狐狸精竟然留下了证据,偷拍了视频……"

"……都是无耻之徒……"王英愤怒地骂道,想起了于琴给自己下套的事。

潘唔能一怔,问:"什么都是无耻之徒?"

王英一下子清醒过来,看着潘唔能,忙随机应变,说:"我说你们俩都是无耻之徒,没一个好东西! 我看你是活腻歪了……我告诉你,小狐狸精的事,你抓紧给我处理好,给老娘戴绿帽子,瞎眼了你! ……你小心点,心里有点数,这年头,官帽子毁在女人身上的少吗? 我老爸辛辛苦苦扶持你,你自己不争气,要是因为这个狐狸精丢了官,败了名声,哼……"

潘唔能一个寒颤,心里猛地一震。

潘唔能其实心里已经计划好了,并开始稳妥地逐步落实计划,但是,他不想告诉王英,这事,知道的人越少越好。

在背后加紧行动的同时,潘唔能对女人表现出了少有的耐心和热情,给李燕新换了一辆奥迪 A4,又购置了一套房子,还信誓旦旦对李燕说,自己正在办理离婚手续,离婚后,很快就可以和李燕结婚。

李燕毕竟是嫩,很快就相信了潘唔能的话,并且告诉他,只要见到离婚书,就将视频 U 盘交给潘唔能。

潘唔能心里其实很喜欢李燕,这女孩子身材很棒很青春,又很会侍奉男人,但是,在潘唔能的世界里,权力和金钱是更重要的,女人,只是身上的衣服,随时可以换。

潘唔能坐在办公室里,看着窗外阴沉沉的天气,狠狠地咬咬牙,无毒不丈夫,当断不断,反受其乱,自己辛辛苦苦一辈子的前程不能毁在一个贪婪的女人手里!眼下只能这么做了,这都是被女人的贪婪逼的,不能怪自己。

潘唔能将烟头狠狠地摁在烟灰缸里,又用力揉了两下,瞪着猩红的眼睛看着微弱的火花最后熄灭。

看看快到下班时间,潘唔能正要起身,办公室的门被推开,宋佳进来了。

宋佳进来后,将文件夹递给潘唔能说:"局长让送过来的文件。"

潘唔能刚一看文件,乐了,哈哈,陈瑶的公司的事情,假日旅游的事情,这陈瑶终于有把柄落在自己手里了,真好啊!

潘唔能的心情一下子舒畅起来,只要自己不签字,这假日旅游就不能营业,不能营业,就只有一条路,关门倒闭。这么红火的一个企业,东兴的品牌旅行社,就这么倒闭了,岂不可惜?

在关门倒闭和身体之间,陈瑶会选择什么呢?潘唔能觉得,陈瑶走投无路的时候,一定会选择后者。

潘唔能又拿起文件夹看了看,满意地点点头,将文件夹缩进了身后的文件柜里。

宋佳走后,潘唔能回到办公桌前,又拿出文件夹欣赏着,思考了一会儿,摸起电话,打给局长:"我看了你送来的假日旅游的报告,不错,你们贯彻我的指示很到位,很听我的话,落实得很好……这个假日旅游的事情,我看,应该这样办,先不要着急,慢慢来,既然是重点监察企业,那就不能和普通的旅行社一个待遇,要重点关照,高标准,严要求……当然,我们这么做,是对企业负责,也是为东兴的整个旅游事业负责……"

局长恭敬地说:"是,是,潘市长说得极是,您的意思是……"

潘唔能慢条斯理地说道:"我的想法是,今后凡是出现这种情况的重点监察单位,都要重新审查旅游资格,对以前的经营状况、社会名声、经营队伍的素质和水平、经营资金的投入使用情况、服务质量和能力,都要进行一次全面的重新审核,对从业人员的持证上岗情况进行一次重新检查,对以前的经营有无偷漏税、有无违法情况进行一次全面检查……"

"是,好,我这就安排有关科室去落实您的指示……"局长连声答应。

"当然,我们不能让人家说我们政府部门不讲人情,不讲人性化,我们还是要学会变通的,毕竟,我们是要学会人性化服务的,你们可以适当地点拨一下这公司的负责人,如果个人有什么想法和要求,可以直接找我提出,随时都可以,可以直接找我,我会尽力帮助她的……"

局长站在窗前,接着电话,说:"嗯……明白了,潘市长,我马上就安排人落实……"

"话要讲得冠冕堂皇,还要把意思说透,让人家一定要明白,要让她明白,只要找到我这个市长,事情就会非常非常简单,非常非常容易的……"潘唔能怕自己的意思局长没有领悟透,又再一次叮嘱。

"我明白您的意思的,潘市长,您放心,我一定把这话转达明白!"局长对着电话说着,边看着楼下。

这是,局长看见宋佳一颤一颤地走进了局办公楼院子,两腿仿佛在颤抖。

局长一看就明白了怎么回事,自己的女人刚被放回来!

局长心里又愤怒起来,一会儿又变得无可奈何,充满了酸楚。

唉……局长一声叹息,人生啊,真无奈!

突然,局长想起宋佳上午和自己说的话:"晚上我在家等你,给你一样好东西,爽死你……"

晚上,宋佳会给自己什么好东西呢,能爽死自己? 局长好奇地想,对晚上宋佳的安排充满了期待。

然后,局长又想起了潘唔能关于假日旅游的有关指示,脑子里开始琢磨如何落实潘唔能的安排……

第三十章 | 蠢蠢欲动

于琴正坐在茶馆的老房间里等王英,上午王英打电话约自己来这里喝茶。

于琴从王英的电话口气里听出了外强中干式的软弱和心虚,知道王英心里最近一定很不踏实,很不安宁。

是的,不管是谁,有把柄被别人攥在手里,都会寝食不安的。于琴很理解王英的心情。

王英还没到,于琴正在独自喝茶,接到了潘唔能的电话,电话里潘唔能的声音很低沉,说:"臭婊子,你干的好事!"

"什么意思? 潘市长!"于琴故作不知,问潘唔能。

"我问你,陈瑶是不是你介绍给王英认识的?"潘唔能问道。

"哦……可以这么说,也不能说是专门介绍,是我们在一起喝茶偶然碰到了一起,"于琴边琢磨边说,"大家喝茶认识的,然后就熟悉了,怎么了?"

于琴故意装作什么都不知道的样子。

"怎么了? 你少给我装,你心里最清楚,"潘唔能气哼哼地说,"你他妈的天天打着王英的幌子糊弄我,其实很多时候你根本就没和王英在一起,你敢耍我……"

"哪里能这么说? 我哪里敢耍你呢?"于琴忙说,"我可是没骗你,真的,我几乎天天都和嫂子一起喝茶打牌的。"

于琴想了,鸭子死了嘴还硬,就一口咬死了,就不承认了。

"哼……真的? 你就编吧……"潘唔能不相信,"那好,既然这么说,今晚王英回娘家了,你给老子到郊区别墅来陪老子……"

于琴一听,这潘唔能还长心眼了,笑了,说:"哦……真的吗? 刚才嫂子可是约了我一起喝茶的,我现在就在茶馆,一会儿就和王姐会面,待会我见了她问问她……要是你不相信,我可以不挂电话,你听着……"

潘唔能一下子泄气了,说道:"王英真的约你喝茶的?"

"真的啊,不相信你打电话问问你老婆,你不是说她晚上要回娘家吗,我过会问问她,她可是说要我陪她打麻将呢……"于琴信口开河。

"别……别问了。"潘唔能一下子没了精神气,"算了,妈的,你说,你什么时候有时间陪老子……老子很想你了……"

"什么时间都不可以。"于琴口气很坚决,很利索。

"你……"潘唔能一下子很意外,于琴从来不敢用这么硬的语气和自己说话,"你……什么意思?"

"对不起,潘市长,没什么意思,"于琴口气淡淡地说,"我年龄不小了,人老珠黄了,你身边也不缺女人,没必要非得找我……"

"……一个女人一个味道,少女和少妇我都喜欢玩,味道不一样……"潘唔能恬不知耻地插话。

"还有,我现在戒毒了,老郑也戒了,我们都不再溜冰了……"于琴继续说道,"我们都老大不小了,我们也要板板整整过日子生孩子,对了,我们准备要孩子了,不会再溜冰了……既然不会再溜冰,我也就不会再胡搞了,以后,我不能陪领导玩了,我要做良家妇女了……"

"妈的,装什么装啊,"潘唔能骂道,"不溜冰就不溜冰好了,生孩子就生孩子吧,又不妨碍别的……"

"对不起,潘市长,以后我是不会再做那种事的,"于琴语气很坚决果断,"你想玩少妇,去找别的女人吧,我不奉陪了!邀请我去你别墅也可以,我和我们家老郑一起去做客,去拜访潘市长……"

"你……"潘唔能被噎住了,半晌才说,"好啊,你们两口子合起来耍我,我问你,王英是不是借了你100万?"

"我说这个重要吗?你老婆没有告诉你吗?"于琴用平静地语气说,"你是相信我的呢,还是相信你老婆呢?你自己的老婆你应该最清楚……"

"她在哪里玩百家乐输了这么多?"潘唔能显然是还有疑心。

"这个你还得问你老婆,我怎么知道,她就问我借钱,安排人找我来取,我现在除了麻将也不玩大的了,我不知道……"于琴继续和潘唔能周旋。

"嗯……这个臭娘们,败家子……"潘唔能显然是在骂王英,又显然是在心疼失去的股份,一会儿讪讪地说,"你们两口子都很刁啊,我这才发现,算了,你们公司那股份,我不要了,转告你们家老郑,不用担心财破了……以后,做生意小心点!毕竟,外地人在东兴不是这么好混的,这黑白两道都不好混,不识时务的更不好混……不要违法,不要让我为难……"

潘唔能后面的话里很明显带有威胁和杀气。

"呵呵……谢谢潘市长关照……"于琴嘴里笑着，心里一狠，口气变得不软不硬，"自从来到东兴，就一直得到你的关照，你可不能说不管就不管了啊，毕竟，我们每次得到潘市长关照的时候，每次回报潘市长的时候，都留下了小小的纪念凭证，以作为我们感激留念的象征……"

"你……"潘唔能明白了于琴话里的意思，勃然大怒，声音里又包含着一丝恐惧，"于琴，你敢威胁我？你恩将仇报，你还想举报我不成？"

"哪里，哪里，不敢，不敢，"于琴一听潘唔能说话的口气，知道潘唔能胆怯心虚了，心里不由轻松起来，"我们是小生意人，小老百姓，来东兴得到潘市长的多方厚爱，感激还来不及，哪里敢举报呢……我们只是想安安稳稳做生意，不受任何侵害和干扰，挣点小钱罢了，只要没有人逼到我们无路可走，我们哪里敢冒犯您呢……"

于琴今天豁出去了，既然潘唔能挑起了话题，早说比晚说好，干脆挑明了算了。

于琴刚才这话里的意思再明白不过，我手里攥着你潘唔能受贿、赌博、吸毒的证据，惹恼了我，随时可以扳倒你。但是，只要你潘唔能不逼迫我，不欺凌我，不背后给我下黑手，能让我于琴安安稳稳做生意，我于琴绝不会举报你。

这也算是一种交易。

"行！好！不错！"潘唔能连说了三下，然后喘了口粗气，"于琴，算你有种，算你能，我佩服你，我佩服你们两口子，到底是宁州大地方来的……"

"不敢当，潘市长过奖了，"于琴皮笑肉不笑，"我于琴可以给您保证，我们保证不会冒犯领导，我们绝对不会触犯法律，我们一定会时刻记着潘市长对我们龙发旅游的大恩大德……千秋万代……"

潘唔能气得没等于琴说完就挂了电话。

于琴得意地笑起来，心里很舒服，手里有别人的把柄攥着，感觉真好，自己永远都处于主动地位。

于琴端起水杯，喝了几口茶，悠闲地晃动着二郎腿。

一会儿，王英来了。

现在王英见了于琴，全然没有了以往的嚣张和盛气凌人，而是显得很谦和。

王英坐下，开门见山地说："于董，我给潘唔能说了，你们那股份不要了，大家以后相安无事好了。陈瑶那边，我也按你的要求办了，我能做到的，都做了。"

"嗯……谢谢你，王姐，"于琴亲热地给王英倒茶，"王姐真是好人，天下难得的好人。"

"不用你夸，我还用不着你来夸，"王英狠狠地看了于琴一眼，口气又软下来，"我答应你的事情都办好了，你可一定要遵守诺言。"

"那是，必须的，咱们生意人讲的就是一个诚信，言而有信，言行一致，你放心，王姐，我答应你的，一定会做到。"于琴信誓旦旦地说。

"那……你手里不是还有一张碟片？"王英问道。

"是啊，"于琴早就有准备，伸手从包里掏出来，"总共就两张，这是第二张。"

王英一把抓过去，将碟片装入口袋，然后稍微松了口气。

于琴也不和她抢夺，看着这个自以为聪明实则很愚蠢的女人，笑了笑说："王姐，这最后一张碟片都给你了，放心了吧？"

王英看着于琴，问："你该不会还有存底子吧？"

于琴双手一摊，笑容可掬地说："我不知道啊王姐，这事我记不清楚了，真的记不清楚了……不过我认为，只要我们能平平安安生活，顺顺当当做生意，就一定不会有什么底子的，真的，这底子啊，我希望它这辈子就别再出来了……我是相信的，你呢，王姐？"

"你……"王英瞪眼看着于琴。

"王姐，你放心，只要你们不惹我们，别逼我们，别威胁我们，我们是绝对不会，也不敢惹你们的，我们是生意人，没那个胆量……我们不会无事生非的，我们只不过是想自保，自我保护而已！"于琴表情很认真很诚恳地对王英说。

王英颓然低下头，心里无比沮丧，以前都是自己攥别人的把柄，要挟别人，现在可好，自己的把柄被人家攥住，可能一辈子都无法摆脱，一辈子都要受人制约，这种感觉真痛苦。

陈瑶走出局长办公室的时候，心里非常明白局长的意思，无非就是想让自己亲自去找潘唔能，让他开恩签字。

陈瑶知道如果自己去找潘唔能，潘唔能一定会同意签字的，但是，依照潘唔能的秉性，这签字审批的背后，一定有着不可告人的目的和隐形交易的暗示。

陈瑶觉得很可悲，决定不去找潘唔能，看看潘唔能和旅游局到底会如何对待自己的申请。

陈瑶平静地走出了旅游局，直接回到了公司，坐在办公桌前，听着各办公室内员工学习发言讨论的声音，重重叹了口气。

且不说这申请签不签，就是在潘唔能手里压上一个月，这公司就被折腾垮了。

陈瑶怔怔地看着窗外阴沉沉的天气，没有一丝阳光，空气显得是那么的郁闷和压抑，让人有点喘不过气来。

陈瑶站到窗前，看着北方的天空，向往着北方辽阔而明媚的天空，此刻，北方的天空一定是晴朗的，自己的男人一定是开心的，是快乐而忙碌的。

陈瑶孤独寂寥的心里深深思念着张伟，好想马上就飞到张伟身边，偎依在他坚强有力的臂膀里面。

陈瑶回到电脑旁,登录 QQ,看到老徐也在上面。

陈瑶没有贸然和老徐打招呼,她怕老徐不方便。

过了一会儿,老徐主动和自己打招呼,问:"陈董,事情现在是一个什么样子?"

看来老徐不知道局长签字的事情。

陈瑶把事情的经过详细和老徐说了下,老徐半晌叹了口气,说:"果不出我所料,科长人是好人,心是好心,只是把事情想象得太简单了,科长刚才还过来悄悄和我说这事,说他确实是同情你,也想帮你,但是,工作必须得讲程序,办事必须得服从领导,必须得有组织性、纪律性,领导批示了,他也没有法子违反的,他是不敢拿自己的乌纱帽去对抗局长的,他辛辛苦苦干了 20 年才好不容易混到这个位置……唉……都不容易,他一个劲让我给你解释……"

陈瑶忙说:"徐大哥,你转告科长,这事我不怪他,按程序办事是必须的,公家的事,必须得讲程序,科长是身不由己,我理解,请他千万不要想多了,其实,我心里是很感激他的……"

老徐说:"嗯……我会告诉他的,这家伙也是个老油条了,最习惯见风使舵,谁都不得罪,最会看风向了……对了,刚才他把你送他的那张卡塞给我了,让我还给你,说没办成事,不能收,受之有愧……"

陈瑶一时无语。

老徐继续说:"这事从科长到局长,都做得天衣无缝,找不出任何不对的地方,一切都是在按照程序办理……既然局长签给了市长,那就等等看吧,市长一定会有个处理意见的,签与不签都会有一个意见,不管大家心里怎么想,不管个人心里打着什么小算盘,面子上的公事公办还是必须的,过场还是一定要走的……这年头,谁都不想把人得罪光,谁都不想不给自己留一条后路……"

陈瑶觉得老徐讲得很有道理,问老徐道:"徐大哥,那你说,我现在该怎么办?"

"等待!"老徐马上回答,"只有等待,静观以变,安静等待,走一步看一步。"

陈瑶:"嗯……我也是这么想的,既然因为我是被上头点了名的重点监察单位,还是排在第一号的,那我就静静等待吧,等待上头的重点关照吧,我看看这个重点保护是怎样的一种保护……"

老徐:"此事可大可小,可轻可重,就看上头的尺度如何,你呢,就把握住一个原则,端正态度,尽量配合,按章办事。"

陈瑶:"好的,我的公司的员工这两天在集中培训学习呢,我呢,也轻松了,客户业务都停了,我时间充足得很,一下子闲下来了,我会好好配合他们的,大家既然是公事公办了，不管是打还是罚，我都认了，就看他们怎么弄吧……"

老徐："是的，沉住气，不仅仅是要顶住上头的压力，还要注意协调好和同行的关系，不管是好意的还是恶意的，不管是落井下石的还是伸手帮助的，不管是真心的还是假意的……患难见真情，或许通过这件事，你也能够多认清几个朋友和敌人……"

陈瑶笑了："徐大哥所言极是，考虑很周全。"

老徐："不要掉以轻心，也不要有太大心理压力，这官场啊就是这样！想明白，想通了也就好了……"

陈瑶觉得老徐最近的思想变化很大，从他的言行中就可以听出来，大有看破红尘之势。一个在官场中摸爬滚打了20多年的老政客，自然对官场的感悟更深刻更切肤，此刻能说出这话，也算是老徐多年的一点心得吧。

其实，陈瑶觉得老徐不适合混官场，这年头，混官场的人必须得有足够的心理素质。

老徐有一手好文笔，个人文字造诣也不错，而且，很善于综合调度管理，协调处理事情很娴熟。老徐和这帮人掺在一起混官场，实在是有些可惜了。

和老徐聊完天，陈瑶感觉在办公室里很窒息，很憋闷，看看时间到中午了，打了电话给王炎，问："在哪里？"

王炎说："在家里，刚做好饭，过来吃吗？"

陈瑶笑了笑说："嗯……我过去吃午饭，丫丫呢？"

"也在，我们刚从外面办事回来。"王炎说。

陈瑶公司的事情，王炎不知道，陈瑶嘱咐丫丫不要对外说，她怕大家为她担心。

除了王炎他们，陈瑶最不想让张伟知道真相，她怕张伟再惹出什么乱子来。

幸亏现在张伟他们几人只和自己单线联系，只要自己不说，他们就不会知道的。即便如此，昨晚张伟的发问还是吓了陈瑶一跳，天马旅游这一个环节自己竟然疏忽了。

陈瑶想去哈尔森家里吃饭，还想问一下他们的公司创建情况。

走之前，陈瑶把徐君叫进来，说："徐君，你们安排了几天的集中学习培训计划？"

徐君说："三个阶段，第一阶段7天，第二阶段10天，第三阶段15天，按时间制定的学习课程……看公司这事办得如何，什么时候办妥，什么时候结束培训，随时恢复正常工作秩序，而且，学习计划也可以拆散，揉进以后的工作中去，边工作边学习……"

陈瑶满意地点点头说："计划安排很好，就按这个执行吧，另外，学习期间，中餐公司安排，工资照发，奖金暂停……"

徐君点点头说："行，如果大家问起来，我就这样回答。"

陈瑶点点头说："稳定好大家情绪，兼职导游和业务员，马上结算账目，暂时剥离……"

"好,今天上午还有几个要做兼职业务员的找我,我没答应。"徐君说。

"你做得对,就这样吧,你带好他们,一些小事你自己见机行事,不必事事和我汇报……还有,我给财务部已经打招呼了,今后 2000 元以内的开支,你直接自行安排,不用我签字……"陈瑶现在有意锻炼徐君,大小事都安排徐君去做,自己在后面掌舵。

亲不亲一家人,陈瑶知道张伟很赏识徐君,自己自然也不能慢待,这个自己老公的妹夫基本已经是板上钉钉了,今后还是要有大用场的,及早锻炼出来,有益无害。

何况,徐君是自己一手带出来的,他的优点和缺点,他的长处和特点,自己最清楚。陈瑶觉得,徐君是典型的守业型的管理者,开拓性不如张伟,但是很稳健,很扎实。

陈瑶觉得自己现在不知不觉中已经逐渐减弱了独立自主性,凡事有意无意地总是想起张伟,总是会对张伟有一些依赖,即使张伟办不到的事情,也总是会想起他。

张伟现在已经成为陈瑶生活中不可或缺的部分,张伟不在自己身边,总感觉很失落,总感觉很空荡。

张伟走后的每一个夜晚,陈瑶都在巨大的思念和寂寞中度过,每每生活中的一个习惯,都让她想起张伟的一举一动,一言一笑,心中的那份牵挂竟自愈来愈沉重。

每晚睡觉前,陈瑶都要坐在佛龛前,默默祈祷,默默祝福,心中怀着一份安静和憧憬……

每每在梦中醒来,陈瑶都会披衣走上后阳台,凝神仰望,仰望寂寞午夜里深邃而无垠的夜空,遥望北方的璀璨星空,在那无数闪烁的星光里,好似总有张伟明亮而传神的目光……

每当此时,陈瑶的眼泪都会静静地滑落,心中都会无言地涌出万般柔情:我的心上人,你可知道,此刻我是多么的思念着你……

安排好徐君,陈瑶出了公司门,准备开车离去。

"小波……"陈瑶打开车门刚要进去,突然后面有人叫自己。

陈瑶扭头一看,是高强,高强来了,手里捧着一大束鲜花。

陈瑶皱皱眉头,说:"高总,你好。"

高强是早上刚和老郑一起飞回来的。一回来,就直奔公司,详细了解了一下这几天的事情,心中很高兴,张伟这下真的走了,而且,只要四秃子他们在,他就不敢回来了,不光是张伟,小郭、张少杨也都不敢回来,哈哈,小波身边这下子可好了,没有能对自己构成人身威胁的人了。

高强觉得心情特好,张伟你再牛,不还是夹着尾巴滚蛋了,不还是得把女人留在这里? 这女人本来就不是你的,是我高强的,本来就是我高强的,只是我暂时放弃了主权,现在老子要收回主权了,你张伟滚得远远的吧。

高强心中充满了幸福和快乐,还有暖暖的感动,历尽波折,几次被张伟这个可恶的粗人打个半死,自己终于可以安稳地来见小波了。

唉……爱情如此的折磨,这究竟是为什么? 高强心中颇有感慨。

高强知道,张伟这一走,相当长一个时期内是不敢回来的,四秃子是绝对不会放弃追杀的,而陈瑶,是绝对不会放弃东兴的基业离开的。这对自己,简直就是天赐良机,陈瑶只不过是一时迷路,被小白脸迷惑了,这北方的粗野山民,穷光蛋,哪里能和自己比呢?

对于潘唔能,高强想了,一旦陈瑶和自己破镜重圆,一旦陈瑶答应自己,就立马和潘唔能说明事情,说陈瑶是自己的前妻,现在要复婚了,让潘唔能放弃对陈瑶的图谋。

高强甚至想了,实在不行,就花重金给潘唔能弥补一下。

高强心中充满着对明天的期待和憧憬,满怀对生活的热爱和向往,捧着一大束鲜花,来拜会自己的前妻。

刚到门口,正好遇见陈瑶要开车离去。

好悬,再晚来一分钟,就见不到小波了。高强暗自说了一声,又觉得这正是缘分,老天就是要这么巧合,就是要自己不要错过小波。

"小波,我出差刚回来,刚下飞机,刚从萧山赶回来,接着就过来看看你! 呶,给你的,喜欢吗?"高强深情地说着,将鲜花送到陈瑶面前。

陈瑶没有接鲜花,像看一个耍猴的,歪着脑袋看着高强,说:"高总,看你心情不错嘛,怎么? 南巡归来,发大财了? 恭喜,恭喜……"

"哪里什么南巡,哪里发什么大财,"高强乐呵呵地说,"我今天心情是不错,简直可以说是很好,不过,原因可是因为你啊,因为我见到了你……"

"谢谢高总抬举,不敢当,这鲜花也不敢收,你送给敢收的人去吧,"陈瑶淡淡地说着,轻轻把鲜花推回去,"我还有事,不奉陪!"

说着,陈瑶钻进车里,开车径直离去,留下尴尬的高强捧着鲜花站在陈瑶公司门口。

高强心里一阵苦笑,这小波看来还是没从张伟那混蛋的影子里走出来,不过不着急,陈瑶在自己眼前就好像是一块肉,早晚得是自己的,那混蛋张伟就见鬼去吧。

高强摇摇头,将鲜花扔进旁边的垃圾箱里,正要离去,突然一辆车停在他面前,一个女人伸出头冲他说话,说:"哟……高总,这是干吗啊,这么好的鲜花扔了真可惜,送给我也是好的啊……"

高强抬头一看,是老郑和于琴两口子,老郑开着车,两人正坏笑着看着自己。

"呵呵……"高强自嘲地笑了笑,冲老郑和于琴说,"这小波啊,脾气就是这么犟,还在生我以前的气呢,呵呵……她就是这么喜欢耍小孩子脾气……"

老郑心里直乐,看了一眼于琴,于琴也憋不住想笑,两人都知道这老高是瞎子点灯白费蜡,陈瑶和张伟的感情不可能因为这件事破裂的,但看到高强这么执着,也不好打击人家,于是就邀请高强共进午餐。

高强也正打算去吃饭,就答应了。

高强上了老郑的车,老郑正要发动车,又习惯性地看了看假日旅游的门口,突然眉头一皱,对于琴说:"于琴,你看,怎么搞的,假日旅游门口和里面这么冷清,门口怎么挂着一个暂停营业的纸牌?"

老郑这么一说,高强和于琴忙伸了脖子看,果然,门口贴着一个纸牌:内部集训,暂停营业。

三人都大吃一惊,怎么搞的,出什么事情了?

老郑和高强不约而同地看着于琴,于琴一摊手,说:"我也不知道啊,陈瑶什么也没有和我说过,就是打电话聊天,也一切正常啊……"

"现在正是旅游旺季,这个季节搞的什么内部集训? 不可思议! 一定是出了什么事情了……"老郑摇摇头,凝神思考。

高强直勾勾地盯着门口的牌子,对于琴说:"会不会还是王英在捣鬼的?"

"不可能,绝不可能!"于琴口气很肯定,"绝对不可能是王英捣鬼的,绝对不是!"

"你干吗这么肯定?"高强问于琴。

"别问为什么,"于琴诡秘地笑笑,"这事反正绝对不会是王英干的,我敢打包票……"

于琴自然是不会告诉高强原因的。

"那……究竟是为什么?"高强喃喃自语,又转向于琴,"你打电话问问她。"

"干吗要我打? 你干吗不打?"于琴调笑道,"给你一个多接触的机会,多好啊,你打吧……"

"还是你来打吧,"高强讪笑了一下,"她不接我电话的。"

"还是你打好,"老郑也转脸看着于琴,"你们女人家,好说话,再说,陈瑶和你关系一向不错的……"

于琴点点头,拨通了陈瑶的电话,说:"陈董,在哪里? 干吗呢?"

"呵呵……于董啊,"陈瑶的声音听起来很正常,"我去我一个朋友家吃饭的,正开车在路上呢……有事吗?"

"嗯……呵呵……也没什么事情,"于琴笑了笑说,"我刚才经过你公司门口,发现你公司暂停营业了,门口挂了个牌子,内部集训,干吗这个时候集训啊,正是旅游旺季……"

老郑和老高都贴近于琴的耳朵,凝神听着。老高的脸都贴到于琴的脸上了,嘴巴几乎碰到了于琴的嘴巴,老郑火了,拧着老高的耳朵让他滚远点。

"哦……呵呵……"陈瑶笑了,"你看到了啊,是这么回事,我的旅游经营许可证过期了，忘记了，疏忽了，许可证过期，继续营业，就是非法经营啊，咱不能违法啊，呵呵……我就一边去申请换证，一边停业，正好利用这间隙集训……"

"哦……是这样啊，"于琴舒了一口气，"其实没必要停业的，这一停业，损失大了……边申请换证边营业就是了，这年头，谁会这么较真啊……"

"算了，不惹麻烦了，还是小心一点的好，最好就是不让人家抓住把柄，被人家抓住小辫子，总是不好的，很被动的，理亏的……损失就损失吧，没办法。"陈瑶平心静气地说道。

老郑和老高也都舒了口气，原来是这么回事。

"嗯……这事我也帮不上忙，你自己抓紧办吧，早把证换出来……"于琴和陈瑶又客气了几句，然后挂了电话，看着老高和老郑说，"好了，满意了，就是屁大一点事，看你们这个关注劲儿，我看你们啊，都没安好心……"

"去你妈的，我怎么不安好心了，反正你是怎么看我怎么像坏蛋，是不是？"老郑骂了于琴一句。

"嘻嘻……差不多，你狗日的我咋看咋像是坏家伙，贼眉鼠眼的……"于琴哈哈大笑。

老郑对于琴说："别光说老子，五十步笑百步，咱俩半斤八两，物以类聚人以群分，要不怎么说咱们是两口子呢……"

高强无心听他们两口子调情，眼珠子转悠着。

高强做旅行社多年，对这一块非常熟悉，甚至比陈瑶还要熟悉，经营许可证过期，去更换就是了，犯得着停业换证吗？这里面陈瑶一定有着难言的苦衷，或许是被同行妒忌告发，或许是被旅游局故意整治，或许是老潘在幕后操纵故意为难陈瑶，逼迫陈瑶就范。

高强脑子里飞快地转悠着，觉得自己的机会来了，这是天赐良机，把张伟赶跑了，又把这么一个让那个自己表现的机会送到眼前，如果自己能够在这关键时刻帮助陈瑶度过难关，那岂不是一件大大的功劳，那陈瑶岂不是要感激自己，那两人的感情岂不是会复原得更快？

高强了解陈瑶的性格脾气，当年她嫁给自己，说实在的就大半出于感激和报恩心理，陈瑶是那种受人滴水之恩定涌泉相报的人。

自己现在帮助陈瑶，不是吹牛，不是幻想，而是确实具备这条件，有老潘这强大的后台，自己去找他，成功的可能性很大。即使不成功，有枣没枣打三竿，看看再说。

坐在老郑大奔的后排，高强刚刚有些沮丧的心情瞬间又兴奋起来，机不可失失不再来，这是老天在帮助我高强，天意不可违啊。

第三十一章 审计入驻

和于琴打完电话,陈瑶到了哈尔森家。

哈尔森和丫丫刚从外面忙完回家。哈尔森现在身体恢复得不错,但不从事重体力劳动,只做类似于锻炼式的轻微活动,主要的活由丫丫和王炎两个女人去干,他坐镇指挥。

昨天去医院又测量了一下各项指标,主治医师很高兴,哈尔森恢复得得快。

"不要老在家里闷着,多参加社会活动,注意不要剧烈活动……"医师对哈尔森和王炎说。

王炎听了很开心。

陈瑶进门的时候,王炎正在厨房里忙乎,张妈妈坐在阳台看报纸,哈尔森和丫丫正在忙乎着找资料和文件。

陈瑶和大家打过招呼,就去了厨房,对王炎说:"来,我来吧,你休息一会儿。"

"不累,饭煮好了,做了两个菜了,还有一个鱼没做,我做不好,等你来做呢。"王炎在围裙上擦擦手,又找了一条围裙给陈瑶围上。

"做鱼需要耐心啊,"陈瑶笑呵呵地开始忙乎,边问王炎:"进展如何?"

"一切顺利,进展很快,"王炎站在身边,边看陈瑶做鱼边对陈瑶说,"代理注册公司的全部包办,我们很省事,到时候就给点钱就是了,哈尔森和丫丫这两天在忙乎做公司的基本运作方案,从公司架构到人员配置,从部门职责到运营内容,从工作流程到管理考核,这些东西做起来很细,很麻烦的……我呢,主要是和哈尔森的欧洲客户联系接头,传发资料,建立基本的联系,了解对方的基本需求……"

"哦……"陈瑶点点头,"前期的工作很重要,注意不要让哈尔森太累,劳逸结合,多动脑,少动手……"

"是啊,我没敢让他多干体力活,都是我和丫丫干,两个女人在伺候他呢,不过也没有重活,顶多就是搬运一些资料,呵呵……"王炎笑着说。

"嗯……那好,还有,晚上你也要注意。"陈瑶扭头看了王炎一眼。

"嘻嘻……我知道了,医生已经给我说了,"王炎笑了,"我会注意的。"

"这外国人精力比较旺盛,吃牛肉长大的,像头种马,你一定要控制好……"陈瑶也笑了。

"外国人也不见得比中国人强到哪里去,我看哈尔森比我哥强不了多少……"王炎脱口而出,随即意识到自己说漏嘴了,脸色通红,忙住了口。

陈瑶的脸也红了,知道王炎是想起了张伟和她在一起的时候。陈瑶也意识到,王炎和自己都是张伟经历过的女人,虽然王炎一口一个哥叫着,但是,毕竟那丫丫叫哥是有区别的,王炎心里绝不会抹去那段记忆的,毕竟,那是王炎南漂后最刻骨铭心的情爱和伤痛。

陈瑶心里有些尴尬,她又想起了何英,何英也是张伟的女人。这个冤家,南漂时间不长,竟然经历了这么多女人,最后是自己来兜底收网,如果没有自己收网,或许他还会和于林、于琴也发生点什么事……

陈瑶知道王炎是无意中的脱口而出,也知道王炎说的是实话,张伟在这方面的能力自己是领教了的,确实是出类拔萃。虽然是无意中的话,但是说出来还是会让大家尴尬。

一时,陈瑶和王炎都有些难堪,暂时沉默了。

陈瑶笑了笑,转移话题道:"你哥这段时间也在家里忙乎呢,正在注册公司,在忙着做他的公司的运营方案……"

"是啊,真好啊,我哥的公司运作起来,我们这公司就有买卖了,"王炎也忙接过话头,"现在我正愁着没有米下锅,外贸形势不是很乐观,哈尔森想做纺织品出口,但是目前的价格,得赔死,而且还没有要货的,我昨晚还和哈尔森说了,公司开张的第一桶金看来就要靠我哥了……"

陈瑶一听,大感兴趣,看着王炎,问:"你联系到稳定的要货方了吗?"

"大致联系了几家,德国的一家,法国的一家,还有一家英国的,都很喜欢东方情调的手工艺品,特别是绿色生态的工艺品,"王炎看着陈瑶说,"现在的关键是我哥那边,要把产品拍成照片,我再传给对方,他们看样品订货,决定要货方式和数额。现在问题的首要环节就是我哥那边,一个是产品质量,一个是品种花色,要集实用性和观赏性于一体,能进超市,还能进家庭,能观赏,还能成为家庭主妇的用具,能被本地人接受,还能在旅游景点受到游客的青睐……"

"嗯……很好,我会把你的意思转告给你哥的,"陈瑶点点头,"相信你哥的能力吧,他一定会运作好的,他的脑瓜子,不是我们俩能比得上的……还有,公司运作后,你们可以直接和你哥联系,那些人是不知道你的,也不知道哈尔森……"

王炎点点头说："哈尔森还一直对手工艺品出口满不在乎不以为然,这个洋鬼子,看来对东方文化还是不了解,他把公司成立后营销的重点放在柯桥,放在中国轻纺城,他想在这方面大做一番,我说服不了他。不过他也不反对收购工艺品,但是主要精力还是……呵呵……看来,只有让事实来说服他了。"

"呵呵……"陈瑶笑了,"让事实来说话吧,就看你哥的了,我们在这边也帮不上他的忙,只能看,就看他带着他们几个能做到什么程度了,这回可是他单枪匹马、独立作战,是英雄是狗熊,就等着看吧……"

王炎点点头,问:"姐,你心里也没底?"

陈瑶努努嘴,说:"这话咋说呢,我相信你哥的能力,相信他能有一番作为,可是,我对他做的这个项目,说实在的,了解一点皮毛,也知之甚少,对于这个项目能否成功,我心里还真是有点打鼓,呵呵……佛祖保佑俺家男人马到成功吧……"

陈瑶说着,还合掌祷告了一下。

"哎呀……公司现在没有别的业务可以做,我现在就只有哥这一个项目,是一锤子买卖啊,就看哥的了!上帝保佑,让俺们成功吧!俺实在是想公司开门红哦……"

王炎说着,还在胸前划了个十字。

陈瑶笑了:"王炎,你哥会成功的,不要担心太多,我心里没有底是因为我还没详细了解他的项目,但是他却是考察酝酿了很久的,他还是很踏实的……呵呵……对了,你们手里的资金够不够?"

"够了,哈尔森把存到他妈妈卡上的钱取出来了,加上留给我的卡,资金是足够的,只要没有很大的投资项目。"王炎说。

"那就好,哈尔森的准遗产派上用场了……够了就好,实在不够,我就卖房子帮你们……"陈瑶笑着说,"我手头也没资金了,再动,就要动老本了……"

"可使不得,你购置的房子现在卖就赔大了,"王炎说,"房子先放那里吧,价格还会涨的……"

"这个房地产不想做了,没意思,"陈瑶说,"等价格回升不赔本的时候,我就把房子都出手,做别的生意,或者把钱给你哥,让他去折腾钱生钱的事情,我呢,准备跟你哥造人,给老张家繁殖后代,哈哈……"

王炎也哈哈大笑:"对了,姐,我哥的公司叫什么名字?"

"伞人经贸,伞人经贸有限责任公司。"陈瑶说。

"伞人?干吗要起这个名字?"王炎说,"这名字让我一下子想起一部电影叫《雨人》……"

"傻丫头,伞人是我的网名,你哥和我网恋就是通过这个伞人,"陈瑶对王炎说,"明白了吗?"

"哦……哈哈……知道了,"王炎傻呵呵地笑着,"爱情的见证,你们爱情的见证,不错,干脆,你把你那旅行社,假日旅游,也改成伞人旅游得了,多好啊,北方一个伞人经贸,南方一个伞人旅游,两口子遥相呼应……"

陈瑶心中一动,又一喜。

"你们的公司叫什么名字?"陈瑶问王炎。

"自强外贸,东兴市自强对外贸易有限责任公司,"王炎说,"张子强,取子强之意,又有自立自强之意……我婆婆给取的,老哈立马赞同,我和丫丫都觉得很土,但是老哈一定坚持,也就由他了……"

"哈哈……不错,很好,自立自强,奋发图强,自力更生,自我实现,自我价值,自尊自爱……"陈瑶一口气说了一大串,然后说,"不土,很励志,很符合我们现在的状况,我们现在就是要自立自强!"

王炎笑着点点头说:"我婆婆也是这么说的!"

一会儿,鱼做好了,大家一起吃饭。

吃过饭,陈瑶又陪着张妈妈聊了一会儿天,看看到了下午上班时间,告辞,然后开车去公司。

和大家一起吃饭聊天,让陈瑶觉得心里舒畅了不少,孤独感消失了。

大家庭的感觉真好,集体的气氛真好,要是张伟他们再回来,那就更好了! 陈瑶边开车边寻思着。

快到公司门口的时候,陈瑶突然看到公司门口停下两辆喷有"旅游监察"字样的白色桑塔纳2000,车上下来七八个人,正推门往公司里面去,行管科的科长走在最前面。

陈瑶心里一沉,忙停车,进了公司。

公司员工都在各办公室集中培训,见到闯进这许多不速之客,都不禁愕然,徐君刚要问他们,陈瑶进了门。

陈瑶示意徐军带领大家继续学习,然后关上门招呼科长一行。

行管科的科长见了陈瑶,面无表情,淡淡地说道:"陈董,接上级领导指示,鉴于假日旅游旅游经营许可证逾期未及时换证,以及你公司提出要求换发经营许可证的申请,特对你公司经营状况、从业人员资格状况、经营资质等进行监理审查,对你公司所经营的团队和地接业务进行全面审理……"

科长像背书一样,哗哗地说了出来。

陈瑶脑袋一阵发胀,这不是折腾人嘛,这么一审理,得几天弄完啊! 但是,当着这么多人的面,陈瑶很冷静,冲科长点点头,说:"好,欢迎领导来检查工作,我们全力配合。"

说完，陈瑶叫出徐君，让他通知大家暂停学习，先放假回家，放假期间，工资照发。

员工们都感到了情况不正常，大家都用担心的目光看着陈瑶，但又都不好说什么。

陈瑶微笑着冲大家点头，说："大家先回家休息几天，公司这边有些特殊情况，到时候会通知大家回来的。"

大家看着陈瑶平静的神态，心里安稳了一些，都自行散去。

随后，陈瑶留下公司办公室、导游部、地接部、财务部、计调部的负责人，简单安排了一下，让大家全面配合。

随后，旅游局的一行人就分成若干小组，分别进驻各办公室，开始全面审理检查。

大家开始忙乎，陈瑶请科长到办公室一坐。

一进办公室，科长关上办公室的门，脸色和说话的语气马上就变了，笑容满面，语气真切："陈董，不好意思，事出无奈，公事公办，上头压着，刚才当着大家的面，有些话不得不说，没办法，多体谅……"

陈瑶给科长倒了一杯水，请科长在沙发上坐下，然后自己坐在旁边的沙发上，笑了："科长，我理解的，各为其主，人在官场身不由己，按规定办事也是应该的……"

科长点点头说："谢谢陈董理解，其实呢，这要是按规定，还真得这么办，重新审核旅游资格，全面审核经营状况，不过，本科长上任三年来，还是第一次这么认真来弄这玩意儿，不知道这领导发的什么神经，怎么说认真就突然认真起来了……不过，陈董，你放心，我绝对不会刁难你的，你们一贯守法经营，我都是知道的，这次检查，我也就是走走过场而已，很快就能顺利过关的……"

显然，科长对局长和潘唔能的勾当一无所知，蒙在鼓里。

陈瑶看着科长，问："呵呵……科长，这次检查大约要多久能结束？"

科长说："这要是按正常的工作流程，大约需要 15 到 20 天……"

"啊……"陈瑶不由叫出口，"这么久啊？"

"是啊，正常的工作流程就是这样啊，要一个个核对从业人员的身份资质、全部检查过去几年的业务单据，还要去税务、工商部门走访调查有无非法经营状况，还要抽样调查客户……"科长对陈瑶说，"说不复杂，其实呢，也不简单……"

"科长，我这可是在停业呢，你也看到了，我的员工都闲着呢，这么久，我的经营受不了啊，"陈瑶看着科长说，"你看，能不能快一点呢？"

科长点点头说："你说得也有道理，这样吧，我安排他们加班加点，你呢，安排你的人员陪着，咱们争取加快速度，争取一周左右完成，然后，我好出报告，上报领导，你看，好不好……"

陈瑶无奈地点点头说："哦……一周左右，也就只好这样了……这样吧，大家加班辛苦，午餐和晚餐我安排，每天都在对过的东兴大厦酒店，大家直接去那边吃就可以……"

"谢谢陈董,"科长对陈瑶说,"这样大家的工作效率就更高了,我回头再督促他们……"

陈瑶笑了笑说:"科长,你多费心。"

然后,大家喝茶。

科长喝了两口茶,突然一拍脑袋,然后对陈瑶说:"对了陈董,如果你想简单,还有一个好办法,临来之前局长专门嘱咐了我一句话,你看我这记性,差点忘记了……"

陈瑶神态平和,看着科长:"科长你说。"

"局长说的话其实我也不是很明白,说的含含糊糊的,但是局长说了,说让我把原话说给你听就行,说你明白的。"科长说。

陈瑶点点头,一手端着茶杯,一手托着杯底,眼神一垂:"嗯……你说。"

"局长说,如果你想省却这许多麻烦很简单,只要你按那天他提示你的去做,一切都简单多了……"科长挠了挠头皮,"这局长就说了这么一句,说让我一定要转告你,别的就没说。"

陈瑶笑了笑:"嗯……我知道了,谢谢科长,也请代我谢谢局长,转告局长,不必了,还是公事公办吧,按规矩办吧,不能坏了规矩……"

"其实,陈董,要是真的像局长说的那么简单,你倒不妨去试一试,你要知道,我这边就是再快,也是要好几天的,这旅游旺季,耽误一天,就要少挣很多钱的,而且,老客户也在逐渐流失啊……"科长不明就里,劝慰陈瑶。

陈瑶看着科长,表情坚毅地说:"科长,你不知道,有些事情是可以做的,有些事情是不可以做的,即使损失了金钱也不能做,有些事情,是金钱换不回来的……"

科长眨眨眼睛,没大听明白陈瑶的意思,也就稀里糊涂地点点头,说:"哦……是这样啊……你自己的事情,你自己做主,我呢,就是给你提个建议……这年头啊,大家都是浑水缸里的,想不混都难,不随波逐流,就有被大浪淘沙的危险……"

陈瑶又起身去给科长倒水,边笑着说:"你们都是官场混的,俺们不了解,俺们呢,就是做点小生意,挣点小钱,养家糊口,但是,俺们挣的都是良心钱,不清不白、出卖良心、违背自己做人原则的钱,俺们不干,白送也不要……"

科长笑了,用赞赏的目光看着陈瑶说:"陈董,这东兴这么多家旅游公司,不是夸你,你们假日真的可以说是一个典范,名声最好了,这个和你自己的做人做事原则是密不可分的……"

"科长过奖,"陈瑶谦虚地说了一句,"其实,大家都差不多的,大家都不容易。"

"砸牌子容易,树牌子难啊,"科长感慨地说,"有的旅行社目光短浅,只注重眼前利益,只知道做团、揽业务,不知道在服务上下功夫,结果呢,客人大量投诉,自毁长城……"

"哦……"陈瑶看着科长问,"有这样的?"

"对,有,但是很少,极个别的,最近最厉害的就是这大地旅游,老板叫高强的那个,新开业的,老板很牛,开业那天还请市领导去剪彩的,"科长不屑地说,"最近我那边接到了他们的大量投诉,坑蒙拐骗,欺骗顾客,虚报价格;和景点串通,让客人烧高香;减少景点,拉客人硬进店……要不是有领导在后面硬顶着,按规定,早该让他们停业了……这样的旅行社,简直就是败坏东兴旅游的形象,丢东兴旅游的脸……"

科长讲起来还很气愤。

陈瑶默然不语,她太了解高强急功近利的性格了,高强属于那种典型的有能无德的人,能力有,业务也熟悉,就是鼠目寸光。

一会儿科长站起来,说:"陈董,你忙,我出去看看他们。"

陈瑶站起来,说:"好的,科长辛苦了。"

科长摆摆手:"陈董,别这么说,我已经觉得很难为情了,觉得对不住徐主任了……"

科长还是把人情和面子送给了老徐。

科长出去后,陈瑶坐在办公桌前,琢磨着科长转达的局长的忠告,很明显,这次所谓的检查是局长大人亲自安排的,是想在检查中找出毛病或者缺陷来,以便抓住自己的更多更大的把柄,以便于局长后面的那个人更主动地成其好事。

想起那丑恶的嘴脸和阴险的用心,陈瑶不禁一阵恶心,紧紧咬了咬牙齿,攥紧了拳头,用力轻轻挥了一下,嘴里自言自语说了一句:"宁为玉碎,不为瓦全,做你的美梦去吧!"

陈瑶目光坚定,神情坚毅,看着熟悉的办公室,看着公司的一切,开始意识到事情即将要变得复杂化,她心里开始做最坏的打算……

陈瑶正在沉思,电脑上"啾啾"的声音响起来,点击打开一看,是小如。

陈瑶好几天没有和小如聊天了。

小如一上来就急急火火地问:"陈姐,咋没有团了? 是不是我们哪里做得不够好?"

陈瑶知道小如一定会问自己这个问题,迟早的事,于是对小如说:"传真看到了?"

"看到了,我刚送走你们的三个团,刚回公司,就看到了你们的传真,这是咋回事啊,我们不是一直合作的很好嘛,是不是我们哪里出漏洞或者纰漏了……"小如继续问陈瑶。

陈瑶:"呵呵……别着急,没有什么纰漏,你们做得很好,你们是我最优秀的地接客户之一,是我在瑶北最好的客户……"

小如:"那……那传真,什么意思?"

陈瑶:"呵呵……不是你们的原因,是我们的原因,我们这边出了点事,先暂停发团……"

小如:"啊……出什么事了?"

陈瑶:"呵呵……没啥大事,一点小事。"

小如："小事？小事还用停止发团？别蒙我,我不是外行,一定是不小的事,否则是不用停止发团的？说说,陈姐,到底是怎么回事？"

陈瑶："嗯……你还有一个网名叫夏花是不是？"

小如："哦……啊……是的……是,叫夏花。"

陈瑶："你是内行,我知道骗不了你,但是,我告诉你,你不可以告诉杨杨的,不能让杨杨知道这事……"

小如："哦……杨杨……张少杨？"

陈瑶："当然,这几天你们没有联系吗？"

小如："哦……联系了,联系了,行,我不告诉杨杨……可是,杨杨不在你公司里吗？"

陈瑶："这个先不要问,反正杨杨不知道这事,千万不能告诉杨杨,杨杨知道了,张伟就知道了,我不想让张伟知道……"

小如："杨杨和张伟在一起？"

陈瑶："是的,他们在一起。"

小如："我明白了,张伟和杨杨都回瑶北了……"

陈瑶："你知道张伟回瑶北了？"

小如："是啊,张伟告诉我的,他要在家里创业呢,很棒的……"

陈瑶："呵呵……杨杨没告诉你他也回去了吗？"

小如："嗯……哦……没有啊……"

陈瑶："这家伙,是想要给你一个惊喜吧,你们俩谈得咋样了？"

小如："嘻嘻……陈姐,不谈这个,你先告诉我到底是怎么回事？"

陈瑶："好,我告诉你,公司旅游经营许可证过期,正在换发新证,所以停业了……"

小如："老天……你停业了？不光是我这边的团？"

陈瑶："是的,你也是老旅游了,你应该知道经营许可证过期意味着什么……"

小如："但是,陈姐,这事有点小题大做了吧,许可证过期几天了？"

陈瑶："10 天。"

小如："才 10 天？这没什么大事啊,不需要停业啊,去换发新证就是了,很简单的小事情,干吗要这么大动干戈……"

陈瑶一阵苦笑："傻妹妹,你不懂得这里的情况的,我也没办法,你以为我想停业啊,我这是迫于无奈……唉……申请递交上去了,下一步还不知道什么样子呢,走一步看一步吧……"

小如："怎么？下一步？这事儿还挺麻烦？"

陈瑶："嗯……这事说小就小,说大就大,在别人那里是小事,在我这里却偏偏成了大事,没办法……随他去吧……"

小如:"哦……那什么时候能开始营业?"

陈瑶:"不知道,这事我说了不算,他们说了算……"

小如:"他们?"

陈瑶:"是啊,管理者们,政府管理者们……我得听他们的。"

小如:"哦……原来是这样……"

陈瑶:"就是这么个情况,我一直瞒着张伟和杨杨的,你可一定要保密,别让张伟知道……呵呵……"

小如:"嗯……我知道……"

陈瑶:"呵呵……没什么大不了的事,也就是个停业,可惜耽误你那边的生意了……"

小如:"你还记挂我们,我们的损失和你相比,九牛一毛了,你那边的损失可是真大了……"

陈瑶:"破财免灾,无所谓,要是真能免灾,破点财也是值得的……"

小如:"免灾? 什么灾?"

陈瑶:"呵呵……没什么灾,我不过是打个比方……好了,不说这事,等恢复营业,就会通知你们的,来,说说你们,你们咋样了?"

小如:"什么我们?"

陈瑶:"傻丫头,你和杨杨啊,你和杨杨咋样了?"

小如:"哦……嘻嘻……我和杨杨啊……挺好……"

陈瑶显然对小如的回答很不满意:"就这么简单? 杨杨可是天天小花长小花短挂在嘴边呢,喜欢死你了,你呢,说说看法……"

小如:"哦……我……我也很喜欢杨杨的啊……"

陈瑶欣慰地笑了:"那就好,那就好,我告诉你,杨杨在瑶北的,你保密啊,说不定哪天他突袭去拜访你……"

小如:"呵呵……嗯……保密,我保密,保证不告诉别人……嘻嘻……杨杨来偷袭,张伟是不是也要来啊……"

陈瑶:"嗯……估计他应该去的,我让他抽时间专程去拜访你,还有你们的老板的,大家合作了这么久,还没登门拜访呢,真不好意思……"

小如:"哦……张伟要来拜访我们的老板? 什么时候来?"

陈瑶:"时间嘛……不好定,随他喽,随时都有可能,看他喜好啦……这个,我是管不了他的……"

小如:"呵呵……好,好,欢迎,欢迎……"

陈瑶:"张伟回到瑶北,就是个小地头蛇了,他在瑶北做过多年旅游,人脉关系比较广,你们是那边新成立不久的旅游公司,如果有什么需要帮助的,直接找他好了……"

小如:"嗯……我前几天和他谈起过一个事情,就是他原来辞职前的天宇旅游公司开发的那个地下大峡谷溶洞,他们老板韩天找我们强行拉客户,欺行霸市的事情,呵呵……说不定,还真的需要找他去摆平老东家呢……"

陈瑶:"大家都是朋友,自己人,别客气,过段时间,如果可能,我也要去瑶北的……"

小如:"你来?"

陈瑶:"张伟在瑶水弄了个经贸公司,主要做旅游品生意,最近可能就要开张,现在正紧锣密鼓地筹备,开业的时候,我是一定要去的,呵呵……到时候,也要邀请你参加的哦……"

小如:"哦……那……到时候,大家不是要见面了? 都见面了?"

陈瑶:"是啊,到时候,我们就见面了,可以在一起谈天说地了……大家在一起,多好……"

小如:"嗯……大家在一起,在一起……"

陈瑶:"先聊到这里吧,我这边旅游局行管科的正在这里审核资格,重新全面审定呢,我得招呼他们……"

小如:"哦……陈姐,那你忙……真不好意思,我帮不上你什么忙,唉……可惜,我无能为力……"

陈瑶很感动:"妹妹,不需要你帮忙,有你这句话,我就很知足了,呵呵……你在这里人生地不熟,你能帮我什么啊,呵呵……"

和小如聊完天,陈瑶下楼,帮着徐君他们一起找文件、找资料,尽量加快工作进度。

晚饭是在东兴大厦安排的,陈瑶安排了豪华单间,请科长一行直接去用餐,为了避嫌,陈瑶和公司的人没有去作陪。陈瑶和公司的几个人员一起在公司吃的工作餐,等着科长他们吃完回来加夜班。

科长也很实在,晚餐吃得很快,没有喝酒,一小时就回来了。

大家一起加班。

"大家辛苦一下,干到 10 点结束。"科长对他的人说。

第三十二章 纸醉金迷

夜色深沉,黑暗笼罩了大地,夜晚的城市灯火璀璨,流光溢彩。然而,在光明之下,仍有许多的黑暗。夜幕掩盖了白日的喧嚣,也掩盖了许多罪恶和丑陋。

郊区别墅,潘唔能的豪华私宅里,客厅的顶灯华丽光彩,光线很明亮,室内充满了一种特殊的气味。

潘唔能穿着浴衣,半敞着前胸坐在沙发上,面前放着一个冰壶,李燕也穿着浴衣,跪在潘唔能前面的地毯上,左手拿着一条半折的锡纸,右手拿着一个卫生纸捻成的长条,点着后发出豆粒般大小的火苗,在锡纸下来回烤着,锡纸凹处对着冰壶的进气吸管。

潘唔能口里含住吸管,右手伸进李燕的前胸摸着,一边开始吸气。呼噜呼噜的声音响起来,冰壶里充满了白色的浓烟,一会而就被吸进潘唔能的体内。潘唔能闭上眼,半仰起头,张开嘴,重重喷出一团烟雾……

等口里的烟雾吐尽,潘唔能满意地睁开眼,又低头含住吸管,冲李燕一点头,李燕又开始烤冰。

潘唔能对过的沙发上,坐着郑一凡。

郑一凡坐在那里,如坐针毡,不仅仅是因为潘唔能对自己爱理不理的神态,还因为老郑见了冰壶,闻到这熟悉的气味,从心里到脑子里都开始瘙痒,仿佛有小虫在咬自己的肌肉和神经。

老郑几乎忍不住就要扑过去,一把抢过潘唔能口里的吸管,狂吸上几口……

但是,老郑忍住了,因为他想起,今天自己来这里还有更重要的事情,远比溜冰更重要的事情。

老郑强压住心中的欲火,耐心地坐在那里,猛吸香烟,等着潘唔能溜完。

潘唔能仿佛没有看见老郑,仿佛旁边根本就没有人,继续边溜冰边在李燕怀里又摸又捏。

李燕很顺从,没有任何反抗的意思,她现在很满足,潘唔能已经信誓旦旦要和王英离婚,和她结婚了,不但给她换了车、买了房,前两天还给了她一张银行卡,里面是100万。

李燕觉得,这些足以表明,潘唔能是心里有自己的,他是爱自己的,他是打算要和自己结婚的。

李燕很满足,很骄傲,很自豪,很幸福,又很得意,自己初出茅庐,就把这么一条大鱼弄到手了,有这么坚强的靠山,自己今后的仕途还不一帆风顺?

所以,李燕很珍惜得来不易的大好局面,在潘唔能向自己许诺之后,对潘唔能的态度一下子顺从起来,几乎是百依百顺,任由其折腾。

李燕仿佛看到,美好的未来在向自己招手,美好的前程在等待着自己,梦幻般的天堂向自己敞开了大门……

潘唔能又溜了几口,终于心满意足地靠在沙发上,抽出插在李燕怀里的手,对李燕点点头说:"你弄吧,上去弄去。"

李燕答应了一声,站起来,拿起冰壶,冲老郑点头笑了下,直接上楼进卧室溜冰去了。

然后,潘唔能将脚交叉往面前的茶几上一放,向后一仰,看着老郑,鼻子里哼了一声,没有说话。

老郑看潘唔能溜足了,精神饱满了,抽出一支烟递过去,又忙给潘唔能点着。

潘唔能抽了两口香烟,斜眼看着老郑,还是不说话,鼻子又哼了一声。

老郑知道自己该说话了,潘唔能这一哼,包含着很多含义。

"这个……潘市长,"老郑咳嗽了一声,看着潘唔能,口气沉重地说道,"我……我对不住你,我……这个……我办事不力……"

老郑首先检讨张伟的事情,而绝口不提于琴上午和潘唔能打电话的事情。

下午于琴已经告诉自己上午和潘唔能打电话的事情,老郑听了心里感觉很爽,这事早晚得揭开盖子,既然揭开了,那就认了。但是,老郑打算装傻,装作刚回来什么都不知道。

"哼……"潘唔能又看了老郑一眼,"耍我……胆子不小……"

"哪里,哪里,绝对不是,"老郑忙说,"我确实不知道张伟说走又没走的事情,我确实是听他亲口说走的,哪里想到……我绝对不是欺骗你的,我哪里有这个胆子,我哪里敢呢……"

"你没有这个胆子?我看你胆子不小……"潘唔能看着老郑说,"我看你除了这事,别的事胆子更大,我看你根本就没把我放在眼里,不光是你,你们两口子都是,都胆子不小,都在耍我……不但敢耍我,还敢威胁我,哼哼……到底是宁州大地方来的啊,厉害啊……"

"这……"老郑装作不明白的样子,心里暗自直笑,看着潘唔能,"潘市长,这话……这话从何说起呢?"

"从何说起?"潘唔能一翻白眼,"你问你老婆就知道了……她什么都知道……"

"我今天刚回来,哪里来得及和她这个婆娘说话呢,我真的不知咋回事?"老郑赶紧说道,"于琴这娘们不会说话,办事不周,潘市长你大人大量,别和她一般见识……"

老郑是打心眼里不愿意得罪潘唔能的,他还有很多事情需要借助潘唔能之力呢,他觉得他和潘唔能之间是一种不对称的既联合又斗争的关系。

老郑说着话,从包里摸出一张卡,推到潘唔能面前说:"这段时间我虽然一直在外,可一直没有忘记潘市长啊,这不一回来就赶紧来拜会你,最近公司生意不错,虽然潘市长没有入股,但是,一点小意思还是必须的,这虽然不是红利,但也是我们两口子的一点感激之意……"

潘唔能的脸色好了些,拿过卡放在手里转了转,看了几眼,问老郑:"多少?"

"30,"老郑看潘唔能脸色好了,忙笑着说道,"密码还是你手机号码的最后 6 位,一点小小心意,还望潘市长不要嫌少……"

"嗯……"潘唔能点点头,将卡放到茶几下面,然后看着老郑说,"最近让你破费了不少,前几天王英那臭婆娘玩百家乐进去了不少,借了于琴 100 个,于琴也不让还……唉……算了,以后别提那股份的事情了,你自己好自为之,好好经营吧,我不掺和你的事情了……"

"那哪儿行?"老郑心里乐得不行,嘴巴上却显得很难受,"潘市长你是一直在帮扶我们,我们这刚刚翅膀硬起来,你怎么能不管了呢?你怎么着也得扶上马送一程啊……我们的事业是离不开你的关心爱护的……"

"哼……"潘唔能又想起了于琴的话,火气又上来了,"你说话很漂亮,这次给我送卡没再留下什么证据吧?好以后去举报我?"

"啊……"老郑故作大惊失色状,"潘市长,你这话是什么意思?这话可不敢这么说的。"

"我这话是什么意思?你回去问问你老婆,你老婆手里有我的所有证据,有你们每次给我打赏的所有证据,今天上午还拿这个来威胁我……"潘唔能说着,心里竟然有些发虚,"好啊,既然你们有证据,去告啊,去告发我啊……我不怕……去吧……"

"这都是那臭婆娘胡扯的,我们怎么能干这样的事情呢,一定是潘市长你将军把她将急了,她胡诌了吓唬你的……"老郑故作轻松状,笑着对潘唔能说,"一个女人家,潘市长别计较……"

潘唔能毕竟是心虚,他想了一下老郑的话,也觉得有道理,自己要不是一个劲逼于琴来陪自己,于琴也不会这么说,再说了,自己接受他们的礼物,从来没有第三者在场,哪里来的狗屁证据。

"嗯……我当然不会计较的,我当然也是不怕的,"潘唔能态度也好转起来,"我不会和于琴计较的,你们自己拍着胸脯想一想,我为你们出了多大的力,就算你们给我一点小东西,那算得了什么?哼……说真的,老郑,郑总经理,我对你可是一向不薄的,我从来是把你高看一眼的……"

妈的,高看一眼,把我老婆玩了,就是这么高看一眼的!老郑心里骂着,脸上笑容可掬,"是,是,是,潘市长对我是真的好,我是知道的,我们两口子心里都知道的……"

"嗯……你知道就好,"潘唔能摇头晃脑,药力开始发作,"这东兴旅游,我是老大,我说了算,我让谁干谁就能干,我不让谁干,谁立马完蛋,这陈瑶不是很牛嘛,不是不在乎老子嘛,这回我倒要看看,她有多牛……老子想玩她一次她都不肯,太他妈的小气了,没见过这么做女人的,小气鬼,不够意思,全然不把我放在眼里……"

老郑听潘唔能提到陈瑶,眼神一亮:"哦……陈瑶的假日旅游可是很红火的一家旅行社啊……"

"红火?妈的,我让她红火……"潘唔能喷出一口香烟,"我看她服不服,我看她听话不听话,现在大权在老子手里,我要她乖乖给老子跪在这里……不听话,红火个鸟,我让她直接倒掉……"

老郑装作不解,问:"这是咋回事啊?他们公司不是一直规范经营的吗?"

"许可证过期了,没有许可证就不能营业,没有我的话就不给她换证,不给她换证,她就一直停业,不敢营业,"潘唔能不屑地说,"我倒要看看,她是在乎家产呢,还是在乎这一身肉……"

老郑知道按照陈瑶的性格和家底,陈瑶宁可舍弃这百八十万,也不会甘心让潘唔能玩弄的,这女人表面看起来很温雅娴静,其实性子很倔强很烈的。

既然陈瑶不肯屈从,那么,陈瑶的假日旅行社就得完蛋。假日旅游,这个可是一块肥肉,东兴的知名品牌旅游企业,由此倒掉,可就太可惜了!

与其倒掉,不如归了自己。老郑脑子里冒出一个念头,这个假日旅游可比老高的大地旅游强了何止一百倍。

老郑为自己的这个想法而激动和兴奋,虽然有些趁人之危的嫌疑。

看潘唔能的眼神越来越迷离,老郑知道潘唔能的药力发作,需要上楼去找李燕玩了,自己也该走了。

老郑装作很自然地将一直放在茶几上的黑色公文包拿起来,站起来和潘唔能告别离去。

出门上车,老郑火速打开黑色的公文包,看了看包侧面的一个小孔,拿出微型摄像机,看了一会儿,得意地笑了,然后关掉,开车离去。

老郑走后,潘唔能上了楼。

卧室里,李燕正脱得光光的,躺在床上等着他。

李燕哪里知道,自己很快将成为一桩惊天人案的主角。

既然不知道,李燕不再多想,闭上眼睛满怀着对未来的期冀和憧憬……

与此同时,在宋佳的家中,宋佳和局长刚一起洗完澡,两人在床上缠绵亲热了一会儿,局长正自叹力不从心,宋佳笑了,拿出了一小包白色的晶体,对局长说:"我会让你恢复到 20 岁的火力!"

局长一看:"这不是冰毒吗,潘市长经常玩这个,管用? 这就是你说的好东西?"

宋佳笑了:"是的,我教你玩,真的,太爽了,来,我教你……"

说着,宋佳从床头柜里拿出冰壶和锡纸,向局长抛了一个媚眼:"30 分钟后,你就是一只公牛了……"

局长好奇而又兴奋地凑了过去……

在潘唔能和李燕一起疯狂的时候,假日旅游办公室内,行管科长科长他们刚刚结束加班离去。

临走前,科长把陈瑶叫到一边。悄声说:"陈董,我今天的核查很顺利,没有发现任何纰漏,不错的……"

陈瑶感激地冲科长笑了一下:"呵呵……谢谢你。"

科长皱皱眉头:"不用谢,关键是你们平时的工作扎实,参加核查的人员是来自好几个科室的人组成的,虽然是我挑头,但是也不敢故意偏袒你,这一点,你可要理解啊……我有难处的……"

陈瑶点点头:"科长,我明白,我理解,其实,我只要公平、公正核查就行……"

科长冲陈瑶点点头:"嗯……我会严格监督他们,这一点我会严格保证,严格保证公平、公正,保证不出现纰漏,不出现冤假失误……"

陈瑶笑笑:"那我就放心了,我是绝对相信你的,科长!"

送走科长一行,又安排大家回家,陈瑶才和徐君拖着疲惫的身子回去。

丫丫早就回家了,做好了夜宵等他们吃。

简单吃完夜宵,陈瑶抓紧走进卧室,打开电脑,登录 QQ,她知道张伟一定在等着自己。

果然,张伟正挂在 QQ 上,状态设置为忙碌,正在修改公司组建运营草案。

张伟今天忙碌而充实,公司注册组建之事进展顺利,验资、章程等都已经弄完,很快可以核准通过;老段的事情又有重大突破,老段答应去张伟老家做客,这无疑使张伟又多了几分把握。

在老段的事情上,张伟并不着急,张伟打算公司成立后,将基本架构搭建起来并初步运转后再邀请老段加盟,做公司顾问,现在公司一切都还是纸上谈兵,仓促发出邀请,显得有些毛躁。

张伟决心沉住气,学会稳扎稳打做事情,陈瑶不在自己身边,凡事自己要三思而后行。

下午,张伟带着张少杨又回到老家,找到几个堂哥,具体把个人所属的区域大致划分了一下,各位堂哥先期开展发动和摸底工作,摸清各自区域内现有的生产户和可能发动的生产户,摸清品种、数量和资源。

大堂兄统一安排,计划用一周时间全部摸排清楚。

"摸排一定要仔细、准确,这是咱们公司下一步运行营销的重要依据,这千家万户就好比是咱们的一个个生产车间,各个车间的生产能力,直接决定我们销售的效益。"张伟对各位堂哥反复叮嘱。

大家连连点头称是,马上就开始行动,分别骑着摩托车去了各自的区域。

看到堂兄们士气高昂地奔赴新的战斗岗位,张伟又对大堂兄嘱咐统计一下各人的所在区域距离和行车路线,根据各人所在的区域和距离不同,发放交通补贴。

张伟知道堂兄们现在手头都比较紧巴,决定先期给堂兄们补贴一部分。

对于本地的产品,张伟计划分两步走,第一步,彻底摸清现在生产的底子,包括生产能力和质量、花色品种,以产定销,以此来制定一开始的销售计划;第二步,以销促产,根据要货方的要求来确定生产的品种和花色,不断培训专业生产人员,逐步将自由的、散落的生产户转化为长期的、集中的、专业的生产作坊,培育初步的规模生产户,走专业化、规模化、技术化的路子。

对于农民来说,这需要一个过程,出身农村的张伟对此有着清醒的认识,不了解农民就不能引导农民,凡事都要因地制宜,从客观事实出发,根据实际情况确定工作方针。

张伟的终极目标是要带出一批有眼光、有技术、有思路的新型山里人,让山里昔日的柴草变成黄金,自己发财致富的同时,带动一方经济,致富一方乡亲。

每每想起这个夙愿,张伟觉得自己很高尚,思想境界很高,但是他对外一般不说,他知道,别人是不会相信自己有这么好的思想的,外人会觉得恶心,觉得自己是在作秀,唱高调。

说千道万不如扑下身子干。张伟决心扎实地走好每一步。

从老家回来,张伟又扑到电脑上,修改完善整体方案。

陈瑶看张伟的 QQ 设置为忙碌状态,知道张伟此刻一定在忙碌着修改那方案,对于张伟,陈瑶知道,这是一个勤奋而思考、敬业而执着的人,一旦有了自己的目标和方向,就会坚决走下去,就会向着成功坚决拼搏奋斗下去。

陈瑶静静地坐在电脑前面,没有讲话,看着张伟的头像,欣慰地陷入美好的回忆当中……

过了接近两个小时,陈瑶的窗口突然传来张伟的对话:"哦呀,终于弄完了,姐,我刚发现你在,刚看到时间这么晚了,凌晨了啊,你还在,还在等我啊……"

陈瑶:"是啊,傻熊,忙完了? 方案整理完了?"

张伟:"是啊,是的,二稿完毕,我传给你,你修一修,很长的。"

说着,张伟将方案传给了陈瑶,说:"这是我们的'建国基本方针草案',从总纲到所有的小项目和条条框框,都在里面了,我只有理论的东西,结合了自己的一些想法,从当地的实际出发制定的,你有多年经营管理公司的经验,好好把关,剩下的就看你的了……"

陈瑶打开文档,大致扫了一眼:"天,这么多,20多页,真有你的,什么时候搞了这么多?"

张伟有些得意:"在你没有发觉的时候,嘿嘿……我做事情,都是先在脑子里酝酿思考,等琢磨地差不多了,然后再下手,一旦下手,就是一气呵成,你别看我平时优哉游哉玩,其实啊,我那脑子里一刻都没有闲着哈……"

陈瑶:"呵呵……当家的,你真棒! 你真是一个很棒的男人! 我会认真修改方案的……"

张伟被陈瑶一夸很高兴,又觉得不大好意思:"呵呵……这方案里面揉进了很多你的管理思想和营销理念,同时,借鉴百家之长,从这方案里面,特别是营销部分,你还会看到很多的人影子,老郑的、高强的、何英的、小如的、徐君的、哈尔森的,等等。"

陈瑶:"你真棒! 善于学习、归纳、吸收、借鉴,这是一个人迅速成长的关键,也是根本,师夷长技以制夷,哈哈……说不定,以后你的对手就是他们……"

张伟:"生意场上随处都有竞争啊,就是朋友,也是联合又竞争的关系,有人的地方,就有竞争存在,我这方案的总体思路是:因地制宜,资源优势,以产定销,以销促产,立足质量,扩大规模,稳步推进,培育市场,龙头带动,共同进步。"

陈瑶开心地琢磨了一下,说:"嗯……好,主题明确,目标准确,有的放矢,重点突出,目光长远,光听你这总体思路就大致明白你的创业基本构想了,哈哈……张老大,你终于又杀回去了……还乡团哦……"

张伟:"其实,我还有一个目标,我打算带出一批人来,将那些泥腿子带出来,让他们走出大山,真正看看外面的世界……说白了,我就是带出一支有战斗力的队伍……不管他们是跟我干还是自己干……"

陈瑶:"好人呐……当家的,我发现你这思想境界越来越高了,快赶上我了,呵呵……难道真的是有其妻必有其夫……"

张伟忍不住笑了:"我不敢标榜我是一个好人,是一个高尚的人,但是我敢说我不是一个很坏的人,我还算是一个比较有良心的人……"

陈瑶:"是啊,是啊,张大善人,张大善人有良心,为了这个良心,连自己的女人都可以不要,去跟一个自己不爱的人结婚生子,繁殖后代,共进卧房……你这个良心呐,差点把洒家弄到普陀山出家……哼……想一想,我就佩服你这良心……"

张伟:"……"

陈瑶:"什么意思,弄这么多省略号干吗?"

张伟:"无言以对,无话可说,无语……"

陈瑶:"干吗无话可说,你不是很能说吗? 口才很厉害嘛,动不动就是一串排比……"

张伟:"咯咯……"

陈瑶:"笑什么? 傻熊。"

张伟:"俱往矣,过去的陈年老账就别再提了,老提这个有什么意思啊,我怎么发现你越来越像小妇人了,喜欢唠叨……"

陈瑶:"嘿嘿……你以为呢,我本来就是小妇人,我只不过是外面披了一层华贵的外衣,怎么着,有上当被欺骗的感觉? 后悔了? 说,是不是?"

张伟:"嘿嘿……感觉你越来越接近生活中的家庭妇女了,越来越不像个风云女浙商了,我看你下一步适合在家生孩子做饭洗衣服伺候公婆……"

陈瑶:"啊哦哟……张伟啊,你真是我的夫啊,太了解我了,我下一步正有此意,以前没人养我,我只能自己挣扎拼打,现在遇到你这么一个能干的男人,俺意志顿消,斗志全无,只想让你来养俺,俺下半辈子就靠你了……俺终于找到下辈子的靠山了……幸福……"

张伟:"唉……"

陈瑶:"咋的了? 当家的?"

张伟:"不知还能不能回去啊,妈的,东兴地界,豺狼当道,老子绝对不会忘记他们是怎么把老子逼出来的……此仇,我早晚要报……老子一定要杀回去……我早晚要杀回去的……"

陈瑶:"没关系,亲爱的,不要有这么强烈的复仇信念,杀不回来也没啥,大不了我投奔你去,我去找你,天下之大,我就不信没有咱们安身的地方……夫唱妇随,你到哪里,我就跟你到哪里……"

张伟:"我们自己出来和被别人撵出来,是截然不同的两个概念,不管怎么说,我是一定要杀回来的,此仇不报非君子,我心里一直记着这笔账的……杀……"

陈瑶:"好浓郁的杀气……不喜欢你这么暴力……世间恩怨多的是,冤冤相报何时了,杀来杀去,何时是一个头儿啊?不过日子了?"

张伟:"我无意去杀来杀去,但是,我必须出了心头这口恶气,这口气我是无论如何也咽不下的,不看着这些狗日的得到报应,我死都不瞑目……"

陈瑶:"住嘴!不许说死,我不要你死,我要你好好活着……知道吗,你不是在为你自己活着,你不仅仅是在为我活着,你在为你的父母和亲人活着……自从有了你,你就是我全部的生命……你去了北方,你就带走了我的整颗心……你是我一辈子的寄托,你更是为我活着……万一,如果你要真的有了什么不测,我……我也不要活了,你走了,我就走了……所以,我不要这么充满杀气,咱们好好地活着,为了我,不要打打杀杀,好好珍惜自己……我不在你身边,不能时刻管着你,你不要老是让我提心吊胆,你要学会稳重,学会遇事三思,学会忍,忍一时之气免百日之患……"

张伟:"知道了……"

陈瑶:"我知道你心里不服,我也不要你必须得服气,但是,你得答应我一件事,在外面不许再惹事,不许再打打杀杀……"

张伟:"我知道了,我问你,那要是别人对我先动手呢?我等着别人来砍杀?"

陈瑶:"这……"

张伟:"我被人家砍死了,你还不是一样没有了我……"

陈瑶:"这……"

张伟:"老婆大人,我告诉你,在这个社会,必须要学会反抗,要学会自我保护,我们不主动攻击别人,但是对于别人的侵犯,必须痛击,以革命的暴力对付反革命的暴力,否则,这个社会,你是很难安安稳稳生存下去的,这个,也叫适者生存……"

陈瑶:"我不管,反正我就一个要求,我要你好好的,我不许你出事,每次看到你被别人打伤的样子,我的心都碎了……伤在你身上,痛在我心里……"

张伟:"我知道了,姐,我会保护我自己的,我答应你,一定保护好自己,我不但要保护好自己,我还要保护好你……怎么样,今天那边情况咋样?"

陈瑶:"风平浪静,一切都很好,没有任何异常,一切都没事了,你不要多想了,好好做你的生意,等你公司筹备好,开业的时候,姐专门去参加你的开张仪式,姐会去看你……"

张伟:"太好了,姐,我真的是想死你了……"

陈瑶:"嗯……奴家也是,奴家也是一直在想着夫君……"

张伟:"来,啵一个……"

陈瑶:"啵就啵…"

……

和张伟聊完天,陈瑶毫无倦意,看看时间,凌晨两点了。

陈瑶起身去客厅,泡了一杯浓茶放在电脑前,看看已经下线的张伟的头像,退出 QQ,打开张伟发过来的电子文档,揉揉额头,长长地呼了一口气,抿抿嘴唇,开始仔细阅读张伟的公司组建方案。

深夜,静悄悄的,外面天气阴沉而闷热,没有一丝儿凉风……

电脑前,陈瑶凝神思虑,时而思考,时而打字,时而查阅资料,时而颔首……

不知不觉,窗外的天色亮了,外面传来小鸟的叫声,新的一天来临了。

陈瑶在电脑前度过了一个不眠之夜。

陈瑶起身,走到阳台,活动了一下身体,看看外面的天气,一大早就乌云密布,空气湿热而躁闷,让人感觉喘不过气来,有一种窒息的感觉。

陈瑶坚定地抬起头,看着乌压压压迫下来的浓云,用力挥舞了一下胳膊,心里响亮地对自己说:只有被打倒的躯体,没有被打倒的精神! 一定要站立起来!

吃完早饭,陈瑶迈着坚定的步伐走向办公室,走向阴霾弥漫的空气里。

第三十三章 | 破釜沉舟

时光如梭，一周的时间很快过去了。

这一周，是不寻常的一周。

张伟在瑶水的进展很顺利，公司各项成立手续已经办妥，成立前的各项筹备事宜正在有条不紊地进行，人员初步配齐，老家那边的排查摸底工作初见成效，发动工作开始启动。

哈尔森的自强外贸公司也建立起来了，正在招兵买马，择日开张，因为现在没有什么别的好经营项目，就把开门红的希望寄托在了张伟的伞人经贸身上。

张伟安排杨杨和丫丫之间保持密切联系，具体传送各种业务数据和图片。

张伟将这边的草编和柳编品种拍成图片传给了哈尔森那边，附带着说明和价格，然后丫丫进行加工后又提前传给欧洲那边的客户，等待客户回话。

今天是周三，张伟和哈尔森两边早已共同商定，两家公司同时开张，时间定在本周六，也就是三天后。

这时间是陈瑶选的，取六六大顺之意。

公司开张，大家都不想搞得铺张，简单搞一下就可以。

"咱们是个体户，不图那排场。"张伟对大家说。

陈瑶不参加哈尔森公司的开张仪式，她定于周五，也就是后天飞瑶北，去瑶水参加张伟的伞人经贸公司开张仪式。

张伟和陈瑶约好了，他那天去瑶北机场接陈瑶。

张伟还有一个计划，他打算当天带着张少杨去天马旅游相亲，见见小如，来个突然袭击，顺便，张伟打算拜会天马旅游的董事长，并发出开业邀请。

"我接你姐，一起拜会天马的老板，你呢，去相亲，正好两全其美，两件事一起办了。"张伟对张少杨说。

张少杨恣地一蹦老高："突袭，给小花来个刺激浪漫的，她就喜欢刺激浪漫，我让她刺激死……哈哈……"

张伟在开业的时候还打算邀请老段参加，但是他并不打算先聘任老段，他想让老段看看自己的公司是怎么运转的，对自己有信心之后再开口。

对老段，要么不出手，出手就要拿下。张伟心里安排好了计划。

"这两天，你们俩负责具体安排开业前的所有事宜，小郭为主，少杨为辅，没把握的事情找我，就按我制定的计划办。"张伟对小郭和张少杨说，他有意想锻炼小郭和张少杨，特别是小郭。

张伟看得出小郭是极具灵性的人，他不想仅仅让小郭满足于开一辈子车。

这一周，陈瑶对张伟的组建方案进行了反复的修改和琢磨，敲定发给张伟，最后的定稿方案就成为张伟组建新公司的指导文件。

公司最后的部室设置是设立办公室、财务部、生产部、销售部4个部室，招聘了专门的会计人员负责财务，吴洁负责办公室，大堂兄负责生产部，张少杨负责销售部。张伟自封为董事长兼总经理，患难兄弟小郭被封为总经理助理，协助张伟处理公司全面事务。

"人家的总经理助理都是女的，你看郑总那时候就是顾晓华，我看，你也弄个女的得了。"小郭对张伟说。

"哈哈……老郑的那助理其实就是女公关，咱们这助理啊……"张伟拍拍小郭的肩膀，"兄弟，咱们这助理啊，就是我的得力助手，我得把你带出来，我要你快速全面适应新形势，快速进入角色，学会公司的一切新业务。"

小郭很兴奋，点点头说："我一定好好学。"

"不会不要紧，不懂也没关系，但是，必须得有一个学习的态度，必须得有一个上进的信念，必须得勤奋、进取，只要我们肯学，我们就一定会成为最优秀的企业员工……"张伟在公司全体人员动员会上如是说，"不会就学，不懂就问，不会不懂不丢人，千万不要不懂装懂，不懂装懂最丢人现眼，还误了大事……公司成立现阶段，业务量不多，大家多学习，多交流……"

万事俱备，只欠东风，张伟满怀期冀等待着公司开张的那一天，等待着陈瑶的到来。

在张伟和哈尔森正紧锣密鼓的时候，陈瑶正处在水深火热之中。

昨天，审核终于结束了，行管科长最后松了一口气，悄悄对陈瑶竖了一大大拇指："陈董，一切顺利，没有发现假日旅游的任何问题，假日旅游完全符合换发新经营许可证的条件，我回去就把报告弄出来，明天一上班就送局长，你明天一大早就去局里找局长好了。"

陈瑶疲惫地勉强笑了："谢谢科长，辛苦了。"

这一周,陈瑶被折腾苦了,公司持续停业造成的损失可谓巨大,正值旅游旺季,新老客户源源不断涌进来,却又都被婉言谢绝,看了着实叫人心疼。

一边是业务的停滞、收入的停止,另一边却又是公司各项开支的继续,资金额短缺。

陈瑶最担心的还是停业时间久了,公司的声誉下降,老客户走光了,那才是致命的打击。

仅仅这一周,就有20多家老客户被其他旅行社挖走,而且,这数字还在源源不断增加。

旅行社生存,靠的就是客户,没有了客户,何以发展?如此下去,公司非垮不可。

陈瑶忧心忡忡,心急如焚,但又无可奈何。

一周时间,陈瑶憔悴了很多,瘦了很多。

所以,今天刚到上班时间,陈瑶就直接去了旅游局。

陈瑶先去了行管科科长办公室,科长见了陈瑶,点点头说:"我刚刚送过去,你现在可以直接过去找局长了。"

陈瑶感激地冲科长笑笑,去了局长办公室。

敲门后,听到里面一声"请进",陈瑶推开门进去。

局长正在里面看科长的报告,见是陈瑶,笑了下说:"小陈啊,请坐,科长刚把审核报告给我送过来你就来了,这么着急啊……"

陈瑶笑了笑,坐在局长的办公桌对面,说:"局长,不着急不行啊,这停业的损失太厉害,损失一点钱倒不是主要的,关键是客户长期不联系,都到别家去了,跑单了……"

"嗯……也是,"局长抬起浑浊的眼睛,看着陈瑶,"这停业啊,谁也受不了啊,何况现在是旺季……"

"所以,我直接过来,来等局长的批示结果了……"陈瑶直接说。

局长这几日连续处在亢奋状态,自从那次宋佳给他吸了几口冰毒,局长就尝到了溜冰的甜头。

局长为此乐不思蜀,连续在宋佳那里住了一周,白天上班,一忙完就赶紧过去,美滋滋溜上几口,然后就开始享受那梦幻般的天堂感觉。

宋佳是出于享受的目的怂恿局长溜冰的,但是,她没想到,局长竟然会一下子无比热爱上了这玩意,每天都要吸几口。

宋佳不由有些担心,她知道这玩意不能连续溜,连续溜大了,人会进入幻觉状态,会出大事的。

但是,宋佳已经管不了局长了,他每次一回来,就像饿狼一样扑向冰壶,急不可耐吸上几口,然后才心满意足地躺下来。

局长这几日人虽然在班上,但心思一直在那溜冰的快感上,没事脑子里就晃悠着溜冰后的快感,他觉得自己真的好像回到了 20 岁,24 小时不吃不喝也不饿,浑身还有用不完的力气。

此刻,局长草草看了一遍科长的审查结果报告,然后在上面签了一行字,对陈瑶说:"行,我这边没问题,这结果不错……"

陈瑶刚松了口气,局长接着说:"这报告还得送给潘市长看,潘市长审核后就可以了。"

陈瑶心一沉,问:"那还要等多久?"

局长一摊手:"这个我也不知道啊,领导的事情,咱们不好说的,看潘市长高兴不高兴喽……"

陈瑶的脸色变得很难看:"局长,我拖不起的,再拖,公司就得倒闭……"

局长一脸同情:"小陈啊,我也替你着急啊,唉……其实,很简单的事情,可是,你就是这么犟,就是不肯亲自去,唉……"

局长摇摇头,很惋惜遗憾的样子。

"潘市长现在在哪里?"陈瑶两眼盯着局长问。

"在办公室,他刚才还给我打电话了……"局长说。

"好,我去找他!"陈瑶站起来。

"好,那好,"局长高兴起来,忙将这报告递给陈瑶,"我在上面已经签字了,你直接拿着去找潘市长签字就行了,你一去,潘市长一高兴,马上就可以签字,你们明天就可以恢复营业了……"

陈瑶没有说话,接过报告直接去了市政府办公楼,到了潘唔能的办公室。

潘唔能正坐在办公室里喝茶,眼睛在电脑上看着美女桌面晃悠,想象着陈瑶的模样,正在欲火焚身呢,突然听到有人敲门,接着就看见陈瑶进来了。

潘唔能以为自己是幻觉,忙揉揉眼睛,仔细看了看,哇,确实不错,真的是陈瑶,梦中思念的美女来了!

潘唔能心里一阵兴奋,脸上却装作冷淡的样子,漫不经心地看了一眼陈瑶:"哦……是小陈啊,有事吗?"

陈瑶站到潘唔能的办公桌前,将报告递给潘唔能:"潘市长好,这是局长签批的一个报告,就是关于我们公司经营许可证过期的事情……"

"哦……我知道,我知道这事,局里报给我了,"潘唔能两眼在陈瑶的胸脯和小腿处不停扫描,指指沙发,"坐吧。"

陈瑶坐下,抿着嘴唇,看着潘唔能。

潘唔能接过报告，认真看起来，越看心里越生气，心里暗暗骂局长不会办事，竟然他妈的什么问题都没查出来，不知派了哪个混蛋去的。

然而生气归生气，木已成舟，结果已经出来，自己当然也不能否定。

潘唔能翻来覆去地看着报告，悠闲地吸着香烟，吐着一个又一个烟圈。

陈瑶默不作声坐在那里。

半天，潘唔能抬起头，语气清淡而低沉："嗯……我知道了，先放我这里吧。"

陈瑶一愣，看着潘唔能："潘市长，这报告，还有我们公司的申请报告，您什么时候能批复呢？"

"这个……"潘唔能像猫捉老鼠一样地看着陈瑶，"这个，还要再研究研究，我还要再和旅游局的几个局长征求一下意见，研究完之后，再做决定……"

"那……什么时候能研究完呢？"陈瑶接着问。

"哦……什么时候研究完是我的工作，这个不属于你该问的范围，"潘唔能慢条斯理而傲慢地说着，"我有我的工作计划安排，还需要向你汇报吗？"

"不是这个意思，"陈瑶勉强笑了笑，"对不起，潘市长，我没有那个意思，我只是想知道我们大概多久可以恢复营业，我们停业已经一周了，损失很大的，再这么下去，公司的客户就走光了……"

"哦……是这样啊，"潘唔能看着陈瑶，"你们主动停业是对的，否则，直接就可以封掉你们公司，既然你们主动停业了，那就继续停着吧，等到合适的时候再恢复营业……"

"什么时候是合适的时候？"陈瑶紧盯着潘唔能问。

"什么时候？"潘唔能用淫邪的眼神看着陈瑶，"什么时候我说了算，你说了不算……"

"我明白您的意思，您是领导，当然是您说了算。"陈瑶回答。

"嗯……既然你这么说，说我说了算，那我说的你听不听？"潘唔能看着陈瑶。

"那要看您说的什么事。"陈瑶回答。

"哦……"潘唔能微微一笑，"其实，小陈啊，你公司的这个事情啊，主动权不在我，也不在旅游局，更不在行管科，这主动权啊，都在你手里呢，都在你手里握着啊，只要你一个点头，所有的问题统统都不是问题，都迎刃而解了……"

陈瑶半笑不笑，说："请潘市长明示！"

潘唔能一看陈瑶今天的态度很好，而且是有求于自己，心里很开心，他觉得这只小羔羊终于抗不住了，鱼儿终于要上钩了。

"嗯……小陈，你很聪明，呵呵……"潘唔能大度地笑着，"你早来这事不早就办妥了？还用折腾这么久，让公司停业损失这么多吗？呵呵……亡羊补牢为时不晚，这样吧，你先到我里间坐一会儿，我处理点政务，很快就结束……你先进去，洗个澡吧……小陈啊，我很喜欢你的,越看越喜欢,真好啊……"

潘唔能话音的最后显得有些淫荡,但是又很有分寸。

陈瑶咬咬牙,站起来,看着潘唔能。

潘唔能看着陈瑶,语气更加缓和,习以为常地说:"你先进去洗澡吧,稍等我几分钟……弄完后,我马上就签字,下午你们就可以恢复营业了……证件的事情,回头慢慢办就是了……对了,你进去后把里间的门关上……"

陈瑶看着潘唔能,一字一顿地说:"直说了吧,你的意思是想让我陪你上床,是不是?"

潘唔能表情真挚,深情而淫邪地看着陈瑶,点点头,诚恳地说:"小陈啊,你很聪明,呵呵……我喜欢你可不是一天两天了,呵呵……今天条件简陋,先在办公室将就一下吧,下午我们去我那别墅,好好多弄一会儿……我专门给你买了一套别墅,就等你进去住的,我准备送给你的……以后,我来罩着你,谁也不敢把你怎么着……"

"住嘴!"陈瑶听不下去了,打断了潘唔能的话,眼睛喷火,用力拍了一下潘唔能办公桌的桌面,然后指着潘唔能,狠狠地瞪着他,语气很重,"你……你无耻!"

潘唔能愣了一下,脸色微微一抽,随即继续微笑着说:"呵呵,小陈真有个性,呵呵……我就是喜欢有个性的女人,有个性的女人才有思想,其实呢,我早就感觉你很有思想,我呢,也是一个很有思想的人,我们俩以后可以经常在一起交流思想的,呵呵……以后咱俩什么都可以经常交流,当然,先从身体开始交流……看看你这身段,不交流交流,不是太可惜了……我可是做梦都想着和你交流身体,做梦都想着和你……"

潘唔能说话越来越下流了,看着陈瑶的眼神也越来越肆无忌惮,仿佛将陈瑶的衣服全部剥光,一览无余。

"你做……梦!无耻!下流!"陈瑶愤怒地骂道,浑身颤抖。

潘唔能顿感意外,脸色大变,瞬时,又恼羞成怒,恶狠狠地低声吼道,"你……陈瑶,你给我想清楚了,你要明白你这样做的后果!除非你不要你的公司了!除非你不想在东兴地界混了!"

"我想清楚了!"陈瑶头一扬,"我想得很清楚,大不了我的公司不开了,大不了我关门!大不了我离开东兴!但是,我告诉你,你的卑鄙企图,永远也不会得逞!或许,换了别的女人会答应你,可是,在我这里,你永远都别想!别想!你,让我感到无比的恶心!你做梦去吧!还有,你记住,善有善报,恶有恶报,你这么做,最终会有报应的!"

说完,陈瑶一转身,昂首挺胸,走出了潘唔能的办公室。

"你……"潘唔能气得脸色发青,一会儿又发紫,看着陈瑶离去,巨大的愤怒和失落涌上心头,一把抓起桌面上陈瑶的申请和报告,撕得粉碎。

然后,潘唔能摸起电话,打给局长,声音近似于歇斯底里:"假日旅游的所有手续文件资料都给我冻结……"

潘唔能刚给局长打完电话,高强的电话打进来了:"潘市长好,您在忙吗?"

"什么事?说吧。"潘唔能无精打采地说。

"好事,"高强的声音里充满了引诱和邪恶,"我刚给你物色了一个少妇,纯正的良家妇女,大学老师,教音乐的,28岁,很漂亮,有没有兴趣……"

"哦……"潘唔能正因为陈瑶的离去而惆怅失落,正需要女人来填补空虚,一听来了精神。

"她乐意不乐意?"潘唔能问。

"乐意,她结婚后老公出国了,自己一直很寂寞,听说能给潘市长服务,感到很光荣,很愿意的……"高强说。

"很好,你他妈自己不玩女人,倒是挺会物色女人,"潘唔能笑骂道,"晚上送到我别墅去,干得不错……对了,你用过没有?"

"我哪里用过啊,您刚才不还说我不玩女人嘛,我是真的不玩女人的,嘿嘿……"高强笑着说。

潘唔能:"哦……你喜欢男人?不喜欢女人?"

高强:"呵呵……不是,不是,是没有那么强的兴趣,基本的兴趣还是有的,我可不是同志哈……"

潘唔能被高强逗笑了:"我发现你小子特别会办事,你今天除了给我送女人,是不是还有别的事?说吧,你小子是不求我办事不给我送女人,我都摸着规律了……"

高强:"呵呵……市长大人明鉴,是有点小事,小事一桩……"

潘唔能有些不耐烦:"什么事,抓紧说,有屁快放!"

高强:"好,好,好,是这么回事,这个……这个……关于那个,假日旅游……"

潘唔能一听引起了注意:"假日旅游……怎了?和你何干?"

高强:"嗯……就是这个假日旅游,假日旅游的经营许可证过期啊,过期的事情……"

潘唔能:"你他妈知道得还不少啊,连假日旅游经营许可证过期的事情都知道,干吗?"

高强:"是这么回事,潘市长,这个……这个假日旅游的老板,叫陈瑶,这个陈瑶呢,和我……和我……"

高强心里有些紧张,说得不大成溜儿。

潘唔能瞪大了眼睛,对着电话说:"陈瑶和你?和你什么?说,快说!"

"陈瑶,和我……和我……是……两口子!"高强终于结结巴巴把话都说完了。

"什么?!"潘唔能愣了,大声问了一句,又说,"陈瑶和你是两口子?"

"是……是的!"高强回答。

潘唔能怔了一怔,突然大笑道:"狗日的,你他妈净放屁,老子早就知道陈瑶没有结婚,是独身的,而且,她有个男人,但不是你! 是张伟那兔崽子,现在已经跑了,你他妈从哪里又冒出来……哦,我知道了,你狗日的也想打陈瑶的主意,想和老子夺女人,是不是? 你想让我给假日旅游签批换许可证,自己在陈瑶面前讨好送人情,是不是? 说,狗日的!"

高强一听有些冒汗,忙说:"不是这个意思,潘市长,我哪里敢和您争女人呢,陈瑶,陈瑶真的是我女人,是我老婆……"

"放你妈的屁,陈瑶没结婚,我早就知道! 你是不是活腻歪了!"潘唔能骂高强。

"陈瑶是我前妻,我们是离婚的,现在,我正打算和她复婚!"高强终于说到了点子上,"我想,我想让您帮忙签批一下,让假日旅游顺利恢复营业……"

"哦……原来是这么回事,是前妻啊,"潘唔能用嘲笑的口气对高强说,"前妻还能算是你的女人? 离婚了就不是你的女人了,别说她没和你复婚,就是明天她和你复婚,今天晚上老子一样能玩……这事你少给我掺和,你给我滚一边去,老子正烦心呢,妈的,这女人死活不上套,就是不让弄……"

高强被潘唔能骂了个狗血喷头,又不敢反抗,听潘唔能正烦心,没搞到陈瑶,心里又很安慰,想了想,对潘唔能说:"就算她不是我女人,是我前妻,也算是个朋友啊,您能不能给我一点面子,帮帮忙,给签批了行吗? 求你了潘市长,帮帮忙,给个面子……"

"妈的,我给你面子,谁给我面子?"潘唔能想起陈瑶刚才的态度就窝火,骂道:"这个臭女人,刚才在我办公室里死活不从,我想先到里间去和她弄一次,干完就给她签批,她就是不答应,还把我骂了一顿! 妈的,太过分了,我还从来没遇到过这样的女人……胆大包天,就这样的,我给她面子? 我看她是决心对抗到底了,对抗到底,就是死路一条……"

"啊……"高强吓了一跳,"死路一条? 您……她……"

"你少他妈一惊一乍,这女人竟然是你前妻,你小子好福气,干了这女人好几年吧,味道不错吧,回头和我说说,什么滋味……"潘唔能大大咧咧地说道,"这女人太烈了,宁可不要公司,也不让我干,他妈的,她打算不开公司了,要关掉!"

"哦……"高强听了,稍微松了一口气,他刚才以为潘唔能要下黑手,吓得出了一身冷汗。

"这事你不准掺和,我告诉你,高强,这女人现在和你没什么关系,老子费了这么大的力气想搞都没搞到,你要是敢给我帮倒忙,我废了你!"潘唔能警告高强。

高强吓得不敢再出声。

"好了,我要上班了,今天还有很多公务没有处理,下午我还得去给旅游系统干部职工做报告,得准备一下……"潘唔能说,"你好好做你的生意,我罩着你,别的事少掺和,特别是这陈瑶的事……妈的,你比老子幸福!"

"那好,您忙吧,潘市长,不打扰您了。"高强说。

"好,那就这样,晚上8点,带那少妇到我别墅去。"潘唔能最后嘱咐高强。

然后,高强挂了电话。

潘唔能和高强打完电话,想起安排老徐的事情,拿起电话打给老徐:"那照片做好了没有?"

"照片?什么照片?"老徐装作不知。

"你……"潘唔能来气了,"还有什么照片,陈瑶的照片啊,你晕了?"

"哦……这事啊,正在做啊,我天天打电话问,那边因为说是在精心制作,要多花费点时间,高清的画质我们这里做不了,他们从深圳那边做的,做出来很清晰,汗毛孔都能看见……"老徐信口胡诌。

"哦……那好,那好,"潘唔能放心了,这女人很可能是搞不到手了,只能望梅止渴了,"质量很重要,清晰度越高越好……还有,打听下,看有没有能照着照片做充气女人的,把充气女人的脸做成陈瑶的,尺寸呢,和真人一般大小……"

老徐心里一阵发麻,忙回答:"哦……这事啊,我打听一下吧……"

"辛苦了,老徐,好好干,我对你还是很赏识的!"潘唔能最后不忘记说上一句。

放下电话,老徐心里一阵冷笑,赏识?赏识了无数次了,有什么用呢?还有,老子已经把照片删除了,死你的去吧!

老徐眼一闭,心一横,就打算这么无限期拖下去。

陈瑶是昂着头走出市政府办公大楼的,其实,事情一旦要是走到了最后,也就不再有什么顾忌了,陈瑶知道,最坏的局面已经不可避免。

虽然一直在努力想挽回局面,但是既然已经走到这一步,倒也突然感觉浑身轻松起来。

陈瑶走出来的时候,满腔的怒火已经开始消退,她觉得为这种人渣生气实在是不值得,自己再平庸、再小市民,也比这等人高尚多了。

现在这个样子,公司是无法再开下去了,就这么拖着,不到一个月,公司就会被彻底拖垮,自动倒闭。与其自动倒闭,不如主动关门,暂时不做别的打算,去北方找张伟去,休养生息一阵子。

主意既然已经决定,陈瑶的脑子里立刻开始考虑下一步的事情。

公司的资产、手续、押金、客户资源等善后事宜都好说,徐君就可以办理,最让陈瑶心头放不下难舍的是员工,这些都是陈瑶亲自带出来的兄弟姊妹,大家朝夕相处,情同手足,同舟共济好几年,现在,说散就散,如何向大家解释呢?

陈瑶觉得很对不起大家,很棘手。

一想到自己辛辛苦苦经营了好几年的企业就这么完了,陈瑶心里一阵悲凉,心头涌起无限哀伤。

走在东兴宽广的大街上,天空中下着绵绵细雨,陈瑶的头发和脸颊上湿湿的,衣服也潮湿了。陈瑶浑然不觉,漫无目的地沿着人行道走着,看着大街上来来往往陌生的面孔和匆忙奔波的人群。陈瑶觉得很孤独,心里突然很想张伟,心里涌起对张伟无比的思念。此刻,她是多么渴望张伟能和自己在一起,多么希望自己能倚靠着张伟坚强宽广的臂膀。

陈瑶踟蹰地往前走着,突然就被人拦住了道路,一看,是高强。

高强打着一把雨伞,急忙为陈瑶撑着,满脸的关切和心疼:"小波,你怎么自己一个人在大街上淋雨啊,容易感冒的。"

陈瑶见了高强,迅速从刚才的情绪中恢复过来,理理头发,看着高强,平静地说:"谢谢,没关系,我自己没事随便走走,不用打伞。"

说着,陈瑶走到了人行道旁边的店铺走廊下,继续往前走着。

高强忙跟在后面,说:"小波,你的事情我都知道了,我刚才找潘市长了,我先让他给你签批,他……"

"谢谢你,但是,不必了!"陈瑶突然站住,看着高强,"我的事不用你管,不必劳你操心!"

"你的事就是我的事,我怎么能不管呢?"高强唠唠叨叨,"公司好不容易发展到今天,哪能说关掉就关掉呢,我告诉潘市长我们的关系了,我争取再给他多找几个女人,找几个良家妇女和大学生给他,让他放弃对你的企图,我……"

"你……你真卑鄙无耻!"陈瑶用蔑视地眼光看着高强,"你和潘唔能都是一丘之貉,无耻!可耻!肮脏!"

"小波,不要这么说,我这可都是为了你啊,为了你,我愿意去做任何事情,再说了,我给他找的女人,除了李燕是大学生,其他的其实根本不是什么良家妇女和大学生,是夜总会找出来乔装打扮冒充的,这些女人都是自愿的……"高强急忙给陈瑶解释,"我打算用她们来换取潘唔能对你的放弃,让他签字,让你的公司恢复营业……"

"高强,你离我远点,"陈瑶厌恶地看着高强,"我告诉你,我不需要你来帮忙,我自己的公司我愿意关就关,我想干什么就干什么,没你的事……真的没想到,你现在变得这么无耻,这么堕落,你……你这么做,伤天害理,要遭到报应的!报应!"

说完,陈瑶扭身就走。

"小波,别……"高强紧跟在陈瑶后面,边伸手拉陈瑶的胳膊,"小波,别这么说,你真的要关掉公司啊,你不做公司了,你做什么去? 打算干吗去?"

陈瑶一甩手,猛地站住,看着高强,说:"站住! 不许跟着我,我做什么和你没有关系,从现在开始,不许跟着我……否则,我要喊了……"

高强一看大街上川流不息的人群,旁边 20 米就是一处治安岗亭,知道陈瑶的性格是说到做到的,后退了一步,"好,好,我不跟着你,可是……"

"没有什么可是,"陈瑶打断高强的话,"大路朝天各走一边,我奉劝你一句,高强,你若再执迷不悟,再继续在潘唔能的战车上走下去,最后不会有好下场的,你也老大不小了,不要以为攀附了一个权贵,从此就一路高歌、太平无事了,做人要讲良心,你天天给潘唔能找女人,助纣为虐,协助他糟蹋良家女子,那你不是和潘唔能一样丧尽天良……我警告你,不许纠缠我,不要以为张伟不在跟前,你就可以肆无忌惮! 我告诉你,张伟能把你送到宁州监狱,我一样能! 张伟临走前把你的自白书交给我了,小心一点,别惹我,把我惹烦了,我叫你上网络通缉名单……"

其实,陈瑶是吓唬高强的,张伟那天走得很匆忙,那高强的招供书根本就没有给来得及给陈瑶。

高强哪里知道这情况,他被陈瑶这么一顿痛斥,觉得很无地自容,立刻胆怯了许多,不由后退了两步。

陈瑶冷冷地看着高强,鼻子里哼了一声,转身从容离去。

高强愣愣地站在那里。

陈瑶走了半天,才想起车还停在旅游局的院子里,她刚才去市政府是从旅游局那边步行走过去的,两个地方相距几百米,很近。

陈瑶又回身,朝旅游局院子里走去。

走到旅游局院子,陈瑶正要开车门,突然听见有人喊自己,一看,是局长出来了,正朝自己走过来。

局长耷拉着脸,他刚才接到潘唔能的电话,已经知道了事情的经过,既然潘唔能对陈瑶已经不再热乎,自己当然也不用再对她这么迁就了,特别是一想起因为这个臭女人,自己的女人被潘唔能征用的事,局长就特别窝火。

局长走过来,冷冷地看着陈瑶说:"陈瑶,你厉害,你不简单啊,敢对抗领导,敢蔑视领导,行,你是英雄! 佩服! 佩服!"

局长的话里显然是充满了嘲讽。

"谢谢局长夸奖,过奖! 不敢!"陈瑶看着局长,不卑不亢地说。

"路都是自己走的,走错了,走到绝路上去了,那只能怪自己,怪自己不长眼啊,怪不得别人,"局长冷酷地说道,"我是好话说了万万千,你就是不听,你能,能啊,我看你现在

307

到底有多能！不听话是要吃亏的，是要吃大亏的……到最后，公司开不成，旅游做不了，唉……可悲啊！"

"是的，可悲！局长说得对，真的很可悲！只是我不知道是我可悲还是你可悲！"陈瑶嘴角闪过一丝冷笑，"局长大人，我关掉公司，我不做旅游，是你领导有方，管理有方，是东兴旅游的光荣和自豪，是你的业绩和功劳，你很得意吧……我陈瑶就是不长眼，我就是自找绝路，我就是要自己关掉公司，我就是要离开东兴旅游……但是，我请你记住，我请你东兴市旅游局的局长记住，我是被你们逼的，这一切，都是你们逼的！好好的一个公司，就是被你们逼着做不成的，人也是被你们逼着离开东兴的……我就不相信，这天就一直这么黑下去……总有一天，局长大人，我会看着天亮起来，我会看着一切罪恶都遭到报应，我会看到你们一个个都遭到报应！善有善报，恶有恶报，你记住这句话……咱们等着瞧……"

说完，陈瑶一声冷笑，看都不再看局长一眼，钻进车里，开车离去。

局长在自己院子里被陈瑶奚落痛骂了一通，很尴尬难堪，除了潘市长，还没有人敢这么和自己说话，他脸色铁青，心里恨恨地骂着：小贱人，不识抬举，就为了这身肉，宁可把公司搭进去，宁可不在东兴混旅游，自找的，活该！

局长气哼哼地上了自己的车，直奔宋佳那里，此刻，宋佳正在家里等他。

局长现在已经彻底被这冰毒放倒了，一天都离不开。

局长的剂量正在逐渐增大，一开始每天吸 3 口就可以，现在要吸 20 多口才满足，一包冰，宋佳吸不了几口，都被局长用了。

宋佳有些担心，劝局长少吸点，别过量，特别是他这种新溜冰的，量过大很容易出危险。

局长总是满不在乎地摇摇头："没事，老子这体格壮，没事的……"

宋佳也不太懂这些，看局长这么说，也就不再多说。

陈瑶刚开车回到家里，突然狂风大作，天空电闪雷鸣，地面飞沙走石，接着，"哗……"倾盆大雨从天而降。

天打五雷轰，自作孽不可活，让暴风雨涤荡毁灭这丑恶的一幕吧！陈瑶看着窗外肆虐的风雨，心里默默念叨着。

第三十四章 趁火打劫

狂风暴雨来临，老郑的漂流就不能漂了，老郑和于琴松闲下来。此刻，两人正悠闲地躺在办事处宿舍里宽大的双人床上看电视，边听着窗外肆虐的风声和雨声，边闲聊着。

"咱们做这生意的，最怕刮风下雨，最好天天是烈日暴晒，那样大家都来漂流，多好，"于琴看着窗外的暴雨，无聊地说道，"唉……偏偏今年老是下雨……"

"哪一年雨水都不少，就是以前和你无关，你不关注，天天下你也不觉得多，现在呢，下一天你都觉得多，因为下一天你就少挣一天的钱啊……"老郑对于琴说。

于琴笑了："狗日的分析得很有道理，是这么回事，唉，要是下两个月的连阴雨，咱这漂流直接就宣布停业关门得了，赔死了就……"

"这显然是不可能的，你以为咱们这老天爷是潘唔能啊，让下就下，让不下就不下，老天爷没那么坏的……"老郑漫不经心地说着，"下两个月的连阴雨咱们完蛋，一个月没有经营许可证，陈瑶的假日旅游完蛋，基本大同小异，就是这么回事……"

于琴随便按着手里的遥控器，边对老郑说："陈瑶那公司这么一停业，损失可真的是太大了，我今天听说旅游局派去审核的结束了，结果还算不错，看来如果没有什么意外，近期还是能恢复营业的……"

老郑坐在床头抽烟，将烟头在烟灰缸里轻轻弹了弹，看了于琴一眼，从鼻子里发出一声轻轻的哼声："幼稚……你懂个鸟……这旅游局的审查就是他妈的走过场，故意折腾的，这你都看不出来？这都是老潘在捣鼓事，是在挤兑陈瑶……你看着，不信咱俩打赌，就是什么事也没有，陈瑶的假日旅游也绝对开不了业，除非……"

"除非什么？"于琴看着老郑。

"除非陈瑶让潘唔能这个……"老郑竖起中指，"否则，陈瑶这假日旅游就死定了……"

于琴眉毛跳了跳两下，看着老郑说："嗯……真正的原因原来在这里，潘唔能他娘的玩了这么多女人，还死不放过陈瑶，要是张伟不走啊，非得废了他不可……"

"我相信张伟能废了潘唔能,他有这个胆量和气魄,也有这个能力,但是,我还相信,潘唔能也能废了张伟,他更有这个能力……"老郑吹吹烟头,"张伟如果在,我相信这是一场两败俱伤的争斗,受伤的是老潘,但受损的是张伟和陈瑶……和这样的人打交道,仅仅靠匹夫之勇是不行的,得用脑子……不过,陈瑶和老潘周旋了这么久,现在终于没有退路了,被逼到悬崖边上了,要么做老潘的情妇,要么就让公司死掉,她没有选择了……"

　　"依照陈瑶的性格和脾气,她一定不会答应老潘的,你说是不是?"于琴看着老郑问。

　　"当然,陈瑶是什么样的女人?那是一个纯洁、自重、自爱的女人,你以为像你一样……"老郑鄙视地看着于琴,"人家陈瑶是什么样的?我告诉你,陈瑶绝对是宁为玉碎,不为瓦全的,自从听说老潘打陈瑶主意第一天起,我就知道老潘是一定不会得逞的,我就知道陈瑶总有一天会被老潘逼到绝路上的……"

　　"去你的,少揭我短,多久的事了,不准提……"于琴有些理亏,嘿嘿自嘲笑了下,又对老郑说,"你说,陈瑶、张伟和咱们关系都不错,咱们要不要帮帮她?"

　　"怎么帮?我们怎么帮?"老郑看着于琴,"高强是她前夫,还一直在追陈瑶,还和老潘关系这么密切,都超过我们和老潘了,都帮不上忙,我们咋帮?没有那个金刚钻,少揽那个瓷器活儿……"

　　"我们当然能帮,只要我们想帮,就一定能帮成,"于琴说,"我们手里有两件法宝,一个是王英的视频资料,一个是那大信封里的东西,都可以用来发挥一下作用……"

　　"你倒是很热心啊,还两件法宝呢?我告诉你,三件了,老子刚刚又给老潘送了30万,顺便给他视频了一下,包括录音啊!现在,就是你那两件都作废了,这一件法宝就能让他舒舒服服进监狱待上几年……"老郑得意地吐了一个烟圈,"手里攥着别人的把柄,真好啊,就是舒服啊……"

　　"呵呵……你狗日的真有一手,太好了,我看我们是不是用其中一件法宝来帮帮陈瑶……"于琴笑着对老郑说。

　　"你有病啊,神经!"老郑瞪着于琴就骂,"你不长脑子啊,没事找事,我们辛辛苦苦搜集的法宝,干吗要帮她呢?为她用这法宝得罪潘唔能,值得吗?你他妈的真是女人见识……帮助陈瑶能给我们带来什么好处?"

　　"可是,毕竟陈瑶和张伟是我们的朋友啊,大家朋友一场,眼睁睁地看着假日旅游这么好的一个企业死掉,心里真的是于心不忍……"于琴被老郑骂得有些发懵。

　　"朋友?朋友值个屁用?能当饭吃还是能当钱花?什么朋友不朋友,能让我赚钱的人就是朋友,朋友之间是利益决定的……我朋友多了,我都得帮?"老郑反问于琴,接着又阴笑着,"假日旅游确实是一个很好的企业,死掉确实可惜,我是不能让它死掉的……假日旅游不能在陈瑶手里活起来,但是,也许假日旅游会在我手里活起来……"

"你……"于琴不解地看着老郑，"你是什么意思，你说的是什么啊，像绕口令……"

"不明白？"老郑看着于琴，脸上露出了得意的笑，"我脑子里早就盘算好了，这假日旅游是全市最好的旅游企业，大家都眼红的，现在这种情况下，只要假日旅游在陈瑶手里必定死掉，但是，如果更换了法人，把假日旅游卖给我们，成为我们的企业，这假日旅游还能死掉吗？我们手里有三大法宝，只须亮出其中一件，这潘唔能还不乖乖给我们签字换证吗？"

"你的意思是，不帮陈瑶救活假日旅游，而是趁这时机把假日旅游收购过来，成为我们的企业？"于琴看着老郑问。

"是的，你他妈的终于明白了！"老郑回答，"我不但要收购假日旅游，而且还要以最低的价格收购……"

"有点卑鄙小人吧，"于琴说，"妈的，趁人之危，趁火打劫，不是君子所为……我不同意。"

"你他妈的懂个鸟啊，"老郑冲于琴吼道，"什么趁人之危、趁火打劫，放你妈的屁……这假日旅游如果我们不收购，就是个死公司，就得倒闭，我们收购过来，是帮助陈瑶，是帮助她减轻负担，你这个都想不通？"

"那我们不收购，让企业在陈瑶手里复活不是更好？"于琴说。

"为了一个所谓的朋友义气，我们冒着得罪潘唔能的风险去帮忙吗？我们没有任何好处，你是不是傻啊？我们不是救世主，我们没有必要为了所谓的朋友去动用我们手里的王牌，犯不着，你懂吗？搞经营，做生意，你还嫩着呢，要理性一点，不能冲动，更不能要什么义气……"老郑看着于琴说，"别忘了，老子是生意人，没好处的事情，老子是绝对不干的，老子就认钱，别的都不认，你少给我捣鼓这鸟事……

"收购假日旅游，我们既增加了实力，壮大了力量，又帮陈瑶减轻了担子，这不也是帮陈瑶的忙吗，不也是尽朋友之义气吗？而且，还一举两得……你咋就不用脑子想想呢？亲爱的，我们是生意人，我们的终极目的就是赚更多的钱，这就决定了我们做事情的原则，我们必须尽可能降低我们的风险，减少我们的付出，而且要尽可能获取最大限度的利益……不当家不知柴米油盐贵，你以为我辛辛苦苦赚钱容易啊……"

"狗日的，算你狠，"于琴被老郑说得无法反驳，想想也有道理，又说，"你能确保陈瑶会答应将企业卖给你？"

"只要陈瑶对救活企业没了指望，只要潘唔能决心整死假日旅游，我就绝对有信心收购过来……"老郑很有把握地说，"就是不知道陈瑶和潘唔能的战斗到了什么程度了，不知道脸有没有撕破……这样吧，你过会儿打电话问问陈瑶，以关心的名义问问她什么情况了……"

"你凭什么这么有把握？"于琴看着老郑，有些好奇。

"知己知彼百战百胜,我的把握来自于对陈瑶的了解,"老郑说,"陈瑶这人什么都好,但是有个致命的缺点……你觉得陈瑶最大的优点是什么?"

"有情有义,讲义气,有良心。"于琴脱口而出。

"这就对了,是的,有情有义,这是她的一大优点,也是一大特点,但是,事物往往是会转化的,在某些时候,优点反而会成为缺点,致命的缺点,"老郑看着于琴说,"我们做生意,最重要的是不但要善于发现对方的优点,更要发现对方的缺点和死穴,就像我们抓住潘唔能的把柄一样,直接抠住对方的死穴,这陈瑶啊,她的最大的优点,这会儿正是她最大的弱点……"

"说的什么啊,听不懂……"于琴说。

"这么说吧,假日旅游要解散,员工就全部要失业,放在别人身上,自己的公司都不保了,还管你什么员工啊,但是,陈瑶就不会,她是有情有义之人啊,既然有情有义,就得付出代价……

"如果假日旅游要关掉,困扰她的最大的问题一定是员工的安置问题,她必定要为这些员工的将来考虑,如果这个时候,我们伸出援助之手,接管假日旅游,保全这些员工的福利待遇一切照旧,你说,陈瑶会不会很感激我们呢?

"而且,假日旅游的员工都是业务精英,个个都是陈瑶亲自带出来的,多好的一支队伍啊,千金难买,解散了多可惜,到我们这边来,能为我们赚很多很多钱的,一年多赚100万很简单! 21世纪,最大的财富是人才啊,想一想,亲爱的,100万……"老郑对于琴说。

"嗯……你说得有道理,是这么一回事……"在巨大的利益面前,于琴也不禁动了心,对老郑说,"我就是觉得有些于心不忍,老觉得对不住人家……"

"你要换个角度考虑问题,"老郑耐心地开导于琴,"要从我们替陈瑶排忧解难的角度考虑问题,我们是在帮助她,我们是在尽朋友的义务,是在替她解决困难,既然她已经无法维持下去了,把企业卖给我们,既能收回一部分资金,还能保全员工的工作,她自己心里也安慰……你这么想,就会觉得心里很安稳了……"

"……你妈的真会说啊,好像我们都是好人了,既赚了好处,又做了好人,一举两得,"于琴斜眼看了一下老郑,"我给你说啊,这事其实咱们心里最明白,你再怎么说,不过是打着帮助人家的名义去低价收购人家的企业,实质上就是趁火打劫,趁人之危……唉,不说了,一说你他妈又骂我,就这样吧,我不管了,你爱咋整就咋整,这电话我是绝对不打的,你想打你打,随你去……"

"好,好,你不打,我打,这事我自己去操作,不用你插手,好人让你做,我来做坏人……"老郑说,"只要你别捣乱,就是烧了高香了,记住,咱们是两口子,咱们的利益是共同的,我赚钱还不是为了咱们的家,咱们的孩子……"

"知道了,你整吧,我当不知道这事,等以后张伟回来知道你现在的所作所为,两脚踢死你,再把公司收回去……"于琴半真半假地对老郑说。

"凭什么啊,我又没干什么坏事,一个愿打一个愿挨,两厢情愿……"想起张伟,老郑心里有点心虚,嘴巴上还是很硬,"再说了,你以为张伟还敢回来?四秃子正到处追杀他,他回来是自己找死……算了,不和你说了,我还是先和陈瑶打电话联系下吧,聊聊天,过问一下情况进展……"

于琴累了,一个转身,说:"我困了,睡会儿觉,你咋弄我不管了,也管不了你狗日的,但是我提醒你,不要逼人太甚,凡事有个度,不要觉得抓住了人家的弱点,就压榨个没完没了……"

"睡你的吧,我还用你教我……"老郑从床上坐起来,穿衣下床,说,"我做事情有数的,这事只要你不帮倒忙就好,别的不用你掺和……我辛辛苦苦还不是为了这个家,为了我们,我容易吗,你认清点儿,到底谁是自己家人,别胳膊肘子往外拐……"

于琴不再做声。

老郑下床后,穿衣去了办公室。

外面的雨还在下着,狂风暴雨。

老郑坐在办公桌前寻思了一会儿,然后拨通了陈瑶的电话:"陈董,你好,郑一凡。"

陈瑶此刻正开车冲进风雨中漫无目的走,心中充满郁闷和愤懑。她知道公司是死定了,与其坐以待毙,不如自己主动下手。

陈瑶此刻最大的问题就是如何面对公司里的几十名员工,这些自己亲手带出来的业务精英,这些和自己朝夕相处、情同手足的兄弟姐妹。一想到公司解散后大家各奔东西的情景,陈瑶的心里就一阵阵的绞痛,这些人大都是东兴本地人,家中都有老有小,现在正是经济危机,找一份合适的工作是很难的,没有了这份工作,大家会多么难受。

陈瑶在风雨中驾车狂奔,终于在一处树林边停住,颓然一声长叹,将头趴在方向盘上,呆呆不动。

就在这时,陈瑶的电话响了,老郑打来的。

"郑总,你好。"陈瑶迅速恢复正常语态,接听老郑的电话,她不想让老郑觉察到什么。

"陈董,今天我刚听于琴说你的公司停业了,听说是因为经营许可证的事情,事情办得咋样了?"老郑关切地问陈瑶。

"呵呵……是啊,停业了,事情办得不怎么样,"陈瑶想,反正这事早晚是大家都要知道的,也没必要隐瞒了,口气故作轻松地说,"许可证换证很麻烦啊,我这公司停业一周了,再停一段时间,就算是换了证也赔死了,呵呵……我正打算不做了,累……"

"什么?!"老郑心里一阵狂喜,老潘和陈瑶揭开盖子了,陈瑶一定是坚决不从,坚决要玉碎了,天助我也,太好了!老郑强压住内心的激动,嘴上装作十分惊讶惋惜的语气,"陈董,你真的打算不做了?太可惜了,唉……可惜我帮不上你什么忙……"

"唉……没办法,就这样拖下去,公司早晚也是个死,我也累了,干脆关掉走人,休养生息一阵子……呵呵……谢谢老兄关心……"陈瑶笑着说道,心里对老郑有了一分感激之意。

"哦……"老郑停顿了一下,"陈董,有时间没有,我请你出来喝咖啡,谈谈心……"

"可以,到哪里?"陈瑶问老郑。

"去真锅咖啡吧,那里是你的老巢……"老郑故作轻松地说道。

"行,既然是我的老巢,那就我请客吧,那边我签单就可以……"陈瑶笑着说。

"那好,"老郑在办公桌前兴奋地站起来,"20分钟后见!"

"20分钟后见!"陈瑶放下电话,发动车子,掉转车头,顶风冒雨,直奔真锅咖啡屋方向而去。

路上依然暴雨如注,风雨交加。

东兴狂风暴雨,瑶北艳阳一片,天空晴朗,风和日丽,伞人经贸公司的各项筹备事宜正在紧张而有序地进行着。

张少杨的战友小段退伍后一直也没有找到合适的工作,这次也应聘加盟了公司,归属张少杨管理。张少杨这些日子和丫丫、王炎他们一直保持着密切的联系,产品样品、规格、价格、材料、要货数量、标准等资料源源不断地在两地间来回传送。

小郭和张伟的大部分时间是在老家的各个村落间穿行,和大堂兄一起,拜会各村村长、落实各村生产能力、花色品种、材料供应、质量标准等事宜。

张伟刻意想锻炼大堂兄和小郭,除了和村长的接洽自己亲自出面以外,其他事宜,都让他们去做,自己在后台指导。

农村市场是巨大的,一旦用希望和利益激发了他们的生产积极性,积聚已久的潜能像火山一样喷发出来,所到之处,张伟见到的都是火热的生产场面。

家家户户都把放在屋梁上、锅屋里、柴草间的柳条和琅琊草翻出来,晾晒洗涤干净。家庭妇女和闲置男劳力们都忙乎起来,坐在自己门口的大树荫凉下,按照张伟公司下达的收购标准和样品模式,热火朝天地干起来。

张伟指示大堂哥和小郭:"大家伙的生产积极性有了,下一步就是做好原材料供应和质量监督工作,原材料农户家中如果储存得不够,就到外乡、外县去收购,回来按照收购价提供给大家,不要赚这个钱……生产质量是咱们的立业之本,质量不过关,一切都玩完!把好质量关,分两步,一是直接收购的时候,严把质量关,二是往外发货前,再严格把一次,确保出去的产品百分之百合格,大哥你带领众位堂哥把第一道关,小郭呢,负责把第二道关,万万不可大意,不可徇私情……"

大堂兄和小郭连连点头,大堂兄说:"兄弟,你放心,我和大家都说了,大家都要把公司的事情当成咱自家的事情来办,谁要是疏忽疏漏了,不用你发话,我就先开除他,自家堂兄弟也不行,毕竟现在咱们不是在家里打庄户,也算是场面上的人了……"

张伟笑了:"大哥,这其他堂兄弟归你管是不错,不过,这开除人的事啊,咱得按程序来,也就是得按规矩来,公司的各项规定马上就下发,到时候带着大家伙好好学学,都遵守那规定就行了……真有需要开除的,你先别直接就开了啊,得先给我说一下,我考虑完了,答应了,然后由公司提出来……"

"部门负责人有提出除名的权力,但是要报公司老总批准,"小郭笑嘻嘻地对大堂哥说,"这叫人事程序……"

大堂哥呵呵笑着,挠挠头皮:"哦……好,走人事程序,以后就走人事程序……"

张伟又安排小郭:"待会儿你打一个报告,给生产部的全体人员全部配备手机,"通讯费按公司的规定给予补贴,手机统一买诺基亚的,1000元左右的就可以……我签完字后你到财务上去提钱,直接去把手机买来,给大家发下去……

"好,"小郭答应着,又挠挠头皮,不好意思地说,"这报告怎么打啊,我没打过啊……"

"就是写申请,你辞职申请不是写过吗,就照那模式,工作需要,需要配备手机,什么价格,总共需要多少钱,就可以了,一回生二回熟,慢慢你就懂了……"张伟笑呵呵地说。

小郭也笑了。

安排完,张伟又回家和爸爸妈妈说了会儿话,然后和小郭开车回到瑶水公司办公室。

公司的门牌、电话、传真、网线等等已经全部安装完毕,各部门工作都已经有条不紊地运转。

这两天,张伟因为事情太多,工作繁忙,和陈瑶每天联系聊天的时间都很短,都是在晚上11点忙完之后,刚说没几句,陈瑶就要他早休息,不要熬夜太晚。

张伟总感觉不过瘾,总想和陈瑶好好说会儿心里话,不过想一想,今天是周三,周六公司开业,需要安排的事情太多了,而且,周五,陈瑶就要飞过来参加自己公司的开业仪式,就这么几天了,忍一忍吧。

一想到陈瑶要来瑶水,要和自己相会,一想到自己的开张仪式陈瑶将亲自莅临,一想到自己的女人很快就要来到自己身边,张伟就兴奋起来。

"爱情的小花朵,滋润你和我,我们俩的爱情就像热情的沙漠……"张伟乐滋滋地坐在黑色高大柔软的老板椅内,脑袋向后一仰,手放在两边,像老郑经常做的那样,转半个圈圈,然后情不自禁地哼唱起来……

第三十五章 一拍即合

陈瑶赶到真锅咖啡屋的时候,老郑已经在214房间等她了。

老郑见了陈瑶,笑着站起来:"我一说是你的客人,这儿的服务员就把我领到这里来了,看来这里确实是你的老巢啊,呵呵……服务员说这是你的固定房间……"

陈瑶神色平静,看着老郑:"郑总客气了,请坐,别见外。"

两人在房子中间的椭圆形高脚桌前面对面坐下。

陈瑶按铃叫来服务员点咖啡,问老郑喜欢喝哪种。

老郑看着陈瑶,微微一笑:"来到真锅,就喝他们自酿的真锅咖啡吧,你呢?"

"主随客便,"陈瑶也同样微笑着,看着服务员说,"麻烦你给我们上两份一样的。"

很快,咖啡上来了。

"两位请慢用。"服务员礼貌地退出,关上房门。

陈瑶招呼老郑:"郑总,要不要加糖?"

老郑点头:"要,我喝咖啡是从来都要加糖的,不加糖,我是没法喝的……怎么?你不加糖?"

陈瑶点头:"是的,我喝咖啡从来不加糖,我喜欢咖啡的苦味……"

老郑笑了,"这说明你这人能吃苦,我呢,我吃不了苦,我喜欢享受……我比不了你……"

陈瑶摇摇头:"郑总,话不能这么说,这说明你有福气,是享福的命……唉……有福之人不落无福之地,你这人啊,就是这有福的命,福气来了,挡都挡不住,天上都给你掉馅饼……"

老郑心中一动,看着陈瑶,问:"陈董,最近这事很麻烦吗?到了要关门不做的地步?不至于吧?"

陈瑶笑了笑:"说麻烦就麻烦,说不麻烦就不麻烦,说你能营业你就能营业,说让你关门你就得关门……我折腾够了,这也许是天意吧,天意不可违啊,既然老天都知道我累了,不让我再做了,我还折腾什么呢……唉……算了,既然这许可证换不出来,我也不想等了，等上一个月，公司自动就死掉了，那又何必呢……"

老郑心中狂喜不已，装作十分关切的神态，问道："为什么会这样？难道这许可证就这么难换？"

陈瑶抿抿嘴唇："凡事都是相对的，没有什么绝对的难或者不难，但是，对我来说就很难，呵呵……已经这样了，不给换就不换吧……"

老郑很同情地看着陈瑶："唉……说说原因，或许我能帮你……"

陈瑶摇摇头："这个你不好帮的，我们都是老百姓，我们是管不了当官的人的……"

老郑看着陈瑶："难道是旅游局的领导故意刁难你？是不是局长啊，那天你和局长吵架，他记仇啊？"

"局长只是一个马前卒，还有后面更大的……"陈瑶边喝咖啡边说。

老郑神色一亮，看着陈瑶："哦……难道是潘……"

陈瑶点点头："是的。"

老郑神色黯淡："唉……我和于琴都很想帮你，下午出来之前于琴还和我谈论如何帮你呢，小张不在跟前，说如果需要钱或者人力、物资，我们都可以的，可惜……唉，这事我也无能为力……你也知道，这潘市长现在还在算计我公司的30%的股份，我不答应，已经把他得罪了……"

陈瑶不知道于琴把王英放倒的事情，但是知道潘唔能一直在算计龙发旅游的股份，听老郑这么一说，感激地看了老郑一眼："呵呵……谢谢你们两口子，这事你们也帮不了什么的，这事谁也帮不上忙，你们能有这句话，我陈瑶就感激万分了，谢谢……"

"大家都是朋友，朋友之间帮忙都是应该的，别客气，"老郑诚恳地看着陈瑶说，"我和于琴都感到很难过，唉……这事到底是怎么回事啊，你怎么得罪了旅游局和潘市长的……他们干吗要这么刁难呢？"

陈瑶微笑了一下："狼要吃小羊，总要找个借口的，不需要专门找理由，我怎么敢得罪他们呢？他们就是不让我这个小百姓活啊……呵呵……自古民不与官斗，斗也斗不过，咱还是识相点吧……"

老郑作愤怒和难过状，咬着嘴唇，使劲摇了摇头说："唉……这世道啊，没真事了，黑啊，真黑啊，岂有此理，像你这么安分守己做生意的，竟然也被欺压，太过分了……唉……真遗憾，我和于琴竟然帮不上你什么……"

老郑极力想表明自己对陈瑶的同情和无奈，其实，他心里真的是很同情陈瑶，他觉得陈瑶在潘唔能面前，真的是一只羔羊，只是这只羔羊桀骜不驯，浑身是刺，饿狼一直想下口，却总是找不到地方，因为羔羊总是不给他下口的机会。

然而，同情归同情，老郑是绝对不可能动用手里的把柄去帮助陈瑶的，毕竟陈瑶的事情和自己关系不大,没必要为这事伤了自己的筋骨,而且,这事对于自己,好像还是一件好事。

老郑一直想有一家自己的旅行社,有了旅行社,自己的景区营销就如虎添翼了,他很有自知之明,从来没有敢打过陈瑶假日旅游的主意,虽然一直是垂涎三尺。他之前的主要精力都放在了老高的中天旅游上面,在老高金蝉脱壳之后,又把主攻方向对准了大地,虽然大地旅游的效益不好,但是有一家旅行社总比没有强。

就在老郑饥渴的当口,老天有眼,竟然把假日旅游这块肥肉送到了自己嘴边,这可是千载难逢的好机会,万万不可错过。别的不说,就凭假日旅游有可能成为自己的肥肉,也不可能去帮助陈瑶换证成功恢复营业的。

陈瑶,不是我不想帮你,而是我无法帮你,这个世界,人不为己天诛地灭,我也是如此……老郑在心里自己对自己说着,安慰着自己,让自己心安理得起来。

不过,陈瑶倒是没想那么多。她一直觉得自己很孤独,很无助,在最困难的当口,有个朋友跟她说几句鼓励的话宽慰一下,已经让她很感动了,虽然她能感觉到老郑的表现有点做作。

见老郑这样,陈瑶反过来安慰老郑:"郑总,其实啊,这世道就这样,破财免灾我认了,你也别觉得遗憾,你能有这个心思,我就很感激了……"

老郑继续无奈而愤怒地摇着头,看着窗外的风雨飘摇,不说话。

陈瑶也沉默起来,托着腮帮看着外面的雨幕在窗户玻璃上拉出一道道曲线……

半晌,老郑回过头来,看着陈瑶,嘶声说道:"那……你打算将公司关掉?"

"嗯……"陈瑶抿抿嘴唇说,"关掉吧,没办法,与其等死,不如自裁……"

说完,陈瑶凄然一笑。

"那……你公司的事情都安排好了?"老郑紧盯着陈瑶的眼睛问。

"还没安排,今天刚开始琢磨这事呢,唉……关门比开门麻烦啊,一系列遗留问题都得处理,呵呵……很烦人的……"陈瑶叹了口气,神色转瞬又变得轻松起来,虽然眉宇间还有几丝愁绪。

"是啊,可以理解,麻烦事一定很多的,"老郑赞同地说道,"债券债务、劳资纠纷、资产盘点、工资结算……唉,确实是很烦人的……"

"呵呵……"陈瑶笑了,"这些都不是问题,这些都是小事情,很好办,按程序,按法律办就是了,关键是啊,我的这些兄弟姊妹都是我带出来的,现在我一撒手走了,没人管他们了,唉……心里觉得很过意不去,总觉得不是个事……"

"对、对、对,"老郑冲陈瑶又是点头,又是竖大拇指,"陈董,你说得对,这才符合你做人的原则,你这人啊,就是这么无私,总是这么有情有义,总是老替别人考虑,你的品德真的很高尚,佩服……"

陈瑶苦笑道:"郑总,别夸我,我没那么高尚,我只是从做人的基本良心出发罢了,换了你,你也会有我这种心情的。大家出来混都不容易,特别是打工的,挣点钱,找份工作,太不容易了,将心比心罢了……想一想俺家张伟,当初辞职后要是没有你收留,或许早就加入失业大军的行列了……"

老郑脸上一阵发烧,心里不上不下的,忙说:"不提这个,我正觉得对不住张伟兄弟呢,要不是我带他来东兴,或许也不会有今天……对了,那你的人员……你打算咋办呢?"

"我正考虑呢,"陈瑶凝神看着窗外,一会儿扭头看着老郑,半真半假地说道,"呵呵……要不,你来做个大善人,把我的人都留给你吧,你来收留他们,这些人个顶个都是好手,做业务,绝对棒……"

"呵呵……我倒是想啊,可惜,我这小庙,容不下那么多活菩萨,再者,他们是做旅行社营销的,我的是景区营销,内容不同,也不见得顺手……"老郑不紧不慢地说道。

"呵呵……我和你开个玩笑,别当真。我知道咱们两家的工作内容不同,再说,你一下子进这么多人,也没必要……"陈瑶笑着看了看老郑,接着又愁眉紧锁,"哎呀……愁哇愁……呵呵……"

"哎……"老郑仿佛突然想起来什么,一拍脑袋,"陈董,我倒突然想起个好办法,不知可行不可行?不知你意下如何?"

陈瑶看着老郑翻然醒悟的样子,觉得老郑今天的言行举止有些夸张,心里乐了一下,对老郑说:"郑总,你讲就是。"

"我想……我想啊,这个,这个……你公司要关掉啊,这个……这个人员要解散啊,这么好的员工,流失了,真是很让人痛心,"老郑斟酌地说着,看着陈瑶的眼睛,"我刚才突然想到,这么好的公司干吗要关掉呢,关掉了多可惜啊……我觉得啊,无论如何不能让假日旅游关掉,一定要保存下假日旅游这块招牌,既然你无法做下去,既然他们故意刁难你,那么,我们是不是可以换个思路,换个角度来考虑问题呢……"

陈瑶很聪明,马上从老郑的话里听出了他的意思,心中一凛,眼前一亮,看着老郑,说:"嗯……郑总,继续说下去……"

老郑看到陈瑶鼓励的眼神,索性一不做二不休,继续说道:"我想啊,不如这样,既然他们不让你做,那么,你把公司交给我,我想办法去换许可证,我来替你做吧,我替你管理,替你经营,名义上呢,公司转给我了,其实呢,还是你的,只不过是我替你打理罢了,等风头过去了,我再把公司还给你,这假日旅游还是你的……"

老郑算准了陈瑶的心理,他知道陈瑶的为人和性格,所以敢大胆说出这话。

陈瑶看着老郑的眼神,心里突然明白了老郑今天找自己喝咖啡的真正意图,明白了老郑拐弯抹角这么半天的目的何在,原来老郑是瞄上了自己的公司,想把自己的公司收过去!

陈瑶心里上下翻腾起来,不由得一股怨气升起来,这不是趁人之危吗,看我遇到难处了,就来趁火打劫啊!好你个老郑!说什么暂时替我经营,话说得好听,既然公司给你了,法人更换了,哪里还有再收回的道理,开国际玩笑!

老郑啊老郑,郑老财,原来你的真正目的是这个!你是醉翁之意不在酒啊,狡猾的家伙!陈瑶肚子里咒骂起老郑来。

然而,很快,陈瑶接着又想到,不管老郑的如意算盘如何,不管他的真正意图如何,这对目前正处于进退两难的自己来说,也未尝不是一件好事,保全了公司,保全了客户,保全了员工……

只是,唯一没有得到保全的,是自己这个法人。

不过,陈瑶又一想,如果大家都能够得到保全,自己这个法人即使失去了,也算是值得。想到这里,陈瑶心里突然有了一些安慰。

"你……你有办法有把握换出经营许可证来?"陈瑶犹豫了一会儿,然后看着老郑问道。

"我没有绝对的把握,我想,既然潘唔能和旅游局的矛头是对着你来的,那么,公司法人更改了,他就没有理由再刁难了,"老郑眉头紧锁,看着陈瑶,然后,仿佛下了很大的决心,"如果实在不行,我豁出去了,就拿龙发的股份和他交换,大不了就答应把股份给他30%,只要他答应给换发经营许可证……我先替你经营着公司,等风头过了,我再还给你,咱们再把法人更换过来……"

陈瑶心里一阵冷笑,再还给我?!老郑把自己当小孩子耍呢,这把戏傻瓜都能看透,老郑可真会得了便宜还卖乖啊!

陈瑶故意装作不懂,装作很相信的样子,看着窗外,凝神思考。

不管老郑动机如何,不管老郑对自己的心思如何,此事对于公司的员工却实在是没有坏处的,公司得以继续保存,大家得以继续有个饭碗,比什么都强。

陈瑶考虑了许久,脑子里琢磨着各种利害得失。

老郑神情紧张地看着陈瑶,他突然想到,自己今天的表演或许太反常了,陈瑶一定看出了破绽,假如陈瑶上了犟劲,再来一次玉碎,宁可牺牲员工的利益,也不把公司转给自己,那自己辛辛苦苦打的如意算盘可就落空了。

老郑开始检讨起自己说话不当或者过分的地方,心情愈发紧张起来。

屋子里一时很安静,只有室外噼里啪啦的雨打窗户声。

陈瑶经过一番权衡,最后下了决心,罢了,就这样吧。

陈瑶转过头,看着郑总,然后缓缓地说:"郑总,谢谢你的好意,你的方法刚才我仔细考虑了,很好,很可行,既能保全公司,又能保全大家的工作和饭碗,一举两得,我同意你的方法……只是,我们是大人,不是小孩子玩过家家游戏,既然我要把公司转给你经营,你收购了公司,那公司当然就是你的了,我岂有再收回来之理,那也太对不住你了……既然你有这个动议,既然你能想办法换出许可证,那我就同意你的办法……"

老郑心里如释重负,激情万丈,口里不停地说着:"好,好,好……"

陈瑶一拍巴掌:"事不宜迟,这事说办就办,公司早一天恢复营业,就减少一天的损失。我想,最好是法人变更和许可证更换两项工作同时进行,这样可以减少很多不必要的耽搁,我这边呢,安排专人办理这些事宜,越快越好……"

陈瑶知道,老郑巴不得自己这样说。

老郑一听,果然很兴奋:"好,好,我也是这么想的。"

"我和你之间先签一个协议,转让协议,然后具体的事宜,我安排副总经理徐君和你操作,"陈瑶口气突然变得硬起来,对老郑说,"另外,我对你没有别的要求,只有一个条件,那就是所有的员工,除了一个人,你都必须完整接收,否则,一切免谈……"

"除了谁?"老郑看着陈瑶。

"现在的副总徐君,这个人是张伟未来的妹夫,我离开,他是一定不会留下来的,除了他,别的人都可以留下来,你必须保证全部接收……"陈瑶盯着老郑的眼睛,口气很坚决。

"行!没问题,保证没问题,而且,我还给你保证,今后,职工的工资福利待遇都只会涨不会跌……"老郑痛快地答应了。

"那好,明天上午,我们之间签协议,然后,我开公司员工大会,宣布此事,边办理手续边交接……"陈瑶心里绞痛着,口里缓慢而坚决地说着。

老郑激动而快乐的心几乎要跳出来,连连点头答应。

窗外,狂风呼啸,树枝狠狠地抽打着窗棂和玻璃。

室内,老郑和陈瑶继续交谈着一些具体的细节问题……

天色渐渐昏暗,夜晚来临了。

陈瑶和老郑谈得差不多了,喝完咖啡,告别分手,各自离去。

回家的路上,陈瑶打电话预定了后天杭州飞瑶北的机票。

过了下班时间,何英还在办公室里忙乎着。

何英是一个勤奋的人,这一点何英自己竟然一直没有发现,直到自己开了这家旅行社之后,何英才发现自己竟然很能吃苦,很能干活,很敬业……

何英习惯于把更多的时间放在工作上,把更多的时间放在办公室里,她最希望的就是自己一离开工作,一离开办公室回到宿舍,就能瞬间入睡。她不想给自己留一点空余时间,不让自己的脑子多想工作之外的一点事情。

因为她知道,只要自己的脑子一空闲出来,就会立刻出现那个人的影子,随之,思念和痛苦也开始弥漫,自己的心也就开始被小虫啃咬。

何英不想让自己痛苦,不想让自己去思念去回忆,因此,她宁可让工作来充斥自己,麻木自己,疲倦自己。

看着外面渐渐暗下来的夜色,何英揉揉额头,又揉揉眼睛,一天终于又过去了。

日子就是这么过着,像平缓流过的河水,日复一日,默默无声地流淌着,流水无痕,岁月无痕……

何英习惯了这样的日子,平静而安静,她想,或许以后自己就这么一直过下去了,就在这个让自己能有思念有回忆的地方过下去了,虽然自己一直害怕去回忆和思念。

人就是这么自相矛盾,一方面害怕回忆过去,一方面,却又难以割舍心中的那份情感,难以忘却曾经的心痛和迷离。她将张伟的一幅照片放大洗印出来放在自己的办公桌前,就是为了让自己的目光随时能和他对视……

这是张伟去年春节期间在瑶北老家的一幅照片,照片上的张伟青春活泼、朝气蓬勃,笑容纯真,开心自如,这是何英从张伟电脑里复制出来的,经过洗印、放大,包在一个精致的相框里放在自己面前,每天让他陪自己工作,累了的时候,就会轻轻注视着他,心里默默和他说一会儿话……

"哎……"何英轻轻地叹息了一声,微微闭上眼睛,靠到椅背上,静静地坐着。

办公室的门被轻轻地推开了,一个20多岁的漂亮女孩蹑手蹑脚走进来,走到何英身后,接着,一双白嫩纤细的手捂住了何英的眼睛,接着,何英背后传来轻轻的笑声……

何英微微笑了,轻轻说道:"我知道你是谁,调皮鬼……"

"嘻嘻……"女孩松开手说,"表姐,公司的人都下班了,又剩我们俩了,我饿了……"

何英站起来,转过身,亲昵地摸了摸女孩乌黑发亮的头发,说:"走,跟表姐出去吃饭去……"

女孩撒娇道:"表姐,我不想吃面食了,也不想吃煎饼卷大葱了,咬不动……我想吃炒年糕……"

何英又笑了,伸手捏了捏女孩小巧的鼻梁,说:"好,那好,我们回家,表姐炒年糕给你吃……"

女孩笑着说:"太好了,表姐,说真的,我最想你炒的年糕了,这北方的面食和煎饼,我吃得够够的了……哎呀,我好想念咱老家的炒年糕啊,好想念江南的山水……"

何英脸上一阵疼爱和歉疚,说:"水土不服,饮食不适,让你跟着表姐来北方受苦了,我当初不让你来,你非要跟来,你看,受不了吧……要不,过段时间,表姐送你回去,不然,你姑妈要是知道你跟着我受了这么大的委屈,会责怪我的……舅舅、舅妈也会说我的……"

女孩忙冲何英摆手,说:"别,别,表姐,我只不过是唠叨唠叨,开开玩笑而已,我哪里有委屈了,我很适应这里的,很适应……要是我回去了,姑妈那就更不放心了,晚上就更睡不好觉了,这样最好,咱们姐妹俩在一起,互相有个照应……什么时候等你想回南方了,咱们一起回去,我是绝对不自己回去的……"

何英揽着女孩的肩膀,爱怜地说:"傻丫头,那我要是不回去了呢……"

"什么?不回去了?"女孩瞪着何英,一会儿笑起来,"你不回去,我也不回去,我跟你在这里落户生根,嘻嘻……"

"你舍得南方那个小帅哥啊?"何英看着女孩笑起来,"人家可不一定愿意来北方呢……"

"嘻嘻……只要他爱我,天涯海角他都会来找我,如果他不愿意来落户,说明他不爱我,"女孩笑着对何英说,"对了,表姐,他长这么大,还没来过江北呢……"

何英看着女孩说:"爱情的力量是伟大的,别看他从来没来过江北,说不定有一天,他会骑着白马,风度翩翩地突然来到你的身边,突然出现在你身后,然后轻轻拍着你的肩膀,轻轻说:'嗨,美女,你好……'"

"啊……哈……哦……"女孩显然被何英描述的情景吸引了,眼神发亮,神采飞扬,"好浪漫哦……白马王子……我喜欢……太刺激啦!哈哈……什么时候会真的这样呢?"

"随时都有可能,就在你不经意的一瞬间……"何英开心地看着女孩说,"幸福和浪漫总会在你不知道的时候来到,总会在你还没准备好的时候敲开你的心扉……傻丫头,等着吧,你心上的人儿或许很快会来到你的身边……"

女孩激动兴奋的眼神里充满了向往和憧憬,期待地说:"好希望会有那么一天……当然,希望表姐你也会有那么一天,希望你办公桌上的那位帅哥也会这么突然降临你的面前……"

何英的心一阵绞痛,情不自禁又看了一眼办公桌上张伟的照片。

何英转过身,拍了拍女孩的肩膀:"走吧,咱们回家吃饭去,炒年糕去!"

两人关好公司的门窗,关好电脑和电源,又检查了一遍其他人的电脑,这是她们姐妹俩每日离开公司的惯例,主要是为了安全起见。然后,两人拿出门后面长长的铁钩子,勾住卷帘门的把手,随着一阵轰鸣,拉下卷帘门,用脚用力往下踩,踩到最下面,然后锁门。

关好公司的门,何英拍拍手,习惯性地回头扫视了一下夜幕下北方城市的大街,川流不息的汽车、摩托车、电动车、自行车在马路上奔跑,大家行色匆匆,都在往一个目标走去——家。

家,是一个多么和谐温暖温馨的名字,有家的感觉多好啊！何英心里涌起一阵阵的羡慕和酸楚。

何英开车带着女孩往回走。路上,女孩对何英说:"表姐,那个讨厌的北方佬今天又打公司电话过来骚扰了,要找你,问你手机号码,我没告诉他,说你出差了……这个人真讨厌,流里流气的,一看就不是好东西……"

何英抿了抿嘴唇,对女孩说:"咱们姐妹俩在外地,势单力薄,注意不要得罪人,有话好好说,那人毕竟也是做旅游的老板,毕竟他也没做什么出格的事情,在面子上,还是要客气一点,要尊重人家……"

"嗯……我知道了！"女孩答应着。

何英没有再说话,不由又想起了张伟,要是有他在,还会有人敢这么骚扰吗？自己还会这么担惊受怕吗？

第三十六章 患得患失

陈瑶回到家中的时候,徐君和丫丫已经做好了饭菜,正要给她打电话。

看到陈瑶脸色不大好,丫丫和徐君都没有敢多说话,大家一起默默地吃饭,各自想着心事。

吃过饭,丫丫去收拾桌子碗筷,陈瑶把徐君叫到客厅,坐在沙发上,看着徐君,陈瑶重重地出了口气:"公司我们不做了……"

徐君没有说话,抬眼看着陈瑶。

对这个结局徐君其实已经有了思想准备,这几天的情况,让他已经有了某种预感不祥之感,只是一直没有说而已。因此这会儿,这话从陈瑶口里说出来,徐君并没有感到很大的震动。但是,他眼里流露出了极大的不安和担忧。他不是担心公司,而是担心陈瑶,他知道陈瑶这些日子一定经受了极大的外来压力,他怕陈瑶会因此受伤害。

陈瑶看着徐君的神色,笑了下,问:"早就有预感了? 早就料到了?"

徐君点点头,看着陈瑶说:"陈姐,在我来说,公司不是主要的,你的安危是最主要的,公司没了我们还可以再做,再开,人没了,就什么都没了,我其实,最担心的是你的人……"

陈瑶微笑着说:"呵呵……到不了这么严重的程度,没有什么大不了的事情……"

徐君说:"说是这么回事,可是,没有张哥在旁边,我总是很担心你,晚上你不要外出了。以后,我和丫丫晚上都在,大家就一起在家里……"

陈瑶点点头说:"嗯……我后天就要走了,我要去瑶北,你张哥的公司大后天开业,我必须得去……明天,公司转手,转给郑一凡,老郑……"

"啊……转给他? 为什么要给他?"徐君问道,"这家伙很刁钻的,很奸诈的一个生意人……"

"只为了一个原因,为了大家有碗饭吃,为了大家不失业,为了保全公司,"陈瑶对徐君说，"我一拍屁股不干了，他们呢？这些人呢？他们有家有口的，失业了，咋办？"

徐君点点头说："那我……"

"除了你之外，其他人全部由老郑接收，你不能去，他也不会要你，你得跟我走……"陈瑶说，"明天开始，你代表我参与交接事宜，我和老郑签完字，剩下的事情你全权处理，自己拿不定主意的电话和我联系……"

徐君点了点头："嗯……我也绝对不会过去的，我得和你们在一起，我知道你不会扔下我的……"

陈瑶抿了抿嘴唇："可惜，我只能带走你一个，唉……谁叫你是我老公的妹夫呢，你去了老郑那边，老郑是不会给你好果子吃的，所以，我必须带你走……处理完这边的事情，你开我的车去瑶北，我在张伟家等你……"

徐君心里涌起一阵暖意，又有一股悲壮的感觉，心里阵阵酸楚，辛辛苦苦几年的努力，打拼出来的公司，就这么给了别人，唉……

不过，徐君没有表现出来，他知道此刻陈瑶在微笑的背后，隐藏了巨大的痛苦和伤痛，她更舍不得自己的心血和结晶，她比自己更心痛更难过，自己这会儿不能出来刺激她，她现在需要的是安慰。

徐君点点头说："陈姐，你放心吧，余下的事情交给我，我会处理好的。"

陈瑶黯然道："嗯……明天我会给你具体交代细节……"

徐君看着陈瑶的样子，转移了话题："机票订好了吗？"

陈瑶点点头道："订好了，后天的，萧山直飞瑶北……"

"哦……真好，你后天就可以见到张哥啦，我和丫丫好久没有见张哥了，都很想张哥啊，丫丫晚上做梦还哭着找哥哥呢……"徐君故作轻松地说。

"哦……"陈瑶笑了，看看刚收拾完桌子的丫丫，叫道，"丫丫，过来……"

丫丫过来，坐在陈瑶旁边。

陈瑶爱怜地理了理丫丫的头发，微笑着说："丫丫，后天我要去瑶北找你哥了……"

丫丫看着陈瑶，说："真的，嫂子，真好啊，我也想去，我想我哥了……"

陈瑶摇摇头说："不行啊，你们自强外贸大后天要开业啊，你要忙乎那边的事情的，怎么能离开呢？我去瑶北，是参加你哥的公司的开业仪式，伞人经贸公司开业大吉啊……"

"哦……"丫丫搂着陈瑶的肩膀说，"嫂子，是不是很想我哥了……嘻嘻……"

"鬼丫头，你说呢？你不是也很想吗？"陈瑶反问丫丫，拍着丫丫的手背。

"你的想和我的想不是一回事啊，咱们性质不同，我是想我的亲哥哥，你呢，你是想你的情哥哥……小妹妹想哥泪花流……"丫丫开心地笑着。

陈瑶也被丫丫感染得笑了起来,看看徐君,徐君也笑了。

陈瑶拉着丫丫的手:"我走后,你在家要听你徐哥哥的话,看好门,在公司要听王炎和哈尔森的话,好好工作……"

丫丫瞪眼看着陈瑶:"嫂子,你这一去要多久……"

陈瑶看了看丫丫,又看了看徐君,缓缓地说:"或许,短时间内不会回来吧,我是你哥的人,我得和你哥在一起,今后……今后你哥在哪里,我就在哪里,我跟你哥走……"

"啊……短时间内回不来啊,"丫丫半张开嘴巴,"那……公司……"

"公司我已经转让了,明天就办手续,"陈瑶简洁地对丫丫说,"具体原因不要问了,徐君会办理好公司的后续事宜,办完后去瑶北找我,你呢,就留在东兴,徐君走后,你不要在这里住了,到哈尔森家里去住,然后……我们再安排考虑下一步的事宜……"

丫丫点点头,一会儿说:"那你一走,家里就剩下我和徐君了,两个人大眼瞪小眼,没意思,不好玩,干脆,你后天走,我后天就搬回到哈尔森家里去住,我喜欢哪里,好热闹……"

陈瑶点点头,看着徐君说:"我看可以,这样大家联系做事情也更方便。"

徐君点点头,对陈瑶说:"嗯……是的,后天我和丫丫开车去萧山机场送你……"

陈瑶答应了:"这宝马你开着,不给老郑,公司里别的车和固定资产都给他,人、财、物、客户统统一起移交……"

徐君看着陈瑶:"我明白。"

陈瑶站起来,看着丫丫和徐君,身体稍微摇晃了一下说:"你们在客厅玩吧,我去卧室了……"

然后,陈瑶去了卧室。

一进卧室,关上门,陈瑶一下子扑到床上,趴在枕头上,面孔向下,双手紧紧抓住床单,身体微微颤抖着……

许久,陈瑶平静下来,闭着眼,闻着枕头上熟悉的张伟的味道,默想着……

此刻,在这个风雨交加的夜晚,自己的心上人在干什么呢? 还在忙碌吗?

陈瑶爬起来,坐到电脑前,打开电脑,登录 QQ。

张伟果然在,只是状态设置为忙碌。

张伟一定还在忙碌,还在忙着开业前的筹备工作。

陈瑶不由心里有些心疼,又有些内疚,在他最忙碌最辛苦的时候,自己不在身边照料他,不能帮助他……

一个公司倒下了,两个公司站起来! 旧的不去,新的不来! 陈瑶脑子里突然冒出这个念头,世间万物不都是这样新老交替的吗?

陈瑶没有打扰张伟,静静地看了一会儿张伟的头像,然后又看到小如也挂在上面,陈瑶就和小如打招呼。

陈瑶:"小如,晚上好!"

半天小如才回话:"嘻嘻……我不是小如。"

陈瑶笑了:"那你是谁啊? 怎么用小如的 QQ 呢?"

小如:"嘻嘻……小如是我表姐,她在做饭呢,她 QQ 开机就自动登录的,我在她电脑上玩呢……"

陈瑶:"呵呵,原来是小表妹啊,你表姐在做饭?"

小如:"是啊,伞人……是姐姐吧,你的名字真好听啊,嘻嘻……"

陈瑶:"呵呵……谢谢夸奖,你叫什么名字啊。"

小如:"我……嘿嘿……我表姐过来了,不和你聊了,你和她聊吧,我要吃我表姐做的炒年糕了……"

陈瑶:"炒年糕?! 炒年糕?!"

小如:"陈姐好,我是小如,刚才是我表妹在玩呢,是她和你说话的,我刚才在做饭呢……"

陈瑶:"是啊,她告诉我了,你们咋这么晚才吃饭啊?"

小如:"下班晚了,回来又洗澡洗衣服,呵呵……习惯了吃饭晚……"

陈瑶:"你晚饭做的是炒年糕? 你知道炒年糕?"

小如:"呵呵……是啊,炒年糕……很好吃的……"

陈瑶:"你怎么会做炒年糕?"

小如:"我以前到南方去带团学会的,你们那一带不是有很多人喜欢吃炒年糕吗? 我公司导游前段时间从你们那里回来,买了很多炒年糕啊,大家都瓜分了,我炒给我表妹吃呢……"

"哦……"陈瑶明白了,"呵呵……你还真能,这炒年糕也会。"

小如:"很简单哪,我在饭店看了一次就会了。"

陈瑶:"嗯……最近忙不忙?"

小如:"不忙了,你的客人一听,生意就减少了一大半,清闲多了……对了,你公司的那事咋样了?"

陈瑶:"嗯……估计很快你的客人就开始发了,不要着急,估计很快,几天之内就能恢复发团……"

小如:"哈哈……好啊,你的事情处理好了,不错,好,很好,处理好了就好,发团不着急的,不着急……"

陈瑶没有进一步说明白，含糊地回答："呵呵……是啊，不好意思，耽搁了这么些时间，影响你们公司的生意了……"

小如："没关系的，你们不是一样嘛，大家同舟共济嘛。"

陈瑶："对了，小如，你们老板这几天在不在家啊？"

小如："啊……老板？干吗？"

陈瑶："问问呢，在不在家这几天？"

小如："哦……这个老板在家的。"

陈瑶："不出远门吧？"

小如："不出。"

陈瑶："你咋这么肯定，你又不是老板？"

小如："嗯……这个……大概……可能……也许……不出门吧……我估计是不出门的，因为这段时间老板没有什么大事情的……"

陈瑶："哦……那就好，我后天去瑶北，想拜会你们老板，同时呢，看看你……"

小如："额……好啊，好的，好……"

陈瑶："张伟的公司大后天开业，我想邀请你和你老板一起去参加开业仪式……"

小如："公司开业了？这么快……叫什么名字？"

陈瑶："伞人经贸有限责任公司，我 QQ 的名字……"

小如："哦……伞人……这名字很好听啊，爱情的象征啊……真不错……"

陈瑶："是啊，公司就在瑶水，就在县城最热闹的路口，离瑶北很近的，张伟说开车也就 50 多分钟路程……"

小如："是的，很近，也就是 50 多分钟……"

陈瑶："不打扰你了，你吃饭吧，咱们后天见啊！"

小如："哦……后天……后天见……"

陈瑶和小如再见，又看了看张伟的 QQ，还在忙碌状态。

陈瑶忍不住了，发过去一句话："老公……"

张伟："啊……在啊，在，莹莹啊……"

陈瑶："你在干吗呢？一直忙碌状态啊……"

张伟："哦……我啊，我在安排收货和发货的事宜呢，刚忙完，你什么时间过来的，我咋不知道啊，我刚要找你说话呢……"

张伟刚忙完，陈瑶放心了："老公，吃了没有？"

张伟："吃了，吃了，你呢？"

陈瑶:"我吃了,你吃的什么?"

张伟:"大碗面,康师傅。"

陈瑶有些心痛:"天天都吃这个,这怎么可以,老是吃会吃坏了胃……干吗不出去饭店里吃……"

张伟:"呵呵……忙啊,没时间,抽不出空呢,谁让你不过来伺候我啊,你过来给我做饭不就好了,我就可以不吃大碗面了……"

陈瑶心疼坏了:"冤家,一点也不知道爱护自己的身体,好,好……我后天就去了,我给你做饭,做好吃的……"

张伟:"呵呵……好啊,我不但要吃你做的好吃的,还要吃你……"

陈瑶:"我有什么好吃的,吃了这么久了,还没吃够?"

张伟:"嘿嘿……不告诉你……"

陈瑶:"坏蛋……"

张伟:"呵呵……姐,你这次来准备住多久……"

陈瑶:"宝贝儿……你想要我住多久我就住多久……"

张伟:"真的?"

陈瑶心中突然一阵高兴,又一阵酸楚:"真的,我什么时候骗过你。"

张伟:"我想你一直陪着我。"

陈瑶:"嗯……可以,我答应你,一直陪着你,照顾你……"

张伟突然觉得不对劲:"姐,咋了? 不大对啊,你陪着我,不管公司了?"

陈瑶:"我要你,不要公司了……有你养我就行,我要公司干吗……"

张伟:"咦? 不对啊,咋了? 怎么回事? 公司你不要了?"

陈瑶:"嗯……我不要了,我把公司转给老郑了,我去北方找你,投奔你,不行吗?"

张伟:"行,行,当然行,只是,我觉得很突然啊,很奇怪,怎么公司说不开就不开了,怎么给老郑了呢……"

陈瑶的心中突然涌出很多委屈,眼睛湿湿的:"唉……别问了,等我去了再和你细说吧,很繁琐的事情,总之就是公司我不开了,我要去北方找俺男人,以后就让俺男人养俺……没有公司了,你不高兴? 我去投奔你,你不欢迎?"

"不,不,不,高兴,高兴! 欢迎,热烈欢迎,我巴不得呢……"张伟忙说,"没公司也好,你正好休息休息,养养身子,乐得个逍遥自在……"

张伟心里感到很意外,好好的公司咋突然不开了,咋转给老郑了? 本想好好问个明白,但是看陈瑶不大愿意多谈,谈起来好像不大高兴,也就不再多问。又一想,陈瑶没了公司,正好可以和自己朝夕相处,也算是一大收获。这么一想,心里又高兴起来。

"我去瑶北,去瑶水,就跟着你,以后就靠你养我,我什么也不干,就给你做饭洗衣服,在家伺候爸妈,回家来给你洗脚按摩揉肩,晚上陪你睡觉……"陈瑶赌气似地说,"以后,我就做一个小女人,小妇人,在家养鸡养鸭养鹅,相夫教子……"

张伟:"好,好,好,很好,我支持,我同意,我举双手赞同,俺爹俺娘更是赞同……这样的话,我看我们可以提前开始造人了,等春节的时候,你怀着小娃娃,我们结婚……"

陈瑶擦了一把眼泪:"嗯……那我以后就真的成小妇人了……真的成小女人了……"

张伟:"咦?咋了?这不是你自己说的吗,你又反悔啦……咋了,还记挂着想做点事情,一想到从此就告别商界风云,很失落,不甘心,是不是?"

陈瑶:"俺不知道哦……"

张伟:"哈哈,你不知道,俺知道,哈哈,别哭别哭,多大事,我又不强迫你干吗,到时候你想干吗就干吗,想做事业就做事业,没说你必须要待在家里养鸡养鹅啊……哈哈……是你自己说的哦……自己搬石头砸自己的脚,自己不给自己找台阶下,还得我给你找……"

陈瑶破涕为笑:"嘻嘻……"

张伟:"等公司发展起来,我变更法人,让你做董事长,我做总经理……我以前对你的诺言该是到了兑现的时候了……不仅仅是这个公司,我要迅速扩张,壮大,我要组建伞人集团,我要你做伞人集团的董事长……"

陈瑶很开心:"那老公你就是总裁了,伞人集团的总裁……"

张伟:"是的,姐,我们失去了一个假日旅游,但是,我们会拥有一个伞人集团,我们失去的只是枷锁,我们获得的将会是整个世界……"

陈瑶笑了:"团结起来到明天……当家的,我以后就算是当了董事长,你还是我的当家的,我还听你的,我以后什么都听你的,我做董事长,我给咱们理财,我给你掌舵……回到咱们家里,你永远是老大,我永远是你的附庸,我永远做你的小丫鬟,小女人……"

张伟:"姐,这话我听了好受用啊,心潮澎湃,很激励人哦,感觉很男人……"

陈瑶:"你本来就很男人,你是我的男人,我一辈子依靠的男人,你是我的大山,你是我的方向,你是我的支柱,你是我的天……以后以你为主,我为辅,你主外,我主内,咱们两口子好好做生意,把伞人经贸做大做强,做成伞人集团……"

张伟豪情万丈道:"姐,有你这句话,我更加有信心了,我一定会努力做好的,我一定要让我们的伞人集团在瑶北坚强屹立……"

陈瑶目光坚毅地看着屏幕,敲击键盘,道:"当家的,我相信你想做的事情都一定会成功,我相信我的男人是世界上最优秀的男人,因为你是我眼中最好的男人!在我的世界里,你就是最棒的男人,我无比相信你的能力,我相信你能实现我们梦想的一切……当家的,我们的伞人集团不但要在瑶北屹立,适当的时机,我们……我们还要杀回去,我们要昂首挺胸杀回东兴……"

张伟从陈瑶的话里读懂了陈瑶的决心和信心,还有坚不可摧的意志和品质,他明白了陈瑶对未来的规划和目标,其实,她总是比自己站得更高,看得更远。

初夏小县城的街心处,静静地深夜里,临街三楼的房间里,张伟坐在窗前,开着窗户,沐浴着夏夜的山风,踌躇满志,满怀豪情。

第三十七章 交割在即

何英简单吃过饭，嘱咐表妹在家不要乱跑，说自己出去有点事情。

然后，何英下楼开车，出了城，在漆黑的夜色中，直往北去，进入连绵的山区。

起伏而寂寥的山间公路上，何英的白色轿车在往北疾驶，在黑黝黝的群山间穿行，像一支白色的飞梭……

何英脸色沉静地开着车，看着前方黑漆漆的未知道路，她知道，沿着这条路一直往北，很快她就能到达目的地，就能见到他。

何英突然心里涌起一股强烈的愿望，想去见他，想看看他。

没有理由没有原因。这股愿望无可遏制地驱使着自己出发了。

50分钟后，何英开车进了一座县城。

此刻，这座县城已经进入梦乡，只有路灯在孤独地发出冷寂的光芒。路上偶尔驶过一辆轰鸣而过的摩托车。

何英开车在县城的街心处转悠，很快就发现了目标。

何英将车停在路边，摇下车窗，看看门牌，然后仰头看着三楼一处房间的灯光，还有临窗处一个穿着T恤衫、正在埋头打字的熟悉身影……

何英的心剧烈跳起来，不由自主下了车，站在楼下，仰望着那曾经熟悉而又陌生的身影，那曾经和自己耳鬓厮磨而又形同陌路的身影，心潮起伏……

何英就这么一直站在那里，仰望着，凝视着……

此刻，何英离这个男人的距离不到20米，近在咫尺，但是，何英却无法去走近他，无法走进他的世界，20米的距离仿佛是世界上最遥远的距离……

何英心里涌起阵阵哀愁和酸悲，人海茫茫，何处不是相逢之地？此情匆匆，为何无情却又总还有意？

何英就这样矗立在马路边，泪流满面……

终于,三楼的灯光熄灭了,熟悉的身影不见了。

何英继续久久凝视着熄灯后黑黢黢的窗口,听着里面传出来的熟悉的哼唱声,一会儿,又仿佛听到了熟悉的鼾声……

半晌,何英心里幽幽地叹息一声,擦干眼泪,上车,出城,往南疾驶而去……

第二天的事情顺理成章,按照陈瑶和老郑谈好的事项,上午两人互签了转让协议,涉及具体的情节和环节的,由徐君负责接洽。

转让协议是在陈瑶办公室进行的,陈瑶、老郑和徐君在场。老郑本来是想带于琴一起过来签字的,想让现场气氛轻松活跃一些,但是于琴死活不来,她觉得自己不好意思再见陈瑶。

倒是陈瑶没见于琴,有些意外,这么隆重的事情,董事长咋不出面呢,随口就问起了老郑:"于董呢? 她咋没来啊?"

老郑故作轻松地看着陈瑶,说:"哦,她今天有事情回宁州了,过不来……"

"哦……"陈瑶笑起来,"这么大的收购项目,董事长同意不同意啊,哈哈……别回去挨骂哈……"

老郑跟着笑起来,说:"什么董事长不董事长啊,还不是两口子,分什么你我啊……"

"哎……话可不能这么说啊,和平时期你们不分,战争时期可就界限分明了,到时候丁是丁卯是卯的……不过,看你们两口子这么好,分不分倒也真无所谓……"陈瑶一本正经地说道。

老郑想起于琴对自己的警告,心里不由就有些发虚,嘿嘿笑了两声,没说话。

签完字,还有一道艰难的程序,就是和大家话别,开会宣布此事。

陈瑶很害怕这道程序,但是,这道程序又不得不经历。

陈瑶对徐君说:"召集大家开会,下午3点,我和郑总都参加,给大家宣布此事,正式移交……通知财务,把大家的工资奖金都发下去,下午开会之前发完,另外,每人再多发一个月的工资……"

徐君点头,出去安排开会和工资发放事宜。

陈瑶看着老郑,说:"郑总,开会的事,你看可以不?"

"当然可以,"老郑点点头说,"下午开完会,我请客,请公司全体员工会餐,同时给你送行……"

陈瑶摇摇头说:"你们会餐吧,我不参加了,我受不了那生离死别的场景,下午开完会,我就离开公司……"

老郑沉思了一下,说:"嗯……也好,省得酒场上大家动了感情,局面不好收拾……"

陈瑶点点头说:"是的,毕竟都是老员工了,有感情了,唉……呵呵……你看我这人是不是很多愁善感啊……"

老郑忙摇摇头说:"不,不,你这不是多愁善感,是重情重义,你这样的老板啊,难得,难得啊……"

陈瑶抿嘴笑了,说:"其实,你很幸运,如果不是遇上我这样的老板,你是得不到假日旅游的,说实的,郑总,我就是因为考虑到员工的利益,才答应将公司转让给你的,不然,就按你给我出的这个价,我宁可解散……"

老郑有些尴尬,他承认自己是利用了陈瑶的这种重情义的心理,把转让价格大大压低了,这公司几乎等于是陈瑶白送的,他觉得自己确实是有趁人之危的心理。现在,陈瑶直接这么一说,老郑觉得不大好意思,挠挠头皮一笑。

陈瑶看老郑这个样子,也就放他一马,不再提这事,转而说:"郑总,我相信你一定知道'为商之道,在于用人'这个道理,这批人,都是做旅游的精英,不管是做导游的还是做计调的,不管是做地接的还是做营销的,个个都是好手,我别的不说了,就拜托你善待他们,用好他们……拜托了……"

陈瑶说着,冲老郑拱手做了一个揖。

"陈董,你放心,我明白的,我会用好人的,我这人的管理和用人观,张伟是知道的,我相信他一定和你说过,我很重视人才的……"老郑拍着胸脯保证,"他们的福利、工资和待遇只会提高,不会降低……"

"呵呵,我相信你,郑总,我知道你很有能力,你一定会把假日旅游做好的,"陈瑶笑了笑,"另外,别叫我陈董了,我现在是一介草民,下岗职工了,叫我陈瑶吧……"

"不能这么说,"老郑连连摆手,"不管你现在做不做旅游,你在东兴旅游界的地位,或者说是曾经的地位,都是无人能撼动,无人可以匹敌的。没有人能有你这么大的影响,即使你以后不在东兴做旅游了,但是,我相信,你很快就会东山再起,你绝对不会就此沉默的……"

"哪里,郑总过奖了,我一个小女子,哪里有那么大的能耐,我今后啊,就安安稳稳做个小市民了,呵呵……"陈瑶微笑着看着老郑说,"对了,有个事情,我想请你帮忙……"

"什么事情,你说?"老郑看着陈瑶问。

"公司转让的事情,今天先不要大张旗鼓在东兴上层中宣布,换发经营许可证的事情,今天也不要去找某些高级领导,等明天再找,好不好?"陈瑶说。

"当然没问题,"老郑一口答应,又问,"可是,为什么?"

"我明天就离开东兴,我不想在离开之前再有什么额外的麻烦。"陈瑶说。

老郑明白了,陈瑶是担心消息传到潘唔能和旅游局的局长耳朵里,怕潘唔能在自己临走前的最后一夜狗急跳墙,再找麻烦。

陈瑶明天就要离开东兴,那一定是去找张伟的。张伟在哪里?回老家了?去宁州了?或者去了别的什么地方?

老郑没有问陈瑶,他知道自己问这个问题是不合适的,陈瑶也一定不会告诉自己的。

想起张伟,老郑心里隐隐有了一丝不安,要是张伟知道自己收购假日旅游的真相,一定会恨自己。

"张伟回来要是知道你干的事,两脚踢死你……"想起于琴对自己说的话,老郑心里一个寒噤。

不过,老郑随即又有了几分安慰,自己想帮就帮,不想帮就不帮,自己又不欠陈瑶和张伟什么,帮是人情,不帮是人道,谁也说不出什么来。

何况,收购假日旅游,本身就是在帮陈瑶,帮陈瑶卸下包袱,虽然价格是压得过分了一些,但自己是商人,是商人就要谈价格,就要压价,就要唯利是图,无可厚非。

这样想来,老郑心里安慰了许多。

"郑总,你先去忙吧,我收拾一下办公室,"陈瑶对老郑说,"下午,这办公室就归你了,你郑老板就可以坐在这里了……"

老郑笑了笑,起身告辞离去。

老郑走后,陈瑶颓然地用手撑着额头,架在桌子上,深深吁了一口气。

终于走到了这一步,终于不可避免地走到了这一步。

陈瑶知道,或许明天,或许后天,自己离去和假日转让的消息就会在东兴旅游界炸开,成为东兴旅游最大的新闻。

陈瑶还知道,老郑接手公司后,很快就能重新申请到经营许可证,公司几乎立马就可以开业。她明白老郑的手段,她决不会相信老郑会用龙发的股份去交换一个许可证,或许,老郑找一个女人就可以让潘唔能签发换证申请。陈瑶当然还不知道,老郑手里攥着潘唔能的把柄。

另外,于琴今天没有过来,也在陈瑶的意料之中。她猜得到于琴的心里在想什么,知道于琴的矛盾心理。陈瑶觉得这没什么,大家都是生意人,好归好,生意归生意,有什么不好意思的?这事虽然老郑是抱着不良动机来操作的,但是,从事情的本质上来说,对自己并没有什么坏处,从某种意义上来说,甚至是帮助了自己。既然是帮助了自己,自己就应该感谢他们才是!

陈瑶正在沉思的时候,老徐突然推门进来了。

陈瑶忙请老徐坐下,倒水。

老徐没有客套,看着陈瑶,问:"陈董,公司你不打算做了?"

陈瑶点点头，苦笑道："你觉得我还能做下去吗？不是我不想做，而是他们不让我做……"

老徐默然，一会儿说："我从局长那里知道了这事，潘市长把局长一顿大骂，骂局长办事不力，说行管科长来审核你们不力，说他们是收了你的东西，才打报告说什么问题也没有……唉……科长今天还被局长痛骂了一顿……这年头啊，做人难，做好人更难，夹缝中做人尤其难……"

陈瑶听了觉得很歉意，忙说："唉……科长是好人，但是他没有收我的贿赂，他是秉公检查的，潘晤能是在找借口呢，他从我这里没有得到想得到的东西，迁怒于别人呢……疯狗……"

"公司不做了，关掉？"老徐问陈瑶，"关掉可就太可惜了……"

"转给郑一凡了，他消息也是鬼灵通，找我想要公司，我呢，正愁员工不好安排，干脆，就给他了，刚签完协议……"

"哦……转给他了……"老徐很意外，脸上一阵失望的表情。

"怎么了？徐大哥。"陈瑶看到了老徐的变化。

"呵呵……没怎么，我来晚了……"老徐说，"听说你不做了，顾晓华找我，说想接过来做的……"

"顾晓华？"陈瑶看着老徐，"你认识顾晓华？你们……"

"顾晓华和我很快就要结婚了，她和她以前的男朋友分手了，"老徐坦率地看着陈瑶说，"顾晓华一心想自己做个旅游公司，动员我和她一起做，说在公家做事情太累，哪里比得上自己做老板呢……我混了这么多年官场，也够了，混够了，看够了，正想趁这个机会辞职算了，和顾晓华一起做旅游……所以，我来找你，就是想问问你这个公司能不能转手给我们的，呵呵……没想到老郑抢先一步……"

"呵呵……真遗憾啊……"陈瑶明白了，老徐和顾晓华在一起了，老徐想辞职下海了，他们也想接手自己的公司。

从个人感情上来说，陈瑶当然愿意把假日旅游转给老徐和顾晓华做，但是从经营管理和员工未来的发展的角度来说，陈瑶宁可少收回成本，也愿意转给老郑做。

道理很简单，顾晓华和老徐做旅游的经营和管理水平比不上鬼精鬼精的生意人老郑，从公司今后的发展和员工的长远利益出发，即使没有和老郑签合同，在老徐和老郑之间，陈瑶也会选择老郑。

陈瑶觉得老徐更适合做一个管家，做做行政管理的工作，而做生意显然不是他的特长，起码现在不是。

顾晓华呢，虽然上进心和进取心很强，但是，毕竟经验还欠缺。

当然,这话是不能对老徐说的。

既然公司已经转让了,老徐也就不再提这事了,自嘲地笑笑说:"看来,我还得继续在旅游局这个地方混下去啊……混一天算一天吧……"

"徐大哥,青山常在,绿水长流,今后,你发展的机会还很多的,即使不在官场,你也有很多施展才能的地方,今后,说不定咱们还会有在一起做事情的机会……"陈瑶看着老徐说,"大哥是个好人,我陈瑶没齿难忘,走到哪里都不会忘记你的!希望以后还会遇见徐大哥,还能和徐大哥一起谈天说地,希望以后能有机会和徐大哥一起共事……"

"怎么?你要离开东兴?你要去远方?"老徐敏感地觉察到陈瑶的语气里充满了离别的滋味。

"是啊,徐大哥,我明天就走,离开东兴。"陈瑶说。

"去找张伟?"老徐问陈瑶。

"嗯……是的,我去找他。"陈瑶回答。

"嗯……也好,见了他,代我问他好,不论他现在在哪里,你替我转告他,说东兴有一个老大哥很想他,告诉他,不管在哪里,不管做什么事情,都要先做人,再做事,都要凭着良心做事……这是大哥多年得出的反面教训,大哥是个反面教材……告诉他,好好做,大哥在东兴祝福他,只要努力去做,他的前途是不可限量的……"老徐缓缓地说。

陈瑶被老徐感动了:"嗯……我一定会告诉他,谢谢你,徐大哥,你是个好人,真的,虽然你一直跟着潘市长,但是这并不妨碍你是个好人,因为你自己能分清好坏,而且,你一直在努力弥补……好人有好报,大哥,你以后一定会有好报的……"

"陈董,谢谢你对我的评价,"老徐苦笑了一下说,"唉……我是看透了,我做的坏事也太多,今后不求好报,只要能安安稳稳了却残生,别进监狱,也就罢了……"

"嗯……"陈瑶不知道老徐到底做过多少违法的事情,听老徐这么一说,一时不知该如何说是好,不知该如何安慰他了。

老徐看陈瑶这样,笑了笑说:"祝福你和张伟,你们两个是好人,祝福你们有幸福美好的明天……这东兴,暂时还是不要回来了……"

陈瑶点点头说:"谢谢你,徐大哥,也祝福你和晓华妹妹,我们不会忘记你的……以后,我有安稳的地方了,会和你联系的……你和晓华什么时候结婚,一定记得告诉我一声……"

"好的,我会的,一定通知你,"老徐说,"你和张伟的大事也要告诉我的,我会尽可能去参加你们的婚礼……"

说完,老徐掏出一张卡放在茶几上:"这是科长让我还给你的卡,他幸亏没有接受,要是真拿了,还真是有嘴巴说不清了呢……"

"那也不见得,这事又没有别人知道。"陈瑶说。

"呵呵……若要人不知,除非己莫为,你觉得很隐蔽,其实啊,早晚都要被人知道的,"老徐笑着,"你看看被抓的那些人,哪一个智商低? 哪一个做事情不小心? 最后还不都是……"

陈瑶不懂官场中事,听老徐这么说,默然无语。她倒希望检察院能将潘唔能早一天抓起来进行审判,虽然潘唔能现在依然很嚣张,但是她相信潘唔能早晚会有这一天,出来混,早晚是要还的……潘唔能也不能例外。

但是一想到潘唔能出事,不可避免要牵扯到老徐,陈瑶的心里又很矛盾,她不希望看到老徐进监狱。

送走老徐,陈瑶开始收拾办公室自己的东西,装了几个大纸盒子,回头安排徐君搬到自己家里去。

中午,徐君要了外卖,和陈瑶两个人在办公室里默默吃了一顿午饭。

饭后,徐君去继续忙乎善后事宜。陈瑶感觉很疲惫,就在办公室的沙发上躺下,睡了过去。

以前,陈瑶经常会在中午的时候在沙发上小憩。现在,这是最后一次了。

陈瑶的心里充满了愁绪和忧伤,还有几分孤独和寂寥。

第三十八章 | 异想天开

下午 3 点整,假日旅游公司大会议室,公司全体员工都来了,老郑和陈瑶坐在正中间。之前,大家都从会计那里领到了各自的工资和奖金,包括加发的一个月工资。

不逢年不过节,公司财务的突然举动,让大家在高兴的同时,心里更多的是几分忐忑不安,加上最近公司一直在停业,大家心里对未来更是多了几分忧惧和迷惘。

会议室里很安静,大家一个个眼巴巴地看着老郑和陈瑶。

陈瑶中午睡了两个多小时,这会儿心情很平静。

陈瑶和老郑对视了一下,点了点头,然后清了下嗓子,宣布开会。

陈瑶一开始并没有点明今天会议的主题,而是先从公司的成立到发展简单回顾了一下,对大家的突出表现和对公司做出的卓越贡献表示感谢,对在座的每一个人的特点和长处都分别给予了简洁的点评,然后,陈瑶话锋一转,说:"最近,因为我个人的原因,公司的运作进入了困境,公司处于停业状态,而且,事态还在不断恶化中……为了假日旅游能够得以继续生存和发展,为了大家稳定的明天,我经过认真考虑,决定放弃经营假日旅游……"

会场一片哗然,大家面面相觑,接着,又迅速安静下来,一起盯着陈瑶。

陈瑶接着给大家介绍老郑:"……这位是龙发旅游的总经理郑一凡先生,是我们东兴新涌现的大企业家,白云山漂流就是他们公司运作的,郑总对企业管理很有独到之处,经验极其丰富,对旅行社经营业极具兴趣……经过我和郑总的慎重磋商,我决定将假日旅游转给郑总,转给龙发旅游……"

大家的目光瞬间又都盯着老郑。

老郑表情温和,站起来冲大家鞠了一个躬,然后坐下。

陈瑶继续说:"……郑总深谙企业管理之道,对人才尤其重视,对我们假日旅游的这支高素质旅游队伍更是喜爱有加,承诺今后大家的收入和待遇将只会比现在高,绝对不会下降,大家的明天,也会越来越好⋯⋯

"感谢大家对我这么多年的支持和帮助,感谢大家和我一起发展起来了假日旅游,假日旅游是大家的心血,是我们的共同的品牌,这个牌子不能砸,不能因为我的离去而毁掉,希望大家能够在郑总的带领下,把假日旅游做得更好⋯⋯祝福大家,祝福假日旅游⋯⋯"

陈瑶努力用平静的语气讲完了这段话。

会场一片寂静,大家都不说话,少顷,有人在揉鼻子,有的人捂住了嘴巴⋯⋯

陈瑶一看,急忙用轻松的语气笑呵呵地说道:"现在,大家欢迎郑总讲话,来,大家鼓掌⋯⋯"

说着,陈瑶带头鼓掌。

会场的气氛被调和了一下,响起了哗哗的掌声。

老郑又一次站起来给大家鞠躬,然后坐下开始讲话。

老郑的口才是第一流的,特别能说,一说起来就滔滔不绝,引经据典。

陈瑶坐在那里,老郑讲的什么她基本都没有听进去,只是脸上带着微笑,在那里出神。

会议结束的时候,陈瑶率先离开了会场,谢绝了老郑又一次发出的和大家去东兴大厦会餐的邀请。她让徐君全权代表自己,然后跌跌撞撞回到家里,一头栽倒在床上。

陈瑶刻意要离开这个环境,她不能忍受那种场景,她宁愿让自己昏睡过去,让自己麻木。

陈瑶真的睡了过去,晚饭也没有吃,一直在床上睡着,睡得很深,很沉,睡得一塌糊涂⋯⋯

徐君和丫丫都没敢打扰她。

陈瑶一直睡到第二天早上 8 点才醒。

然后,陈瑶去了机场,徐君去送的。

陈瑶没有让丫丫来送,哈尔森那边事情很多,明天就要开业了。

王炎和哈尔森要去机场送陈瑶,陈瑶也拒绝了。

陈瑶在电话里嘱咐了王炎一些事情,又安排丫丫要多听徐君的话。

"嫂子,你走了,我会想你的⋯⋯"临走前,在车子跟前,丫丫眼圈红红地看着陈瑶,抱着陈瑶的胳膊,说:"我还想我哥⋯⋯"

陈瑶抚摸着丫丫的头发,说:"傻妹妹,嫂子又不是去了不回来了,咱们虽然相距千里,但是还随时可以联系啊,我和你哥在那边随时都关注着你们的,我们和你们公司还是随时都有业务联系,我们是密切在一起的,是不可分割的,别难过,等忙完了,让徐君带你回老家一趟⋯⋯"

丫丫擦着眼泪,点点头。

陈瑶又对徐君说:"丫丫以后就交给你了,你要照顾好她,忙完了工作多陪丫丫说话、散步、聊天,丫丫喜欢吃的饭菜,你要学会做,家务活你要多干点,要是委屈了丫丫,回头我找你算账……"

徐君忙点头,揽着丫丫的肩膀说:"你放心好了,陈姐,宁可我受再大的委屈,也不让丫丫不高兴不开心……"

陈瑶笑了,点点头,对丫丫说:"丫丫,那嫂子走了,去找你哥了……"

然后,陈瑶和徐君驱车离去,直奔萧山机场。

上午10点整,陈瑶乘坐的飞机从萧山机场呼啸而起,直冲云霄,向着北方飞去。

高强今天起了一个大早,吃过早饭,好好梳洗一番,胡子刮得干干净净,头发一丝不乱,皮鞋擦得锃亮,又对着镜子模仿了几个大度的表情,然后才出门,直奔假日旅游而来。

高强到假日旅游,当然不是来找老郑的,他是来找陈瑶的,老高根本就不知道老郑接手假日旅游的事情,更不知道陈瑶今天要离开的事情。

老高是带着对爱情的美好憧憬和对事业的执着追求来假日旅游的。

这几天,老高处在人生的大悲大喜之中,不时从高空摔下,然后又浮上云端,一会儿又摔下来。

自己的老对头,最大的情敌张伟被赶走,让老高在南方还没回来的时候就处在亢奋之中:乌鸡怎么也成不了彩凤凰,不是你的永远也别想得到,愣小子不听自己好言相劝,最后落得个落荒而逃的悲惨下场,不过,能捡条命回去,也算是万幸了,很多人出来混都没有数的,连命丢了都还不知道是怎么丢的。

张伟的离去,让高强又重新看到新希望,对生命和爱情又迸发出了新的火光。紧接着,陈瑶公司停业,似乎让高强再次找到了帮助陈瑶、接近陈瑶的又一个理由和机会。

然而,不曾想到的是,高强在潘唔能那边遭受到了无情而残酷的反击和痛斥。潘唔能不但直接断了自己的念头,而且明确宣布,陈瑶是他一定要弄到手的女人,自己不能插手。

潘唔能这边走不通,高强就想私下直接找陈瑶做工作,希望陈瑶在事业和生活遭受打击的时候,能够被自己的真情和真诚温暖和感动,从而挽回陈瑶对自己的爱情。这样,就算潘唔能再施压,只要陈瑶和自己好,他还能奈何?

然而,令老高感到心凉的是,陈瑶对自己也是如此冷漠和残酷,不但亮出了底牌,还亮出了张伟转交给她的杀手锏——自己的交代书,毫不顾念夫妻旧情。听那口气,如果自己再纠缠不休,她大有把自己送交宁州警方的气势。

高强火热的一颗心再次遭受重创。

　　然而,高强并没有死心,他一直没有停止对潘唔能和陈瑶的工作。他知道潘唔能喜欢金钱和女人,特别是对良家妇女有着无与伦比的爱好。陈瑶呢,高强很了解她的性格,别看她在口头上怎么吓唬自己,只要自己不把她逼急了,她是不会把自己送给宁州警方的。她最大的优点是善良,最大的缺点依然是善良。

　　昨晚,高强又弄了一个夜总会里的老女人,去掉了浓妆艳抹,装扮成一个上班族的中年少妇送给潘唔能,并且嘱咐她见了潘唔能就说自己是在银行上班的。

　　潘唔能最近特别热衷于玩良家妇女,特别是上班族的的女人,一直让老高去找。

　　但是,真正的良家妇女,有谁愿意和潘唔能这样的腌臜货在一起呢。

　　老高经过短暂的犯愁之后,很快就有了主意。他开始从夜总会物色女人,并且对她们进行快速培训,又给她们分配了不同的职业和家庭背景,甚至是母亲的身份,然后,千叮咛万嘱咐,要她们千万不要在潘唔能面前露出马脚,之后,就陆续把她们介绍给了潘唔能。

　　这些女人都很乐意,舒服又赚钱,何乐不为?

　　老高很得意自己创造性地改造了三陪女,心里又暗暗后悔,早知道这样,当初就不该把李燕介绍给潘唔能了,好好的一个良家妇女被潘唔能糟蹋了。

　　想起陈瑶对自己的怒斥,高强汗颜,良心隐隐有些过不去,觉得对不住李燕。不过,他没有想到,潘唔能竟然能被李燕迷住,玩了这么久都没有厌倦,而且还帮她找工作、买房买车。更没有想到的是,李燕这女孩子的胃口竟然会更大,不仅仅满足于工作和车子房子,还要取王英而代之,这可不是闹着玩的,这不单单是触犯了王英,更是触犯了潘唔能的底线。

　　和潘唔能、王英相比,李燕不过是只雏,想剿灭她,实在是轻而易举……这也是老高不安的一个主要原因。他总觉得,如果再这样下去,李燕会自寻绝路……然而,这种不安很快就被平日里蜂拥而至的各种欲望所淹没。

　　昨晚,高强带着那“良家妇女”去别墅里见潘唔能的时候,潘唔能一见到这身着职业装、脸色害羞、略施粉黛、举止很有礼貌的“良家妇女”,欲火顿时就开始喷涌,做出一副彬彬有礼的样子,对那女人说:“你先到我楼上房间坐一会儿吧,洗个澡,然后到卧室等我,我和高总谈点事情……”

　　那女人早就习以为常,直接答应着上了楼。

　　高强看着潘唔能,问:“潘市长,咋样?”

　　“不错,这女人是在银行工作的,不错,很有味道,很端庄,还很害羞,哈哈,……比前几天那大学女老师还有味道,”潘唔能笑起来,“我发现这良家妇女玩起来最有味道,特别是 30 岁左右的,比大学生有味道啊,又懂风情又不像夜总会里的那样!我就喜欢给这些良家妇女的男人带绿帽子……可惜了陈瑶……你他妈的真幸福,竟然玩陈瑶玩了那么久,回头写一个回忆录给我,我看看……"

高强脸上的表情有些尴尬,心里不停暗骂潘唔能,都他妈的给你找了这么多女人,还是记挂着陈瑶!

看到老高的表情,潘唔能努了努嘴说:"妈的,这陈瑶,我可能是再也弄不到手了,这臭女人宁可放弃公司也不从,烈女啊,烈女!你他妈当初是怎么弄到手的呢……看不出你还有两手……她不让我玩,好吧,那她的公司也不用开了,哼……这可不是我不让她开的,是她自己说了不做的,不做就不做吧……"

听了这话,高强心里猛然一亮,思路大开,潘唔能的话一下子点拨了高强。

高强看潘唔能一副欲火焚身的样子,知道他急不可耐要上去玩那"良家妇女",就简单敷衍了潘唔能几句,然后匆匆告辞。

高强回去后兴奋得一夜没睡,他觉得,自己正在构建一个伟大的构想。

高强是这样想的,潘唔能不给假日旅游签批许可证,原因很简单,就是因为假日旅游是陈瑶的公司,而陈瑶不从潘唔能。现在,陈瑶嘴上说是不做旅游了,那只不过是被潘唔能逼的,她肯定不舍得关掉自己辛辛苦苦几年的心血,当然不舍得离开自己的旅游老本行。既然如此,那自己就去找陈瑶,首先确保假日旅游的许可证能办下来,然后给陈瑶说清自己的办法,那就是:把假日旅游暂时过户到自己名下,公司在自己名下,凭自己和潘唔能的关系,换发许可证不费吹灰之力,换发完证件,自己可以再把公司还给陈瑶。

高强想得很完美,如此一来,不仅仅是公司的事情解决了,陈瑶的事情也解决了,只要她同意公司放在自己名下,那不就意味着这公司是他们两口子的了吗?就像以前的中天旅游那样,只要他们还是两口子,放在谁名下还不都是一回事?

依照陈瑶的性格,她绝对不想把公司关掉,她一定会顾及那批员工的命运,她不愿意让他们下岗失业。而且,只要能说服陈瑶同意暂时过户,等办完许可证,公司还不还给陈瑶还不是自己说了算?到时候,这公司就会成为自己和陈瑶维系感情的一个砝码,自己还可以拿这公司给陈瑶施加压力,这样,主动权就全部在自己这边了,自己也就不用一直那么被动了。

一想起现在自己在和陈瑶的关系中处处被动,高强就闹心,自己是正宗品牌,竟然被张伟这兔崽子反转了。现在,自己好像倒是在做偷偷摸摸的事,妈的,平白让那个臭小子给揍了好几顿,想想就憋屈。

现在,这狗日的终于滚蛋了,夹着尾巴逃跑了,把自己口口声声最爱的女人扔下跑了,这是什么狗屁男人?整个一他妈的莽夫!四肢发达头脑简单的粗人!可怜陈瑶竟然被他蒙蔽了,喜欢上这样一个混蛋。现在,轮到自己了,轮到自己来安抚陈瑶了,关键时刻,还是得看自己的老公啊!

老高不生陈瑶的气,也不怪陈瑶,走错了路,谁都会有的,改正了还是好同志嘛!

高强越想越觉得自己的春天来了,而且,很快就将迎来火热的夏天,然后就是丰收的秋季了。

高强幻想着美好的未来,心里充满了愉快和幸福。

于是,高强一大早就兴冲冲地往假日旅游而来。然而刚走到门口,他就愣住了,老郑的大奔正停在门口。

这家伙在这里干吗?来找陈瑶送人情,慰问陈瑶?老高边想边往里面走。

一进假日旅游,老高倍感亲切,因为此次进来,他不必害怕被揍了,反倒感觉很有安全感。不仅如此,自己还有了一种主人翁责任感,觉得自己以后就是这假日旅游的主人了。

高强主动将歪倒的一个广告架子扶起来,又冲正在忙碌的员工们和蔼地笑了笑,边自顾自走上楼梯。

员工们都不认识高强,看他这副主人翁的样子,也摸不清他的底子,心里都很犯嘀咕。

"大家忙吧,呵呵……"高强乐呵呵地给大家挥了下手,然后准备上二楼。

一抬头,正好遇见老郑在下楼。

老郑看见老高,心里一怔,这老伙计咋来了?是来找陈瑶的,还是知道自己收购假日旅游的事情,来找自己的?

老郑正琢磨,老高热情地打招呼了:"哎呀,老伙计,这么巧遇到你了,呵呵……干吗,要走?"

老郑摇摇头说:"没啊,不走……"

"就是嘛,干吗要走啊,我刚来你就走,不仗义,"老高笑呵呵地说着,一推老郑的胳膊,"上楼,上楼,上去再坐一会儿,喝杯水,聊会儿天……"

"哦……"老郑懵懵懂懂地被老高推上了二楼。

老高一直把老郑推到陈瑶的办公室里,门没锁,老郑刚从里面出来。

老高一看陈瑶不在,忙招呼老郑坐在沙发上,自己去饮水机旁边找了水杯给老郑倒水,边说:"你是来找小波的?"

老郑看着老高,眨眨眼,问:"什么?小波?"

"哦……呵呵……你不知道啊,对对,小波就是陈瑶啊,"老高笑呵呵地把水杯递给老郑,"陈瑶以前的名字叫张小波啊,张小波是我老婆啊,呵呵……"

"哦……原来如此……"老郑接过老高的水杯,心里只嘀咕,这怎么有点反客为主啊,这老高今天怎么这么满面春风的。

"是啊,"老高坐下来,感慨地说,"唉……这话说来长了,由此追溯到若干年前……唉……话说当年啊,我和小波是何等恩爱夫妻啊……我们的爱情走了一段弯路,遇到一些波折,不过,还好,我们终于挺过来了……"

"哦……"老郑听出了老高话里的意思,"这么说,你们要复婚了?"

"嗯……早晚的事情,只要张伟这狗日的滚蛋了,我们的幸福生活就重新开始了,"老高肯定地点点头说,"小波其实就是被这狗日的迷惑住了,小鬼引路,走上邪路了,现在呢,张伟逃跑了,小波也应该醒了,我一直在等着这一天啊,等着我们大地旅游和假日旅游合二为一,我和小波破镜重圆的这一天啊……"

老郑一愣神,这老高说的什么啊,什么合二为一,什么破镜重圆啊,像说天书一样。

老郑还没来得及搭话,老高看了看周围,又说话了:"咦,小波呢,这一大早的不在办公室,开着门,一定是没走远……"

说着,老高站起来,要到办公室门口去看看。

老郑坐在那里,哭笑不得,妈的,陈瑶和张伟的感情那么好,你发什么神经啊,这公司已经是老子的了,你还找什么小波啊……

"陈瑶没来,不用找了。"老郑看着高强,优哉游哉地晃着二郎腿,他最喜欢逗老高玩了,就像耍狗熊一样,从老高那里,老郑找到了人生的些许乐趣和做事的信心。

"没来?你怎么知道?没来怎么开着门呢?"老高一副不相信的样子。

"真的没来,她不会再来这里了,为什么开着门,是因为……"老郑笑眯眯地摸出办公室的钥匙在老高面前一亮,"是因为我有钥匙,这门是我老郑开的……"

"什么?!她不会来这里了?"老高一下子呆住了,"这……你……这……这是什么意思,你……你怎么有她办公室的钥匙?"

"来,来,老高,这里坐,"老郑站起来开始行使主人的礼节,边招呼老高坐在沙发上,边说,"老高,实不相瞒,现在这假日旅游不姓陈了,姓郑,老郑的郑,明白了?"

老高一下子懵了,猛地站起来,冲老郑喊道:"老郑,你胡扯淡,这是陈瑶的公司,是我老婆的公司,什么时候成了你的了?"

老郑笑嘻嘻地走过来,把水杯放在老高面前,又拍拍老高的肩膀:"别激动,你看你,40 多岁的人了,怎么像张伟似的,说激动就激动呢,淡定,淡定,坐下,来,喝水……"

第三十九章 | 坠楼惨案

老高心里一阵巨大的震撼,脑子里无论如何不能接受这个现实,瞪着老郑:"说,你在逗我,说,是不是,你一定是在逗我玩,是不是?"

老郑仰天哈哈大笑,笑了一阵,倏地收起笑:"老高,去你的,我没那功夫逗你玩,这假日旅游嘛,陈瑶不做了,要关掉,又觉得可惜,不忍心看着这么多人失业,就主动找到我,把公司转给我了。我呢,考虑到大家的友谊,又考虑到这么多人的吃饭问题,再考虑到陈瑶目前的困境,毅然决定伸出援助之手,接收了假日旅游……昨天我已经和陈瑶签署了协议,这公司昨天就姓郑了……"

老高呆了,傻傻地站在那里,心里那个冰冷啊,所有的计划和憧憬,所有的期待和筹划,所有的幸福和快乐,都被老郑这狗日的一席话给无情地击碎了。

"你……你……"老高指着老郑,眼睛发红,狠狠地说,"你……凭什么接收假日旅游,这假日旅游是我老婆的,就是她不做,也应该我来做,你,你这个鸟人,你凭什么……"

老郑冷冷地看着老高说:"你给我一边去,什么你老婆?陈瑶是你老婆?你老婆是张小波,不是陈瑶!陈瑶是人家张伟的准老婆,你以前的女人现在是张伟的了……脑子清醒点吧,别自我陶醉了!陈瑶是不会再跟你的,陈瑶喜欢的是张伟,你没个数,整天自我迷幻,自我感觉良好,好个屁啊你……陈瑶为什么把公司交给我来做,而不是交给你?原因很简单,因为你本事不行,做生意,做企业管理,你都不如我!明白了?"

老郑的话语气很重,又毫不留情面。

老高的脸一阵惨白,突然歇斯底里地喊道:"小波呢?陈瑶呢?她在哪里?"

老郑看着老高,语气缓和了一下:"她没来,她不会来了,她在哪里我也不知道,但是,我敢肯定,此刻,陈瑶一定不在东兴……"

"胡说!你知道!你知道陈瑶在哪里,是不是?"老高心里袭来一阵灭顶的绝望,一把抓住老郑的胳膊,"告诉我,陈瑶去哪里了?告诉我……"

"你放开……"老郑甩开高强的手,"我又不是你前老婆的什么人,她去哪里,我管得着吗? 她也没有必要告诉我呀! 不过我知道,她今天上午,或许就在此刻,她已经离开东兴,远走高飞了,去找她的情弟弟张伟去了……"

"你怎么知道她现在离开东兴了?"高强带着绝望而无望的语气问老郑。

"因为她拜托我在今天上午之前,不要对外发布公司转让的消息。我又不傻,当然知道陈瑶的用意,她一定是今天中午之前离开东兴的,现在这个时间……"老郑抬腕看了下手表,"现在是上午9点半了,或许她现在正在天上飞啊,飞啊飞……飞到哪里去,我也不知道哦……"

正说着,徐君推门进来了。

老高仿佛遇见了救命稻草,一下扑过去,一手抓住徐君的衣领,另一只手指指老郑,问:"你说,这公司转让给他了吗?"

徐君被老高抓住了脖子处的衣领,勒得喘不过气来,使劲挣脱开,边点点头:"是的!"

老高终于彻底绝望了,垂头丧气地呆在那里,随即又一把抓住徐君的胳膊,问:"小波呢? 陈瑶呢? 她到哪里去了? 说,告诉我,快告诉我,小波到哪里去了?"

徐君厌恶地看着老高,猛地挣脱开:"不知道!"

说完,徐君走到站在窗前的老郑跟前,打算和老郑说点事情。

老高恼羞成怒,狠狠骂道:"兔崽子,你不知道? 你一定知道,说,她到底去哪里了?"

边说话,老高边冲徐君走过来,举起了手里的拳头。

徐君急忙一弯腰,灵巧地闪过,边骂道:"你才是兔崽子,我就是知道,也不告诉你,你个狗日的!"

老高和徐君在办公室内转起了圈圈,边绕圈子边互相对骂。

老郑看着两人要打起来,一时也不知如何是好。

徐君就是不说陈瑶的去向,公司又归了老郑,老高无比悲愤,心里越来越急,越来越怒不可遏,越想越气,看看抓不到徐君,更加不能控制自己的情绪。

"狗崽子,有种你别跑,老子拧下你的脖子,妈的,你到底说不说?"老高咆哮道。

徐君打不过老高,老郑又不会帮着自己,张伟又不在跟前,自然不想吃眼前亏,边躲闪边骂老高:"你是狗崽子,你是老狗崽子,你就知道在老子面前逞能,遇见张伟,你死翘翘……不要你张狂,等张伟回来,打得你屁滚尿流……看来你忘记了上次在这办公室里被打得半死装在麻袋里拖出去的事情了……"

英雄怕揭短,老高在老郑面前是一直把自己和老郑一起比作英雄的,如今被徐君这一番骂,又说上次在这里被张伟痛打的事情,不由恼羞成怒,摸起一把小凳子,隔着办公桌就冲徐君头上打来。

老郑一听这事乐了，他还不知道老高有这等"英雄"经历。同时，一看老高摸起凳子，急道："老高，放下！这现在是我的财产了，一把凳子三十块钱，摔坏了，你给我赔……"

"摔坏了我给你赔300！"老高边说边继续挥舞着凳子砸向徐君。

徐君急忙往后一退，退到了临街的窗前。

老高怒吼着举起凳子冲徐君扑过来。

徐君一个矮身，一个侧滚，溜到了侧面老郑的背后。

老高因为悲愤交集，动作过大，再加上身材是重量级的，惯性比较大，徐君这一闪开，老高就扑了一个空，竟然没刹住，就直接破窗而出，从二楼窗户冲了下去……

"噗通……"楼下传来重重的一声闷响，这是肉体和金属撞击的声音。

老郑和徐君忙伸头往下看，老高正好扑到下面老郑的大奔车前部，重重砸在车头上，身体成"大"字趴在车头顶部。

"把我的车砸坏了，3000也不够啊……"老郑急了，急忙拨打保险公司电话。

徐君一看，乐了，"奶奶的，大狗熊吃屎！"

老郑打完保险公司的电话，看看老高还趴在车上不动，下面一群人在围观，嘀咕了一句："妈的，这么低的高度，又摔不死，还不起来干吗啊，表演啊……"

"这人的头摔破了……"老郑听见下面有人在叫。

"坏了！血染大奔……恐怕没摔死倒吓死了……窝囊废，真够窝囊的，赔了夫人又折兵……"老郑自语道，接着又打了120急救电话。

然后，老郑看着徐君，说："走，咱俩下去看看吧，慰问一下老高……摔不死，看看吓死了没有……"

徐君边和老郑下楼边说："他就是因为张伟不在才敢这么放肆，上次他在这里欺负陈姐，被张伟打个半死，装在麻袋里拖出去的……哼哼……要是有张伟在，欺负陈姐、算计陈姐的人，早晚得被一个个收拾了……"

说者无心听者有意，老郑听徐君这么一说，心里不由"咯噔"一下。

老郑和徐君到车旁边一看，才发现事情严重了，这老高跳楼都不会跳，往下扑，脑袋往下，先砸到车上，头部正好砸到车的棱角，血流如注，趴在车上一动不动。

老郑和徐君对视了一眼，都有些发怵，徐君不停地看远处："救护车怎么还不来？"

老郑心里有些害怕，要是老高不明不白摔死在这里，自己可是有口难言，不好交代啊，特别是从二楼跳下摔死的，传出去让人家笑掉大牙。

看老高这样子，伤势不轻，外伤不可怕，可怕的是别有内伤，这用脑壳撞铁的家伙，不死也得弄个脑震荡。

老郑挤进人群,看老高趴在那里一动不动,便用手推了一下老高,叫道:"老高,老高,你怎么样了?"

老高没有任何动静。

"死人了……"一个小孩在妈妈怀里惊惧地叫道,随即被妈妈捂住了嘴巴。

"我看他是脑袋先撞上来的,估计是摔晕了,"旁边卖水果的一个老汉说,"看这架势,弄不好得摔个脑震荡……"

老郑有些焦虑。

正在这时,救护车来了,救护人员把老高抬上救护车,老郑和徐君也跟着去了医院。

老高进了急救室,先简单擦拭伤口,然后拍片。

老郑摸起电话打给了于琴,把情况简单说了下,然后对于琴说:"得通知他家人,我不能老这么耗在这里,我又不是他什么亲人,万一他死了,那他家人还不赖上我啊……"

于琴一听,说:"有道理,可是,他家人我也不知道啊,以前就知道何英,现在也联系不上了……要不,通知他公司来人吧……"

"对对,行,通知他公司过来人,他公司人过来,我和徐君就可以离开了,我们俩在这里不明不白的,真有什么事,讲都讲不清楚……"老郑急于脱身。

打完电话,老郑对徐君说:"一会儿他公司人过来,如果问起来,就说他在我们公司发疯打人,没打到,扑到楼下去了,咱们俩也要统一口径……"

徐君点点头说:"事情本来就是如此……"

正说着,医生过来了,手里拿着拍片结果。

老郑和徐君忙迎上去,问:"大夫,咋样,要不要紧?"

医生看着他们俩,表情严肃地问:"请问你们是伤者的家属吗?"

"不是,我们是他朋友,普通朋友,"老郑忙回答,又看着医生,"情况很严重?"

医生点点头:"是的,很严重!"

"不会吧,他是从二楼摔下来了的,这么低的高度,会很严重?"徐君问医生。

医生不满地看了徐君一眼,扬了扬手里的拍片结果,说:"我管你几楼摔下来的? 我只管拍出来的结果,他是头部先撞到汽车铁板上的,你也来试试?"

老郑忙拉了下徐君,不让他继续说话,然后附和着医生,说:"是,是,大夫说得对,我想问下,这伤者的伤势……"

"现在不好说,待会我们还要集中会诊,"医生对老郑说,"不过,从现在拍片的结果看,很不乐观,伤者遭遇极其剧烈的震荡,脑袋里面都乱了,成一锅粥了,严重脑震荡……"

"啊……"老郑和徐君大吃一惊,老郑急忙问道,"那……大夫,有没有生命危险?"

"现在还有呼吸,正在抢救,"医生面无表情地说,"我看啊,这就是救过来也是个植物人了。这人怎么会从二楼摔下来的,怎么就脑袋撞上了铁板呢? 而且,冲力好像很猛,头部撞击的力度很大……"

老郑和徐君对视了一眼,徐君对医生说:"他和我发生了争执,拿东西准备砸我,我急忙躲闪,他惯性大,刹不住,脚被窗户框又拌了一下,冲下楼去,正好头向下摔在汽车上……"

"哦……怪不得,"医生点点头道,"惯性太大,速度太快,这脑袋咋能撞得过铁家伙啊,真是的,太不自量力了……"

正说着,老高公司的人员赶到了。老郑急忙带他们去找了医生,然后用力拉了拉徐君的手,两人出了医院。

回去的路上,徐君有些后悔:"唉,早知道我不躲闪了,让他打一下得了,唉……没想到他这一摔,会这么严重……"

老郑看了徐君一眼:"傻瓜,凭什么让他打? 他这是无理取闹,寻衅滋事,自找苦吃! 我们没有人怎么着他啊,他还把我的大奔给砸坏了……"

徐君看了一眼老郑:"郑总,人命关天啦,这个时候啦,你还记挂你的大奔,是你的大奔重要啊,还是老高的命重要啊,老高可是你的铁杆朋友呢……"

"都重要,大奔重要,老高也重要,"老郑说,"老高是我的朋友,大奔是我的财产,老高这是自己作孽,谁也没办法,我还能怎么样呢? 我又不让他赔钱……"

徐君哭笑不得:"郑老板,老高最好也是植物人啦,医生说的,唉,这实在是太残酷了,怎么会这样啊……我们这时候走,是不是不大妥当啊……"

"傻蛋,你等在医院,想让人家赖上你啊,等他家人来找你闹腾啊?"老郑白了徐君一眼,"我们大不了等他们家人报案,到警察那里把事情讲清楚,犯得着和他们家人纠缠吗?"

徐君无语。

回到公司,老郑给于琴打了电话,说了情况。

于琴吓了一跳:"乖乖,这么严重啊,想不到,看来这老高就是救过来,也要在医院住一辈子了,植物人啊,晕倒,还不如死了算了……这二楼摔下来成了植物人,也算是一大新闻……"

"老高家里人还不知道啊,他公司的人去了,我就回来了,这事,我可不想掺和进去……"老郑说。

"老高有个儿子,和何英一起生的儿子,大概得有 3 岁多了吧,唉……可怜的孩子,没爹没娘的孩子……"于琴叹了口气,"也不知道何英到哪里去了,自己的儿子也不管了,这老高一趴窝,小孩咋办呢? 谁来管啊?"

"嗯……这事要是能通知何英就好了,何英可以把孩子带走,母子也能团圆……"老郑说,"这事别管了,天下可悲的事情多了,咱们又不是救世主,就当不知道这回事吧,我在假日这边正和徐君办理交接手续的事宜的,你他妈也不过来帮帮我……"

"我坚决不过去,我去了怕自己受不了,你自己就在那里折腾吧,"于琴对老郑说,"对了,提醒你,徐君是张伟亲妹妹的男朋友,你对他好点,也算是给张伟个面子,给自己留条后路……"

"嗯……我有数……"老郑看了一眼旁边正在核对数字的徐君,口里答应着,"对了,你既然不来这边,那这样,你抽空去医院看看,注意打听着伤势,真要死了,咱们怎么着也得送个大花圈去,还有,打听着他那公司的事情……"

"你他妈真恶心,太冷酷了你……"于琴骂了一句老郑,"不说了,我一会儿去看看……"

"量小非君子,无毒不丈夫,你个臭女人,懂什么……"老郑骂于琴道,又说,"去吧,什么情况,及时和我联系……"

和于琴打完电话,老郑招呼徐君:"兄弟,休息会吧,这活儿一天是弄不完的,慢慢来……"

徐君答应着抬起头:"郑总,你说我们要不要安排个人去医院看着……"

"呵呵……不用了,我已经安排我老婆去医院了,你这边就放心好了,不会牵扯你的,到时候如果有事情,我作证,证明是他施暴落空,自己坠下楼去的……"

徐君看着老郑说:"哦……谢谢郑总……"

老郑站起来说:"走,咱们吃午饭去,我请你吃西餐……"

第四十章 | 久别重逢

张伟今天起得很早,精神很兴奋,陈瑶要来了,上午10点的飞机,中午12点到。

张伟决定带张少杨一起开车去瑶北机场接陈瑶,接着陈瑶,然后带张少杨去天马旅游相亲见小如——张少杨的小花姑娘,自己则和陈瑶正式拜访天马旅游的老板,邀请其参加自己公司明天的开张仪式。

明天公司的开张仪式,张伟不打算大办,举行那么铺张的仪式没必要,也就是公司一帮人加上几个朋友,放上一通鞭炮,挂上几个彩气球,门前弄上一个红拱门,来个热烈祝贺,就行了。

几天前自己和陈瑶说起的时候,陈瑶也表示赞同,支持张伟从简开张,要把每一分钱都用到刀刃上。

早饭是张伟和小郭、张少杨一起吃的,还有吴洁。

小郭这些日子适应得很快,各项工作都在努力学,张伟对小郭的敏锐反应和极快的进入角色很满意。

"东兴那边要的货都准备好了?"张伟问小郭。

"嗯……"小郭点点头,"昨天我和王炎又核对了一次,王炎给我发了传真核对,首批要货是柳编4个品种,各2500件,草编两个品种,各5000件,总共两万件,今天下午都能够收齐……"

"好,收齐放在咱们后院里,盖好防雨布,你带人再按照标准全部审验一遍,绝对要保证质量……"张伟叮嘱小郭。

"嗯……一定,我一定安排好。"小郭答应着。

"收购的钱都足额到位了吗?"张伟又问。

"到位了,财务前天就拨付了,咱们的收购价格比那些小贩子收购的价格几乎高出接近一倍,乡亲们都很满意,都眼巴巴地问下次什么时候还要货? 以后还要不要货?"小郭乐呵呵地说,"我告诉他们了,以后的收购价格只涨不降,只要大家保证质量,很快就给大家下新的订单……"

张伟笑了:"我算了,一个家庭妇女在家里编筐,只要我们正常收购,一个月纯收入1500到2000块没问题,一年就是两万多,而且,地里的活不耽误,吃住都是自己家里的,这两万多等于是净赚,还能照顾孩子做家务,比外出打工合算多了……"

"是啊,其实之前大家都不生产这个,主要是因为没有销路,收购的小贩压价太狠,大家没有利润可赚,而且,还有附近几个村的村霸和市霸强买强卖,把外地的小贩都吓得不敢再来……现在我们的价格高,大家利润丰厚,自然愿意干,而且,我们是本地人,出去讲的都是山里话,方言,哈哈……目前为止,还没有发现有敢敲诈勒索我们的……"小郭说。

"嗯……人叫人干人不干,政策调动一大片,关键还是我们的收购政策好,调动起了大家伙的积极性,大家赚钱,我们赚钱,而且,我们赚得更多,呵呵……这两万个家伙,一个利润平均接近15元,我们可以赚30多万……"张伟乐呵呵地说。

"呵呵……这么多啊,这利润真丰厚,"张少杨接过来,"这么厚的利润,以前为什么没人做啊?"

"不是每个想做的人都有这么丰厚的利润,内销就不行,利润很低,我们做的是外销啊,哈尔森联系的出口,老外的价格都很可观的,所以哈尔森给我们的定价才可观,他的利润更可观啊,这家伙,朋友归朋友,生意归生意,他赚的不比我们少……"张伟边吃早点边说,"这笔生意,我们赚30万左右哈尔森估计赚的更多,王炎说他们除了赚差价,还能有出口退税这一块,哈哈……自强外贸,第一笔生意就是我们的,哈尔森瞧不起这小买卖,觉得是土包子,游击队……一心想做纺织品出口……我们得争气,做大,让这洋鬼子不敢小瞧我们,品牌和信誉来自于实力,咱们是有实力的……只要咱们保证质量,多开发一些花色品种,到时候欧洲的订单源源不断,不但是乡亲们高兴,哈尔森这洋鬼子也得乐坏了,我非叫他佩服我不可……"

"嗯……只要咱们好好做,咱们就能迅速做大做强,关键就是看订单啦,是不是,大哥?"张少杨问张伟。

"对,现在是市场经济时代,到处都是买方市场,需求决定生产,咱们的方针就是质量立本,创新立足,信誉至上,放眼世界……只要咱们敢于开拓,勇于开拓,鸡窝窝一样飞出金凤凰……到时候,咱们在电视上看到的老外,头上戴的帽子就是咱们生产的,就是咱们卖出去的,哈哈……"张伟开心地笑着。

小郭和张少杨也很开心地笑起来。

"对了,"张伟又想起小郭刚才的话,对小郭说,"有个事一定不要忽视,就是村霸和市霸,虽然目前还没有出现干扰,那是因为我们刚开始做,还没有造成影响,以后随着业务的扩大,很可能会出现一些意料不到的情况,要事先有点思想准备,这做生意,白道要交,黑道更是不可忽视……"

小郭点点头道:"我回头和几位你的堂哥们打个招呼,让大家都注意点,有所防范……"

张伟点点头道:"对,未雨绸缪,提早有个思想准备,我觉得,这是不可避免的……"

"是啊,小心点好……"小郭有同感。

"先下手为强,等开业后,我抽时间带着你,带着礼物,先去拜访所有有关联村的书记、村长,给他们讲明大义,这是造福当地老百姓的好事,取得他们的支持……"张伟沉思着对小郭说,"在这一块上,咱们不能太硬,毕竟是在人家的地盘上,该送礼的送礼,该请客的请客,农村的风土人情你也很熟悉,我不在家,你一样做主管事,公关招待开支2000元以内的你直接签字办理,不必我经手,回头我给财务打个招呼,该花的钱一分都不要吝啬,不该花的钱一分都要节省……你自己把握就是……"

小郭点点头。

吃完早饭,张伟又带着小郭和张少杨布置存放货物的场地,安排财务、办公室做好对接工作,看看时间接近10点半,看着张少杨说:"少杨,去开车,跟我走。"

"去哪里?"张少杨问张伟。

"你想去哪里?"张伟笑嘻嘻地看着张少杨,"兄弟,去瑶北啊,去接你大姐,还有,去见你的小花啊,我和你大姐陪着你去相亲啊……哈哈……"

"哈哈……"张少杨乐的不行,忙去开车,边说,"小花见了我啊,得刺激死,她现在还以为我在东兴呢,昨晚我还说我在东兴呢……我大姐也来了,还陪我相亲,哇哈哈……我也刺激死了……"

张伟看着张少杨高兴的样子,心里也很激动,他很快就要见到自己的爱人了,再有两个小时,陈瑶就在自己身边了,这是何等开心幸福的事情!

11点半,张伟和张少杨出现在瑶北机场候机大厅,翘首企盼着陈瑶的到来。

30分钟后,来自杭州的班机安然降落在瑶北机场。一会儿,旅客出口处,陈瑶靓丽的身影出现了。

"大姐……"张少杨高兴地冲陈瑶挥手高喊。

张伟心里很激动兴奋,紧咬着嘴唇,眼眼发亮,牢牢地盯着逐渐走近的陈瑶。

这么多天不见,陈瑶瘦了,虽然眼睛依然很有神,但是面容有些憔悴。

张伟一阵心疼,嘴唇抿得更紧了。

陈瑶拉着一个小巧的行李箱,带着欣喜的表情,来到张伟和张少杨面前。

张少杨高兴地一把将陈瑶抱在怀里:"大姐,想死我了,你可来了……"

陈瑶欣慰地拍拍弟弟的肩膀说:"杨杨,大姐也想你……"

然后,两人分开,张少杨接过陈瑶手里的行李,陈瑶开始看着张伟。

两人眼睛对视着,都充满了欣慰和热烈,还有激情和柔情。

不约而同地,张伟刚刚张开臂膀,陈瑶就扑进了张伟怀里,两人紧紧拥抱在一起。

张伟的下巴抵在陈瑶的头顶,搂着陈瑶消瘦的肩膀,轻轻拍着陈瑶的背部,嘴里轻轻说了句:"姐,终于又见面了……"

陈瑶依偎在张伟怀里,感受着张伟有力的怀抱,倾听着张伟激烈的心跳,感受着张伟火热的体温,紧紧咬住嘴唇,努力不让自己的情绪爆发,轻轻地平静地"嗯"了一声,"是的……我们……终于又见面了……"

爱,不需要太多的语言。然后,张伟和陈瑶就这么紧紧地抱在一起,互相用身体语言交流着对彼此的渴望和思念,交流着重逢的激动和喜悦……

好一会儿,张少杨在旁边不耐烦了:"喂,好了,你们两个年轻人,这是公共场合,注意点影响,我还在旁边呢,附近还有未成年的小孩呢……还有完没完?回去有的是时间,干吗啊……俺还要去相亲哪……"

张伟和陈瑶不好意思地分开,陈瑶理理被张伟弄乱的头发,看着张少杨痴痴地笑了,问:"杨杨,你要去天马相亲?"

"是啊,俺今天去天马相亲啊,突袭小花,哈哈……"张少杨得意得笑着。

陈瑶看着张伟问:"老大,咱们陪着杨杨去?"

"是啊,咱们陪着去相亲,咱们去拜访小如,去拜访小如的老板,一起办了……"张伟说。

"呵呵……好啊,"陈瑶笑呵呵地挽起张伟的胳膊,"不过,时间不大对啊,正是午休时间,我还没吃午饭呢,饿了……"

张伟笑呵呵地搂着陈瑶的肩膀,对张少杨说:"少杨,这样,咱们先去吃午饭,饭后,咱们再去天马相亲,好不好?"

"嗯……也只有如此了,"张少杨无可奈何地说,"那就让期待再延续两个小时吧……"

张伟带着陈瑶去了瑶北市区,在一家农家乐饭庄吃饭,找了3楼的一个小单间。

"今天咱们吃正宗的瑶北农家菜,"张伟边对陈瑶说边拉开单间的窗帘,指着街对过的一座楼房对陈瑶说,"姐,你过来,看……"

陈瑶走到窗前,看着外面,说:"什么?不就是一座破破烂烂的公寓楼吗?"

"嘿嘿……"张伟一手揽着陈瑶的胳膊,一手向外指点着,"看见5楼从东边数第6个窗口了吗?"

"看到了,干吗?"陈瑶问张伟。

"那就是本老大曾经的狗窝,哈哈……"张伟得意地笑着,"当时,我就是在那房间里住的,就是在那房间里,我撒色子组合号码,才认识你的,嘿嘿……"

"啊哈……"陈瑶笑了,认真地看着那房间,"原来这里是傻熊故居啊,是老大曾经就寝的地方啊,那得去瞻仰瞻仰……"

"去什么去啊,这地方现在已经租给别人了,"张伟看着那窗口出现的一个身影叫起来,"哟……还是个美女租住的,哎呀,当初咋就没有美女和我合租呢……"

陈瑶看看张少杨出去点菜还没有回来,伸手在张伟屁股上拧了一把:"哼,恐怕也没少了美女去那房间住吧……就你这风流成性的家伙,还能耐得住寂寞……"

陈瑶这话正中张伟死穴,张伟立马闭上了嘴巴,一会儿嘿嘿笑了:"俱往矣,看今日美女,还数我家莹莹……"

陈瑶抿嘴笑了,又伸头看着外面的破烂公寓楼。

张伟又伸手指着远处几百米远的一个写字楼:"姐,那座黄色的写字楼,看见了没有?"

"啊……哦……看见了,"陈瑶说道。

"那就是天宇旅游有限责任公司,你看,楼顶上的大字广告牌,天宇旅游……看见了没有?"张伟伸手指着远处。

"看见了,天宇旅游……很气派嘛!"陈瑶看着外面对张伟说。

"那就是我以前的公司,是我战斗了好几年的地方,我以前就在那公司做营销部经理……"张伟说,"那里有我很多的铁哥们铁姊妹,都是我带出来的兵,呵呵……好久不见他们了……"

"哦……老大的前公司,不错,不错,"陈瑶点点头道,"怎么着,打算抽空去故地重游一番? 衣锦还乡了,去炫富一下……"

"炫富没打算,倒是想去看看老伙计们,"张伟摇头晃脑道,"其实啊,我是很喜欢这家公司的,他们开发的那地下大峡谷溶洞,凝结着我多少心血啊……就是那老板韩天,他妈的,任人唯亲,弄了个妹夫来制约我,排挤我,最后老子没办法,只好辞职……"

"别记恨你老板啊,你得感谢韩天老板啊,"陈瑶笑嘻嘻地说,"没有他,他不排挤你,你能辞职吗? 你不辞职,能认识我吗? 不认识我,你能南漂吗? 所以啊,你得感谢韩天,是他促成了我们啊……"

张伟想了下,说:"呵呵……言之有理,敢情我改天还得亲自上门去拜访他,感谢他啊,哈哈……带着你一起去,对他说:'感谢你狗日的,老子辞职又回来了,还带回了一个大美女……'"

"哈哈……"陈瑶开心地笑起来,捶打着张伟的胸脯,"好了,好了,笑死我了,不说了,我饿了,吃饭……"

其实,张伟还真有去拜访韩天的打算,因为他想起了小如说的韩天找天马旅游茬儿的事情。

三人在一起美美吃了一顿丰盛的北方农家菜,陈瑶边吃边赞不绝口,吃得很开心。

看着陈瑶吃得这么带劲,张伟心中一种暖暖的感动和温情,他心里有很多很多话想对陈瑶讲,可是一时又不知从何说起。

陈瑶仿佛看穿了张伟的心思,抬起头冲张伟一笑:"发什么愣啊,吃饭啊,想什么呢?别想了,晚上咱们有的是时间,有话好好说……"

张伟傻呵呵地笑笑:"我这一时不知道说什么了,总感觉很多话想和你说,见了你,没话了……"

"这就叫千言万语不知从何说起,"张少杨插进来,"那就不要说嘛,再次提醒两位,我在旁边啊,不许再上演少儿不宜的言行,吃饭……"

张伟和陈瑶都笑了。

饭后,张少杨开车,直奔天马旅游,张少杨去相亲,陈瑶和张伟去拜会天马旅游的老板。

"没打个招呼贸然去拜访,不大好吧?"陈瑶和张伟一起坐在车后排,陈瑶靠在张伟肩膀上,拉着张伟的手,对张伟说。

"杨杨要的就是这个刺激啊,小花也喜欢浪漫,小花还不知杨杨去见他呢,咱们去拜访人家老板,那就只好也不打招呼了,还是相亲事大,重要啊……"张伟对陈瑶笑呵呵地说,"没关系,贸然就贸然吧,反正都是老客户了,估计小如的老板也一定知道我们假日旅游了……"

听张伟提起假日旅游,陈瑶心里一阵涩涩的味道,没有说话。

张伟也想起假日旅游不是陈瑶的,是老郑的了,觉得自己的话有些刺激陈瑶,忙住嘴,略带歉意地搂着陈瑶的肩膀,轻轻拍了两下。

张伟其实很想问问陈瑶假日旅游到底发生了什么? 但是他知道此刻时机不合时宜。

张伟轻轻搂着陈瑶,安慰地拍着陈瑶的肩膀,扭头在陈瑶的耳边轻轻亲了一下。

陈瑶明白张伟的意思,会心地笑了,握紧了张伟的另一只手。

很快,车子到达天马旅行社门口。

第四十一章 屡败屡战

天马旅行社是一座二层楼,外面粉刷成了天蓝色,门面装饰得很讲究很精致,"天马旅游"四个字是水晶字体,夜晚可以发光的那种。

正是下午刚上班的时间,旅行社门前客人不多,营业厅里比较冷清,公司门口停着一辆白色的轿车。

张伟看着那辆白色轿车,看着那车的车牌号,是瑶北的车牌。

陈瑶拍了拍张伟的胳膊:"当家的,我想,咱们这辆吉普车就在瑶北上牌照吧,别拖太久了,抓紧办……"

"行,"张伟点点头,"你那车呢?"

"徐君开着的,等他办完事情,办完后续事宜,就开车过来……"陈瑶说。

张伟点点头,没说话。

张少杨下车后,兴奋地摩拳擦掌,原地蹦了两下,然后对张伟和陈瑶说:"我先进去,你们先别进去……"

张伟和陈瑶对视了一下,都笑了,陈瑶挽起张伟的胳膊,对张少杨说:"我们在门口先等着,等你发信号,我们再进去,行不行?"

"行,你们在外面隔着玻璃看,等我打手势,你们再进去……"张少杨激动地脸色发红。

张伟抬脚冲张少杨屁股踹了一脚:"我和你大姐在门口溜达玩,你进去吧,臭小子……"

张少杨兴奋地点点头,又深呼吸了一口,然后昂首挺胸推开天马旅游的玻璃门。

张伟和陈瑶饶有兴趣地在门口观看天马旅游安放在门口的几个业务广告"易拉宝",边隔着玻璃橱窗等候张少杨的信号。

陈瑶指着易拉宝上的线路内容对张伟说:"当家的,你看,这天马做的旅游线路基本都是长线的,他们好像不做短线团的,都是长线……"

张伟看了看:"嗯,你看,他们浙江线的景点,漂流换成江南军事探险漂流了,把老郑的白云山漂流换下来了……呵呵……你说,是不是因为走了的缘故?"

陈瑶点点头:"呵呵……其实啊,那时安排白云山漂流,都是小如看我们的面子,浙江这么多漂流,白云山并不是最好的,这都是人情面子啊,待会儿你进去要好好感谢感谢小如姑娘哦……这旅行社,计调的权力还是蛮大的……"

"流失了一个大客户,你说老郑会不会记恨我,把这笔账算到我头上来?"张伟转脸看着陈瑶,"还有,我估计啊,流失的一定不是一个大客户,我一走,肯定会有不少大客户被别的漂流公司挖去……这个没办法的,我也无能为力的,也不是我故意捣乱的……"

"一定的,一定会的,这笔账是一定会算到你头上,但是,记恨,好像不应该吧,"陈瑶摇摇头,"是他逼你走的,流失业务,再正常不过,特别你还是负责大客户的,这只能怪老郑疑心太重,不能容你,自作自受……"

"哼,老郑这人啊,真的是疑心太重了,嘴上一套,做起来是另一套,我这人也算讲良心,安抚好他的队伍才走,看在他对我还算不薄的面子上……"张伟口气有些发狠,"不然,要是他惹我烦了,我把他人马一股脑都拉走,最好是他现在和今后都不要惹我,否则,我早晚颠覆他,早晚让他知道我的厉害……"

陈瑶心里一紧,瞪了张伟一眼,随即又柔声说道:"别胡说,就是以后他惹了你,也不许颠覆人家的公司,咱不干这事……再说了,人家干嘛要惹你,你别没事找人家事就不错了,我看你啊,也学会带着有色眼镜看人了,好像在你眼里好人不多……"

"你啊,优点是善良,缺点是太善良,我都不知道你这么多年做生意是怎么混出来的,怎么就没有被人坑死,或许巧了,你遇见的都是好人……"张伟扶着陈瑶的肩膀说,"我现在想通了,对好人用好招,对坏人,绝对不妥协,人若犯我,我必犯人,有恩必报,有仇必雪,我以前,其实也是太善良了,咱俩都犯了同样的毛病……"

"唉……冤家,冤冤相报何时了,你不要这么想的,这会招致血光之灾的,这会让我们不得安宁的……"陈瑶轻轻叹息了一声,"阿弥陀佛……善哉……"

张伟不禁笑起来,拍拍陈瑶的脸蛋:"善哉?对好人我善哉,对他妈的混蛋,我弄死他!还善哉?善哉半天被他们把我们整死了……我看透了,这世道,就是一个人吃人的社会,就是一个恃强凌弱、弱肉强食的社会,好人难过,坏人当道,软弱就要被欺负,人善被人欺,马善被人骑……必要的时候,该硬的就要硬起来……"

陈瑶微笑着看了一眼张伟,"小家伙,愤世嫉俗,杀气腾腾,干吗啊,呵呵……这就是给我的见面礼啊……

"是,老婆不提了……"张伟忙举手保证,边斜眼看营业室里面,"张少杨怎么还不发信号啊?"

陈瑶看了一下里面:"里面人很少啊,好像只有值班的工作人员,这会儿他们俩是不是正谈得火热呢……"

张伟看了下:"小如一定是在柜台上的,好像里面只有小如一个人啊,张少杨撅着屁股趴在柜台上一定是在和小如说话的……可惜,小如的脸被少杨挡住了,看不见……里面好像没有别的人啊……"

正说着,陈瑶拉拉张伟的手:"宝贝,看杨杨打手势了,手放在屁股后面做了一个OK……"

张伟一阵兴奋,揽着陈瑶的腰:"姐,走,进去,咱们也相亲去,你相相你的准弟媳妇……"

陈瑶莞尔一笑:"咱还得去拜访人家董事长呢……"

"那也得先拜访小如再说,"张伟对陈瑶说,"小如可以说是咱们和董事长的媒人啊……"

且说张少杨走进天马旅游营业厅的时候,里面很安静,只有柜台前一个女孩低头在电脑前忙碌着,其他人估计都出去跑业务去了。

张少杨眼尖,一眼就认出来是小花,虽然她在低头打字,但是那小鼻子和脸的轮廓,还有小巧的嘴唇……

营业厅里静悄悄的,只有小花噼里啪啦的打字声音。

张少杨摸出口袋里早已准备好的墨镜戴上,心里喜滋滋的,带着几分恶作剧的心情,激动地坐在小花对面的柜台前的高脚凳上,在上面一转一转的。

小花正在忙着打字,眼睛只盯住电脑屏幕,还没来得及招呼客人。

张少杨随手摸起柜台上的一本旅游线路图,戴着墨镜,装作很认真看的样子,眼睛却从墨镜后面直勾勾盯住小花,看着小花可爱的脸蛋、大大的眼睛、长长地睫毛和认真的表情……

小花正忙着和一个同行在QQ上聊天谈价格,今天店里的人员都出去了,只剩下她值班,幸亏客人不多,倒也招呼得过来。

小花边打字边瞥了张少杨一眼,看这戴着墨镜穿着休闲的小伙子大大咧咧在看旅游线路,忙说了声:"欢迎光临天马旅游……对不住,您先看着线路,我这就忙完了……"

小花讲的是普通话,声音清脆而柔软,很有一种南方人的软绵味道,很甜。

张少杨心里乐滋滋的,从墨镜后面看着小花,嘴角露出皮笑肉不笑的表情,用普通话说道:"没关系的了,小妹妹你忙好啦……"

"谢谢……"小花眼睛并没有移开电脑屏幕,莞尔一笑,继续打字。

张少杨然后就举起旅游线路表,装作在看旅游线路,眼睛其实是一直在盯着小花,心里乐开了花,这小花啊,人长得比照片上还漂亮,大姐可真有眼光……

看了一会儿，张少杨情不自禁用东兴方言嘟哝了一句："这小妹好漂亮，真像一朵花，娇艳的玫瑰花，小花……"

小花一怔，看着张少杨，不由脱口而出："你……你是谁？怎么会讲东兴话？你怎么知道我是小花？你认识我？你怎么知道我的小名……"

小花脱口而出的竟然也是东兴方言，这让张少杨大为意外。

小花停住打字，看着张少杨，心里很惊奇，竟然有人在这里讲东兴方言，好熟悉亲切的家乡话，这人看着有点面熟，可是想不起是谁，他竟然知道自己的小名，好像应该是自己老家的亲戚熟人，可是，确实想不起有这么一个亲戚或熟人。

张少杨大为惊奇，放下旅游线路图，继续用东兴方言讲话："你……你竟然会讲东兴方言，你是东兴人？"

小花没有回答张少杨的话，看着张少杨："你知道我的小名，你是我的一个熟人？是不是？"

张少杨看着小花傻乎乎的样子，装作不认识的样子摇摇头："我不认识你啊，你叫玫瑰花？"

"我不叫玫瑰花，我叫小花，你刚才不是说小花吗？"小花大大的眼睛看着张少杨，"你也是东兴人，咱们是老乡啊，我看你怎么有点面熟呢，我想应该在哪里见过你，在哪里呢……"

小花托着腮帮边问边开始想，眼睛里露出遇见老乡格外亲的兴奋神色。

"你竟然是东兴人，晕倒……"张少杨夸张地张开嘴巴，"哦……我竟然一直不知道你是东兴人，小家伙，你竟然一直骗我……"

小花撅起嘴巴，好奇心愈发强烈："你叫我小家伙？难道你是大家伙？你是谁？我和你认识吗？我怎么骗你啦？"

张少杨得意地扶扶硕大的墨镜："你就是小家伙，我认识你，但是呢，你却不一定认识我……"

小花惊奇地看着张少杨，扬起脖子："可是，我好像认识你呢，我看着你有点面熟的，特别是你这个大鼻子，好熟悉……"

"哈哈……"张少杨大笑起来，"你是不是晚上做梦梦见摸过这个大鼻子啦……"

小花看张少杨不肯说出身份，老是逗自己玩，急得不行了，兴奋和好奇让她一下子站起来，冷不防就伸手摘下了张少杨的大墨镜，边说："我叫你装黑猫警长，看看你是谁……"

张少杨没防备，被小花一下子把墨镜摘了下去，露出了真面目，看着小花，迅速做了一个凝固的鬼脸表情，歪着嘴巴说："你看看我是谁？"

张少杨这一做鬼脸,小花更认不出来了,手里拿着大墨镜,呆呆地站在那里,隔着柜台,伸手戳张少杨的大嘴巴,说:"不许做鬼脸,不许歪眼斜嘴巴,板正一点,让姐姐看看你,嘻嘻……"

　　小花的手指嫩白而又柔软,戳在嘴唇上很舒服,张少杨忍不住放弃了扮鬼脸,哈哈大笑起来。

　　小花这才得以正儿八经看张少杨全容。

　　"啊……"小花一旦看清楚了张少杨,一下子蹦起来,叫起来,嘴巴张得大大的,眉毛挑得高高的,手指着张少杨哆嗦,"你……你……你是……你不是……"

　　张少杨看着小花惊奇的神态,开心地笑了,立正站好,恢复常态,说:"小花同志,你好,我是,是我……"

　　"啊……"小花继续张大嘴巴表达着她的不可思议的兴奋和惊奇,伸手过来,捏了捏张少杨的腮帮,"你真是……真是你……"

　　张少杨伸手摸了摸小花的手背,嘻嘻一笑道:"我真是,真的是我,嘻嘻……"

　　"哎呀……天哪……"小花举起拳头,隔着柜台一下子打在张少杨的胸口,"你是杨杨?张少杨同志?"

　　"是啊,小花同志,俺是张少杨,杨杨同志,哈哈……"张少杨开心地笑着。

　　小花兴奋地不得了,说:"我的天!这太不可思议了,太刺激了,你是从天上掉下来的?"

　　"嘿嘿……我是一直潜伏在你身边的,"张少杨微笑着看着小花,"你不是喜欢浪漫吗?我今天就是来给你浪漫的……可惜,我忘记买一束玫瑰花送给你……"

　　"啊哈哈……你真的是杨杨啊,"小花好像还没有醒悟过来,又伸手捏张少杨的腮帮,"好软啊,疼不疼?"

　　"不疼,痒……"张少杨又趁机伸手摸小花的手背,"好滑的手啊,好嫩的皮肤啊……"

　　小花脸色一红,随即又开心地笑了:"快……快坐下,来,给我说说,你是怎么过来的……"

　　张少杨又坐到高脚凳上,撅着屁股,趴在柜台上,和小花热火朝天地聊天。

　　小花兴奋地要去给张少杨倒水,张少杨摆摆手:"哎……不用,刚吃过饭,不渴,过来,坐下,我好好看看美丽的小花……"

　　小花不好意思地笑了,有些憨厚的样子,说:"有什么好看的,你不早就在照片上看过了吗?我看你倒是比照片上还英俊呢……"

　　"咱俩想一块去了,我也想这么说你呢,你真人啊,比照片上还好看多了……"张少杨乐呵呵地说,"怎么样,今天的见面刺激不?浪漫不?开心不?"

"晕死我……刺激,浪漫,开心,刺激得不得了,你这个坏蛋,突袭我啊……"小花高兴地又敲打张少杨的脑壳。

"呵呵……我就是要让你开心,才这么逗你的,今天我可是来相亲的哦……"张少杨边调侃边把手伸到背后,做了一个OK的手势,给外面的张伟和陈瑶看。

"相亲?"小花脸色红红的,又笑起来,"就你自己一个人,千里迢迢来相亲啊? 没找个伴郎吗? 嘻嘻……"

"我不但找了伴郎,还给你找了伴娘……"张少杨哈哈地咧嘴笑着。

说话间,张伟和陈瑶进来,走到了柜台前。

陈瑶和张伟边走边打量着室内的布置,空间不是很大,但是装饰得很精巧,蓝色基调的办公设施,室内很整洁,很井然有序,一看就知道主人是一个有品位的人。

"你就吹吧,伴郎伴娘在哪里?"小花边和张少杨说话,边站起来招呼张伟和陈瑶,"您好,欢迎光临天马旅游……"

陈瑶和张伟不说话,微微点头,笑着看着小花。

小花只微微瞥了一眼张伟和陈瑶,随意扫过,仿佛不认识一样,她这会儿的心思都放到张少杨身上去了。

张伟和陈瑶一眼就认出了小如,比照片上还精神,还漂亮,陈瑶刚要和小如打招呼,却被小如看着自己的陌生眼神所迷惑,小如竟然没认出自己来。

张伟和陈瑶对视了一眼,都有些意外。

张少杨大大咧咧向陈瑶和张伟一指,问:"小花,看,这伴郎伴娘好不好?"

"啊……是他们……"小花又重新开始看陈瑶和张伟,先看陈瑶。

小花看陈瑶的表情仍然是友好而陌生,甚至有些惊奇地嘟哝了一句:"这伴娘咋这么漂亮,从哪里来的?"

陈瑶看着小花的表情大奇,但没有说什么,只是友好地对小花笑着。

随即,小花的眼神正式落在了张伟身上。

张伟见过小如的照片,以为小如没见过自己的照片,觉得小如是不可能认识自己的。

哪里想到,小花见到张伟,眼神突然定住了,看了半天,很专注,脸上露出惊讶和惊奇的表情。

"啊……"小花又突然叫起来,差点又蹦起来。

张伟、陈瑶和张少杨都感到很意外,张伟笑嘻嘻地看着小花,问:"小妹,咋了?"

"你……你……"小花的嘴巴半张,很惊奇的样子,"你这个伴郎,你……我认识你……我见过你……难道那个人……"

大家都很惊奇,陈瑶看着小花,问:"小妹,你不认识我?"

小花茫然摇摇头："不认识，可是，我认识他，我见过他，他的……他……他不是……他是……"

小花嘴里说着，突然闭嘴，因为她看见陈瑶的胳膊挎着张伟的胳膊。

大家大奇，张少杨对小花说："小花，那是我大姐啊，陈瑶啊，你不认识？你们不是经常聊天的？这是我姐夫，张伟啊，你当然认识……"

"啊……陈瑶，张伟，你姐，你姐夫……"小花重复了一遍，眼睛又直勾勾地看着张伟，露出不可思议的表情，嘴里喃喃地说道，"哦……我想起来了，我知道了，我明白了……"

"明白了吧，小如妹妹，"张伟呵呵地笑着，"真是贵人多忘事，竟然不记得我张大善人了，嘿嘿……见了我觉得很熟悉是不是？虽然没见过我照片，但是，咱这是缘分，缘分呐……还有，你可是见过你陈姐姐照片的哦，你竟然记不起来了，是不是觉得真人太漂亮了，超出你想象了，哇哈哈……"

"小如……"小花愣愣地，一会儿捂着嘴巴笑起来。

陈瑶边笑边看着小花，凝神思考，脑子里开了锅，迅速转悠琢磨着……

小花忙热情地请张伟和陈瑶坐下，又要去倒水。

陈瑶抿了抿嘴唇，摆摆手："小妹，别忙，你们董事长在家吗？"

"在啊，在二楼董事长办公室，"小花忙说，"我上去通知她……"

陈瑶眼前一亮，冲小花摆摆手："不用了，小妹，我们直接上去拜访好了，你和杨杨在楼下聊天吧，我们上去了……"

说着，陈瑶拉了一把张伟，两人就往楼上去。

二人走上楼梯后，小花劈头对张少杨说："那张伟真的是你姐夫？"

张少杨一愣，摸摸头皮，说："当然，未来的，准姐夫，还没结婚……咋了？"

小花眼神怔怔地看着张少杨，又扭头看看楼梯，嘴里喃喃地说道："真奇怪，天呐……难到真有这么巧的事情……哦……今天太刺激了，我受不了了……"

张伟和陈瑶缓步走上楼梯，张伟边走边很疑惑地对陈瑶说："真奇怪，这小如竟然好像和你不认识一样，反倒对我一见如故，竟然认识我，我没给她发过我的照片啊……我真的没给她发过啊……"

陈瑶一直在紧张思考，这会儿眉头微微一皱，大眼睛眨了眨，看着张伟，又抬头看了看二楼，发了一会儿呆，神情突然变得激动而严肃，停住脚步，身体颓然靠在楼梯上，扶着额头，重重出了一口气，嘴里喃喃地说道："我似乎想明白是怎么一回事了，我明白了，我知道了……天呐……我真晕……我晕死了……"

"咋了？你明白什么了？你知道什么了？"张伟有些奇怪，见陈瑶突然很无力的样子，忙扶着陈瑶的身体,"你晕了?是不是坐飞机坐的?身体难受,是吗?要不你先到楼下坐一会儿,喝点水,我先去拜访董事长?"

陈瑶抬眼看着张伟,直直地看着,不说话,仿佛在考虑什么,一会儿缓缓点点头。

张伟忙扶着陈瑶要往楼下走,陈瑶推开张伟的手:"不用,我自己下去,不用你扶,你……你上去吧,我在下面坐一会儿……"

说完,陈瑶怪怪地看了张伟一眼,转身往楼下走。

张伟摇摇头,觉得陈瑶今天的表现有些奇怪,刚才还好好的,这会儿怎么突然晕了,而且,看陈瑶的表情,好像很激动而又极力压抑的样子,真反常……不仅仅是陈瑶奇怪,就是那小如也很奇怪,该认识的不认识,不认识的反倒认识……今天一切好像都在颠倒。

不过,张伟又觉得很高兴,今天最开心的两件事都实现了,自己见到陈瑶,张少杨见到小花,剩下拜访天马旅游的董事长,只不过是一件程序性的事情了,充其量是走访业务客户,礼节性拜访。既然是礼节性拜访,自己代表陈瑶也没有什么不合适的。

张伟稳步走上二楼楼梯,向右一拐,就看见了董事长兼总经理办公室。

二楼走廊不长,静悄悄的,宽敞明亮,几盆鲜花摆放在走廊里,吐露着艳丽和芬芳。

董事长办公室的门虚掩着,一阵歌声飘出来:"让命运牵引着我南北西东,看世间悲欢离合难分难舍,而谁在为我守候,我和我追逐的梦擦肩而过,永远也不能重逢……"

这是张伟很喜欢的一首歌,以前和何英在一起的时候,总是反复播放这首歌,他喜欢刘德华那忧郁沧桑的声音。

此刻在这里听到这首歌,张伟不禁颇为感慨……

张伟站到门前,轻轻敲了两下,随着一声"请进……",张伟推开门走了进去……

第四十二章 | 痛并快乐

何英今天自早上起床起就感觉很特别,总觉得今天发生点什么事,但是是什么事?自己也说不清楚。

何英一直在犹豫着一件事情,那就是要不要和张伟、陈瑶见面,陈瑶和张伟对自己现在会是一种怎样的心态呢?仇恨、怨愤、同情、可怜……抑或都有。

何英打开电脑,登陆 QQ,无聊地看着自己的 QQ 名字:小如。

何英无言地苦笑了下,小如、夏花、何英、表妹,一见面,所有的谜底就都揭开了,小如和小花都露原形了。

陈瑶和张伟都向小如和小如的老板发出了参加新公司开业的邀请,何英知道,或许张伟和陈瑶很快就会来到自己门上,邀请小如和自己,拜会天马旅游的老板。

一想到他们随时都会上门来,何英心里就很激动、紧张、惧怕、忧虑……对他们的到来既充满希望又怀着担忧,既渴望见到张伟和陈瑶,希望见到他们俩的幸福和睦,又害怕见到他们,害怕那一幕很痛的刺激自己,自己不想再去承受如此之痛。

何英的心里很矛盾,很痛苦。

许久以来,自从自己离开宁州来到瑶北,何英就怀着难以名状的矛盾心态,无数次发狠,要彻底忘掉过去,将过去的一切从自己的记忆中彻底抹去,在麻木中开始新的生活。

但是,何英自己都不能说服自己,既然想忘掉过去,忘掉张伟,那又何必非要执着地选择瑶北作为自己的栖息地?天下之大,哪里不能安身?可是,不想忘记,又为什么要选择离开张伟?为什么要选择不辞而别?难道就是因为那电脑里的聊天记录和张伟的南漂日记?自己什么时候学会做好人了?学会同情别人,成全别人了?自己一直念念不忘想要得到的男人为什么能舍得放弃?何英一直以来,就这样矛盾着,痛苦着……

已经离去却又不想就此断了音讯,还得弄个 QQ,换个马甲伪装着身份;已经心灰却又不想意冷,总是拒绝让自己的心彻底死去,还又弄一份礼物让妈妈转交给他们;无比思念曾经的男人却又不敢真正接近，不敢接近却又总想若即若离，见了他的父母总感觉那就应该是自己的公婆……

唉……人生为何有如此多的烦恼……

何英想起来就头疼，就心如刀绞……太多太多的过去让她度过了无数个不眠之夜，从中天创立到自己加盟中天，从和陈瑶姐妹情深到横刀夺爱将陈瑶扫地出门，从迷情张伟到离婚怀孕，从吸毒迷乱到发觉张伟钟爱的女人是陈瑶……何英觉得自己很龌龊、很卑劣、很痴情、很可怜、很无助……何英想努力忘掉所有的过去，不想让自己在回忆中度过余生，但是，脑子里的那些陈年往事，那一幕一幕的欢情旧爱，总会在夜深人静的时候，悄悄爬进她的脑子，开始啃咬她的灵魂和肌肉，开始撕扯她的心灵和神经，开始抽吸她的骨髓和血液吗，让她不得安宁，夜不成寐，每每深夜里醒来，不是浑身大汗就是泪流满面……

何英不知道自己为什么一定要来到这个落后的北方城市，不知道自己将要在这里待到何时，她不喜欢这里脏乱和嘈杂，不喜欢这里尘埃和干燥，不喜欢这里的粗鲁和野蛮，她怀念那柔情似水的江南，那小桥流水的东兴，那湿润平和的浙江。但是，她总是不想让自己离开，不想让自己有离开的念头，她宁愿就这么固执地守下去，为着一个不可知的未来，一个明知道不会有希望的未来，她不知道自己在等待什么，在守望什么，既然已经失去，已经离开，又何必这般的顾念，这般的眷恋？何英不能说服自己，也说服不了自己，何英无法解释自己的行为，也不想去解释。

何英看到张伟和陈瑶都不在线，又无聊地退出QQ，托着腮帮，看着电脑屏幕发呆。

她心里又突然想起了儿子，自己留在老高家的儿子……南南，不知为什么，今天想念儿子的感觉特别特别强烈。

何英一想起才3岁的孩子就没有了妈，一想起孩子在老高家孤独而寂寞的童年，就心中阵阵绞痛，她是多么想把孩子带在身边，让孩子享受无尽的母爱和呵护，可是……

何英翻出手机里儿子的照片，欣慰地看着儿子的笑脸和大大的眼睛，鼻子一阵阵发酸……

何英心中有一个梦，希望能有一天将儿子带在身边，好好疼疼儿子，可是，她知道，老高是绝对不会答应自己的，老高家人是绝对不会答应的……

何英现在一无所有，除了拥有痛苦的回忆和残缺的梦想。

午饭后，何英小憩了一会儿，然后，坐在办公桌前，看了一会儿张伟的照片，心里涌起阵阵寂寥的感觉，打开电脑音乐，听那首张伟最喜欢的《我和我追逐的梦》，这是张伟最喜欢的一首歌，张伟和自己在一起的时候，在自己车上的时候，总是不厌其烦一遍遍播放这首歌。何英北上后，每日里闲暇时候，也就靠这首歌来打发时间，在歌声中缅怀过去的岁月，还有那些事，那些人……

何英托着腮帮，听着刘德华那悠远而苍凉的歌声，怔怔地看着张伟的照片，想起自己和张伟的点点滴滴,欢声笑语,哭笑怒骂,不由入了神……

天马旅游自从搭上了假日旅游的快车,地接南方客户来瑶北红色旅游,生意越来越好,这有些出乎何英的意料,自己当初找陈瑶聊天并不是抱着这个目的,哪里想到还会有额外的收获。

最近几天,假日旅游停发客户,自己的生意也相对淡了下来。何英并不着急自己的生意,只要不亏损,挣多挣少无所谓。何英突然很担忧陈瑶,她知道陈瑶一定是在东兴遇到了大麻烦,否则,仅仅一个小小的经营许可证,绝对不至于到这个程度。她很想帮陈瑶,但是无能为力。

自从张伟离开龙发旅游,何英便停止了和老郑的漂流合作,她本来就是为了张伟才把白云山漂流加进去的,张伟走了,当然没有必要再保留这个景点。

何况,何英对老郑本来就没有什么好印象,她终于知道,自己那晚参加假面舞会时,和自己在一起的男人是老郑,是吸毒后的老郑,而且,自己好像也被动吸毒了……自己肚子里的孩子,就是自己和老郑的结晶……一想到这一点,何英就无地自容,想死的心都有。

自己在知晓那男人原来是老郑,那孩子是老郑的孩子后,随即又知晓了张伟和伞人,也就是陈瑶的事情,终于绝望了,终于良心发现,在万念俱灰的情况下,独自远走他乡,在苏北一个小县城的医院里,打掉了那个自己作孽的种子,在一家小旅馆里躺了整整一星期,仿佛自己是一具行尸走肉……然后,自己来到了瑶北,最终决定在这里停留,在这里生活下去……

何英每每听到这首歌,心中总是充满了矛盾,总是有甜蜜、幸福和痛苦在一起交织……

正入神时,听到门口传来敲门声,何英随口说道:"请进!"然后抬起头看着门口。

何英正好看到张伟推门进来。

看到张伟,何英浑身的血液都加速了流动,脸色霎时先变白,接着变红。

来了!终于来了!该来的终于来了!

何英眼睛直直地看着走进办公室的张伟,心中剧烈撞击,猛烈跳动,说不出什么感觉,嘴唇不由开始哆嗦,不由自主站了起来……

"阿伟……"何英嘴里蹦出两个字。

何英在这边激动异常,张伟站在那里却呆若木鸡!

张伟是带着被歌声感染的暖暖的心情敲门并推门而入的,他觉得这董事长和自己有着相同的爱好,一定可以有很多共同语言。

推门而入,张伟举目看到了正坐在老板桌后面的何英,霎时惊呆了,或者说是震惊了,像一根木桩,一下子被钉在了屋子中间。

张伟的心中那暖暖的感觉顿时无影无踪,取而代之的是无限的震撼和惊异,何英!这不是何英吗?这不是差点成为自己妻子的何英吗?这不是失踪多时的何英吗?是她!

真的是她！她！她……她怎么会在这里？她……她竟然是天马的老板娘！天哪，这是怎么回事，这究竟是怎么回事?！

张伟呆立在原地，脑子里翻江倒海，嘴巴张得大大的，眼睛瞪得圆圆的，头发几乎都要竖起来，看着何英，嘴里发出嘶哑的声音，"啊……啊……"

"阿伟……"何英的声音颤抖着，激动而欣喜地看着张伟，眼睛里亮晶晶的，绕过办公桌，向张伟走过来。

"你……你……何英，何英……你真的是何英？你真的是……"张伟语无伦次，呆呆地看着走近的何英，嘴里喃喃地说着。

"阿伟……是我，我是何英，何英是我，我是……"何英走到张伟跟前，几乎想要扑进张伟怀里，却猛然又清醒起来，立刻站住，脸上止不住留下重逢的泪水，仰望着张伟，仔细端详着张伟。

"你……你……"张伟看着何英，嘴唇哆嗦，心中狂风骇浪，不由伸手扶向何英的肩膀，抓住何英的肩膀摇晃着，"何英，真的是你……你走了这么久，你不辞而别……我……真的见到你了……"

张伟的话里充满了对何英的关切，还有自己心中的委屈。

张伟的手一接触到何英的肩膀，何英不由抽了一下，久违的温暖和温馨在心中荡漾。

"真的是我，阿伟……对不起，请原谅，我不辞而别……"何英咬着嘴唇，任眼泪往下流。

"你……你让我找得好苦，让我等得好苦，让我想得好苦……"张伟看着何英，抓着何英肩膀的手在颤抖，"你……你为什么要抛弃我，你什么不辞而别，为什么……"

张伟的情绪激动起来，他想起自己经历的苦痛和磨难，想起自己的忧伤和思念，突然一把把何英搂进了怀里……

张伟的泪水突然夺眶而出，滴在了何英的头发上："你……我们一直在找你，我们一直都在想你，我们都很挂念你，你……你终于出现了，原来，原来是这样，原来……原来你就是……"

张伟紧紧地搂住何英，好像生怕何英再跑掉。

何英被张伟搂得紧紧的，一下子差点喘不过气来，听到张伟的话，突然意识到什么，努力使劲从张伟的怀里往外挣脱，边说："阿伟，放开我，放开我……"

"我不……我为什么要放开你，"张伟反而更紧地把何英搂着，紧紧箍住何英的肩膀和腰肢，脸贴到何英的脸颊上，泪花闪烁，"你……不许再跑了，不许了，知道吗，我和莹莹是多么想念你牵挂你，你……我……我们……终于找到你了……"

张伟的身体剧烈起伏，情绪很激动。

何英被张伟搂在怀里，身体紧紧贴在张伟身上，只隔着一层薄薄的夏衣，肌肤相亲……

何英的身体和心灵都在颤抖，自己的男人，自己的小男人又回来了，自己又在他的怀抱里了，自己又闻到他身体的味道，又感受到他身体的火热了……

何英不再反抗，任张伟抱着自己，也张开胳膊，搂住张伟的腰。

何英的心在哭泣，在重逢的欣喜中哭泣，她听到了刚才张伟话里的"我们……"，这不是在指自己和张伟，而指的是张伟和陈瑶，张伟和陈瑶已经走到了一起，张伟已经不再属于自己，虽然他现在抱着自己的身体，但是他的身体，他的心灵，他的灵魂都不再属于自己，而是属于陈瑶的了。

此刻，张伟抱着自己，只是在把自己当做一个朋友，一个好朋友来拥抱，来亲热，而不会再有情人的那种炽热和浓情。

何英的心中涌起难以名状的复杂情绪，靠在张伟的胸口，品味着短暂而宝贵的张伟的气息，喃喃地说道："我……我就是小如，我不该，我不该再纠缠你，不该再纠缠你们……对不起……"

张伟的情绪终于有些平静，放开何英，理了理何英被自己弄乱的头发，捧起何英的脸，欣慰地看着，说："何英，终于找到你了，原来小如就是你，原来你一直就在我们身边，如影随形……我……我们不责怪你的，我们都想你，都想你的……"

说完，张伟捧住何英的脸，在何英的额头上重重吻了一口。

这一吻，让何英彻底明白了自己在张伟心里的位置和自己的身份，也彻底摆正了自己和张伟、陈瑶的关系。自己和张伟已经是永远也不可能了，张伟从内心里把自己当亲密的朋友了，他从没有真正爱过自己，他只是出于责任要和自己结合，他内心始终真正爱的只有陈瑶。

肉体的结合不代表灵魂的交融，不代表爱的付出和奉献。

然后，张伟握着何英的双手，摇晃着何英的胳膊，欣喜若狂地说："何英，何英，小如，你总是跑不掉的，陈瑶说得对，你一直和我们在一起，在一起……"

边说，张伟边伸手为何英拭去脸上的泪花，就像一个弟弟对姐姐那样。

何英的心逐渐平静下来，问："她呢？"

"她？谁？"张伟仍旧拉着何英的一只手，"你是说陈瑶？"

"是的，小波，莹莹，她怎么没和你一起？"何英平静地看着张伟，"她今天应该坐飞机到这里来的……"

何英一说，一下子提醒了张伟，想起了陈瑶，想起来陈瑶刚才的反常举动，难道陈瑶进门之前已经有了预感，已经意识到何英就是天马的董事长，才让自己单独进来，让自己和何英单独相处一会儿的？

"她……陈瑶,已经到了瑶北了,现在正在你楼下呢,身体有些不舒服,晕机吧,在休息,"张伟有些忘情地拉着何英的手说,"走,咱们下楼去看看陈瑶,陈瑶要是知道你在这里,一定高兴死了……"

说完,张伟拉着何英的手就要往外走。

"不用下去,我上来了……"说话间,陈瑶推门进来了。

何英急忙用力挣脱开张伟的手,脸色红红的。

张伟高兴地过去拉陈瑶:"莹莹,找到何英了,原来小如就是何英,就是何英啊……"

陈瑶其实已经在门口站了一会儿了,虽然已经有了思想准备,有些激动,但努力抑制住,对张伟笑了一下:"我刚才猜到了,所以,我才让你单独上来……"

说完,陈瑶几步走到何英身边,拉住何英的手,声音颤抖着说:"阿英,终于见到你了,终于找到你了……我真傻,我早该想到,小如就是你……"

何英的脸色有些绯红,在想陈瑶或许已经在门口站了一会儿了,刚才张伟对自己又搂又抱,自己不知道陈瑶就在门口,这会儿见了陈瑶,竟突然觉得很羞愧,觉得自己又在抢夺陈瑶的男人。

"莹莹……我……"何英看着陈瑶,满脸愧意,"我……我……"

"阿英,别说了,"陈瑶握住何英的手说,"阿英,咱们是好姊妹,永远都是好姊妹,过去的事情不要提了,都过去了……在我心里,你永远是我的好姐妹,在张伟心里,你永远都是他最好的朋友,最亲密的朋友……你走了,我们都很牵挂你,都很想你……今天,多好啊,我们终于又见面了,多好啊……我们在一起……"

说着,陈瑶的眼泪流了下来。

何英又哭了,和陈瑶抱在一起,两人都流下了宽容和理解的泪水。

好一会儿,陈瑶和何英才擦干眼泪,两人坐在沙发上,一起看着张伟。

这是一个让她们俩都为之牵肠挂肚的男人,一个带给她们无限欢笑悲愁的男人,命运如此巧合,让她们两人同时爱上一个男人,让她们同时甘愿为这个男人付出所有。

这一会儿的功夫,三人之间经历了复杂而多变的心路历程,彼此感觉好像经过了很久的时间跨度,心中都感到充满了感慨和沧桑。

张伟站在屋子中间,傻乎乎地看着她们俩看着自己:"喂……你们两个,都看着我干吗?"

陈瑶不说话,何英也不说话。

然后,陈瑶看看何英,何英也看看陈瑶。

陈瑶笑了,何英也笑了。

屋子里的空气开始活跃起来,开始充满重逢的喜悦和欢欣。

"你长得好看,所以就看你呗……"陈瑶调侃张伟。

何英没说话，看着张伟，轻轻地笑了。

然后，大家又陷入了沉默。

沉默，有两种情况，一种是无话可说，话不投机半句多，另一种则是有太多太多的话，千言万语，一直不知从何说起。此刻，她们就是属于这种情况，许久的思念和牵挂，一时竟找不到讲话的由头，只是都傻乎乎地笑着，开心地笑着，欣慰地笑着。

半天，何英问陈瑶："杨杨来了吗?"

"来了，在下面正在和小花聊天，两人正谈得火热呢……"陈瑶笑着说道，"我一直以为小如就是小花，见了小花，小花竟然对我没反应，我马上就开始意识到这个小如有问题……呵呵……其实，我就是疏忽了，我早该感觉到是你的……我下意识里，总感觉你就在我不远处，就和我在一起，我一直就有这么一种感觉……果然……"

何英不好意思地笑笑："小花是我舅舅家的表妹，大学刚毕业，没事干，就跟我来了，我妈对我自己一个人在外也不放心，就安排她陪着我……不过，我看得出来，她很喜欢杨杨的……"

陈瑶乐呵呵地说："我很喜欢小花，真可爱，水灵灵的，一看就是咱们江南的女孩子……咱俩这也算是媒人……"

"什么意思啊，俺们北方的女孩子就不水灵了?"张伟不服气，走到她们二人之间，大大咧咧地坐下，"你看俺家丫丫哪里不好看，哪里不水灵了?"

张伟是故意走到她们之间坐下的，他不想在何英面前表现出和陈瑶很亲热的举动和神态，怕这会儿刺激何英，他不想伤何英，毕竟一个女人爱自己，这本身没有什么错。

陈瑶本是无意中说出的话，用来赞扬小花的，被张伟这么一呛，登时无语，有些尴尬地笑了下，不再说话。

何英对张伟说："莹莹只不过是随便说说，打个比方而已，你这么较真干吗?"

何英和陈瑶站在一条战线上了。

听何英这么一说，张伟心里很高兴，他很高兴看到何英和陈瑶走近。

"好了，我也是随便说说嘛，你们也不要当真嘛!"张伟打个哈哈，伸出双臂，一边一个，搂着何英和陈瑶的脖子，用开玩笑的语气，"好了，大家今天使劲高兴吧，杨杨来相亲，遇到老故人……我比杨杨幸福啊，杨杨在楼下只有一朵小花，我呢，在楼上左拥右抱，两朵盛开的花，哈哈……"

何英脸色又红起来，偷眼看着陈瑶。

陈瑶脸上带着笑，暗地伸手在张伟臀部使劲拧了一把，乐呵呵地说："看你得意的，转向了……"

其实，张伟是故意搂住两人的，他知道陈瑶心里可能会介意，何英可能会觉得不自在,但是,长久的隔膜不可能瞬间消失,自己这么做,就是故意要拉近大家彼此的距离,故意来活跃气氛,调和大家彼此心里的隔阂,特别是不让何英觉得他和陈瑶离她很远。

"哎哟……"张伟突然大叫一声。

"怎么了?"何英吓了一大跳,顺势推开张伟搂住自己的胳膊,这样张伟就只有右胳膊搂着陈瑶的脖子。

"你这办公室里有蚊子,何英,怎么搞的,我一来就先给我下马威啊……"张伟也松开搂着陈瑶的胳膊,顺势摸着后面说道。

"啊……没有蚊子啊,我都每天喷杀蚊剂的……"何英对张伟说,"咬你哪里了?"

"这里,"张伟拍拍后面,"屁股……"

"呵呵……"何英明白张伟在调皮,笑了起来。

陈瑶也笑了,对张伟说:"一定是这蚊子听你刚才吹嘘说你这里花多,来找你采花的……"

张伟和何英都笑起来,何英的脸色恢复了正常。

"孩子几岁了? 叫什么名字?"大家恢复平静后,陈瑶隔着张伟问何英。

"嗯……3 岁了,"何英谨慎地回答到,"小名叫南南……"

"南南,很好听的名字,一定很可爱吧?"陈瑶看着何英,眼里露出羡慕的表情。

"是的,很可爱,我好久没见他了,好想孩子啊……"何英幽幽地说着,"孩子判给高强了,他们家当命根子,不给我,我只有放弃……"

"没关系,孩子和你的关系是改变不了的,"陈瑶安慰何英道,"你永远是孩子的妈妈,谁也无法改变……做妈妈了,真好……"

陈瑶和何英说话,口气竟毫无遮掩,很随意,毫不掩饰对何英的羡慕和祝福。

何英看着陈瑶,又看看张伟,心里一阵酸楚,又一阵愧疚,她想起了陈瑶那个狂风暴雨之夜摔流产的孩子,那是因为自己才导致的结果……何英抿了抿嘴唇,然后笑着对陈瑶说:"莹莹,你也会做妈妈的,很快就会的……"

陈瑶心里一阵感动,她明白何英这话里的意思,这明摆就是对自己和张伟的认可和祝福,她感到很欣慰,然而,心里一层阴影又瞬时覆盖过来……

陈瑶心里立刻变得沉甸甸的,对何英笑了笑:"谢谢你,阿英……"

张伟看着陈瑶和何英亲昵的神态,终于放心了。

正在这时,陈瑶的电话响了,徐君打来的。

陈瑶站起来去门口接电话,少顷进来,脸色突变:"张伟,阿英,不好了,高强出大事了……"

张伟腾地站起来,对陈瑶说:"别紧张,慢慢说,咋的了?"

何英也紧张地看着陈瑶。

陈瑶把徐君打电话的内容大概说了一遍，最后说："高强去闹事，结果反倒把自己摔了，头部撞击得很厉害，现在仍在医院抢救，医院说了，最好的结果是植物人……"

张伟和何英听完，都沉默了。

陈瑶也沉默了。

毕竟，这高强和他们三个人都有关联和牵扯，虽然高强做了不少坏事，但是还罪不至死，听说出了这事，都觉得心里很不是滋味。

陈瑶接着给徐君又打回去："你抽空多去医院看看，打听着病情，另外……如果治疗需要很多费用，你给他们家送点钱去吧，从老郑的转让费里拿就是了……唉……救命要紧……"

张伟听陈瑶又要给老高钱，心里不大乐意，上次开业给送了 10 万，这次又给。但是，毕竟这是人命关天的事，张伟也不好多说。

何英没说话，似乎在考虑什么事情。

过了半晌，张伟说："他妈的，二楼掉下来摔成脑震荡，和掉粪坑里淹死差不多，真窝囊，要是 6 楼以上掉下来，也还说得过去啊，这真不值……"

何英拍了下张伟的胳膊，不让张伟再胡说下去，眉头皱了皱："孩子，我的南南，孩子不能没有爸爸妈妈，我得去把孩子接回来……孩子以后得跟我……"

陈瑶眼睛一亮，看着何英："是的，南南，南南不能没有爸爸妈妈，这事得抓紧办理……"

何英点点头，继续思考。

那边张伟还在唠叨："老高做的坏事太多了，估计这也是报应，不把他摔下去，估计徐君也得被他打成脑震荡，反正得有一个脑震荡，不是他就是我妹夫……"

"好了，你别啰嗦啦，咱们谈正事呢……"何英心事重重，又打了一下张伟的胳膊，"这么久不见你，怎么这么会唠叨了，像个女人……我正在想孩子的事情呢……"

张伟闭嘴。

陈瑶看了，忍不住笑起来，对何英说："阿英，别着急，咱们从长计议。"

何英点点头。

三人坐了一会儿，下楼去看看张少杨和小花。

一下楼，张少杨正在眉飞色舞地给小花表演金鸡独立，小花正哈哈大笑。

张少杨一眼看到何英，一下子愣了，叫道："哎呀！英英姐，我的天哪，英英姐在这里啊，我的乖乖……"

张少杨吃惊的表情不亚于刚才小花见到他们的表情。

陈瑶于是又花费了一分钟，简单给张少杨说了下概况，然后对张少杨说："事情就是这样,小如是你英英姐,小花是阿英的表妹,明白了?"

张少杨点点头:"哦……明白了,天下竟然有这么巧的事情,英英姐,见到你,我好高兴啊……"

何英疼爱地拍拍张少杨的肩膀,说:"杨杨这么大了,长成大男人了,呵呵……小花表妹好不好,像不像一朵花?"

"好,好,很好,真像一朵含苞欲放的小花啊,我很喜欢……"张少杨笑嘻嘻地看着小花。

小花脸色红红地,捂着嘴巴,不好意思地笑着,不时偷眼看着张伟。

张伟一指小花:"这丫头和我自来熟,一见我就感觉面熟说见过我,看来你和俺们家是有缘分啊……"

小花忙说:"不是自来熟啊,我是经常见你的啊,我经常在我表姐……"

"咳……"何英急忙咳了一声,冲小花使眼色。

小花急忙住嘴。

虽然不再说什么,张伟和陈瑶心里基本明白是怎么一回事了。

何英有些尴尬地笑了笑。

陈瑶笑了:"呵呵……不管是不是自来熟,咱们认识都是缘分呢,是不是啊,呵呵……"

张伟也出来圆场:"就是,就是……对了,何英,你和小花今天明天忙不忙的?"

"不忙啊,天热了,客户不多的,特别是红色旅游一停,很松闲了……"何英说。

"那跟我们到瑶水去,明天我公司开业,咱们这会儿就走,好不好?"张伟说,"晚上咱们好好吃顿饭,好好叙叙旧……"

"这……"何英迟疑了一下,看了一眼陈瑶。

"阿英,去吧,我和张伟来这里就是邀请你们的!"陈瑶诚恳地说。

"好!"何英就等陈瑶一句话的,转头对小花说,"小花,安排一个内勤过来值班,咱们一会儿就走,你跟我去瑶水……"

"得令!"小花一听很高兴,冲张少杨挤了下眼睛,忙去打电话。

30分钟后,张伟和何英的车驶出瑶北市区,直奔瑶水。

张少杨开吉普车,小花坐旁边。

张伟开何英的车,一辆白色的丰田,何英和陈瑶坐里面。

"这车是到瑶北以后买的,以前那辆本田雅阁卖了!"何英对张伟说。

"你怎么这么喜欢买日本车啊,我不喜欢日本车,我啊,等我挣了钱,我就买德国车,德国的车好,奔驰……宝马……"张伟开着车,摇头晃脑地对和陈瑶一起坐在后排的何英说。

何英看看陈瑶,两人相视一笑。

陈瑶突然想起何英给张伟的一百万。